Zum Buch:

Melissa, die seit eineinhalb Jahren im Laden der Glaskünstlerin Jana Weißmüller arbeitet, hat zum ersten Mal seit Langem wieder etwas Hoffnung auf ein normales, angstfreies Leben. Vieles hat sich verändert, seit sie ihren gewalttätigen Ex-Mann verlassen hat. Als sie dem ebenso attraktiven wie beeindruckenden Sicherheitsexperten Lennart und seiner jungen Boxerdame Sissy begegnet, die wie immer Janas Verkaufszelt auf dem Weihnachtsmarkt bewachen, will sie instinktiv auf Abstand gehen. Zu groß ist Melissas Angst vor Beziehung und Nähe. Doch Lennart bemüht sich behutsam, sie kennenzulernen, und gibt so schnell nicht auf. Und auch Melissa fasst Vertrauen und lässt sich immer mehr auf ihn ein. Doch dann scheint ihre Vergangenheit sie einzuholen, und Melissa muss sich erneut ihren Ängsten stellen.

Zur Autorin:

Seit Petra Schier 2003 ihr Fernstudium in Geschichte und Literatur abschloss, arbeitet sie als freie Autorin. Neben ihren zauberhaften Liebesromanen mit Hund schreibt sie auch historische Romane. Sie lebt heute mit ihrem Mann und einem deutschen Schäferhund in einem kleinen Ort in der Eifel.

Lieferbare Titel:

Nur eine Fellnase vom Glück entfernt
Plätzchen gesucht, Liebe gefunden
Kleines Hundeherz sucht großes Glück
Auf tapsigen Pfoten ins Glück
Kuschelglück und Gummistiefel
Das Kreuz des Pilgers
Das Geheimnis des Pilgers
Die Liebe des Pilgers

Petra Schier

Weihnachtszauber und Hundepfoten

Roman

HarperCollins

1. Auflage 2023
Originalausgabe
© 2023 by HarperCollins in der
Verlagsgruppe HarperCollins Deutschland GmbH, Hamburg
Umschlaggestaltung von zero Werbeagentur, München
Umschlagabbildung von Jagodka, evrymmnt / Shutterstock
Gesetzt aus der Stempel Garamond
von GGP Media GmbH, Pößneck
Druck und Bindung von GGP Media GmbH, Pößneck
Printed in Germany
ISBN 978-3-365-00435-7
harpercollins.de

1. Kapitel

Es war noch früh an diesem Montagmorgen; der Wecker in Form eines Delfins auf dem Nachtschränkchen zeigte gerade halb sechs an, doch Andy war bereits hellwach. Er hatte so leise wie möglich die Toilette benutzt und schlich sich nun an das Schlafzimmer seiner Mama heran, das ihnen gleichzeitig als Wohnzimmer diente. Die Tür stand wie immer einen winzigen Spalt weit offen. Vorsichtig schob er das Türblatt ein wenig weiter auf und schlüpfte hindurch. Im Licht der Straßenlaterne, das durch das Fenster hereinfiel, konnte er alles in dem kleinen Raum ganz genau erkennen: die uralten Schränke aus dunklem, abgenutztem Holz, die graue Couch, die man mit ein paar Handgriffen zu einem Bett umfunktionieren konnte, auf der man allerdings nicht besonders gut schlafen konnte, weil die Polster total durchgelegen waren und ein Brett schief stand, sodass es in den Rücken drückte. Außerdem gab es noch einen niedrigen, klobigen Couchtisch und unter dem Fenster einen winzigen Schreibtisch, vor dem einer der beiden Küchenstühle stand, weil Mama gestern Abend noch irgendwelche Papiere durchgesehen hatte. An der Wand gegenüber der Couch hing ein kleiner Fernseher. Für viel mehr war in dem Zimmer kein Platz, und wenn die Couch ausgezogen war, konnte man nicht einmal zum Fenster gehen, sondern musste, wenn man dorthin wollte, über die Möbel klettern.

Dicht vor dem provisorischen Bett blieb Andy stehen und betrachtete seine Mama, die noch tief und fest schlief. Sie lag auf der linken Seite, das Gesicht ihm zugewandt, und hatte ihre Decke bis zur Nasenspitze hochgezogen. Sie wirkte im Schlaf ganz ruhig und entspannter, als wenn sie wach war. Trotzdem kam es Andy so vor, als ob er auf ihrem Gesicht ein bisschen was von dem besorgten Ausdruck erkennen könnte, den er so oft an ihr sah, obwohl sie ihn fast immer zu verstecken versuchte.

Obwohl er erst sechseinhalb Jahre alt war, wusste er doch genau, dass seine Mama ganz, ganz viele Sorgen hatte. Das war schon immer so gewesen, aber noch schlimmer geworden, als sie beide einen Tag nach seinem vierten Geburtstag von zu Hause abgehauen waren. Die Leute glaubten immer, Kinder würden sich in seinem Alter nicht an viel erinnern, was in der Vergangenheit passiert war. Doch Andy hatte alles noch genau vor Augen. Die Tasche und seinen Rucksack, die Mama ganz heimlich gepackt und unter dem Bett versteckt hatte, wie sie ihn mitten in der Nacht geweckt hatte und sie mucksmäuschenstill mit ihrem wenigen Gepäck aus dem Haus geschlichen waren, und das Taxi, das an der nächsten Straßenecke auf sie gewartet hatte. Dann waren sie total lange gefahren, mindestens zwei Stunden oder so, raus aus Berlin in irgendeine kleine Stadt. Dort hatte der Taxifahrer sie vor einem Haus abgesetzt und gefragt, ob er ihnen noch irgendwie helfen könnte. Doch Mama hatte Nein gesagt und war zusammen mit Andy ganz schnell zum Eingang gegangen, der offen gewesen war, obwohl es immer noch Nacht war.

Drinnen hatte es ausgesehen wie eine Mischung aus einem Wohnzimmer, einer Küche und dem Hotel, in dem sie mit Papa mal ein Wochenende verbracht hatten. Jedenfalls gab es da auch so einen komischen Tresen, hinter dem eine Frau stand und sie freundlich begrüßte. Was Mama mit der Frau geredet hatte, hatte er nicht alles verstanden, aber trotzdem wusste er, dass sie jetzt in Sicherheit waren und nicht mehr nach Hause zurückkehren würden. Die Frau hatte ihnen ein kleines Zimmer gezeigt, in dem ein Bett stand, das groß genug für sie beide war, und außerdem ein Kleiderschrank mit drei Türen. An den Wänden hingen Fotos von Bäumen und Wiesen und Blumen. An die Blumen konnte Andy sich noch besonders gut erinnern; es waren Sonnenblumen gewesen. Auch eine Uhr hatte an der Wand gehangen, das wusste er ebenfalls noch ganz genau, weil sie so laut getickt hatte.

Das war jetzt schon mehr als zwei Jahre her, und trotzdem standen die Bilder Andy noch so deutlich vor Augen, als wäre alles erst gestern passiert. Er konnte sich an den Geruch in dem Zimmer erinnern – ein bisschen wie Seife mit Zitrone – und an Mamas erleichtertes Seufzen, als die Tür sich hinter der Frau geschlossen hatte und sie beide sich ins Bett gelegt hatten.

»Jetzt wird alles wieder gut, Andy«, hatte sie geflüstert und ihn ganz fest in die Arme genommen. »Alles wird wieder gut.« Dann hatte sie geweint.

Andy konnte sich nicht erinnern, ob seine Mama seit jener Nacht noch einmal geweint hatte. Wenn sie mit ihm zusammen war, versuchte sie immer, gut gelaunt und lieb und fröhlich zu sein, außer natürlich, wenn er sich mal danebenbenommen hatte. Dann schimpfte sie auch schon mal mit ihm, aber sie wurde nie so böse, wie Papa es werden konnte, und schon gar nicht hatte sie ihn jemals gehauen.

Papa hatte das aber gemacht, nicht bei ihm, dazu war er wahrscheinlich noch zu klein gewesen, aber bei Mama. Andy hatte ihn einmal davon abhalten wollen, doch Mama hatte ihn ganz böse und laut angeschrien, dass er sich in seinem Zimmer verstecken sollte. Das hatte er danach immer gemacht, wenn Papa böse geworden war und ihr wehgetan hatte. An die Angst, die er damals gehabt hatte, konnte Andy sich ebenfalls noch ganz genau erinnern. Manchmal träumte er heute noch davon, dass er in dem Schrank saß, in den er sich dann jedes Mal geflüchtet hatte. Als er ein bisschen älter gewesen war, hatte Mama ihm erklärt, dass sie hatte verhindern wollen, dass Papa auch auf ihn böse wurde und ihn schlug. Das verstand er zwar inzwischen, aber trotzdem weinte er manchmal heimlich, weil er Mama damals nicht geholfen hatte. Natürlich war er noch viel zu klein, auch jetzt noch, um wirklich etwas gegen seinen Papa ausrichten zu können, aber er hatte seine Mama einfach im Stich gelassen, und deshalb hatte sie Papas Zorn immer ganz allein aushalten müssen.

Auch jetzt stiegen Andy brennend heiße Tränen in die Augen, als er seine Mama beim Schlafen beobachtete. Heftig rieb er sich über die Augen, um nicht wirklich zu weinen anzufangen. Mama hatte die Schläge und das Gebrüll immer ertragen, und vielleicht wären sie nicht abgehauen, wenn sein Papa nicht eines Tages plötzlich doch angefangen hätte, auch Andy anzuschreien und ihm Ohrfeigen zu geben und ihn heftig am Arm zu zerren, nur weil er nicht leise genug gewesen war, als der Fernseher lief.

Aus dem Haus mit der netten Frau, es war ein Frauenhaus gewesen, wie er später gelernt hatte, waren sie nach einem halben Jahr ausgezogen. Zu dem Zeitpunkt war Mama bereits von Papa geschieden gewesen. Die Leute in dem Frauenhaus und eine andere nette Frau, die eine Anwältin war, hatten ihr dabei geholfen. Danach waren sie mehrmals umgezogen und schließlich hier gelandet. Die Fahrt in die kleine Stadt in der Nähe von Köln hatte mit dem Bus fast einen ganzen Tag gedauert, weil sie mehrmals angehalten und Pausen gemacht hatten.

Auch als sie hier in die kleine Wohnung eingezogen waren, hatte Mama ihm versichert, dass jetzt alles gut werden würde. Das war es eigentlich auch. Andy war hier in den Kindergarten gekommen, und Mama hatte schnell eine Halbtagsstelle bei einer ganz lieben Frau gefunden, die eine Künstlerin war und voll schöne Sachen aus Glas machte, die Andy aber nicht anfassen durfte, um sie nicht kaputt zu machen. Jana war wirklich lieb und hatte sie sogar letztes Jahr zu Weihnachten und danach auch noch einmal zu Ostern zu ihrer Familienfeier eingeladen. Das war total schön gewesen, denn Andy hatte noch nie ein richtiges Familienweihnachtsfest – oder Ostern – erlebt. Zumindest konnte er sich nicht daran erinnern. Janas Mama und Papa waren auch dabei gewesen und ihre Schwester und Janas

Mann. Oder Verlobter. Mama hatte gesagt, die beiden wären jetzt verlobt und wollten bald heiraten. Oliver war auch lieb. Er spielte manchmal mit Andy, und das Beste war, dass er einen großen Hund hatte, Scottie.

Scottie spielte immer mit Andy, aber man musste aufpassen, weil er so groß und tollpatschig war und Andy schon ein paarmal versehentlich umgeworfen hatte. Andy fand das lustig, weil Scottie dann immer über sein Gesicht schleckte und an ihm herumschnüffelte, so als ob er sich entschuldigen wollte.

Ein Lächeln erschien auf Andys Lippen, als er die kräftige Bordeauxdogge vor sich sah. Dann fiel sein Blick wieder auf seine Mama, die sich ein bisschen im Schlaf bewegte und etwas Unverständliches murmelte. Am besten war es, wenn er sie schlafen ließ. Ihr Wecker würde erst um halb sieben gehen, das war noch fast eine Stunde. Zwar war es verlockend, sich zu ihr unter die Decke zu kuscheln, auch wenn ihr Bett total unbequem war, aber ihm kam eine andere Idee. Es war zwar noch ganz lange hin bis Weihnachten, mehr als einen Monat, aber in der Schule – er ging ja jetzt in die erste Klasse! – hatten ein paar Kinder erzählt, dass sie jetzt schon ihren Wunschzettel an den Weihnachtsmann oder das Christkind schrieben. Oder vielmehr malten sie ihren Wunschzettel, weil sie noch gar nicht alle Buchstaben gelernt hatten und noch nicht richtig schreiben konnten.

Am liebsten hätte Andy seiner Mama kurz über das Gesicht gestreichelt, tat es aber nicht, weil er Angst hatte, sie vielleicht doch zu wecken. So leise, wie er gekommen war, verließ er das Wohn-Schlaf-Zimmer und kehrte in sein eigenes Zimmer zurück. Es war noch kleiner als das Wohnzimmer. Hier gab es nur sein Bett, seinen schmalen Kleiderschrank und einen kleinen Schreibtisch mit Drehstuhl, an dem er manchmal saß und malte oder Buchstaben übte. Leise zog er sein Federmäppchen aus dem alten Schulranzen, den Mama auf dem Flohmarkt für ihn gekauft hatte, und öffnete es. Dann kramte er aus der

Schublade unter der Tischplatte seinen Malblock hervor, setzte sich auf den Stuhl und begann im Licht der Schreibtischlampe ein Bild zu malen.

***

Melissa stöhnte, als der Wecker piepste. Rasch schaltete sie ihn aus und reckte sich gähnend. Dabei verzog sie schmerzlich die Lippen, weil das verdammte Brett unter dem dünnen Polster der Couch ihr wieder mal in den Rücken drückte. Lange würde sie diese Folter zum Glück nicht mehr aushalten müssen, denn ihr Mietvertrag lief Ende November aus, und bei ihrem Umzug würden sie die blöde Couch ganz sicher nicht mitnehmen. Sie gehörte zur Einrichtung, genauso wie die anderen alten Möbel. Da das Haus voraussichtlich sowieso bald abgerissen werden würde, brauchte sich wohl auch kein Nachmieter über das unbequeme Ding zu ärgern.

Sie stand auf und huschte rasch ins Bad, um sich zu waschen, die Zähne zu putzen und sich anzuziehen. Als der Vermieter ihr mitgeteilt hatte, dass der Mietvertrag nicht verlängert werden konnte, war sie gehörig in Panik geraten. Für eine alleinerziehende Mutter mit einem gerade eben schulpflichtig gewordenen Sohn und ohne eine abgeschlossene Ausbildung gestaltete sich die Suche nach einer geeigneten Wohnung oftmals zu einem Horrortrip. Sie war ihrer Freundin, der Glaskünstlerin Jana Weißmüller, unendlich dankbar, die über eine ehemalige Klassenkameradin eine neue Wohngelegenheit für sie gefunden hatte. So würde sie mit Andy in eines der abgelegenen, aber sehr gemütlich eingerichteten Blockhäuser einziehen, die als Feriendomizile etwas versteckt im Wald errichtet worden waren, und das bereits am ersten Dezember, also in weniger als zwei Wochen.

Melissas Herz schlug höher, als sie sich vorzustellen versuchte, wie es wohl sein würde, in einem eigenen kleinen Haus zu wohnen. Nicht nur würde sie endlich ein eigenes Schlafzimmer haben, sondern auch viel mehr Platz und vor allen Dingen Ruhe! Das alte Mehrfamilienhaus, in dem ihre jetzige winzige Zweizimmerwohnung lag, war grausam hellhörig. Auch jetzt vernahm sie von irgendwoher das Kreischen eines Rocksongs aus einem Radio, das Poltern von Schritten über ihr und immer wieder das Rauschen von Wasser und das Klappen der Haustüren. Doch sie hatte vor etwas mehr als anderthalb Jahren und einer fast sechsmonatigen Odyssee von Ort zu Ort keine große Wahl gehabt und war froh gewesen, dieses Domizil gefunden zu haben. Es war bezahlbar, das war für sie das Wichtigste gewesen. Damals hatte sie so gut wie gar kein Geld gehabt und nur eine Halbtagsstelle in Janas Kunsthandwerksladen vorweisen können. Da Andy inzwischen in der Grundschule die Ganztagsbetreuung in Anspruch nahm, war es ihr möglich, Vollzeit für Jana zu arbeiten. Diese war glücklicherweise so erfolgreich, dass sie sich eine Vollzeitkraft leisten konnte. Melissa kümmerte sich inzwischen nicht mehr nur um den Verkauf der Glaskunstwerke im Laden, sondern auch um einen Großteil der Abrechnungen und, was ihr besonders gut gefiel, um die Betreuung des Onlineshops, der Website und aller Profile der Künstlerin in den sozialen Netzwerken. Zwar bloggte Jana immer selbst und verfasste auch alle ihre Social Media Posts, doch sie überließ es meistens Melissa, diese zu den besten Zeiten hochzuladen, zu veröffentlichen und zuvor passende Fotos dafür auszusuchen.

Rasch schlüpfte Melissa in eine hellblaue, hautenge Jeans und eine lange Bluse mit V-Ausschnitt. Prüfend blickte sie in den Spiegel und war beinahe versucht, das Oberteil wieder auszuziehen. Es war bunt gemustert auf pinkfarbenem Untergrund. Zu auffällig? Sie hatte sich in den vergangenen beiden Jahren angewöhnt, ihre Kleidung möglichst wenig farbenfroh zu halten, um nirgendwo aufzufallen. Doch vor einer Woche hatte Jana sie zusammen mit ihrer jüngeren Schwester Ellie zu einem Einkaufsbummel überredet und sie dazu verleitet, sich ein paar wunderschöne neue Kleidungsstücke zuzulegen – viel bunter als das, was Melissa gewohnt war. Doch war es wirklich entscheidend, welche Kleidung sie trug? Sie war geschieden und lebte viele hundert Kilometer von Berlin entfernt. Matthias, ihr Exmann, hatte sie bisher nicht hier gefunden; vielleicht hatte er es auch gar nicht versucht. Vielleicht hatte er eingesehen, dass er nicht mehr über sie bestimmen konnte. Vielleicht ...

Immerhin hatte sie es mithilfe einiger sehr engagierter Sozialarbeiter geschafft, ihre Spuren so weit zu verwischen, dass sie nun seit etwas mehr als achtzehn Monaten unbehelligt in dieser wunderschönen kleinen Stadt im Rheinland leben konnte.

In einem kleinen Anflug neuen Mutes zupfte sie die Bluse glatt, griff nach ihrer Bürste und strich sich damit durch das glatte, schulterlange dunkelblonde Haar. Vielleicht wäre es auch an der Zeit für einen neuen Haarschnitt. Ihr Herzschlag beschleunigte sich erneut ein wenig. Zu früh? Vielleicht sollte sie lieber ganz langsam einen Schritt nach dem anderen tun, sonst bekam sie noch Angst vor ihrer eigenen Courage. Andererseits hatte ihr die Frisur noch nie besonders gut gefallen. Ihr Haar war zwar dicht und ein klein wenig wellig, sodass es ihr wenigstens nicht einfach nur wie Sauerkraut auf die Schultern hing, doch insgeheim hatte sie immer davon geträumt, sich einen pfiffigen Kurzhaarschnitt zuzulegen. Solange sie noch bei ihrer Mutter gelebt hatte, war diese strikt dagegen gewesen.

Später dann, als Melissa noch während ihres letzten Schuljahres von Matthias schwanger geworden war und ihn gleich nach ihrem Abitur, nur wenige Wochen vor Andys Geburt, geheiratet hatte, war an so etwas Unwichtiges wie einen neuen Haarschnitt ebenfalls nicht zu denken gewesen. Denn wenn Melissa gedacht hatte, durch diese Ehe ihrem bedrückenden Elternhaus entfliehen zu können, so war ihr rasch klar geworden, dass sie vom Regen in die Traufe geraten war.

Energisch verdrängte sie die Gedanken an ihre Ehe. Es hatte sie viel Mut gekostet, alle Brücken hinter sich abzubrechen und mit Andy ein neues Leben anzufangen. Seit zwei Jahren nun stand sie auf eigenen Füßen, doch über ihre Haare hatte sie sich tatsächlich bisher keine Gedanken gemacht. Nun aber, als sie sich in dem quadratischen und an den Ecken bereits angelaufenen Badspiegel musterte, wurde das Bedürfnis nach einer Veränderung immer größer. Testweise nahm sie ihr Haar im Nacken zusammen und hob es so hinter ihrem Kopf an, dass es ihr etwas leichter fiel, sich vorzustellen, wie sie mit kurzen Haaren aussehen mochte.

Im gleichen Moment wurde ihr bewusst, dass es unnatürlich still in der Wohnung war. Alarmiert ließ sie ihr Haar fallen. Normalerweise wurde Andy von ihrem Wecker ebenfalls geweckt und stürmte nur Augenblicke später wie ein Wirbelwind durch die Wohnung. Doch heute rührte sich nichts.

Melissas Herz verkrampfte sich kurz. War er vielleicht krank?

Alle Gedanken an ihre Frisur waren vergessen; sie riss die Badezimmertür auf und stürmte die wenigen Schritte über den schmalen Flur zu Andys Zimmer. Die Tür stand einen winzigen Spalt offen, und erst jetzt bemerkte sie, dass ein wenig Licht in den Flur fiel. Sie atmete einmal tief durch, um sich zu beruhigen, und stieß die Tür langsam auf.

Zu ihrer grenzenlosen Überraschung saß Andy in seinem Schlafanzug am Schreibtisch und war gerade dabei, ein Blatt Papier zweimal zu falten. Als er sie hörte, drehte er sich mit einem strahlenden Lächeln zu ihr um. Die Erleichterung durchfuhr sie wie ein Stich.

»Guten Morgen, Mama«, grüßte er sie so höflich-lieb wie jeden Morgen.

Mit zwei Schritten war sie bei ihm und legte ihm einen Arm um die Schultern. »Guten Morgen, mein Schatz. Was machst du denn da? Bist du schon lange auf?«

»Ja.« Andy nickte. »Schon ganz lange. Ich konnte nicht mehr einschlafen, und da habe ich gemalt.«

»Gemalt?« Neugierig beäugte Melissa das gefaltete Blatt Papier. »Darf ich mal sehen?«

»Mhmh, nein.« Grinsend schüttelte Andy den Kopf. »Das ist mein Wunschzettel für den Weihnachtsmann. Josef und David aus meiner Klasse haben ihren auch schon gemalt und gesagt, man darf nicht verraten, was man sich wünscht, weil es nämlich sonst gar nicht in Erfüllung geht. Der Wunschzettel ist nur für den Weihnachtsmann, und man muss ihn mit der Post zum Nordpol schicken. David sagt, seine große Schwester, die schon zehn ist, schreibt ihren Wunschzettel immer als E-Mail über das Internet, weil der Weihnachtsmann nämlich eine eigene Internetseite hat. Aber das kann ich ja noch nicht, weil ich noch nicht alle Buchstaben kenne und mir die vielen Wörter noch zu schwierig sind. Vielleicht kann ich ja nächstes Jahr schon eine E-Mail schreiben, wäre das nicht cool?«

Melissa lächelte. »Total cool. Soll ich dir einen Briefumschlag holen? Beschriften können wir ihn ja dann zusammen, wenn du willst. Allerdings müssen wir uns die Adresse wirklich erst aus dem Internet suchen. Die kenne ich nämlich nicht.«

»Nordpol«, beschied Andy ihr.

Sie nickte. »Das ist richtig, aber wenn der Weihnachtsmann sogar eine eigene Internetseite hat, dann bestimmt auch eine vollständige Adresse mit Straße und Hausnummer, meinst du nicht?«

»Klar.«

Sie wuschelte ihrem Sohn durch den braunen Haarschopf, der durchaus auch wieder einmal ein bisschen in Form geschnitten werden müsste. Am besten machte sie einen Termin bei Ellie im Friseursalon. »Also gut, dann hole ich den Briefumschlag, und du gehst in der Zwischenzeit ins Bad. Ich habe dir gestern Abend schon die Hose und das T-Shirt herausgelegt, die du dir ausgesucht hast. Du musst aber noch Unterwäsche und Socken mitnehmen.«

»Klar«, wiederholte Andy und sprang auf. Eifrig wühlte er in seinem Kleiderschrank nach der Unterwäsche und rannte damit hinüber ins Bad. »Nicht gucken«, rief er, bevor die Tür sich hinter ihm schloss. »Der Wunschzettel ist total geheim.«

»Ehrenwort«, rief sie zurück und rückte das gefaltete Papier, das ganz an den Rand des Tisches gerutscht war, ein wenig in die Mitte, damit das Blatt nicht zu Boden fiel. Dann eilte sie hinüber in ihr Wohn-Schlaf-Zimmer, kletterte über das Bett und suchte aus der Schreibtischschublade einen passenden Briefumschlag heraus.

2. Kapitel

»Einen wunderschönen guten Morgen, Melissa!« Mit einem warmherzigen Lächeln trat Sabine Weißmüller, Janas Mutter, durch die Tür des Kunsthandwerksladens. Das lustige Klingeln des altmodischen Glöckchens an der Tür unterstrich ihre offensichtliche gute Laune. Obgleich sie bereits zweiundsechzig Jahre alt war, fand sich in ihrem dunkelbraunen Haar nicht eine einzige graue Strähne. Melissa nahm an, dass sie sie regelmäßig färbte, denn immerhin war sie Friseurmeisterin und besaß einen eigenen Salon in der Innenstadt. Vermutlich nutzte sie ihr eigenes Haar als besten Werbeträger, was man auch an den häufig wechselnden Frisuren erkannte. Seit etwa zwei Wochen trug sie ihr Haar in einem todschicken asymmetrischen Schnitt, bei dem sich eine lange Strähne von ihrer Stirn bis zu ihrem Kinn um ihre linke Wange schmiegte. Ihre ebenfalls dunkelbraunen Augen blitzten unternehmungslustig. »Hat Jana an meine Girlanden gedacht? Die mit den Spinnen und Hexen habe ich jetzt lange genug im Salon hängen lassen, ebenso wie die herrliche Glasvogelscheuche, die sie für mich entworfen hat. Halloween ist ja nun schon drei Wochen her, deshalb will ich anfangen, alles ein bisschen vorweihnachtlich zu dekorieren.« Sie lachte. »Ich weiß, das macht man normalerweise erst nach dem Ewigkeitssonntag, aber immerhin gibt es schon seit August Lebkuchen in den Supermärkten, und irgendwie erwartet meine Kundschaft inzwischen, dass ich schon im November ein bisschen Adventsstimmung verbreite. Man sollte ja meinen, dass das in einem Friseursalon nicht so wichtig ist, aber weit gefehlt.« Amüsiert schüttelte sie den Kopf. »Früher hätte ich so etwas als verrückt abgetan, aber man muss wohl mit der Zeit gehen. Wenn meine

Kundinnen und Kunden sich in weihnachtlicher Atmosphäre wohlfühlen, will ich sie ihnen nicht vorenthalten.«

Melissa lächelte der älteren Frau zu, die ihr in den vergangenen Monaten ein bisschen zur Ersatzmutter geworden war. »Jana will hier in den nächsten Tagen auch alles für Weihnachten umdekorieren, das hat sie mir bereits angedroht. Sie arbeitet seit Wochen schon sehr eifrig an ihrer neuen Kollektion.«

»Das kann ich mir vorstellen.« Sabine trat näher an den Tresen heran. »Gerade um diese Jahreszeit ist sie immer unheimlich fleißig, weil sie ja eine Menge Sachen für den Weihnachtsmarkt herstellen muss. Ich hoffe doch, dass sie und Oliver sich zwischendurch auch ein bisschen Zeit für sich nehmen. Immerhin ist er ebenfalls mit seiner Detektei beruflich stark eingebunden.«

»Heute Morgen hat er mir erzählt, dass sie gestern einen Ausflug mit Scottie in die Eifel unternommen haben«, berichtete Melissa. »Sie haben eine große Wanderung gemacht und in einem Ort namens Rodderbach eine mittelalterliche Burg oder Burgruine besichtigt. Bestimmt erzählen sie dir noch davon. Sie haben mindestens fünfhundert Fotos aufgenommen.«

Sabine gluckste. »Das denke ich mir. Wahrscheinlich hat sich Jana dort zu neuen Kunstwerken inspirieren lassen. Aber was ist denn nun mit den Girlanden? Hat sie daran gedacht?«, kam sie auf das ursprüngliche Thema zurück.

»Hat sie.« Melissa eilte in das Zimmer hinter den Verkaufsraum und holte den rechteckigen Karton, in dem sich die gläsernen und mit LED-Lichtern versehenen Girlanden befanden. »Hier, bitte sehr. Drei Stück, jeweils zweieinhalb Meter lang. Einmal Schneeflocken, einmal Sterne und einmal Tannenbäumchen und Glöckchen. Sie meinte, du kannst gerne auch später bezahlen.«

Mit strahlendem Lächeln nahm Sabine die Schachtel entgegen und hob vorsichtig den Deckel an, um hineinzulinsen. Ihre Augen leuchteten auf beim Anblick der Kunstwerke. »Nein,

nein, kommt gar nicht infrage! Ich bezahle die Sachen hier und jetzt.« Sie legte die Box auf dem Verkaufstresen ab und zog ihre Geldbörse aus der Handtasche. »Ich bezahle mit Karte.« Während Melissa ihr das Kartenlesegerät hinschob, musterte Sabine sie eingehend. »Du siehst heute so hübsch und rosig aus. Bist du frisch verliebt?«

Erschrocken zuckte Melissa zusammen und hob ruckartig den Kopf. »Wie bitte?«

Sabines Lächeln vertiefte sich, gleichzeitig hob sie jedoch beschwichtigend die linke Hand. »Ich dachte ja nur. Diese neue Bluse steht dir unglaublich gut und lässt deinen Teint strahlen, und da habe ich mich einfach gefragt, ob es einen besonderen Grund dafür gibt, dass du dich neuerdings etwas bunter kleidest. Verliebt zu sein, wäre doch eine sehr schöne Erklärung.«

»Nein.« Melissa biss sich auf die Unterlippe und hob verlegen die Schultern. Ihr Ton war eindeutig zu ruppig gewesen. »Nein«, wiederholte sie etwas gelassener. »Es gibt keinen besonderen Grund dafür, außer dass ich mit Jana und Ellie vergangene Woche einkaufen war und sie mich dazu gedrängt haben, mir ein paar neue Sachen zuzulegen.« Sie schluckte. »Verliebt bin ich jedenfalls ganz bestimmt nicht. Das ... kommt gar nicht infrage.« Schon während sie die Worte aussprach, wusste sie, dass sie einen Fehler gemacht hatte, denn auf Sabines Gesicht zeichnete sich prompt neugieriges Interesse ab.

»Warum denn nicht? Du bist doch eine liebenswerte, kluge und hübsche junge Frau. Ich bin sicher, dass es auf diesem Planeten mehr als nur einen netten Mann gibt, der sich für dich interessiert. Oder auch die eine oder andere Frau, falls dir das lieber wäre«, setzte sie hinzu.

Energisch schüttelte Melissa den Kopf. »Ich bin nicht interessiert an ... so etwas. Ich habe Andy und ... und ...«

»Ach was.« Sabine schenkte ihr ein weiteres warmes Lächeln. »Dein Sohn wäre bestimmt kein Problem, wenn du dem oder der Richtigen begegnest.«

»Auf keinen Fall.« Noch einmal schüttelte Melissa rigoros den Kopf. »Ich will nicht ...« Sie zögerte, denn sie sprach normalerweise nicht über ihre Vergangenheit. »Ich will keinen Mann mehr in meinem Leben.« Unwillkürlich strich sie mit den Fingerspitzen über die verblasste Narbe an ihrer linken Schläfe, die sie nach einer äußerst schmerzhaften Begegnung mit Matthias' Faust zurückbehalten hatte. Rasch, um Sabines Aufmerksamkeit nicht darauf zu lenken, ließ sie die Hand wieder sinken. »Andy braucht einen Haarschnitt«, wechselte sie das Thema. »Und da dachte ich, ich könnte es auch einmal mit einer neuen Frisur versuchen.«

Glücklicherweise war Sabine einfühlsam genug, um nicht weiter in sie zu dringen. Stattdessen nickte sie enthusiastisch. »Sehr gerne! Am besten schreibst du Ellie eine Textnachricht, dann gibt sie dir den nächstmöglichen Termin.« Mit schräg gelegtem Kopf musterte sie Melissa erneut. »Ich hätte da schon ein paar Ideen, was wir mit deinen Haaren anstellen könnten. Ellie mit Sicherheit auch.« Sie zwinkerte Melissa fröhlich zu und schnappte sich die Schachtel mit den Girlanden. »Wir machen eine völlig neue Frau aus dir ... Wenn du möchtest.« An der Tür drehte sie sich noch einmal kurz um. »Grüß Jana und Oliver von mir, und gib Andy unbedingt in meinem Namen einen Knutscher. Wir sehen uns.« Damit verließ sie den Laden.

Hin- und hergerissen zwischen Erheiterung und Besorgnis blickte Melissa ihr nach. Sie fragte sich inzwischen immer häufiger, ob es sinnvoll sein könnte, zumindest der Familie Weißmüller und natürlich Oliver, der ja ebenfalls dazugehörte, etwas über Matthias zu erzählen. Es wurde immer schwieriger, ihr Geheimnis vor solch guten Freunden zu bewahren. Andererseits verfolgte sie ständig die Angst, dass jemand sich versehentlich verplappern könnte und so die Nachricht über ihren Aufenthaltsort auf irgendeinem Wege Matthias zugetragen werden könnte. Das wollte sie unbedingt verhindern – sie musste es, schon um Andy zu schützen.

Wahrscheinlich würden sie früher oder später wieder von hier wegziehen müssen, wenn sie nicht riskieren wollte, dass Matthias sie doch irgendwann entdeckte. Das Problem war, dass sie nicht mehr wegwollte. Sie fühlte sich in dieser Kleinstadt sehr wohl, hatte neue Freunde gefunden, und auch Andy war glücklich hier. Es würde ihr unsagbar schwerfallen, sich und ihn erneut zu entwurzeln und irgendwo anders neu anzufangen, besonders weil sie ganz genau wusste, dass sie wahrscheinlich immer auf der Flucht sein und nirgendwo ein wirkliches Zuhause finden würde.

Seufzend rieb Melissa sich mit beiden Händen übers Gesicht und versuchte, die trüben Gedanken zu vertreiben. Noch musste sie keine Entscheidung treffen. Zunächst einmal hatte sie für die nächsten zwölf Monate eine neue Bleibe gefunden. So lange sollte der neue Mietvertrag zunächst gelten. Danach oder vielleicht auch schon im Laufe der kommenden Monate würde sie sich überlegen, wie es weitergehen sollte.

Sie wollte gerade ins Hinterzimmer gehen, um zu überprüfen, ob es über den Onlineshop neue Bestellungen gab, als das Klingeln des Glöckchens an der Ladentür erneut Kundschaft ankündigte.

Melissa drehte sich wieder um und erschrak zutiefst, als sie die große, breitschultrige Gestalt eintreten sah. Für einen Moment rang sie unwillkürlich nach Atem.

Der Mann war mindestens einen Meter fünfundachtzig und sehr muskulös. Sein dichtes blondes Haar hatte er zu einem etwas über schulterlangen Zopf gebunden, Kinn, Wangen und Oberlippe waren von einem Fünf- oder Sechstagebart bedeckt, der seine herben Gesichtszüge noch rauer wirken ließ. Er trug schwarze Jeans, ein grauweißes gemustertes Shirt und darüber eine schwarze Lederjacke, die ihn noch breiter und imposanter wirken ließ. Er war ein regelrechter Schrank von einem Mann.

Glücklicherweise erkannte Melissa ihn auf den zweiten Blick, andernfalls hätte sie womöglich die Flucht vor ihm ergriffen.

»Herr Overbeck, guten Tag.« Dass ihre Stimme ein klein wenig gepresst klang, überspielte sie mit einem, wie sie hoffte, freundlichen Lächeln. »Was kann ich für Sie tun?«

»Guten Tag. Melissa, nicht wahr?« Auch auf seinen Lippen erschien ein Lächeln, das den furchteinflößenden ersten Eindruck seiner Erscheinung sogleich abmilderte. »Sagen Sie bitte ruhig Lennart zu mir, immerhin kennen wir uns ja schon ein wenig vom vergangenen Jahr.« Bewundernd sah er sich im Laden um. »Wie ich sehe, war Jana wieder einmal sehr fleißig. Wo nimmt sie nur immer ihre Ideen für diese ganzen Skulpturen her? Sie hat wirklich ein außergewöhnliches Talent.«

»Das hat sie«, stimmte Melissa ihm zu. »Möchten Sie etwas kaufen? Ein Geschenk vielleicht?«

»Nein.« Er lachte, ein leicht rauer Ton, der, ebenso wie seine dunkle Stimme, seltsam, aber nicht unangenehm zwischen ihnen vibrierte. »Oder vielleicht doch. Es schadet wahrscheinlich nicht, mich hier einmal umzusehen. Immerhin ist Weihnachten nicht mehr allzu fern, und meiner Schwester gefallen Janas Skulpturen ausgesprochen gut. Allerdings bin ich heute aus einem anderen Grund hier. Ich bin mit Jana wegen der Absprache für den Securityeinsatz auf dem Weihnachtsmarkt verabredet. Außerdem müssen wir noch einen Termin für die jährliche Wartung der Sicherheitsvorrichtungen hier im Laden, in der Werkstatt und in Janas und Olivers Haus ausmachen.«

»Sie sind mit ihr verabredet?« Rasch zog Melissa das Tablet aus dem Fach unter dem Verkaufstresen hervor, über das sie auf Janas Terminkalender zugreifen konnte. Tatsächlich war dort ein Vermerk über das Treffen mit Lennart Overbeck eingetragen. Verlegen sah sie ihn an. »Das hat sie bestimmt vergessen. Sie ist schon seit heute Morgen in ihrer Werkstatt und will nicht gestört werden. Wenn die Muse sie küsst, vergisst sie meistens alles um sich herum. Ich weiß leider nicht, wann sie mit ihrer Arbeit fertig sein wird.«

»Da störe ich mal besser nicht.« Lennart lächelte unvermindert weiter, und es war ihm nicht anzumerken, dass ihn der ausgefallene Termin in irgendeiner Form störte. »Ich habe bereits oft genug gehört, dass so etwas bei Jana böse enden kann. Oliver hat mir in dieser Hinsicht einiges erzählt.« Aus dem Lächeln wurde ein Schmunzeln. »Anscheinend hat er ja diesbezüglich selbst ein paar Erfahrungen gesammelt, insbesondere als er Jana kennengelernt hat.«

Das amüsierte Funkeln in seinen Augen reizte Melissa ebenfalls zu einem Lächeln. »Ich glaube, er hat sich anfangs einiges von ihr anhören und gefallen lassen müssen. Inzwischen sind sie aber ein eingespieltes Team.«

»Das ist schön zu hören.« Lennart zog sein Smartphone aus der Innentasche seiner Lederjacke hervor. »Anderenfalls hätte er sie aber auch wohl kaum gebeten, ihn zu heiraten, oder? Am besten mache ich mir einen Vermerk, Jana später anzurufen. Dann vereinbaren wir einfach einen neuen Termin.« Während er sprach, tippte und wischte er auf dem Display seines Smartphones herum, dann schob er es zurück in die Jackeninnentasche. Noch einmal sah er sich um, diesmal wanderten seine Blicke jedoch sehr gezielt von der Kasse zur Überwachungskamera und dann zur halb offen stehenden Tür, die in das Büro hinter dem Ladenlokal führte. »Gibt es irgendwelche Probleme mit der Sicherheitsanlage hier im Laden? Sie arbeiten doch jeden Tag hier, nicht wahr? Dann gehen Sie ja auch täglich damit um. Wenn es irgendetwas geben sollte, was noch verbessert werden könnte, dann wäre jetzt gerade der richtige Moment, mir das mitzuteilen.« In seinen dunkelblauen Augen funkelte es fröhlich. »Immerhin habe ich jetzt fast eine ganze Stunde freie Zeit.«

»Oh, also ...« Auch Melissa blickte hinauf zu der Kamera und dann auf ihre Kasse. Sie fühlte sich ein wenig überrumpelt. »Ich weiß nicht. Ehrlich gesagt habe ich mir nie ...« Sie brach ab, als sich die Ladentür erneut öffnete und eine ältere Dame eintrat. »Entschuldigen Sie bitte. Ich muss mich rasch um die Kundin kümmern.«

»Aber klar doch.« Lennart trat zwei Schritte zur Seite, damit er nicht im Weg stand.

»Frau Meisenbach, guten Tag«, begrüßte Melissa die ältere Dame freundlich. »Sie sind bestimmt hier, um sich die neuen Vasen anzusehen, nicht wahr?« Zuvorkommend trat sie hinter dem Tresen hervor und führte die Kundin zu einer Vitrine auf der rechten Ladenseite. Dabei wich sie Lennart möglichst weiträumig aus. Obwohl er sehr nett wirkte, konnte sie sich eines Anflugs von Verunsicherung ihm gegenüber nicht erwehren. Männer wie er, groß, rau und selbstbewusst, machten ihr Angst. Sie war jedoch entschlossen, sich nichts anmerken zu lassen, deshalb konzentrierte sie sich ganz auf ihre Kundin. »Sehen Sie, hier ist eine ganz neue Kollektion. Einmal in Rosa, einmal in Grün und einmal in Elfenweiß. Zumindest nennt Jana diese Farbe so, weil sie die Vasen so filigran und leicht wie Elfen wirken lässt.«

»Wunderschön!« Die Kundin streckte die rechte Hand aus, berührte die Vasen jedoch nicht. »Und sehe ich das richtig, es gibt immer gleich drei Größen im Set?«

»Sie können gerne das Set erwerben«, bestätigte Melissa. »Es ist aber auch möglich, nur einzelne Vasen zu kaufen.«

»Hach, da kann ich mich ja gar nicht entscheiden!« Die Kundin lachte. »Ich dachte mir schon, dass ich heute hier fündig werde. Als Jana mir vor einiger Zeit erzählte, dass sie Mitte November mit der neuen Kollektion Vasen fertig sein würde, habe ich mir den Termin gleich rot im Kalender angestrichen. Wissen Sie was? Ich nehme das Set in Weiß und ein weiteres in Grün für meine Schwester. Wir sind Zwillinge, wissen Sie? Deshalb gefällt uns so gut wie immer dasselbe. Ihre Lieblingsfarbe ist allerdings Grün, das passt doch perfekt, nicht wahr? Wir haben nächste Woche Geburtstag, dann habe ich gleich ein schönes Geschenk für sie. Können Sie mir das grüne Set hübsch einpacken?«

»Selbstverständlich, Frau Meisenbach.« Melissa nahm erst die weißen, dann die grünen Vasen aus der Vitrine und trug sie vorsichtig zum Tresen. Dort packte sie sie sorgsam in gepolsterte Pappschachteln. Die mit den grünen Vasen umwickelte sie routiniert mit weiß-golden gemustertem Geschenkpapier und wand eine ebenfalls weiß-goldene Schleife darum. Sie hörte Lennart Overbeck deutlich Luft holen, als sie der Kundin den Preis nannte, den diese, ohne mit der Wimper zu zucken, mit ihrer Kreditkarte beglich.

»Nobel geht die Welt zugrunde«, kommentierte er, nachdem Frau Meisenbach den Laden wieder verlassen hatte. »Die Preise sind ja ganz schön happig.«

»Sie sind aber angemessen für die Kunstwerke, die Jana erschafft. Ihre Skulpturen, Schmuckstücke und Gebrauchsgegenstände sind jeden Cent wert, den sie dafür verlangt«, widersprach Melissa und erschrak dabei über sich selbst. Noch immer hatte sie Schwierigkeiten damit, jemandem ein Widerwort zu geben, und sei es auch noch so angebracht. Jemandem wie Lennart Overbeck gegenüber traute sie sich normalerweise überhaupt nicht, den Mund aufzumachen, zumindest nicht, wenn es über allgemeine Floskeln oder ein Verkaufsgespräch im Laden hinausging.

»Das will ich gar nicht bestreiten.« Sein Blick richtete sich auf sie; von der Nervosität, die sie ergriffen hatte, schien er nichts zu bemerken, denn auch das Lächeln kehrte auf seine Lippen zurück. »Ich habe mir nur gerade überlegt, dass ich mein Budget für das Weihnachtsgeschenk meiner Schwester noch einmal überdenken sollte. Für das, was ich angedacht hatte, werde ich hier nämlich nicht mehr als eine daumengroße Figur bekommen, vermute ich.«

Melissa versuchte, sich wieder zu entspannen. »Ich bin sicher, wir finden etwas für Ihre Schwester.«

»Wir?« Seine Augenbrauen hoben sich ein klein wenig, und in seine Augen trat wieder dieses fröhliche Funkeln, das sie jedoch erneut nervös werden ließ.

»Ja, also, natürlich.« Sie bemühte sich mit aller Kraft, seine überaus intensive Ausstrahlung zu ignorieren, und flüchtete sich in einen geschäftsmäßigen Ton. »Dazu bin ich ja hier, um Ihnen, also den Kunden, bei der Auswahl zu helfen. Jana macht das auch immer wieder sehr gerne selbst. Sie liebt es, Kundschaft hier im Laden zu bedienen, aber im Augenblick ist sie ja ...«

»... beschäftigt«, vervollständigte Lennart den Satz. »Sobald ich mir über das neue Budget Gedanken gemacht habe, werde ich darauf gerne zurückkommen.« Er zwinkerte ihr sichtlich gut gelaunt zu.

»Sehr gerne«, quetschte Melissa gerade noch einigermaßen normal hervor und verräumte rasch, um ihre Hände zu beschäftigen, die Überreste des Geschenkpapiers. Auf diese Weise konnte sie auch seinem Blick ausweichen, was es ihr leichter machte, weiterzureden: »Obwohl der Wert eines Geschenks ja eigentlich nicht an der Höhe seines Preises gemessen werden sollte. Ein kleines Geschenk, das von Herzen kommt, ist doch hundertmal schöner als ein großes, das nur ausgesucht wurde, weil ein möglichst hoher Preis dafür bezahlt wurde.« Während sie sprach, hatte sie sich kurz gebückt, um in dem Fach mit dem Geschenkpapier ein wenig für Ordnung zu sorgen.

Als sie sich nun wieder aufrichtete, erschrak sie erneut, weil Lennarts Blick unverwandt auf sie gerichtet war. Das Lächeln auf seinen Lippen war ein klein wenig verblasst. Stattdessen konnte sie auf seiner Miene einen besorgten Ausdruck erkennen. Er ging einen Schritt auf den Tresen zu, was sie veranlasste, etwas zurückzuweichen.

Sein Lächeln verschwand ganz. »Mache ich Sie nervös, Melissa?«

»Ich, äh, nein, natürlich nicht.« Prompt zitterte ihre Stimme leicht, ebenso wie ihre Hände, die sie daraufhin fest ineinander verschränkte.

»Sind Sie sicher?« Er kam noch näher, und wieder wich sie automatisch zurück und stieß mit dem Rücken gegen die Tür zum Büro, die daraufhin ein Stück weit aufschwang. Nun sichtlich besorgt runzelte er die Stirn. »Sie wirken nämlich im Augenblick so, als ob Sie kurz davor wären, vor mir die Flucht zu ergreifen.«

»Das ist«, sie schluckte krampfhaft, »ich meine, nein, also ...« Hilflos blickte sie links und rechts an ihm vorbei. Sie hatte tatsächlich das Bedürfnis, Ausschau nach einem Fluchtweg zu halten, dabei wusste sie, dass das ganz bestimmt unnötig war und außerdem sinnlos gewesen wäre. Dieser Mann war so viel größer als sie und ihr körperlich derart überlegen, dass sie mit einer Flucht ganz sicher nicht weit kommen würde. Einer Flucht wohlgemerkt, die vollkommen irrational wäre, denn er hatte sie ja mit keinem Wort und keiner Geste bedroht.

Zu ihrer Überraschung machte Lennart drei Schritte rückwärts und schob die Hände bis zur Hälfte in die Taschen seiner schwarzen Jeans. »Besser so?«

Tatsächlich führte der vergrößerte Abstand zwischen ihnen dazu, dass sie ein wenig leichter atmen konnte. Tief sog sie die Luft in ihre Lungen, dann nickte sie verlegen. »Danke. Es ... tut mir leid. Ich weiß auch nicht, was mit mir los ist.«

»Wirklich nicht?« Er musterte sie gleichermaßen freundlich wie aufmerksam. »Auf mich machen Sie den Eindruck, als wären sie schon einmal von einem Mann bedrängt oder sogar überfallen worden.« Ehe sie auch nur Luft holen konnte, um etwas zu erwidern, hob er beschwichtigend beide Hände. »Darauf brauchen Sie nicht zu antworten, Melissa. Ich möchte nur deutlich machen, dass Sie von mir nichts zu befürchten haben.« In seinen Blick trat wieder dieses fröhliche Funkeln, und er zwinkerte ihr erneut zu. »Solange Sie *mich* nicht angreifen, bin ich vollkommen handzahm.«

Mit dieser Bemerkung brachte er sie tatsächlich dazu, ganz kurz zu lächeln. »Selbstverständlich«, murmelte sie.

»Nein, nicht selbstverständlich«, antwortete er leise. »Aber in meinem Fall trifft es zu. Sie brauchen keine Angst vor mir zu haben.« Er blickte an sich hinab und dann mit einem schiefen Lächeln wieder in ihr Gesicht. »Gerade kürzlich hat mich meine Schwester darauf hingewiesen, dass ich auf manche Leute möglicherweise ein bisschen furchteinflößend wirken könnte.« Aus dem schiefen Lächeln wurde ein Grinsen. »Rockermäßig hat sie es genannt. Ich sehe das allerdings im Allgemeinen nicht als Nachteil, denn in meinem Beruf, als Leiter einer Sicherheitsfirma, wirken Selbstsicherheit, dominantes Auftreten und ein gewisses Maß an respekteinflößender Erscheinung in der Regel durchaus vertrauenerweckend auf die Kundschaft. Nicht, dass ich nicht auch denselben Effekt in einem maßgeschneiderten Anzug mit Krawatte herbeiführen könnte, aber das ist doch mehr der Stil meines Vaters. Ich versuche, die Anlässe, zu denen ich mich in einen Anzug quetschen muss, auf ein Minimum zu reduzieren. Geschadet hat es mir bislang nicht, aber wahrscheinlich ist mir nicht immer bewusst, dass es auch Menschen gibt, die zu dem hier«, er zupfte an seiner bei genauerem Hinsehen schon etwas abgeschabten schwarzen Lederjacke, »nicht unbedingt gleich Vertrauen fassen.«

»Ich, na ja …« Hier konnte sie ihm nicht widersprechen.

»Soll ich lieber ein andermal wiederkommen, wenn Jana Zeit hat?« Als sie fragend die Stirn runzelte, fügte er hinzu: »Wegen meiner Fragen zu der hier verbauten Sicherheitstechnik und ihrem Handling.«

Ja! Melissa hätte sich am liebsten selbst geohrfeigt. Sie würde im Leben niemals weiterkommen und schon gar nicht selbstbewusster werden, wenn sie schwierigen Situationen immer wieder auswich. Deshalb versuchte sie, sich zusammenzureißen. »Nein, das ist schon in Ordnung. Was genau wollen Sie denn wissen? Ich habe noch nie darüber nachgedacht, ob hier alles richtig eingerichtet ist. Was könnte man denn überhaupt verändern?«

Lennart schob seine Hände wieder in die Hosentaschen und trat vorsichtig erst einen, dann einen weiteren Schritt auf den Tresen zu. Dabei behielt er sie aufmerksam im Auge, doch da sie diesmal nicht zurückwich, blieb er an Ort und Stelle stehen. Sein Blick wanderte erneut zu der Kamera in der hinteren linken Raumecke hinauf. »An der Position der Kamera würde ich nichts ändern. Sie ist so eingestellt, dass jeder Winkel des Ladens perfekt erfasst wird. Auch draußen haben wir alle Kameras so justiert, dass sie im Rahmen der gesetzlichen Vorgaben weitestgehend perfekt ausgerichtet sind. Mir ging es mehr darum, ob sie mit der Software zurechtkommen oder ob es irgendeinen Bereich gibt, den wir hinsichtlich der Sicherheit noch besser abdecken könnten. Wie gesagt, ich nehme an, dass Sie täglich mit unserer Software umgehen. Wenn es etwas gibt, das noch nicht ganz rund läuft, dann dürfen Sie uns das jederzeit mitteilen. Das hatte ich Jana auch bereits gesagt, aber da sie wahrscheinlich nicht so oft mit der Technik in Berührung kommt wie Sie, wollte sie, soweit ich das verstanden hatte, das letzte Wort darüber Ihnen überlassen.«

»Wirklich?« Überrascht hob Melissa den Kopf. »Das wusste ich gar nicht.« Sie runzelte die Stirn. »Das heißt, doch, sie hat vor einiger Zeit mal etwas darüber gesagt, aber irgendwie habe ich es wieder vollkommen vergessen. Ich bin ja, wenn ich nicht hier arbeite, die meiste Zeit mit meinem Sohn beschäftigt und habe andere Dinge im Kopf.«

»Andy heißt er, nicht wahr?«, hakte er nach. »Wie alt ist er jetzt? Sechs oder sieben Jahre? Oliver hat mal erwähnt, dass er jetzt zur Schule geht.«

»Er ist sechseinhalb und geht in die erste Klasse.« Wie immer beim Gedanken an ihren Sohn erschien ein Lächeln auf ihren Lippen. »Er ist ganz stolz darauf, endlich ein Schulkind zu sein. Aber ich glaube, er ärgert sich ein bisschen, dass er noch nicht alle Buchstaben gelernt hat und deshalb seinen Wunschzettel dieses Jahr noch nicht schreiben konnte. Stattdessen hat er ihn gemalt, und wir haben ihn heute Morgen auf dem Weg zur Schule in den Briefkasten geworfen.« Verlegen hielt sie inne. »Entschuldigen Sie, das interessiert Sie natürlich überhaupt nicht.«

»Behauptet wer?« Lennart lächelte ihr warm zu. »Als stolze Mama dürfen Sie jederzeit mit Ihrem Sohn angeben. Dafür habe ich volles Verständnis. Mein Vater war, glaube ich, genauso, als wir klein waren. Eigentlich ist er bis heute noch so, wenn ich es recht bedenke.« Er lachte wieder sein dunkel-raues Lachen, was seltsamerweise dazu führte, dass sich die Härchen auf Melissas Armen und Rücken aufstellten. »Er hat uns allein großgezogen, seit ich drei und meine Schwester ein Jahr alt waren.«

»Tatsächlich?« Überrascht musterte sie ihn. »Allein mit zwei Kleinkindern? Das stelle ich mir irrsinnig schwer vor. Ich habe ja schon nur mit Andy alle Hände voll zu tun.«

»Einfach war es ganz sicher nicht«, stimmte er ihr zu. »Aber was ist ihm anderes übrig geblieben? Meine Mutter hat uns damals einfach sang- und klanglos verlassen, um sich selbst zu finden.« Er verdrehte ein wenig die Augen. »Ob die Suche erfolgreich war, ist uns nicht bekannt. Sie schreibt hin und wieder mal einen Brief oder eine Postkarte, und alle Jubeljahre kommt sie ein paar Tage zu Besuch. Für Lena und mich ist sie bestenfalls so etwas wie eine entfernte Tante, aber eigentlich mehr eine vollkommen fremde Person.«

»Das tut mir leid.« Betroffen blickte Melissa auf ihre Hände. Sie hatte ja selbst Erfahrungen mit schwierigen und belasteten Eltern-Kind-Beziehungen, doch zumindest kannte sie ihre beiden Elternteile und wusste, was sie von ihrer Mutter zu erwarten hatte.

»Muss es nicht.« Lennart winkte ab. »Man kann nur vermissen, was man einmal besessen hat oder gekannt. Unser Vater hat immer dafür gesorgt, dass wir auch ohne unsere Mutter eine schöne Kindheit und Jugend hatten. Er hat viel für uns getan – und vermutlich auch viel aufgegeben.« Nachdenklich hob er die Schultern. »Wahrscheinlich wäre es allmählich an der Zeit, dass er sich mehr seinem eigenen Leben widmet. Immerhin ist er erst dreiundfünfzig Jahre alt, also theoretisch noch jung genug, um noch einmal neu anzufangen.« Er schmunzelte. »Aber das wiederum interessiert Sie wahrscheinlich nicht die Bohne, oder?«

»Doch, doch.« Sie räusperte sich, dann konnte sie sich eines Lächelns nicht erwehren. »Als stolzer Sohn dürfen Sie ebenfalls sehr gerne mit Ihrem Vater angeben.«

»Guter Punkt.« Lachend trat er noch einen halben Schritt auf sie zu. »Wie ist es nun? Kommen Ihnen irgendwelche Verbesserungsmöglichkeiten in den Sinn?«

»Keine Ahnung.« Stirnrunzelnd rief sie sich die Funktionen der Sicherheitssoftware vor Augen. »Eigentlich läuft alles ganz gut damit.«

»Und uneigentlich?«

Sie räusperte sich. »Die Speicherkarten sind immer ziemlich schnell voll und müssen dann gelöscht und neu formatiert werden. Meistens jeden dritten Tag. Wir haben schon Ersatzkarten besorgt, damit wir wenigstens die Daten der letzten zehn Tage behalten können. Viel länger wollen wir das aus datenschutzrechtlichen Gründen nicht tun, aber zehn oder vierzehn Tage wären schon sinnvoll, nur für den Fall, dass wir einmal eine Aufnahme zu Nachweiszwecken benötigen.« Sie schauderte beim Gedanken an die Vorfälle vor einem Jahr, die dazu geführt hatten, dass Jana die Sicherheitstechnik rund um ihren Laden und ihre Werkstatt rigoros aufgerüstet hatte. »Natürlich hoffen wir, dass das nicht noch einmal notwendig sein wird, aber man hört doch immer wieder von Einbrüchen und Diebesbanden und so.«

Während sie sprach, hatte Lennart erneut sein Smartphone hervorgezogen und machte sich darauf nun mithilfe eines kleinen Plastikstifts handschriftliche Notizen. »Wir können die Speicherkarten ganz einfach durch externe Festplatten ersetzen. Darauf lassen sich wesentlich mehr Daten speichern. Ich halte sogar bis zu dreißig Tagen für sinnvoll, zum Beispiel für Zeiträume, in denen hier überhaupt niemand ist. Während des Urlaubs zum Beispiel. Die Umrüstung kann ich zeitnah veranlassen. Allerdings müssen wir dann das Verfahrensprotokoll hinsichtlich des Datenschutzes entsprechend abändern, aber das kann Lena ebenfalls schnell erledigen, sobald wir wissen, ob noch weitere Anpassungen nötig sind.« Er neigte den Kopf ein wenig zur Seite. »Noch andere Ideen?«

Melissa überlegte angestrengt. »So auf Anhieb fällt mir jetzt nicht viel mehr ein. Oder doch! Immer, wenn ich die Speicherkarten neu formatiert habe und den Zwischenspeicher geleert, stürzt das Programm für einen Moment ab oder friert ein. Ich habe mich inzwischen daran gewöhnt, weil ich herausgefunden habe, dass ich es wieder aufwecken kann, wenn ich die Escape-Taste fünf- oder sechsmal drücke. Haben Sie eine Idee, woran das liegen könnte?«

Diesmal war es an Lennart, die Stirn zu runzeln. »Auf Anhieb nicht, aber wenn Sie mich kurz an den Computer lassen, kann ich mir das gerne mal ansehen.« Da in diesem Moment das Glöckchen klingelte und zwei junge Frauen eintraten, ging er erneut ein Stückchen zur Seite, um ihnen nicht im Weg zu stehen.

Melissa begrüßte die beiden neuen Kundinnen freundlich, da diese sich jedoch offenbar erst einmal umsehen wollten, nickte sie Lennart zu und deutete auf die immer noch halb offen stehende Tür in ihrem Rücken. »Der Computer ist eingeschaltet und die Software über das Icon auf dem Desktop zu erreichen.«

»Okay, dann bis gleich.« Mit ruhigen Bewegungen und ganz offensichtlich darum bemüht, sie nicht noch einmal zu erschrecken, umrundete er den Verkaufstresen und schob sich an ihr vorbei ins Büro, ohne sie auch nur mit einem Zipfel seiner Jacke zu berühren. Dennoch hielt Melissa unwillkürlich die Luft an und musste sich zwingen, ruhig stehen zu bleiben. Als sie hörte, wie er sich auf dem Drehstuhl am Schreibtisch niederließ, atmete sie tief durch. Dabei stieg ihr der herbe Duft seines Deos in die Nase. Unwillkürlich richteten sich die Härchen auf ihrem

Körper erneut auf, und ihr Herzschlag beschleunigte sich ein wenig. Verärgert über sich selbst, versuchte sie, sich zusammenzureißen. Es wurde wirklich Zeit, dass sie etwas gegen diese Art von Angstzuständen tat.

***

Lennart hörte mit einem Ohr zu, wie Melissa in ruhigem, freundlichem Ton mit den beiden Kundinnen sprach und ihnen einige der Skulpturen und Schmuckstücke zeigte, während er die Software für das Sicherheitssystem aufrief und im Backend ein paar Testläufe durchführte. Dann setzte er testweise eine der SD-Karten ein, die er fast immer bei sich trug, und konnte tatsächlich den von Melissa beschriebenen Fehler reproduzieren. Stirnrunzelnd rief er erneut die Einstellungen auf und justierte hier und da eine Kleinigkeit. Dann verband er die Software mit dem Server seiner Firma und lud ein Update herunter.

Nur Augenblicke, nachdem ihm das Türglöckchen verriet, dass die Kundinnen wieder gegangen waren, hörte er Melissa das Büro betreten. »Kommen Sie«, sagte er und winkte sie zu sich heran, ohne sie anzusehen. »Ich habe die Software auf den neuesten Stand gebracht und ein paar kleine Veränderungen vorgenommen. Hier«, er deutete auf die Bedienoberfläche auf dem Bildschirm. »Die Daten werden jetzt automatisch komprimiert, nachdem sie aufgezeichnet wurden. Das ist nicht nur bei den Speicherkarten sinnvoll, sondern auch bei den externen Festplatten, die wir noch installieren werden. Offenbar hatten der interne Speicher sowie der Cache nicht genug Volumen. Bei den Daten auf meiner Test-Speicherkarte tritt der Fehler jetzt nicht mehr auf.« Er nahm seine Karte aus dem Lesegerät und ersetzte sie wieder durch die, die sich ursprünglich darin befunden hatte. »Geben Sie mir bitte umgehend Bescheid, falls das Programm noch einmal abstürzen oder einfrieren sollte, dann müssen wir noch ein bisschen weiterjustieren.« Nun blickte er sich doch zu ihr um, da sie nur ein klein wenig näher gekommen, jedoch in respektvollem Abstand stehen geblieben war. Rasch erhob er sich und deutete auf den Stuhl. »Sie können es auch gerne gleich ausprobieren. Oder gibt es sonst noch etwas, was ich für Sie tun kann?«

Zögernd kam Melissa näher und setzte sich auf den Drehstuhl. Kurz hatte er den Eindruck, als würde ihre Hand ein wenig zittern, als sie sie auf die Maus legte. Er tat jedoch so, als würde er es nicht bemerken, um sie nicht noch nervöser zu machen.

Sie blickte die Aufnahmen auf der Speicherkarte zwar an, löste jedoch keinen Löschvorgang aus, da es sich natürlich um ganz aktuelle Daten handelte. »Ich glaube, ich mach das am besten morgen früh.« Sie drehte den Kopf kurz in seine Richtung, sah ihn aber nicht direkt an, sondern sofort wieder auf den Bildschirm. »Dann habe ich mehr Ruhe und muss nicht darauf achten, ob jemand in den Laden kommt.« Sie schwieg einen Augenblick, bevor sie erneut das Wort ergriff. »Bieten Sie eigentlich auch Sicherheitsvorkehrungen für Internetseiten an? Jana hat mir die Betreuung ihrer Website anvertraut, und die Seite ist wirklich toll, aber wir kämpfen neuerdings immer mehr mit Spam-Einträgen in unserem Kontaktformular und irgendwelchen automatisierten Angriffen von Hackern oder Bots. Ich habe zwar eine Firewall installiert, bin mir aber nicht sicher, ob ich sie wirklich korrekt konfiguriert habe. So gut kenne ich mich nämlich damit auch nicht aus. Eigentlich soll ich ja hauptsächlich den Onlineshop betreuen, aber da hatten wir sogar trotz der Firewall einmal einen Angriff, bei dem eine ganze Seite mit Fotos gelöscht und eine andere durcheinandergebracht worden ist. Zum Glück habe ich herausgefunden, wie man den Hacker, oder wer auch immer das war, wieder rauswerfen konnte. Aber gibt es nicht auch Möglichkeiten, so etwas ganz zu verhindern?«

»Die gibt es natürlich«, bestätigte Lennart. Vorsichtig trat er neben sie und stützte sich auf der Lehne des Drehstuhls mit einer Hand ab. So beiläufig wie nur möglich beugte er sich ein klein wenig vor. »Eine hundertprozentige Sicherheit wird es zwar nie geben, denn die Technik schreitet irrsinnig schnell voran, insbesondere hinsichtlich künstlicher Intelligenz, sodass man ständig auf Zack sein und die Sicherheitseinstellungen regelmäßig an neue Gegebenheiten anpassen muss. Aber wenn Sie möchten und wenn Jana auch damit einverstanden ist, kann ich gerne meine Schwester bitten, ein speziell auf diese Website angepasstes Sicherheits-Plug-in zu programmieren.«

»Das wäre, glaube ich, ganz gut.« Melissa blickte zu ihm auf, und er konnte genau erkennen, wie sich ihre Augen vor Schreck ein wenig weiteten, als ihr bewusst wurde, wie nah er bei ihr stand. Sofort zog er sich einen Schritt zurück und schob seine Hände in die Hosentaschen.

Sie schluckte sicht- und hörbar. »Ich muss natürlich noch mit Jana darüber reden, aber ich bin sicher, dass sie damit einverstanden sein wird.« Sie erhob sich und ging rasch zurück in den Laden.

Lennart folgte ihr bewusst gemächlich, umrundete den Tresen und stützte sich lässig mit den Unterarmen darauf. Er lächelte ihr zu, in der Hoffnung, ihr damit erneut ein wenig die Nervosität zu nehmen. »Sehen Sie, es war gut, dass wir darüber gesprochen haben.« Ohne seine gebeugte Haltung zu ändern, zückte er ein weiteres Mal sein Handy und den Plastikstift und notierte sich in Stichworten den neuen Auftrag. »Falls Ihnen noch weitere Verbesserungen einfallen sollten, können Sie diese ja bei unserem nächsten Termin vorbringen.«

»Okay.« Sie nickte. »Das werde ich tun, also, wenn mir noch etwas einfallen sollte. Aber eigentlich läuft ja alles, wie es soll.«

»Was nicht bedeutet, dass man nicht hier und dort noch etwas verbessern könnte.« Nun richtete er sich doch wieder auf. »Ich denke, ich mache mich jetzt wieder auf den Weg. Ich habe nämlich Sissy im Auto, und man weiß nie, wie lange sie es alleine aushält, bevor sie irgendetwas in kleine Fetzen zerpflückt. Sie hat zwar in ihrer Box nur eine Decke, aber auch die lässt sich vermutlich leicht zu Konfetti verarbeiten.«

»Sissy?« Überrascht hob Melissa den Kopf. »Sie haben Ihren Hund mitgebracht?«

»Normalerweise passt Lena auf sie auf, wenn ich zu einem Kunden muss, aber sie hatte heute einen Zahnarzttermin. Deshalb habe ich Sissy ausnahmsweise mitgenommen. Möchten Sie sie kennenlernen?« Noch während er sprach, hatte er die Ladentür geöffnet und war hinausgetreten. Mit einem kurzen Winken bedeutete er Melissa, ihm zu folgen. Da er direkt vor dem Laden geparkt hatte, musste sie das Ladenlokal nur wenige Schritte verlassen.

Kaum hatte er sich dem Kofferraum seines orangefarbenen SUVs mit dem hellgrauen Schriftzug *Securifant* und dem Emblem sowie der Adresse seiner Firma auf beiden Seiten des Fahrzeugs genähert, als aus dem Inneren des Wagens ein herzerweichendes Jaulen, dann ein empörtes Bellen zu vernehmen war.

Da bist du ja endlich wieder! Ich dachte schon, du wärst für immer verschwunden. Wie kannst du mich nur so scheußlich lange allein hier drin lassen? Das ist gemein und außerdem total langweilig. In Ermangelung einer anderen Beschäftigung habe ich versucht, meiner Decke eine Ecke abzubeißen, aber so richtig gelungen ist es mir nicht. Außerdem schmeckt dieser weiche Stoff nicht so gut, wie ich gedacht hatte. Aber wenn du mich noch länger hier warten lassen hättest, wäre mir das auch egal gewesen. Mach das bitte nicht wieder, sonst bin ich ganz trau-au-aurig!

Er lachte. »Schon gut, Sissy, schon gut. Ich bin ja wieder da.« Er warf Melissa einen vielsagenden Blick zu. »Sie tut immer so, als würde sie mindestens am Spieß gebraten, wenn ich sie irgendwo zurückgelassen habe und dann wieder zu ihr zurückkehre. Dabei bleibt sie doch inzwischen meistens sehr brav für eine ganze Weile allein. Länger als eine halbe Stunde riskiere ich es aber meistens nicht, wenn ich keinen Hundesitter habe.« Er öffnete die Kofferraumklappe und dann mit ruhigen

Bewegungen die stabile Hundebox, in der Sissy sich bereits wie ein Derwisch immer noch bellend und jaulend um die eigene Achse drehte. Kaum war die Box offen, als sie auch schon herausspringen wollte, was Lennart jedoch mit einem ruhigen »Stopp!« verhinderte und indem er seine Hand sanft, aber bestimmt, gegen Sissys Brust legte.

Hey! Ich will hier raus. Warum darf ich denn nicht? Sissy winselte ungeduldig, setzte sich schließlich jedoch hin und beruhigte sich ein wenig. *Besser so? Darf ich jetzt endlich nach draußen?*

»Warte mal.« Betont langsam griff er nach Sissys Leine, die neben der Box im Kofferraum lag, und hakte sie an ihrem Geschirr fest. »So, jetzt darfst du raus.« Er lachte, denn kaum hatte er die Worte ausgesprochen, als das quirlige, gerade sieben Monate alte Boxermädchen mit einem regelrechten Hechtsprung aus dem Kofferraum sprang und ihn wild mit der Rute wedelnd umkreiste.

Na endlich! Viel länger hätte ich es da drinnen nicht mehr ausgehalten. Nicht nur, weil es total langweilig war, sondern auch, weil ich dich vermisst habe. Ich mag es nicht, wenn du weggehst und mich allein lässt.

Erst jetzt schien Sissy zu bemerken, dass er nicht allein war. Mitten in ihrem Gewusel hielt sie inne, hob den Kopf, legte ihn ein wenig schräg, dann sprang sie mit einem freudigen Wuffen so schnell auf Melissa zu, dass ihm beinahe die Leine entglitten wäre. Gerade noch konnte er mit einem erneuten »Stopp« verhindern, dass die junge Hündin Melissa begeistert ansprang.

»Langsam, mein Mädchen. Nicht so stürmisch, sonst machst du Melissa ja Angst.« Prüfend warf er der jungen Frau einen Blick zu, die tatsächlich unwillkürlich einen Schritt rückwärts gemacht hatte, sich jedoch nicht vor Sissy zu fürchten schien. Sie lächelte sogar und noch dazu so offen und geradezu zärtlich, dass ihm ganz warm ums Herz wurde. Trotzdem näherte er sich ihr mit Sissy nur langsam und vorsichtig. »Alles okay? Die

Kleine kann ziemlich wild sein. Wenn man darauf nicht vorbereitet und auch nicht einigermaßen standfest ist, kann sie einen schon umwerfen.«

Zu seiner Überraschung lachte Melissa. »Ich habe einen sechsjährigen Sohn. Um meine Standfestigkeit brauchen Sie sich keine Sorgen zu machen.« Vorsichtig streckte sie die Hand aus und ließ die aufgeregte Sissy daran schnuppern. »Die ist aber süß. Und noch nicht ganz ausgewachsen, oder?«

Hallo, hallo, wer bist du denn? Ich kenne dich noch gar nicht. Aber das lässt sich ja ganz leicht ändern. Sissy schnüffelte nun nicht nur an Melissas Hand, sondern auch laut prustend an ihren Hosenbeinen und Füßen. *Du riechst schon mal sehr angenehm. Und du hast eine schöne Stimme, das gefällt mir. Möchtest du mich streicheln?* Unvermittelt drängelte sie sich gegen Melissas Beine, die dadurch ein klein wenig ins Straucheln geriet, sich jedoch sofort wieder fing und erneut lachte.

»Na, du? Möchtest du gestreichelt werden?«

Und wie! Am Kopf bitte und hinter den Ohren und am Hals und an der Brust. Ach, am besten überall, wenn du schon dabei bist.

Leise kichernd, streichelte und kraulte Melissa das Boxermädchen überall dort, wo es ihr offensichtlich gefiel.

Lennart grinste. Vielleicht hätte er Sissy gleich mit in den Laden nehmen sollen. Wo auch immer er hinkam, fungierte sie ganz schnell als Eisbrecher. Andererseits wären wohl die wertvollen Glasskulpturen bei der Kraft und dem Übermut, die in der Hündin steckten, in höchster Gefahr gewesen. »Sie ist gerade sieben Monate alt. Ich habe sie mit neun Wochen von einem befreundeten Züchter übernommen, und seitdem versuchen wir, uns auf gemeinsame Regeln in unserem Zusammenleben zu einigen. Wir hatten schon immer einen Hund, solange ich denken kann. Meistens allerdings Schäferhunde, weil mein Vater diese Rasse sehr liebt. Jeder Einzelne von ihnen war etwas ganz Besonderes, doch ich wollte schon immer einen Boxer haben.« Da

Sissy sich mittlerweile ein wenig beruhigt hatte, ging er neben ihr in die Hocke und streichelte sie ebenfalls. »Und jetzt habe ich dich, nicht wahr, mein Mädchen?«

Na klar hast du mich, und ich hab dich. Du bist das beste Herrchen auf der ganzen Welt. Unter seinen Händen rekelte sich Sissy genüsslich und lehnte sich fest an ihn. *Deshalb verstehe ich auch gar nicht, warum du mich immer wieder allein lässt, vor allem im Auto. Wenn es nach mir ginge, würde ich dich am liebsten auf Schritt und Tritt überallhin begleiten. Und mit überall meine ich: überall!*

Lächelnd blickte Lennart zu Melissa auf. »Darf ich nun noch einmal offiziell vorstellen? Das ist Sissy. Sissy, das ist Melissa.«

Melissa? Aha. Hallo-Wuff!

Melissa gluckste. »Hallo, Sissy. Ich freue mich, dich kennenzulernen.«

Gleichfalls. Nochmals Wuff.

»Sie antwortet ja sogar!«

Lennart richtete sich wieder auf. »Zuweilen tut sie das. Sie ist ja auch das klügste Boxermädchen auf der Welt, nicht wahr?« Noch einmal tätschelte er Sissys Hals.

Aber ja doch, selbstverständlich bin ich das. Wenn du das sagst, werde ich dir ganz bestimmt nicht widersprechen.

Wieder lachte Melissa, was ihr ausgesprochen gut stand. »Bestimmt ist sie das. Und wirklich sehr süß.« Da in diesem Moment ein Auto auf dem Parkplatz hielt, räusperte sie sich. »Da kommt wohl neue Kundschaft. Ich muss also wieder in den Laden.« Überraschend unbefangen trat sie auf Sissy zu und kraulte sie noch einmal kurz hinter den Ohren. »Mach's gut, Sissy. Pass schön auf dein Herrchen auf.«

Klar doch, mach ich immer.

Als sie sich aufrichtete, bemerkte Melissa offenbar erst, wie dicht sie vor Lennart stand, denn prompt wich sie rasch wieder zurück. »Ich werde dann mal ...« Sie grüßte freundlich das Paar mittleren Alters, das aus dem Auto ausgestiegen war.

Lennart nickte. »Ich will Sie nicht aufhalten. Am besten mache ich mit Sissy noch eine kleine Runde, damit sie sich erleichtern kann, und dann muss ich auch schon zurück. Wir sehen uns.«

»Ja, bis dann also.« Da das Paar bereits auf den Laden zusteuerte, ging sie ihnen rasch voraus und beachtete ihn nicht weiter.

Lennart blieb noch einen Augenblick stehen und beobachtete durch die Schaufenster, wie sie mit den beiden neuen Kunden sprach. Als ihr Blick in seine Richtung wanderte, lächelte er kurz, winkte ihr zu und schnalzte, um Sissys Aufmerksamkeit zu erlangen. »Dann los, mein Mädchen. Machen wir uns auf den Weg.«

Na endlich! Ich dachte schon, du wolltest hier festwachsen.

3. Kapitel

»Hatschi!« Stöhnend fasste Santa Claus, auch als Weihnachtsmann bekannt, sich an die Stirn und lehnte sich in seinem Schreibtischstuhl zurück. »Aua, mein Kopf.«

»Gesundheit.« Elfe-Sieben, die schon seit vielen Jahren als Assistentin in Santas Büro arbeitete, sah ihn von ihrem Schreibtisch aus besorgt an. »Du liebe Zeit, Santa, du siehst aber gar nicht gut aus.«

»Kunststück.« Der Weihnachtsmann schnäuzte sich geräuschvoll in ein großes, rot-weiß kariertes Taschentuch. »Ich fühle mich ja auch gar nicht gut. Ich muss mich auf dem Testflug mit dem frisch überholten Schlitten erkältet haben.«

»Du warst aber auch nicht im Geringsten warm genug angezogen«, wagte die kleine Elfe einzuwenden. »Wir haben doch gleich gesagt, dass es in den oberen Luftschichten schon eisig kalt ist. Unten auf der Welt herrscht ja im Augenblick noch recht mildes Spätherbstwetter, aber du hättest dir wirklich Schal und Mütze anziehen müssen.«

»Ja, ja, ich weiß.« Wieder nieste der Weihnachtsmann in seine Armbeuge. »Das war unvernünftig, aber die Sonne schien so schön … Tja, und nun muss ich meine Unvernunft ausbaden.« Er räusperte sich, musste daraufhin aber heftig husten. »Autsch, autsch, autsch!« Wieder fasste er sich an den Kopf, diesmal mit beiden Händen.

»Was ist denn hier los?« Eine Akku-Bohrmaschine in der Hand, weil sie gerade dabei gewesen war, ein neues Regal im Wohnzimmer anzubringen, erschien Santas Ehefrau in der Tür zu seinem Büro. »Santa, was ist denn hier los?«

»Hatschi!«

»Ach du liebes bisschen!« Rasch trat sie an den Schreibtisch ihres Mannes und legte die Bohrmaschine darauf ab. »Du siehst ja fürchterlich aus! Ich dachte, du hättest nur einen kleinen Schnupfen. Aber du bist ganz blass und hast rote Flecken auf den Wangen.« Sie berührte ihn vorsichtig an der Stirn. »Du hast Fieber! Sofort ab mit dir ins Bett!«

»Nein, das geht nicht.« Energisch schüttelte der Weihnachtsmann den Kopf, stöhnte jedoch sogleich und kniff schmerzerfüllt die Augen zusammen. »Ich kann doch meine Arbeit jetzt nicht einfach liegen lassen. Wir haben schon die zweite Novemberhälfte; schau dir nur einmal an, wie viele Wunschzettel bereits eingetroffen sind.« Er deutete auf den Wäschekorb voller Briefe, den Elfe-Sieben kurz zuvor hereingebracht und mitten im Büro abgestellt hatte. Er beugte sich vorsichtig vor, nahm eine ganze Handvoll der teilweise bunt bemalten Umschläge und legte sie vor sich auf dem Schreibtisch ab. »Die müssen alle bearbeitet werden. Das schafft Elfe-Sieben doch gar nicht allein.« Er unterdrückte ein Husten und musste gleich darauf erneut niesen.

»Dann müssen wir eine andere Lösung finden.« Seine Frau trat neben ihn und zog ihn an Arm energisch von seinem Stuhl hoch. »So krank, wie du bist, schaffst du hier auch nicht wirklich etwas. Du kannst dich doch bestimmt gar nicht richtig konzentrieren. Komm, ich bringe dich ins Schlafzimmer, du legst dich hin, und ich koche dir einen schönen Pfefferminztee, den magst du doch gerne.«

»Schon, ja, aber ...« Seufzend brach Santa Claus ab, denn schon die wenigen Schritte bis zur Bürotür fielen ihm alles andere als leicht. »Mir ist ein bisschen schwindelig.«

»Wartet!« Eilig gesellte sich Elfe-Sieben an seine andere Seite und stützte ihn. »Am besten bringen wir ihn gemeinsam nach oben«, wandte sie sich an Santas Frau. »Nicht, dass er uns noch versehentlich die Treppe hinabstürzt.«

»Danke.« Santas Ehefrau lächelte ihr zu. »Dann mal los!«

Ächzend, hustend und niesend ließ der Weihnachtsmann sich ohne weitere Gegenwehr hinauf ins Schlafzimmer bringen. Er streifte lediglich seine Schuhe ab und kroch, angezogen, wie er war, unter seine Bettdecke. »Und was wird jetzt aus den Wunschzetteln?«, fragte er besorgt. »Wenn die alle liegen bleiben, bis ich wieder gesund bin, schaffen wir es vielleicht nicht bis Weihnachten, alle Wünsche zu erfüllen.«

Zärtlich streichelte seine Frau ihm über die Stirn. »Mach dir darüber mal keine Gedanken. Ich bringe dir gleich den Tee und ein bisschen Medizin, dann ruhst du dich erst einmal aus. Ich werde mich mit Elfe-Sieben um die Wunschzettel kümmern.« Sie lächelte ihm zu. »Es ist ja nicht so, dass ich nicht weiß, wie das geht. Immerhin habe ich, bevor Elfe-Sieben deine Assistentin wurde, sehr oft in deinem Büro ausgeholfen.«

Erleichtert seufzte Santa Claus. »Danke, mein Schatz.« Doch dann runzelte er die Stirn. »Aber was ist mit den Plätzchen und Lebkuchen, die du backen wolltest? Die sind doch auch so wichtig.«

Seine Frau winkte jedoch nur gelassen ab. »Ach was, das kriege ich schon hin. Zur Not bitte ich ein paar Elfen, mir später beim Backen zu helfen. Das tun sie bestimmt gerne.« Sie ging bis zur Schlafzimmertür und drehte sich dort noch einmal um. »Lass mich nur machen, Santa. Elfe-Sieben und ich halten den Laden schon am Laufen.« Sie lachte selbst über ihre etwas flapsige Wortwahl. »Sieh du nur zu, dass du rasch wieder gesund wirst.«

»Hatschi!«

***

Obwohl sie besorgt um ihren Mann war, ließ Santas Ehefrau sich tatendurstig auf seinen Schreibtischstuhl fallen und rollte damit nah an den Tisch heran. Sie betätigte kurz die Tastatur, um den Bildschirmschoner des Computers auszuschalten, und überflog die eingegangenen E-Mails, die automatisch alle zehn Minuten ins Postfach heruntergeladen wurden. In einer Sache hatte er recht, es waren bereits außerordentlich viele Wunschzettel eingegangen, nicht nur per Post, sondern auch über das Kontaktformular auf der Weihnachtsmann-Website. Die Bemühungen des Weihnachtsmannes wie auch des Christkindes, den Glauben der Menschen an diese beiden weihnachtlichen Wunscherfüller zu bestärken, schien tatsächlich Früchte zu tragen. Das war natürlich sehr schön und ermutigend, denn die Zeiten auf der Welt waren nicht einfach, und ganz bestimmt tat es den Menschen gut, wenn sie den Glauben an die Kraft des Schönen und Guten in sich wiederfanden und sich des wahren Geistes der Weihnacht wieder bewusst wurden.

Selbstverständlich hatten sie dadurch deutlich mehr zu tun. Gerade kürzlich war das Christkind zu Besuch gewesen und hatte berichtet, dass es ebenfalls bereits bis zum Hals in Arbeit steckte. Dass Santa Claus ausgerechnet jetzt mit einer schweren Erkältung im Bett lag, war natürlich alles andere als erfreulich, doch ganz bestimmt würden sie, bis er wieder gesund war, hier im Büro alles im Griff behalten.

»Ich schalte schon mal die Bildschirme an der Videowand ein.« Auch Elfe-Sieben hatte sich wieder an ihren Schreibtisch gesetzt und tippte auf ihrer Computertastatur. Augenblicke später gingen an der großen Wand die unzähligen Bildschirme an, auf denen der Weihnachtsmann jedes Jahr die wichtigsten und schwierigsten Wünsche, oder vielmehr deren Erfüllung, beobachtete. Dann griff die kleine Elfe in den Wäschekorb und nahm sich einen ganzen Stapel Wunschzettel heraus. »Zum Glück sind die meisten Wünsche leicht zu erfüllen.« Sie grinste. »In der Geschenkefabrik laufen die Fließbänder schon auf Hochtouren.«

»Sehr gut«, lobte Santas Frau. »Dann können wir die ganz einfachen Fälle gleich dorthin weiterleiten.« Sie gluckste. »Früher mussten wir dazu die Wunschzettel immer alphabetisch nach Namen und Wohnorten sortieren und zu Fuß hinüber in die Fabrik bringen. Mit der modernen Technik ist das alles deutlich einfacher geworden. Wenn ich bedenke, wie oft ich damals hin- und herrennen musste! Und heute brauchen wir einfach nur alles zu scannen und können es mit wenigen Mausklicks an die Fabrik übertragen.« Während sie sprach, sah sie sich die Umschläge an, die ihr Mann auf dem Schreibtisch abgelegt hatte, und öffnete einen nach dem anderen vorsichtig.

»Dafür müssen wir jetzt jede Menge Zeit in die Pflege und Wartung der ganzen Technik stecken.« Elfe-Sieben lachte. »Das ist manchmal auch ganz schön aufwendig. Elf-Dreizehn und Elfe-Sechzehn, unsere beiden Computerexperten, haben damit oft alle Hände voll zu tun. Also hat sich die ganze Arbeit eigentlich nur verschoben, nicht verringert. Denn wir müssen ja auch regelmäßig unsere Website auf den neuesten Stand bringen. Das mache ich zwar gerne, weil es mir Spaß macht, aber es frisst auch viel Zeit.«

»Ich weiß, was du meinst.« Santas Frau lächelte. »Ich habe mich ja auch schon hin und wieder darum gekümmert.« Sie strich einen Wunschzettel glatt und legte ihn, nachdem sie ihn kurz überflogen hatte, links neben sich. Dann nahm sie den nächsten, warf ebenfalls einen Blick darauf und legte ihn nach rechts. Der nächste Wunschzettel wanderte wieder auf den linken Stapel, ebenso der übernächste, dann nahm sie sich einen neuen Stapel aus dem Korb. Wieder öffnete sie die Umschläge nacheinander und zog die mal mehr, mal weniger dicht beschriebenen Briefe daraus hervor. Sie hatte gerade wieder damit begonnen, die Wunschzettel systematisch auf verschiedene Stapel zu verteilen, um sie nach Dringlichkeit und Schwierigkeit zu sortieren, als ihr ein Blatt besonders ins Auge fiel. Sie hielt inne und betrachtete es eingehend. »Oh.« Sie schluckte, dann schlug sie die rechte Hand vor den Mund. »Oje.«

Erschrocken hob Elfe-Sieben den Kopf. »Was ist denn? Stimmt etwas nicht?«

»Sieh dir das an!« Die Stimme von Santas Frau schwankte

leicht. Sie kämpfte gegen die Tränen an, die ihr unwillkürlich in die Augen gestiegen waren. »Ich fürchte, hier haben wir bereits den ersten richtig schwierigen Fall für dieses Jahr.«

»Wirklich? Lass sehen!« Elfe-Sieben sprang von ihrem Stuhl auf und gesellte sich zu ihr. Aufmerksam studierte sie den Wunschzettel, der fast gänzlich ohne Worte auskam. Stattdessen bestand er aus mehreren Bildern, die durch mit einem Lineal gezogene Striche getrennt und offensichtlich von einem Kind gemalt worden waren. Das erste zeigte zwei Personen, offenbar eine Frau und einen Mann, wobei der Mann anscheinend die Frau zu schlagen versuchte. Er war jedoch mit einem dicken roten Kreuz wild durchgestrichen worden, und unter der weiblichen Person stand in kindlicher Schreibschrift das Wort Mama. Auf dem Bild daneben war die Frau erneut zu sehen, jedoch diesmal zusammen mit einem kleinen Jungen, der ihre Hand hielt. Auf der anderen Seite war eine weitere Person zu erkennen, die jedoch seltsamerweise kein Gesicht hatte und deren Haare rot, gelb, braun und schwarz durchmischt waren. Es handelte sich offenbar um einen Mann. Unter der Frau stand wieder Mama, unter dem Jungen der Name Andy und unter dem Mann ein Fragezeichen. Auf dem dritten und letzten Bild war ein Hund zu sehen. »Ach herrje.« Elfe-Sieben musste sich räuspern, denn ihre Stimme klang ganz belegt. Auch sie blinzelte heftig. »Solch einen Wunschzettel hatten wir schon sehr lange nicht mehr. Von wem ist er?« Sie nahm den Briefumschlag entgegen, den Santas Frau ihr reichte. »Andreas Lange, aha.« Sie runzelte die Stirn. »Anscheinend kann Andy noch nicht richtig schreiben. Die Adresse und der Absender sind ganz eindeutig von einem oder einer Erwachsenen geschrieben worden. Wahrscheinlich von Andys Mutter.« Nachdenklich blickte sie wieder auf den Wunschzettel selbst. »Ob sie wusste, was Andy da gemalt hat? Er kann doch höchstens fünf oder sechs Jahre alt sein, wenn man sich seine Zeichnungen ansieht, aber man kann ganz genau herauslesen, was er sich wünscht.«

»Viel älter kann er nicht sein, das denke ich auch.« Santas Frau seufzte. »Ich weiß nicht, ob sie davon wusste, aber ist das nicht auch egal? Das hier ist ein unglaublich großer und bestimmt nicht leicht zu erfüllender Wunsch. Wenn ich es recht verstehe, will Andy, dass der Mann, der seiner Mama wehgetan hat, ihnen nie wieder begegnet. Ich nehme an, es ist sein Vater. Er möchte, dass seine Mutter wieder glücklich ist und dass sie zu dritt mit jemand anderem eine neue Familie bilden. Das zeigen ganz eindeutig die Herzchen, die er über seiner Mama und dem anderen Mann gemalt hat.« Sie deutete auf die vielen roten und rosa Herzen, die über den Köpfen der beiden Personen verteilt waren. »Er wünscht sich also auch einen neuen Papa.«

»Und einen Hund.« Elfe-Sieben gluckste leise. »Möglicherweise wird sich dieser Wunsch noch am einfachsten erfüllen lassen. Es sei denn natürlich, seine Mama hätte etwas gegen ein Haustier.« Sie kratzte sich am Kopf. »Wir müssen unbedingt mehr über Andy und seine Mama erfahren! Ich interpretiere den Wunschzettel zwar genauso wie du, aber wenn wir versuchen wollen, diesen großen Wunsch zu erfüllen, dann müssen wir unbedingt noch viel mehr Details über die beiden wissen.« Während sie sprach, hatte sie sich bereits wieder an ihren Computer begeben und tippte eifrig auf der Tastatur. Wenig später hatte sie Andy und seine Mutter gefunden und einen Kanal für sie eingerichtet, sodass ihr Leben auf einem der vielen Bildschirme an der Wand angezeigt wurde. »So, das hätten wir schon mal.« Sie tippte erneut. »Zusätzlich werde ich eine Suche im Internet starten, denn vielleicht finde ich ja noch weitere Informationen über die beiden, die uns helfen können.«

»Danke, Elfe-Sieben.« Santas Frau erhob sich und trat an den Bildschirm heran. »Schau mal, Andy ist wirklich gerade in der ersten Klasse. Er wirkt wie ein sehr netter Junge.« Sie drückte ein paar Tasten auf der Fernbedienung, die auf einem schmalen Bord unter den Bildschirmen gelegen hatte, und justierte das Bild so, dass Andy in der Schule und seine Mutter an ihrem Arbeitsplatz zu erkennen waren. »Huch!« Verblüfft trat sie einen halben Schritt näher an den Bildschirm heran. »Na, so was! Elfe-Sieben, du wirst es kaum glauben, aber Andys Mama kennen wir bereits. Sie ist diese stille junge Frau, die in Jana Weißmüllers Kunsthandwerksladen arbeitet. Erinnerst du dich an sie? Jana hatten wir letztes Jahr geholfen, ihr Glück zu Weihnachten zu finden.«

»Was sagst du da?« Erneut sprang Elfe-Sieben auf und eilte zur Videowand. »Das gibt es doch nicht! So ein Zufall. Natürlich erinnere ich mich noch gut daran. Jana und Oliver – das war letztes Jahr eine ganz schön harte Nuss. Und jetzt hat uns der Wunschzettel von Melissas kleinem Sohn erneut in diese hübsche kleine Stadt geführt?«

»Es sieht ganz so aus.« Stirnrunzelnd musterte Santas Ehefrau die Fernbedienung. »Kann man nicht hiermit auch in die Vergangenheit zurückschalten?« Versuchsweise betätigte sie eine Taste, dann nickte sie zufrieden. »Aha, hiermit geht es. Dann lass uns mal sehen, was den beiden in der Vergangenheit geschehen ist. Andys Wunschzettel lässt ja auf das Schlimmste schließen.« Kaum hatte sie die Worte ausgesprochen, da hatte sie auch bereits ein Jahr zurückgespult, dann ein weiteres, und dann noch ein drittes. Als sie sah, was sich auf dem Bildschirm abspielte, stieß sie einen erstickten Laut aus. »Um Himmels willen! Ich habe es ja geahnt.«

»Wie scheußlich!« Erschüttert schlug Elfe-Sieben die Hände vor die Augen, ließ sie jedoch gleich wieder sinken. »Spul mal bitte ein Stückchen vor.« Sie schluchzte unterdrückt. »Oje, oje, die beiden sind ja regelrecht auf der Flucht. Da müssen wir ungeheuer vorsichtig vorgehen, damit wir ihnen nicht versehentlich einen Schaden zufügen.«

»Da hast du vollkommen recht.« Santas Frau seufzte aus tiefstem Herzen. »Diesen Wunsch zu erfüllen, wird ein außerordentlich schwieriges Unterfangen.«

»Und ausgerechnet jetzt ist der Weihnachtsmann krank«, klagte Elfe-Sieben.

»Ja, ausgerechnet jetzt.« Santas Frau setzte ein grimmiges Lächeln auf. »Aber das werden wir schon schaffen, Elfe-Sieben. Andys Wunsch – oder vielmehr Wünsche – müssen wir unbedingt erfüllen, ganz gleich, wie schwierig es wird.«

4. Kapitel

»Das noch und das noch und das«, zählte Andy auf, während er ein Päckchen Grieß, eine Dose Mais und einen Beutel Äpfel aus dem Einkaufswagen in dem großen Einkaufskorb verstaute, der sich im Kofferraum von Melissas in die Jahre gekommenem grünen Opel Corsa befand. »Machst du uns heute Abend Grießbrei, Mama?«, fragte er mit hoffnungsvoller Miene.

Melissa legte noch ein Paket Vollkorntoast, zwei Beutel geriebenen Käse und zwei Kartons mit Milch dazu. »Eigentlich hatte ich vor, uns heute Abend Sandwiches mit gegrilltem Käse zu machen. Die hattest du dir doch neulich gewünscht.«

»Au ja!« Andys Miene hellte sich noch mehr auf. »Das ist lecker. Aber den Grießbrei gibt es dann morgen, ja?«

Melissa lächelte. »Das lässt sich bestimmt einrichten. Was gab es denn heute in der Schule zum Mittagessen?«

Andy zog die Nase kraus. »Kartoffeln und Soße und so gegrilltes Gemüse. Tomaten und Zucchini und so andere Dinger. Ober... Irgendwas. Weiß nicht mehr.«

»Auberginen?«

Andy nickte heftig. »Ja, genau. Die waren aber ganz matschig und haben mir nicht geschmeckt. Aber die Tomaten waren lecker. Da war auch ein bisschen Käse drauf, aber nur ganz wenig. Machst du auf die Sandwiches bitte ganz viel Käse?«

»Na klar.« Melissa lachte. Sie staunte immer wieder, wie versessen ihr Sohn auf alles war, was sich Käse nannte. Bisher hatte er noch jede Sorte, die sie ausprobiert hatten, mit großem Genuss verspeist, auch wenn ihr selbst manches davon überhaupt nicht geschmeckt hatte. »Auf ein Käse-Sandwich gehört natürlich ordentlich Käse. Und zum Nachtisch essen wir die hier.«

Sie legte eine offene Pappschachtel mit dunklen Trauben vorsichtig zuoberst auf den Einkäufen ab.

»Ich mag Trauben gerne«, verkündete Andy. »Darf ich jetzt schon welche?«

Melissa schüttelte den Kopf. »Lieber nicht. Die müssen erst gewaschen werden.«

»Na gut.« Andy zog zwar kurz einen Flunsch, fand seine gute Laune jedoch sofort wieder. »Frau Meierböck hat gesagt, dass wir morgen eine Feuerwehrübung mit der ganzen Schule machen. Da geht dann die Sirene, und dann müssen wir uns alle ordentlich aufstellen und aus dem Klassenzimmer gehen und dann nach draußen auf den Schulhof. Das Aufstellen haben wir heute sogar schon geübt.«

»Tatsächlich? Das klingt ja spannend. Vorsicht, Andy.« Sie bedeutete ihrem Sohn, einen Schritt zurückzuweichen, und schloss dann die Kofferraumklappe. »Und habt ihr das schon gut hinbekommen?«

»Ja. Das war lustig, weil Frau Meierböck erst gesagt hat, wir sollten uns alle aufstellen, und dann mussten wir uns wieder hinsetzen und hatten ganz normal Unterricht. Und dann hat sie auf einmal mit einem Glöckchen gebimmelt und gesagt, das wäre jetzt die Sirene, und dann mussten wir uns ganz schnell, aber nicht durcheinander, wieder an der Tür aufstellen. Das hat sie danach bei Mathe auch noch gemacht und dann sogar noch mal bei Sachkunde.«

»Das war aber jede Menge Aufregung heute in eurem Unterricht, oder?« Gewohnheitsmäßig ließ Melissa ihren Blick wachsam und prüfend über den großen Parkplatz des Supermarktes wandern. Jetzt am Nachmittag war ziemlich viel los, wie sie feststellte; ungewöhnlich für einen Dienstag.

»Ja, voll. Hat aber Spaß gemacht.« Andy ergriff ihre Hand. »Was guckst du denn da?«

Melissa zuckte ein wenig zusammen. Sie konnte sich einfach nicht abgewöhnen, immer wieder ihre Umgebung mit Blicken abzutasten, um sicherzustellen, dass niemand sie beobachtete. Sie fürchtete sich sehr davor, dass plötzlich Matthias irgendwo auftauchen könnte. Doch weit und breit war nichts Auffälliges zu erkennen. Deshalb zwang sie sich, ihren Sohn mit einem, wie sie hoffte, entspannten Lächeln anzublicken. »Gar nichts, mein Schatz. Ich war nur gerade in Gedanken.«

Als sie den Kopf wieder hob, fiel ihr Blick auf ein großes Werbeplakat vor dem gegenüberliegenden Baumarkt. »Aber weißt du was? Guck mal, dort drüben. Im Baumarkt gibt es diese Woche Umzugskartons im Angebot. Ich glaube, da gehen wir ganz rasch noch hin und holen uns welche. Schon bald müssen wir unsere Sachen packen. Bis zu unserem Umzug dauert es ja nicht mehr sehr lange.«

Sie hatte zwar noch keine Ahnung, wie sie all die Sachen, die sich überraschenderweise in den letzten anderthalb Jahren in ihrer winzigen Wohnung angesammelt hatten, mit ihrem winzigen Corsa transportieren sollte, doch zur Not musste sie einfach sehr oft hin- und herfahren. Vielleicht würden ihr auch Jana und Ellie helfen; angeboten hatten sie es zumindest bereits. Zum Glück mussten sie nur ganz wenige Möbel transportieren. Ein richtiges Umzugsunternehmen mit Lkw konnte Melissa sich nämlich leider nicht leisten.

»Kartons?« Bereitwillig folgte Andy ihr, als sie das Auto abschloss und auf den Baumarkt zuging. »So ganz große, wo total viel reinpasst?«

Melissa lachte. »Nein, allzu groß dürfen sie nicht sein, sonst passen sie ja nicht ins Auto. Aber ein paar Kartons brauchen wir auf jeden Fall, um all deinen Krempel darin zu verstauen.« Grinsend zwickte sie ihren Sohn in die Seite, der daraufhin quietschend auflachte und versuchte, sie ebenfalls zu zwicken. Lachend und herumalbernd schnappten sie sich einen Einkaufswagen und betraten den riesigen Baumarkt.

Die passenden Kartons waren schnell gefunden. Melissa entschied sich für zwei Bündel von jeweils unterschiedlicher

Größe und ließ sich schließlich von Andy noch dazu überreden, eine hüfthohe, frech dreinschauende Vogelscheuche aus Stroh mitzunehmen, die sie nach ihrem Umzug vor der Haustür ihres neuen Zuhauses mit einem Erdspieß aufstellen konnten.

Leider war es auch im Baumarkt sehr voll, sodass sie eine ganze Weile an der Kasse anstehen mussten. Als sie endlich an der Reihe waren und sämtliche Waren auf das Band gelegt hatten, erklang plötzlich von irgendwo aus einem Lautsprecher eine laute schrille Fanfare. Melissa fuhr zusammen. Im nächsten Moment gab es einen Knall, und buntes Konfetti rieselte auf Melissa und Andy herab. Auch Andy war erschrocken und hatte sich im ersten Moment verängstigt an ihrer Hüfte festgekrallt, doch angesichts des bunten Konfettiregens kicherte er im nächsten Moment begeistert los und versuchte, die rieselnden Papierfetzen mit den Händen einzufangen.

Eine blonde Frau von etwa Mitte vierzig im schicken, dunkelblauen Businesskostüm trat wie aus dem Nichts auf Melissa zu, ergriff ihre Hand und schüttelte sie überschwänglich. »Ganz herzlichen Glückwunsch! Sie sind unsere einhunderttausendste Kundin! Ich bin Margret Marbach, die Geschäftsführerin, und möchte mich vielmals für Ihren Einkauf in unserem Hause bedanken.« Während sie sprach, zuckten mehrere Kamerablitze auf. Sowohl einige umstehende Kundinnen und Kunden als auch ein offenbar professioneller Fotograf schossen ein Foto nach dem anderen von Melissa und Andy. »Selbstverständlich gibt es von uns für Sie als einhunderttausendste Kundin eine ganz besondere Anerkennung.« Sie machte eine bedeutungsvolle Pause. »Sie erhalten von uns einen Einkaufsgutschein in Höhe von«, sie lächelte breit, »exakt zehntausend Euro!« Wieder erklang eine Fanfare und ringsum wurde laut gejubelt und geklatscht. Margret Marbach schüttelte der vollkommen perplexen Melissa erneut die Hand. »Einlösen dürfen Sie den Gutschein innerhalb der kommenden drei Jahre. Ihr heutiger Einkauf geht selbstverständlich darüber hinaus ebenfalls aufs Haus.«

»Cool!« Andy zupfte an Melissas Arm. »Haben wir echt gewonnen?«

Nur mit Mühe löste Melissa sich aus ihrer Schockstarre. Sie versuchte zu lächeln und sich nicht anmerken zu lassen, dass sie sich zwar sehr über diesen Gewinn freute, zugleich jedoch zu Tode erschrocken war. »Ja, äh, ich glaube schon, mein Schatz.« Sie wandte sich an die Geschäftsführerin: »Vielen, vielen Dank! Ich bin ganz ... Ich weiß gar nicht, was ich sagen soll. Damit hatte ich überhaupt nicht gerechnet.« Erst jetzt fiel ihr das große bunte Banner auf, das über den Kassen hing und auf dem angekündigt wurde, dass der Baumarkt den hunderttausendsten Kunden oder die hunderttausendste Kundin suchte. Normalerweise achtete sie nicht auf solche Aktionen.

Damit sie die nach ihr kommende Kundschaft nicht weiter aufhielten, winkte die Geschäftsführerin Melissa und Andy ein Stückchen zur Seite. Melissa räumte rasch ihre Einkäufe in den Wagen zurück und schob ihn ebenfalls aus dem Weg.

»Ich kann Sie gut verstehen.« Margret Marbach lächelte ihr herzlich zu. »Das ist aber auch wirklich eine Überraschung, nicht wahr? Ich hoffe, Sie können mit unserem großzügigen Gutschein etwas Schönes anfangen. Oder haben Sie vielleicht schon Pläne?«

Melissa schüttelte den Kopf. »Nein, noch nicht. Wir ziehen bald um, deshalb habe ich die Kartons gekauft.« Sie deutete auf den Einkaufswagen. »Also nicht aus der Stadt weg, sondern einfach nur in eine andere Wohnung oder vielmehr in ein anderes Häuschen. Ich weiß noch nicht ...« Sie blickte zu Andy. »Das müssen wir uns erst überlegen.«

»Dann kommt der Gutschein ja gleich doppelt günstig.« Die Geschäftsführerin strahlte sie an. »Ob sie nun renovieren möchten oder einen Garten anlegen oder schöne Accessoires oder Bastelideen für die Inneneinrichtung suchen – in Marbachs Bau- und Gartencenter finden Sie ganz bestimmt das Richtige.« Sie lachte. »Entschuldigen Sie, aber dieser Werbeslogan kommt mir mittlerweile sogar im Schlaf über die Lippen.« Sie winkte den Fotografen herbei, einen jungen Mann mit Brille und Vollbart. »Komm, Thomas, mach bitte noch ein paar Bilder von uns allen zusammen, einmal mit dem Gutschein und einmal ohne.« Während sie sprach, winkte sie noch jemandem zu, einem jungen Mann, der einen überdimensional großen Gutschein aus festem Pappkarton mitbrachte. An Melissa gewandt erklärte sie: »Den dürfen Sie selbstverständlich gerne mitnehmen, wenn Sie möchten. Zum Einkaufen erhalten Sie aber natürlich eine spezielle Gutscheinkarte im Kreditkartenformat. Die können Sie an der Kasse bei jedem Ihrer Einkäufe vorzeigen, dann wird sie gescannt und der jeweilige Betrag vom Gesamtguthaben abgebucht.« Schon stellte sie sich neben Melissa auf. »Und jetzt noch einmal bitte recht freundlich! Auch du, mein Junge.«

»Warten Sie!« Melissas Herz klopfte nervös in ihrer Brust. »Ich möchte nicht ...« Sie räusperte sich. »Müssen diese Fotos sein? Ich möchte ehrlich gesagt nicht, dass irgendwo in der Zeitung oder im Internet ein Bild von mir erscheint. Oder von Andy.«

»Okay.« Margret Marbach lächelte unvermindert weiter. In ihre Augen war ein verständnisvoller Ausdruck getreten. »Diesen Wunsch werden wir selbstverständlich respektieren.« Sie blickte den Fotografen bedeutungsvoll an. »Du hast das gehört, Thomas. Alle Fotos, die du heute hier machst, sind nur für interne Zwecke freigegeben.« Sie wandte sich wieder an Melissa. »Das bedeutet, wir archivieren sie in unserem Computersystem. Wir möchten zwar einen Zeitungsartikel über Ihren Gewinn veröffentlichen, aber das können wir auch gerne ohne Foto machen, oder wir zeigen nur ein Bild von dem Gutschein selbst, auf dem Sie nicht zu sehen sind. Auch Ihren Namen können wir gerne in gekürzter Form veröffentlichen oder komplett weglassen. Das liegt ganz bei Ihnen.« Sie hüstelte. »Ein Problem könnten höchstens die Leute sein, die eben privat Bilder von Ihnen gemacht haben.«

Ehe Melissa sichs versah, trat Margret Marbach einen Schritt vor und breitete die Arme aus, um auf sich aufmerksam zu machen. »Liebe Kundinnen und Kunden!«, rief sie mit überraschend weittragender Stimme. »Ich möchte kurz um Ihre Aufmerksamkeit bitten. Wie ich gerade erfahren habe, möchte unsere Gewinnerin des Gutscheins nicht, dass Fotos von ihr irgendwo öffentlich gezeigt oder gepostet werden. Selbstverständlich freuen wir uns alle mit ihr über diesen wunderbaren Gewinn, doch bitte haben Sie Verständnis und veröffentlichen Sie die Fotos oder Videos, die sie eben gemacht haben, nirgendwo ohne Erlaubnis.«

Einige Leute nickten, einige klatschten sogar in die Hände.

Zufrieden trat Margret Marbach zurück an Melissas Seite. »Wir können natürlich nicht sicher sein, dass wir damit alle Leute erreicht haben, die eben hier waren. Einige haben den Laden möglicherweise schon wieder verlassen.«

Melissa nickte, halb erleichtert, halb besorgt. »Danke. Ich schätze, das muss jetzt so gehen. Ich bin nur ...« Sie suchte nach Worten. »Ich bin ein bisschen empfindlich, was Fotos von uns angeht.«

»Das dürfen Sie selbstverständlich sein.« Die Geschäftsführerin tätschelte ihr mütterlich den Arm. »Nicht jeder Mensch reißt sich darum, in die Öffentlichkeit gezogen zu werden. Wie gesagt, dafür haben wir hier alle volles Verständnis, Frau ...« Sie lachte. »Ich weiß noch nicht einmal ihren Namen. Den brauchen wir aber auf jeden Fall und auch ihre Adresse, um die Gutscheinkarte ausstellen zu können. Sie wird Ihnen dann innerhalb der kommenden fünf Werktage per Post zugestellt. Bis dahin geben wir Ihnen ein Dokument, das Sie zum Einkaufen mit herbringen müssen, falls Sie vorher schon auf Ihr Guthaben zurückgreifen möchten.«

»Mein Name ist Melissa Lange.« Melissa nannte auch noch Ihre Adresse sowie Ihre E-Mail-Adresse, die von dem jungen Assistenten eifrig notiert wurden.

»Wunderbar, liebe Frau Lange.« Margret Marbach nickte gut gelaunt und zwinkerte auch Andy fröhlich zu. »Aber nun trotzdem bitte noch einmal recht freundlich, ihr beiden, damit ich zumindest allen unseren Mitarbeitern und meiner Familie später die Fotos zeigen kann.«

***

Es war bereits kurz vor acht, als Andy endlich eingeschlafen war. Er war ganz aufgedreht gewesen, nicht nur wegen des unverhofften Gewinns im Baumarkt, sondern auch wegen der versprochenen Grillkäse-Sandwiches, die es natürlich noch gegeben hatte. Deshalb hatte Melissa ihm über eine halbe Stunde etwas vorgelesen und ihm schließlich noch ein Hörspiel eingeschaltet, das nun endlich zum gewünschten Erfolg geführt hatte. Sie atmete erleichtert auf, als sie einen letzten Blick durch den Türspalt auf sein Bett warf und sich vergewisserte, dass er wirklich tief und fest schlief.

Vorsichtig schloss sie die Tür wieder und begab sich in ihr Wohn-Schlaf-Zimmer, wo die mitgebrachten Umzugskartons nun am Schreibtisch lehnten. Sie ließ sich auf der Couch nieder und zog eines der Kartonpakete zu sich heran, betrachtete es, stellte es dann jedoch wieder zurück an seinen Platz. Sie war nervös, und es war ihr schwergefallen, sich das vor Andy nicht anmerken zu lassen. Sie wollte ihn nicht mit ihrer Angst anstecken. Schließlich zog sie sich ihren Laptop auf den Schoß, klappte ihn auf und suchte Facebook und Instagram und sogar YouTube nach Fotos oder Videos vom heutigen Tag und im Baumarkt ab. Sie hatte sich hierzu extra nichtssagende anonyme Profile in den sozialen Netzwerken eingerichtet. Zu ihrer Erleichterung fand sie nirgendwo ein Foto oder auch nur den kleinsten Hinweis auf sich selbst oder auf Andy. Dennoch blieb sie unruhig. Was, wenn sie einen Post übersah? Sie konnte unmöglich alle Bilder oder Videos finden, die hochgeladen wurden. Zwar war sie mittlerweile einigermaßen geübt darin, nach entsprechenden Hashtags oder Suchwörtern zu filtern, dennoch war ihr bewusst, dass sie mit ihrer Suche immer nur an der Oberfläche kratzte. Sie konnte nur hoffen, dass es Matthias ebenso gehen würde. Allerdings hatte er wesentlich mehr finanzielle Mittel als sie und konnte sich Spezialisten und auch die entsprechende Technik leisten, um das Internet weitaus effektiver abzusuchen.

Als sie merkte, dass ihre Augen zu brennen begannen, blinzelte sie energisch dagegen an. Es war so ungerecht, dass sie sich nicht einmal über diesen fantastischen Gewinn richtig freuen konnte. Dass sie ständig auf der Hut sein musste und Angst hatte, die Aufmerksamkeit auf sich zu ziehen und damit ihren Ex hierherzulocken. Bislang hatte sie noch mit niemandem über ihre Situation geredet, sah man einmal von ihrer Anwältin und den Sozialarbeiterinnen ab. Selbst ihre neuen Freunde wussten nicht, dass sie sich auf der Flucht befand. Sie hatte gedacht, dass es so bleiben musste, doch allmählich stieg in ihr die Befürchtung auf, dass sie auf diese Weise auch nirgendwo Hilfe erhalten würde.

Es gab hier Menschen, denen sie vertrauen konnte, das wusste sie – zumindest mit dem Kopf. An ihrer Angst änderte dies jedoch nichts, auch wenn sie vielleicht teilweise irrational war. Wenn sie sich Jana und Oliver oder Ellie anvertraute, würden diese ganz sicher niemand sonst etwas davon erzählen. Sie konnte nicht ewig so weitermachen. Dieses dauernde Verstecken, das Zusammenzucken, wenn sie irgendwo auch nur eine Handykamera erblickte, die in ihre Richtung zeigte, war auf Dauer ungesund. Sie hatte mittlerweile schon einen regelrechten Verfolgungswahn entwickelt. Wo auch immer sie sich befand, scannte sie zuerst ihre Umgebung, um sicherzugehen, dass niemand sie beobachtete. Ständig hatte sie das Gefühl, Blicke in ihrem Rücken zu spüren. Manchmal wachte sie mitten in der Nacht schweißgebadet auf, weil sie geträumt hatte, dass sie aus einem Laden trat oder aus dem Auto stieg oder einfach nur ihre Wohnung verließ und plötzlich Matthias grinsend vor ihr stand.

Zögernd fischte sie das Smartphone aus der Gesäßtasche ihrer Jeans, entsperrte es und rief ihre nicht allzu lange Kontaktliste auf. Nur sehr wenigen Menschen hatte sie ihre Nummer gegeben, nicht einmal ihre Mutter kannte sie. Für Anrufe bei ihr oder bei Bank oder Behörden gab es ein billiges Prepaid-Gerät ohne GPS, das sie nur zu diesem Zweck angeschafft hatte und immer gleich wieder ausschaltete. Sie war paranoid, ganz eindeutig.

Zögernd rief sie Janas Nummer auf und ließ eine ganze Weile ihre Finger über dem Display schweben, bevor sie schließlich tief durchatmete und auf Wählen tippte.

Ihr Herzschlag beschleunigte sich ein wenig, während sie wartete, und sie erschrak fast, als Jana sich meldete.

»Hallo, Melissa, wie geht es dir?« Ihre Chefin und mittlerweile Freundin klang vergnügt. »Ich hoffe doch, gut. Bitte, bitte sag nicht, dass einer von euch beiden krank ist und du morgen nicht in den Laden kommen kannst. Das wäre eine Katastrophe. Falls ihr euch irgendetwas eingefangen haben solltet, müsst ihr über Nacht unbedingt wieder gesund werden.« Sie lachte. »Nein, Quatsch. Was gibt es?«

Melissa versuchte sich an einem Lachen, das jedoch reichlich kläglich ausfiel. »Keine Sorge, Jana, uns geht es gut. Ich habe nur ... Ich dachte ...« Sie räusperte sich und setzte erneut an: »Ich hätte eine Frage an dich oder vielmehr an Oliver. An euch beide«, verbesserte sie sich. »Oder eine Bitte.«

»Eine Frage oder eine Bitte? Jetzt machst du mich neugierig.« Janas Stimme wurde ein wenig ernster. »Worum geht es denn?«

Melissa biss sich auf die Unterlippe. Sie wusste, es war albern, aber ... »Das möchte ich nicht so gerne am Telefon besprechen. Können wir uns irgendwann irgendwo treffen? Ich weiß, es ist schon spät, und es muss auch nicht heute sein, wenn ihr keine Lust oder keine Zeit habt. Es geht auch irgendwann später, aber ... also ...«

»Stimmt etwas nicht, Melissa?« Nun klang Jana alarmiert.

Melissa fluchte innerlich. »Nein, es ist alles in Ordnung. Nur ...« Sie seufzte. »Es ist etwas schwierig zu erklären.«

Sie hörte, wie Jana etwas flüsterte, offensichtlich in Olivers Richtung, der sich wahrscheinlich direkt neben ihr befand. Danach war sie wieder deutlich zu verstehen. »Sollen wir jetzt gleich bei dir vorbeikommen?«

Melissa schluckte, sog tief den Atem ein, dann nickte sie. »Das wäre gut.«

»Wir sind schon unterwegs. Dauert nur ein paar Minuten.« Schon hatte Jana die Verbindung unterbrochen.

Melissa blickte einen langen Moment schweigend auf das Display ihres Handys, dann ließ sie sich aufatmend in die viel zu weichen Polster ihres Sofas sinken und blickte zur Zimmerdecke hinauf.

***

So saß sie immer noch da, als nur knapp zehn Minuten später eine Textnachricht von Jana kam, dass sie und Oliver vor der Haustür stünden. Hastig sprang sie auf, strich ihre Bluse glatt und mit den Fingern einmal kurz durch ihre Haare. Erneut von Nervosität erfasst, betätigte sie den Summer, öffnete, als sie Schritte auf der Treppe hörte, nach einem raschen Blick durch den Türspion die Wohnungstür und ließ Jana und Oliver eintreten. Sie hatten Scottie nicht mitgebracht, was wahrscheinlich gut war, denn der fröhliche, aber tollpatschige Hund hätte Andy bestimmt wieder aufgeweckt, und das wollte sie vermeiden. Deshalb legte sie auch sofort den Zeigefinger an die Lippen, um ihren beiden Gästen zu signalisieren, dass sie leise sein mussten.

Sie führte die beiden ins Wohnzimmer, bot ihnen etwas zu trinken an, und nur wenige Minuten später saßen sie bei geschlossener Zimmertür beisammen – Jana und Oliver auf dem Sofa, sie selbst auf dem Schreibtischstuhl.

»Und jetzt erzähl, was passiert ist.« Jana beugte sich ein wenig vor und nahm Melissas Hand, um sie leicht zu drücken. »Es ist doch etwas passiert, oder etwa nicht?«

»Ja. Nein, nicht direkt.« Verzagt brach Melissa ab. Sie wusste nicht, wie sie anfangen sollte. Verlegen blickte sie von Jana zu Oliver und stellte wieder einmal bei sich fest, wie gut die beiden zusammenpassten. Schon allein optisch waren sie ein sehr schönes Paar. Beide hatten dunkelbraunes Haar und braune Augen, wobei die von Oliver mehr rehbraun waren und die von Jana dunkler Schokolade glichen. Beide waren sehr attraktiv, wenn auch auf ganz unterschiedliche Weise. Oliver wirkte ein wenig rau und kantig, während Jana eine weiche, liebenswürdige und ein wenig esoterische Ausstrahlung besaß. Während Oliver mit Jeans und einem braunen Pullover bekleidet war, trug Jana ein knielanges buntes Strickkleid, schwarze Thermostrumpfhosen und hohe Stiefel mit Blockabsatz. Dazu hatte sie eine lange, silbrig glitzernde Kette aus Glasornamenten gewählt, die sie selbst entworfen hatte, und die passenden Ohrringe. Auf den ersten Blick waren die beiden sehr verschieden, doch wenn man sie zusammen sah, stellte man schnell fest, dass sie einander perfekt ergänzten – nicht nur äußerlich, sondern auch, was ihre Eigenschaften anging. Jana war eine Künstlerin durch und durch, dazu spirituell, romantisch und temperamentvoll. Oliver war mehr der ruhige, zurückhaltende, rationale Typ. Seit einem Jahr nun waren die beiden glücklich miteinander liiert und mittlerweile sogar verlobt.

Ehe sich Melissa zu sehr in die Betrachtung der beiden vertiefte, versuchte sie erneut, ihr Anliegen in Worte zu fassen: »Ich weiß ehrlich gesagt nicht so genau, ob ich mehr eine Frage oder eine Bitte an euch habe. Es ist nur so, dass ich nicht mehr weiterweiß und …« Sie nickte vor sich hin. »Ich glaube, ich brauche einfach einen Rat. Ihr dürft aber niemandem – wirklich niemandem! – etwas darüber erzählen. Ich kann nicht riskieren, dass etwas davon bekannt wird und Matthias mich oder vielmehr uns findet.«

»Wer ist Matthias?« Jana warf Oliver einen Blick zu, der verriet, dass sie es sich vermutlich schon denken konnte.

Melissa holte tief Luft. »Matthias ist mein Exmann. Wir sind seit etwas mehr als zwei Jahren geschieden.« Rasch verschränkte sie ihre Hände ineinander, weil sie ein wenig zu zittern begonnen hatten. »Es besteht ein Kontaktverbot für ihn. Er darf sich mir oder Andy nicht nähern und keinen Kontakt in irgendeiner Form zu uns aufnehmen.« Sie schluckte hart. »Zumindest im Augenblick noch. Er hat aber schon einmal gleich nach der Scheidung versucht, das Verbot rückgängig zu machen, zumindest im Hinblick auf Andy. Im Augenblick weiß er nicht, wo wir wohnen. Ich bin aber nicht sicher, wie lange das noch so bleibt, denn er hat viel Geld; seine Familie ist reich. Wahrscheinlich hat er eine ganze Armee von Privatdetektiven darauf angesetzt, uns zu suchen.« Sie presste kurz die Lippen aufeinander. »Wenn er uns erst einmal gefunden hat, wird er wieder versuchen, sein Kontaktrecht zu Andy durchzusetzen, und dann wird er bestimmt alles daransetzen, mir das Sorgerecht zu nehmen, und dann ...« Für einen Moment blieb ihr die Luft weg.

Für einen langen Augenblick war es vollkommen still im Raum, schließlich ergriff Jana erneut Melissas Hand. »Ich nehme an, er hat euch beide misshandelt?«

Melissa nickte. »Anfangs nur mich, dann aber wurde er plötzlich auch gegen Andy gewalttätig. Deshalb sind wir in ein Frauenhaus geflohen. Dort hat man uns sehr geholfen. Ich konnte mithilfe einer Anwältin die Scheidung einreichen und dieses Kontaktverbot erwirken. Er hat aber, wie gesagt, schon damals versucht, dagegen anzugehen.« Nervös fuhr sie sich durchs Haar. »Er will Andy zurück. Mich natürlich auch, und er weiß genau, dass er das nur über Andy schaffen kann. Kurz nachdem ich die Scheidung eingereicht hatte, hat er seine Anwälte darauf angesetzt. Sie wollten erwirken, dass er regelmäßig Umgang mit Andy bekommt. Glücklicherweise hat das Gericht damals zu unseren Gunsten entschieden, aber inzwischen ist so viel Zeit vergangen ...« Ratlos hob sie die Schultern. »Ich fürchte, dass er beim nächsten Mal Erfolg haben wird. Er kann sehr überzeugend sein und hat, wie gesagt, genug Geld, um sich alle Anwälte der Welt zu kaufen.«

»Und wie können wir dir in dieser Sache helfen – oder Rat geben?«, wollte Oliver wissen. »Ich könnte natürlich versuchen herauszufinden, was er vorhat.«

Ruckartig hob Melissa den Kopf. »Ich fürchte, das kann ich nicht bezahlen.«

»Ich habe nicht gesagt, dass du es bezahlen musst.« Er lächelte ihr beruhigend zu. »Wenn du willst, kann ich meine Fühler vorsichtig ausstrecken.«

»Das wäre ...« Sie zögerte. »Ich weiß nicht. Er darf auf keinen Fall herausfinden, wo wir sind. Zumindest nicht, solange dieses Kontaktverbot noch gilt. Wenn er erst einmal weiß, wo wir sind, dann wird er Mittel und Wege finden, uns wieder ...«

»Wehzutun?«, hakte Jana vorsichtig nach. »Glaubst du, er würde Andy entführen?«

Melissa zögerte, schüttelte jedoch schließlich den Kopf. »Nein, damit würde er sich ja strafbar machen. Aber er wird mich wissen lassen, dass er weiß, wo wir sind, und dass er uns beobachtet. Und dann wird er sich etwas einfallen lassen, wie er mich dazu zwingen kann, zu ihm zurückzukehren, damit er wieder Gewalt über uns beide hat.«

»Ihr seid aber doch geschieden«, warf Jana ein. »Das muss er doch akzeptieren.«

Melissa winkte ab. »Ich weiß nicht, ob er das je akzeptieren wird. Er hat immer darauf bestanden, dass wir füreinander bestimmt sind und dass ich ihn nie verlassen darf, weil nur er mich vor allem beschützen kann und so.«

»Oh.« Der besorgte Ausdruck auf Janas Miene verstärkte sich noch. »Oje. So jemand ist er?«

»Er hat dich also auch psychisch unter Druck gesetzt«, folgerte Oliver mit grimmiger Miene. »Und wahrscheinlich jeden Übergriff auf dich so dargestellt, dass du selbst daran schuld warst oder er einfach vor lauter Liebe nicht mehr anders konnte?«

»Wie abscheulich!« Jana schauderte heftig.

»Aber nicht untypisch«, knurrte Oliver. »Männer wie ihn gibt es leider viel zu viele, und immer wieder schaffen sie es, Frauen von sich abhängig zu machen, auch wenn diese Frauen es eigentlich besser wissen müssten. Aber wenn man einmal in solch einer ungesunden Abhängigkeit steckt, ist es verdammt schwierig, da wieder herauszufinden. Was das angeht, habe ich beruflich auch schon so einiges gesehen.«

Melissa rieb sich mit beiden Händen übers Gesicht. »Ich dachte wirklich, ich wäre bei ihm sicher und endlich weg von ... allem. Von meiner Mutter, meiner Vergangenheit. All das hat er mir versichert, als wir uns kennenlernten. Ich wurde von ihm schwanger, noch bevor ich mein Abitur hatte.« Resigniert schüttelte sie über sich selbst den Kopf. »Natürlich hätte ich es besser wissen müssen, aber er war so überzeugend, so nett und liebevoll und voller Verständnis für meine Situation.« Sie hob den Kopf. »Es war immer schwierig mit meinen Eltern, und nachdem mein Vater gestorben war, wurde meine Mutter noch schlimmer. Sie hat mich auf Schritt und Tritt kontrolliert und mir nicht das kleinste bisschen Freiraum erlaubt. Natürlich habe ich ständig nach Möglichkeiten gesucht, aus dieser Situation auszubrechen.« Sie stieß ein bitteres Lachen aus. »Und dabei bin ich ausgerechnet auf einen Mann hereingefallen, der meiner Mutter als Schwiegersohn sogar ausnehmend gut gefallen hat, zumindest schien es mir auf den ersten Blick so, weil sie keinerlei Einsprüche erhoben hat, sondern froh war, dass der Kindsvater zu seinen Pflichten stand. Zwar war sie dann auch entsetzt, als sie von den Misshandlungen erfuhr, aber davon habe ich ihr erst erzählt, nachdem ich schon mit Andy geflohen war. Vorher konnte ich es ihr nicht sagen. Matthias hat immer dafür gesorgt, dass ich möglichst wenig Kontakt zu ihr hatte und wenn, dann nur, wenn er anwesend war. Aber ich habe mich auch viel zu sehr geschämt, als dass ich mich meiner Mutter anvertraut hätte. Sie war ja nie besonders verständnisvoll gewesen, wenn es um mein Leben, meine Wünsche und so weiter ging. Immer nur hat sie getan oder durchgesetzt, was mein Vater wollte.«

»Gute Güte.« Jana starrte sie so entgeistert an, wie man es von einer herzensguten Person wie ihr erwarten konnte. »Warum hast du uns denn nie davon erzählt?«

»Selbstschutz«, antwortete Oliver an Melissas Stelle. »Je weniger Menschen etwas wissen, desto sicherer hat Melissa sich davor gefühlt, dass jemand sie absichtlich oder versehentlich verraten konnte.« Er neigte den Kopf leicht zur Seite. »Aber jetzt ist offenbar etwas passiert, was dich dazu veranlasst hat, uns einzuweihen. Hat er in irgendeiner Form versucht, Kontakt zu dir aufzunehmen?«

»Nein.« Wieder lachte Melissa bitter auf. »Ich habe einen Gutschein gewonnen. Im Baumarkt«, fügte sie rasch hinzu, als Jana und Oliver einander verblüfft ansahen. »Wahrscheinlich wird es morgen in der Zeitung stehen, glücklicherweise aber ohne Foto und ohne dass mein Name genannt wird. Das konnte ich verhindern.«

»Moment mal!« Janas Augen weiteten sich. »Sag bloß, du hast bei dieser großen Aktion im Baumarkt gewonnen?« Sie legte Oliver aufgeregt eine Hand auf den Arm. »Da hängt schon seit fast zwei Wochen so ein großes Banner über der Kasse, dass sie den hunderttausendsten Kunden suchen.« Nun wandte sie sich wieder Melissa zu. »Da hast du gewonnen?«

Beklommen nickte Melissa. »Einen Gutschein über zehntausend Euro.«

»Wow! Herzlichen Glückwunsch.« Es war Jana anzusehen, dass sie zwischen Freude und Besorgnis hin- und hergerissen war. »Das ist ja der Wahnsinn!«

»Aber auch ein großes Risiko für Melissa und Andy«, fügte Oliver hinzu. »Wenn der Baumarkt so etwas veröffentlicht, ob nun in der Zeitung oder im Internet, könnte diese Spur Matthias hierherführen. Wenn er tatsächlich über die entsprechenden Mittel verfügt, dürfte es ihm nicht schwerfallen, solche Meldungen aus dem Internet fischen zu lassen.« Er maß Melissa mit aufmerksamem Blick. »Soweit ich es verstanden habe, konntest du das aber verhindern?«

»Ja, ich habe die Geschäftsführerin sofort darauf hingewiesen, dass weder mein Bild noch mein Name öffentlich genannt oder gezeigt werden dürfen«, bestätigte Melissa. »Sie war sehr verständnisvoll und hat mir das auch sofort zugesichert. Das Problem ist nur ...«

»Es waren jede Menge Kunden im Laden«, folgerte Oliver sofort. »Und die haben ebenfalls Fotos gemacht – oder sogar Videos?«

Melissa nickte erneut. »Frau Marbach, das ist die Geschäftsführerin, hat zwar sofort ein paar Worte an die Anwesenden gerichtet und darum gebeten, nichts irgendwo zu veröffentlichen, aber wir wissen nicht, ob das bei allen angekommen ist, weil einige Kunden wahrscheinlich schon wieder gegangen waren.« Ratlos hob sie die Schultern. »Vielleicht bin ich auch einfach nur total paranoid. Ich meine, wie groß ist die Wahrscheinlichkeit, dass Matthias ausgerechnet irgendein Foto von mir in diesem Baumarkt zu sehen bekommt, wenn irgendjemand es irgendwo postet? Mein Name wurde ja gar nicht genannt, sodass ihn niemand dazuschreiben kann, und verlinken oder taggen kann mich auch niemand, weil ich in den sozialen Netzwerken nur leere, anonyme Profile betreibe, die niemand außer mir kennt.«

Bedächtig nickte Oliver vor sich hin. »Die Wahrscheinlichkeit ist auch aus meiner Sicht sehr gering. Es ist sicherlich nicht optimal, aber zu viele Sorgen solltest du dir trotzdem nicht machen.« Er beugte sich ein klein wenig vor. »Ich fürchte aber, dass du dich nicht für immer vor ihm verstecken können wirst. Spätestens, wenn er erneut versucht, das Kontaktverbot aufzuweichen, wird er in Erfahrung bringen, wo du jetzt lebst.« Er runzelte die Stirn. »Ist er nicht sowieso verpflichtet, Unterhalt für Andy zu zahlen? Wie habt ihr das geregelt?«

Melissa versuchte, sich zu entspannen. Dass sie sich Jana und Oliver anvertraut hatte, fühlte sich besser an als gedacht. »Er muss das Geld auf ein Tagesgeldkonto einer Onlinebank einzahlen, zu dem er nur die Kontonummer kennt.« Eine leichte Gänsehaut rieselte ihr über den Rücken. »Zumindest hoffe ich, dass er darüber meinen Wohnort nicht herausfinden kann. Man hat mir damals versichert, dass das auf legalem Weg nicht möglich ist. In Absprache mit meiner Anwältin habe ich das Konto mit der Adresse eines Postfachs an ihrem Wohnort eröffnet, auf das sie Zugriff hat. Sie lässt mir alle Briefe der Bank regelmäßig zukommen. Allerdings habe ich es schon so eingestellt, dass die meisten Nachrichten an mich per E-Mail zugestellt werden.« Sie schluckte. »Ich habe von dem Geld bisher noch nicht einen Cent angerührt. Ich will es gar nicht haben, doch Matthias ist nun einmal nach der Scheidung gesetzlich dazu verpflichtet, für Andy Unterhalt zu zahlen. Ich weiß nicht, ob Andy das Geld eines Tages haben möchte. Ich werde es für ihn verwalten, und wenn er alt genug ist, soll er selbst entscheiden, was damit passieren soll.«

»Du meine liebe Güte.« Jana erhob sich, trat auf Melissa zu, zog sie vom Stuhl hoch und in ihre Arme. »Ich habe mich ehrlich gesagt schon immer gefragt, warum du so ganz alleine mit Andy auf der Welt zu sein scheinst. Aber mit so etwas hatte ich nun wirklich nicht gerechnet.« Sanft drückte sie Melissa an sich. »Selbstverständlich werden wir dir auf jede nur erdenkliche Weise helfen, soweit es in unserer Macht steht.« Sie blickte über die Schulter zu Oliver. »Kannst du herausfinden, was er im Schilde führt?«

Oliver nickte. »Wenn er etwas im Schilde führt, dann finde ich das heraus, ganz sicher. Es wird vielleicht ein bisschen dauern. Hast du seine aktuelle Anschrift?«, wandte er sich an Melissa.

Melissa ließ sich wieder auf ihren Stuhl sinken. »Ja, natürlich. Er wohnt noch immer im selben Haus wie damals. In Berlin.« Sie drehte sich mit ihrem Stuhl, zog eine der beiden Schubladen am Schreibtisch auf und wühlte darin, bis sie einen Notizblock gefunden hatte. Rasch notierte sie für Oliver die Adresse und sogar die Telefonnummer.

Er schob sich den Zettel in die Brusttasche seines Hemdes. »Mach dich nicht zu sehr verrückt«, sagte er in einem ruhigen Ton, den er vermutlich all seinen Kundinnen und Kunden gegenüber anschlug. Als Privatdetektiv wusste er sicherlich mit solchen Situationen umzugehen. »Allerdings«, fügte er bedächtig hinzu, »wäre es meiner Ansicht nach angebracht, dich mit deiner Anwältin noch einmal zu beraten. Ich staune, dass sie dieses Versteckspiel bisher befürwortet hat. Selbstverständlich geht der Opferschutz immer vor«, schränkte er rasch ein, bevor Melissa protestieren konnte. »Doch so, wie du eure Lage schilderst, scheint es mir nur eine Frage der Zeit zu sein, bis dein Ex erneut zum Angriff übergeht. Ihr solltet euch entsprechend wappnen und euch überlegen, wie ihr dagegen vorgehen könnt, falls das überhaupt möglich ist. Ich weiß, das hörst du jetzt sicherlich nicht gerne, aber wenn er vor Gericht glaubhaft machen kann, dass er Andy keinen Schaden zufügen will, wird kaum ein Richter ihm auf Dauer den Kontakt zu seinem Kind verwehren.«

Unwillkürlich schauderte Melissa. »Ich weiß. Er wird irgendwann versuchen, mir Andy wegzunehmen, aber nur, weil er weiß, dass ich das niemals zulassen werde. Und dann hat er auch mich wieder zurück.«

»Nein!« Jana ging vor Melissa in die Hocke. Energisch ergriff sie ihre Hände und drückte sie. »Das lassen wir nicht zu.« Sie warf über die Schulter einen Blick zu Oliver, der etwas verhalten die Schultern hob, dann jedoch zustimmend den Kopf neigte. »Wir finden schon einen Weg, dir und Andy zu helfen. Ganz bestimmt. Es ist gut, dass du uns ins Vertrauen gezogen hast.

Ich weiß gar nicht, wie du das all die Zeit geschafft hast, so ganz auf dich gestellt. Das muss doch unglaublich schwer gewesen sein, oder?«

Schweigend nickte Melissa, presste die Lippen aufeinander und blinzelte mehrmals, konnte jedoch nicht verhindern, dass eine Träne ihr über die Wange rann. Hastig drehte sie den Kopf, um sie an ihrer Schulter abzuwischen. Sie wollte nicht weinen, denn Tränen, so fürchtete sie, machten sie schwach. Schwäche durfte sie sich aber auf gar keinen Fall erlauben. »Ich danke euch«, brachte sie schließlich mit einigermaßen fester Stimme heraus. »Ist klar, dass ich nicht für immer vor Matthias auf der Flucht sein kann. Auf diese Weise habe ich mich aber in den letzten zwei Jahren einigermaßen sicher gefühlt. Es ist nur so …«

»Es ist eine trügerische Sicherheit«, vollendete Oliver verständnisvoll den Satz. »Heutzutage ist es gerade über das Internet selbst für Laien relativ leicht, an Informationen zu gelangen. Bisher hast du bestimmt einen guten Job gemacht, wenn es darum ging, deine Spuren zu verwischen. Aber manchmal steckt der Teufel im Detail. Du kannst nicht wissen, ob du nicht doch irgendwo und irgendwann einmal auf irgendeinem Bild auftauchst oder dein Name irgendwo genannt wird und im weltweiten Netz landet.«

»Ich weiß einfach nicht mehr weiter«, gestand Melissa dumpf. »Wie gesagt, er hat genug Geld, um eine ganze Armada von Privatdetektiven auf mich anzusetzen. Möglicherweise wartet er auch nur den richtigen Zeitpunkt ab, um zuzuschlagen.« Sie schluckte hart. »Wörtlich und im übertragenen Sinn.«

»Ach, Melissa.« Erneut zog Jana sie vom Stuhl hoch und in eine feste Umarmung. »So negativ darfst du nicht denken. Immerhin hast du Rechte, und du kannst auch beweisen, dass er euch misshandelt hat, nicht wahr? Ich bin sicher, wir finden einen Weg, ihn davon abzuhalten, dir oder Andy noch einmal wehzutun.« Sie brachte ihren Mund ganz dicht an Melissas Ohr. »Ganz bestimmt«, flüsterte sie. »Wir sind für euch da.«

5. Kapitel

Die Frau des Weihnachtsmannes war gerade dabei, die neu eingetroffenen E-Mail-Wunschzettel herunterzuladen und, nach Dringlichkeit und Schwierigkeitsgrad geordnet, in verschiedene Ordner zu verschieben, als hinter ihr ein ohrenbetäubendes Schrillen ertönte. Sie zuckte heftig zusammen und drehte sich mit ihrem Stuhl so rasch, dass dieser einen beinah vollständigen Kreis vollführte. Hastig hielt sie sich an dem Regalbrett fest, auf dem das Gerät stand, von dem der entsetzlich laute Alarm ausging. »Heiliger Bimbam!« Mit einer Hand fasste sie sich an die Herzgegend. »Habe ich mich jetzt aber erschrocken.« Sie betätigte einen der Schalter am Gerät, sodass der Lärm auf ein leises Piepsen heruntergeregelt wurde.

Neben ihr tauchte Elfe-Sieben auf. »Warum ist denn das Gefühlsradar angesprungen?« Besorgt blickte die kleine Elfe auf das Gerät. »Wir haben doch noch gar nicht richtig angefangen, irgendwelche schwierigen Wünsche zu erfüllen. Was kann denn jetzt schon irgendwo auf der Erde passiert sein, dass das Radar anspringt? Das bedeutet doch in der Regel nichts Gutes.«

»Du hast recht.« Auch Santas Frau beäugte das Gefühlsradar mit Besorgnis. Sie betätigte noch ein paar weitere Tasten, um eine Auswertung der von dem Gerät aufgefangenen Gefühle auf den Computer zu übertragen. Dort scrollte sie sich durch die Ergebnisse. »Oje«, murmelte sie dabei. »Es sieht aus, als gäbe es in naher Zukunft für Melissa und Andy ein paar schwerwiegende Komplikationen. Wenn ich das hier richtig sehe, sind sie nicht alle negativ, aber das Gesamtbild sieht mir doch sehr bedenklich aus. Schau dir nur die heftigen Ausschläge sowohl nach oben als auch nach unten an.« Sie deutete auf eine Balkengrafik. »Solche heftigen Gefühlsausbrüche, ob nun positiv oder negativ, führen so gut wie immer zu chaotischen Zuständen.« Sie klickte ein paar Buttons an und tippte einige Befehle auf der Tastatur, um die Auswertung des Gefühlsradars mit dem Videofeed auf dem Bildschirm zu synchronisieren, der Melissas und Andys Leben zeigte. »Ich glaube, da wird kurzfristig eine Menge Recherche notwendig sein, um herauszufinden, was ...«

»Schatz? Was geht denn hier vor?« Santa Claus war in seinem rot-weiß karierten Schlafanzug in der Tür zum Büro erschienen. Er schwankte ein wenig und stützte sich schwer am Türrahmen ab. »Das war doch das Gefühlsradar, oder nicht? Ist etwas Schlimmes passiert?« Seine Stimme klang ganz heiser und kratzig, und seine Nase war geschwollen. Sie leuchtete so rot, dass sie beinahe der Nase von Rudolf, dem Rentier, Konkurrenz machte.

»Santa, mein Lieber!« Erschrocken sprang seine Frau auf und eilte zu ihm, um ihn zu stützen. »Was machst du denn hier? Du gehörst doch ins Bett.«

»Ich habe den Alarm des Gefühlsradars gehört.« Es fiel dem Weihnachtsmann sichtlich schwer, sich aufrecht zu halten, dennoch versuchte er, zu dem Gerät in der Zimmerecke zu gehen. »Da habe ich mir große Sorgen gemacht. Bearbeitet ihr hier irgendwelche großen, schwerwiegenden Wünsche? Ohne mich? Das geht doch nicht. Ich muss euch unbedingt helfen, sonst geht am Ende noch etwas schief. Wenn das Gefühlsradar so heftig ausschlägt, ist das immer ein schlechtes Zeichen.«

»Nein, nein.« Seine Frau räusperte sich verlegen. »Mach dir bitte keine Sorgen. Wir haben hier alles im Griff. Das Gefühlsradar hat zwar ausgeschlagen, aber soweit ich sehen kann, handelt es sich um nichts Akutes, sondern um Ereignisse, die noch in der Zukunft liegen.« Energisch drängte sie ihn aus dem Büro hinaus. »Wir werden mithilfe der Kundschafterelfen herausfinden, worum es sich genau handelt. Ich bin sicher, es bleibt uns ausreichend Zeit, darauf zu reagieren, was auch immer es sein mag. Geh nun bitte wieder zurück ins Bett, damit du ganz bald gesund wirst und die Arbeit selbst übernehmen kannst. Bis dahin halten wir die Stellung, versprochen.«

Zögernd, jedoch einsichtig, weil es ihm offensichtlich wirklich nicht besonders gut ging, ließ Santa Claus sich wieder die Treppe hinauf und zurück ins Schlafzimmer führen und krabbelte umständlich unter die Bettdecke. Hustend und niesend zog er sie bis hinauf zur Nasenspitze. »Ich habe gesehen, dass du bereits ein paar Wünsche auf die Videobildschirme gelegt hast. Zu welchem davon ist denn der Alarm ausgelöst worden?«

Seine Frau setzte sich auf die Bettkante und strich ihm liebevoll das zerzauste Haar aus der Stirn. »Es hat etwas mit Melissa und ihrem kleinen Sohn Andy zu tun. Die beiden kennst du noch vom letzten Jahr. Melissa ist ...«

»... die junge Frau, die im Kunsthandwerksladen von Jana Weißmüller arbeitet«, vollendete er schniefend ihren Satz. »Dann hat sie sich dieses Jahr etwas gewünscht?«

»Nein, nicht sie, sondern ihr kleiner Sohn Andy.« Santas Frau erhob sich wieder. »Ich erzähle dir später davon, versprochen.« Sie goss ihm aus einer Thermoskanne etwas Tee in einen Becher und reichte ihn ihm. »Bitte ruh dich jetzt erst einmal von deinem Ausflug ins Büro aus. Du bist ganz blass, und ich glaube, du hast immer noch Fieber.«

Dankbar trank der Weihnachtsmann ein paar Schlucke Tee und stellte den Becher dann auf dem Nachttisch ab. »Ich weiß, dass es unvernünftig war aufzustehen, aber wenn ich das Gefühlsradar anspringen höre, mache ich mir immer sofort große Sorgen. Du weißt ja selbst, was in der Vergangenheit los war, wenn das Radar besonders intensive Gefühle aufgefangen hat.«

»Deshalb werde ich jetzt auch sofort wieder an die Arbeit gehen und versuchen herauszufinden, was genau sich auf der Erde abspielt.« Santas Frau lächelte ihm noch einmal liebevoll zu. »Wir kümmern uns um alles, das verspreche ich dir. Du brauchst dir wirklich keine Sorgen zu machen. Konzentriere dich einfach darauf, wieder gesund zu werden, mein Schatz.«

Der Weihnachtsmann lachte rau und hustete gleich darauf rasselnd. »Ich gebe mir Mühe. Krank zu sein, ist wirklich nicht schön.«

Eilig begab seine Frau sich wieder zurück ins Büro und an den Computer. Elfe-Sieben hatte sich indes vor der Videowand aufgebaut und beobachtete aufmerksam, was sich bei Melissa und Andy tat. »Ich kann im Augenblick nichts Ungewöhnliches entdecken«, berichtete sie. »Nachdem Melissa sich Jana und Oliver anvertraut hat, ist sie gleich ins Bett gegangen. Heute ist Andy ganz normal in der Schule, und Melissa arbeitet im Laden. Ich habe schon versucht, die Frequenz zu justieren, um herauszufinden, ob irgendeine Person in ihrer Umgebung negative Schwingungen aussendet, aber im Augenblick scheint dies nicht der Fall zu sein. Vielleicht liegt das Ereignis, auf das das Radar hinweist, noch zu weit in der Zukunft.«

»Hoffen wir es.« Santas Ehefrau rief am Computer die spezielle Suchmaschine auf, die Elfe-Sechzehn zusammen mit Elf-Dreizehn programmiert hatte und mit deren Hilfe sie nicht nur die Ereignisse auf der Erde durchsuchen konnten, sondern auch das Himmelsarchiv, in dem alle vergangenen Ereignisse abgespeichert waren. Während sie anhand mehrerer Begriffe eine erste Suche durchführte, nahm sie das Mobilteil des Telefons zur Hand und wählte eine Nummer im Kurzwahlspeicher.

»Ja, Santa?«, erklang nur Augenblicke später die Stimme von Elf-Zwei aus dem Hörer. »Hast du einen Auftrag für uns? Ich dachte, du wärst noch krank.«

»Hier ist nicht der Weihnachtsmann, sondern seine Frau.«

»Oh.« Der Elf kicherte. »Verzeihung.«

Die Frau des Weihnachtsmannes schmunzelte. »Schon gut. Santa geht es noch gar nicht gut, deshalb habe ich einstweilen seine Arbeit übernommen. Ich habe tatsächlich einen Auftrag für dich und Elfe-Acht. Kommt bitte so schnell wie möglich ins Büro.«

»Alles klar, wir sind schon unterwegs.« Kaum hatte Elf-Zwei

die Worte ausgesprochen, da hatte er auch schon die Verbindung unterbrochen.

Rasch schaltete sie das Mobilteil wieder aus und legte es auf den Tisch, um sich die Ergebnisse anzusehen, die die Suchmaschine ausgespuckt hatte. Einige davon klickte sie an und überflog sie. Dabei bildeten sich auf ihrer Stirn mehrere Furchen, die sich immer mehr vertieften.

»Hast du etwas gefunden?«, wollte Elfe-Sieben wissen und trat neben sie. Neugierig beäugte auch sie die Suchergebnisse. »Oh, oh.« Sie schlug eine Hand vor den Mund. »Das gefällt mir aber gar nicht. Glaubst du, das ist der Grund für den Alarm des Gefühlsradars?« Sie deutete auf eines der Ergebnisse.

Nachdenklich schürzte Santas Frau die Lippen. »Das ist durchaus möglich. Ja, ich glaube, das ist es. Ich fürchte, da bahnt sich tatsächlich etwas Größeres an. Ich fürchte, uns muss ganz rasch etwas einfallen, wie wir Melissa und Andy helfen können. Denn ganz alleine werden sie mit dieser Situation vermutlich nicht zurechtkommen.« Sorgenvoll tippte sie sich mit dem Zeigefinger gegen die Lippen. »Was würde mein Mann in solch einer Situation tun?«

»Ich weiß nicht.« Elfe-Sieben kratzte sich am Kopf und hätte dabei beinahe ihre spitze Mütze hinuntergeworfen. Rasch richtete sie sie wieder, beugte sich ein wenig vor und stützte sich mit dem Ellenbogen auf der Tischplatte ab. Sehr intensiv studierte sie die weiteren Ergebnisse der Suche. »Wahrscheinlich würde er auf irgendeine ganz verrückte Idee kommen, mit der niemand rechnet. Die Menschen natürlich am allerwenigsten.«

»Du hast recht.« Die Miene von Santas Ehefrau hellte sich auf. »Wir tun etwas, womit wirklich niemand rechnet.« Auf ihren Lippen erschien ein mutwilliges Grinsen. »Und ich glaube, ich weiß auch schon, was.«

6. Kapitel

»Ja, selbstverständlich, Herr Jildriz, das werden wir berücksichtigen.« Während er in sein Handy sprach, machte Lennart sich handschriftliche Notizen auf einem speziellen Schreibtablet. »Das sollte machbar sein. Ich schicke unsere beiden Mitarbeiter am kommenden Montag gleich zu Ihrem Lieferanteneingang, das erregt am wenigsten Aufsehen.« Kurz ließ er seinen Blick durch die offen stehende Tür zum unbesetzten Empfangstresen wandern. Die Empfangsdame, Marita Huber, war heute etwas früher gegangen, weil sie für den Abend Besuch zum Geburtstag ihres Ehemanns erwartete. Das war normalerweise kein großes Problem, denn in der Regel waren Lennarts Vater und seine Schwester um diese Zeit ebenfalls im Haus, aber heute war Lennart mit Sissy allein. Nicht einmal die fünf Frauen und Männer, die sie als Sicherheitspersonal auf diverse Einsätze schickten, waren um diese Zeit schon zurück. Lennart konnte von Glück sagen, dass es am heutigen Donnerstagnachmittag so ruhig zuging und er hauptsächlich Telefonate zu führen hatte.

Während er sich von dem Kunden am Telefon verabschiedete, bemerkte er bei einem weiteren Blick über den Empfangstresen hinweg durch die gläserne Fensterfront des Firmengebäudes eine Bewegung auf dem Parkplatz vor dem Eingang. Ein uralter grüner Opel Corsa war vorgefahren, der ihm bekannt vorkam. Als er die Frau erblickte, die in diesem Moment ausstieg, lächelte er unwillkürlich und erhob sich, als er bemerkte, dass sie um das Auto herumging und auf der Beifahrerseite die Tür öffnete, um ihren kleinen Sohn herauszulassen.

Seine Bewegung schreckte Sissy auf, die bis eben in einer

Ecke des Büros auf ihrem runden hellgrauen Schlafkissen gedöst hatte.

Huch, was ist denn jetzt los? Warum stehst du auf? Haben wir etwas vor? Wie der Blitz sprang Sissy auf die Füße und schüttelte sich heftig. *Da komme ich natürlich mit. Vielleicht gehen wir ja spazieren.*

»Halt, Stopp, Sissy!« Lennart stellte sich dem jungen Boxermädchen in den Weg. »Nicht so wild.«

Warum denn wild? Ich bin doch nur neugierig. Kommt da jemand? Oh, tatsächlich! Das ist bestimmt Kundschaft. Darf ich die begrüßen? Noch ehe Lennart reagieren konnte, war Sissy an seinen Beinen vorbeigewischt und sauste schlitternd um den Empfangstresen herum auf die gläserne Eingangstür zu. *Wau, hallo! Dich kenne ich doch, du bist die nette Frau von neulich. Warum kommst du denn nicht herein? Und wer ist denn der kleine Mensch bei dir? Den kenne ich noch nicht. Das muss sich unbedingt ändern!*

»Sissy, Stopp«, befahl Lennart nun deutlich energischer. »Sitz.«

Nö, geht nicht. Ich bin viel zu aufgeregt und möchte diese Menschen begrüßen.

»Also wirklich.« Kopfschüttelnd eilte Lennart hinter seiner Hündin her und fasste sie sanft am Halsband, um sie daran zu hindern, vor lauter Freude und Aufregung an der Glastür hochzuspringen. »Das üben wir wohl besser noch einmal – oder vielmehr ganz oft. Wenn du dich so aufführst, bekommen die Leute ja Angst und trauen sich nicht hereinzukommen.«

Glaubst du? Ich bin aber doch gar nicht böse, sondern will ihnen bloß Guten Tag sagen. Sissy zappelte ein wenig unter seinem Griff, ließ sich jedoch schließlich ein wenig zur Seite führen. Lennart nickte Melissa einladend zu, die tatsächlich in zwei Schritten Entfernung vom Eingang stehen geblieben war und offenbar zögerte einzutreten. Da sie jedoch lächelte, nahm er nicht an, dass sie wirklich Angst vor Sissy hatte. Vermutlich sorgte sie sich eher darum, dass die aufgeregte Hündin den kleinen Jungen versehentlich umwerfen könnte, was nicht ausgeschlossen war. Lennart wusste, dass Sissy vor Freude manchmal regelrecht außer Rand und Band geraten konnte. Wenn man dann nicht absolut standfest war, brachte sie es tatsächlich fertig, einen Menschen umzuwerfen.

»Benimm dich, Sissy. Da ist ein Kind, und mit Kindern gehen wir immer besonders sanft um.«

Ein Kind? Ist das der kleine Mensch da? Der sieht interessant aus. Ich möchte ihn unbedingt kennenlernen und beschnüffeln. Vielleicht spielt er sogar mit mir, was meinst du? Sissy stieß einen Laut aus, der irgendwo zwischen einem ungeduldigen Knurren und einem Winseln lag, und wedelte so heftig mit der Rute, dass diese hart gegen Lennarts Waden und Kniekehlen peitschte.

Sicherheitshalber trat er mit der Hündin noch einen weiteren Schritt zurück und wartete, bis Melissa und ihr Sohn hereingekommen waren. Die Tür fiel langsam und leise hinter ihnen ins Schloss.

»Guten Tag, Melissa. Entschuldigen Sie bitte diese Rakete hier.« Er wies mit dem Kinn auf Sissy, die sich inzwischen wie wild gebärdete. »Sie hat noch nicht ganz gelernt, wie man sich gegenüber der Kundschaft zu benehmen hat. Sie möchte Sie nur begrüßen, aber wenn Ihnen das zu viel ist, kann ich sie auch in ein Büro bringen und die Tür zumachen.«

Das wirst du doch nicht wirklich tun, oder? Das wäre aber gemein. Bitte, bitte lass mich hierbleiben und die beiden begrüßen. Ich bin doch ganz, ganz lieb. Sissy winselte erneut, und ihr gesamter Körper schien eine einzige wellenartige, wedelnde Bewegung zu sein.

»Guten Tag, Lennart.« Melissa legte ihrem kleinen Sohn eine Hand auf die Schulter, wohl um ihn zu beruhigen, da er sich bei Lennarts Anblick fest an ihr Bein gedrängt hatte und nun sogar ein wenig hinter ihr in Deckung ging. »Und nein, bitte sperren Sie die arme Sissy nicht irgendwo ein. Sie freut sich doch nur, das halten wir schon aus, oder, Andy?« Sie blickte auf den kleinen Jungen hinab, der daraufhin zu ihr aufsah und zögernd nickte.

»Also gut, versuchen wir es«, stimmte Lennart zu. »Sissy, treib es nicht zu wild!« Vorsichtig ließ er das Halsband der Hündin los, woraufhin diese einen großen Satz vorwärts machte, auf den sandfarbenen Fliesen ins Schlittern geriet und ganz dicht vor Melissa und Andy zum Stehen kam. Immer noch wedelte sie wie wild und schnupperte schnaufend und prustend erst an Melissa, dann an dem kleinen Jungen.

Hm, ja, du bist es wirklich. Die nette Frau von neulich. Du riechst sehr angenehm. Und wer bist du? Du bist ja wirklich ein ganz kleiner Mensch. Das finde ich lustig. Ich mag Kinder sehr! Möchtest du mit mir spielen?

Andy kicherte und zog ein wenig den Kopf ein, als Sissy versuchte, an seinem Gesicht und seinen Ohren zu schnüffeln. Als sie ihm über die Wange leckte, lachte er auf. »Igitt, das ist ja ganz nass. Mama, der Hund hat mich ganz nass gemacht. Das kitzelt!«

»Sissy, Stopp jetzt.« Lennart konstatierte zufrieden, dass Sissy auf seine knappe Aufforderung tatsächlich reagierte, sich ein wenig beruhigte und auf ihr Hinterteil fallen ließ. Ihre Rute wischte jedoch weiterhin wild auf dem Boden hin und her. Als er jedoch die Reaktion des Jungen wahrnahm, erschrak er innerlich. Beim Klang von Lennarts dunkler, befehlsgewohnter Stimme war er zurückgeschreckt und hatte sich ganz hinter seiner Mutter versteckt.

Melissa tastete hinter sich nach ihrem Sohn; auf ihrem Gesicht zeichnete sich Besorgnis und Verlegenheit gleichermaßen ab. »Schon gut, Andy. Es ist nichts passiert.«

Die mehr als deutlich erkennbare Furcht des Jungen versetzte Lennart einen unangenehmen Stich. Eine solche Reaktion war nicht der durchaus normalen Schüchternheit eines kleinen Kindes zuzuschreiben. Spontan näherte er sich dem Jungen und ging vor ihm in die Hocke. »Hey, Kumpel, du musst Andy sein.« Er bemühte sich, seiner Stimme einen ruhigen gleichmütigen Klang zu verleihen. »Ich habe schon so einiges von dir gehört. Deine Mama ist nämlich total stolz auf dich und hat bei unserer letzten Begegnung vor ein paar Tagen ordentlich mit dir angegeben.«

Lennart konnte sehen, wie es in dem kleinen Jungen arbeitete. Zögernd streckte er seinen Kopf halb hinter den Beinen seiner Mutter hervor. »Echt?«

Lennart lächelte. »Ganz echt. Jana und Oliver kennst du doch auch, nicht wahr? Die haben mir auch schon ein bisschen was über dich erzählt. Zum Beispiel, dass du gerne mit ihrem Hund Scottie spielst. Stimmt das?«

Andy schob sich noch eine Winzigkeit weiter hinter seiner Mutter hervor, blieb jedoch ganz offensichtlich auf der Hut. »Ja, Scottie ist lieb. Aber man muss aufpassen, weil er sonst alles umschmeißt und das Glas kaputt macht, das Jana macht.«

Lennart lachte. »In der Hinsicht kann Scottie sich mit Sissy zusammentun. Sie ist, wie du gemerkt hast, auch noch ziemlich wild.«

Wild? Also nein, das bin ich doch gar nicht. Oder? Na ja, gut, vielleicht ein bisschen. Aber doch nur, wenn ich mich ganz arg freue. Sissy sprang wieder auf die Füße und tappte erneut auf den kleinen Jungen zu, diesmal jedoch deutlich ruhiger. *Na, du kleiner Mensch! Darf ich dich jetzt noch einmal beschnüffeln? Du riechst nämlich genauso interessant wie die nette Frau. Ein bisschen nach Keksen und Schokolade.*

Zwar zog Andy erneut ein wenig den Kopf ein, kicherte aber, als Sissy ihn noch einmal von Kopf bis Fuß beschnüffelte. »Das kitzelt«, wiederholte er, da Sissy versuchte, mit der Nase in die Tasche seines blauen Anoraks zu gelangen.

»Sissy.« Diesmal reichte die leise Ermahnung, um die Hündin von ihrem Vorhaben abzuhalten. Sie schnaufte einmal kurz, wie beleidigt, richtete ihre Aufmerksamkeit dann aber auf Melissa und schnüffelte an deren Hosenbeinen. Lennart behielt sie weiterhin im Auge, wandte sich aber wieder an Andy. »Sie ist noch sehr jung und noch nicht so richtig gut erzogen, aber wir arbeiten daran.« Er grinste den kleinen Jungen an. »Ich bin Lennart.« Versuchsweise streckte er ihm die rechte Hand hin, doch der Junge zuckte sogleich wieder zurück und schob sich weiter hinter die Beine seiner Mutter. Als sei dies nichts Besonderes, nickte Lennart ihm noch einmal lächelnd zu und erhob sich dann wieder.

»Tut mir leid, Andy ist Fremden gegenüber anfangs immer sehr misstrauisch.« Melissa streichelte, ohne hinzusehen, ihrem Sohn liebevoll über den Kopf.

»Das ist kein Grund für eine Entschuldigung«, befand Lennart und bemühte sich auch ihr gegenüber um einen vollkommen gleichmütigen Tonfall. Ihr Verhalten, ebenso das ihres Sohnes, sprachen eine allzu eindeutige, bedrückende Sprache, doch er ging nicht weiter darauf ein, um die Befangenheit, die sich zwischen ihnen aufgebaut hatte, nicht weiter zu fördern. »Wir werden uns schon noch miteinander anfreunden, und wenn dem nicht so sein sollte, ist es auch okay. Wir haben alle das Recht, uns die Menschen, die wir gut leiden können, selbst auszusuchen. Das gilt natürlich auch für Kinder.« Er warf Andy, als dieser nun doch wieder vorsichtig hinter seiner Mutter hervorlugte, einen kurzen Blick zu und blinzelte dabei aufmunternd. »Was führt Sie denn hierher, Melissa?«, wechselte er das Thema und konnte erkennen, wie sie die Schultern straffte.

»Jana hat mich gebeten, mit Ihnen die Zeiteinteilung der Sicherheitsleute für ihren Stand auf dem Weihnachtsmarkt durchzusprechen. Im Grunde hat sich zum vergangenen Jahr nicht viel geändert, sieht man einmal davon ab, dass wir diesmal nicht mit einer unheimlichen Stalkerin rechnen.« Sie lächelte schwach. »Jana wird in den nächsten Tagen noch einmal ganz in ihre Werkstatt und Arbeit abtauchen, und sie weiß nicht, wie lange diese Schaffensphase anhält. Da Sie aber Ihre Leute einplanen müssen, hat sie mich hergeschickt.« Sie hob ein wenig ratlos die

Achseln. »Gibt es denn überhaupt irgendwelche offenen Fragen Ihrerseits? Den Ablauf hatten Sie ja neulich bereits mit Jana abgeklärt, oder nicht?«

Lennart nickte. »Das haben wir.« Er bedeutete ihr, ihm zu seinem Büro zu folgen, und gab auch Sissy ein Zeichen, woraufhin die Hündin fröhlich zu ihrem Kissen rannte und sich regelrecht darauf fallen ließ. Aufmerksam beobachtete sie, wie Lennart Melissa und Andy Sitzplätze anbot und die beiden ihre Jacken auszogen. Plötzlich sprang sie wieder auf, schnappte sich eine blau-weiße Plüschente und trug sie zu Andy, der sich, anstatt sich zu setzen, erneut dicht an seine Mutter gedrängt hatte. Auffordernd stupste Sissy ihn mit der Nase an und drängte ihm das Plüschtier geradezu auf.

Hier, kleiner Mensch. Andy heißt du, oder? Möchtest du mit mir spielen? Das ist meine Ente. Lennart nennt sie immer Quack.

Andy kicherte unterdrückt, schien sich jedoch nicht so recht zu trauen, der Aufforderung des Boxermädchens zu folgen.

»Sissy will mit dir spielen.« Ermunternd lächelte Lennart dem Jungen zu. »Wenn du möchtest, darfst du dich ruhig zu ihr auf das Kissen setzen.« Er warf Melissa einen fragenden Blick zu. »Das ist doch in Ordnung, oder?«

Melissa umfasste ihren Mantel und Andys Jacke auf ihrem Schoß etwas fester. »Sicher, wenn Sie es erlauben. Andy mag Hunde gern.« Sie rieb ihrem Sohn sachte über Schulter und Rücken. »Geh nur ruhig mit Sissy spielen, wenn du möchtest. Ich sitze ja gleich hier neben dir. Aber nicht zu wild, und zieh ihr nicht versehentlich am Fell oder den Ohren.«

Andy war anzusehen, dass er mit sich rang, doch schließlich gewann die Lust am Spielen die Oberhand. Dazu trug natürlich bei, dass Sissy ihm immer und immer wieder die Plüschente aufzudrängen versuchte. Lennart nickte ihm noch einmal ermutigend zu. »Die Ente heißt übrigens Quack. Du darfst sie für Sissy werfen, wenn du möchtest. Pass nur auf, dass du nicht versehentlich den Ficus triffst.« Grinsend deutete er auf die fast mannshohe, dicht belaubte Grünpflanze neben der Tür. »Er ist zwar mittlerweile einiges gewohnt, aber er ist auch schon zweimal umgekippt, und das ist nicht so spaßig, weil wir dann die ganze Erde wieder aufkehren müssen.«

»Ich mache nichts kaputt«, versprach Andy mit so ernster Miene, dass es Lennart erneut einen kleinen Stich versetzte. Fast hatte er den Eindruck, als habe der kleine Junge regelrecht Angst davor, tatsächlich versehentlich irgendwo Schaden anzurichten. Was in aller Welt war ihm und seiner Mutter geschehen? Beinahe sträubte Lennart sich innerlich, weiter darüber nachzudenken, denn die Ahnung, die ihn streifte, war bereits schlimm genug.

»Im Grunde ist tatsächlich bereits alles geklärt beziehungsweise von mir geplant«, kam Lennart schließlich auf das ursprüngliche Thema zurück. »Was wir noch nicht besprochen hatten, ist die Frage, ob wir auch schon zum Aufbau jemanden schicken sollen. Jana wollte erst noch klären, ob für diesen Tag schon genügend Leute aus ihrer Familie anwesend sein werden.«

Melissa richtete sich ein wenig auf dem mit dunkelblauem Stoff bezogenen Besucherstuhl auf. »Für den Aufbau hat sie genug Leute. Ihre Eltern und ihre Schwester werden dort sein und auch ihr Vetter und dessen Frau. Oliver selbstverständlich auch.«

»Und Sie halten im Laden die Stellung«, folgerte Lennart. »Okay, dann kann ich Franziska für diesen Tag auf einen anderen Einsatz schicken. Es bleibt aber dabei, dass Jana für den gesamten Zeitraum diesmal zwei Sicherheitsleute engagieren möchte?«

»Ja, das hält sie für besser.« Melissa schmunzelte. »Oder vielmehr hat Oliver sie dazu überredet. Seit Jana einige ihrer Skulpturen in großen Galerien in Köln, Hamburg, Stuttgart und München ausstellen lässt, ist ihre Bekanntheit noch um einiges gestiegen. Wir rechnen zwar jetzt nicht unbedingt damit, dass uns die Fans auf dem Weihnachtsmarkt die Türen einrennen werden, aber wie Olivers Schwester es bezeichnet hat: Janas Marktwert ist deutlich gestiegen. Deshalb ist es sinnvoll, die Sicherheitsvorkehrungen ein wenig aufzustocken. Zu viel Wirbel will Jana aber nicht. Sie möchte weiterhin so arbeiten wie bisher und auch den Kontakt zu ihren Kundinnen und Kunden möglichst persönlich halten. Deshalb wird sie wohl auch die meiste Zeit selbst in ihrem Verkaufszelt auf dem Weihnachtsmarkt stehen. Ich springe da nur vormittags ein, wenn auf dem Weihnachtsmarkt noch nicht so viel los ist. Dafür halten wir dann den Laden an den Vormittagen geschlossen.«

»Alles klar.« Lennart klappte die Hülle seines Schreibtablets auf und machte sich ein paar Notizen. Als er den Kopf hob, bemerkte er, dass Melissa ihn neugierig beobachtete. »Ich versuche, Papier einzusparen«, erklärte er. »Mit diesem Gerät hier funktioniert das ganz gut. Man schreibt mit diesem Spezialstift darauf wie auf Papier, und später kann man das Ganze in Druckschrift umwandeln lassen und auf den Computer übermitteln, um damit weiterzuarbeiten.« Er grinste schief. »Man kann sogar mit der Rückseite des Stiftes radieren. Allerdings muss ich mich immer daran erinnern, dass das nicht wirklich ein Stift ist, auf dem man herumkauen kann.«

Melissa gluckste. »Das wäre wohl ein teurer Spaß, wenn Sie versehentlich diesen Stift zerbeißen, oder?«

»Allerdings. Deshalb bemühe ich mich schon seit Wochen, mir diese unselige Angewohnheit auszutreiben.«

»Mit Erfolg, wie ich sehe. Der Stift sieht nicht aus, als hätte er bisher schon Kontakt mit Ihren Zähnen gehabt.«

Lennart lachte. »Aber nur haarscharf. Ich habe schon seit der Grundschule immer auf meinen Bleistiften und Buntstiften herumgekaut. Eine scheußliche Angewohnheit.«

Melissa lächelte. »Sehr gesund ist sie auch nicht.«

»Eine Bleivergiftung hatte ich dadurch zum Glück noch nicht«, witzelte Lennart. »Möchten Sie das Gerät einmal ausprobieren?«

»Was?« Melissa riss die Augen auf und wirkte ein wenig wie ertappt.

Schmunzelnd schob Lennart ihr das Gerät über den Tisch hinweg zu und reichte ihr den Stift. »Hier, schreiben Sie ein paar Worte. Es ist wirklich, wie auf Papier zu schreiben. Zeichnen kann man damit auch hervorragend. Manchmal entwerfe ich auch per Hand Schaltpläne für Sicherheitsanlagen darauf, bevor ich sie dann mit einem Spezialprogramm auf dem Computer anlege.«

Zögernd nahm Melissa den Stift entgegen, drehte das Tablet zu sich herum und kritzelte erst vorsichtig, dann ein wenig mutiger ein paar Wörter darauf.

»Gut, oder?« Lennart lächelte ihr zu und nahm Gerät und Stift wieder an sich. »Meine Schwester hat für sich, mich und unseren Vater jeweils ein Gerät gekauft, damit wir unseren Verbrauch an Notizzetteln und Schreibblöcken drastisch reduzieren. Es ist ein Prozess der Umgewöhnung, aber letztlich trägt es nicht nur zur Nachhaltigkeit bei, sondern hat auch den Vorteil, dass man wirklich alle wichtigen Notizen ständig bei sich haben kann. Das ist auf jeden Fall besser, als überall eine Zettelwirtschaft mit sich herumzutragen.«

»Da haben Sie bestimmt recht.« Melissa knabberte an ihrer Unterlippe. »Diese Geräte sind bestimmt furchtbar teuer, oder?«

»Billig sind sie nicht gerade«, bestätigte Lennart. »Für übertrieben teuer halte ich sie aber auch nicht.« Als er ihr den Preis nannte, konnte er erkennen, wie sie leicht zusammenzuckte. »Man muss es wohl als längerfristige Investition betrachten, insbesondere, wenn man tagtäglich damit arbeitet. Wenn man das Papier gegenrechnet, das man damit einspart, amortisiert sich der Preis ziemlich schnell.«

»Ja, wahrscheinlich.« Melissa schien ein Seufzen zu unterdrücken. »Vielleicht fange ich mal an, darauf zu sparen.«

»Womöglich haben Sie ja Glück, und der Weihnachtsmann legt Ihnen eins unter den Christbaum.«

Melissa schüttelte den Kopf. »Die Wahrscheinlichkeit ist wohl eher gering. Aber wenn ich jeden Monat ein kleines bisschen was zur Seite lege, könnte ich mir so ein Gerät vielleicht im kommenden Sommer leisten.« Sie lächelte schwach. »Man braucht ja schließlich auch immer etwas, worauf man hinarbeiten und auf was man sich freuen kann.«

»Stimmt auch wieder.« Lennart warf kurz einen Blick zu Sissy und Andy. Der Junge saß inzwischen auf dem Hundekissen und warf immer wieder die Plüschente für Sissy. Die junge Hündin rannte jedes Mal begeistert los, schnappte das Plüschtier und trug es wieder zu dem Jungen zurück. Dort ließ sie es in seinem Schoß fallen. Was ihn erstaunte, war die Tatsache, dass Andy dabei kaum ein Geräusch machte. Er wirkte sehr konzentriert, lächelte wohl auch hin und wieder ein wenig, wirkte ansonsten jedoch eher ernst und offenbar darauf bedacht, keine Aufmerksamkeit auf sich zu ziehen. Als er Lennarts Blick bemerkte, zuckte er denn auch zusammen und zog den Kopf ein. Sofort hörte er mit dem Werfen auf.

»Ich hab nichts kaputt gemacht.«

Auch wenn er sich zunehmend unwohl fühlte, setzte Lennart ein beruhigendes Lächeln auf. »Ich weiß. Es ist alles okay. Habt ihr Spaß?«

Andy blickte erst fragend zu seiner Mutter, dann nickte er verhalten.

»Wunderbar.« Lennart zwinkerte ihm bewusst fröhlich zu. »Weitermachen.«

Um Andys Mundwinkel zuckte es, doch ein richtiges Lächeln oder Lachen wurde nicht daraus. Er wandte sich jedoch wieder Sissy zu, die erwartungsvoll vor ihm saß und darauf lauerte, dass Andy die Plüschente erneut für sie warf.

Im ersten Impuls hätte Lennart Melissa gerne auf das Verhalten ihres Sohnes angesprochen, doch er sah davon ab, weil er nicht einschätzen konnte, wie sie darauf reagieren würde. Im Grunde ging es ihn ja auch nichts an, doch es bereitete ihm

Sorgen, dass sowohl Andy als auch Melissa sich ihm gegenüber so reserviert und teilweise sogar furchtsam verhielten.

Betont gelassen kam er wieder auf ihr Gesprächsthema von vorhin zurück: »Zwei Sicherheitsleute sind unter den gegebenen Voraussetzungen wahrscheinlich tatsächlich sinnvoll«, setzte er an. »Wir haben in der Adventszeit allerdings noch einige weitere größere Aufträge angenommen, sodass wir immer in zwei Schichten arbeiten müssen. Ich hatte zunächst gedacht, dass wir für die gesamte Zeit Franziska und Bernhard einsetzen können, doch nun müssen wir voraussichtlich zumindest an den Wochenenden noch zwei weitere Mitarbeiter abstellen, die sich mit den beiden jeweils am Mittag oder frühen Nachmittag abwechseln. Das ist aber im Grunde nicht Janas Problem, sondern allein unseres. Da wir nach Arbeitsstunden abrechnen, braucht sie ja nicht zu interessieren, wer von uns jeweils vor Ort ist. Selbstverständlich werde ich ihr vorab die Namen aller bei ihr eingesetzten Mitarbeiterinnen und Mitarbeiter nennen und auch deren Referenzen vorlegen.« Er lachte leise. »Möglicherweise werde ich auch noch einmal selbst die eine oder andere Schicht übernehmen. Der gute Ruf unserer Firma hat sich mittlerweile herumgesprochen, sodass wir allmählich darüber nachdenken müssen, noch weiteres Personal einzustellen.«

Überrascht musterte Melissa ihn. »Das klingt, als wären Sie darüber nicht sehr erfreut. Es ist doch schön, dass Ihre Sicherheitsfirma so gefragt ist.«

»Das ist es unbestritten«, stimmte er ihr zu. »Wir möchten nur nicht zu groß werden, um das Persönliche in unserem Service weiter aufrechterhalten zu können. Auch bedeuten mehr Angestellte zugleich mehr administrative Arbeit und Mehrkosten, was wiederum dazu führen wird, dass wir noch mehr Aufträge annehmen müssen, was wiederum zu Personalmangel führen wird ...« Er lächelte leicht. »Erkennen Sie das Muster?«

Melissa nickte. »Also arbeiten Sie lieber selbst zusätzlich zu Ihren Aufgaben hier als Sicherheitsmann.«

»Vorerst zumindest«, bestätigte Lennart. »Soll ich Jana morgen die Schichtpläne per E-Mail zukommen lassen?«

»Das wäre gut.« Melissa zögerte. »Könnten Sie sie vielleicht parallel auch an meine Adresse schicken? Wie gesagt, Jana weiß noch nicht so genau, wie lange ihre nächste Schaffensphase andauern wird. Falls es irgendwelche Rückfragen gibt oder so, wäre es vielleicht gut, wenn ich auch Zugriff darauf hätte.«

»Selbstverständlich, das ist überhaupt kein Problem.« Lennart schob ihr erneut das Schreibtablet hin und reichte ihr den Stift. »Schreiben Sie mir einfach Ihre E-Mail-Adresse auf, dann setze ich sie ins CC.«

Melissa tat, wie ihr geheißen, und reichte ihm gleich darauf Tablet und Stift zurück. Als sich dabei ihre Finger berührten, zog sie ihre Hand hastig zurück. Wie um ihre heftige Reaktion zu überspielen, räusperte sie sich, blickte noch einmal kurz zu Andy, wandte sich dann jedoch erneut an Lennart. »Fast hätte ich es vergessen. Jana sagte, Sie hätten mit ihr noch einmal über die Neuerungen an unseren Sicherheitsanlagen gesprochen und sie gebeten, die endgültige Bestellung über Ihren Onlineshop zu tätigen. Das hat sie versucht, zweimal sogar, aber sie sagt, die Bestellung wäre irgendwie nicht durchgegangen.«

»Nicht durchgegangen?« Verwundert runzelte Lennart die Stirn.

»Das System hat beim Check-out an der Kasse ausgesetzt, sagte sie.« Melissa rückte mit ihrem Stuhl ein klein wenig vor. »Wir hatten das mit unserem Onlineshop auch schon mal. Da sind tagelang immer wieder Bestellungen im Warenkorb stecken geblieben und wurden nicht weitergeleitet. Das war ein Fehler im System, auf den wir nur durch Zufall aufmerksam geworden sind, weil eine Kundin uns angerufen hat. Es wäre uns sonst nicht aufgefallen, denn manche Bestellungen kamen ganz normal an, andere jedoch nicht. Wenn die Kunden sich dann nicht beschweren, fällt der Fehler zunächst überhaupt nicht auf.«

Stirnrunzelnd griff Lennart nach der Computermaus und rief den Onlineshop von *Securifant* auf. »Nun machen Sie mich bitte nicht schwach, Melissa. Ich hatte mich heute Morgen schon gewundert, dass in den letzten Tagen so wenige Bestellungen bei uns eingegangen sind.« Er überprüfte den Posteingang des Shops und das Backend, konnte jedoch nichts Ungewöhnliches erkennen. Allerdings kannte er sich mit der Software auch nicht allzu gut aus. Darum kümmerte sich so gut wie ausschließlich seine Schwester, und die war ausgerechnet noch bis Samstag auf einer wichtigen Fortbildung, und da wollte er sie nicht behelligen. So lange konnte er jedoch diesen Fehler, falls er denn bestand, nicht einfach ignorieren. Also musste er auf die Schnelle jemanden finden, der sich mit dem Shopsystem auskannte und es reparieren konnte.

Er warf einen kurzen Blick auf seine Armbanduhr; es war bereits kurz vor fünf. Hoffentlich erreichte er jemand beim Vierundzwanzig-Stunden-Service der örtlichen Computer- und Softwarefirma. Dann kam ihm eine Idee. »Sie sagten, Sie hätten in Ihrem Onlineshop schon mal ein ähnliches Problem gehabt?«

»Ja, im Sommer.«

»Sie wissen nicht zufällig noch, wie man das reparieren kann?«, fragte er hoffnungsvoll.

Melissa zögerte sichtlich, nickte dann aber. »Ich konnte es mithilfe der Support-Hotline selbst reparieren. Welche Software benutzen Sie denn?«

Lennart nannte ihr den Namen, woraufhin sie lächelte. »Das ist die gleiche wie unsere. Wenn Sie …« Sie stockte, setzte dann aber erneut an. »Ich könnte versuchen, das Problem zu lösen. Ich weiß nicht, ob ich mich auf Anhieb an alle einzelnen Schritte erinnere, aber es war nicht allzu schwierig. Wahrscheinlich hat sich eine Datei in der Datenbank festgesetzt, die eigentlich automatisch ersetzt werden müsste. So etwas kommt manchmal nach einem Update vor, hat man mir erklärt. Eigentlich soll es mittlerweile wiederum ein Update geben, dass genau dieses

Problem behebt, aber wenn das Problem bereits besteht, hilft Ihnen das nicht weiter.« Sie lachte verhalten. »Sie müssen also erst einmal das Problem lösen, um das Problem zu lösen.«

»Dann bitte, bitte tun Sie das!« Grinsend erhob Lennart sich und bedeutete ihr, auf seinem Schreibtischstuhl Platz zu nehmen.

***

Melissa fühlte sich ein wenig merkwürdig, als sie die Jacken auf dem Besucherstuhl ablegte, sich auf den großen, weich gepolsterten und zugleich ergonomisch geformten Chefsessel setzte und nach der Computermaus griff. Lennart wollte sich neben ihr auf der Schreibtischkante niederlassen, bemerkte aber, wie sie zusammenzuckte, und stellte sich in einiger Entfernung zum Schreibtisch hin. Von dort aus sah er zu, wie sie im Backend der Software nacheinander mehrere Einstellungen aufrief, um zu überprüfen, ob es sich bei dem vorliegenden Fehler um den gleichen handelte wie damals bei Janas Onlineshop. Als sich der Verdacht bestätigte, rief sie sich Schritt für Schritt die Anleitung vor Augen, die ihr der Support damals gegeben hatte. Ihr Herz klopfte ein wenig unstet, denn sie fürchtete sich davor, womöglich etwas falsch zu machen und dem Shop damit noch größeren Schaden zuzufügen. Wie würde Lennart darauf reagieren?

Überhaupt fühlte sie sich in seiner Gegenwart äußerst befangen. Er war schon rein optisch, aber auch von seinem selbstbewussten Auftreten her genau die Sorte Mann, von der sie sich tunlichst fernhielt. Matthias war zwar äußerlich ein vollkommen anderer Typ als Lennart, doch auch er war groß, gutaussehend und in jeder Situation vollkommen von sich selbst überzeugt. Die unterschwellige Dominanz, die er ausgestrahlt hatte, hatte sie damals, als sie noch sehr jung und auf der Suche nach Halt gewesen war, wie magnetisch angezogen. Natürlich wusste sie, dass nicht jeder selbstbewusste oder dominant auftretende Mann gewalttätig war, doch seit den schlimmen Erfahrungen, die sie in ihrer Ehe gemacht hatte, scheute sie ganz automatisch vor Männern zurück, denen sie sich schon auf den ersten Blick nicht gewachsen fühlte.

Wem machte sie eigentlich etwas vor? Im Grunde scheute sie vor jedem Mann zurück, auch wenn er noch so nett zu sein schien. Auch Matthias war anfangs freundlich, sanftmütig und liebevoll mit ihr umgegangen. Erst nach und nach hatte er ihr Leben immer stärker kontrolliert und sie schließlich physisch und psychisch in ihrem Handlungsspielraum immer mehr eingeschränkt und von sich abhängig gemacht. Sie konnte und wollte einfach nicht riskieren, dass ihr so etwas noch einmal passierte.

Bisher war es ihr leichtgefallen, sich weitestgehend von der männlichen Hälfte der Bevölkerung fernzuhalten. Natürlich ging sie im Alltag immer wieder mit Männern um, doch da sich kaum jemals jemand mehr für sie interessierte, dazu war sie vermutlich zu farblos, zu dünn, zu wenig sexy und zu langweilig, hatte sie aufgehört, sich über ihr nicht vorhandenes Liebesleben Gedanken zu machen. Matthias war der erste und einzige Mann gewesen, mit dem sie, bis auf ein paar unschuldige Küsse mit Schulkameraden, überhaupt in dieser Hinsicht Erfahrungen gesammelt hatte. Ob es nun Unvorsichtigkeit gewesen war oder der mehr oder weniger unterschwellige Wunsch, sich von ihrem bedrückenden und beengten Zuhause zu lösen, wusste sie im Nachhinein selbst nicht so recht einzuschätzen, doch sie war schnell und natürlich viel zu früh schwanger geworden, und danach hatte die schlimme Zeit begonnen.

»Ist alles in Ordnung?«

»Wie bitte?« Erschrocken hob sie den Kopf und begegnete Lennarts forschendem Blick. Prompt beschleunigte sich ihr Herzschlag erneut, und sie spürte, wie ihr ganzer Kopf sich erwärmte.

»Sie starren seit fast zwei Minuten auf diese Einstellungen.« Er deutete auf den Bildschirm. »Wenn Sie den Fehler nicht finden, ist es nicht schlimm. Ich werde versuchen, den Vierundzwanzig-Stunden-Service von ...«

»Nein, nein.« Entschlossen konzentrierte Melissa sich wieder auf ihre Aufgabe. »Ich habe den Fehler längst gefunden. Jetzt muss ich nur noch nach und nach alle Schritte ausführen, die ich damals auch in Janas Onlineshop angewendet habe.« Sie schluckte. »Das eben war ... Ich war nur kurz in Gedanken. Tut mir leid.«

»Das muss Ihnen nicht leidtun, Melissa.« Lennarts Stimme hatte sich eine Spur gesenkt und klang ein bisschen so, als wolle er sie beruhigen. »Das passiert uns doch allen hin und wieder mal.« Erneut deutete er auf den Bildschirm. »Es ist also der gleiche Fehler wie damals bei Janas Shop?«

Melissa versuchte, sich wieder zu entspannen. »Ja, genau der gleiche. Sobald wir ihn behoben haben, sehe ich nach, ob Sie das neueste Update der Software installiert haben. Falls nicht, lade ich es rasch herunter. Das dauert auch bestimmt nicht lange.«

Lennart lachte rau, ein Laut, der ihr seltsamerweise eine Gänsehaut bescherte. »Lassen Sie sich ruhig so viel Zeit, wie Sie wollen. Ich bin nur froh, dass ich mich um diese Uhrzeit nicht auf die Suche nach einem Softwarespezialisten begeben muss. Was unsere Internetseite und den Onlineshop angeht, habe ich selbst zugegebenermaßen so gut wie gar keine Ahnung. Ich kann zwar die übermittelten Bestellungen bearbeiten, aber das war es auch schon. Um alles, was das Internet angeht, kümmert sich überwiegend meine Schwester. Normalerweise haben wir eine perfekte Arbeitsteilung. Sie ist für alles Technische verantwortlich, und unser Vater und ich sind für das Tagesgeschäft und die Kundenbetreuung zuständig. Leider befindet Lena sich gerade auf einer Fortbildung, auf die sie fast ein Jahr gewartet hat und bei der ich sie jetzt nicht ausgerechnet stören will. Deshalb wäre ich vermutlich aufgeschmissen gewesen, wenn Sie nicht zufällig heute hergekommen wären.« Wieder lachte er dieses leicht heisere Gänsehaut-Lachen. »Nein, vermutlich hätte ich den Fehler überhaupt nicht bemerkt. Dafür hätte mir Lena dann nach ihrer Rückkehr den Kopf abgerissen. Wer weiß, wie viele Bestellungen uns bereits durch die Lappen gegangen sind? Kann man feststellen, seit wann dieser Fehler besteht?«

»Ich glaube nicht.« Melissa klickte sich durch weitere Einstellungen und ganz am Ende der Seite schließlich auf Aktualisieren. Sie hielt kurz den Atem an, während der komplette Onlineshop neu lud, und stieß erleichtert die Luft aus, als danach alles wieder so aussah, wie es sollte. Die defekte Datei, die die Störung verursacht hatte, war erfolgreich entfernt. Nun musste sie noch einmal den Zwischenspeicher löschen und die Version der Software abfragen. »Aber wenn Ihnen erst heute aufgefallen ist, dass Sie ungewöhnlich wenige Bestellungen hatten, dann nehme ich einfach mal an, dass der Fehler erst seit kurzer Zeit besteht.«

Der Zwischenspeicher funktionierte problemlos, doch als sie die Info-Seite der Software aufrief, räusperte sie sich vernehmlich. »Sie haben schon seit über einem halben Jahr kein Update mehr gemacht. Wahrscheinlich ist der Fehler deshalb aufgetreten. Denn wie gesagt, inzwischen gibt es eine neuere Version, bei der er nicht mehr vorkommt. Sie sollten unbedingt regelmäßige Updates durchführen, damit ...« Erschrocken brach sie ab und zog den Kopf ein. »Entschuldigung. Es steht mir nicht zu, Sie dafür zu ... zu ... rügen.«

»Warum denn nicht?«, unterbrach er sie mit so heiterer Stimme, dass sie verblüfft den Kopf hob. Er grinste schief. »Sie haben ja vollkommen recht. Ich wundere mich auch, warum meine Schwester das nicht längst gemacht hat. Sie ist normalerweise in solchen Dingen sehr gewissenhaft. Allerdings hatten wir in den letzten Monaten extrem volle Auftragsbücher und auch der Onlineshop lief überaus gut. Wahrscheinlich ist sie in all dem Stress einfach nicht dazu gekommen.« Schon wieder lachte er und versetzte Melissa damit in einen seltsamen

Aufruhr. »Verraten Sie es bitte nicht weiter. Dass ausgerechnet eine Firma für Sicherheitstechnik sowie Personen- und Objektschutz eine veraltete Software in ihrem Onlineshop benutzt, ist wohl kaum eine gute Reklame.« Er neigte den Kopf ein wenig zur Seite und musterte sie nachdenklich. »Eigentlich müsste ich Sie für diese Arbeit bezahlen, Melissa. Nicht nur haben Sie unseren Onlineshop gerettet, sondern auch mich vor dem gerechten Zorn meiner Schwester.«

Abwehrend hob Melissa die Hände, stand auf und kehrte zum Besucherstuhl zurück. »Das ist wirklich nicht nötig. So viel Arbeit war das ja nun auch wieder nicht. Ich habe Ihnen gerne geholfen.«

»Doch, doch, das ist unbedingt nötig.« Lennart ließ sich wieder in seinen Chefsessel fallen und rollte dicht an den Tisch heran. Aufmerksam musterte er sie. »Das Mindeste, was ich tun kann, ist, Ihnen ein Abendessen zu spendieren. Immerhin sind Sie schon eine ganze Weile hier, und ich nehme an, dass Sie normalerweise um diese Zeit zu Hause sind und zusammen mit Andy Abendbrot essen. Er muss doch bestimmt bald ins Bett, oder nicht?«

Erschrocken blickte Melissa auf ihre Armbanduhr. Es war tatsächlich schon kurz vor sechs. Sie hatte gar nicht bemerkt, wie die Zeit verflogen war. Jetzt fiel ihr auch auf, dass Andy und Sissy gar nicht mehr miteinander spielten. Als sie einen Blick zum Hundekissen warf, durchfuhr sie ein fast schon schmerzlicher Stich. Andy hatte sich dicht neben Sissy zusammengerollt und war eingeschlafen. Die junge Boxerhündin hatte ihren Kopf auf seine Hüfte gebettet und schien ebenfalls zu dösen. Zumindest waren ihre Augen zu drei Vierteln geschlossen.

»Was meinen Sie, Melissa? Haben Sie Hunger?«

»Wie?« Ein wenig verwirrt, weil der Anblick ihres friedlich schlafenden Sohnes sie merkwürdig tief berührt hatte, wandte sie sich wieder Lennart zu, dessen Blick einmal mehr unverwandt auf sie gerichtet war. »Ich ... Ja, also, nein, also das ist wirklich nicht nötig. Sie haben doch bestimmt jetzt auch bald Feierabend. Ich will Sie auf keinen Fall aufhalten oder Ihnen Umstände machen.«

»Es ist überhaupt kein Umstand«, widersprach er. »Essen muss ich nämlich auch noch etwas. Wie wäre es mit einem leckeren Burger? Nicht weit von hier hat kürzlich eine Filiale von *Jupps Burger* aufgemacht. Haben Sie dort schon einmal gegessen?«

Unschlüssig, wie sie reagieren sollte, nickte sie. »Hin und wieder. Oft können wir uns das nicht leisten, aber Andy liebt den Fischburger.«

Zu ihrer Überraschung schüttelte Lennart sich grinsend. »Die Worte Fisch und Burger dürften für meinen Geschmack niemals so nah beieinander genannt werden. Auf einen Burger gehört Fleisch, meinetwegen auch Geflügel oder ein vegetarisches oder veganes Patty. Aber Fisch? Auf gar keinen Fall.« Er erhob sich und hatte im nächsten Moment eine Hundeleine in der Hand, die an einem Haken unter dem Schreibtisch befestigt gewesen war, was dazu führte, dass Sissy erwachte und beinahe in der gleichen Sekunde erwartungsvoll auf die Füße sprang.

Gehen wir noch mal raus? Das ist, wie ich finde, eine ganz ausgezeichnete Idee. Ich muss nämlich mal.

Von dem freudigen Getrappel, das Sissy veranstaltete, als sie Lennart freudig umkreiste und sich die Leine samt Geschirr anlegen ließ, wurde auch Andy wach. Verwirrt setzte er sich auf und rieb sich die Augen; erst dann schien er sich daran zu erinnern, wo er sich befand. Erschrocken rappelte er sich auf und rannte zu Melissa, die sich ebenfalls rasch erhob und ihn auffing.

»Gehen wir jetzt nach Hause, Mama?« Sein eindeutig sehnsüchtiger Blick, der Sissy folgte, strafte seine Worte Lügen. Sie konnte ihm ansehen, dass er liebend gerne noch weiter mit der Hündin gespielt hätte.

Ehe Melissa etwas antworten konnte, ging Lennart wie zuvor schon vor ihrem Sohn in die Hocke. »Wenn ihr wollt, könnt ihr natürlich jetzt nach Hause fahren, aber ich habe eine bessere Idee. Hast du Hunger?«

Andy war ein klein wenig vor ihm zurückgewichen und runzelte verwundert die Stirn. Dann nickte er. »Schon, ja, ein bisschen. Wir haben noch gar kein Abendbrot gegessen.«

»Was hältst du davon, wenn es heute zum Abendbrot einen leckeren Fischburger für dich gibt?«

Auch wenn Andy immer noch vor Lennart auf der Hut war, hellte sich seine Miene schlagartig auf. »Einen Fischburger von *Jupps Burger*?« Er legte den Kopf in den Nacken und suchte Melissas Blick. »Gehen wir da jetzt hin? Echt?«

Auch Lennart blickte lächelnd zu Melissa auf. »Das liegt ganz bei deiner Mama. Meine Einladung steht.«

Ein höchst merkwürdiges Gefühl durchrieselte Melissa, als nun gleich zwei so völlig verschiedene männliche Wesen treuherzig zu ihr aufblickten. Ihr Magen schien sich zu verknoten.

»Ich hab Hunger, Mama«, nahm Andy ihr schließlich die Entscheidung ab.

»Also gut.« Sie rang sich ein Lächeln ab, was ihr nicht ganz leichtfiel, weil das erfreute Blitzen in Lennarts Augen sie noch mehr aus dem Konzept brachte. »Dann sollten wir uns aber beeilen, denn du, mein Freund«, sie wuschelte ihrem Sohn durch die Haare, »gehörst eigentlich schon in einer Stunde ins Bett.«

»Menno!« Andy ergriff ihre Hand. »Zuerst muss ich aber noch ganz, ganz viel essen, weil mein Magen nämlich ganz leer ist und knurrt.« Zu ihrer Überraschung wandte er sich Lennart zu und blickte ihm, wenn auch immer noch etwas scheu, in die Augen. »Kommt Sissy auch mit?«

Lennart, der immer noch vor ihnen hockte, grinste breit. »Es wird wohl nichts anderes übrig bleiben, als dass sie mitkommt, denn andernfalls wird es ihr hier im Büro bestimmt langweilig, und dann nimmt sie irgendetwas auseinander. Das möchte ich lieber nicht riskieren. Einmal hat sie, als ich sie versehentlich etwas länger als eine Stunde allein gelassen habe, ihr Schlafkissen zerfetzt.«

Aber auch wirklich nur, weil du mich so lange alleine gelassen hast! Sissy war näher gekommen und stupste Lennart mit der Nase an. *Das fand ich überhaupt nicht nett. Immer, wenn ich alleine bin, habe ich Angst, dass du nie wieder zurückkommst.*

»Eeeecht?« Vor Verblüffung und Neugier zog Andy das Wort in die Länge. »Hat sie es ganz kaputt gemacht?«

»Meine Wohnung sah aus wie ein Schlachtfeld«, bestätigte Lennart. »Das war mir eine Lehre. Das Alleinbleiben muss ich mit Sissy wohl noch eine ganze Weile üben. Zum Glück sind Hunde bei *Jupps Burger* erlaubt.« Erst jetzt richtete er sich wieder auf und ging zur Tür, neben der sich eine kleine Garderobe befand, und warf sich seine schwarze Lederjacke über. Sissy umtänzelte ihn dabei fröhlich wedelnd.

Gehen wir jetzt endlich noch mal raus? Das wird auch Zeit. Meine Blase drückt nämlich inzwischen ganz schön.

Melissa beeilte sich, ihren hellbraunen Kurzmantel anzuziehen, und half dann Andy, den Reißverschluss an seinem Anorak zu schließen. »Jana hat erzählt, dass Scottie eine Zeit lang total scharf auf Toilettenpapier war«, erzählte sie, weil das unverfängliche Thema ihr wieder etwas Sicherheit gab. »Erinnerst du dich, Andy? Einmal hat er aus Langeweile ein ganzes Paket Toilettenpapier zerrupft.«

Andy lachte. »Das sah aus, als hätte es geschneit. Das ganze Bad und der Flur und das Wohnzimmer waren ganz weiß. Jana hat Fotos davon gemacht.«

Schmunzelnd kraulte Lennart Sissy hinter den Ohren. »Erzähl das bloß nicht zu laut, sonst bringt ihr sie noch auf Ideen.« Prüfend blickte er von Andy zu Melissa. »Fertig? Dann mal los!«

***

Obwohl die neue Filiale von Jupps Burger nur wenige hundert Meter vom Sitz der Firma *Securifant* entfernt lag, nahmen sowohl Melissa als auch Lennart jeweils ihre Autos dorthin, um von dort aus später sofort nach Hause fahren zu können. Lennart war sich nicht ganz sicher, was ihn dazu bewogen hatte, die beiden zum Essen einzuladen. Natürlich war er Melissa dankbar dafür, dass sie das Problem mit seinem Onlineshop gelöst hatte, doch das allein war es wohl nicht gewesen. Sie hatte mit ihrem distanzierten Verhalten, unter dem ganz eindeutig sehr viel Freundlichkeit versteckt lag, sein Interesse geweckt. Nun haderte er etwas mit seiner Idee, denn ihm war bewusst, dass er, wenn er versuchte, sie näher kennenzulernen, entweder auf Granit beißen würde oder es mit einer Menge schwerem Gepäck zu tun bekam. Obwohl sie und ihr kleiner Sohn sich nun bereits seit über einer Stunde in seiner Gesellschaft befanden, war es nicht zu verkennen, dass sie immer noch ganz extrem auf der Hut waren. Nicht nur Andy zeigte regelrechte Furcht ihm gegenüber, auch Melissa schreckte eindeutig immer wieder vor ihm zurück. Dass dies nicht nur seine Neugier, sondern ärgerlicherweise noch viel stärker seinen Beschützerinstinkt weckte, war der Sache nicht zwangsläufig zuträglich. Er kannte Melissa zwar bisher nur sehr oberflächlich, doch sie machte nicht den Eindruck auf ihn, dass sie auf der Suche nach Schutz war. Wenn sich seine Befürchtungen hinsichtlich ihrer Vergangenheit bewahrheiten sollten, und davon ging er aus, dann versuchte sie ganz offenbar vielmehr, sich mutig und selbstbewusst allein ihren Problemen zu stellen. Das war bewundernswert, denn ihr war anzumerken, dass der Teil mit dem Selbstbewusstsein ihr alles andere als leichtfiel.

Für Lennart bedeutete dies eine schwierige Gratwanderung. Einerseits würde er versuchen müssen, ihr die Sicherheit zu vermitteln, die sie brauchte, um überhaupt auch nur ansatzweise so etwas wie Vertrauen zu ihm zu fassen, andererseits durfte er es damit auch nicht zu sehr übertreiben, sondern musste versuchen, ihr zu vermitteln, dass sie ihr Selbstvertrauen, und stecke es auch noch so sehr in den Kinderschuhen, durchaus an ihm erproben durfte. Wollte er sich so etwas wirklich antun? Er war kein Mann, der vor Herausforderungen zurückschreckte, doch in diesem Fall war ihm nur zu sehr bewusst, dass diese besondere Herausforderung sehr wohl seine Möglichkeiten übersteigen könnte. Und trotzdem freute er sich nun und war gespannt auf das gemeinsame Essen in dem Burgerladen.

Warum das so war, musste er auch erst herausfinden, denn er wusste nicht einmal so genau, was ihn neben Melissas offensichtlicher Verletzlichkeit an ihr reizte. Sie wirkte auf den ersten Blick eher unscheinbar und schüchtern, war mittelgroß, vielleicht höchstens eins siebzig, und sehr schlank – fast schon schmal. Ihr dunkelblondes Haar fiel ihr dicht und ein wenig wellig auf die Schultern; Make-up schien sie so gut wie gar keins zu verwenden. Alles in allem war sie nicht der Typ Frau, der ihm normalerweise gleich ins Auge gefallen wäre. Und doch hatte sie etwas an sich, was ihn nun zweimal hatte hinsehen lassen. War es das verhaltene Lächeln gewesen, das sich ab und zu auf ihren Lippen zeigte, wenn sie sich ein wenig entspannte? War es die unterschwellige Entschlossenheit, sich nicht unterkriegen zu lassen, die er an ihr wahrzunehmen glaubte? Was auch immer es sein mochte, als Lennart seinen Wagen neben dem ihren auf dem Parkplatz vor *Jupps Burger* abstellte und ausstieg, war ihm klar, dass er es herausfinden wollte, schweres Gepäck hin oder her.

7. Kapitel

»Du kannst die Augen wieder aufmachen.« In Ellies Stimme schwang ein Lachen mit. »Ändern lässt sich sowieso nichts mehr; mit dem Ergebnis musst du jetzt leben.«

»O nein!« Melissa kniff die Augen nur noch fester zusammen. »So schlimm? Ich wusste, ich hätte alles beim Alten lassen sollen. Das war eine blöde Idee. Jetzt muss ich wochen- und monatelang herumlaufen wie eine Vogelscheuche, nur weil ihr mich dazu überredet habt, mir die Haare abschneiden zu lassen.«

Ellie prustete. »Aus diesem Salon ist noch keine Vogelscheuche hinausspaziert. Bis auf das eine Mal natürlich, als Anita Kortmann uns gebeten hat, sie zu Karneval als Vogelscheuche zu frisieren.«

»Du hast aber doch gesagt, dass ich jetzt damit leben muss.« Immer noch traute Melissa sich nicht, die Augen zu öffnen und einen Blick in den Spiegel zu werfen. Sie hatte das Geschnippel und Gezupfe nur mit geschlossenen Augen durchstehen können, ebenso wie das erstaunlich schnelle Föhnen und Frisieren hinterher. »Das kann doch nur bedeuten, dass ...«

»... dass du jetzt hoffentlich sehr lange glücklich damit durchs Leben gehen wirst«, vollendete Ellie rasch ihren Satz. »Selbstverständlich nur, wenn du regelmäßig zum Nachschneiden kommst«, fügte sie mit einem schalkhaften Unterton hinzu. »Andernfalls könnte das mit der Vogelscheuche vielleicht doch noch wahr werden.« Sie legte Melissa sanft eine Hand auf die Schulter und beugte sich von hinten über ihre Schulter, bis ihr Gesicht dicht neben dem von Melissa war. »Vertrau mir, du siehst toll aus.«

Melissa biss sich auf die Unterlippe. »Ganz bestimmt?«

»So sicher, wie ich hier neben dir stehe. Na los, Augen auf!«

Sicherheitshalber atmete Melissa noch einmal tief durch, dann versuchte sie, sich zu entspannen. Wie schlimm konnte es denn auch sein? Und Haare wuchsen ja schließlich wieder nach. Als sie vorsichtig die Augen öffnete, erblickte sie im Spiegel zuerst Ellies Gesicht, auf dem sich ein breites, siegesgewisses Grinsen abzeichnete. Für einen langen Moment hielt Melissa ihren Blick darauf gerichtet. Ein ebenmäßiges, herzförmiges Gesicht mit großen schokoladenbraunen Augen, die noch von einem dunkelroten modischen Brillengestell mit großen Gläsern betont wurden, ebenso wie von dem frechen, dunkelbraunen Pixiecut, in dem sich ihr Haar um den Kopf schmiegte.

»Jetzt hat es dir die Sprache verschlagen, was?« Ellie drückte sanft noch einmal Melissas Schulter und richtete sich dann wieder auf, wodurch Melissas Blick von ihr abgelenkt wurde und nun endlich auf sich selbst fiel.

Für einen langen Moment starrte sie ihr Spiegelbild ungläubig an, dann schnappte sie nach Luft. »Bin das wirklich ich?«

»Wenn nicht irgendein böser Geist von deinem Körper Besitz ergriffen hat, dann ja.« Ellie grinste noch immer breit.

»Ein böser Geist?«

»Vielleicht ist er noch von Halloween übrig und wurde dabei nicht vertrieben.« Ellie ließ sich mit ihrer grazilen Figur auf den runden Rollhocker fallen und rollte damit dicht neben den Friseurstuhl. »Nein, mal im Ernst: Der Schnitt steht dir so was von super!« Sie zupfte leicht an ein paar Haarsträhnen herum. »Ein klassischer kurzer Bob mit ein paar verspielten Extras. Am Hinterkopf leicht durchgestuft, das kommt deiner Kopfform sehr entgegen und gibt noch etwas mehr Volumen, obwohl das bei deinem dicken Haar fast nicht nötig gewesen wäre. Du kannst ihn so wie jetzt, ganz klassisch symmetrisch tragen oder auch, wenn dir danach ist, mit versetztem Scheitel.« Ehe Melissa auch nur reagieren konnte, hatte Ellie mit beiden Händen in ihr Haar gegriffen und ordnete es geschickt neu, sodass es sich ein wenig fransig um ihre linke Wange schmiegte. Auf der rechten Seite strich Ellie ihr das Haar sanft ein wenig hinter die Ohren. »Siehst du, so meine ich das. Du brauchst dafür im Grunde nicht mehr als deine Hände und eine gute Bürste. Mit dieser Frisur bist du, wie du bestimmt gemerkt hast, immer ganz flott fertig, und sie nimmt es dir nicht mal übel, wenn du deine Haare einfach mal so an der Luft trocknen lässt.« Sie richtete ihren Blick auf den Spiegel und zwinkerte Melissa zu. »Also, was sagst du?«

Unsicher tastete Melissa selbst in ihr Haar, zupfte daran herum, ordnete es wieder so, dass es symmetrisch fiel, dann versuchte sie, es wie Ellie zuvor in Form zu bringen. Es ging tatsächlich ganz einfach. »Ich weiß überhaupt nicht, was ich sagen soll. Das ist unglaublich. Ich hätte nie gedacht, dass ich so aussehen könnte.«

»Also ich wusste das schon immer«, widersprach Ellie, und aus ihrem Grinsen wurde nun ein warmes Lächeln. »Du hast dich lange hinter der konservativen und, entschuldige, langweiligen Frisur versteckt. Wenn du jetzt noch ein winziges bisschen Puder oder Make-up auflegst, einen Hauch Blush und ein bisschen Lipgloss, dann haust du garantiert alle um.«

Melissa gluckste. »Das hatte ich eigentlich gar nicht vor.« Unvermittelt beschleunigte sich ihr Herzschlag. »Findest du, das ist zu auffällig?«

Ellies Miene wurde ein wenig ernster. »Dieser Haarschnitt ist perfekt für dich, Melissa. Er betont deine Gesichtsform und deine schönen, hohen Wangenknochen. Übrigens würde ich an deiner Stelle deine Augen gar nicht so stark schminken, höchstens ein klein wenig Mascara, wenn überhaupt. Sie strahlen nämlich von selbst mal grau, mal silbernen, je nach Lichteinfall und Stimmung. Außerdem hast du das Glück, dass deine Augenbrauen von Natur aus perfekt geschwungen sind und überhaupt nicht gezupft werden müssen. Ein bisschen Lipgloss in Rosa- oder Violetttönen lenkt den Blick ein bisschen von ihnen weg, andernfalls könnte ich mir vorstellen, dass dir die Leute zukünftig alle wie gebannt in die Augen starren werden.« Sie kicherte leise. »Jetzt nimmt man sie nämlich viel deutlicher wahr.«

Gewohnheitsmäßig griff sie erneut in Melissas Haare und verwuschelte sie ein wenig. »Siehst du, selbst wenn du in einen Sturm gerätst, siehst du immer noch toll aus. Wenn Jelena jetzt hier wäre, du weißt schon, meine ehemalige Klassenkameradin, dann könnte sie dir wahrscheinlich auch noch hinsichtlich Kosmetik und Make-up das perfekte Makeover verpassen. Sie arbeitet drüben in der Barbarastraße im Kosmetikstudio Heinen, war aber vor ein paar Jahren eine ganze Zeit lang auch als Stylistin am Theater und sogar in Köln bei einer Filmgesellschaft. Das ist ihr dann zu stressig geworden, aber sie bietet ihre Dienste mittlerweile sehr oft für Fotoshootings, Hochzeiten usw. an.«

Melissa schluckte. »Vielleicht. Ich glaube, ich muss mich aber erst einmal an die neue Frisur gewöhnen. Ich stehe ja eigentlich gar nicht so gerne im Rampenlicht, weißt du?«

»Klar.« Noch einmal drückte Ellie sanft Melissas Schulter. »Ein Schritt nach dem anderen. Ich bin auf jeden Fall sehr stolz auf dich, dass du dich endlich getraut hast, dich unter mein Messer oder vielmehr unter meine Schere zu begeben. Mama?«, rief sie unvermittelt so laut, dass Melissa zusammenzuckte. »Komm bitte mal her und sieh dir mein neuestes Meisterwerk an.«

»Bin schon unterwegs.« Nur Augenblicke später eilte aus einem Raum hinter dem Salon Sabine Weißmüller herbei. Ihre schokoladenbraunen Augen funkelten vergnügt, als sie sich einen der runden rollenden Stühle heranzog, sich daraufsetzte und dicht neben Melissas linke Seite rollte. Sie musterte sie eingehend, griff ebenfalls gewohnheitsmäßig in Melissas Haar und arrangierte es wieder neu. »Das ist ja perfekt«, rief sie begeistert. »Da hast du dich aber wirklich selbst übertroffen, mein Schatz.« Sie lächelte Ellie kurz zu, dann richtete sie ihr Augenmerk auf Melissa, wählte dafür aber den Weg über den Spiegel. »Gefällt es dir? Also, besser hätte ich das auch nicht hinbekommen. Dieser Schnitt ist ein Träumchen. Dafür brauchst du morgens nur ein paar Minuten vor dem Spiegel, aber mit ein bisschen Übung wird es immer so aussehen, als hättest du mindestens eine Stunde im Bad verbracht.« Sie zwinkerte fröhlich. »Genial, oder?«

Melissa atmete tief durch. »Ja.« Endlich konnte sie richtig lächeln. »Ich glaube, ich bin noch ein bisschen geflasht. Ich hätte nie gedacht, dass man aus meinen Haaren so etwas machen kann.«

»In unserem Salon können wir fast alles vollbringen.« Sabine tätschelte kurz ihren Arm. »Ich muss zugeben, dass es mir schon lange in den Fingern gejuckt hat, dir einen neuen Look zu verpassen. Wie schön, dass du dich endlich dazu durchgerungen hast.« Um ihre Mundwinkel zuckte es leicht. »Hat das übrigens einen bestimmten Grund?«

»Einen bestimmten Grund?«, echote Ellie neugierig.

Verwundert runzelte Melissa die Stirn. »Nein, eigentlich nicht. Das heißt ... Na ja, ich dachte, es wäre allmählich an der Zeit, weil ich schon immer mal eine neue Frisur ausprobieren wollte.«

Wieder suchte Sabine ihren Blick über den Spiegel. »Dann hat es also gar nichts damit zu tun, dass man dich gestern in Begleitung von Lennart Overbeck bei *Jupps Burger* gesehen hat?«

»Wie bitte?« Ellie riss in einer Mischung aus Verblüffung und Begeisterung die Augen auf. »Ist das wahr? Warum hast du mir denn davon kein Wort erzählt? Wir sitzen jetzt schon fast eine Dreiviertelstunde hier zusammen, und du verschweigst mir so etwas?«

»Äh ...« Perplex blickte Melissa im Spiegel von Ellie zu deren Mutter und wieder zurück. Eine nervöse Verlegenheit ergriff sie, sodass sie sich unterdrückt räusperte. »Das ...«

»Ja?« Ellie beugte sich ein wenig vor und fixierte sie erwartungsvoll im Spiegel.

»Das war doch gar nichts«, versuchte Melissa, den falschen Eindruck abzuwenden, den die beiden Frauen offensichtlich gewonnen hatten. »Er hat uns nur eingeladen, weil ich ihm bei einem Problem mit seinem Onlineshop geholfen habe. Als Bezahlung«, fügte sie rasch hinzu. »Das ist alles.«

»Ach.« Auf Sabines Miene zeichnete sich ein Hauch Enttäuschung ab. »Das war aber nett von ihm.«

»Also nett ist er auf jeden Fall, soweit ich gehört habe.« Ellie schien sich nicht so schnell geschlagen geben zu wollen wie ihre Mutter. »Obwohl ich ja zugeben muss, dass er so eine gewisse gefährliche Ausstrahlung hat. Wahrscheinlich, weil er so groß ist und so muskulös, und dann die langen Haare und der Sechstagebart. Er hat ein bisschen was von einem Rocker, oder?« Aufmerksam musterte sie Melissa. »Nicht ganz mein Typ, aber es soll ja Frauen geben, die auf diesen Bad-Boy-Charme stehen.«

»Nein!« Erschrocken hob Melissa beide Hände. Ihr Herzschlag beschleunigte sich unangenehm. »Nein, überhaupt nicht. Ich … Da ist wirklich gar nichts. Er wollte nur … nett sein. Wir waren auch gar nicht lange dort, weil es schon so spät war und Andy ins Bett musste.«

»Schon gut, schon gut.« Sanft fing Ellie Melissas Hände auf und drückte sie leicht. »Ich wollte dich weder aufregen noch in Verlegenheit bringen. Wenn du sagst, da ist nichts, dann glauben wir dir das.«

Der Blick, den sie mit ihrer Mutter wechselte, entging Melissa nicht, deshalb sah sie sich gezwungen, noch etwas dazu zu sagen. »Ich stehe ganz bestimmt nicht auf Bad Boys oder auch nur auf Männer, die so wirken.« Sie schluckte. »Aus Gründen. Und überhaupt möchte ich auch gar nichts mit einem Mann anfangen.«

»Ist doch in Ordnung.« Nun legte auch Sabine ihr eine Hand auf den Arm und drückte ihn leicht. »Nimm uns nicht so ernst. Wir sind es nun einmal gewohnt, hier im Salon ein bisschen zu tratschen.«

»Ja, genau«, stimmte Ellie zu. »Und es war, ehrlich gesagt, auch so ein schöner Gedanke.«

Verwirrt hob Melissa den Kopf. »Ein schöner Gedanke?«

»Na klar.« Ellie drehte sich ein wenig auf ihrem Stuhl, da in diesem Moment die Tür ging und eine Kundin eintrat, doch da hatte sich Sabine bereits erhoben und ging ihr entgegen. »Erzähl es nicht meiner großen Schwester, aber ich bin leider mindestens genauso schrecklich romantisch veranlagt wie sie. Mit einer guten Liebesgeschichte kriegst du mich immer.«

Melissa wusste nicht, ob sie lachen oder erschrocken sein sollte. »Aber es gibt doch überhaupt keine Liebesgeschichte.«

»Offenbar nicht.« Ellie zuckte mit den Achseln. »Wie gesagt, das war einfach so ein schöner Gedanke. Es ist doch immer schön, wenn sich zwei Herzen finden, oder etwa nicht?«

Nun war es an Melissa, die Schultern zu heben. »Ich weiß nicht, kann schon sein. Meine Erfahrungen auf diesem Gebiet sind sehr begrenzt und auch nicht dazu angetan, in mir den Wunsch nach so etwas noch einmal zu wecken. Ich bleibe lieber mit Andy allein als ...« Sie senkte den Blick auf ihre Hände. »Als so etwas noch einmal zu erleben.«

Sogleich rollte Ellie wieder mit ihrem Stuhl näher und berührte sie sanft an der Schulter. »Magst du mir irgendwann einmal davon erzählen?«

Zögernd hob Melissa den Kopf wieder. »Vielleicht. Ich will niemanden damit belasten und ...« Vorsichtig blickte sie zu Ellies Mutter und der Kundin, die sich zu den Waschbecken begeben hatten. »Je weniger Menschen davon wissen, desto besser ist es – und desto sicherer.«

Ellies Augen weiteten sich ein wenig, und ein besorgter Ausdruck huschte über ihre Miene. »Wenn du und Andy Hilfe braucht, dann müsst ihr nur etwas sagen«, raunte sie. »Ganz egal, was es sein sollte, wir sind für euch da, das weißt du doch, oder?«

Melissas Kehle schnürte sich zu, doch sie lächelte tapfer. »Das ist lieb von dir, aber du brauchst dir keine Sorgen zu machen. Ich habe momentan alles im Griff, und ich hoffe, dass es auch in Zukunft so bleiben wird.« Sie zögerte kurz, fügte dann aber noch hinzu: »Oliver hilft mir in dieser … Angelegenheit.«

Die Besorgnis auf Ellies Miene wandelte sich in Erleichterung. »Das ist beruhigend. Oliver ist gut in seinem Job. Aber trotzdem kommst du zu mir oder Mama oder Jana, wenn irgendetwas sein sollte, ja?«

Melissa blinzelte ein paarmal. Warum hatte sie neuerdings so nah am Wasser gebaut? »Das mache ich.«

»Gut.« Ellie lächelte wieder und drehte sich auf ihrem Stuhl einmal schwungvoll im Kreis. »Dann schmeiß ich dich jetzt mal allmählich raus, da kommt nämlich noch mehr Kundschaft, und bestimmt musst du jetzt bald wieder zur Arbeit, oder?« Sie deutete auf die große runde Wanduhr mit dem Motiv von Salvador Dalís schmelzender Uhr.

Melissa erschrak kurz, entspannte sich dann aber gleich wieder, als sie die Uhrzeit sah. »Ein bisschen Zeit habe ich noch. Den Laden muss ich erst um vierzehn Uhr wieder aufmachen. Eigentlich wollte ich noch kurz rüber zu Sternbachs Ferienpark fahren und mir noch mal unser neues Domizil ansehen. Violas Bruder Justus, der uns das Häuschen vermietet, hat gesagt, dass ich mich auch um die Außenanlagen kümmern darf und dort weitgehend freie Hand habe, solange es noch halbwegs zum Gesamtbild der Ferienanlage passt. Da wollte ich mal schauen, was ich dort machen könnte. Jetzt vor dem Winter kann man natürlich nicht mehr viel pflanzen, aber Andy buddelt so gerne im Boden. In der Schule haben sie so eine Nachmittags-AG, wo sie im Schulgarten herumwerkeln. Das macht ihm riesigen Spaß. Vielleicht finde ich ja etwas, was wir draußen zusammen machen können. Ich weiß auch gar nicht, ob ich überhaupt einen grünen Daumen habe, weil ich es noch nie ausprobiert habe, aber Versuch macht klug, nicht wahr?«

»Na klar.« Gemeinsam gingen sie hinüber zur Kasse, und Ellie tippte etwas darauf ein und nannte Melissa die Summe. »Ihr könntet ja vielleicht etwas mit Tannenzweigen machen oder so und schon mal alles für den Advent dekorieren. Ich könnte mir vorstellen, dass man rund um diese kleinen Blockhütten so ein richtig schönes winterliches Weihnachtswunderland zaubern könnte.«

Melissa bezahlte und nahm ihren Mantel von der kleinen Garderobe neben dem Eingang. »Es darf nur nicht zu teuer werden. Mein Budget ist ziemlich begrenzt und Weihnachtsschmuck teuer. Im Moment habe ich nur drei kleine Lichterketten, die wir letztes Jahr um unsere Fenster befestigt haben, und so ein fertig geschmücktes Mini-Weihnachtsbäumchen. Mehr konnte ich mir einfach noch nicht leisten.«

»Man kann doch auch ganz viel selbst basteln«, schlug Ellie vor. »Zum Beispiel aus Tannen- oder Pinienzapfen, oder macht es wie in Amerika, da fädeln sie Popcorn zu Ketten auf, das sieht bestimmt auch toll aus. Natürlich nicht für draußen, sondern mehr als Innendekoration. Früher haben wir auch viel mit Kastanien gebastelt.«

»Bestimmt kann man das alles machen.« Melissa knöpfte ihren Mantel zu. »Ich war nur nie besonders gut im Basteln und habe auch, glaube ich, zu wenig Fantasie, um mir all so was auszudenken. Meine Eltern hatten immer nur einen künstlichen Weihnachtsbaum, der jedes Jahr auf exakt die gleiche Weise geschmückt werden musste, aber keinen weiteren Weihnachtsschmuck, weil das meinem Vater zu lästig und zu kitschig war. Meine Eltern haben auch nie die Fensterbilder oder den Weihnachtsschmuck aufgehängt, den ich in der Schule gebastelt habe.« Melissa zuckte mit den Achseln. »Ich mache das natürlich. Letztes Jahr hat Andy aus dem Kindergarten ganz tolle glitzernde Sterne aus buntem Karton und Folie mitgebracht. Ich glaube, er ist mit seinen sechs Jahren zehnmal besser im Basteln als ich.«

»Ist doch egal.« Ellie lachte. »Auch wenn das Ergebnis krumm und schief ist, könnt ihr es doch bei euch zu Hause als Deko verwenden. Hauptsache, ihr hattet Spaß beim Basteln. Du glaubst gar nicht, was für seltsame Gebilde ich manchmal aus der Schule mitgebracht habe, wenn wir irgendwas gebastelt haben.« Sie prustete. »Ich bin nämlich im Basteln auch eine totale Niete.« Sie senkte verschwörerisch ihre Stimme. »Erzähl das bloß niemandem! Ich kann zwar mit meiner Friseurschere ohne Probleme die tollsten Frisuren zaubern, aber wenn ich irgendetwas aus einem Bogen Karton ausschneiden muss, ist es vorbei. Ich weiß auch nicht, woran es liegt. Meine Herzen oder Sterne sahen immer aus wie besoffen oder in einen Sturm geraten. Zum Glück hatten wir Jana, die in der Hinsicht ein absolutes Ass ist. Alles, was sie bastelt, sieht hinterher aus wie aus dem Katalog. Meine Eltern haben aber trotzdem auch immer meine Sachen aufgehängt und ganz stolz damit angegeben, wenn Besuch da war.« Ein leises Lächeln erschien auf ihren Lippen. »So solltet ihr das auch machen.«

»Mal sehen.« Melissa lachte. »Erst mal schaue ich mich rund um das Häuschen um, vielleicht kommt mir tatsächlich eine kreative Eingebung.«

»Viel Spaß und Glück dabei.« Ellie tippte sich gegen die Unterlippe. »Apropos Andy, müsste er nicht auch bald mal wieder einen Haarschnitt bekommen? Wir könnten Anfang nächster Woche etwas gleich nach der Schule ausmachen.«

Melissa nahm das Angebot gerne an und steckte sich das Kärtchen mit dem Termin rasch in die Handtasche. Ellie winkte ihr zum Abschied noch einmal zu, wandte sich dann aber sofort an die beiden neuen Kundinnen, die gleichzeitig den Laden betreten hatten und geduldig darauf warteten, von ihr bedient zu werden.

***

Für einen kurzen Moment geriet Melissa in Zweifel, ob ihre Idee, zukünftig in dem kleinen Blockhaus zu wohnen, wirklich so gut gewesen war. Sie steuerte ihren alten Corsa über den breiten, mit

Schotter befestigten Waldweg, der von der eigentlichen Feriensiedlung wegführte, und hielt knapp zweihundert Meter weiter auf der großen Lichtung, auf der das Ferienhaus erbaut worden war. Die blasse Novembersonne tauchte die Umgebung in ein freundliches Licht und tröstete ein wenig darüber hinweg, dass die Laubbäume ringsum bereits so gut wie all ihre Blätter verloren hatten. Das Haus hatte anderthalb Stockwerke und einen Grundriss von gut acht mal acht Metern, war also alles andere als klein, und Melissa wusste bereits von ihrer ersten Besichtigung, dass man den Kniestock im oberen Geschoss so hoch angelegt hatte, dass man in allen Räumen bequem aufrecht stehen konnte. Beheizt wurde das Häuschen mit einer modernen Holzpelletanlage, und es gab sogar einen schnellen Glasfaser-Internetanschluss. Normalerweise war für Feriengäste dieser Anschluss samt WLAN kostenlos, doch da Melissa dauerhaft hier wohnen würde, hatte sie mit Justus Sternbach für die Nutzung des Internetanschlusses einen monatlichen Pauschalbetrag ausgemacht.

Die Zufahrt zum Haus war von halbhohen Wildrosen- und Bauernjasminbüschen gesäumt, der Vorgarten von der Gärtnerei und Baumschule Kilian, die sich um die Außenanlagen der gesamten Feriensiedlung kümmerte, bereits auf den bevorstehenden Winter vorbereitet worden. Stauden und Büsche waren zurückgeschnitten, die Beete mit Rindenmulch bedeckt. Alles machte einen sehr ordentlichen und einladenden Eindruck, sodass es eigentlich nicht unbedingt nötig war, sich jetzt schon Gedanken um eine Neubepflanzung zu machen. Doch Melissa hatte sich fest vorgenommen, ihrem neuen Zuhause einen eigenen Stempel aufzudrücken. Sie musste endlich anfangen, ihrem Leben ein wenig Farbe einzuhauchen. Natürlich befand sie sich nach wie vor auf der Flucht, doch spätestens das Gespräch mit Oliver und Jana hatte ihr vor Augen geführt, dass es so nicht mehr lange weitergehen konnte. Sie musste mutiger werden, und sei es auch nur, um sich für alles zu wappnen, was vielleicht noch auf sie zukommen würde. Denn wer wusste schon, was Oliver bei seinen Recherchen herausfinden würde? Es war gut möglich, dass Matthias sich in den vergangenen anderthalb Jahren einen Plan zurechtgelegt hatte, wie er sie finden und zurückholen konnte. Auch wenn sie das Gesetz auf ihrer Seite hatte, wusste sie doch, dass es in dieser Hinsicht Grenzen gab – besonders, wenn er es fertigbrachte, das Gericht davon zu überzeugen, dass er ein Anrecht darauf hatte, seinen Sohn regelmäßig zu sehen.

Noch wollte sie sich allerdings nicht damit auseinandersetzen, was das für sie bedeuten und ob sie überhaupt damit umgehen können würde. Solange das absolute Kontaktverbot zu ihr und Andy bestand, wollte sie für ihren Exmann unsichtbar bleiben, um wenigstens die Illusion von Freiheit aufrechtzuerhalten.

Obwohl sie bei ihrer Besichtigung vor einigen Wochen das gesamte Grundstück fotografiert hatte, ging sie trotzdem noch einmal neugierig um den ebenfalls von wilden Rosen- und Bauernjasminbüschen umgebenen hüfthohen Zaun herum, der das gesamte Grundstück umgab. Da in den Ferienhäusern Haustiere erlaubt waren, hatte man sie eingezäunt, sodass die Feriengäste ihre Fellnasen, zumindest Hunde, bedenkenlos frei herumlaufen lassen konnten, wenn sie sich im Garten aufhielten. Da auch die Büsche mittlerweile einen Teil ihres Grüns verloren hatten, war der Garten hinter dem Blockhaus gut zu erkennen. Es gab eine kleine Rasenfläche, Blumenbeete und in den Ecken üppige Holunderbüsche. In einem Gartenhäuschen befanden sich, wie sie wusste, ein paar Gartengeräte, Spielzeug sowie Schippen, Förmchen und Eimer für den kleinen Sandkasten. Auch eine Schaukel mit Klettergerüst befand sich auf dem Grundstück, das zum Haus hin in eine mit Natursteinen ausgelegte Terrasse überging. Die Gartenmöbel waren in dem Holzhäuschen verstaut. Vielleicht, so überlegte Melissa, würde sie im Frühling ein paar Blumenkübel anschaffen und sie mit bunten Blühpflanzen bestücken, um die Terrasse noch etwas freundlicher zu gestalten.

Allerdings stellte sie seufzend bei sich fest, dass es ihr gar nicht so leichtfiel, sich vorzustellen, wie man ein solches Haus und Grundstück dekorieren könnte. Sie hatte einfach keinerlei Erfahrungen damit. In ihrem Elternhaus hatte es so etwas kaum gegeben. Nicht einmal einen Blumenstrauß hatte ihre Mutter sich hingestellt, weil ihr Vater so etwas als überflüssigen Firlefanz bezeichnet und gleich wieder entsorgt hätte. Die wenigen Grünpflanzen, die sie allerdings auf den Fensterbänken verteilt und akribisch gepflegt hatte, waren üppig gewachsen. Wahrscheinlich hatte ihre Mutter sich nur so gut darum gekümmert, damit die Nachbarn einen guten Eindruck gewannen, denn immerhin waren die Pflanzen ja durch die Fenster gut sichtbar gewesen. Dass sie einen grünen Daumen gehabt hätte, davon war Melissa nie etwas aufgefallen.

Schnickschnack oder Dekoartikel hatte es bei ihnen ebenfalls nie gegeben, denn Staubfänger aller Art waren Melissas Vater verhasst gewesen, und da er stets das letzte Wort in allen Bereichen gehabt hatte, hatte ihre Mutter sich auch hier vollkommen angepasst und darauf verzichtet, ihr Zuhause in irgendeiner Form wohnlicher oder gemütlicher einzurichten. Auch Melissas Bemühen, ihr Kinderzimmer bunter zu gestalten, hatte ihre Mutter im Keim erstickt, indem sie einfach überflüssigen Kram, wie sie es genannt hatte, im Abfall entsorgt hatte. Melissas Proteste hatten ihr mehr als einmal Strafpredigten von ihrem Vater eingehandelt und einmal sogar eine Ohrfeige, sodass sie es irgendwann aufgegeben und sich dem puritanischen Stil ihrer Eltern angepasst hatte. Der einzige Schmuck, den ihr Vater geduldet hatte, waren das große Kruzifix mit dem leidenden Jesus an der Wand im Wohnzimmer und ein kleines über der Tür in Melissas Zimmer sowie eine hölzerne Ikone und Kalender mit Bibelversen oder besinnlichen Sprüchen und entsprechenden Abbildungen.

Nun war sie sechsundzwanzig Jahre alt und fing im Grunde genommen gerade erst an, herauszufinden, wer sie wirklich war und welches Können und welche Talente in ihr steckten. Nun gut, Basteln, das wusste sie bereits, gehörte definitiv nicht zu ihren Stärken. Doch im Grunde hatte Ellie recht – warum sollte sie es nicht trotzdem tun? Sie war fest entschlossen, ihrem Sohn eine glückliche Kindheit zu ermöglichen. Dazu gehörte auch, dass sie viel Zeit miteinander verbrachten und dabei Spaß hatten. Andy bastelte gerne, also würde sie diese Beschäftigung von nun an häufiger in ihren Alltag einbinden. Vielleicht sollte sie sich in der Bücherei ein paar Bastelbücher ausleihen und Bildbände zum Thema Inneneinrichtung oder Dekoration, überlegte sie. Dort konnte sie sich Anregungen holen. Oder sie stöberte im Internet. Auf Pinterest gab es jede Menge Seiten und Pinnwände zu allen möglichen Themen; dort fand sie bestimmt auch passende Deko-Ideen.

Sie hatte für Jana ein Profil auf Pinterest angelegt und lud regelmäßig Bilder von ihren Kunstwerken sowie Blogartikel dort hoch, deshalb war sie schon häufiger über interessante Beiträge auf dieser Plattform gestolpert. Gedanklich machte sie sich eine Notiz, sich am Wochenende etwas Zeit zu nehmen und mit ihrem Laptop im Internet nach Anregungen zu suchen. Ein lautes Rascheln hinter ihr riss sie unvermittelt aus ihren Gedanken und ließ sie erschrocken zusammenzucken.

»Guten Tag! Können wir Ihnen behilflich sein?« Zwei Frauen waren hinter ihr aufgetaucht, eine groß und schlank mit langen dunkelbraunen Haaren, die andere etwas kleiner und zierlicher und mit einer hellbraunen Kurzhaarfrisur – und beide waren offensichtlich schwanger.

Melissa fasste sich unwillkürlich an die Herzgegend. »Du meine Güte, habt ihr mich erschreckt!« Dann lächelte sie ihnen zu. »Hallo, Ricarda, hallo, Viola. Ich hatte nicht damit gerechnet, hier um diese Zeit jemandem zu begegnen. Ich hoffe, es ist in Ordnung, dass ich mich hier umsehe. Ich wollte mir noch einmal ein Bild von den Außenanlagen und dem Garten machen.«

Die kleinere der beiden Frauen, Viola, trat einen Schritt näher, dann weiteten sich ihre Augen. »Heiliger Bimbam, bist du das etwa, Melissa? Ich hätte dich beinahe nicht erkannt! Ricarda, sieh dir das an, Melissa hat sich in einen Schwan verwandelt.«

»Einen Schwan?« Ricarda lachte. »Dazu hätte sie doch vorher ein hässliches Entlein sein müssen. Aber du hast recht, ich hätte sie auch fast nicht erkannt.« Sie trat so nahe an Melissa heran, dass sie an einer der Haarsträhnen zupfen konnte. »Wer hat dir denn diese geniale Frisur verpasst?« Ehe Melissa auch nur Luft holen konnte, redete sie weiter: »Ich wette, es war Ellie, nicht wahr? Oder ihre Mutter? Wow, kann ich da nur sagen. Einfach nur wow.«

Verlegen tastete Melissa ebenfalls nach ihrem Haar. Die neue Frisur hatte sie schon wieder ganz vergessen. »Danke. Es sieht also okay aus?«

»Okay ist gar kein Ausdruck!«, bestätigte Viola. »Diese Frisur macht einen völlig neuen Menschen aus dir. Nicht, dass du nicht vorher auch schon hübsch gewesen wärst, aber doch ein bisschen unauffällig, oder? Das hier ist viel, viel besser und steht dir einfach perfekt. Dafür gehört Ellie ein Orden verliehen.«

»Nun übertreib doch nicht so.« Melissas Verlegenheit wuchs noch, ebenso wie ihre Besorgnis.

»Tut sie nicht.« Energisch schüttelte Ricarda den Kopf. »Ich finde, das ist die Frisur, die du schon immer hättest tragen müssen. Sie lässt dich richtig strahlen.« Ohne Übergang wechselte sie das Thema: »Selbstverständlich kannst du dich hier umsehen, so viel du möchtest. Ich frage mich sogar, ob es nicht sinnvoll wäre, dass du schon am Wochenende anfängst, deine Sachen herzubringen. Der Mietvertrag beginnt zwar offiziell erst am ersten Dezember, aber wozu noch warten? Das Haus steht ja die nächsten Tage doch nur leer, und fertig eingerichtet ist es schon längst. Ich bin sicher, Justus hätte nichts dagegen, wenn du schon ein paar Tage früher einziehst. Das wird er dir auch ganz bestimmt nicht berechnen. Soll ich ihm nachher Bescheid sagen, dass er dir die Schlüssel zukommen lassen soll? Am besten trefft ihr euch einfach später noch mal hier, dann kann er gleich die offizielle Übergabe machen.«

Viola nickte bekräftigend. »Darüber hatte ich auch schon nachgedacht. Justus ist ganz bestimmt damit einverstanden. Was meinst du, Melissa? Dann hättest du noch ein bisschen Zeit, deine alte Wohnung zu renovieren. Meistens muss man das doch machen, wenn man auszieht, oder?«

Melissa schüttelte den Kopf. »Nein, das muss ich zum Glück nicht tun. Es war bei mir genau umgekehrt. Ich habe beim Einzug einiges renoviert, so gut es ging; hauptsächlich die Wände weiß gestrichen. In meinem Mietvertrag steht nichts davon, dass ich das noch einmal beim Auszug machen muss. Ich nehme aber an, dass die Wohnung sowieso nicht weitervermietet wird. Das gesamte Gebäude ist schon ziemlich alt und marode, und es kann sein, dass es abgerissen wird. Es wurde ja verkauft, und die neuen Besitzer planen wohl einen Neubau.«

»Wenn das so ist, dann steht einem vorzeitigen Umzug doch erst recht nichts entgegen, oder?« Viola drehte sich mit ausgestreckten Armen einmal im Kreis. »Hier ist es viel schöner, viel ruhiger, und Andy hat ganz viel Platz zum Spielen. Er ist doch bestimmt schon ganz aufgeregt, dass ihr hierher umzieht, oder?«

Vage nickte Melissa. »Ich bin mir nicht ganz sicher, ob es so gut ist, mit einem Kind so weit draußen zu wohnen. Ich meine, wir haben hier ja nicht einmal Nachbarn, und andere Kinder sind auch nicht in der Nähe.«

»Waren sie das denn bisher bei euch?«, hakte Ricarda nach.

»Nein.« Melissa seufzte. »In unserem Mietshaus wohnen nur ältere Leute oder welche, die keine Kinder haben. Ich wollte auch lieber nicht, dass Andy Besuch zu uns nach Hause mitbringt, weil es doch recht heruntergekommen und ärmlich wirkt. Platz haben wir ja sowieso kaum welchen. Sein Zimmer ist winzig und meins ...« Sie lachte trocken. »Ich habe im Grunde gar kein eigenes Zimmer, sondern schlafe auf der Couch im Wohnzimmer. Das ist einfach kein Ort für Kinder.«

»Dann ist das hier auf jeden Fall ein riesiger Fortschritt«, konstatierte Viola. »Gut, man fährt von der Stadtmitte aus knapp fünf Minuten bis hierher, aber das werden doch wohl die Eltern der anderen Kinder in Kauf nehmen, oder? Dafür können die Kids hier draußen herumtoben, so viel sie wollen.« Sie deutete auf den kleinen plätschernden Bachlauf, der in nur wenigen Schritten Entfernung neben dem Haus entlanglief. »In der warmen Jahreszeit können sie sogar im Wasser planschen.« Sie grinste breit. »Wenn sie so drauf sind wie wir in dem Alter, dann tun sie das im Übrigen auch zu jeder anderen Jahreszeit. Man braucht nur ein paar vernünftige Gummistiefel und schon ist so ein Bach das perfekte Spielparadies.«

»Wie wahr.« Ricarda lachte auf. »Das gilt sogar noch für Teenager.« Sie strich sich sanft über ihr Bäuchlein. »Erinnere mich bitte daran, dass ich das auf meine Liste setze. Zwei Paar Gummistiefel für die beiden kleinen Hexen da drinnen.«

Melissa starrten sie überrascht an. »Zwei? Bekommst du Zwillinge?«

Ricardas Miene wurde ganz weich. »Wir wissen es noch nicht allzu lange. Vorher hat sich eines der beiden Schätzchen sehr geschickt hinter ihrer Schwester versteckt, und auch der Herzschlag war irgendwie anscheinend immer im Gleichklang, sodass es nicht aufgefallen ist. Aber beim letzten Ultraschall war es dann ganz deutlich zu sehen: vier Arme, vier Beine, zwei Köpfe. Was sie allerdings immer noch nicht genau wissen, ist das Geschlecht von Nummer zwei. Das war nämlich nicht erkennbar. Der kleine Schatz ist ein wahrer Künstler, was die Tarnung angeht. Oder eine Künstlerin. Aber was soll's, ist ja auch egal. Hauptsache, die beiden sind gesund und munter.« Ihre Augen leuchteten. »Frank hat sich beinahe überschlagen vor Freude. Er hat sogar angefangen, mir bei meinen To-do-Listen zu helfen, obwohl er sonst doch immer der Spontane von uns beiden ist. Aber er meinte, wenn wir gleich zwei Babys auf einmal zu versorgen haben, dann müssen wir wohl doch einen gewissen

Plan ausarbeiten, damit das alles funktioniert, ohne dass wir irre werden.«

»Ich beneide euch da überhaupt nicht«, warf Viola schmunzelnd ein. »Mir reicht die Aussicht auf einen kleinen Schreihals vollkommen aus. Der Kleine ist jetzt schon ziemlich aktiv und tritt um sich, was das Zeug hält. Vermutlich übt er jetzt schon den Nahkampf. Immerhin sind seine beiden Eltern Asse im Judo, das musste ja durchschlagen.« Auch sie streichelte liebevoll über ihren Bauch, der sich schon ein wenig mehr wölbte als der von Ricarda. Melissa wusste, dass Viola bereits weit im sechsten Monat war, wohingegen Ricarda gerade im fünften Monat war.

Spontan fasste Melissa beide Frauen bei der Hand. »Das sind wunderbare Neuigkeiten. Ich freue mich sehr. Und was eure Idee mit dem vorzeitigen Umzug angeht ...« Nachdenklich zog sie die Stirn kraus. »Warum nicht? Ich habe zwar noch überhaupt nichts gepackt, aber damit könnte ich ja gleich am Wochenende anfangen. Kartons habe ich auch schon besorgt.« Während sie sprach, war sie zusammen mit Viola und Ricarda wieder zurück zur Zufahrt gegangen und betrachtete noch einmal den Hauseingang. »Mal sehen, ob mir bis dahin auch einfällt, wie ich das Haus ein bisschen weihnachtlich dekorieren könnte.« Ihr fiel der Gutschein ein, den sie im Baumarkt gewonnen hatte. Dort gab es eine recht große Auswahl an weihnachtlichen Dekorationsartikeln, auch jetzt schon. Sie konnte sich noch gar nicht daran gewöhnen, dass sie sich alles würde leisten können, was sie sich in dieser Hinsicht vorstellte. Oder war es dekadent, gleich das erste Geld für Weihnachtsschmuck auszugeben?

»Brauchst du vielleicht noch Lichterketten, Christbaumkugeln, Girlanden und jede Menge Holz- und Strohschmuck?« Viola hatte ebenfalls den Eingangsbereich des Hauses betrachtet und wandte sich Melissa nun wieder zu. »Falls ja, könnte ich dir jede Menge davon beschaffen.«

»Ja, stimmt«, pflichtete Ricarda ihr sofort begeistert bei. »Ich hatte mich schon gefragt, wohin wir diesmal all die Sachen geben sollen.« Auf Melissas verwirrten Blick hin erklärte sie: »Unsere Mutter geht jedes Jahr mit Feuereifer Weihnachtsschmuck einkaufen, natürlich hauptsächlich für unsere beiden Hotels. Deshalb müssen wir regelmäßig einiges von den älteren Sachen aussortieren. Das ganze Zeug ist aber noch wie neu, deshalb teilen wir es uns gerne untereinander auf und spenden auch manches an Schulen, Altenheime oder die Sozialstation. Allmählich sind sie dort aber wohl alle vollständig versorgt mit Weihnachtsschmuck.« Sie gluckste. »Das gilt im Übrigen auch für uns selbst, deshalb sind wir immer froh, wenn wir ein Opfer finden, dem wir das Zeug aufdrücken können. Es kostet auch nichts, denn die Sachen sind ja alle bereits steuerlich abgeschrieben.« Sie zwinkerte Melissa vielsagend zu, die wusste, dass Ricarda für die Buchhaltung der beiden Sternbach-Hotels zuständig war. »Wie sieht es aus? Hättest du Interesse?«

Am liebsten hätte Melissa sofort freudig Ja gerufen, denn sie hatte schon oft den märchenhaften und zugleich geschmackvollen Weihnachtsschmuck des Stadthotels Sternbach bewundert. Dennoch zögerte sie. »Das kann ich doch überhaupt nicht annehmen! Die Sachen waren doch bestimmt alle sehr teuer und …«

»Quatsch!« Ricarda winkte energisch ab. »Ich sag doch, alles schon abgeschrieben. Weißt du was? Komm doch einfach heute Abend rüber zum Resort, dann kann Justus dir den Hausschlüssel aushändigen und ihr könnt zusammen die offizielle Übergabe des Hauses erledigen. Bis dahin haben wir den Weihnachtsschmuck zusammengepackt, dann kannst du ihn gleich mitnehmen.« Sie blickte auf ihre Armbanduhr. »Unsere Mittagspause ist fast zu Ende, also sollten wir uns auf den Rückweg machen.«

Verhalten lächelte Melissa. »Wenn das wirklich in Ordnung ist, dann komme ich um kurz nach sechs dorthin. Ich muss nach der Arbeit erst noch Andy aus der Ganztagsbetreuung abholen und ein paar Erledigungen machen.« Rasch überlegte sie, wie diese Planänderung sich auf ihren weiteren Tagesablauf auswirken würde. Zum Kochen wäre es wahrscheinlich schon zu spät, wenn sie nach Hause kämen. Wer wusste schon, wie lange die Übergabe dauern würde? Also mussten sie sich heute Abend wohl oder übel mit Butterbroten zufriedengeben.

»Dann ist es abgemacht.« Spontan umarmte Viola sie. »Wenn wir gewusst hätten, dass du heute herkommst, hätten wir den Schlüssel gleich mitgebracht. Dann könntest du dich auch drinnen umsehen. Aber das kannst du ja auch heute Abend noch nachholen, nicht wahr?«

»Ja, dafür ist noch genug Zeit. Wie gesagt, ich hatte gar nicht damit gerechnet, um diese Zeit überhaupt jemanden hier anzutreffen.«

»Unverhofft kommt eben oft.« Ricarda grinste. »Für unsere Familie gilt das ganz besonders.« Vielsagend tätschelte sie noch einmal ihren Bauch. »Also, dann sehen wir uns vielleicht später?«

»Ja, bis später.« Melissa nickte den beiden Frauen noch einmal zu, die sich daraufhin fröhlich plaudernd und mit flotten Schritten von ihr entfernten. Sie richtete ihr Augenmerk wieder auf das Haus und drehte dabei gedankenverloren eine ihrer nun ungewohnt kürzeren Haarsträhnen um die Finger. Wenn die Reaktion der beiden Sternbach-Schwestern ein Indiz war, dann würde sie wohl damit rechnen müssen, zukünftig noch recht häufig auf ihre neue Frisur angesprochen zu werden. Hoffentlich hatte sie das Richtige getan, als sie sich entschlossen hatte, sich diesen Traum zu erfüllen. Sie hatte ja nicht vorgehabt, sich in irgendeiner Form interessanter zu machen oder die Aufmerksamkeit auf sich zu ziehen. Vielleicht waren Viola und Ricarda aber auch nur besonders nett und höflich gewesen. Immerhin wünschte sich wohl jede Frau, Komplimente für eine neue Frisur zu erhalten. Sie kannte die beiden nun schon seit gut einem Jahr. Während der Ereignisse im vergangenen Dezember, als Jana von einer unbekannten Person gestalkt und mehrfach in ihren Laden eingebrochen worden war, hatten Viola und Ricarda sie unterstützt und den Privatdetektiv Oliver Jones vermittelt, damit er dabei half, diese Vorfälle und Einbrüche aufzuklären, bei denen viele ihrer Skulpturen zerstört oder gestohlen worden waren. Über diese Zusammenarbeit hatten Jana und Oliver sich ineinander verliebt und waren seither ein glückliches Paar. Jana und Viola waren zusammen zur Schule gegangen und hatten inzwischen die alte Freundschaft wieder intensiviert. Ab und zu hatten sie auch Melissa in ihre Aktivitäten mit einbezogen, wenn sie für Andy eine Babysitterin gefunden hatte. Jana lag ihr zudem schon seit längerer Zeit in den Ohren, unbedingt mit ihr zusammen einen Yoga- oder Pilateskurs bei Viola zu belegen. Viola war Physiotherapeutin mit eigener Praxis, die sich in den Räumlichkeiten des Sternbach-Resorts befanden, und bot dort in der hauseigenen Sporthalle diverse Fitnesskurse an. Zwar würde sie bestimmt in nächster Zeit etwas kürzertreten müssen, schon weil die Schwangerschaft sie in ihrer Bewegung bald einschränken würde und weil sie nach der Geburt bestimmt auch eine Zeit lang weniger arbeiten würde, doch Jana war überzeugt davon, dass Viola spätestens im kommenden Sommer wieder fit sein würde. Sie schwor auf die Pilates- und Yogalektionen bei Viola, die sie dringend als Ausgleich für ihre oft anstrengende Arbeit brauchte. Bisher war Melissa nur zweimal mitgekommen und hatte zugesehen, weil sie sich ein wenig davor scheute, die Kurskosten zu bezahlen. Zwar erhielt sie von Jana einen großzügigen Stundenlohn, dennoch konnte sich Melissa große Sprünge immer noch nicht leisten. Schon weil sie Andy möglichst viel bieten wollte und nebenher auch noch ein kleines Polster ansparte, war ihr monatliches Budget recht eingeschränkt. Sie hatte sich zwar auch schon überlegt, ob sie irgendwo noch einen zusätzlichen Nebenjob annehmen sollte, doch würde das wieder von ihrer Zeit mit Andy abgehen, und das wollte sie möglichst vermeiden. Ganz sicher wäre alles leichter, wenn sie das Geld nutzen würde, das Matthias ihr

Monat für Monat überwies, oder dasjenige aus dem Treuhandfonds, den ihr Vater ihr hinterlassen hatte, doch sie hatte sich geschworen, dieses Geld nicht anzutasten, und dabei würde es auch bleiben. Von Matthias würde sie niemals Geld annehmen, unter keinen Umständen, und an ihr Erbe kam sie nur heran, wenn sie mit ihren Großeltern Kontakt aufnahm, die den Fond verwalteten, und bei ihnen für jede Ausgabe um Erlaubnis bat. Das konnte und wollte sie sich nicht antun. Auch kränkte es sie, dass ihr Vater ihr offensichtlich nicht zugetraut hatte, ihr Erbe selbstständig zu nutzen, sondern ihr praktisch Aufpasser zur Seite gestellt hatte, die, das wusste sie nur zu gut, jede ihrer Ausgaben nicht nur genau prüfen, sondern auch bekritteln oder sogar ablehnen würden, wenn sie ihren Ansichten nicht entsprachen.

Da es allmählich Zeit wurde, zu Janas Laden zu fahren, warf Melissa dem Haus noch einen letzten langen Blick zu, bevor sie sich seufzend abwandte und zu ihrem Wagen zurückkehrte.

8. Kapitel

»Uiuiuiuiui!« Elfe-Sieben stürmte in die große Küche und hielt dabei ihre spitze Mütze fest, damit sie ihr nicht vom Kopf rutschte. »Hast du gesehen, was auf der Erde los ist?«

Santas Ehefrau richtete sich auf. Sie hatte gerade in einem Backbuch geblättert, das vor ihr in einem Ständer auf der Anrichte stand. Dabei benutzte sie ihren kleinen Finger, denn es war der einzige, der nicht von Teig und Mehl bedeckt war. Um sie herum verteilten sich verschiedene Schüsseln und Behälter mit Backzutaten, und auf einer Backmatte lag ein bereits gekneteter Mürbeteig. »Nanu? Was gibt es denn? Ich war doch erst vor einer Viertelstunde im Büro, und da war noch überhaupt nichts los.«

»Dafür geht es aber jetzt ganz schön rund«, berichtete Elfe-Sieben aufgeregt. »Es wäre, glaube ich, besser, wenn du mal kurz mitkommen würdest. Das musst du dir ansehen.«

»Na gut, wenn es sein muss.« Santas Frau ging zur Spüle, wusch sich Teigreste und Mehl von Händen und Unterarmen und trocknete sich dann rasch mit einem Geschirrtuch ab. »Dann lass mal sehen, was schon wieder vorgefallen ist.« Sie folgte der kleinen Elfe ins Büro und sah sich an, was sich auf dem Bildschirm tat, auf den Elfe-Sieben eifrig deutete. »Aha, es geht also wieder um Melissa und Andy.«

»War das deine Idee, dass sie schon früher umziehen sollen?«

»Früher umziehen?« Verwundert hob Santas Frau den Kopf. »Davon weiß ich ja noch gar nichts.«

»Ricarda und Viola haben ihr gerade eben den Vorschlag gemacht«, erzählte die Elfe. »Ich dachte, du hättest da vielleicht deine Finger mit im Spiel. Du hast doch auch dafür gesorgt, dass Melissa und Lennart sich ein bisschen näher kennenlernen, oder?«

Santas Frau räusperte sich. »Ich habe nur dafür gesorgt, dass sein Onlineshop nicht richtig funktioniert. Alles Weitere hat sich von selbst ergeben.«

»Ja, aber nur, weil du genau wusstest, dass Melissa sich damit auskennt.« Elfe-Sieben grinste. »Aber glaubst du, das war ein guter Schachzug? Ich hatte bisher den Eindruck, dass Melissa sich ein bisschen vor Lennart fürchtet. Von Andy ganz zu schweigen. Der Kleine hat sich ja regelrecht vor ihm hinter seiner Mama versteckt.«

Die Frau des Weihnachtsmannes wandte sich wieder dem Bildschirm zu und sah sich an, was sich auf der Erde tat. »Das habe ich auch bemerkt, und es erfüllt mich ein wenig mit Besorgnis. Ich dachte nur, es wäre so praktisch, weil Lennart doch auch einen Hund hat und gut mit Jana und Oliver befreundet ist. Mit Frank und Ricarda ebenfalls«, fügte sie hinzu. »In dieser Clique wäre Melissa zusammen mit ihrem kleinen Sohn doch eine wunderbare Ergänzung, oder nicht?«

»Ja, schon«, gab Elfe-Sieben zögernd zu. »Ob das aber wirklich funktionieren wird? Wir wissen ja noch gar nicht, ob Lennart wirklich an ihr interessiert ist, und selbst wenn, nützt das alles gar nichts, wenn sie Angst vor ihm hat. Bei ihrer Vorgeschichte wäre das ja auch kein Wunder. Da hast du dir aber auch mit Lennart ausgerechnet jemanden ausgesucht, der ziemlich furchteinflößend wirkt, zumindest auf den ersten Blick.«

»Furchteinflößend?«, echote Santas Frau verwundert. »Ist das nicht ein bisschen übertrieben?«

»Na ja«, schränkte Elfe-Sieben ein. »Zumindest wirkte er sehr beeindruckend und auf Andy auch einschüchternd. Er ist nun mal sehr groß und hat eine Erscheinung fast wie ein Kleiderschrank, dazu die riesigen Hände, die langen Haare und der Sechstagebart ...« Elfe-Sieben kicherte. »Wahrscheinlich hätte auch eine mutigere Frau als Melissa zunächst einmal großen Respekt vor ihm. Dabei ist er, glaube ich, ein ganz lieber Mensch. Doch wie soll Melissa das herausfinden, wenn sie so distanziert bleibt wie bisher? Ich sehe im Augenblick nicht, wie wir das ändern könnten. Und jetzt wird sie mit Andy auch noch früher in das kleine Häuschen umziehen, was bedeutet, dass sie neben ihrer Arbeit sehr beschäftigt sein wird. Da bleibt doch überhaupt keine Zeit, jemanden näher kennenzulernen – Lennart schon mal gar nicht. Denn wie soll sie ihm denn noch einmal begegnen? Wenn überhaupt, dann sehen sie sich nur zufällig während der Zeit, in der er für Jana Dienst auf dem Weihnachtsmarkt tut. Und selbst das halte ich für eher unwahrscheinlich, denn so, wie ich Melissa einschätze, wird sie wissen, wie sie eine erneute Begegnung vermeiden kann.«

»Wenn sie denn eine Begegnung unbedingt vermeiden will«, gab Santas Frau zu bedenken.

Elfe-Sieben wirbelte verblüfft zu ihr herum. »Glaubst du denn, sie möchte ihn wiedersehen?«

»Nun...« Nachdenklich tippte die Frau des Weihnachtsmannes sich gegen die Lippen. »Ich halte es zumindest nicht für ganz ausgeschlossen, dass sie eine gewisse Sympathie zu ihm gefasst hat. Immerhin hat sie ihm ja nun schon einmal mit dem Onlineshop geholfen und damit gesehen, dass er auch einmal Hilfe benötigt und nicht so furchteinflößend ist, wenn man es denn so bezeichnen will, wie sie vielleicht anfangs gedacht hat. Natürlich kann man nie wissen, ob so etwas wirklich passt und wie es weitergehen wird, aber ich glaube, ich habe da gerade eine ausgezeichnete Idee.« Sie trat noch etwas näher an den Bildschirm heran und aktivierte die Bild-im-Bild-Funktion, um einen zweiten Feed auf den Bildschirm zu ziehen. Gleich darauf lächelte sie zufrieden. »Ja, ich glaube, ich weiß, wie unsere nächsten Schritte aussehen werden. Dazu muss ich allerdings...« Ein schelmisches Lächeln zeichnete sich auf ihren Lippen ab. »Wo sind Elfe-Acht und Elf-Zwei?«

Neugierig musterte Elfe-Sieben sie. »Was hast du denn jetzt vor? Du schaust schon genauso vergnügt drein wie Santa Claus, wenn ihm eine geniale Idee gekommen ist.«

»Ob die Idee genial ist, muss sich erst noch herausstellen.« Immer noch lächelte Santas Frau in sich hinein. »Auf jeden Fall gefällt sie mir persönlich ausgezeichnet, und ich bin sicher, mein Mann hätte ganz ähnlich gehandelt, wenn er nicht immer noch so scheußlich erkältet wäre. Ich hoffe wirklich, dass er bald wieder gesund ist. Diese Doppelbelastung mit all meinen Pflichten und Tätigkeiten hier im Haus und rundherum und meinen Plänen für die Weihnachtsbäckerei sowie die ganze Wunscherfüllung und das Verwalten der Wunschzettel ist doch auf Dauer ziemlich anstrengend.« Suchend sah sie sich nach dem Telefon um. »Weißt du zufällig, wo die beiden Kundschafterelfen sich im Moment aufhalten?«

Elfe-Sieben nickte. »Sie waren vorhin noch hier und haben ihren neuesten Bericht auf den Computer übertragen. Sie müssen also noch ganz in der Nähe sein, wahrscheinlich drüben in der Geschenkefabrik, um einen Plausch mit den anderen Elfen zu halten.«

»Wärst du bitte so lieb, sie zu suchen und rasch zu mir zu schicken?« Santas Ehefrau schaltete den Computer ein und warf einen kurzen Blick auf den Bericht der Kundschafterelfen. Da er sich jedoch auf andere Wünsche als den von Andy bezog, beschloss sie, sich später darum zu kümmern. »Mein Plan muss möglichst schnell in die Tat umgesetzt werden. Wir haben nicht mehr allzu viel Zeit dafür.«

»Na klar, ich mache mich sofort auf den Weg.« Elfe-Sieben ging zur Tür, drehte sich dort jedoch noch einmal um. »Verrätst du mir, was das für ein Plan ist?«

»Später.« Die Frau des Weihnachtsmannes lächelte geheimnisvoll. »Bis Elfe-Acht und Elf-Zwei hier sind, muss ich erst einmal selbst Schritt für Schritt festlegen, wie wir am besten vorgehen, damit auch alles gelingt. Ach ja, sag ihnen bitte, sie sollen auch Elf-Vierzehn mitbringen. Er ist technisch versiert und kann uns helfen.«

»Wobei denn helfen?« Elfe-Sieben trat neugierig wieder einen Schritt näher. »Das klingt ja spannend!«

Die Frau des Weihnachtsmannes lachte. »Eigentlich ist es ganz einfach und nur eine Kleinigkeit. Aber kleine Dinge haben oftmals ja eine besonders große Wirkung, nicht wahr?«

»Du sprichst in Rätseln«, beschwerte Elfe-Sieben sich kichernd. »Das macht Santa Claus auch oft, wenn er etwas ausgeheckt hat.«

Schmunzelnd scheuchte die Frau des Weihnachtsmannes die kleine Elfe aus dem Büro. »Nun lauf schon zu und hol die Kundschafterelfen sowie Elf-Vierzehn her. Dann erkläre ich euch allen zusammen, was mir vorschwebt.« Als Elfe-Sieben endlich fort war, seufzte sie innerlich. Sie hoffte nur, dass diese Idee nicht doch zu gewagt war. Ihr Plätzchenteig würde jedenfalls ein Weilchen warten müssen.

9. Kapitel

»Ich schicke meine Schwester am Montag mit den Software-Updates her«, versprach Lennart und schüttelte dabei Justus Sternbachs Hand. »Sie wird sich außerdem sicherheitshalber noch einmal alle Installationen der Sicherheitstechnik ansehen, aber ich gehe davon aus, dass es keine größeren Änderungen oder Reparaturen geben wird. Die Firma *Rosenbaum und Söhne* hat hervorragende Arbeit geleistet.«

Justus erwiderte den Händedruck mit einem Lächeln. »Ich finde es gut, dass dein Vater diese Kooperation mit Aaron Rosenbaum eingegangen ist. Wie ich hörte, ist dessen Firma momentan extrem ausgelastet, wenn nicht sogar beinahe überlastet.«

»Ja, stimmt, sie haben momentan überdurchschnittlich viel zu tun.« Lennart lachte. »Das gilt zwar auch für uns, aber glücklicherweise haben wir noch ein paar Kapazitäten frei, sodass wir vorläufig den Wartungsauftrag übernommen haben. Außerdem halte ich es für selbstverständlich, dass sich die Firmen hier am Standort gegenseitig unterstützen. Ein gutes Geschäftsklima im Ort wirkt sich für alle Beteiligten positiv aus und gibt auch der Kundschaft ein gutes Gefühl.« Er hob den Kopf, als er ein Auto näher kommen hörte. Als er den grünen Corsa auf den Parkplatz des Resorts einbiegen sah, meldete sich überraschenderweise ein leichtes Ziehen in seiner Magengrube, dass sich noch verstärkte und schließlich zu einem heftigen Stich auswuchs, als er beobachtete, wie Melissa aus dem Wagen ausstieg. »Donnerwetter«, entfuhr es ihm.

»Wie bitte?« Justus folgte seinem Blick und hüstelte unterdrückt. »Oha, ich stimme dir zu. Ist das Melissa Lange? Sie sieht so anders aus als sonst.«

Lennart versuchte, sich zusammenzureißen. »Sie hat eine neue Frisur.«

Justus grinste. »Und die gefällt dir offenbar ausnehmend gut.«

»Halt die Klappe.«

»Das hättest du wohl gerne.« Justus' Grinsen verbreiterte sich noch, wich dann aber im nächsten Moment einem höflichen Lächeln, als Melissa zusammen mit ihrem kleinen Sohn an der Hand näher kam. »Guten Abend, Melissa. Du bist ja pünktlich wie die Maurer.« Er nickte auch Andy zu. »Alles klar?«

Andy lächelte schüchtern und nickte, blieb aber wieder einmal dicht bei seiner Mutter und drückte sich gegen ihre Seite.

»Hallo, kleiner Mann.« Lennart versuchte es ebenfalls mit einem Lächeln in Richtung des Jungen, der aber zunächst nicht reagierte. Also wandte er sich an dessen Mutter. »Guten Abend, Melissa. So schnell sieht man sich wieder. Allerdings hätte ich Sie beinahe nicht erkannt. Wenn ich mir die Bemerkung erlauben darf: Die neue Frisur steht Ihnen ganz ausgezeichnet.«

»Danke, äh, und guten Abend.« Melissa hob die Hand, so als wolle sie in ihr Haar fassen, ließ sie jedoch auf halber Strecke wieder sinken. Verlegen wich sie seinem Blick aus und wandte sich an Justus Sternbach. »Wir wollen dich nicht lange aufhalten. Bestimmt hast du eine Menge zu tun. Ich hoffe, es war von Ricarda und Viola nicht zu voreilig, mir zu versprechen, die Wohnungsübergabe heute schon zu erledigen.«

»Nein, das ist überhaupt kein Problem.« Justus winkte lässig ab. »Eigentlich hätte ich auch selbst darauf kommen können. Wir haben das Häuschen nach den letzten Mietern, die ein halbes Jahr dort verbracht haben, noch einmal vollkommen auf Vordermann gebracht, aber das ging schneller, als ich kalkuliert hatte. Da inzwischen alles fix und fertig ist, könnt ihr theoretisch jederzeit dort einziehen. Ihr braucht auch für die Übergangszeit bis zum offiziellen Beginn des Mietvertrags nicht extra zu bezahlen. Immerhin musst du ja noch die Restmiete für deine alte Wohnung berappen, nicht wahr?«

Auf Melissas Gesicht zeichnete sich Freude und Erleichterung ab. »Das ist wirklich unglaublich nett von euch. Je eher wir aus der winzigen Wohnung ausziehen können, desto besser. Ich werde also das ganze Wochenende mit Packen beschäftigt sein.« Sie blickte zu Andy hinab. »Und du hilfst mir, okay?«

»Ja.« Andy nickte mit ernster Miene und wandte sich im nächsten Moment überraschend an Lennart. »Wo ist denn Sissy?«

Lennart ging einen Schritt auf den Jungen zu, jedoch nicht zu nah, und ging vor ihm in die Hocke. »Sissy ist heute Abend bei meinem Vater. Er passt auf sie auf, weil ich mehrere Kunden besuchen musste und sie leider nicht mitnehmen konnte.« Er senkte die Stimme zu einem verschwörerischen Raunen. »Da waren nämlich gleich zwei Kunden dabei, die Angst vor Sissy haben. Kannst du dir das vorstellen?«

»Echt?« Andy machte große Augen. »Aber Sissy ist doch ganz lieb.«

»Du weißt das, und ich weiß das.« Lennart zwinkerte ihm zu. »Aber manche Menschen haben trotzdem Angst vor großen Hunden. Darauf muss ich natürlich Rücksicht nehmen, und deshalb ist sie heute bei meinem Vater im Büro geblieben. Hättest du sie gerne wiedergesehen?«

Andy nickte. »Macht sie jetzt ihr Kissen wieder kaputt oder so, weil du nicht da bist?«

Lennart lachte. »Ich hoffe nicht. Mein Vater wird sich bestimmt gut um sie kümmern. Wahrscheinlich geht er jetzt gerade noch mit ihr spazieren.« Er richtete sich wieder auf. »Da wir ja nun alles geklärt haben«, wandte er sich an Justus, »mache ich mich am besten auf den Rückweg. Wie gesagt, Lena wird am Montag mit den Updates herkommen und noch einmal alles kontrollieren.«

»In Ordnung.« Justus nickte ihm zu. »Aber weißt du was, du könntest mir noch kurz helfen, die Kartons mit dem Weihnachtsschmuck zu den Autos zu tragen.« Er lächelte Melissa ein wenig schief zu. »Willst du wirklich all diese Sache übernehmen?«

Befremdet runzelte Melissa die Stirn. »Warum all diese Sachen? Ricarda und Viola hatten mir nur angeboten, ein paar ausrangierte Dekoartikel zusammenzupacken, weil eure Mutter neue Sachen für die Hotels kaufen möchte.«

Justus stieß ein trockenes Lachen aus. »Mama geht jedes Jahr auf Weihnachtsdeko-Raubzug, und dieses Jahr nimmt sie Viola *und* Ricarda mit. Sonst ist sie immer nur mit einer von beiden losgezogen. Uns schwant jetzt schon Böses, denn schon zu zweit haben sie immer jede Menge Zeug angeschleppt. Das kann dieses Jahr nur noch schlimmer werden. Und was die paar Dekoartikel angeht ...« Er trat ein Stück beiseite und öffnete die Tür des Lieferanteneingangs, vor der sie sich befanden. »Da haben die zwei, fürchte ich, ein klein wenig untertrieben. Ganz ehrlich, wenn dir das alles zu viel ist, dann lass die Sachen einfach hier. Wir finden schon jemanden, der sie uns abnimmt.«

Melissa warf einen Blick durch die Tür und stutzte. »Du liebe Zeit, wie viele Kartons sind das? Die sind doch nicht alle für mich, oder?«

»Doch, wenn es nach meinen Schwestern geht, dann schon.« Auch das erneute Lächeln auf Justus' Lippen geriet einigermaßen schief. »Es sind genau sieben Kartons, und die sind alle hoch voll und teilweise richtig schwer.«

»Die kriege ich doch gar nicht alle in mein Auto.«

»Einen Teil kann ich mit meinem Auto transportieren«, beruhigte Justus sie. »Natürlich nur, wenn du wirklich alles übernehmen möchtest. Oder weißt du was? Wir bringen erst einmal alles rüber zum Haus, dann suchst du dir die schönsten Sachen aus und gibst uns den Rest einfach irgendwann wieder zurück. Wenn wir jetzt nämlich anfangen, in den Kisten zu wühlen, kommen wir wahrscheinlich heute Abend hier nicht mehr weg. Ich muss aber in etwa einer Stunde wieder hier sein und Kathrinchen übernehmen. Laura hat heute Abend ein Onlineseminar, und ich habe versprochen, mich in der Zeit voll und ganz um unser Tochter-Teufelchen zu kümmern.« In seinen Augen glitzerte es vergnügt. »Die Kleine hat nämlich gerade so eine Phase, in der sie auf gar keinen Fall zu einer bestimmten Uhrzeit ins Bett gehen möchte. Von schlafen ganz zu schweigen. Sie ist jetzt gerade anderthalb und anscheinend in einer Art erster Trotzphase. Ich werde also nachher noch eine ganze Weile mit ihr beschäftigt sein.«

»Okay, also ...« Noch einmal warf Melissa einen ungläubigen Blick auf die großen Kartons. »Dann schauen wir mal, ob wir überhaupt auch nur einen davon in meinem Auto transportiert bekommen.« Schon eilte sie, dicht gefolgt von Andy, zurück zu ihrem Corsa.

»Ich hole mal rasch mein Auto her«, wandte Justus sich an Lennart. »Da kriegen wir deutlich mehr hinein, und wir können bei der Gelegenheit vor Ort gleich die Übergabe der Wohnung erledigen.«

Lennart blickte ihm nach, wie er zu seinem Auto ging und einstieg, dann warf er selbst einen Blick auf die sieben Kartons. Enthielten die wirklich alle Weihnachtsschmuck? Er lachte in sich hinein. Nach allem, was er inzwischen über die Sternbachs wusste, hätte Melissa wohl mit so etwas rechnen müssen. Allerdings wusste er nicht, wie gut sie mit der Familie befreundet war. Natürlich kannten sie sich alle über Jana, doch das musste ja nicht viel heißen. Überrascht drehte er sich wieder um, als er Justus in einiger Entfernung fluchen hörte. »Stimmt etwas nicht?«

»Anscheinend ist die Batterie leer.« Justus war wieder aus seinem Wagen ausgestiegen und knallte die Tür zu. Augenblicke später öffnete er die Motorhaube und blickte stirnrunzelnd in den Motorraum.

Lennart eilte zu ihm, öffnete die Fahrertür und setzte sich auf den Sitz. Da der Schlüssel noch steckte, drehte er ihn, doch der Motor gab keinen Mucks von sich. Lediglich mehrere

Lämpchen am Armaturenbrett blinken kurz auf und erloschen gleich darauf wieder. »Sieht ganz so aus. Hast du das Licht angelassen?«

»Nein.« Justus schüttelte verärgert den Kopf. »Ganz sicher nicht. Zumindest war es eben ausgeschaltet.« Er fuhr sich mit der Hand durch sein kurzes braunes Haar. »Tja, was machen wir nun? Kannst du mir Starthilfe geben? Meine Ladekabel sind mal wieder auf Wanderschaft, vermutlich hat Ricarda sie sich geliehen, wie so oft. Sie ist aber im Augenblick drüben im Stadthotel.«

»Klar.« Lennart war schon auf dem Weg zum Kastenwagen der Firma *Securifant*, mit dem er heute unterwegs war. »Geht ganz schnell.« Er öffnete die Türen zum Laderaum und wollte nach dem Koffer mit den Überbrückungskabeln greifen, doch der befand sich seltsamerweise nicht an dem Platz, der dafür vorgesehen war. Irritiert sah Lennart sich um, konnte ihn jedoch nirgends entdecken. »Das gibt es doch gar nicht.« Kopfschüttelnd verließ er den Laderaum wieder. »Irgendjemand hat meine Ladekabel aus dem Wagen genommen. Tut mir wirklich leid.« Er blickte zu Melissa hinüber. »Haben Sie ein Ladekabel im Auto?«

Sie schüttelte den Kopf. »Leider nicht. Ich wollte mir zwar immer welche anschaffen, weil ich fürchte, dass meine alte Kiste so etwas auch irgendwann brauchen könnte, aber irgendwie habe ich es bisher immer aufgeschoben.«

»Dann muss ich mir den Wagen meiner Eltern leihen.« Justus schloss die Motorhaube wieder. »Allerdings ist darin weniger Platz, also müssen wir wahrscheinlich zweimal fahren. Oder ich bringe die verbleibenden Kisten später irgendwann vorbei.«

»Warum machen wir es nicht ganz anders?«, schlug Lennart vor. »In meinem Transporter ist genug Platz für alle sieben Kisten. Ich fahre sie einfach kurz rüber zu dem Häuschen, das geht doch ganz fix. Justus, du kannst ebenfalls mitfahren, wenn du willst, dann bringe ich dich nachher wieder hierher zurück.«

»Das würdest du tun?« Justus lächelte erleichtert. »Es kann

aber einen Augenblick dauern, weil ich mit Melissa noch die offizielle Hausübergabe unter Dach und Fach bringen muss.«

»Ist schon in Ordnung.« Lennart winkte ab. »Wie gesagt, Sissy ist bei meinem Vater in guten Händen, und ich habe heute keine weiteren Termine mehr.«

»Also gut, dann lass uns rasch die Kartons einladen.« Justus kehrte zum Lieferanteneingang zurück, und Lennart folgte ihm auf dem Fuße. Als sich Melissa ihnen anschloss und einen Karton nehmen wollte, hielt er sie rasch davon ab. »Vergessen Sie es. Diese klobigen Dinger passen nicht einmal ansatzweise in Ihren Kofferraum. Selbst auf dem Rücksitz wird es eng, und dort sitzt ja auch noch Andy, nicht wahr? Wir packen einfach alle Kartons in den Transporter, das ist überhaupt kein Problem.« Während er sprach, hatte er sich bereits eine Kiste geschnappt und stieß einen überraschten Laut aus, denn sie war tatsächlich nicht gerade leicht. »Du lieber Himmel, was ist denn da drin? Ich wusste nicht, dass Weihnachtskugeln so schwer sein können.«

Justus lachte. »Du hast garantiert nicht die Kiste mit den Kugeln erwischt. Da drin ist, glaube ich, jede Menge Dekozeug aus Holz, möglicherweise auch aus Stein.«

Ächzend stellte Lennart den Karton auf der Ladefläche des Kastenwagens ab. »Aus Stein?« Er warf einen Blick über die Schulter auf Melissa. »Da haben Sie sich ja was angelacht.«

Melissa lächelte kläglich. »Tut mir leid. Wenn ich gewusst hätte, dass es so ein Umstand wird, dann hätte ich nicht …«

»Ach was«, unterbrach er sie lachend. »Wie sagt man so schön? Einem geschenkten Gaul guckt man nicht ins Maul. Oder in den Karton.«

Es dauerte nicht allzu lange, bis sie alle Kisten sicher im Transporter verstaut hatten. Justus stieg mit ihm zusammen ein, dann machten sie sich, gefolgt von Melissa und Andy, auf den Weg zum Blockhaus am Rand der Feriensiedlung.

***

»Ich weiß jetzt gar nicht, wie ich mich bei Ihnen bedanken soll.« Ebenso dankbar wie verlegen, blickte Melissa auf die sieben großen Kartons, die sich nun mitten in ihrem zukünftigen Wohnzimmer stapelten. »Das wäre wirklich alles nicht nötig gewesen.«

»Und wie das nötig war.« Lennart lachte. »Wie hätten Sie denn all die Kisten hierherbringen sollen? Das war wirklich nicht der Rede wert.«

»Doch, war es«, widersprach Melissa. »Jetzt kann ich Ihnen nicht einmal etwas zu trinken oder so anbieten, weil ich noch gar nichts hier habe.«

»Wenn du dich da mal nicht täuschst.« Justus Sternbach ging an ihr vorbei in den offenen Küchenbereich, der sich vom Eingang aus gesehen auf der rechten Seite befand. Es gab eine für ein Ferienhaus äußerst großzügig gestaltete, L-förmige Küchenzeile mit Spüle, Spülmaschine, einem auf Augenhöhe eingebauten Ofen nebst Mikrowelle und einer doppelflügeligen Kühl- und Gefrierkombination von geradezu enormen Ausmaßen, die Melissa jedes Mal, wenn sie dorthin sah, eine regelrechte Gänsehaut bereitete. Ein großes Induktionskochfeld war in die ebenfalls großzügige Arbeitsinsel eingelassen und besaß einen modernen Dunstabzug, der alle Gerüche nach unten absaugte. An die Insel schloss sich ein Frühstückstresen mit vier gepolsterten Barhockern an. »Meine Schwestern dachten, es wäre eine gute Idee, dir ein paar Vorräte vorbeizubringen, damit du während des Umzugs hierher nicht verhungerst und verdurstest.« Er öffnete den Kühlschrank, drehte sich zu ihr herum und deutete hinein. »Du hast Wasser, Orangensaft, Apfelschorle, Milch und sogar alkoholfreies Bier und Radler.« Er grinste breit. »Ich wünschte, unser Kühlschrank wäre immer so gut gefüllt. Meistens schaffen wir das nur zweimal im Monat, wenn wir zusammen einkaufen gehen.«

»Du liebe Zeit, damit hatte ich ja gar nicht gerechnet!« Überwältigt trat Melissa an den Kühlschrank heran und begutachtete dessen Inhalt. Neben den Getränken gab es auch noch Butter,

Margarine, Käse, etwas Aufschnitt sowie Marmelade, ein paar Becher Joghurt und im Gemüsefach Karotten, einen Eisbergsalat und mehrere rote, gelbe und grüne Paprikaschoten. »Das kann ich doch gar nicht annehmen! Ich muss das bezahlen.«

»Untersteh dich.« Justus schüttelte energisch den Kopf. »Das ist ein Begrüßungsgeschenk der Familie Sternbach.« Er schloss die Kühlschranktür wieder und klappte den Brotkasten auf der Anrichte auf. Darin befand sich ein Brot, und daneben stand ein großes Glas mit Bügelverschluss, das offenbar gleich ein ganzes Kilogramm hell rosafarbenes Himalaja-Kristallsalz enthielt. »Brot und Salz gehören natürlich ebenfalls dazu, wie es die Tradition will.« Er machte eine ausholende Geste. »Herzlich willkommen in eurem neuen Zuhause.« Mit der anderen Hand zog er einen Schlüsselbund mit mehreren Schlüsseln aus der Tasche seines dunkelgrauen Cashmeremantels und hielt ihn ihr hin. »Hier, bitte sehr, die Schlüssel zu eurem neuen Reich. Alle in dreifacher Ausführung. Ich habe sie jeweils mit Schildchen versehen, die du natürlich abmachen kannst, wenn du sie nicht benötigst. Hauseingang, Kellereingang«, er deutete auf eine unauffällige Tür, die sich unter der geschwungenen Holztreppe befand, die ins Obergeschoss führte. »Außerdem der Schlüssel für den Briefkasten und für das Gartenhäuschen«, zählte er auf.

Melissas Herzschlag beschleunigte sich ein wenig, als sie ihm den Schlüsselbund aus der Hand nahm. Plötzlich erschien ihr die Situation regelrecht unwirklich. Nach der winzigen Wohnung, in der sie die letzten anderthalb Jahre verbracht hatte, kam ihr dieses Blockhaus wie der Inbegriff von Luxus und das reinste Paradies vor. »Danke«, brachte sie mit leicht brüchiger Stimme gerade so heraus.

»Nichts zu danken.« Justus wandte sich zur Tür. »Ich hole mal rasch die Papiere. Übergabevertrag, Mietvertrag usw., dann können wir noch einmal kurz alles durchgehen und unterschreiben, und dann lasse ich euch in eurem neuen Reich alleine.« Schon war er nach draußen verschwunden.

»Darf ich mich hier hinsetzen, Mama?« Andy berührte zaghaft einen der Barhocker und blickte sie fragend an.

»Selbstverständlich, mein Schatz.« Rasch ging Melissa zu ihrem Sohn und zog den Hocker ein Stückchen unter dem Frühstückstresen hervor. »Soll ich dir helfen?«

»Nö.« Da der Hocker Querstreben zwischen den Beinen hatte, gelang es Andy ganz leicht hinaufzuklettern. Stolz ließ er sich auf der Sitzfläche nieder. »Das ist jetzt mein Lieblingsplatz«, verkündete er mit einem breiten Lächeln und fuhr mit den Handflächen geradezu zärtlich über die hellgrau marmorierte Oberfläche des Tresens.

»Sieht bequem aus«, machte Lennart sich bemerkbar und setzte sich wie selbstverständlich ebenfalls auf einen Barhocker, jedoch am gegenüberliegenden Ende des Tresens, sodass zwischen ihm und Andy ein größerer Abstand blieb. »Tatsächlich, sehr gemütlich.«

Verunsichert blickte Melissa zwischen Andy und Lennart hin und her. »Ja, also … Dann kann ich Ihnen anscheinend doch etwas zu trinken anbieten.« Hastig öffnete sie die Kühlschranktür. »Möchten Sie lieber Saft, Wasser oder vielleicht ein alkoholfreies Bier?«

»Wenn Sie mich so nett fragen, dann nehme ich gerne ein Bier, aber nur, wenn Sie ebenfalls etwas trinken.« Er warf Andy einen Blick zu. »Und du auch?«

»Ich möchte einen Saft, Mama«, antwortete Andy prompt.

Melissa nahm das Gewünschte aus dem Kühlschrank, ebenso wie eine Flasche Radler für sich selbst, sah sich dann aber erst einmal suchend nach Gläsern um. Natürlich gab es noch keine, da sie mit Justus vereinbart hatte, dass sie das Ferienhaus-Inventar nicht nutzen wollte. Noch verlegener als zuvor, drehte sie sich zu Lennart um, doch dieser grinste sie bereits wissend an.

»Ich brauche kein Glas.« Er zwinkerte ihr zu. »Bin ein Flaschenkind.«

Sie konnte sich ein Schmunzeln nicht verkneifen. »Wenn Sie mir nun noch verraten, wie wir die Flaschen aufbekommen ...«

»Nichts leichter als das.« Er nahm ihr die Bier- und die Radlerflasche ab und öffnete beide mithilfe eines winzigen Flaschenöffners, der sich an seinem Schlüsselbund befand. »Sehen Sie?« Er gab ihr die Radlerflasche zurück.

»Danke.« Sie stellte die Flasche auf dem Tresen ab und beäugte zweifelnd die große Orangensaftflasche. »Und was machen wir jetzt damit?«

»Ich hab Durst, Mama.« Andy hampelte ein wenig auf seinem Hocker herum. »Haben wir gar keine Gläser?«

»Nein, die sind noch zu Hause. In der alten Wohnung«, korrigierte sie sich rasch. Vorsichtig öffnete sie die Flasche. »Ausnahmsweise darfst du auch aus der Flasche trinken, Andy. Aber nur ganz langsam und vorsichtig.« Sie hielt ihrem Sohn die Flasche an die Lippen und achtete darauf, dass sie weder ihm noch ihr entglitt. Er trank ein paar Schlucke, dann stellte sie die Flasche zurück und drehte den Verschluss darauf.

»Na, ihr habt es euch ja schon richtig bequem gemacht«, erklang hinter ihnen Justus' Stimme. Er hatte das Haus mit einem schmalen Aktenköfferchen in der Hand betreten und legte dieses nun auf der Anrichte ab. Es klickte leise, als er die Verschlüsse öffnete. »Hier sind alle erforderlichen Papiere. Vielleicht sollten wir aber zunächst noch einmal einen kurzen Rundgang durch das Haus machen, damit du dich überzeugen kannst, dass alles so ist, wie wir es besprochen hatten.«

»Ja, okay, das ist bestimmt sinnvoll«, stimmte Melissa zu. Nicht ganz sicher, wie sie sich verhalten sollte, wandte sie sich Lennart zu. »Ich will Sie nicht aufhalten ...«

»Tun Sie nicht, keine Sorge.« Er winkte lässig ab. »So viel Zeit muss sein. Ich warte einfach hier, bis Sie mit Justus alles Wichtige besprochen haben.« Er blickte zu Andy. »Was meinst du, leistest du mir so lange Gesellschaft?«

Andy blickte ihn mit großen Augen an, zögerte, dann sprang er hastig vom Hocker herunter und griff nach Melissas Hand.

Melissa hatte sich bereits gedacht, dass Andy so reagieren würde. Er traute sich nicht einmal, mit Oliver länger als ein oder zwei Minuten allein in einem Raum zu bleiben. Und ihn kannte er schon deutlich länger als Lennart. Als sie jedoch etwas zu Lennart sagen wollte, bemerkte sie, dass er ihr warm zulächelte und obendrein auch noch fröhlich zwinkerte. Er nahm Andys Ablehnung also offenbar nicht im Mindesten persönlich. Sie rang sich ebenfalls ein Lächeln ab.

»Alles okay?« Justus musterte sie fragend.

Hastig nickte Melissa. »Selbstverständlich.«

»Gut, dann mal los.« Noch einmal machte Justus eine ausholende Bewegung mit beiden Händen. »Hier im Erdgeschoss ist, wie du siehst, alles so, wie wir es ursprünglich eingerichtet hatten.« Er deutete auf den weitläufigen Wohnbereich mit einem großen Ecksofa aus hellbraunem Lederimitat sowie den beiden schweren und überaus bequem aussehenden dazu passenden Sesseln, die sich um einen großen Wohnzimmertisch aus Pinienholz gruppierten. Auch Schränke, Kommoden und Regale waren in Pinienholz gearbeitet und verbreiteten ein klassisch-gemütliches Landhausflair. Auf der linken Stirnseite des Raumes hing ein riesiger Flachbildschirm, darunter befand sich eine niedrige Kommode mit Platz für einen DVD-Player und sogar eine Stereoanlage sowie Fächern für CDs und DVDs. Das Beeindruckendste war jedoch die riesige Fensterfront, die zum Garten hinaus zeigte und durch die sicher viel Licht in das Haus fiel. Durch eine breite Schiebetür konnte man die Terrasse betreten.

Der Fußboden war mit großen Fliesen in Holzoptik ausgelegt, unter denen sich eine Fußbodenheizung befand, sodass man problemlos auch im Winter auf dem Boden sitzen konnte, wenn man wollte. Mit wenigen Schritten war Justus beim Treppenaufgang und öffnete nacheinander die beiden Türen, von denen die rechte zu einem großen Einbauschrank gehörte, den Melissa hauptsächlich als Garderobe benutzen wollte. Die linke führte hinunter in den Keller. Justus schaltete das Licht ein und ließ ihr und Andy den Vortritt. Da das gesamte Blockhaus unterkellert war, gab es unten sehr viel Platz. Rechter Hand befand sich der Heizungsraum, in dem sich die Holzpelletanlage befand, sowie ein großer Pelletspeicher, der von außen befüllt werden konnte und von dem aus eine Förderschnecke das Brennmaterial automatisch zum Ofen brachte. Obwohl er es schon einmal getan hatte, erklärte Justus ihr die Funktionsweise des Ofens, die jedoch denkbar einfach war, sodass sie sich keine Gedanken machte, damit nicht umgehen zu können. Außerdem lag in einem Regal neben dem Ofen auch noch die Bedienungsanleitung, falls doch einmal Fragen aufkommen sollten.

Dem Heizungsraum gegenüber lagen ein kleiner Hausanschlussraum, eine Waschküche, in der sie ihre Waschmaschine sowie den Trockner unterbringen konnte und zudem noch Platz für eine aufklappbare Wäscheleine übrig blieb. Ein weiterer kleiner Raum stand bis auf ein paar Regale an den Wänden leer und könnte theoretisch als Vorratskammer benutzt werden.

»Wenn du Hilfe beim Anschließen deiner Waschmaschine und des Trockners benötigst, sag einfach Bescheid.« Justus wartete bei der Treppe, bis sie sich überall eingehend umgesehen hatte. »Unser Hausmeister oder einer seiner Gehilfen kann das gerne für dich übernehmen.«

»Danke, das ist nett. Ich glaube aber, das kann ich selbst. In meiner alten Wohnung habe ich die Geräte auch alle selbst angeschlossen.« Sie blickte zur Treppe. »Eher benötige ich Hilfe beim Heruntertragen.«

»Das lässt sich einrichten. Melde dich einfach, wenn es so weit ist.« Er deutete zum Aufgang. »Sollen wir oben weitermachen?«

Gemeinsam stiegen sie nach oben ins Obergeschoss, das aus drei Zimmern und einem geräumigen Badezimmer mit zwei Waschbecken, Toilette, einer Badewanne sowie einer unglaublich großen Dusche mit Handbrause und Regenfunktion bestand. Im größten Zimmer standen ein Doppelbett aus massivem Pinienholz und passende Schränke sowie ein schickes hohes Sideboard mit mehreren Schubladen. Von hier aus ging der Blick ebenfalls in den Garten und darüber hinaus über die gesamte Umgebung. Zusätzlich gab es direkt über dem Bett ein Dachfenster, durch das sich wahrscheinlich bei gutem Wetter ganz wunderbar die Sterne betrachten ließen. Die beiden Räume auf der gegenüberliegenden Seite waren annähernd gleich groß. Eines davon durfte Andy sich als sein Zimmer aussuchen, das andere würde vorerst leerstehen, bis Melissa sich darüber im Klaren war, ob sie es überhaupt benötigte und falls ja, wozu. Vielleicht würde sie zunächst nur ihr Bügelbrett dort hineinstellen – oder einen Schreibtisch. Vielleicht doch beides. Im Gegensatz zum großen Schlafzimmer waren die beiden kleinen Räume nicht möbliert. Sie wollte für Andy ganz neue Möbel kaufen oder doch zumindest schöne gebrauchte. Allerdings musste sie sich jetzt wohl ein bisschen schneller darum kümmern, als sie ursprünglich gedacht hatte. Für den Übergang würde er sich aber noch mit seiner alten Kinderzimmereinrichtung zufriedengeben müssen.

»Hast du dir schon überlegt, welches der beiden Zimmer deins sein soll?«, wandte Melissa sich an ihren Sohn, der ihnen bisher schweigend gefolgt war, ohne ihre Hand loszulassen.

»Mhm.« Andy nickte und deutete dann mit dem Zeigefinger auf die linke Tür direkt neben dem Treppenaufgang.

Überrascht musterte Melissa ihn. »Wirklich? Nicht das andere? Das hat einen Zugang zum Balkon, genau wie mein Schlafzimmer.«

»Mhmh.« Andy schüttelte heftig den Kopf. »Das andere ist besser, weil da ein großes Fenster im Dach ist. Und man kann durch das andere Fenster nach draußen auf den Fahrweg gucken und immer sehen, wer gerade kommt.«

»Gute Argumente«, befand Justus lächelnd. »So ein Dachfenster ist richtig cool, oder? Das andere Zimmer hat leider keins, weil dort drei Fotovoltaik-Elemente angebracht sind, über die ein Teil des Stroms für das Haus generiert wird.«

»Ich will das mit dem Dachfenster«, bestimmte Andy.

Melissa lachte. »So sei es. Dann werde ich mir in dem dachfensterlosen Zimmer mein Büro und Bügelzimmer einrichten, schätze ich.«

»Wie besprochen, haben wir die Möbel aus diesen beiden Zimmern entfernt«, ergriff Justus erneut das Wort. » Bist du so mit allem einverstanden?«

Hastig nickte Melissa. »Selbstverständlich. Es ist alles ganz wunderbar.« Sie versuchte, sich gelassen zu geben, doch in Wahrheit fuhr ihr Puls gerade Achterbahn vor lauter Aufregung. Sie würde sich hier geradezu fühlen wie in einem Schloss! Alles war so behaglich und liebevoll eingerichtet und entsprach voll und ganz ihrem Geschmack. Bis sie dieses Blockhaus gesehen hatte, hatte sie nicht einmal gewusst, was genau ihr Geschmack überhaupt war. Als Kind und Jugendliche hatte sie sich den puritanischen Gewohnheiten ihrer Eltern untergeordnet, später dann den etwas sterilen, wenn auch durchaus luxuriösen Stil in Matthias' Haus akzeptiert. Nach ihrer Flucht hatte sie weder im Frauenhaus noch in ihrer jetzigen Wohnung viel Spielraum für eigene Entfaltung gehabt. Dieses Haus besaß klare Linien, war nicht kitschig oder zu verspielt, aber einladend, freundlich und gemütlich. Wie gerne wäre sie in einer Umgebung wie dieser aufgewachsen! Allerdings wurde ihr auch dies erst jetzt so richtig bewusst. Als Kind und selbst als Teenager hatte sie es vermieden, über solche Dinge nachzudenken. Da sie auch nie viele Freunde gehabt hatte, enge Freundinnen schon gar nicht, war sie auch nur selten bei anderen Kindern oder Jugendlichen zu Besuch gewesen, und falls doch einmal, dann hatte sie deren jeweiliges Zuhause zwar meist bewundert, jedoch bewusst nicht in Relation zu ihrem eigenen Elternhaus gesetzt. Sie hatte schon sehr früh gelernt, dass so etwas nicht guttat, vor allen Dingen, weil ihre Eltern sie dafür ganz sicher böse gescholten hätten.

»Sollen wir dann rasch den Papierkram erledigen?« Justus machte sich bereits wieder auf den Weg ins Erdgeschoss. »Du weißt ja, ich muss Kathrinchens wegen bald zurück nach Hause.«

»Oh, ja, klar.« Hastig folgte sie ihm zusammen mit Andy die Treppe hinab. Es dauerte nur wenige Minuten, bis sie alle Papiere und Verträge durchgesehen und unterzeichnet hatten. Andy war indes wieder auf den Barhocker geklettert und spielte an der Orangensaftflasche herum.

Justus versprach Melissa, ihr Kopien aller Unterlagen zukommen zu lassen, und wandte sich bereits zur Tür. »Ich breche dann mal auf.«

»Warte!« Erschrocken blickte Melissa zwischen Justus und Lennart, der nach wie vor am Tresen saß, hin und her. »Du musst doch mit Lennart zurückfahren.«

»Ach, Quatsch.« Justus winkte grinsend ab. »Trinkt ihr mal ganz in Ruhe euer Bier aus. Ich mache mich derweil zu Fuß auf den Weg.«

»Aber das geht doch nicht!«, protestierte Melissa erschrocken. »Du willst doch nicht etwa die ganze Strecke zurücklaufen, oder?«

»So weit ist es gar nicht«, beruhigte Justus sie. »Siehst du den Waldweg, der vom Hauptweg abzweigt?« Er war an eines der beiden Küchenfenster getreten, das zum Fahrweg hinaus zeigte. »Da vorne links. Das ist eine Abkürzung, über die man ganz schnell hinüber zum Resort gelangt. Das sind vielleicht siebenhundertfünfzig oder achthundert Meter, mehr nicht. Mit dem Auto kann man dort nicht fahren, aber zu Fuß oder mit dem Fahrrad ist es kein Problem. Als Kinder sind wir oft mit den Rädern quer durch den Wald gebrettert.«

Überrascht runzelte Melissa die Stirn, dann lachte sie leise. »Dann weiß ich jetzt auch, warum Viola und Ricarda diesen Weg heute Mittag genommen haben. Ich hatte mich schon gewundert, weil sie meinten, sie müssten rasch zurück, da ihre Mittagspause vorbei wäre.«

»Wie gesagt, eine hübsche Abkürzung.« Justus packte alle Papiere zurück in die Aktentasche und verschloss sie. »Also, macht euch um mich keine Gedanken; ich bin in gut zehn Minuten bei Weib und Kind.«

»Ein Vorteil, wenn man in unmittelbarer Nähe zum eigenen Hotel ein Haus gebaut hat«, befand Lennart. »So einen kurzen Arbeitsweg wünscht sich wohl jeder.«

»Exakt.« Justus salutierte scherzhaft. »Nah beim Arbeitsplatz aber dennoch versteckt genug, damit man auch mal komplett seine Ruhe hat. Man sieht sich.« Damit verließ er das Haus; die Tür klappte leise hinter ihm ins Schloss.

***

Aufmerksam beobachtete Lennart, wie Melissa sichtlich zögernd an die Arbeitsinsel trat und nach der Radlerflasche griff. Wieder einmal schien sie über Gebühr unsicher zu sein, und das war eine wahre Schande, denn es passte so gar nicht zu der Frau, von der er glaubte, dass sie sich irgendwo vor ihm und der Welt versteckte. Jemand, und er nahm an, dass es sich dabei um ihren Exmann handeln musste, hatte ihr gründlich jegliches Selbstbewusstsein genommen. Ihr ebenso wie dem kleinen Jungen, der seine Mutter nicht einen Augenblick aus den Augen ließ. »Ich hoffe, ich habe mich Ihnen nicht aufgedrängt«, sprach er sie an. »Wenn ich abhauen soll, müssen Sie es nur sagen. Wahrscheinlich wollen Sie nach einem langen Arbeitstag Ihre Ruhe haben und ungestört in den Kisten da kramen.« Er deutete auf die gestapelten Kartons mitten im Wohnzimmer.

»Ja ... nein!« Sichtlich nervös spielte Melissa an der Flasche herum. »Sie haben sich nicht ... Ich meine, Sie stören mich nicht.« Sie schlug sich die Hand vor den Mund. »Ich fange noch mal an.« Sie atmete einmal tief durch. »Ich hatte Sie doch selbst zu dem Bier eingeladen.«

Er lächelte leicht. »Das bedeutet nicht, dass Sie es sich nicht inzwischen anders überlegt haben könnten. Das wäre in Ordnung. Sie müssen sich nicht mit mir abgeben, nur weil ich die Kartons hergefahren habe.« Er warf einen kurzen Blick zur Tür, durch die Justus gerade verschwunden war. Er war sich nicht ganz sicher, was dessen plötzliche Entscheidung, zu Fuß durch den Wald zurückzulaufen, zu bedeuten haben könnte. Dachte er womöglich, zwischen ihnen beiden würde sich etwas abspielen?

»Vielen Dank noch mal für die Hilfe.« Melissa Stimme riss ihn aus den Gedanken und brachte ihn dazu, sie wieder anzusehen. Dabei stellte er erneut fest, dass die neue Frisur ihr mehr als nur ausgezeichnet stand. Sie machte eine völlig neue Person aus ihr. Nein, korrigierte er sich im Geiste. Keine neue Person, sondern die Person, die sie eigentlich war. Etwas davon war zuvor schon wahrnehmbar gewesen, überlegte er. Etwas, was ihn vom ersten Moment an fasziniert hatte. Es verbarg sich unter der Oberfläche und schien gelegentlich hervorzublitzen.

Als sie erneut zu sprechen ansetzte, wirkte sie wieder leicht verunsichert: »Stimmt etwas nicht?«

Verwundert hob er den Kopf. »Warum?«

»Sie haben mich angestarrt.«

»Entschuldigung.« Er verkniff sich das erneute Lächeln, das sich auf seine Lippen stehlen wollte, weil er ahnte, dass sie es möglicherweise falsch auffassen könnte. »Ich wollte nicht starren, höchstens bewundern.«

Zwischen ihren Augen bildete sich eine senkrechte Falte. »Was gibt es denn an mir zu bewundern?«

»Wissen Sie das wirklich nicht?« Er neigte den Kopf leicht zur Seite. »Dann werde ich es Ihnen heute lieber nicht erzählen.«

»Warum nicht?«

Er trank einen Schluck von seinem Bier, um Zeit zu gewinnen. »Weil«, formulierte er schließlich vorsichtig, »Sie im Augenblick nicht bereit für solche Komplimente sind.«

»Bereit?«

Er nickte leicht. »Noch nicht. Ich hoffe sehr, das wird sich eines Tages ändern.« Mit einem weiteren tiefen Zug leerte er die Bierflasche und stellte sie zurück auf den Tresen. »Ich denke, ich mache mich jetzt auch auf den Heimweg.« Ehe sie protestieren konnte, war er schon bei der Tür, drehte sich dort jedoch noch einmal zu ihr um. »Haben Sie sehr viel in Ihrer alten Wohnung zu packen?«

Sichtlich irritiert über den Themenwechsel schüttelte sie den Kopf. »Na ja, nicht allzu viel. Es sind schon etliche Kisten. Vor allem Bücher und Andys Sachen und so. Aber sonst ...« Sie zuckte mit den Achseln. »Wahrscheinlich schaffen wir das an einem Tag. Viel länger wird es dauern, alles hierherzufahren. Sie wissen ja, wie klein mein Auto ist. Und die Möbel muss ich irgendwie anders transportieren. Oliver hat schon angeboten, mir dabei zu helfen. Allerdings weiß er noch nicht, dass wir jetzt viel früher umziehen.«

Lennart hatte sich so etwas bereits gedacht. »Wissen Sie was, ich habe am Sonntag Zeit. Warum geben Sie mir nicht einfach Ihre Adresse, und ich komme am späten Vormittag mit dem Transporter vorbei. Damit haben wir die Sachen bestimmt in Nullkommanichts hierher gefahren.«

Melissas Augen weiteten sich. »Das kann ich doch wirklich nicht von Ihnen verlangen. Sie ... Ich meine, Sie kennen uns doch überhaupt nicht. Warum wollen Sie uns beim Umzug helfen?«

Nun lächelte er doch vorsichtig. »Ist das so wenig offensichtlich?« Als sich ihre Augen noch mehr weiteten, setzte er hinzu: »Auf diese Weise hätte ich Gelegenheit, Sie besser kennenzulernen.« Er richtete seinen Blick auf Andy, der ihn die ganze Zeit nicht aus den Augen gelassen hatte. »Und dich ebenfalls, kleiner Mann.« Sein Blick wanderte wieder zu Melissa. »Selbstverständlich nur, wenn Sie das auch möchten. Andernfalls werde ich jetzt sofort verduften und Ihnen der gruselige hässliche Rocker nicht weiter auf den Keks gehen.«

»Sie sind doch nicht hässlich!« Offenbar erschrocken über ihren eigenen Ausruf, schnappte Melissa kurz nach Luft. Sie räusperte sich umständlich. »Also, ähm …« Sie runzelte die Stirn. »Clever, Lennart. Wirklich clever.«

Lennart grinste. »Nicht wahr?«

»Ich kann das nicht annehmen.«

»Warum nicht?« Aufmerksam musterte er sie. »Günstiger kommen Sie nicht an ein Umzugsunternehmen. Schon gar nicht an eines, das kurzfristig Zeit hat.«

»Ich könnte auch noch ein paar Tage warten. So eilig ist es nun auch wieder nicht.«

Beinahe hätte er gelacht. »Könnten Sie wohl, aber ich habe bemerkt, wie Sie dieses Haus angesehen haben, als wir eingetroffen sind. Geben Sie es zu, Sie können es kaum erwarten, hier einzuziehen. Warum sollten Sie es auch hinauszögern? Es ist wunderschön hier. Ruhig, mit viel Natur ringsum und perfekt für Kinder. Ganz zu schweigen von dem da.« Er deutete auf den überdimensionalen Fernsehbildschirm an der Wand. »Der kann was. Da erblasse ich vor Neid. Also …« Er ließ sein Grinsen noch breiter werden. »Wollen Sie wirklich noch länger warten, oder gehen Sie lieber das Risiko ein, mich als Möbelpacker zu missbrauchen und festzustellen, dass ich netter bin, als ich aussehe?«

»Sie sehen doch nicht …« Melissa brach abrupt ab und maß ihn mit einem beredten Blick. »Vergessen Sie es, darauf falle ich nicht noch einmal herein.«

»Nicht schlecht für den Anfang, Melissa.« Er sah, wie sich ihre Augen erneut weiteten, und nahm es als gutes Zeichen. »Also: Ihre Adresse?«

Die senkrechte Falte zwischen ihren Augen erschien erneut, als sie ihm Straße und Hausnummer nannte.

»Alles klar.« Er bemühte sich, sein Grinsen in ein Lächeln umzuwandeln. »Sonntag gegen elf? Oder lieber später?«

»Elf Uhr ist in Ordnung.« Sie verschränkte die Arme vor der Brust. »Wie gesagt, so viele Sachen haben wir gar nicht.«

»Sehr gut.« Er nickte ihr zu. »Ich werde pünktlich sein. Und ... Melissa?«

»Was?«

»Sie dürfen sich ruhig freuen. Wenn schon nicht auf mich, dann zumindest darauf, schon bald hier wohnen zu dürfen.«

»Ich habe doch gar nicht gesagt, dass ich mich nicht ...« Sie schoss einen verärgerten Blick auf ihn ab. »Sie halten sich wohl für oberschlau, was?«

Er ging nicht darauf ein, freute sich jedoch insgeheim, weil er glaubte, ein leichtes Zucken um ihre Mundwinkel wahrgenommen zu haben. »Bis Sonntag dann.« Er warf auch Andy noch einmal einen Blick zu. »Pass bis dahin gut auf deine Mama auf, okay?« Da er sein Glück nicht herausfordern wollte, machte er rasch, dass er wegkam.

***

»Mama?« Andys Stimme riss Melissa aus der leichten Starre, in die sie verfallen war, nachdem die Tür hinter Lennart Overbeck ins Schloss gefallen war. »Warum habt ihr euch denn gestritten? Ihr habt doch gestritten, oder? Ist der Mann böse?«

Verwirrt richtete sie ihren Blick auf ihren Sohn. »Nein, Schatz, er ist nicht böse. Überhaupt nicht.« Zumindest ging sie davon aus, aber was wusste sie schon? Mit ihrer Menschenkenntnis war es schließlich nicht allzu weit her. »Wir haben auch gar nicht gestritten, sondern ...« Sie stockte und erschrak ein wenig. Sie hatten ... Nein! Sie hatte doch nicht etwa ... Hatte sie mit ihm geflirtet? Das konnte doch gar nicht sein! Sie hatte noch nie mit einem Mann geflirtet, nicht einmal mit Matthias, als sie ihn kennengelernt hatte. Sie wusste gar nicht, wie das ging! Und doch ...

»Sondern? Was denn, Mama?« Andy wippte auf seinem Hocker auf und ab und strampelte leicht mit den Beinen.

Ein leises Gefühl der Verlegenheit durchrieselte Melissa,

doch sie versuchte, sich nichts anmerken zu lassen. »Wir haben nur ein bisschen, ähm, Spaß gemacht, weißt du?«

»Ihr habt aber gar nicht gelacht.«

Wo er recht hatte, hatte er recht. »Ach, weißt du, das war so ein Erwachsenenscherz.«

Verwundert runzelte Andy die Stirn. »Aber du lachst doch sonst immer, wenn etwas lustig ist. Warum denn jetzt nicht?«

»Weil …« Himmel, wie sollte sie das bloß erklären? Sie verstand es ja selbst nicht. »Es war kein wirklich lustiger Scherz.« Ehe Andy noch einmal nachhaken konnte, setzte sie hinzu: »Weißt du was? Ich finde, wir sollten jetzt nach Hause fahren.« Sie lächelte. »Nein, in unsere alte Wohnung. Das hier ist ja jetzt unser Zuhause. Aber es ist schon reichlich spät, und wir haben noch gar nichts gegessen. Außerdem musst du bald ins Bett.« Sie blickte auf ihre Uhr und erschrak. »Deine Bettgehzeit ist sogar schon vorbei!«

Auf Andys Gesicht erschien ein breites Grinsen. »Muss ich dann überhaupt noch ins Bett? Wenn meine Bettgehzeit schon vorbei ist, kann ich doch eigentlich auch gleich aufbleiben.«

Spielerisch drohte Melissa ihm mit dem Zeigefinger. »Das hättest du wohl gerne, was? Nein, wir fahren jetzt. Hast du keinen Hunger?« Während sie sprach, stellte sie die Saftflasche zurück in den Kühlschrank und die Bierflasche auf die Anrichte. An ihrer Radlerflasche hatte sie bisher noch nicht einmal genippt! Etwas ratlos musterte sie sie, dann trank sie einen Schluck und noch einen. »Die muss ich erst noch austrinken, sonst wird sie schlecht«, erklärte sie Andy, der sie wie immer aufmerksam beobachtete. »Aber dann machen wir uns sofort auf den Weg.«

»Und was ist mit den Kartons? Gucken wir nicht rein, was da drin ist?«

»Nein.« Melissa setzte die Flasche erneut an und trank. »Die Kartons laufen uns nicht weg. Auspacken können wir sie auch erst, wenn all unsere Sachen hier sind. Dann haben wir auch viel mehr Zeit und Ruhe dazu.«

»Ich will aber wissen, was da drin ist.« Schon kletterte Andy vom Hocker herunter und strebte dem Kistenstapel zu. Melissa bekam ihn gerade noch am Arm zu fassen und hielt ihn zurück.

»Nichts da, mein Freund.« Mit einem letzten Zug leerte sie die Flasche und stellte sie ebenfalls auf die Anrichte. »Heute nicht mehr. Wir müssen jetzt wirklich los.«

Rasch sammelte sie Andys Jacke ein, die dieser irgendwann ausgezogen und einfach neben sich auf den zweiten Hocker gelegt hatte, und reichte sie ihm. Sie selbst hatte ihren Mantel noch gar nicht ausgezogen. Etwas wehmütig blickte sie sich ein letztes Mal um, bevor sie die Tür abschloss. Wie gerne wäre sie gleich hiergeblieben! Doch das ging nun einmal nicht. Erst musste sie all ihre Sachen packen. Und nachdenken. Sie musste ganz dringend nachdenken!

10. Kapitel

»Das war ein Geniestreich!« Elfe-Sieben hopste aufgeregt und mit leuchtenden Augen vor der Wand mit den Bildschirmen auf und ab. »Wie konntest du nur wissen, dass Justus zu Fuß nach Hause gehen würde?«

Die Frau des Weihnachtsmannes blickte vom Computerbildschirm hoch. Gerade hatte sie die Liste mit den bereits erfüllten Wünschen aufgerufen, um sie zu aktualisieren. »Das konnte ich natürlich nicht wissen«, gab sie zu. »Es wäre aber, glaube ich, kein großer Unterschied gewesen. Lennart hätte Melissa den Vorschlag, ihr beim Umzug zu helfen, auch in Justus' Gegenwart gemacht.« Sie schmunzelte. »Allerdings kann ich mich an Justus Sternbach noch recht genau erinnern und hatte, ehrlich gesagt, gehofft, dass er so reagiert. Er hat ein gutes Gespür für Menschen und alles Zwischenmenschliche. Ich nehme an, er hat bemerkt, dass Melissa Lennart gefällt. Jetzt müssen wir nur hoffen …«

»Dass Lennart auch Melissa gefällt«, vollendete Elfe-Sieben kicherte den Satz. »Also ich glaube schon. Aber ich fürchte, dass sie ihm trotzdem aus dem Weg zu gehen versucht. Sie hat einfach zu viel Angst, und irgendwie ist das ja verständlich. Was machen wir denn, wenn sie ihn abblitzen lässt?«

»Darüber denken wir nach, wenn es so weit ist«, befand Santas Ehefrau. »Im Augenblick bin ich noch guten Mutes, dass sie …« Erschrocken brach sie ab, als hinter ihr das Gefühlsradar losschrillte. »Um Himmels willen! Was ist denn jetzt schon wieder passiert?« Sie wirbelte auf dem Drehstuhl herum, sprang auf und eilte in die Zimmerecke, um das laute Kreischen des Radars abzuschalten.

»O nein!« Auch Elfe-Sieben eilte herbei. »Sag bitte nicht, dass es wegen Melissa und Andy ausgeschlagen hat. Bitte, bitte nicht.«

»Anscheinend doch.« Besorgt betrachtete die Frau des Weihnachtsmannes die Ausschläge auf dem Radar und die Daten, die es automatisch auf den Computer übertrug. »Oh, oh, das gefällt mir überhaupt nicht. So etwas können wir jetzt nicht gebrauchen! Herrje, als hätte das arme Mädel nicht schon genug Probleme. Sieh dir das an, Elfe-Sieben! Auch das noch.« Sie war zur Videowand gegangen und gab ein paar Befehle am Bildschirm ein, der Melissas und Andys Leben zeigte. »Hier, siehst du das? Wenn wir das doch nur verhindern könnten. Aber ich fürchte, dazu ist es bereits zu spät.«

Elfe-Sieben gesellte sich eilig wieder zu ihr und blickte aufmerksam auf den Bildschirm. Dann seufzte sie abgrundtief. »Das ist ja wirklich blöd. Können wir denn wirklich gar nichts tun, um dieses Unglück abzuwenden?«

»Ob es ein Unglück ist, ist zwar noch nicht sicher, aber es wird auf jeden Fall einen enormen emotionalen Aufruhr hervorrufen.« Nachdenklich sah Santas Frau den Ereignissen auf der Erde eine Weile zu, dann kehrte sie zum Gefühlsradar zurück und überprüfte noch einmal die dortigen Daten, weil das Gerät immer noch in regelmäßigen Abständen piepste. Als sie den Grund erkannte, wurde sie ganz blass. »Ach du liebes bisschen. Das darf doch nicht wahr sein!«

»Was denn jetzt noch?« Sofort war Elfe-Sieben wieder an ihrer Seite und schnappte nach Luft, als sie ebenfalls erkannte, was Santas Frau so erschreckt hatte. »Das darf nicht wahr sein! Oje, oje, oje! Und was jetzt?«

»Ich fürchte, wir müssen die Elfenbrigade zusammenrufen und ein Dringlichkeit-Meeting abhalten«, konstatierte die Frau des Weihnachtsmannes. »Hoffentlich sind Elf-Zwei und Elfe-Acht bald zurück und bringen uns noch weitere Informationen.« Sie seufzte noch einmal abgrundtief. »Und hoffentlich ist mein Mann ganz bald wieder gesund. Ich fürchte, das wächst mir doch ein bisschen über den Kopf.« Sie zuckte zusammen, als irgendwo im Haus etwas schepperte und dann klirrte. »Was war das denn?«

Auch Elfe-Sieben hatte erschrocken den Kopf gehoben, nun grinste sie schief. »Ich fürchte, das hört sich an wie die Rentiere, die ihre Nasen mal wieder heimlich in die Vorratskammer stecken.«

»Na warte!« Halb verärgert, halb lachend, eilte die Frau des Weihnachtsmannes in Richtung Küche. »Diesen Frechdachsen werde ich was erzählen! Es ist doch jedes Jahr dasselbe mit ihnen. Und dieses Jahr habe ich noch nicht einmal die Lebkuchen gebacken, auf die sie immer so scharf sind. Zur Strafe werden sie mir dabei helfen müssen.«

Elfe-Sieben gluckste. »Wie sollen die Rentiere dir denn in der Küche helfen?«

Über die Schulter warf Santas Frau ihr einen grimmigen Blick zu, doch in ihren Augen blitzte es schalkhaft. »Das wirst du schon sehen. Ich lasse mir etwas einfallen.«

11. Kapitel

»Wie war das noch mal? Sie haben eigentlich gar nicht so viele Sachen?« Ächzend wuchtete Lennart den vorletzten Umzugskarton aus dem Kastenwagen und steuerte damit auf die Eingangstür des Blockhauses zu.

»So warten Sie doch, ich helfe Ihnen!« Melissa, die gerade aus dem Obergeschoss gekommen war, eilte ihm entgegen und wollte mit anfassen, doch er schüttelte nur den Kopf und schob sich an ihr vorbei ins Haus.

»Nicht anfassen, ich habe alles im Griff! Was haben Sie denn da drin? Ziegelsteine?«

Rasch machte Melissa kehrt und folgte ihm. »Bücher«, antwortete sie kleinlaut. »Steht doch auch außen auf dem Karton.« Sie zog den Kopf ein wenig ein, als er ihr einen vielsagenden Blick zuwarf. »Tut mir leid. Stellen Sie doch den Karton einfach hier im Wohnzimmer ab. Wenn ich ihn später auspacke, kann ich die Bücher immer noch auf die verschiedenen Zimmer verteilen, in die sie gehören. Sie brauchen Sie nicht nach oben zu schleppen.«

»Besten Dank.« Stöhnend setzte Lennart den Karton neben etlichen anderen im Wohnzimmer ab und klopfte sich nicht vorhandenen Staub von seinem rot und weiß karierten Holzfällerhemd, als er sich aufrichtete. »Wenn ich gewusst hätte, dass Sie so eine Leseratte sind, hätte ich mir mein Angebot, Ihnen beim Umzug zu helfen, vielleicht verkniffen.«

Melissa zog den Kopf noch mehr ein. »Tut mir wirklich leid, Lennart. Ich wollte wirklich nicht, dass Sie sich derart anstrengen. Ich hätte die Kisten auch alleine ...«

»Melissa!« Sein strenger Tonfall ließ sie ein wenig zusammenzucken und einen Schritt zurückweichen. Als sie ihn jedoch ansah, bemerkte sie, dass es in seinen Augen amüsiert funkelte. »Das war ein Scherz. Vielleicht kein besonders guter, aber angesichts der mindestens einer Million Kalorien, die ich heute schon verbrannt habe, wodurch mein Hirn und meine Manieren wahrscheinlich ein wenig darben, ist das hoffentlich entschuldbar. Sehen Sie mich also bitte nicht an, als wollte ich Ihnen den Kopf abreißen, denn das wird ganz sicher nicht passieren. Nicht wegen ein paar schwerer Kartons und auch nicht wegen irgendetwas anderem. Also lächeln Sie bitte und sagen Sie mir, dass in dem letzten Karton nicht auch noch Bücher sind.«

Das Lächeln gelang Melissa nicht so recht, doch nachdem sie sich umgesehen hatte, schüttelte sie den Kopf. »Das müssten alle Bücherkartons gewesen sein. Was jetzt noch fehlt, dürfte der Karton mit den Küchengeräten sein. Toaster, Mixer usw. Und die Kaffeemaschine.«

Lennarts Gesicht hellte sich auf. »Kaffeemaschine klingt ausgezeichnet. Was halten Sie von einer Pause? Ich weiß, Sie müssen später noch einmal zurück in ihre alte Wohnung, um alles zu reinigen und den Schlüssel an den Vermieter zurückzugeben, aber das hat ja wahrscheinlich noch ein bisschen Zeit, oder? Ist er überhaupt sonntags zu erreichen?«

»Nein, erst morgen.« Melissa wandte sich Richtung Haustür. »Wir können den letzten Karton auch zusammen hereintragen.«

»Quatsch.« Lennart winkte ab. »Den schaffe ich jetzt auch noch.«

»Dann schaue ich mal, wo ich das Kaffeepulver versteckt habe.« Melissa entspannte sich ein wenig und brachte nun doch ein kleines Lächeln zustande. »Ich kann auch gerne eine Kleinigkeit zu essen zubereiten. Schnittchen vielleicht oder so etwas. Ich konnte zwar gestern nicht mehr viel einkaufen, aber Ricarda und Viola haben mir ja ein bisschen was an Vorräten im Kühlschrank deponiert. Richtig satt werden Sie davon vielleicht nicht, denn eine Million Kalorien kann ich damit ganz sicher nicht ersetzen, aber es ist besser als nichts.« Während sie sprach, war sie bereits in Richtung Kühlschrank geeilt.

»Ich habe eine bessere Idee«, hielt Lennart sie zurück. »Sie haben genauso hart geschuftet wie ich und Jana und Ellie. Warum bestellen wir uns nicht einfach die weltbeste Pizza bei Luigi?«

Allein beim Gedanken an Pizza lief Melissa das Wasser im Mund zusammen. »Pizza klingt wunderbar. Allerdings müsste ich erst die Nummer heraussuchen.«

»Nicht nötig.« Lennart zog sein Smartphone aus der Hosentasche, schaltete es mittels Fingerabdruckscanner frei und reichte es ihr. »Luigi steht in meiner Kontaktliste. Benutzen Sie einfach mein Handy, um die Bestellung aufzugeben. In der Zwischenzeit hole ich den Karton herein.« Noch ehe sie mehr tun konnte, als sein Handy anzunehmen, war er bereits nach draußen verschwunden.

Verunsichert blickte sie auf den Startbildschirm, auf dem ein Foto hinterlegt war, das Lennart, seine Schwester und seinen Vater sowie Sissy zeigte. Offenbar war es erst kürzlich auf einem Spaziergang im spätherbstlichen Wald aufgenommen worden. Ein Selfie mit drei fröhlich lachenden Gesichtern, nein, vier, denn sogar die junge Boxerdame sah aus, als lachte sie. Für einen kurzen Moment durchzuckte Melissa ein ungewohntes Gefühl: Eifersucht. Oder war es sogar Neid? Nein! Sie wollte nicht neidisch sein. Eifersüchtig allerdings auch nicht. Das Foto machte ihr nur sehr plötzlich bewusst, dass sie keine solche glückliche und fröhliche Familie besaß. Aber sie hatte Andy, das musste reichen. Der Gedanke an ihren Sohn veranlasste sie, sich umzudrehen und durch die Fensterfront in den Garten zu schauen, wo Andy, dick eingepackt in Anorak, Mütze und Schal, mit Sissy und Janas Bordeauxdogge Scottie spielte.

»Haben Sie schon bestellt?« Lennarts Stimme riss sie aus den Gedanken, und sie fuhr erschrocken zu ihm herum. Er trug den letzten Umzugskarton in die Küche und stellte ihn mitten auf der Arbeitsinsel ab.

»Nein, so schnell noch nicht.« Verlegen blickte Melissa wieder auf das Handy und tippte auf das Icon für die Kontaktliste. Sie fand die Telefonnummer von *Luigis Pizzeria* in den zuletzt gewählten Nummern, öffnete den Kontakt, tippte jedoch noch nicht auf *Wählen*. »Ich weiß doch gar nicht, was Sie gerne essen möchten. Und Jana und Ellie muss ich auch erst fragen.«

»Was musst du uns fragen?« Ellies Stimme erklang gleichzeitig mit ihren Schritten auf der Treppe. Sie und Jana hatten die beschrifteten Umzugskartons auf die entsprechenden Zimmer verteilt. Jana folgte ihr auf dem Fuß. »Sind wir eigentlich bald fertig? Man glaubt ja kaum, wie viel Krempel bei einem Umzug anfällt, selbst in einer so kleinen Wohnung wie eurer.«

»Melissa wollte gerade für uns Pizza bestellen«, erklärte Lennart. »Die haben wir uns, denke ich, alle redlich verdient. Und dazu gibt es Kaffee oder wahlweise kalte Getränke.«

»Pizza klingt traumhaft!« Jana leckte sich genießerisch die Lippen. Dann kniff sie die Augen ein wenig zusammen und musterte das Handy in Melissas Hand. »Du hast ihr dein Handy anvertraut? Ich dachte, das gibst du niemals aus der Hand.«

Lennart zuckte mit den Schultern. »Ich nehme doch nicht an, dass Melissa irgendwelche Firmengeheimnisse von meinem Smartphone stehlen möchte, oder?«

Sein heiter-amüsierter Blick ließ Melissas Herz merkwürdigerweise aus dem Takt geraten. Hastig schüttelte sie den Kopf. »Selbstverständlich nicht.«

Lennart grinste. »Na also.« Er wandte sich wieder an Jana. »Wie hast du so schnell erkannt, dass das mein Handy ist?«

Jana gluckste. »Du hast eine deiner Visitenkarten in die Schutzhülle geklemmt. So wie Melissa das Handy hält, kann man zwar nur ein Eckchen erkennen, aber dieses Grau und das leuchtende Orange eurer Firmenfarben habe ich sofort erkannt. Abgesehen davon kenne ich niemanden sonst, der eine Visitenkarte in die Schutzhülle seines Handys packt.«

»Touché.« Lennart lachte. »Also, was ist nun? Wer isst was?« Er suchte Melissas Blick. »Was Pizza angeht, können Sie mir übrigens so gut wie alles andrehen, ich bin da äußerst pflegeleicht. Aber wenn wir schon eine Wunschliste aufmachen, dann hätte ich gerne Salami und doppelt Käse.« Er wandte sich den anderen beiden Frauen zu. »Und ihr?«

»Margherita«, kam es von Ellie wie aus der Pistole geschossen. »Auch mit doppelt Käse. Auf eine Pizza gehört meiner Ansicht nach nichts weiter als Tomatensoße und Käse, davon aber ganz viel. Etwas anderes hat darauf nichts zu suchen.«

Jana kicherte. »Du weißt gar nicht, was dir entgeht! Ich nehme eine Pizza Hawaii.«

»Brrr!« Ellie schüttelte sich demonstrativ. »Ananas auf einer Pizza ist auf jeden Fall ein Kapitalverbrechen.«

»Warum?« Jana verdrehte übertrieben genießerisch die Augen. »Das ist so lecker! Süß und salzig. Du magst doch auch salzige Karamellsoße oder Schokoladenpizza.«

»Schokoladenpizza?« Lennart hustete. »Was soll das denn sein?«

»Na, genau das, was der Name besagt.« Jana grinste. »Pizza mit Schokoladensoße und süßem Belag. Hast du das noch nie versucht? Ich habe das Rezept von Jennifer, du weißt schon, meine Agentin Schrägstrich zukünftige Schwägerin. Es ist eine Kalorienbombe sondergleichen, aber macht süchtig.«

Ellie seufzte. »Ja, leider muss ich dir recht geben. Schokoladenpizza ist einfach großartig.« Sie wandte sich an Melissa. »Ich wette, Andy wäre auch davon begeistert.«

Melissa lachte. »Höchstwahrscheinlich. Erwähnt so etwas also besser nicht in seiner Gegenwart, sonst kriege ich ein riesiges Problem.«

Jana und Ellie lachten ebenfalls.

»Dann wäre ja alles geklärt«, übernahm Lennart wieder das Wort. »Dann können Sie jetzt endlich bestellen.«

Unsicher hielt Melissa ihm sein Smartphone wieder hin.

»Jetzt sind Sie doch wieder hier, also können Sie das auch selbst tun.«

»Warum? Trauen Sie sich nicht?« Lennarts Blick funkelte herausfordernd. »Mein Handy beißt nicht.«

Verlegen blickte Melissa wieder auf das Smartphone, reichte es ihm dann jedoch entschlossen. »Sie müssen es sowieso noch einmal freischalten.«

Unbeeindruckt nahm Lennart ihr das Smartphone aus der Hand, schaltete es erneut frei und gab es ihr zurück. »Bitte sehr.« Ehe sie protestieren konnte, hatte er sich bereits zur Kücheninsel begeben und öffnete den Karton. »Ich koche inzwischen den Kaffee.«

***

Also ganz ehrlich? Ich finde es überhaupt nicht nett, dass ihr diese unglaublich gut riechende Pizza esst und uns überhaupt nichts abgebt. Mit einem ungehaltenen Brummeln ließ Sissy sich dicht neben dem Sessel nieder, auf dem ihr Herrchen saß. Auch Scottie hielt sich dicht bei Jana und fixierte die aufgeklappten Pizzaschachteln auf dem Wohnzimmertisch. Da Lennart zunächst nicht auf sie reagierte, stupste Sissy ihn leicht mit der Nase an und legte schließlich ihren Kopf auf seinem Knie ab. *Nein, wirklich! Ihr werdet doch wohl nicht alles alleine essen? Sie dir doch nur mal an, wie viel Pizza ihr da habt! Und ich habe ganz scheußlich-riesigen Hunger. Scottie ebenfalls. Immerhin haben wir ganz lange draußen mit Andy gespielt. Der Junge ist übrigens toll. Ganz lieb und lustig, und er hat uns Bällchen geworfen und ist mit uns herumgerannt und hat uns immer wieder gestreichelt. Ich mag ihn sehr.* Sie brummelte noch einmal, diesmal deutlich lauter. *Nun gib mir schon endlich ein Stück Pizza!*

»Hör auf zu betteln, Scottie.« Jana warf der kräftigen Bordeauxdogge einen strengen Blick zu, woraufhin diese sich mit einem ungehaltenen Laut hinlegte, jedoch derart anklagend zu ihr hochblickte, dass sie laut auflachte. »Himmel, schau mich nicht so an! Da bekomme ich ja ein fürchterlich schlechtes Gewissen.«

»Womit seine Mission erfüllt wäre«, stellte Ellie grinsend fest. »Sissy kann das anscheinend auch schon ziemlich gut, was? Sie gibt sehr überzeugend den sterbenden Schwan, pardon, Hund.«

Hündin! Sissy wuffte leise, ohne jedoch ihren Kopf von Lennarts Knie zu nehmen. *Wenn schon, dann bitte korrekt. Aber das mit dem Sterben könnte durchaus stimmen. Wenn ich nicht ganz bald etwas Leckeres zu fressen bekomme, vorzugsweise diese Pizza, dann könnte es sein, dass ich hier in Kürze dahinsieche.*

»Pfui Teufel!« Sanft, aber bestimmt schob Lennart Sissys Kopf von seinem Knie. »Du hast mich angesabbert. Nein, genau genommen hast du mein ganzes Knie eingeweicht. Ist es wirklich so schlimm?«

Schlimmer! Hörst du nicht, dass mein Magen knurrt? Ich brauche jetzt ganz, ganz dringend und unbedingt etwas zwischen die Zähne. Also her mit der Pizza! Sissys Nase wanderte ganz langsam in Richtung der Pizzakartons, wobei ihr Hals immer länger zu werden schien.

»Nichts da!« Lennart legte Sissy eine Hand auf den Rücken, woraufhin sie sichtlich widerstrebend den Kopf wieder zurückzog. »Das ist kein Hundefutter.«

Das weißt du doch gar nicht. Alles, was ihr Menschen esst, sieht immer so lecker aus und riecht noch viel besser. Das ist ganz bestimmt Hundefutter.

»Sissy und Scottie haben auch Hunger«, stellte Andy kichernd fest. »Genau wie ich. Wir sind ganz viel draußen gerannt, Mama. Kannst du mir meine Pizza klein schneiden?« Er deutete auf die Kinderpizza mit seinem Lieblingsbelag: Schinken, Mais und Eier.

Melissa staunte immer wieder über diese Kombination, doch er hatte sie sich einmal erbeten, und seitdem wollte er sie immer wieder essen. »Könnte ich schon, mein Schatz. Aber wie heißt es richtig?«

Andy runzelte die Stirn, dann zog er die Nase kraus. »Kannst du mir bitte meine Pizza klein schneiden?«

Melissa lächelte. »Selbstverständlich, sehr gerne.« Sie nahm das Pizzarad, das sie glücklicherweise bereits in dem Karton mit Geschirr und Besteck gefunden hatte, und teilte die kleine Pizza ihres Sohnes in handliche Stücke.

Lennart erhob sich von seinem Platz. »Ich schätze, ich gehe mal besser raus ans Auto und hole ein paar Hundeleckerli und einen Kauknochen für Sissy, damit sie Ruhe gibt. Soll ich für Scottie auch etwas mitbringen?«

Mir egal, Hauptsache, du bringst MIR etwas mit. Wenn ich schon keine Pizza haben darf, dann wenigstens ein paar Hundekekse zu knabbern. Obwohl das wirklich ungerecht ist. Aber was soll's, besser Hundekekse als nichts.

Jana zog ihren Autoschlüssel aus der Hosentasche. »Ja, bitte, das wäre lieb. Ich habe im Kofferraum neben der Hundebox einen Beutel, in dem Scotties Lieblingskauknochen liegen.«

Lennart nahm den Schlüssel. »Bin gleich wieder zurück.«

Er war kaum zur Tür hinaus, als Ellie und Jana sich gleichzeitig Melissa zuwandten und sich leicht zu ihr vorbeugten.

»Na, also so etwas!« Ellies Augen blitzten fröhlich.

»Aber so was von«, bestätigte Jana. »Was geht da zwischen euch beiden vor?«

Melissa, die gerade dabei war, ihre eigene Pizza mit Schinken, Salami und Pilzen zu schneiden, erstarrte mitten in der Bewegung. »Gar nichts!«

»Ach, komm schon!« Ellie beugte sich noch weiter vor. »Das kannst du besser.«

»Raus mit der Sprache, und bitte diesmal in mehr als nur zwei Wörtern«, forderte Jana mit eindringlichem Blick. »Ich wiederhole: Was geht zwischen euch beiden vor?«

Sorgsam legte Melissa das Pizzarad auf den Tisch. »Wirklich, gar nichts. Nein, ganz ehrlich«, fügte sie hastig hinzu, als beide Frauen die Augen verdrehten. »Zwischen uns ist nichts. Er hat mir nur am Freitag angeboten, mir beim Umzug zu helfen. Nichts weiter.«

»Nee, klar.« Ellie stieß sie sanft an der Schulter an. »Und das macht er natürlich nur, weil er so ein ausgesprochener Menschenfreund ist.«

Darauf wusste Melissa im ersten Moment nichts zu erwidern.

Jana ergriff sanft ihr Handgelenk und drückte es. »Mal abgesehen davon, dass er das meiner Meinung nach tatsächlich ist, habe ich allerdings noch nie erlebt, dass er alle Menschen so ansieht wie dich.« Sie hob leicht den Kopf, weil von draußen das Klappen eines Kofferraumdeckels zu vernehmen war. »Er ist gleich wieder hier«, raunte sie. »Wir sprechen später weiter.«

»Nein, wirklich ...«, setzte Melissa unbehaglich an, doch beide Frauen grinsten nur vielsagend.

»Doch, doch, aus der Nummer kommst du jetzt nicht mehr heraus«, pflichtete Ellie ihrer Schwester bei.

»Psst.« Mahnend legte Jana einen Finger an die Lippen und wandte sich betont lebhaft Lennart zu, der gerade hereinkam und die Tür hinter sich schloss. »Da bist du ja wieder. Wunderbar, danke.« Sie nahm ihm den Beutel ab, holte einen Kauknochen heraus und gab ihn Scottie, der damit hocherhobenen Hauptes eine Runde durch das Wohnzimmer trabte, um sich schließlich doch wieder dicht neben Jana hinzulegen. Hingebungsvoll begann er an dem Knochen zu nagen.

»Sissy, Stopp!« Lennart hatte sich wieder hingesetzt und schob Sissy sanft zur Seite, die ziemlich energisch versuchte, an die Dose mit den Hundekeksen zu gelangen, die er ebenfalls mitgebracht hatte.

Menno, warum denn? Die sind doch für mich, oder etwa nicht? Sissy stieß ein protestierendes Winseln aus und ließ sich auf ihr Hinterteil fallen. Ihre Route wischte wild auf dem Boden hin und her. *Ich habe Hunger, Hunger, Hunger! Nun lass dir doch nicht so fürchterlich lange Zeit.*

»So ist es brav«, lobte Lennart und wandte sich, sichtlich zu Sissys Missfallen, zunächst an Andy. »Möchtest du ihr ein Leckerchen geben?« Er öffnete die Dose und nahm einen der runden Hundekekse heraus. »Du musst es ihr ganz ruhig hinhalten, und dann sagst du ›Nimm‹.«

Zögernd nahm Andy ihm den Hundekeks ab und hielt ihn Sissy vor die Nase, woraufhin sie noch heftiger wedelte, jedoch nicht sofort danach haschte. Lennart nickte Andy auffordernd zu, woraufhin dieser leise »Nimm« sagte. Erst jetzt zog Sissy ihm den Keks vorsichtig aus den Fingern, legte ihn kurz auf dem Boden ab, schnüffelte daran und verschlang ihn dann hastig.

»Fein, Sissy«, lobte Lennart und wuschelte der jungen Hündin durchs Fell. »Gut gemacht.« Diesmal schloss er Andy in sein Lob ein. »Noch mal?«

Andy nickte begeistert und nahm einen weiteren Keks von Lennart entgegen, um ihn Sissy auf die gleiche Weise wie zuvor auszuhändigen.

Wieder lobte Lennart die Hündin, dann zog er einen größeren Kauknochen aus dem Korb und reichte ihn ihr, ebenfalls mit dem kurzen Befehl »Nimm!«.

Hmmm, lecker! Gibt es nicht noch mehr Kekse? Na gut, der Knochen tut es auch. Entschuldigt mich, ich bin jetzt erst einmal beschäftigt. Sissy nahm den Knochen, ließ sich an Ort und Stelle auf den Bauch fallen und begann, ähnlich wie Scottie, daran zu nagen.

»Wow!« Beeindruckt blickte Jana zwischen Lennart und dem Boxermädchen hin und her. »Wie hast du ihr das beigebracht? Nimmt sie Futter nur auf Befehl?«

»Grundsätzlich ja.« Lennart nickte. »Zumindest üben wir das im Augenblick. Das soll verhindern, dass ihr fremde Leute irgendwo unterwegs einfach so etwas zustecken oder dass sie etwas vom Wegesrand aufnimmt. Allerdings braucht es noch eine

Weile, bis das wirklich gut sitzt. Im Augenblick funktioniert es nur mit ihrem normalen Futter und Leckerchen.«

»Du musst uns mal erklären, wie genau du ihr das beigebracht hast.« Jana streichelte Scottie über Kopf und Rücken. »Das wäre für Scottie bestimmt auch sinnvoll.«

»Klar, gerne. So schwierig ist das gar nicht, aber man muss konsequent sein und auch an sich selbst arbeiten.« Lennart nahm das Pizzarad und schnitt seine Pizza in Dreiecke.

»Darauf komme ich auf jeden Fall noch einmal zurück. Ich staune übrigens, Ellie, dass du so ruhig hier sitzt. Du hast doch sonst immer Angst vor großen Hunden. Selbst Scottie hat dich anfangs in die Flucht geschlagen.«

Ellie lächelte schief. »Ich versuche es mit innerlichem Meditieren, sozusagen.« An Lennart gewandt erklärte sie: »Ich bin als kleines Kind mal ziemlich schlimm von einem großen Hund gebissen worden. Seither habe ich, na ja, großen Respekt vor Hunden, vor allem wenn sie größer sind als ein Yorkshire Terrier.«

»Du hast richtig Angst vor ihnen«, verbesserte Jana sanft. »Das kann ich gut verstehen, immerhin warst du erst fünf Jahre alt und musstest mit deinen Verletzungen drei Tage lang im Krankenhaus bleiben. Dieser Hund war auch wirklich gefährlich. Ein Mischling aus mindestens zehn verschiedenen Rassen und total hinterhältig. Der Halter hat ihn immer frei herumlaufen lassen, obwohl er wusste, dass der Hund öfter mal Leute anfiel. Er war damals schon mehrmals angezeigt worden, aber erst als das mit Ellie passiert war, hat man ihm den Hund weggenommen. Was genau aus ihm geworden ist, weiß ich allerdings nicht. Der Typ ist dann irgendwann weggezogen, was sicherlich gut war, denn Papa hatte sich schon mehrmals übelst mit ihm angelegt und hätte ihm wohl am liebsten den Hals umgedreht.«

»Ich kann bloß von Glück sagen, dass er mich nicht im Gesicht erwischt hat«, erzählte Ellie weiter. Sie zog den Stehkragen ihres blauen Wollpullis ein wenig zur Seite und gab damit den Blick auf eine zwar schon sehr verblasste, jedoch trotzdem deutlich sichtbare gezackte Narbe an der linken Schulter und Halsbeuge frei. »Am Oberarm und an der Hüfte habe ich noch welche.«

»Du kannst von Glück sagen, dass er nicht deine Halsschlagader oder irgendeine andere wichtige Ader erwischt hat«, korrigierte Jana aufgebracht. »Was mich heute noch so richtig auf die Palme bringt, ist, dass der Typ damals nur eine Geldstrafe bekommen hat und null einsichtig war.«

»Aber Schadenersatz musste er zahlen«, ergänzte Ellie mit einem Schaudern. »Seine Versicherung musste meine komplette Behandlung natürlich übernehmen, und obendrauf haben unsere Eltern damals zwölftausend Mark bekommen, also schon eine ordentliche Summe. Sie haben sie für mich angelegt, und das Geld liegt immer noch auf der Bank, bis ich weiß, was ich einmal damit tun soll.«

»Ist das eine echte Narbe, von wo dich der Hund gebissen hat?«, wollte Andy mit großen Augen wissen. Er erhob sich und trat auf Ellie zu. »Das hat aber doll wehgetan, oder?«

Ellie zog noch einmal ihren Kragen zur Seite und ließ den Jungen die Narbe ansehen und auch mit den Fingerspitzen berühren. »Ja, ich glaube schon, dass es wehgetan hat. Aber ich kann mich nicht mehr daran erinnern. Ich weiß noch, wie der Hund auf mich zugerannt kam und mich ansprang, danach habe ich einen Filmriss. Ich weiß nur noch, dass ich plötzlich im Krankenhaus lag und Mama weinend meine Hand gestreichelt hat. Da war ich aber schon genäht und versorgt und mit Schmerzmitteln betäubt.« Sie lächelte Andy zu und wuschelte ihm durchs Haar. »Das war ein schlimmes Erlebnis, aber du brauchst dir deshalb jetzt keine Gedanken zu machen. Ich bin sicher, weder Scottie noch Sissy würden jemanden so anfallen.« Sie blickte rasch zwischen Jana und Lennart hin und her, die daraufhin beide nickten.

»Man muss Hunden gegenüber selbstverständlich immer Vorsicht walten lassen, vor allem wenn man sie nicht kennt«, erklärte Lennart an den Jungen gerichtet. »Das hast du zu Anfang, als du Sissy kennengelernt hast, ganz richtig gemacht. Ihr habt euch langsam angenähert, und nun kennt sie dich und du sie. Und sie mag dich, das merkt man ganz genau.«

»Ja?« Andys Augen leuchteten auf. »Ich mag Sissy auch. Sie ist ganz lieb, und ich habe auch gar keine Angst vor ihr.« Er drehte sich zu Ellie um. »Das brauchst du auch nicht.«

»Ich weiß.« Ellie lächelte ihm zu. »Hier oben«, sie tippte sich gegen ihre Schläfe, »weiß ich das ganz genau. Ich muss es nur dem Rest von mir immer wieder versichern, weißt du? Bei Scottie war es anfangs genauso. Ich habe eine ganze Weile gebraucht, um mich an ihn zu gewöhnen, aber inzwischen kann ich ihn sogar streicheln und für eine Weile mit ihm alleine in einem Raum sein, ohne dass mir komisch zumute wird. Ich bin sicher, das wird mir mit Sissy auch bald gelingen, wenn ich sie noch ein bisschen besser kennengelernt habe. Da gebe ich mir ganz viel Mühe, besonders, wenn wir sie zukünftig häufiger treffen werden.« Ein lauernder Ausdruck trat in ihre Augen. »Werden wir das?«

Ihr Blick war recht eindeutig zu Lennart gewandert und von ihm weiter zu Melissa.

Melissa hätte sich beinahe an dem Stück Pizza verschluckt, das sie gerade abgebissen hatte. Sie hustete.

Lennart blieb jedoch vollkommen gelassen. »Das steht noch nicht fest«, gab er offen zu. »Eine der beteiligten Parteien ist durchaus offen für diese Möglichkeit.« Er warf Melissa ein kurzes Lächeln zu. »Die zweite ist noch unentschieden und die dritte hat sich noch nicht dazu geäußert.« Nun wanderte sein Blick zu Andy. »Also warte ich ab, bis die beiden sich einig sind.«

Aus Gründen, über die sie im Augenblick lieber nicht näher nachdachte, geriet Melissas Puls außer Kontrolle. Jana und Ellie grinsten schon wieder begeistert, sodass sie sie am liebsten mit den Köpfen zusammengestoßen hätte. Warum brachten die beiden sie derart in Verlegenheit? Hatte sie Ellie gegenüber nicht erst kürzlich klargestellt, dass sie nicht daran interessiert war, etwas mit einem Mann anzufangen? Daran würde auch dieser erneute Anflug von Verwegenheit nichts ändern, den sie plötzlich in sich aufsteigen spürte. Oder etwa doch? Nein, auf gar keinen Fall, denn das Gefühl verwandelte sich sehr schnell in Nervosität, als sie Lennarts Blick begegnete. Sie wusste nicht mehr, wohin sie schauen sollte.

»Da kommt jemand.« Andys Bemerkung lenkte sie ab und ließ sie überrascht zur Tür blicken. Auch die beiden Hunde schienen etwas gehört zu haben, denn sie waren gleichzeitig aufgesprungen und zur Haustür gelaufen. Tatsächlich verstummte in diesem Augenblick ein Automotor, woraufhin Scottie freudig zu jaulen begann.

Jana erhob sich und blickte durch die Glasscheibe in der Tür. »Dachte ich es mir doch. Das ist Oliver. Er war das ganze Wochenende über unterwegs«, sie blickte über die Schulter zu Melissa, »wegen der Sache, über die wir gesprochen hatten.« Sie öffnete die Tür, woraufhin Scottie freudig bellend an ihr vorbeiwischte und auf sein Herrchen zurannte, der ihn lachend begrüßte und nur Augenblicke später wieder mit ins Haus brachte.

***

»Ihr habt es ja kuschelig hier«, stellte Oliver fest, nachdem er sich im Erdgeschoss umgesehen hatte. »Gemütlich vielleicht noch nicht gerade, aber etwas zu essen könnte mir jetzt auch gefallen. Habt ihr mir ein bisschen Pizza übrig gelassen?«

»Aber sicher doch.« Jana klopfte einladend auf den Platz neben sich auf dem Sofa. »Du hast die freie Auswahl.« Die beiden küssten einander, nachdem er sich gesetzt hatte, und sogleich schnappte er sich eins von Janas Pizzastücken, beäugte es kritisch, rümpfte die Nase und reicht es an sie weiter. »Hawaii? Im

Ernst? Konnte ich dir in all den Monaten immer noch keinen besseren Geschmack beibringen?«

Jana stieß ihm kichernd den Ellenbogen in die Seite. »Das wirst du in hundert Jahren nicht schaffen, mein Lieber, denn in meinen Augen gibt es keine bessere Pizza als diese.«

Oliver verdrehte theatralisch die Augen. »Unfassbar.«

Ringsum wurde gelacht. »Hier, nimm von meiner Pizza«, bot Ellie ihm an. »Da ist nur Käse drauf, damit kann man nichts falsch machen.«

»Danke.« Oliver nahm sich eines von Ellies Pizzastücken und mit der anderen Hand gleichzeitig eines von Lennarts. Grinsend legte er sie aufeinander und biss herzhaft hinein.

»Und ich habe es in all den Monaten nicht geschafft, dir bessere Manieren beizubringen«, scherzte Jana. Vorsichtig, weil der Käse zu zerlaufen drohte, biss sie ein Stück von ihrer eigenen Pizza ab. Nachdem sie gekaut und geschluckt hatte, fuhr sie fort: »Ich habe noch gar nicht mit dir gerechnet. Du hattest doch gesagt, dass du vermutlich nicht vor heute Abend zu Hause sein wirst. War deine Reise nach Berlin erfolgreich?«

Ringsum wurde es still. Melissa erschrak ein wenig und rückte instinktiv näher an Andy heran.

»Mama!«, protestierte er prompt. »Jetzt habe ich ja gar keinen Platz mehr!«

»Entschuldige bitte, mein Schatz.« Vorsichtig rückte sie ein klein wenig zur Seite, legte ihrem Sohn jedoch beschützend eine Hand auf den Rücken.

»Tut mir leid.« Jana hatte offensichtlich bemerkt, dass es Melissa nicht wohl war. »Wir können auch später darüber reden.«

Unsicher blickte Melissa in die Gesichter ringsum, dann holte sie tief Luft. »Nein, schon gut. Es ist ja kein Geheimnis. Oder nicht mehr.« Sie hob die Schultern. »Ich bin ... Nein, wir sind ... Nun ja ... Sozusagen auf der Flucht«, erklärte sie an Ellie und Lennart gerichtet.

»Auf der Flucht?«, echote Ellie erschrocken. »Wovor?«

»Die Frage lautet eher *vor wem*«, schloss Lennart. »Vor deinem Ex, nicht wahr?«

Melissa schluckte hart, nickte jedoch tapfer. »Wir sind geschieden, nachdem ...« Sie hätte nicht gedacht, dass es ihr zugleich leicht- und schwerfallen würde, darüber zu reden. »Er hat mich – uns – misshandelt.« Wieder schluckte sie. »Ich bin bei Nacht und Nebel mit Andy weggelaufen, als er gerade vier war. Anfangs sind wir in einem Frauenhaus untergekommen, und vor etwa anderthalb Jahren bin ich hierhergezogen. Er weiß nicht, wo wir uns aufhalten, aber es wird vielleicht nicht mehr lange dauern, bis er es herausfindet. Er hat genug Geld, um alle Hebel in Bewegung zu setzen. Deshalb ...«

»Deshalb hat Oliver sich bereit erklärt, seine Fühler auszustrecken«, übernahm Jana das Wort. »Und – hast du etwas herausgefunden?«

Oliver, der die Pizza hastig hinuntergeschlungen hatte, wischte sich mit einer Papierserviette über den Mund. Seine Miene war sehr ernst geworden. »Seid ihr sicher, dass wir das hier und jetzt besprechen sollten?« Nach einem Blick zu Melissa nickte er schließlich. »Ich konnte tatsächlich einiges herausfinden, aber es wird dir nicht gefallen.«

Melissa wurde es eiskalt. Instinktiv drückte sie Andy fester an sich, der daraufhin die Arme fest um ihren Hals schlang.

Sagt mal, was ist denn plötzlich hier los? Eben war doch noch so gute Stimmung, und jetzt zieht ihr alle ganz komische Gesichter. Sissy hatte sich erhoben und war neugierig auf Melissa zugetappt. Sachte stupste sie mit der Nase gegen ihr Knie. Dann blickte sie fragend zu Lennart auf. *Herrchen? Stimmt etwas nicht? Kann ich irgendetwas tun, um euch wieder aufzuheitern?*

Überrascht über die kurze Berührung blickte Melissa auf Sissy hinab, die daraufhin leicht mit der Rute wedelte und den Kopf zur Seite neigte, die Ohren aufmerksam aufgerichtet.

»Na, Süße.« Lennart tätschelte dem Boxermädchen den Rücken. »Du wunderst dich bestimmt, weshalb wir plötzlich alle Trübsal blasen.«

Und wie ich mich wundere! Seid doch bitte alle wieder fröhlich! Sissy stieß ein kurzes Wuffen aus, woraufhin sich auch Scottie erhob und zur Belustigung aller auf Olivers Schoß zu krabbeln versuchte.

Bei dem Anblick musste Melissa unwillkürlich glucksen.

Aha! Jetzt weiß ich, womit ich euch wieder zum Lachen bringen kann. Ehe Melissa sichs versah, war Sissy mit den Vorderpfoten auf den Rand des Sofas gestiegen und versuchte ebenfalls, sich an sie zu kuscheln und mit der Nase eine Lücke zwischen ihr und Andy zu finden. Schnaufend bohrte sie ihre Nase zwischen ihre Bäuche.

Andy kicherte unterdrückt, dann lachte er hell auf. »Das kitzelt, Sissy!«

Ich weiß. Deshalb tue ich es ja.

Quietschend und lachend versuchte Andy, die Hündin abzuwehren und gleichzeitig ihren Kopf und Hals zu streicheln. »Iiih! Du hast eine ganz kalte Nase und jetzt bin ich ganz nass.«

Ringsum erklang verhaltenes Gelächter.

»Sissy, Stopp.« Lennart hatte den Befehl zwar nur halbherzig ausgesprochen, Sissy hielt dennoch in ihrem Bemühen inne, zwischen Andy und Melissa zu krabbeln. Sie kletterte vom Sofa herunter und sprang ihr Herrchen stattdessen fröhlich an. *Warum soll ich denn aufhören? Hat doch wunderbar funktioniert. Ihr lacht alle wieder, so gefällt mir das.*

»Du bist eine verrückte Nudel«, schalt Lennart lächelnd. Ohne Protest ließ er es zu, dass die Hündin ihm über das Gesicht leckte und sich schließlich quer über seine Beine legte.

Melissa schmunzelte immer noch, obgleich sie sich denkbar unwohl fühlte. Vorsichtig schob sie Andy ein Stückchen von sich, um ihm ins Gesicht sehen zu können. »Schau mal, Sissy und Scottie sehen ganz so aus, als wollten sie unbedingt spielen. Geh doch mit ihnen raus in den Garten.« Sie bemühte sich um einen leichten Tonfall, merkte jedoch selbst, wie dünn ihre Stimme klang.

Tatsächlich hoben beide Hunde bei der Erwähnung ihres Namens den Kopf und wedelten freudig.

Hab ich da Garten und Spielen gehört? Da wäre ich sofort mit dabei, und Scottie auch, da bin ich sicher. Sissy sprang von Lennarts Beinen herunter und tappte auf Andy zu, um ihn erneut mit der Nase anzustupsen. *Wie sieht es aus, Kleiner? Machst du mit?*

Andy zögerte kurz, doch als nun beide Hunde freudig wedelnd bellten, rutscht er schließlich vom Sofa herunter. Melissa erhob sich ebenfalls, holte Andys Jacke und öffnete den dreien die Terrassentür.

Als sie wieder zu den anderen zurückkehrte, hatte sich ihre Kehle zugeschnürt, sodass sie nichts sagen konnte, doch Oliver fuhr von sich aus fort.

»Matthias Lange wohnt nicht mehr in Berlin.«

Verblüfft starrte Melissa ihn an. »Was? Wo denn dann?«

Oliver räusperte sich sichtlich unbehaglich. »In Köln.«

Melissa hatte das Gefühl, als würde ihr Herz für einen Moment aussetzen. »Köln? Das ist ja …«

»Ganz in der Nähe«, vervollständigte Oliver ihren Satz. »Aber das ist noch nicht alles. Nachdem ich seine Spur bis nach Köln verfolgt hatte«, er wandte sich kurz an Jana, »deshalb bin ich auch schon wieder zurück – konnte ich in Erfahrung bringen, dass er hier im Ort, genauer gesagt am Stadtrand, ein Haus gekauft hat.«

»O mein Gott!« Melissa bekam keine Luft mehr. Keuchend krümmte sie sich zusammen. »Er ist hier?«

»Um Himmels willen, Melissa!« Jana rückte dicht an sie heran und legte ihr einen Arm um die Schultern.

Ellie eilte ebenfalls zu ihr und fasste sie an der Schulter. »Ganz ruhig, Melissa! Kipp uns jetzt bitte nicht um.«

»Nein, ich …« Melissa versuchte, ruhig zu atmen, obwohl es ihr kaum gelang, und wiegte sich ein wenig vor und zurück. »Es geht gleich wieder. Ich bin nur so ...« Sie hob den Kopf. »Ist er wirklich hier in der Stadt?«

Oliver hob die Schultern. »Im Augenblick hält er sich wohl überwiegend in Köln auf. Aber was du über seine Mittel gesagt hast, scheint wahr zu sein. Das Haus, das er gekauft hat, ist eine Villa. Er scheint auch seinen Firmensitz hierher verlegen oder einen zweiten Standort in Köln eröffnen zu wollen.« An die anderen gewandt erklärte er kurz: »Er betreibt ein Logistikunternehmen, hauptsächlich wohl für Spezialgüter und Gefahrguttransporte.« Kurz hielt er inne. »Melissa, ich fürchte, er weiß schon sehr lange, dass du hier lebst. Ich habe mich in Berlin an seinem noch bestehenden Firmenstandort umgehört. Viel konnte ich zwar aus den Angestellten dort nicht herausbekommen, aber ich nehme an, dass er tatsächlich mehrere Privatdetektive beschäftigt, die dich wahrscheinlich schon seit deinem Aufenthalt im Frauenhaus beobachten.«

Für einen Augenblick war es absolut still. Melissa warf einen ängstlichen Blick in den Garten, doch Andy tollte dort ganz fröhlich mit den Hunden herum. Sie atmete tief durch. »Und was jetzt?«

»Du musst deine Anwältin verständigen«, befand Jana. »Am besten sofort.«

»Das würde ich auch vorschlagen«, bestätigte Oliver. »Ich glaube zwar nicht, dass er so dumm sein wird, das bestehende Kontaktverbot zu umgehen, denn damit würde er sich angreifbar machen. Aber er hat ganz eindeutig etwas vor, und die Verlegung seines Lebensmittelpunkts hierher in eure direkte Nähe lässt vermuten, dass er bereits einen ganz konkreten Plan verfolgt.«

»Er will uns wieder zurückholen.« Melissas Stimme klang hohl. »Er hat früher schon immer zu mir gesagt, dass er uns niemals gehen lassen wird.«

Zu ihrer Überraschung schüttelte Oliver vage den Kopf. Auf seiner Miene war ein skeptischer Ausdruck erschienen. »Das glaube ich eher weniger. Du musst nämlich noch etwas wissen. Er hat wieder geheiratet.«

Ruckartig hob Melissa den Kopf und starrte ihn entgeistert an. »Wie bitte?«

»Er ist seit sechs Monaten mit einer Maja-Sophie Engels verheiratet. Wie und wo er sie kennengelernt hat, konnte ich in der kurzen Zeit nicht herausfinden. Ich weiß nur, dass sie wohl die Tochter eines seiner Mitarbeiter ist.«

Melissa rang nach Atem. »Maja-Sophie?« Ihr wurde eiskalt. »Ich kenne sie. Sie stammt aus kleinen Verhältnissen. Ihr Vater ist Hausmeister und ihre Mutter Sekretärin. Beide Eltern arbeiten für Matthias.« Fahrig strich sie sich einige Haarsträhnen hinters Ohr. »Maja-Sophie hat in den Schulferien immer wieder Praktika in der Firma gemacht und schließlich eine Ausbildung dort angefangen – als Speditionskauffrau, glaube ich. Sie ist …« Kurz schloss sie die Augen. »Gott, sie ist jetzt vielleicht gerade ein- oder zweiundzwanzig!« Übelkeit stieg in ihr auf. »Sie hat ihn geheiratet?«

Oliver nickte. »Ja, wie gesagt, vor etwa einem halben Jahr.«

Sie zuckte leicht zusammen, als Lennart sich vorbeugte und sie kurz am Handgelenk berührte. »Das ist nicht Ihre Schuld, Melissa.«

Wie ertappt hob sie den Kopf. »Sie hätte es doch besser wissen müssen. Das mit uns kann auf gar keinen Fall ein Geheimnis geblieben sein. In Matthias' Umgebung wussten alle, dass ich mit Andy vor ihm geflohen bin und ganz sicher auch, warum.«

»Trotzdem liegt es nicht in Ihrer Verantwortung«, beharrte Lennart. »Zumindest wissen Sie jetzt, dass er ziemlich wahrscheinlich an Ihnen kein weiteres Interesse hat.«

»An ihr vielleicht nicht.« Ellie tippte sich nachdenklich gegen die Lippen; ihr Blick war zum Garten gewandert.

Ein neuer Anflug von Kälte schüttelte Melissa.

»Und was machen wir jetzt?«, wollte Ellie wissen. »Irgendwas müssen wir doch tun, oder etwa nicht?«

»Ich fürchte, wir können im Augenblick nicht allzu viel tun.« Oliver nahm sich eine der noch verschlossenen Wasserflaschen vom Tisch, öffnete sie und goss ein gutes Quantum ihres Inhalts in Janas Glas. Nach einigen Schlucken fuhr er fort: »Wie gesagt, Melissa sollte umgehend ihre Anwältin über die neuen Entwicklungen in Kenntnis setzen. Aber solange ihr Ex nichts weiter unternimmt, können wir wohl nur abwarten. Ich kann ihn selbstverständlich weiter im Auge behalten.«

»Das kann ich doch gar nicht bezahlen«, protestierte Melissa erschrocken.

»Habe ich etwa eine Bezahlung dafür verlangt?«, entgegnete Oliver grimmig. »Wir lassen dich auf keinen Fall in dieser Situation alleine.«

»Nein, ganz sicher nicht«, pflichtete Jana ihm sogleich bei, und auch Ellie nickte bekräftigend.

»Hast du denn überhaupt Zeit, dich darum zu kümmern?«, warf Lennart skeptisch ein. »Ich nehme doch an, dass du reguläre Klienten hast, für die du arbeiten musst.«

»Sicher habe ich die.« Oliver rieb sich nachdenklich übers Kinn. »Was ist mit dir?«

»Ich kann sehr wohl Augen und Ohren offen halten«, bot Lennart sofort an.

»Das geht doch nicht!« Hin- und hergerissen zwischen Dankbarkeit, Verlegenheit und noch etwas, was sie nicht so recht identifizieren konnte, blickte sie von Oliver zu Lennart. »Das kann ich nicht annehmen. Ich meine, Sie kennen mich doch eigentlich gar nicht, und das ist doch überhaupt nicht Ihre Angelegenheit.«

»Ich kenne Sie gut genug, um Ihnen beim Umzug geholfen zu haben«, widersprach Lennart sofort. »Ich kenne Sie auch gut genug, um zu sehen, dass Sie Angst haben. Und Sie dürften mich inzwischen gut genug kennen, um zu wissen, dass ich Sie als Freundin betrachte, weil sie eine Freundin meiner Freunde sind. Und Freunde lassen einander in solchen Situationen nicht im Stich. Ihr Handy?«

Verwirrt sah sie ihn an. »Was ist mit meinem Handy?«

»Geben Sie es mir bitte.«

»Warum?«

»Weil ich Ihnen meine private Telefonnummer sowie meine Geschäftsnummer geben möchte. Außerdem installiere ich Ihnen eine App, mit der Sie auch auf dem Sperrbildschirm über Ihren Fingerabdruck einen Notruf aussenden können. An wen er gehen soll, können Sie selbst entscheiden. Ich empfehle normalerweise eine Anrufkette von drei bis vier Kontakten, die automatisch nacheinander informiert werden. Meine Schwester hat bei der Entwicklung dieser App mitgewirkt. Man kann sie natürlich auch als Senioren-Notruf verwenden. Aber ursprünglich gedacht ist sie für Menschen in Situationen wie Ihrer oder für solche, die krankheitsbedingt unter Umständen rasch Hilfe holen müssen.«

Zögernd reichte Melissa ihm ihr Smartphone, nachdem sie es entsperrt hatte. Sie erinnerte sich noch genau an die App, denn sie hatte sie in seinem Onlineshop bereits entdeckt. Deshalb wusste sie auch, was sie eigentlich kostete. Nicht die Welt zwar, aber trotzdem fühlte sie sich unwohl dabei, dieses Angebot einfach so anzunehmen. »Wenn Sie mir Ihre Kontoverbindung nennen, überweise ich Ihnen den Betrag für die App.«

Lennart war bereits dabei, seine Nummern einzugeben. »Meinetwegen. Ich sage meiner Schwester, sie soll Ihnen eine Rechnung schicken.« Er rief die Website seiner Firma auf und lud über einen Log-in die App auf ihr Handy. »Ich packe Ihnen meine Handynummer schon mal in die automatischen Benachrichtigungen. Sie können dann später noch weitere Nummern hinzufügen und auch die Reihenfolge ändern, in der diese angewählt werden.« Augenblicke später reichte er ihr das Smartphone zurück. »Möglicherweise wäre es noch sinnvoll, in Andys Schule Bescheid zu geben, dass man dort auf Leute achtet, die sich ihm möglicherweise nähern oder ihn beobachten. Auch über Ihren Exmann sollten Sie die Lehrerschaft und die Direktorin informieren. Sicher ist sicher.«

Melissa versuchte, sich durch tiefes Durchatmen zu beruhigen. »Da haben Sie wohl recht. Das werde ich morgen früh gleich tun.«

»Gut.« Jana rieb sich die Hände. »Das ist schon mal ein guter Anfang. Aber nun verratet ihr mir bitte endlich, warum ihr euch immer noch siezt. Ich meine, wir haben hier heute den ganzen Tag zusammen geackert, zudem haben wir soeben festgestellt, dass ihr mittlerweile befreundet seid. Ich finde, darauf sollten wir jetzt anstoßen – und ihr Brüderschaft trinken. Oder Geschwisterschaft? Wie sagt man das heutzutage korrekt gegendert?«

Ellie prustete. »Ich glaube nicht, dass die beiden sich auch nur ansatzweise gegenseitig als Geschwister ansehen. Lass uns einfach auf die Freundschaft trinken. Hoch die Tassen und Gläser!«

Da alle nach ihren Gläsern, Kaffeetassen oder Flaschen griffen, nahm auch Melissa ihr Wasserglas.

»Ich will auch! Ich hab Durst, weil wir ganz viel gerannt sind.« Andy war hereingekommen und krabbelte erneut neben Melissa aufs Sofa. »Es ist ganz kalt draußen.«

Wau, ja, das kann ich bestätigen. Sissy war dem Jungen hechelnd gefolgt und auch Scottie kam herbei und ließ sich mit einem lauten Plumps neben Oliver auf den Boden fallen.

»Dann machen wir mal lieber die Tür wieder zu.« Lennart erhob sich und schloss die Terrassentür.

»Zieh bitte die Jacke aus.« Melissa half ihrem Sohn aus dem Anorak. Noch ehe sie etwas sagen oder tun konnte, hatte Lennart ihn sich geschnappt und zurück in den Wandschrank gehängt.

»Durst, Mama!«, quengelte Andy und zappelte neben ihr herum. Sie goss ein wenig Orangensaft in sein Glas, das er sich sofort schnappte.

»Nun also, so ist es richtig!« Zufrieden hob Ellie ihre Radlerflasche. »Auf die Freundschaft!«

Die anderen wiederholten den Toast und tranken fröhlich.

»Und jetzt ihr beide«, forderte Ellie mit strenger Miene. Auffordernd blickte sie zwischen Melissa und Lennart hin und her.

Verlegen wandte Melissa sich Lennart zu, der sich daraufhin grinsend ein wenig vorbeugte. »Na los«, brummte er betont forsch. »Ich beiße nicht.«

Da sie sich keine Blöße geben wollte, beugte Melissa sich nun ebenfalls vor und hakte ihren Arm, als er den seinen ein wenig vorstreckte, bei ihm ein, sodass sie Brüderschaft trinken konnten. Dabei kamen sich ihre Gesichter natürlich sehr nahe, und sie konnte kurz seinen warmen Atem auf ihrer Wange spüren. Ebenso wie ihre Arme verhakten sich ihre Blicke für einen kurzen Moment, der bereits ausreichte, um ihren Puls erschreckend in die Höhe zu treiben. Nur mit Mühe schaffte sie es, sich einigermaßen gelassen wieder von ihm zurückzuziehen.

»Wie, kein Kuss?« Ellie feixte.

Jana hustete. »Übertreib es doch nicht gleich, Schwesterchen!«

»Ich dachte, das gehört dazu.« Ellie zuckte grinsend die Schultern.

Andy sah zwischen Melissa und Lennart hin und her. »Was tut ihr da?«

Lennart grinste. »Man nennt es Brüderschaft trinken, und es ist ein Zeichen, dass man befreundet sein möchte.«

»Ich will auch Brüderschaft trinken«, rief Andy zu Melissas grenzenloser Überraschung und trat mit seinem Saftglas auf Lennart zu.

»Aber klar doch.« Mit einem gutmütigen Lächeln trank Lennart auch mit dem Jungen Brüderschaft, der daraufhin auch zu Ellie, Jana und Oliver ging, um das Ritual mit ihnen zu wiederholen.

Melissas Herzschlag hatte sich erneut beschleunigt. Es war das erste Mal, dass Andy zu einem Mann so viel Zutrauen gefasst hatte. Zwar war er auch Oliver gegenüber nicht mehr so schüchtern, doch von sich aus hatte er solch eine Annäherung bislang noch nie angestoßen.

»Erreichst du deine Anwältin an einem Sonntag?«, riss Lennart sie aus den Gedanken. »Falls ja, solltest du sie sofort benachrichtigen.«

»Ich kann es versuchen. Augenblick.« Sie erhob sich und ging hinüber in den Küchenbereich. Wenn sie gedacht hatte, dass Andy ihr auf dem Fuße folgen würde, hatte sie sich geirrt. Er war zurück auf das Sofa geklettert und streichelte Sissy, die sich wieder zu ihm gesellt hatte und ihm den Kopf in den Schoß gelegt hatte. Der Anblick wärmte ihr Herz. Rasch drehte sie sich zur Seite, um sich auf den Anruf zu konzentrieren.

Sie erreicht ihre Anwältin tatsächlich, die ihr sogleich versicherte, sich über die neuen Entwicklungen gleich am folgenden Morgen ein Bild zu machen und sie zu informieren, sobald sie Näheres wusste. Das Telefonat dauerte nur wenige Minuten, und als sie sich wieder in Richtung Wohnzimmer umdrehte, durchfuhr sie ein eigentümlicher Stich. Jana und Ellie waren gerade dabei, die übrig gebliebenen Pizzastücke in einem Karton zu verstauen, während Oliver die leeren Pizzakartons entgegennahm und schließlich hinaustrug. Sissy hatte sich zu Lennarts Füßen zusammengekringelt, während er ganz offensichtlich mit Andy ein Gespräch führte. Zu ihrer Überraschung nickte ihr Sohn plötzlich heftig, und als Lennart die rechte Hand hob, schlug Andy begeistert in sein High five ein. Wie hatte Lennart es nur geschafft, in so kurzer Zeit das Vertrauen ihres Sohnes zu gewinnen? Ihr Herz weitete sich beim Anblick des Lachens auf Andys Gesicht, pochte aber gleichzeitig seltsam besorgt. Was sollte sie nur von Lennart halten? War dieser Mann tatsächlich an ihnen beiden interessiert? Wollte sie das überhaupt? Oder vielmehr – konnte sie es zulassen?

Selbstverständlich wusste sie, dass nicht alle Männer waren wie Matthias. Trotzdem scheute sie sich davor, ein solches Risiko einzugehen. Lennart war nett, ganz ohne Zweifel, und wenn sie ehrlich zu sich war, dann hatte sie in seiner Gegenwart schon das eine oder andere Mal so ein seltsames Flattern und

Kribbeln in der Magengrube verspürt. Doch was es zu bedeuten hatte, wusste sie nicht. Matthias gegenüber hatte sie so etwas nie empfunden. Als sie ihn kennengelernt hatte, war er ihr charmant und sehr überlegen vorgekommen. Sie war beeindruckt von ihm gewesen, ganz ohne Zweifel, und hatte sich eingebildet, so müsse sich Verliebtheit anfühlen. Inzwischen wusste sie sehr genau, dass sie sich nur eingeredet hatte, in ihn verliebt gewesen zu sein. Möglicherweise war sie in die Idee verliebt gewesen, verliebt zu sein. Dieser Mann hatte ihr ermöglicht, der strengen und häufig so emotionslosen Gegenwart ihrer Mutter zu entkommen. Dass sie sich damit in eine noch schlimmere Situation gebracht hatte, war ihr natürlich erst viel, viel später klar geworden. Doch wie hätte sie das auch wissen sollen? Matthias war anfangs nie gewalttätig gewesen. Sehr dominant und bestimmend, das ja. Möglicherweise hatte sie sich unbewusst zu ihm hingezogen gefühlt, weil er, ähnlich ihrem Vater, in allem die Führung übernommen und über sie bestimmt hatte. Sie hatte sich einen einfachen Ausweg aus ihrer Situation erhofft und jemanden, der sie führte und ihr die schwierigen Entscheidungen abnahm, anstatt zu lernen, selbst für sich einzustehen.

Doch was, wenn sie sich ihre Gefühle jetzt auch wieder nur einbildete? Möglicherweise war sie ja nicht dazu in der Lage, sich richtig zu verlieben. Während ihrer Schulzeit hatte sie auch nie richtig für einen Jungen geschwärmt und sich deshalb immer ein wenig als Außenseiterin gefühlt. Hier und da hatte sie mal einen Jungen geküsst, aber mehr war daraus nie geworden, vermutlich weil sie zu langweilig und unscheinbar gewesen war. Ihre Eltern und später, nach dem Tod ihres Vaters, nur noch die Mutter, hatten ihr nur wenige Aktivitäten erlaubt, die für alle anderen Jungen und Mädchen in ihrem Alter ganz selbstverständlich gewesen waren. Sie hatte auch nie viel Geld für Klamotten oder Schuhe oder solche Dinge ausgeben dürfen. Ein Hohn, wenn man bedachte, wie wohlhabend ihre Familie war. Ein Sonderling war sie also schon immer gewesen. Interessant war sie tatsächlich erst geworden, als sie nicht mehr verbergen konnte, dass sie schwanger war, noch dazu kurz vor dem Abitur.

Mit großer Freude dachte sie nicht an ihre Schulzeit zurück, sondern eher mit einem Gefühl des Bedauerns. Sie wollte unbedingt verhindern, dass es Andy ähnlich erging. Ihm wollte sie alles ermöglichen, was zu einer schönen Kindheit gehörte. Wenn sie ihn nun zusammen mit Lennart sah, kichernd und so gelöst wie selten, wärmte es ihr Herz. Gleichzeitig stieg die Sorge in ihr auf, dass sie sich womöglich nur zu Lennart hingezogen fühlte, weil er so gut zu Andy war. Suchte sie unterbewusst nach einem passenden Vaterersatz für ihn? Manche Menschen mochten dies vielleicht sogar als durchaus legitim ansehen, doch für sie kam das nicht infrage. Sie wollte nicht mit einem Mann zusammen sein, nur weil sie ihn als Vater oder, Gott behüte, Ernährer ansah. Diesen Fehler hatte sie einmal gemacht und war damit böse auf die Nase gefallen. Natürlich ging sie nicht davon aus, dass Lennart sich als ein zweiter Matthias entpuppte. Zwar war er ebenfalls sehr selbstsicher und strahlte wohl auch eine gewisse Dominanz aus, jedoch auf eine ganz andere Art als ihr Exmann. Er war gut zu Andy, interessierte sich wirklich für sie beide. Doch war es fair, auch nur in Erwägung zu ziehen, sich auf ihn einzulassen, wenn sie nicht einmal wusste, ob sie zu irgendwelchen tieferen Gefühlen fähig war, ob nun ihm gegenüber oder generell?

»Bist du da drüben festgewachsen?« Ellie winkte ihr grinsend zu. »Wir haben gerade überlegt, ob wir dir noch ein bisschen beim Auspacken und Einräumen helfen sollen.«

»Damit du heute Abend nicht alleine mit Andy hier herumsitzen musst«, fügte Jana mit einem warmen Lächeln hinzu.

»Ich habe gerade mit Andy abgesprochen, mit ihm zusammen die Möbel in seinem Zimmer so lange herumzuschieben, bis sie an der richtigen Stelle stehen«, setzte Lennart hinzu. »Stimmts, kleiner Mann?«

»Ja.« Andy nickte enthusiastisch. »Lennart hat gesagt, er kann mein Bett so bauen, dass es eine Höhle ist.«

»Das hat er gesagt, ja?« Melissa rang sich zu einem Lächeln durch. »Das klingt toll.«

»Das wird es auch.« Lennart grinste breit. »Eventuell brauchen wir dazu den einen oder anderen leeren Umzugskarton und ein paar Wolldecken. Ich habe mir in Andys Alter dauernd Höhlen gebaut, bin also ein Experte auf diesem Gebiet.«

»Na dann ...« Was sollte sie darauf antworten? Sie hatte sich als Kind ein einziges Mal im Wohnzimmer zwischen den Sesseln eine Höhle gebaut, doch ihre Mutter war alles andere als erfreut darüber gewesen, und ihr Vater hatte ihr später für die Unordnung, die sie verursacht hatte, jede Menge Strafarbeiten aufgebrummt und ihr erklärt, dass er zutiefst enttäuscht von ihr sei. Das war sogar noch schlimmer gewesen, weil er ihr für Tage seine Zuwendung entzogen hatte; die Erinnerung an diese Strafe wirkte selbst heute noch nach.

Als habe er ihre Gedanken gelesen, erhob Lennart sich und trat einen Schritt auf sie zu. »Du kannst mithelfen, wenn du willst. Höhlen bauen macht umso mehr Spaß, je mehr Leute helfen.« Er schnipste mit den Fingern. »Sissy hilft bestimmt auch mit, was?«

Wie? Wo? Was ist mit mir? Sissy sprang auf die Füße und blickte aufmerksam und fragend zu ihrem Herrchen auf. *Wo soll ich mitmachen? Egal, ich bin dabei!* Freundlich wedelnd, umtänzelte sie Lennart und Andy. *Hauptsache, wir haben Spaß.*

»Eine hervorragende Idee«, befand Jana und blinzelte Melissa unauffällig zu. »Sag uns einfach, welche Sachen du wohin haben möchtest, dann erledigen wir das, und du gehst mit den beiden Kerlen eine Höhle bauen.«

»Ich weiß nicht so recht.« Melissa fühlte sich überrumpelt, wollte dies aber nicht zu deutlich zeigen, denn sie war ihren Freundinnen dankbar, dass sie ihr so bereitwillig bei diesem Umzug halfen. »Die meisten Sachen muss ich ja doch selbst erst sortieren.«

»Weißt du was, dann packen wir jetzt einfach die Kartons mit dem Besteck und dem Geschirr aus und spülen alles«, schlug Jana vor. »Danach kehren wir noch ein bisschen den Dreck zusammen, den wir im ganzen Haus verteilt haben, und bereiten dann alles für einen schönen Filmabend vor.«

Verblüfft starrte Melissa sie an. »Filmabend?«

»Au ja!« Ellie strahlte. »Das ist eine geniale Idee. Mit einem Filmabend kann man einen anstrengenden Umzugstag am besten ausklingen lassen. Wir machen es uns alle zusammen so richtig gemütlich und schauen irgendetwas Gruseliges ...«

»Auf gar keinen Fall«, fiel Jana ihr ins Wort. »Wenn schon, dann etwas Schnulziges!«

»Himmel, hilf!« Oliver rang verzweifelt die Hände. »Bloß keine Schnulzen. Ich bin für einen vernünftigen Actionfilm.«

»Warum? Etwas Romantisches mit Witz passt doch ausgezeichnet«, warf Lennart überraschend ein.

»Wie bitte?« Oliver starrte ihn entgeistert an.

»Ich mag romantische Komödien«, gab Lennart ganz lapidar zu. »Ist das so ungewöhnlich?«

»Ein Mann mit Sinn für Romantik!« Jana verdrehte tief seufzend die Augen. »Du bist ganz eindeutig mein Bruder im Herzen!«

»Verräter«, knurrte Oliver amüsiert.

»Also gut, über den Film stimmen wir später ab«, befand Ellie lachend. »Auf jeden Fall ist es abgemacht.« Sie warf Lennart einen fragenden Blick zu. »Du bist also auch mit dabei?«

»Klar, wenn ich darf.« Sein Blick wanderte zu Melissa, die, noch überrumpelter als zuvor, mehr oder weniger automatisch nickte.

»Perfekt.« Ellie klatschte in die Hände. »Dann mal alle an die Arbeit! Wir räumen auf, und ihr baut eure Höhle.«

***

Sie hatten ein paarmal die Möbel in Andys Zimmer umhergeschoben, bis der Junge schließlich beschlossen hatte, dass alles an seinem richtigen Platz stand. Danach hatte sie auch noch die Kartons mit seinen Büchern und Spielsachen sowie die Reisetasche mit seinen Klamotten ausgepackt und alles in den Schränken und Regalen verstaut. Die Möbel waren alt und abgenutzt und schon reichlich klapprig, stellte Lennart bei sich fest. Wahrscheinlich hatten schon mehrere Generationen von Kindern darin gewohnt. Kein Vergleich zu dem zeitlos schicken und stabilen Jugendzimmer, das er selbst einst sein Eigen genannt hatte. Sein Vater war ebenfalls alleinerziehend gewesen, sogar mit zwei Kindern, doch die Voraussetzungen waren für ihn gänzlich anders gewesen als für Melissa. Arndt Overbeck hatte nicht vollkommen mittellos sich selbst und ein Kind in Sicherheit bringen müssen – er war verlassen worden. Er hatte nicht flüchten müssen, nicht bei null neu anfangen. Er hatte mit den Rücklagen, die er sich zuvor schon geschaffen hatte, eine erfolgreiche Firma aufgebaut, in die seine beiden Kinder schließlich mit Freuden eingestiegen waren.

Lennart bewunderte Melissa dafür, dass sie sich bis hierher durchgeschlagen hatte, und er war überzeugt davon, dass sie ihr Leben in den Griff bekommen würde. Viele wichtige Schritte hatte sie bereits getan. Auch wenn ihr die finanziellen Mittel vielleicht bislang noch fehlten, war ihr in allem, was sie tat und sagte, anzumerken, wie wichtig es ihr war, ihrem kleinen Jungen eine schöne Kindheit zu bieten. Neue Möbel oder Spielzeug und Bücher, die nicht aussahen, als wären sie bereits durch mindestens hundert Hände gegangen, waren dabei gar nicht so wichtig. Bedeutend war, was sie Andy an Liebe und Zuwendung vermittelte und dass sie sich redlich Mühe gab, seiner alterstypisch verspielten Ader gerecht zu werden, auch wenn es ihr offensichtlich nicht ganz leichtfiel.

Viel wusste er immer noch nicht über sie, doch nach allem, was er bislang beobachtet hatte, schien es ihr nicht leichtzufallen, ihre Fantasie spielen zu lassen und sich spontan Dinge auszudenken. Das war sicherlich nichts, was ihr Exmann zu verschulden hatte. Die Ursachen hierfür lagen weiter zurück, wahrscheinlich in ihrer eigenen Kindheit. Als Lennart vorschlug, nun endlich die angekündigte Höhle zu bauen, wirkte sie durchaus bereit zu helfen, stand jedoch eher ratlos und abwartend im Zimmer, während Lennart und Andy gemeinsam nach dem passenden Baumaterial suchten. Als Lennart sie bat, Wolldecken zu organisieren, eilte sie pflichtschuldig los und brachte gleich drei Decken aus ihrem Schlafzimmer herüber. Sie legte sie auf Andys Bett ab, trat einen Schritt zurück und blickte wieder abwartend zwischen Lennart und Andy hin und her.

Lennart tat, als bemerke er es nicht. »Als Erstes benötigen wir leere Kartons. Höhlenbauassistent Andy«, er gab seiner Stimme einen zackigen Ton, »reiche mir die Kartons.«

»Hier sind die Kartons.« Andy rannte zu dem Stapel Umzugskartons, die inzwischen geleert waren und neben der Tür standen. »Welche brauchen wir denn und wie viele?«

»Das kommt darauf an, wie groß die Höhle werden soll«, erklärte Lennart und wandte sich an Melissa. »Braucht ihr die Kartons noch?«

Überrascht schüttelte sie den Kopf. »Nein, ich glaube nicht. Warum?«

»Weil wir sie dann ein wenig umbauen können.« Lennart winkte Andy zu. »Karton Nummer eins bitte.«

Eifrig reichte Andy ihm einen der großen Kartons. Lennart riss ihn an einer Seite auf, sodass er sich aufklappen ließ, und stellte ihn am Kopfende des Bettes so auf, dass sich Wände daraus ergaben. »Jetzt Karton Nummer zwei«, wies er Andy an, der ihm prompt das Gewünschte reichte. Wieder riss er ihn auf, stellte ihn neben den anderen Karton und bat schließlich um einen dritten. Melissa stand weiterhin einfach nur schweigend dabei und sah ihnen zu. Erst als er die Höhlenwände mit Plüschtieren und einer Wolldecke beschwert hatte, bat er sie um

Hilfe. »Wir brauchen noch mehr Kartons. Wärst du so gut, noch mindestens vier Stück zu holen? Wir machen solange das Lager fertig.«

Verwirrt runzelte sie die Stirn. »Was für ein Lager?«

»Lass dich überraschen.« Er zwinkerte ihr zu und sah ihr kurz nach, als sie das Zimmer verließ. Dann wandte er sich an Andy. »Wie du siehst, ist das hier eine zweistufige Höhle. Das Bett dient nur als Ablagefläche. Wohnen wirst du selbstverständlich auf dem Boden. Besitzt du eigentlich eine Luftmatratze?«

Andy schüttelte den Kopf. »Nein, so was haben wir nicht. Können wir dann das Lager nicht bauen?«

»Und wie wir das können!« Er nahm die zweite Wolldecke, entfaltete sie und breitete sie vor dem Bett auf dem Boden aus. »Siehst du, das wird das Lager. Damit du später schön weich liegst, können wir es mit einer weiteren Decke, deinem Kopfkissen und noch ein paar anderen Dingen auspolstern.«

»Auch mit meiner Bettdecke? Hast du die deshalb eben weggetan?« Andy deutete auf seine schon etwas verschlissene Bob-der-Baumeister-Bettdecke, die über seinem Schreibtischstuhl hing.

»Ja und nein. Ja, ich habe sie absichtlich zur Seite gelegt«, bestätigte Lennart. »Und nein, weil du sie nicht als Unterlage nehmen wirst. Mit irgendetwas musst du dich ja später zudecken, oder nicht?«

Andy nickte. »Es ist schon lange dunkel, und die Uhr auf meinem Schreibtisch zeigt mit dem kleinen Zeiger auf die Sieben und mit dem großen auf die Zehn.«

»Ist das deine Bettgehzeit?«

Andy nickte. »Normal ja. Weil, morgen ist ja Montag, und da habe ich Schule.«

»Dann müssen wir uns mit deinem Höhlenlager wohl ein bisschen beeilen.« Ehe er weitersprechen konnte, schob Melissa sich erneut ins Zimmer. In den Händen hielt sie vier große Umzugskartons, die geräuschvoll gegen den Türstock stießen.

»Und wohin jetzt damit?«, wollte sie wissen.

Lennart winkte sie näher. »Zwei Kartons links und zwei rechts. Und jetzt nehmen wir diese Vorhänge hier und breiten sie über unseren Kartonmauern aus«, erklärte er und entfaltete einen von zwei großen Vorhängen, die er zuvor aus dem Wohnzimmer mit heraufgebracht hatte.

»Aber die gehören doch in mein Schlafzimmer«, protestierte Melissa überrascht. »Ich hatte mich schon gewundert, warum du sie hier hereingetragen hast. Ich hatte sie unten hingelegt, weil ich sie erst noch waschen muss, bevor ich sie aufhängen kann.«

»Für heute gehören sie weder in dein Schlafzimmer noch in die Waschmaschine«, bestimmte Lennart amüsiert. »Heute bauen wir daraus eine Höhle.« Er lächelte über den konfusen Ausdruck auf ihrem Gesicht. »Hast du noch nie eine Höhle gebaut?«

»Doch, aber ...« Sie sprach nicht weiter, und irgendwie hatte er das Gefühl, dass die Erinnerung an jene Höhle nicht allzu angenehm war. Innerlich schüttelte er den Kopf. Was diese hübsche junge Frau wohl in ihrem Leben schon alles hatte erdulden müssen?

»Fass mal mit an«, forderte er sie einfach auf und drückte ihr die eine Hälfte des Vorhangs in die Hand. Dann zeigte er ihr, wie sie den Vorhang an den Kartons befestigen sollte.

»Das hält doch bestimmt nicht.« Besorgt musterte sie das Gebilde, während Lennart den zweiten Vorhang entfaltete.

»Und wie das halten wird. Hier.« Wieder reichte er ihr die eine Hälfte des Vorhangs. »Zweifelst du etwa an meiner Baukunst? Das würde mich zutiefst beleidigen!«

»Nein, ich wollte nicht ...« Sie verstummte, als sie bemerkte, dass er lachte. Sie zog auf entzückende Weise ihre Nase kraus. »Du machst dich über mich lustig!«

»Nein, ich necke dich nur ein bisschen.« Er bedeutete ihr mit Gesten, ihm zu helfen, den zweiten Vorhang auszubreiten.

Danach beäugte er sein Werk mit kritischen Blicken. »Hast du Wäscheklammern da?«

Verblüfft nickte sie. »Ja, natürlich. Ich habe sie bereits in den Keller getragen, in die Waschküche.«

»Dann musst du sie wohl oder übel holen gehen«, schloss Lennart. »Oder ich gehe rasch nach unten.«

»Darf ich?«, bot Andy eifrig an. »Ich hole die Wäscheklammern. Mama hat sie in so einem roten Plastikkorb. Soll ich die alle mit raufbringen?«

»Ja.« Lennart nickte. »Bring sie sicherheitshalber alle mit. Mal sehen, wie viele wir am Ende wirklich brauchen. Ist doch okay, Melissa, oder?«

Melissa nickte nur. »Natürlich. Aber sei vorsichtig auf der Kellertreppe, Andy. Mach auf jeden Fall das Licht neben der Kellertür an, bevor du nach unten gehst.«

Andy nickte und rannte aus dem Zimmer. Sissy, die sich während der Bauaktion in einer Zimmerecke zusammengerollt hatte, sprang wie der Blitz auf ihre Pfoten und sauste mit einem fröhlichen Bellen hinter ihm her.

»Tja.« Lennart schob seine Hände halb in die Taschen seiner Jeans und trat einen kleinen Schritt auf Melissa zu.

»Äh, ja, tja«, erwiderte sie sichtlich verlegen und vergrub ihre Hände ebenfalls in den Taschen ihrer Jeans.

Auch wenn er sich nicht ganz sicher war, ob er zu schnell vorpreschte, trat er dicht neben sie und drehte sich um, sodass er wie sie einen Blick auf die fast fertige Höhle hatte. »Kleine Jungs lieben es, Höhlen zu bauen.«

»Ich weiß.« Melissa zog die Schultern ein wenig hoch. »Kleine Mädchen auch.« Nach einem Atemzug sprach sie weiter: »Willst du mir damit sagen, dass ich mir besser merke, wie man aus diesen Kartons eine Höhle baut?«

»Nein.« Er stieß sie sachte mit dem Ellenbogen an. »Zweimal hintereinander die gleiche Höhle ist doch langweilig. Lass einfach deiner Fantasie freien Lauf. Du musst auch nicht extra dafür deine Vorhänge abhängen, wenn sie erst einmal an Ort und Stelle sind. Bestimmt finden sich auch andere Materialien, mit denen es sich vortrefflich bauen lässt. Große Handtücher, Zeltplanen, noch mehr Decken ...« Er warf ihr einen kurzen Seitenblick zu. »Erlaubt ist, was euch gerade in die Hände fällt.«

»Ich bin in so was nicht besonders gut«, gab sie leise zu. »Die Fantasie, von der du eben gesprochen hast, fehlt mir dazu, glaube ich, irgendwie.«

»Das glaube ich nicht.« Diesmal ließ er seinen Blick etwas länger auf ihr ruhen, schaute jedoch wieder geradeaus, als sie zu ihm aufsah. »Du bist vielleicht ein bisschen aus der Übung.«

»Ich hatte nie wirklich Übung in so etwas.«

Er nickte vor sich hin. »Waren deine Eltern sehr streng?«

Sie schwieg, neigte jedoch leicht den Kopf.

»So schlimm?«

Melissa zuckte mit den Achseln. »Für meinen Vater war Gehorsam wichtiger als Fantasie. Spielen durfte ich nur, wenn ich mich dabei ordentlich und vernünftig benahm.«

Für einen Augenblick stieg bittere Galle in Lennarts Kehle hoch, doch er ließ sich nichts anmerken. »Ist das nicht ein Paradoxon?«

»Kann sein.« Kurz presste Melissa die Lippen aufeinander. »Ich möchte, dass Andy anders aufwächst. Es ist nur nicht immer ganz einfach für mich, mir etwas für ihn auszudenken«, gab sie zu. »Ich glaube, in mancherlei Hinsicht ist er mir da weit voraus.«

»Dann bist du bei mir genau an der richtigen Adresse«, sagte er so leichthin, wie es ihm nur möglich war. Als sie überrascht zu ihm aufsah, grinste er. »Ich war ein richtiges Spielkind und bin es, wenn man den Beschwerden meines Vaters und meiner Schwester Glauben schenken darf, immer noch. Wenn du möchtest, nehme ich dich gerne in die Lehre. Wollen doch mal sehen, ob irgendwo da drin nicht auch ein kleines Spielkind steckt.« Spielerisch bohrte er ihr einen Zeigefinger in die Seite.

Erschrocken quietschte sie, weil er offenbar wie beabsichtigt eine kitzelige Stelle getroffen hatte, und wich zur Seite. Dabei stolperte sie über die leere Reisetasche, in der sie Andys Klamotten hergebracht hatte. Geistesgegenwärtig packte Lennart sie am Oberarm, damit sie nicht stürzte. Sie hatte gleichzeitig reflexartig die Hände ausgestreckt und seinen Hemdsärmel erwischt. Mit einem kleinen Ruck brachte er sie wieder auf die Füße, wobei sie jedoch leicht gegen ihn stieß. Für einen Augenblick hielten sie beide inne und sahen einander schweigend in die Augen, bevor sie sich hastig von ihm losmachte.

»Tja, also«, wiederholte sie hörbar nervös.

»Das Angebot steht«, sagte er leise. Da in diesem Moment Andy mit einem kleinen Korb voller Wäscheklammern das Zimmer betrat und dicht hinter ihm Sissy hereinpreschte, wandte er sich dem Jungen zu. »Hervorragend!« Er nahm ihm den Korb ab. »Dann lernt ihr jetzt, wie man die Höhlendecke stabilisiert. Danach kümmern wir uns um die Inneneinrichtung.«

»Es ist schon kurz nach sieben«, stellte Melissa erschrocken fest. »Andy, du musst gleich ins Bett.«

»Mama!« Andy hüpfte auf und ab. »Die Höhle ist doch noch gar nicht fertig. Ich will erst die Höhle fertig bauen. Sonst kann ich doch gar nicht einschlafen.«

»Du willst in der Höhle schlafen?« Melissa seufzte. »Also gut, beeilen wir uns. Aber danach musst du dir sofort die Zähne putzen und deinen Schlafanzug anziehen.«

Lennart wuschelte Andy durchs Haar. »Ich glaube, es ist besser, wenn wir beide auf deine Mama hören. Immerhin hat sie hier im Haus das Sagen, nicht wahr?«

»Ja, hat sie.« Andy strahlte. »Ich hab meine Mama lieb.«

Lennart lächelte dem kleinen Jungen zu und spürte gleichzeitig ein angenehmes Ziehen in seinem Inneren, als er Melissas Reaktion auf die Worte ihres Sohnes sah. Ohne dass sie es zu bemerken schien, wurde ihr Blick ganz weich und ein fast unmerkliches Lächeln umspielte ihre Lippen. Verflixt, dachte er bei sich. Lennart, du sitzt ganz schön in der Tinte.

12. Kapitel

Obwohl der gemeinsame Filmabend durchaus amüsant gewesen war, neigte Melissa inzwischen fast dazu, ihn zu bereuen. Es war Montagnachmittag, und sie musste zum wiederholten Male gegen einen toten Punkt ankämpfen. Sie war einfach nicht daran gewöhnt, so spät ins Bett zu gehen, schon gar nicht an einem Sonntagabend. Nach einigem Hin und Her hatten sie sich für *Stirb langsam – jetzt erst recht* entschieden, weil er zufällig gerade im Fernsehen gelaufen war. Im Anschluss war noch eine Dokumentation über die *Stirb langsam*-Filme sowie Bruce Willis gelaufen, die sie ebenfalls noch gemeinsam angeschaut hatten. Somit war es bereits kurz vor Mitternacht gewesen, als ihre Gäste sich verabschiedet hatten. Natürlich hatten sie den Abend absichtlich so lange bei ihr verbracht und den Abschied hinausgezögert, damit sie sich nicht allein fühlte. Dafür war sie den vier Freundinnen und Freunden sehr dankbar. Nicht nur, um sie zu beruhigen, sondern auch sich selbst, hatte sie ihnen mehrfach versichert, dass sie wunderbar allein zurechtkommen würde. Natürlich machte ihr der Gedanke, dass Matthias deutlich weniger als eine Autostunde von ihr entfernt wohnte, nicht wenig Angst. Auf der anderen Seite hatten ihr die Bemühungen der vier sowie ihre Versicherungen, dass sie stets für Melissa und Andy da sein würden, wirklich Mut gemacht. Sie war nicht allein, musste es nicht sein, wenn sie nicht wollte. Sie hatte jetzt sogar diese App auf dem Handy und sämtliche Telefonnummern, unter denen sie jederzeit jemanden erreichen konnte, wenn sie Hilfe brauchte.

Dass ganz besonders Lennart sich praktisch als ihr Beschützer und Notfallkontakt angeboten hatte, machte sie hingegen ein wenig ratlos und verwirrte sie. Natürlich war sie nicht dumm, sie hatte längst begriffen, dass sein Interesse an ihr echt war. Sie war nur nach wie vor hin- und hergerissen, wie sie darauf reagieren sollte. Sie wusste einfach nicht, was sie selbst empfand oder wie sie die Gefühle, die sie in seiner Gegenwart überfielen, einordnen sollte. Deshalb hielt sie sich vorerst lieber bedeckt und blieb zurückhaltend ihm gegenüber. Falls er davon enttäuscht war, ließ er es sich zumindest nicht anmerken. Er hatte sich den gesamten Abend über locker und nett verhalten und ebenso fürsorglich wie alle anderen. Nicht mehr und nicht weniger.

Oder hatte sie sich sein Interesse doch nur eingebildet? Nein. Er hatte schließlich selbst zugegeben, dass sie ihm gefiel. Doch das konnte natürlich vieles bedeuten und nicht zwangsläufig auf ernste Absichten schließen lassen. Vielleicht gehörte er auch einfach nur zu den Männern, die gerne flirteten und grundsätzlich hilfsbereit waren. Dass er sich so viel Mühe mit der Höhle für Andy gegeben hatte, rechnete sie ihm hoch an. Es gab wahrscheinlich nicht viele Männer, die sich gerne mit den Kindern von ihnen fast völlig fremden Frauen abgaben. Selbst dann nicht, wenn sie tatsächlich Interesse an der besagten Frau hatten.

»Träumst du?« Janas Stimme riss sie aus den Gedanken, und erst jetzt bemerkte sie, dass sie seit mehreren Minuten ununterbrochen mit einem Staubtuch eine der Vitrinentüren im Laden bearbeitete. Als sie sich wie ertappt zu ihrer Freundin und Arbeitgeberin umdrehte, kicherte diese. »Aus welchem Traumland habe ich dich denn jetzt herausgerissen?«

»Aus gar keinem.« Verlegen hob Melissa die Schultern. »Ich war nur gerade in Gedanken bei ...«

»Lennart?«

Melissas Wangen wurden heiß. »Nein!«

»Also ja.« Jana trat neben sie und nahm ihr das Staubtuch aus der Hand. »Ist doch okay. Lennart ist ein toller Typ, über den darf eine Frau schon mal nachdenken, insbesondere wenn sie wie du Single ist.« Sie zwinkerte ihr zu. »Ist doch nichts dabei.«

»Doch, also ...« Melissa seufzte. »Für mich ist das alles nicht so einfach.«

»Kann sein.« Jana begann nun ihrerseits, die nächste Vitrine abzustauben. »Aber mach es dir bitte auch nicht zu kompliziert. Findest du ihn nett?«

Wieder hob Melissa die Schultern. »Ja, schon, irgendwie.«

»Was spricht dann dagegen, ihn näher kennenzulernen? Du musst ihn ja nicht gleich heiraten. Du musst überhaupt nichts.« Sie hielt inne und drehte sich zu Melissa um. »Aber du darfst, wenn du möchtest.«

Melissa nickte vage. »Schon, ja, das weiß ich alles. Es ist nur im Augenblick alles so verwirrend, und dann noch die Sache mit Matthias ...«

»Das schaffst du schon.« Jana lächelte ihr zu. »Andy und du, ihr schafft das. Ach Quatsch, wir alle zusammen schaffen das«, korrigierte sie sich energisch. »Du weißt, dass du immer auf uns zählen kannst, ja?«

Unwillkürlich lächelte Melissa. »Ja, das weiß ich, nachdem ihr es mir jetzt so oft gesagt habt. Auch das ist für mich ein bisschen ungewohnt«, gab sie zu. »Ich hatte noch nie Freunde. Zumindest keine echten, keine so wie euch.«

»Dann wurde es ja wirklich Zeit«, stellte Jana lapidar fest und knuffte sie freundschaftlich gegen die Schulter, dann drückte sie ihr das Staubtuch wieder in die Hände. »Warum lässt du mich eigentlich die Vitrinen abstauben? Dir dürfte doch inzwischen klar sein, dass ich so etwas nur mache, wenn ich in einer Schaffenskrise stecke. Dabei weiß ich doch genau, und du ebenfalls, dass Staub wischen dann überhaupt nicht hilft. Ich habe bis eben in meiner Werkstatt gestanden und versucht, diese verfluchte Tannenbaumskulptur hinzubekommen. Vorhin habe ich das ganze Glas wieder eingeschmolzen.«

»Wirklich?« Erschrocken starrte Melissa sie an. »Das war doch so eine wunderbar große Skulptur! Hast du sie wirklich zerstört?«

»Und wie ich das habe.« Grimmig verzog Jana die Lippen. »Es war einfach nicht richtig. Die Farben sind mir nicht so gelungen, wie ich sie haben wollte, und auch die Form war irgendwie ein bisschen zu dadaistisch.« Aus ihrem grollenden Tonfall wurde ein Lachen. »Das Ding war potthässlich! Also fange ich einfach noch einmal von vorne an, aber mir fehlt schlicht ein winziges Detail an Inspiration, weißt du? Das Tüpfelchen auf dem i, wenn du so willst. Der richtige Dreh...« Von einer Sekunde zur nächsten hellte sich ihre Miene auf. »Der richtige Dreh! Das ist es! Mensch, dass ich darauf nicht gleich gekommen bin. Ich muss das Ding drehbar machen und mit LEDs beleuchten, sodass es je nach Betrachtungswinkel völlig neu aussieht. Danke, Melissa, danke!«

»Was? Wofür denn?« Verwirrt blickte Melissa Jana nach, die bereits wie ein Wirbelwind den Laden verlassen hatte. Dabei wäre sie beinahe mit einer blonden Frau Mitte zwanzig zusammengestoßen, die die Tür geöffnet hatte. Auch die Frau blickte ihr ein wenig überrascht nach, trat dann jedoch ein und zielstrebig auf Melissa zu. Sie war etwa eine Handbreit kleiner als Melissa und zierlich, mit dichtem, schulterlangem blondem Haar und fröhlich blitzenden dunkelblauen Augen, die von einer dezent silbern gerahmten Brille betont wurden. Melissa erkannte sie von einigen früheren Zusammentreffen als Lennarts Schwester Lena.

»Guten Tag, Frau Lange.« Lenas Stimme war so sanft, wie ihre gesamte Erscheinung wirkte. Liebenswürdig, dezent, unauffällig, wenngleich sie durchaus geschmackvoll gekleidet war. Sie trug eine hellblaue Kombination aus Hose und Jackett und dazu eine cremeweiße Bluse, alles bestimmt Designerstücke – oder doch zumindest vom teuren Ende der Stange. »Was ist denn mit Jana los? Sie hatte es ja unglaublich eilig.«

Melissa lächelte der Frau zu. »Guten Tag, Frau Overbeck. Ich weiß auch nicht genau, was in Jana gefahren ist. Ich glaube, sie ist gerade von der Muse geküsst worden oder so etwas. Eben noch haben wir über eine Skulptur gesprochen, die sie vorhin vollständig eingeschmolzen hat, und plötzlich hatte sie wohl einen Geistesblitz, denn sie ist einfach mitten im Gespräch losgerannt. Ich nehme an, wir sehen sie so schnell nicht wieder. Ganz bestimmt verschanzt sie sich jetzt wieder in ihrer Werkstatt.«

Lena schmunzelte. »Daran ist wohl das Künstler-Gen schuld. Oliver hat uns schon einiges darüber erzählt. Er sagt, wenn sie einmal mitten in einem Schaffensprozess steckt, dann darf man sie unter keinen Umständen stören, weil sie einem sonst im schlimmsten Falle irgendetwas an den Kopf schmeißt. Ein bisschen kann ich sie ja verstehen. Wenn ich gerade dabei bin, an einer neuen Software zu programmieren oder an einer App, dann darf mich auch niemand ungestraft ansprechen. Geworfen habe ich in solchen Fällen zwar bisher noch nie etwas, außer Worte, aber vielleicht sollte ich mir das angewöhnen.« Sie gluckste. »Vor allem dann, wenn Papa oder Lennart es mal wieder mit irgendetwas besonders eilig haben und mich stören.« Bewundernd sah sie sich im Laden um. »O Mann, jedes Mal, wenn ich hier hereinkomme, gibt es jede Menge neue schöne Sachen zu entdecken. Es ist wirklich gefährlich, für euch zu arbeiten. Ich gerate jedes Mal in Gefahr, mein halbes Monatsgehalt hierzulassen. Wie schaffen Sie es, den ganzen Tag hier im Laden zu stehen und standhaft zu bleiben?«

»Reine Gewohnheit.« Melissa lachte. »Allerdings könnte ich es mir auch nicht leisten, meinen halben Monatslohn in Glasskulpturen anzulegen oder in Glasschmuck. Dann würden mein Sohn und ich wohl bald verhungern – und auf der Straße stehen.«

»Trotzdem würde es mir fürchterlich schwerfallen, hier zu arbeiten. Ich könnte mich wahrscheinlich niemals von all den schönen Sachen trennen, wenn sie jemand kaufen möchte.« Mit der flachen Hand klopfte Lena leicht auf die dunkelbraune Umhängetasche aus Leder, die sie mitgebracht hatte. »Ich habe die Software-Updates mitgebracht, über die Sie vergangene

Woche mit Lennart gesprochen haben, und noch ein paar andere Kleinigkeiten, um die bestehende Sicherheitsinstallation zu verbessern. Da Jana offenbar jetzt nicht verfügbar ist, wäre es okay, wenn ich mich allein darum kümmere, solange Sie hier im Laden stehen? Bei der Gelegenheit kann ich auch gleich noch einmal einen Komplettcheck der gesamten Anlage durchführen. Das dauert alles in allem etwa dreißig bis vierzig Minuten. Sehr gerne kann ich mir auch Ihre Website ansehen, um die Einstellungen der Firewall zu überprüfen.«

Da in diesem Moment ein älterer Herr eintrat, nickte Melissa hastig. »Selbstverständlich. Die Computeranlage steht hinten im Büro.« Sie deutete auf die Tür hinter dem Verkaufstresen. »Soll ich Ihnen alles zeigen?«

»Nein, nicht nötig.« Lena hatte sich bereits auf den Weg gemacht. »Ich war ja schon ein paarmal hier und kenne mich aus. Bis später dann.«

»Ja, bis später.« Melissa folgte Lena kurz mit Blicken, bis die Bürotür sich hinter ihr schloss, dann wandte sie sich dem Kunden zu, der sich neugierig im Laden umsah. »Guten Tag. Kann ich Ihnen behilflich sein?«

***

»Frau Lange, kann ich Sie mal kurz sprechen?« Lenas ernster Tonfall ließ Melissa aufmerken, die gerade dem vermutlich letzten Kunden des Tages geholfen hatte, einen Karton mit einer großen Glasskulptur zum Auto zu tragen, und nun die Ladentür hinter sich zuzog. Lena lehnte mit der Schulter am Türstock zum Büro und schien schon einen Moment auf sie gewartet zu haben.

Rasch trat Melissa auf sie zu. »Selbstverständlich, worum geht es denn?«

»Ich bin mir nicht ganz sicher.« Lena stieß sich ab, drehte sich um und kehrte ins Büro zurück. »Würden Sie sich das hier bitte einmal kurz ansehen? Bei der Überprüfung der Einstellungen aller Videokameras ist mir etwas aufgefallen. Ich kann mich natürlich auch irren, aber sicherheitshalber wollte ich Sie doch darauf aufmerksam machen.« Sie hatte sich mittlerweile auf den Bürostuhl gesetzt und den Kamerafeed aufgerufen, über den man den Bereich hinter dem Laden zur Werkstatt hin bis zu Janas großem Holzwohnhaus sehen konnte, in dem sie mittlerweile seit fast einem Jahr zusammen mit Oliver und Scottie lebte. Der Kamerawinkel war ganz genau vermessen worden, damit er wirklich nur den Teil erfasste, der Janas Grundstück beinhaltete, jedoch keinen öffentlichen Weg und keine Straße. Nur am ganz äußersten oberen Rand war der Übergang des Grundstücks zu einem Feldweg zu erkennen, der am nahegelegenen Wald entlangführte. Genau auf diese Stelle deutete Lena. »Sehen Sie diesen Geländewagen? Wissen Sie zufällig, ob der zu einem ortsansässigen Jäger oder Förster gehört?«

Melissa beugte sich ein wenig vor, um auf dem Computerbildschirm etwas erkennen zu können. »Es ist nicht der Wagen unseres Försters Leon Marbach«, befand sie schließlich. »Der ist viel größer. Er hat vor ungefähr zwei Monaten mit den Kindern aus Andys Klasse eine Wanderung durch den Wald gemacht und ihnen ganz viel zu Bäumen und Sträuchern erklärt. Deshalb kann ich mich noch gut daran erinnern; ich war nämlich als Aufsichtsperson mit dabei. Die örtlichen Jäger kenne ich allerdings nicht. Warum? Was ist mit diesem Wagen?«

»Das weiß ich eben nicht so genau.« Lena holte ein paar weitere Aufnahmen auf den Bildschirm, die in den letzten vierzehn Tagen entstanden waren, und öffnete sie nebeneinander, sodass immer wieder der gleiche Wagen an fast derselben Stelle zu erkennen war. »Hier, sehen Sie? Der Wagen steht ziemlich häufig dort, und das zu allen möglichen Tageszeiten. Und sehen Sie«, sie vergrößerte zwei der Aufnahmen ein wenig, »hier und hier kann man erkennen, dass jemand mit einem Fernglas zum Laden herüberblickt. Wenn das ein Jäger wäre, müsste er doch eigentlich in die entgegengesetzte Richtung schauen, oder? Zum Wald hin.«

Melissas Pulsschlag beschleunigte sich unangenehm. In ihrer Magengrube stieg ein ungutes Gefühl auf. »Glauben Sie, da beobachtet mich jemand?«

Aufmerksam blickte Lena zu ihr auf. »Warum glauben Sie, dass Sie beobachtet werden?«

Melissa biss sich auf die Unterlippe. »Hat Lennart Ihnen nichts erzählt?«

»Nein, hätte er das tun sollen?«

»Eigentlich nicht.« Melissa richtete ihren Blick wieder auf den Bildschirm. »Ich dachte nur, weil Sie seine Schwester sind …«

»Wenn Sie ihm irgendetwas im Vertrauen gesagt haben, dann wird er es niemandem weitersagen, auch nicht mir.«

Melissa zog die Schultern ein wenig hoch. »Ich habe nicht gesagt, dass er es nicht weitererzählen soll, aber natürlich ist es besser, wenn nicht zu viele Leute darüber Bescheid wissen.«

»Worüber Bescheid wissen?« Lena rückte ein wenig mit dem Bürostuhl zurück und bedeutete Melissa, sich auf den zweiten Stuhl zu setzen, der in der Zimmerecke stand. »Worum geht es denn?«

Melissa schüttelte den Kopf, eilte hinüber in den Laden und schloss rasch die Tür ab, nur für den Fall, dass doch noch späte Kundschaft auftauchen würde. Nach einem kurzen Blick auf ihre Armbanduhr stellte sie fest, dass sie noch etwas mehr als eine halbe Stunde Zeit hatte, bevor sie Andy aus der Ganztagsbetreuung abholen musste. Rasch kehrte sie ins Büro zurück und setzte sich Lena gegenüber. »Ich bin seit ungefähr anderthalb Jahren auf der Flucht vor meinem Exmann.« Sie seufzte. »Zumindest dachte ich, ich wäre es. Allerdings hat Oliver gestern herausgefunden, dass Matthias offenbar die ganze Zeit wusste, dass ich mich hier aufhalte. Er ist von Berlin nach Köln gezogen, und wir müssen herausfinden, ob er etwas vorhat. Oder nein.« Sie schüttelte den Kopf. »Nicht, ob er etwas vorhat, sondern was.«

»Sie glauben also, dass er Sie möglicherweise beobachten lässt?«

Das ungute Gefühl wandelte sich in leichte Übelkeit. »Es ist nicht ausgeschlossen.«

Lena rückte wieder an den Schreibtisch heran und versuchte, das Video noch etwas größer zu ziehen, doch durch den Zoom wurde es zu stark verpixelt. »Leider ist hier kein Gesicht zu erkennen. Das Fernglas sieht man auch nur wegen der Spiegelung der Gläser in der Sonne.« Noch einmal stieß sie sich vom Tisch ab und rollte bis zum Fenster, von dem aus man den Waldweg ebenfalls im Blick hatte. »Im Augenblick kann ich den Wagen nicht entdecken. Leider dürfen wir nicht so einfach eine weitere Kamera auf diesen Weg richten, da er öffentlich zugänglich ist. Dazu müssten wir mindestens einen begründeten Verdacht hegen. Leider reicht da ein Geländewagen, der öfter mal dort parkt, nicht aus. Insbesondere dann nicht, wenn nichts weiter passiert. Aber vielleicht sollten Sie zukünftig häufiger mal ein Auge auf diesen Weg haben, um herauszufinden, ob er wirklich regelmäßig dort steht oder ob das nur ein vorübergehendes Phänomen war.« Sie stockte, zögerte, dann rollte sie mit ihrem Stuhl auf Melissa zu und musterte sie eindringlich. »Wie ... gefährlich ist Ihr Exmann?«

Melissa erschrak. »Wie meinen Sie das?«

»Nun, Sie sind ja wohl nicht grundlos vor ihm in Deckung gegangen, nicht wahr? Was könnte schlimmstenfalls passieren, wenn Sie die Person, die sie möglicherweise beobachtet, darauf ansprechen, wenn Sie sie das nächste Mal sehen?«

Ratlos zuckte Melissa mit den Achseln. »Das weiß ich nicht. Ich konnte ein Kontaktverbot zu mir und Andy erwirken. Matthias darf sich uns beiden in keiner Weise physisch nähern oder in irgendeiner Form Kontakt zu uns aufnehmen. Allerdings gehe ich davon aus, dass er mindestens einen Privatdetektiv auf mich angesetzt hat. Oliver ist ebenfalls dieser Meinung, denn anders hätte er mich hier ja nicht aufspüren können. Er denkt sogar, dass Matthias mich wahrscheinlich schon seit der Zeit beobachten lässt, die ich mit Andy in einem Frauenhaus verbracht habe.«

Lena dachte eingehend nach, bevor sie antwortete: »Okay, ein Kontaktverbot also. Das gilt zwar nicht für einen Privatdetektiv, aber wenn Sie einen guten Anwalt haben, könnte der trotzdem etwas daraus machen. Allein die Tatsache, dass Ihr Mann Sie möglicherweise überwachen lässt, könnte schon einen Verstoß gegen das Verbot darstellen. Denn sobald Sie auf einen solchen Beobachter aufmerksam werden, besteht ja in gewisser Weise eine Kontaktaufnahme oder doch zumindest ein psychischer Druck, der ursprünglich durch Ihren Exmann verursacht wird. Haben Sie einen guten Anwalt?«

Melissa nickte. »Meine Anwältin ist absolut kompetent. Sie befasst sich fast ausschließlich mit solchen Fällen wie meinem, ist also sehr erfahren.«

»Dann sollten Sie mit ihr darüber sprechen«, befand Lena. »Ich kann Ihnen die Videoaufnahmen gerne rasch auf einen Speicherstick ziehen, damit Sie sie an Ihre Anwältin weiterreichen können. Außerdem sollten Sie auch sonst die Augen offen halten. Falls sich der Verdacht bestätigt, dass das hier jemand ist, der dafür bezahlt wird, Sie im Auge zu behalten, dann taucht er vielleicht auch noch irgendwo anders auf. Zum Beispiel beim Einkaufen, bei Ihnen zu Hause … Sie sind gerade umgezogen, nicht wahr? Lennart hat mir erzählt, dass er Ihnen dabei geholfen hat.« Sie neigte den Kopf ein wenig zur Seite. »Er scheint Sie zu mögen.«

Melissa zuckte leicht zusammen. »Ja, äh, also …«

»Was bedeutet, dass Sie eine nette Person sein müssen«, fuhr Lena fort, ohne auf Melissas Reaktion zu achten. »Diesen Eindruck hatte ich im Übrigen auch, deshalb frage ich mich gerade, warum wir uns eigentlich noch siezen? Ich kenne Jana schon seit der Sache im vergangenen Jahr, und wir sind uns ja auch schon einige Male begegnet, wenn auch immer nur kurz.« Zu

Melissas Überraschung streckte sie ihr die rechte Hand entgegen. »Ich bin Lena.«

Melissa ergriff ihre Hand. »Melissa.«

»Sehr gut. So lässt es sich doch gleich viel besser reden«, stellte Lena grinsend fest. »Jetzt musst du mir allerdings noch verraten, ob du Lennart ebenfalls magst.«

Schon wieder zuckte Melissa zusammen. »Also ...«

»Aha.« Lenas Grinsen verbreiterte sich noch. »Ein Blick sagt mehr als tausend Worte.«

»Nein!« Verlegen suchte Melissa nach den richtigen Worten. »So ist das nicht.«

»Wie denn dann?« Lena beugte sich vor und tätschelte Melissas Arm. »Keine Sorge, ich sag's nicht weiter.«

»Da ist überhaupt nichts zwischen uns.«

»Nichts oder *noch* nichts?«

Melissa wand sich. »Das ist nicht so einfach.«

»Weil du einen kleinen Sohn hast?« Lena winkte ab. »Das ist vielleicht für manch einen Kerl ein Grund, für Lennart aber bestimmt kein Hindernis.«

»Also, nein, nicht wegen Andy. Oder doch, weil ...« Verzagt brach Melissa ab. So verwirrt war sie noch nie gewesen, und sie hatte auch nicht damit gerechnet, dass Lena sie so direkt darauf ansprechen würde.

»Er hat dich ganz schön aus dem Gleichgewicht gebracht, was?« Lenas Grinsen wandelte sich in ein durchaus zufriedenes Lächeln. »Mehr muss ich für den Anfang gar nicht wissen. Aber um noch mal auf das ursprüngliche Thema zurückzukommen: Sprich mit deiner Anwältin darüber und achte unbedingt darauf, ob du sonst noch jemanden bemerkst, der dich möglicherweise beobachtet. Mehr kann ich dir im Augenblick leider nicht raten. Aber wenn irgendetwas sein sollte ...« Sie griff in die Umhängetasche, die sie über die Lehne des Schreibtischstuhls gehängt hatte, und zog ein Visitenkärtchen daraus hervor. »Du kannst mich jederzeit anrufen.«

»Danke.« Melissa wusste gar nicht, was sie sagen sollte. Sie war einfach nicht daran gewöhnt, dass die Menschen ihr so spontan und offen ihre Hilfe anboten. Oder hatte sie sich einfach nur in den vergangenen Jahren so sehr in ihr Schneckenhaus zurückgezogen, dass sie gar nicht auf die Idee gekommen war, es könnte Menschen geben, die bereit waren, ihr zu helfen? »Lennart hat mir schon seine Telefonnummer gegeben und sogar diese Notfall-App installiert. Die hast du programmiert, oder?«

»Nicht alleine, aber zusammen mit einem befreundeten Programmierer«, bestätigte Lena. »Sehr gut. Das beruhigt mich. Du solltest auch Jana, wenn sie aus ihrer Werkstatt wiederauftaucht, über diesen Geländewagen berichten. Vielleicht weiß sie ja mehr darüber. Oder Oliver.«

»Das mache ich auf jeden Fall.« Melissa blickte auf ihre Armbanduhr. »Ich fürchte, ich muss dich jetzt hinauswerfen. Ich habe nämlich jetzt Feierabend und muss Andy von der Schule abholen.«

»Liebe Zeit, wie spät ist es denn schon?« Lena warf einen Blick auf ihre eigene Armbanduhr und stöhnte. »Ich habe mich natürlich mal wieder total verquatscht! Aber egal, das war ja wirklich wichtig. Die Software-Updates sind aber komplett aufgespielt und alle Systeme kontrolliert und auf dem bestmöglichen Stand. Eure Website schaue ich mir ein andermal an, okay?« Sie erhob sich und nahm ihre Tasche. Mit wenigen Griffen hatte sie einen Speicherstick daraus hervorgezogen und die Videoaufnahmen darauf überspielt, dann reichte sie ihn Melissa. »Hier, bitte sehr, für deine Anwältin. Ich mache mich dann mal wieder vom Acker. Wie gesagt, wenn irgendetwas sein sollte, weißt du, wie du mich erreichen kannst. Oder auch Lennart.« Sie drückte im Vorbeigehen noch einmal sanft Melissas Arm, dann durchquerte sie bereits den Laden.

Melissa eilte rasch hinterher und schloss ihr die Tür auf. »Danke«, sagte sie zum Abschied. »Für alles. Vor allem dafür, dass dir dieser Wagen aufgefallen ist. Ich hätte ihn bestimmt nicht bemerkt.«

»Das war reiner Zufall«, gab Lena zu. »Oder ein leichter Verfolgungswahn.« Sie grinste schief. »Wenn man in meinem Business arbeitet, hat man ja häufiger mit den seltsamsten Dingen zu tun. In neun von zehn Fällen ist alles nur Einbildung oder halb so schlimm, aber der eine, zehnte Fall ...« Sie hob die Schultern. »Also, mach's gut, ja?«

»Du auch.« Melissa sah Lena noch zu, wie sie in den orangefarbenen Ford-Kombi einstieg, der offenbar ebenfalls einer der Firmenwagen von *Securifant* war, und davonfuhr. Erst als er außer Sichtweite war, atmete sie einmal tief durch, bevor sie in den Laden zurückkehrte, um rasch den Kassenabschluss zu machen und ihren Feierabend einzuläuten.

13. Kapitel

»Du hast heute was vergessen, Mama.« Andy rührte mit seiner Gabel auf dem Teller herum, sodass die Nudeln mit der vegetarischen Bolognesesoße, den kleingeschnittenen Paprikastückchen und halbierten Cocktailtomaten bunt gemischt wurden.

»Wie bitte? Was, mein Schatz?« Auch Melissa hatte das rohe Gemüse mit den Nudeln und der Soße auf ihrem Teller vermischt und war gerade dabei, etwas Parmesan darüberzustreuen. Dabei hatte sie noch einmal über das Gespräch mit Lena Overbeck nachgedacht und sich gefragt, warum zum Teufel sie nicht souveräner auf deren Fragen hinsichtlich ihres Bruders reagiert hatte. Natürlich hatte ihr blödes Stottern sie verraten, sodass Lena neugierig geworden war. Doch andererseits: Was genau hatte es denn verraten? Es lief ja gar nichts zwischen Lennart und ihr, oder? Zumindest nichts, was eine Berichterstattung gegenüber seiner Schwester gerechtfertigt hätte – oder gegenüber irgendjemand anderem. Sie machte sich selbst verrückt, und das führte dazu, dass sie inzwischen jedes Mal, wenn sie auch nur an Lennart dachte, ganz durcheinandergeriet und so ein unnatürliches Flattern in der Magengrube verspürte. Das waren die Nerven, nichts weiter, und es fehlte noch, dass sie anfing, selbst mehr hineinzuinterpretieren, nur weil es die anderen offenbar taten.

»Du hast heute vergessen, den Briefkasten zu leeren.« Andy schob sich eine Gabel voll Nudeln in den Mund und kaute grinsend. Nachdem er geschluckt hatte, fuhr er fort: »Das machst du sonst immer gleich, wenn wir nach Hause kommen.«

Melissa richtete ihre Gedanken auf das Hier und Jetzt. Das tägliche gemeinsame Sortieren der Post war für sie beide zu einem kleinen Ritual geworden. Dabei erhielt sie ja eigentlich nur Werbeblättchen und die kostenlose Wochenzeitung der Stadt sowie Nebenkostenabrechnungen und ein paar wenige Kataloge hierher. Jegliche andere Post ging an ihr Postfach und wurde in regelmäßigen Abständen von ihrer Anwältin geschickt. Eine Vorsichtsmaßnahme, die, wie sie ja nun wusste, hinfällig war. »Da hast du recht, Andy, das habe ich ganz vergessen. Aber das können wir ja gemeinsam nach dem Abendessen nachholen. Ich glaube allerdings nicht, dass wir schon Post hierherbekommen haben. Im Augenblick wird sie ja noch an unsere alte Adresse geschickt. Ich habe heute in der Mittagspause einen Nachsendeauftrag bei der Post gestellt, damit wir zukünftig alles hierherbekommen. Unser Vermieter hat versprochen, dass er in den kommenden Wochen das, was trotzdem noch an die alte Adresse geht, sammelt und mir weiterleitet.«

»Warum hast du das denn vergessen?« Andy gabelte weitere Nudeln auf.

»Keine Ahnung.« Melissa wollte ihrem Sohn gegenüber nicht zugeben, dass sich ihre Gedanken ständig um Matthias gedreht hatten und um die Frage, ob er sie beschatten ließ. Damit würde sie Andy nur Angst machen. »Wahrscheinlich war ich einfach nur in Gedanken schon dabei, hier überall aufzuräumen.« Sie wies hinter sich auf den Wohnbereich, wo noch immer jede Menge Kartons herumstanden und darauf warteten, geleert zu werden. »Hilfst du mir nachher ein bisschen dabei, zumindest in deinem Zimmer etwas Ordnung zu schaffen?«

Andy machte ein langes Gesicht. »Aber da steht doch meine Höhle!«

»Willst du denn heute Nacht schon wieder darin schlafen?«
Er nickte heftig. »Ja, will ich.«

Melissa seufzte unterdrückt. »Aber ein Teil der Höhlenwände ist doch heute Morgen schon zusammengekracht.«

»Können wir die nicht wieder aufbauen?«

Sie hob die Schultern. »Ich weiß nicht. Ich bin nicht so gut im Bauen von Höhlen wie Lennart.«

»Aber wir können es doch versuchen, oder?«

Ergeben nickte sie. »Natürlich können wir das. Aber schön eins nach dem anderen, okay? Erst einmal essen wir in Ruhe auf, dann räumen wir den Tisch ab, und danach fangen wir mit dem Auspacken an, ja?«

»Ja, gut. Aber nicht wieder den Briefkasten vergessen!«

Melissa lachte. »Schon gut, das vergesse ich bestimmt nicht. Und falls doch, dann erinnerst du mich noch mal daran, okay?«

»Ja.« Andy nickte mit voller Ernsthaftigkeit. »Kann ich noch Paprika haben? Aber nur rote und gelbe.« Er schob seinen Teller an die Schüssel heran, in der sich die kleingeschnittenen Paprikaschoten befanden. »Die Grünen mag ich nicht so gerne.«

»Dafür mag ich die grünen Paprika umso lieber.« Lächelnd gab Melissa ihrem Sohn noch eine gute Portion kleingeschnittene Paprika auf den Teller und freute sich insgeheim, dass er so gerne Gemüse aß. Das war ja bei Kindern nicht selbstverständlich.

»Dann sind wir ja ein gutes Team, oder, Mama?«

Sie lachte. »Ja, Andy, das sind wir.«

»Mama?«

»Ja, Andy?«

»Lennart ist nett, oder?«

Ihr Herz ruckelte in der Brust. »Ja«, antwortete sie vorsichtig. »Lennart ist nett.«

»Und Sissy ist toll, oder?«

Innerlich atmete sie auf. »Ja, ist sie.«

»Kann Sissy uns besuchen kommen?«

»Also …« So ganz war ihre Erleichterung vielleicht doch nicht angebracht. »Sicher kann sie das irgendwann einmal tun, wenn Lennart Zeit hat.«

»Weil Sissy ist ja ein Hund.«

»Eine Hündin, ja.« Aufmerksam musterte Melissa ihren Sohn, gespannt, worauf er hinauswollte. Sie ahnte es zwar bereits, doch bei Andy konnte man nie wissen. Er war immer für eine Überraschung gut.

»Und ein Hund ist auch ein Wachhund, oder?«, fuhr ihr Sohn fort.

»Ja, meistens schon.«

Da Andy erst einmal weiteraß, gab es eine kleine Pause, bevor er das Thema wieder aufgriff: »Ein Hund passt immer gut auf uns auf und auf das Haus und auf alles, oder?«

Bedächtig nickte Melissa. »In der Regel tut ein Hund das, ja. Deshalb heißt es ja auch Wachhund.«

»Passt ein Hund auch auf, dass Papa nicht kommt?«

Melissas Inneres krampfte sich schmerzhaft zusammen. »Also ...« Sie wusste nicht genau, was darauf eine sinnvolle Antwort war. »Hast du Angst davor? Dass Papa herkommt?«

»Ja.« Diese fast schon lapidare Antwort bereitete ihr das größte Unwohlsein. »Wir wollen ihn hier nicht, oder, Mama?«

Auch wenn sie genau wusste, dass es diplomatischere Antworten auf diese Frage gegeben hätte, nickte sie, schüttelte dann aber gleich darauf den Kopf »Nein, mein Schatz, das wollen wir nicht. Oder vielmehr will ich es nicht.«

»Weil deshalb haben wir uns ja auch versteckt. Es ist besser, wenn er weg ist«, stellte Andy fest. »Weil er macht, dass du weinst und ich auch, und weil er dich gehauen hat und mich auch. Aber dich viel mehr. Und man darf doch keine Leute hauen. Mädchen schon gar nicht, und du bist doch auch ein Mädchen, oder? Du hast gesagt, man soll niemanden hauen, und meine Lehrerin sagt das auch.« Nach einem Atemzug setzte er noch hinzu: »Außer natürlich, ein böser Mensch greift einen an und man kann Selbstverteidigung, dann darf man sich wehren, aber nur, wenn der böse Mensch keine Waffe hat wie ein Messer oder einen Knüppel oder eine Pistole. Dann muss man immer tun, was der böse Mensch sagt, weil das sonst zu gefährlich ist und der einen totmachen kann.«

»Andy ...« Verblüfft und ein wenig ratlos starrte Melissa ihren kleinen Sohn an. »Woher hast du denn das alles?«

»Das sagen alle in der Schule. Weil nämlich die aus der zweiten

Klasse hatten Besuch von einem Polizisten und einer Polizistin, und die haben das alles erklärt. Und die Michi hat mir das dann in der Pause erzählt. Und man darf sich auch wehren, wenn man selber Polizist ist oder so, weil dann hat man nämlich selber eine Waffe und kann auch Selbstverteidigung und so. Und Michi sagt, dass sie jetzt im Sportverein Judo macht, und da gibt es auch einen Schwimmkurs.«

Verwirrt runzelte Melissa die Stirn. »Du kannst doch schon schwimmen.«

»Ich hab ja auch noch gar nicht zu Ende erzählt.« Andy maß sie mit strengen Blicken, woraufhin sie lächelte.

»Okay, okay, Entschuldigung.«

»Michi sagt, dass der Schwimmlehrer Herbert heißt und ihr Opa ist. Und er ist außerdem ein Professor an der Uni.« Andy hielt inne. »Was ist denn eine Uni?«

»Das ist eine Abkürzung für Universität«, erklärte Melissa. »Wenn du mit der Schule fertig bist und Abitur gemacht hast, also falls du das möchtest, dann kannst du hinterher entweder eine Ausbildung machen oder an der Universität studieren, zum Beispiel, um Lehrer zu werden oder Arzt oder Wissenschaftler oder alles mögliche andere.«

»Ich werde mal Zimmermann und Maler, und dann baue ich solche Häuser wie das hier aus Holz, und dann male ich sie bunt an.« Andy Stimme klang so bestimmt, als sei diese Zukunft bereits fest in Stein gemeißelt.

»Das ist ja ein guter Plan«, lobte Melissa schmunzelnd.

»Ist es auch.« Andy nickte zufrieden. »Aber der Opa von Michi, der ist Professor und hat studiert und so und bringt anderen, die auch studieren, Sachen bei. Und da ist auch einer, der heißt Toni und studiert auch irgendwas, und der macht auch Judo und so was, und der gibt jetzt einen Kurs für Selbstverteidigung für Kinder. Darf ich da auch mitmachen?«

Überrascht hob Melissa den Kopf. »Selbstverteidigung für Kinder?«

Andy nickte heftig und schob sich die letzte Gabel voll Nudeln und Gemüse in den Mund.

»Wann findet dieser Kurs denn statt und wo?«

Nachdem Andy geschluckt hatte, antwortete er: »Michi sagt, das ist immer samstags in der großen Turnhalle in der Gesamtschule. Da gehen wir ja auch immer hin, wenn wir Sport machen, weil die Sporthalle von der Grundschule total alt ist und reniert werden muss.«

»Renoviert«, korrigierte Melissa lächelnd. »Ich weiß.«

»Der Kurs fängt nächste Woche an. Darf ich da hin? Aus meiner Klasse gehen alle hin.«

Skeptisch kräuselte sie die Lippen. »Alle?«

»Alle meine Freunde und Freundinnen.«

»Aha. Und hat Michi auch gesagt, was das kostet?«

Andy schüttelte den Kopf. »Das kostet nix, weil es nämlich von der Stadt bezahlt wird und von der Sozialstation. Das ist das Haus in der Stadt, in dem die Leute essen und schlafen können, die kein eigenes Zuhause haben, und wo die Familien Hilfe bekommen, die noch weniger Geld haben als wir. Michi hat gesagt, der Papa von Toni ist der Chef von der Station, und Toni lernt jetzt an der Uni irgendeinen Beruf, damit er da mitarbeiten kann, weil er den armen Menschen auch helfen will. Mama?«

»Ja, mein Schatz?«

»Kann ich als Zimmermann und Maler den Menschen auch helfen? Ich könnte ja ganz viele Häuser für die Leute bauen, die kein Zuhause haben, und die male ich dann bunt an, damit sie auch fröhlich sind, wenn sie da drinnen wohnen.«

Melissa wurde ganz warm ums Herz. »Ich sehe nichts, was dich daran hindern sollte, Andy. Wenn du das später einmal machen willst, dann findest du bestimmt einen Weg dazu.«

»Weil man nämlich alles schaffen kann, wenn man will, oder?«

Sie nickte. »So ist es.«

»Aber auch wenn ich dann Selbstverteidigung kann, bin ich immer noch ein Kind«, wechselte er so sprunghaft erneut das

Thema, dass Melissa fast schon Mühe hatte mitzuhalten. »Kinder kommen gegen große Erwachsene nicht an, oder? Kannst du Selbstverteidigung?«

»Ein bisschen. Weißt du noch, als wir im Frauenhaus gewohnt haben? Da gab es auch so einen Kurs für Frauen. Da habe ich mitgemacht. Es ist aber schon eine Weile her, vermutlich müsste ich meine Kenntnisse auch wieder einmal auffrischen.« Die Dringlichkeit dieser Tatsache wurde ihr umso mehr bewusst, da sie ja nun befürchten musste, dass Matthias ihr hier irgendwo begegnen könnte.

»Aber böse Männer sind fast immer stärker als Frauen, außer wenn die Frauen so richtige Karate-Asse sind, oder?« Ehe Melissa darauf eine Antwort geben konnte, redete Andy bereits weiter: »Deshalb wäre es bestimmt gut, wenn wir einen Wachhund hätten, der dann auch aufpassen kann und die bösen Menschen verjagt.«

Melissa staunte über den komplexen Argumentationsweg, den ihr Sohn für sein Anliegen gewählt hatte. »Das kann schon sein, Andy.«

»Ist es nicht besser, wenn wir auch einen Hund hätten?«

Sie seufzte, denn natürlich hatte sie genau das geahnt. »Wir sind doch gerade erst hierher umgezogen. Ein Hund kostet viel Geld; ich weiß nicht, ob wir uns das leisten können.«

»Aber wir haben doch diesen Gutschein gewonnen. Im Baumarkt gibt es auch eine Abteilung mit Hundesachen und Hundefutter.«

Verblüfft sah sie ihn an. »Tatsächlich?«

»Ja, hab ich genau gesehen, als wir das letzte Mal da waren.« Andy schob seinen Teller ein Stück von sich. »Für zehntausend Euro kriegen wir ganz, ganz viel Hundefutter und so, oder?«

»Also ... Ja, schon.« Sie holte tief Luft. »Aber Andy, ein Hund kostet auch Versicherung und muss zum Tierarzt und so, das ist auch teuer, und dafür haben wir keinen Gutschein. Du bist außerdem den ganzen Tag in der Schule, und ich muss arbeiten. Dann wäre so ein Hund doch ganz lange alleine zu Hause, und das gefällt ihm ganz bestimmt nicht. Wenn man ein Haustier hat, dann muss man auch die Zeit dafür haben. Es ist also im Augenblick nicht sinnvoll, dass wir uns einen Hund kaufen.«

»Ich will ja auch gar keinen Hund kaufen.«

Melissa stutzte. »Was denn dann?«

»Ich will Sissy.«

Betroffen legte Melissa ihrem Sohn eine Hand auf den Arm. »Aber Sissy gehört doch Lennart.«

»Weiß ich doch. Aber du hast gesagt, sie kann uns besuchen kommen.«

»Ja, das habe ich gesagt, aber ...«

»Lennart hat gesagt, dass Sissy uns mag und dass ich immer mit ihr spielen darf.«

»Ja, manchmal, wenn wir den beiden zufällig begegnen«, schränkte Melissa rasch ein. »Aber das wird doch nicht so oft vorkommen.«

»Warum nicht?«

»Weil Lennart auch arbeiten muss und bestimmt auch in seiner Freizeit viel zu tun hat.«

»Aber am Wochenende war er auch hier mit Sissy und hatte Zeit.«

»Ja, ich weiß, das war auch furchtbar nett von ihm«, bestätigte Melissa etwas hilflos. »Aber das bedeutet noch lange nicht, dass er uns mit Sissy so oft besuchen kommen kann, wie du dir das vielleicht jetzt wünschst.«

»Warum nicht? Du hast doch auch gesagt, dass er nett ist.«

»Ja, schon, aber ...« Melissa wurde von einem lauten Klopfen an der Tür unterbrochen. »Nanu, wer mag das wohl jetzt sein?« Rasch erhob sie sich, warf einen Blick durch das ovale Glasfenster in der Tür und öffnete sie hastig.

Eine junge Frau in grauer Hose und ebenfalls grauer Jacke mit dem roten Aufdruck *Speedy Mail and Parcels* hielt ihr einen dicken Briefumschlag hin. »Express-Sendung für Frau Melissa Lange.«

»Oh. Danke.« Melissa nahm den Umschlag stirnrunzelnd an. »Von wem mag der sein?« Als sie den Absender las, wurde ihr kalt.

»Eine Unterschrift bitte noch.« Die junge Frau hielt ihr einen Scanner und einen Plastikstift hin.

Hastig kritzelte Melissa ihren Namen.

»Vielen Dank und noch einen schönen Abend.« Die Zustellerin lächelte ihr freundlich zu und kehrte zu ihrem grauen Lieferwagen zurück, auf dem ebenfalls der Name des Versandunternehmens zusammen mit einer Maus aufgedruckt war, die einige Ähnlichkeit mit der Zeichentrickfigur Speedy Gonzales aufwies. Augenblicke später rollte der Wagen bereits davon.

»Wer war das?« Andy war neben ihr aufgetaucht.

»Das war eine Zustellerin von einem Kurierdienst.« Der Brief in Melissas Händen schien sich regelrecht zu erwärmen, ihr Herzschlag hatte sich unangenehm beschleunigt.

»Gucken wir jetzt auch in unseren neuen Briefkasten?«

Melissa zögerte, nickte dann aber. »Okay, obwohl wir ja eigentlich erst den Tisch abräumen wollten.«

»Das können wir doch danach immer noch«, stellte Andy grinsend fest, und dem konnte sie kaum widersprechen.

»Also gut, dann schauen wir mal.« Sie zog ihren Schlüsselbund aus der Hosentasche und öffnete den großen Briefkasten im amerikanischen Stil, der an einem Pfosten des Vordachs angebracht war und neben dessen Klappe ein leuchtend rotes Fähnchen hochgestellt war, sodass man wusste, dass sich Post im Inneren des Kastens befand. Tatsächlich fand sie die neueste Werbebroschüre des Gewerbevereins darin sowie zwei Prospekte – eines vom Baumarkt und das eines Discounters. »Hier, bitte sehr, Andy.« Sie reichte alle drei an ihren Sohn weiter, der sie begeistert an sich nahm und zurück zum Esstisch stürmte, um sie dort abzulegen und darin zu blättern. Die beiden bunt bedruckten Umschläge einer Bank und einer Versicherung hielt sie zurück, die würden Andy kaum interessieren.

Sie verschloss den Briefkasten wieder, klappte das Fähnchen herunter und kehrte ebenfalls ins Haus zurück. Die beiden Briefe legte sie beiseite. Man konnte so vorsichtig sein, wie man wollte, irgendwie wurden Adressen trotzdem zu Werbezwecken weitergegeben. Viel wichtiger war der dicke Umschlag. Er stammte von ihrer Anwältin und enthielt einen weiteren Umschlag. Als sie den Absender erkannte, beschleunigte sich ihr Puls schlagartig. Es handelte sich um ein Schreiben des Gerichts, von dem damals ihre Scheidung, die Sorgerechtsangelegenheit bezüglich Andy und das Kontaktverbot verhandelt worden waren.

Melissa wurde es heiß und kalt zugleich, und für einen Moment hatte sie das Gefühl, die Welt um sie herum würde sich schneller drehen. Rasch ließ sie sich auf ihren Stuhl sinken, doch noch ehe sie es mit ihren leicht zitternden Händen schaffte, den Umschlag zu öffnen, klingelte ihr Handy. Fahrig zog sie es aus ihrer Gesäßtasche und nahm, als sie die Anruferin erkannte, das Gespräch hastig an. »Gut, dass Sie anrufen, Frau Dr. Bremer. Ich habe mir gerade …«

»Ja, ich weiß«, unterbrach ihrer Anwältin sie. »Ich habe den Brief und die Kopie an mich heute Morgen in meiner Post entdeckt. Offenbar ist beides am Samstag eingegangen, als ich nicht im Büro war. Ich habe das Schreiben selbstverständlich gleich per Expresskurier an Sie weitergeleitet, damit Sie es so schnell wie nur möglich erhalten. Leider konnte ich Sie heute tagsüber nicht anrufen, weil ich mit einem anderen, äußerst dringenden Fall beschäftigt war, der Ihrem leider sehr ähnlich ist. Das tut mir leid, denn eigentlich wollte ich Sie auf diese Post natürlich vorbereiten, aber dann haben mich die Umstände gezwungen, meiner anderen Klientin ganz rasch Hilfestellung zu leisten, weil sie sich in akuter Gefahr befand. Ich bin jetzt erst wieder in meinem Büro. Einen Durchschlag des Schreibens habe ich, wie gesagt, hier vorliegen. Ich nehme an, Sie haben es bereits gelesen?«

»Nein.« Melissa schluckte. »Noch nicht. Ich habe es gerade erst erhalten. Was steht darin?«

Es dauerte genau einen Atemzug lang, bevor ihrer Anwältin antwortete: »Das, worüber wir bereits gestern gesprochen haben. Sie hatten mir ja Ihre Befürchtungen kundgetan, Ihr Exmann könnte nach seinem Umzug nach Köln und dem Hauskauf in Ihrer unmittelbaren Nähe etwas im Schilde führen.« Wieder entstand eine ganz kurze Atempause. »Er beantragt die Aufhebung des Kontaktverbots.«

»Nein!« Melissa wurde übel.

»Er argumentiert damit, dass er sich einer Therapie unterzieht, seitdem Sie ihn verlassen haben.«

»Eine Therapie?« Melissa schluckte hart an dem Kloß, der sich in ihrem Hals gebildet hatte. »Das kann doch nicht sein! Geht das denn so einfach?«

»Wenn er auf einen wohlgesonnenen Richter oder Richterin trifft, dann könnten seine Chancen nicht schlecht stehen.« Die Anwältin seufzte hörbar. »Ich weiß, Frau Lange, das ist das Letzte, was Sie von mir hören möchten. Die Tatsache, dass er bereits seinen Lebensmittelpunkt nach Köln verlegt hat und offensichtlich vorhat, noch mehr in Ihre Nähe zu ziehen, lässt mich vermuten, dass er sich gemeinsam mit seinem Anwalt sehr gute Chancen ausrechnet, in dieser Sache Recht zu bekommen. Ich verstehe vollkommen, wie Ihnen nun zumute sein muss. Deshalb würde ich vorschlagen, dass wir uns noch in dieser Woche zusammensetzen und über die Angelegenheit reden. Es wurde bereits ein Termin für eine erste Anhörung vor dem Familiengericht festgesetzt. Ich bin selbst ein wenig überrascht, dass dieser Termin schon in weniger als zwei Wochen stattfinden soll, und noch dazu nicht am ursprünglichen Gerichtsort, wie Sie sehen werden. Von dort kommt zwar das Schreiben, jedoch werden Sie in den umfangreichen Ausführungen erkennen, dass der Gerichtsort nach Köln verlegt wurde. Das ist ein eindeutiges Indiz dafür, dass ohne unsere Kenntnis bereits im Vorfeld einiges in die Wege geleitet wurde, was aus meiner Sicht eine Unverschämtheit ist. Allerdings war es ein kluger Schachzug, denn wenn wir jetzt Einspruch erheben, was wir selbst verständlich tun können, dann wird die Gegenseite uns als nicht kooperativ hinstellen. Der Anwalt Ihres Exmannes führt dazu aus, was das Gericht auch aufgreift, man habe darauf gedrungen, den Gerichtsort zu verlegen, um Ihnen entgegenzukommen, da Sie ja wegen Ihres Sohnes nicht einfach so mal eben mitten in der Woche nach Berlin reisen können. Normalerweise brauchen solche Angelegenheiten deutlich mehr Vorlauf, insbesondere bei dem Personalmangel, der allerorten bei Gericht herrscht. Ich gehe also davon aus, dass Ihr Exmann bereits durch seine Anwälte und seine Verbindungen ein paar Strippen gezogen hat, und das auf eine Art und Weise, die uns wirklich dumm dastehen ließe, wenn wir dagegen vorgehen würden.«

»In zwei Wochen in Köln?« Ungelenk versuchte Melissa, den Briefumschlag mit einer Hand zu öffnen, und zerriss ihn dabei halb. Achtlos warf sie ihn beiseite und entfaltete das mehrseitige Schreiben. Schon auf der ersten Seite entdeckte sie das festgesetzte Datum und hatte einmal mehr das Gefühl, als würde die Welt sich um sie herum schneller drehen. Das Herz pochte schmerzhaft gegen ihre Rippen. »Und was jetzt?«

»Verfallen Sie bitte nicht in Panik, Frau Lange.« Die Stimme der Anwältin klang sanft und beruhigend. »Noch ist ja nichts entschieden. Hätten Sie am Donnerstagnachmittag Zeit für ein Gespräch? Dann würde ich alle erforderlichen Unterlagen zusammensuchen und auch Sie bitten, sich zumindest mental schon einmal vorzubereiten, damit wir uns einen Schlachtplan überlegen können. Ich bringe auf jeden Fall in Erfahrung, ob wir gegebenenfalls doch einen Nachteil durch die Verlegung des Gerichtsortes zu befürchten haben. Ich gehe aber davon aus, dass es ein größerer Nachteil wäre, wenn wir auf dem ursprünglichen Gerichtsort bestehen würden.«

»Okay.« Melissa kaute auf ihrer Unterlippe. »Glauben Sie wirklich, er kommt damit durch?« Unruhig erhob sie sich, ging hinüber zum Küchenfenster und blickte nach draußen zum Fahrweg.

»Das ist schwer zu sagen, ohne alle Fakten zu kennen.« Die Anwältin räusperte sich. »Bleiben Sie bitte ruhig, Frau Lange. Das Kontaktverbot wurde ja aus sehr gutem Grund erlassen. Um es aufzuheben, wird es sicherlich mehr brauchen als die angebliche Therapie, die Ihr Exmann gemacht hat. Wie gesagt, ich werde dafür sorgen, dass wir von der Gegenseite alle erforderlichen Unterlagen erhalten, damit wir uns auf den Gerichtstermin vorbereiten können.«

Melissa nickte, obwohl die Anwältin das natürlich nicht sehen konnte. »Da gibt es noch etwas, dessentwegen ich Sie auch noch anrufen wollte, Frau Dr. Bremer.« Sie berichtete, was Lena am Nachmittag entdeckt hatte, und äußerte auch die Schlüsse, die sie daraus gezogen hatten. Nachdem sie geendet hatte, vernahm sie erneut das Räuspern ihrer Anwältin.

»Dies sind in der Tat wichtige Informationen, Frau Lange. Sie haben also einen Stick mit den Videoaufnahmen? Dann bringen Sie ihn bitte unbedingt zu unserem Treffen am Donnerstag mit. Soll ich Sie bei Ihnen zu Hause besuchen, oder ist Ihnen ein öffentlicher Ort lieber?«

»Das können wir ruhig hier bei uns zu Hause machen.« Melissa sah sich um. »Hier ist viel mehr Platz als in meiner alten Wohnung.« Sie durchquerte das gesamte Erdgeschoss und trat an die große Fensterfront im Wohnzimmer. »Es liegt zwar etwas abgelegen am Ortsrand, genauer gesagt gehört das Haus eigentlich zu einer Ferienhaussiedlung, aber es ist wirklich sehr schön hier, und wir haben ...« Sie stockte, blinzelte, kniff die Augen ein wenig zusammen. Hatte sie da eben etwas draußen im Garten gesehen? Eine Bewegung? Ihr Herz blieb beinahe stehen. Fahrig sah sie sich um, doch natürlich hatte sie noch keine Vorhänge an den Fenstern. Deshalb eilte sie zu dem Schalter, mit dem sich die Jalousien schließen ließen. Sie drückte ihn, es knackte leise, doch nichts tat sich. Ihr Herz begann zu rasen. Wieder und wieder drückte sie auf den Knopf, doch die Jalousien bewegten sich nicht einen Millimeter.

»Frau Lange? Ist alles in Ordnung?«, kam es besorgt aus ihrem Handy.

Melissa schluckte hart. »Ich … weiß nicht. Ich dachte, ich hätte draußen etwas gesehen, aber …« Sie blickte noch einmal angestrengt in den dunklen Garten, schaltete sogar das Außenlicht ein, doch weit und breit war nichts Auffälliges zu entdecken.

»Mama? Was ist denn da draußen?« Andy gesellte sich zu ihr und blickte ebenfalls neugierig hinaus.

Sie erschrak. »Gar nichts, mein Schatz. Ich dachte nur, ich hätte etwas gesehen, aber wahrscheinlich war es nur ein Strauch, der sich im Wind bewegt hat.« Sie deutete nach draußen. »Siehst du, es ist nämlich ganz schön windig geworden.«

»Ach so.« Andy verlor das Interesse und kehrte zum Küchentisch zurück. »Ich stelle schon mal die Teller in die Spülmaschine, ja?«

Melissa nickte ihm zu und atmete tief durch. »Frau Dr. Bremer?«

»Ist wirklich alles in Ordnung bei Ihnen?«, hakte die Anwältin nach.

»Ja, ich sehe anscheinend schon Gespenster.« Melissa versuchte sich an einem Lachen, das ihr jedoch reichlich misslang.

»Da bin ich mir nicht so sicher.« Die Anwältin klang immer noch sehr besorgt. »Immerhin haben Sie mir soeben den Verdacht unterbreitet, dass Ihr Exmann Sie immer noch oder schon wieder beobachten lässt. Ich möchte Sie auf gar keinen Fall noch weiter aufregen, aber Sie sollten sich überlegen, ob Sie jemanden verständigen. Haben Sie Bekannte oder Freunde, bei denen Sie im Zweifelsfall unterkommen können?«

»Ja.« Unsicher trat Melissa von einem Fuß auf den anderen. »Wahrscheinlich schon.«

»Gut. Wenn Sie sich nicht sicher fühlen sollten, dann nehmen Sie die Hilfe Ihrer Freunde in Anspruch. Falls Sie den Eindruck gewinnen sollten, dass jemand sich unbefugt Zutritt zu Ihrem Grundstück verschafft, dann verständigen Sie die Polizei.«

»Mhm.« Der Kloß in Melissas Kehle wuchs erneut an. »Das werde ich tun. Aber ich glaube, ich habe mich geirrt. Wer sollte sich auch bei diesem Wetter da draußen herumtreiben? Es fängt gerade an zu regnen und stürmt ganz schön.«

»Das ist vielleicht Ihr Glück, falls sich tatsächlich jemand in der Nähe aufgehalten haben sollte«, befand die Anwältin. »Kann ich sonst noch irgendetwas für Sie tun?«

Melissa dachte einen Augenblick über die Frage nach, schüttelte dann aber den Kopf. »Ich glaube nicht.«

»Können wir uns am Donnerstag gegen drei bei Ihnen treffen?«

»Ja, das wird irgendwie gehen. Ich frage Jana, ob ich den Laden früher schließen kann. Vielleicht ist sie aber auch schon aus ihrer Schaffensphase heraus, dann kann sie den Verkauf auch selbst übernehmen.«

»Schön. Also bis Donnerstag, Frau Lange, und machen Sie sich bitte nicht verrückt. Ich weiß, das ist leichter gesagt als getan, aber Sie schaffen das, da bin ich ganz sicher.«

Nachdem das Gespräch beendet war, blickte Melissa noch einmal hinaus in den Garten, ließ ihren Blick über jeden Busch, jedes Beet und jeden Stein wandern. Dort war niemand. Entschlossen schaltete sie das Licht wieder aus und drückte noch einmal den Schalter für die Jalousien, doch noch immer tat sich nichts. War er defekt? Das musste sie morgen unbedingt Justus Sternbach mitteilen.

»Mama? Ich glaube, da hinten ist eben ein Auto vorbeigefahren.« Andys Stimme riss sie aus den Gedanken.

»Was? Wo?«

Sie rannte zurück in die Küche, wo Andy mittlerweile auf seinem Lieblingsbarhocker saß. Er deutete zum Fenster, das zum Fahrweg hinaus zeigte. »Da vorne, wo der Weg abbiegt und wo man nur zu Fuß gehen kann oder mit dem Fahrrad fahren. Ich glaube, da ist eben einer mit einem Auto reingefahren.«

Melissas Pulsschlag überschlug sich sofort wieder. Gleichzeitig stieg Ärger in ihr auf. Ließ Matthias sie etwa tatsächlich bis nach Hause verfolgen und überwachen? In einem ungewohnten Anfall von Entschlossenheit ging sie zur Haustür, kehrte noch einmal zurück, öffnete den Wandschrank und nahm eine Taschenlampe heraus. »Andy, du bleibst bitte im Haus.«

»Gehst du jetzt raus? Was willst du denn draußen machen?« Andy sprang vom Hocker herunter, rannte auf sie zu und umklammerte ihre Hüfte. »Geh da nicht raus, Mama. Vielleicht entführen die dich dann.«

Ein leicht hysterisches Lachen stieg in ihr auf, blieb ihr jedoch in der Kehle stecken. »Unsinn, Andy. Niemand entführt mich. Ich will nur nachsehen, ob da vielleicht jemand versehentlich falsch abgebogen ist. Es hat heute schon mehrmals geregnet, und du hast ja selbst gesagt, dass man auf dem Weg dort hinten nicht mit dem Auto fahren kann. Wenn sich da jemand festfährt, braucht er vielleicht Hilfe.«

»Aber wenn da ein böser Mensch ist?«

Melissa schüttelte den Kopf. »Mach dir keine Sorgen, mir passiert nichts.«

Sie wünschte sich sehr, wirklich davon überzeugt zu sein, doch immerhin hatte sie auch eine Verantwortung ihrem Sohn gegenüber, deshalb konnte sie nicht zulassen, dass jemand ihnen mitten in der Nacht Angst einjagte. Gut, nicht mitten in der Nacht, es war gerade kurz vor sieben, aber auf jeden Fall war es bereits dunkel, und im Grunde hatte hier draußen um diese Zeit niemand mehr etwas zu suchen. »Warte bitte hier, Andy«, wiederholte sie, öffnete die Tür und trat nach draußen.

Eine eisige Windböe fuhr sie an und ließ sie schaudern. Sollte sie sich eine Jacke anziehen? Sie entschied sich dagegen, weil sie ja nur ein paar Schritte bis zu der Einmündung des Waldweges gehen wollte. Entschlossen machte sie sich auf den Weg und schaltete, während sie ging, die Taschenlampe ein. Eigentlich war das unnötig, da der Bewegungsmelder vor dem Haus dafür sorgte, dass sich das Licht über dem Eingang einschaltete. Es reichte aus, um ihre Umgebung zu erkennen. Dennoch leuchtete sie mit ihrer Taschenlampe die Baumgrenze ringsum ab und dann auch noch einmal in den Weg hinein. Tatsächlich entdeckte sie Reifenspuren auf dem aufgeweichten Waldweg. Sie folgte ihnen ein paar Schritte, doch da alles ringsum mucksmäuschenstill war und es ihr ein wenig unheimlich zumute wurde, kehrte sie rasch um und ging zum Haus zurück. Sicherheitshalber umrundete sie noch einmal mutig das Grundstück, doch weit und breit war nichts und niemand zu hören oder zu sehen außer den stürmischen Windböen, die in Bäumen und Sträuchern rauschten und raschelten. Sie hatte gerade die Haustür wieder erreicht, als ein heftiger Regenguss niederging und sie mit einem Satz ins Haus flüchten ließ. Sorgsam schloss sie die Tür hinter sich ab und schüttelte sich.

»Du bist ganz strubbelig, Mama.« Andy saß wieder auf seinem Hocker und ließ die Beine baumeln. »Das sieht lustig aus.«

Melissa griff mit beiden Händen in ihr Haar, das vom stürmischen Wind tatsächlich ganz zerzaust worden war. Sorgsam strich sie es wieder einigermaßen in Form. »Ich glaube, du musst allmählich deine Zähne putzen und ins Bett.«

»Aber ich sollte dir doch beim Auspacken helfen.«

Melissa schüttelte den Kopf. »Morgen ist ein Schultag, mein Schatz. Unser Gespräch eben und das Telefonat haben ein bisschen zu lange gedauert. Dann muss ich eben einstweilen alleine mit dem Auspacken anfangen.«

»Ich kann dir aber wirklich noch helfen.«

Sie lachte. »Dafür ist morgen auch noch Zeit, mein Schatz.«

14. Kapitel

Sag mal, Herrchen, was soll das eigentlich? Erst nervst du mich mit diesem fürchterlichen Staubsauger, und jetzt rennst du hier schon die ganze Zeit in der Wohnung hin und her und räumst alle Sachen weg, die wir die letzte Woche so schön an tausend Stellen abgelegt haben. Sogar mein ganzes Spielzeug liegt jetzt wieder in der Kiste drüben hinter der Couch! Dabei hatte ich mir wirklich Mühe gegeben, jedes Teil sehr sorgfältig an einem bestimmten Platz in der Wohnung zu deponieren, damit ich immer schnell Zugriff darauf habe und nicht immer extra zu dieser blöden Box rennen muss. Hoch aufgerichtet und leise vor sich hin brummelnd saß Sissy mitten in Lennarts Wohnzimmer und beobachtete jede seiner Bewegungen mit leicht zusammengekniffenen Augen.

Jedes Mal, wenn Lennart beim Aufräumen durch das Zimmer ging, musste er sie umrunden. »Sissy, Süße, du sitzt mir ein kleines bisschen im Weg.«

Das weiß ich, und das ist auch volle Absicht. Leider funktioniert es nicht. Würdest du nicht viel lieber ein bisschen mit mir spielen oder kuscheln, anstatt unsere gemütliche Unordnung zu beseitigen?

»Vielleicht sollte ich dir beibringen, deine Sachen selbst aufzuräumen«, schlug er grinsend vor. »Ich habe neulich ein Video auf Instagram gesehen, wo genau erklärt wurde, wie man Hunden so etwas beibringt.«

Echt jetzt? Warum sollte ich denn meine Sachen aufräumen? Ich sagte doch, ich habe sie mit voller Absicht an die Stellen gelegt, wo sie jetzt leider nicht mehr liegen. Jetzt muss ich mit der ganzen Arbeit von vorne anfangen.

»Schau mich nicht so an!« Lachend tätschelte Lennart Sissys Kopf. »Ein bisschen Ordnung muss nun einmal sein. Schließlich sind wir am Wochenende nicht dazu gekommen, hier klar Schiff zu machen.« Seine Gedanken wanderten unwillkürlich zurück zum gestrigen Tag und damit auch zu Melissa, was gemischte Gefühle in ihm hervorrief. Er hatte ihr gern beim Umzug geholfen und auf diese Weise natürlich so einiges über sie erfahren. Einerseits bewunderte er sie für ihren Mut, zusammen mit ihrem kleinen Sohn neu anzufangen und sich ohne jede Hilfe ein Leben aufzubauen. Andererseits schien sie tief durchdrungen von Selbstzweifeln und Ängsten zu sein. Ihm war klar, dass es eine große Herausforderung bedeuten würde, sich stärker auf sie einzulassen. Dass sie es unbedingt wert war, stand außer Frage, doch ihm war noch nicht so recht klar, wie er dabei vorgehen sollte. Sie schreckte vor jeglicher Nähe oder auch nur deren Andeutung zurück und schien sich, was natürlich mehr als verständlich war, ausschließlich auf die Beziehung zu ihrem kleinen Sohn und dessen Wohlergehen konzentrieren zu wollen, ohne zu bemerken, dass sie die Zuwendung, die sie Andy gab, auch dringend selbst brauchte. Aus ihrem Verhalten und ihren Reaktionen schloss er, dass ihre Reserviertheit und Zurückhaltung nicht ausschließlich in ihren schlimmen Erfahrungen mit ihrem Exmann wurzelten, sondern sogar noch deutlich weiter in die Vergangenheit zurückzureichen schienen.

Die böse, böse Kindheit, dachte er bei sich. Entweder sie verlief glücklich und verhalf zu einem gesunden Selbstbewusstsein und einer positiven Einstellung dem Leben und den Menschen gegenüber, oder sie war auf die eine oder andere Weise verkorkst, sodass ihr Nachhall viele Jahre belastend und einschränkend zu spüren war. Er selbst hatte das Glück gehabt, eine wirklich schöne Kindheit erleben zu dürfen. Dass seine Mutter ihn und Lena im Stich gelassen hatte, als sie noch ganz klein gewesen waren, hatte sich nicht allzu negativ auf ihr Leben ausgewirkt. Natürlich wusste er, dass sein Vater damals eine ganze Zeit lang traurig gewesen sein musste und schwer gekämpft hatte, dennoch hatte er immer – immer! – dafür gesorgt, dass Lena und Lennart sich beschützt, wertgeschätzt und geliebt gefühlt hatten. Arndt Overbeck hatte es geschafft, die Rolle von Vater und Mutter so in einer Person zu vereinigen, dass seinen Kindern emotional nie etwas gefehlt hatte. Dafür hatte er, das hatte Lennart erst als Erwachsener im Rückblick erkannt, viel aufgegeben. Wenn es im Leben seines Vaters in all den Jahren Frauen gegeben hatte, dann immer nur sehr kurz, sehr diskret und niemals in einer Form, die auf eine ernste Bindung hätte hinauslaufen können. Tatsächlich konnte Lennart sich fast gar nicht daran erinnern, dass sein Vater jemals eine Frau erwähnt, geschweige denn ihnen vorgestellt hätte. Selbst als die beiden Geschwister schließlich erwachsen gewesen waren, hatte sich daran kaum etwas geändert.

Hin und wieder fragte Lennart sich, ob sein Vater sich wohl einsam fühlen mochte. Seltsamerweise war dies das einzige Thema, über das sie nie offen miteinander geredet hatten. Vielleicht, so führte er den Gedanken fort, war es dafür allmählich an der Zeit. Sein Vater war noch nicht Mitte fünfzig, also beileibe noch nicht zu alt für einen Neuanfang. Lennart würde ihm ein neues Glück von Herzen gönnen, doch er wusste nicht einmal, ob sein Vater sich, und wenn auch nur ganz insgeheim, nach so etwas sehnte.

Was ist denn nun schon wieder? Warum stehst du da jetzt schon so lange in der Gegend herum und sagst nichts und rührst dich nicht mehr? Sissy stieß ein Geräusch aus, das irgendwo zwischen Bellen und Knurren lag, und legte, als Lennart sich ihr zuwandte, den Kopf ein wenig schräg. *Nun sag schon, Herrchen, was ist los mit dir?*

Lennart schmunzelte. »Du willst wohl, dass ich mich mit dem Aufräumen ein bisschen beeile, was?«

Äh, nein, eigentlich nicht. Von mir aus kannst du sofort ganz damit aufhören, denn ich sehe sowieso keinen Sinn darin.

Lennart sah sich in der geräumigen Einliegerwohnung um, die sich in seinem Elternhaus befand. Im Erdgeschoss lag die Wohnung seines Vaters, das Obergeschoss wurde von Lena bewohnt. Sie hatten das Haus gemeinsam aus- und umgebaut, als die beiden Geschwister das Erwachsenenalter erreicht hatten. So waren drei vollkommen ausreichend große Wohnbereiche entstanden, in denen jedes Mitglied der Familie ein eigenes, in sich abgeschlossenes Reich besaß und dennoch nicht weit von den anderen entfernt war. Da sie alle drei Singles waren, war dies in ihrer aller Augen die sinnvollste Lösung. Allerdings hatten sie auch schon weitergedacht und besprochen, dass, sollten Lena oder Lennart oder beide einmal jemanden kennenlernen und eine Familie gründen, die jeweils leer werdende Wohnung vermietet werden könnte. Lennarts Vater war mit dieser Lösung einverstanden gewesen, denn auf diese Weise behielt er selbst dauerhaft sein gewohntes Reich, würde darüber hinaus aber auch immer Gesellschaft in unmittelbarer Nähe haben. Vielleicht sogar in höherem Alter einmal eine Haushaltshilfe oder dergleichen. Doch an so etwas war natürlich im Augenblick noch lange nicht zu denken. Arndt Overbeck war ein gesunder, kräftiger und sportlicher Mann, der vor Energie geradezu sprühte und diese wohl auch auf die eine oder andere Weise an seine beiden Kinder vererbt hatte.

Im Grunde, so kam Lennart wieder auf seinen vorherigen Gedanken zurück, war es vollkommen verrückt und nicht nachvollziehbar, dass sein Vater den Rest seines Lebens als Single verbringen sollte. Natürlich fielen passende Frauen nicht mal eben so vom Himmel, doch vielleicht sollte er seinen Vater öfter einmal ermutigen auszugehen oder sich doch zumindest mehr den verschiedenen Aktivitäten der Vereine anzuschließen, in denen er Mitglied war. Sportverein, Sportschützen und sogar der Karnevalsverein boten doch sicherlich genügend Gelegenheiten, unter Menschen zu kommen. Meist hatte Arndt Overbeck sich in dieser Hinsicht mehr dem rein sportlichen Aspekt gewidmet oder, im Falle des Karnevalsvereins, regelmäßige Spenden getätigt. Doch was sprach dagegen, ihn zu ermutigen, sich zukünftig auch der geselligen Seite der Vereine mehr zu widmen?

Lennart war ebenfalls Mitglied im Sportverein und bei den Sportschützen, wobei er Letztere schon seit einer Weile sträflich vernachlässigte. Als Jugendlicher hatte er Spaß daran gehabt, dieses Hobby mit seinem Vater zusammen auszuüben, ebenso wie seine Schwester. Doch inzwischen hatte diese Begeisterung sehr nachgelassen und neuen Interessen Platz gemacht. Auch den Sportverein nutzte er mehr zur körperlichen Ertüchtigung, denn zur Pflege von Freundschaften, obgleich er natürlich einige gute Bekannte dort hatte. Er spielte Eishockey und war auch eine Zeit lang im American-Football-Team gewesen. Mittlerweile konzentrierte er sich jedoch nur noch auf eine Sportart und half auch immer mal wieder beim Training des Junior-Eishockeyteams aus. Er mochte den Teamsport, war jedoch, das musste er zugeben, ebenfalls nicht der gesellige Typ, der sich auf jedem Sportfest oder Tag der offenen Tür unter die Menge mischen wollte. Deshalb hatte er sich in dem kleinen Raum, der ihm in seiner Wohnung als Büro diente, Hantelbank und Rudergerät aufgestellt, um jederzeit ungestört und für sich trainieren zu können.

Es würde also wahrscheinlich nicht ganz so einfach werden, seinen Vater davon zu überzeugen, sich mehr in Gesellschaft zu begeben, wenn er selbst nicht allzu scharf darauf war und demnach kein Vorbild sein konnte. Aber einen Versuch war es vielleicht wert, und eventuell hatte ja auch Lena eine Idee, wie sie ihrem Vater zu einem etwas erfüllteren Privatleben verhelfen könnten.

Seine eingehende Musterung der Umgebung brachte ihn zu dem Schluss, dass es für heute Abend mit dem Aufräumen genug sein durfte. Allerdings fiel dabei sein Blick auf den Korb mit der Bügelwäsche, den er auf dem Sofa abgestellt hatte, und er seufzte abgrundtief. »Tja, Sissy, ich schätze, mit dem Aufräumen bin ich fertig.«

Oh, sehr gut! Dann können wir ja endlich zum gemütlichen Teil des Abends übergehen. Sissy sprang auf und wedelte begeistert mit der Rute.

»Wenn ich allerdings ab übermorgen gebügelte Hemden tragen will, dann bleibt mir wohl nichts anderes übrig, als noch rasch das Bügeleisen anzuschmeißen.«

Das Bügeleisen? Ist nicht dein Ernst! Ich dachte, wir spielen und kuscheln jetzt. Sissy ließ sich geräuschvoll wieder auf ihr Hinterteil plumpsen und brummelte ungehalten vor sich hin.

»Ja, ich weiß«, antwortete Lennart achselzuckend. »Aber es nützt ja nichts.« Er trug zwar zur Arbeit so gut wie nie Anzüge, jedoch brauchten auch seine legeren Freizeithemden, ebenso wie seine T-Shirts, die er leider versehentlich zu lange im Trockner gelassen hatte, eine Bearbeitung auf dem Bügelbrett. Selbiges zog er deshalb rasch aus dem kleinen Wandschrank neben dem Durchgang zur Küche, klappte es auf und stellte es mitten ins Wohnzimmer. Er wollte gerade das Bügeleisen aus dem Schrank nehmen, als sein Handy klingelte. Überrascht blickte er auf seine Armbanduhr und stellte fest, dass es bereits kurz vor zehn war. Normalerweise rief um diese Zeit niemand mehr bei ihm an außer Lena, wenn sie ein Problem im Haushalt hatte, das sie alleine nicht lösen konnte. Denn so gut sie sich auch mit Computern und Software auskannte, so wenig Talent besaß sie in allen handwerklichen Dingen sowie in der Küche. Also ließ er das Bügeleisen im Schrank und eilte hinüber ins Wohnzimmer, wo sein Handy auf dem Couchtisch lag. Er hatte bereits eine liebevoll-spöttische Bemerkung auf den Lippen, als er zu seiner grenzenlosen Überraschung auf dem Display nicht den Namen und das Foto seiner Schwester erblickte. Sein Herz machte einen Satz, in seinem Magen bildete sich jedoch ein flaues Gefühl. Eilig nahm er das Gespräch an. »Melissa? Guten Abend.«

»Ja, äh, guten Abend.« Melissas Stimme klang nervös. »Entschuldige bitte, dass ich dich so spät anrufe, das ist sonst nicht meine Art. Aber ich wusste nicht, an wen ich mich sonst wenden soll. Ich habe es erst bei Jana versucht, aber sie geht nicht an ihr Handy, und Oliver hat gesagt, dass er noch vor einer halben Stunde mit ihr gesprochen hat und sie immer noch in ihrer Werkstatt arbeitet und nicht gestört werden will. Er ist mit Scottie noch unterwegs bei einem Arbeitseinsatz – eine Observierung wohl oder so etwas. Und von Ellie weiß ich, dass sie montagabends immer Meisterschule hat und danach noch mit Kolleginnen ausgeht. Da möchte ich sie natürlich auch nicht stören ...« Ihre Worte überschlugen sich fast, und es war zu vernehmen, dass sie unregelmäßig atmete.

»Schon gut, schon gut.« Das flaue Gefühl verstärkte sich noch. »Atme erst einmal tief durch.« Lennart bemühte sich, seiner Stimme einen beruhigenden Klang zu geben. »Was ist passiert?«

»Nichts.« Melissa schien tatsächlich zu versuchen, ruhiger zu atmen. »Also doch, schon, ich weiß es nicht genau. Aber ich glaube, da draußen ist jemand.«

»Draußen?« Alarmiert spannte Lennart sich an. »Wo? Vor deinem Haus?«

»Ja, nein, also eher hinter dem Haus. Ich bin mir nicht ganz sicher, aber ich habe vorhin, also, bevor ich Andy ins Bett gebracht habe, schon einmal gedacht, dass ich draußen im Garten eine Bewegung gesehen hätte. Aber als ich das Licht angemacht habe, war niemand da. Dann ist ein Auto in den Waldweg gefahren. Andy hat es gehört, und ich habe die Spuren entdeckt, aber nichts und niemanden gesehen. Und eben dachte ich, ich würde wieder ein Auto hören, und dann war draußen wieder so eine Bewegung ... Ich kann nicht mal die Jalousien zumachen, weil sie kaputt sind!« Ihre Worte begannen sich erneut zu überschlagen.

»Ganz ruhig, Melissa.« Lennart war bereits auf dem Weg in die kleine Diele, wo sich seine Garderobe befand, und griff nach seiner Lederjacke. »Ich bin sofort bei dir. Es dauert nur ein paar Minuten, okay?«

»Nein, ja, also danke. Du brauchst nicht extra …«

»Red keinen Quatsch«, unterbrach er sie knapp. »Du hast wohl kaum aus Spaß an der Freude hier angerufen. Ich mache mich sofort mit Sissy auf den Weg.«

Wie? Mit mir? Was haben wir denn jetzt noch vor? Sissy sprang auf und kam freudig in die Diele geschwänzelt.

»Okay.« Die Erleichterung, die Melissas Stimme anzuhören war, alarmierte Lennart noch mehr. So, wie er sie bisher kennengelernt hatte, musste es sie unglaubliche Überwindung gekostet haben, ihn um Hilfe zu bitten – ausgerechnet ihn.

»Ist mit Andy alles in Ordnung?«, hakte er nach, während er in die Jacke schlüpfte.

»Ja, er schläft.«

»Gut. Ich bin auf dem Weg. Sollen wir weitertelefonieren, bis ich bei dir bin?«

»Was?« Sie klang verblüfft. »Ich, also, ich weiß nicht …«

»Bleib einfach am Handy. Wenn etwas sein sollte, kannst du es mir sofort sagen.« Er schaltete den Lautsprecher an seinem Handy ein, legte es auf das kleine Schränkchen neben der Garderobe und schnappte sich Sissys Geschirr und Leine. »Komm her, Süße«, sprach er die Hündin an. »Wir machen noch einen kleinen Ausflug.«

Wirklich? Wau ja, das klingt toll! Auf jeden Fall tausendmal besser als aufräumen oder dieses blöde Bügelbrett. Begeistert sprang Sissy an ihm hoch, sodass er sie erst einmal beruhigen musste, damit er ihr das Geschirr überstreifen konnte. Er schnappte sich seinen Schlüsselbund und das Mobiltelefon und machte sich auf den Weg.

Schon als er das Haus verließ, fuhr ihn eine eisige Windbö an, gleich darauf traf ihn prasselnder Regen, durchmischt mit nadelscharfem Graupel. Für einen kurzen Moment war er versucht, kehrtzumachen und sich eine passendere Jacke zu holen, entschied sich jedoch dagegen. Im Auto war es schließlich trocken, bei Melissa im Haus sowieso. Glücklicherweise war Sissy so gut an ihre Box in seinem Kofferraum gewöhnt, dass sie eifrig hineinsprang, kaum dass er sie geöffnet hatte.

»Fahr bloß vorsichtig«, kam Melissas Stimme aus seinem Smartphone, nachdem er sich hinters Steuer geklemmt und das Gerät auf dem Beifahrersitz abgelegt hatte. »Bestimmt sind die Straßen glatt.«

Das waren sie tatsächlich, doch glücklicherweise war es bis zu Melissas Haus nicht allzu weit, und auf den geschotterten Wegen der Ferienhaussiedlung war die dünne Eisschicht, die sich auf den Fahrbahnen gebildet hatte, nicht so sehr zu bemerken. Es dauerte tatsächlich nur wenige Minuten, bis er den Zuweg zum Blockhaus erreicht hatte. Er hielt jedoch an der Einmündung und stellte den Motor aus. Auch das Licht löschte er. »Ich bin fast da«, sagte er in Richtung Smartphone. »Wo genau hast du die verdächtigen Bewegungen bemerkt?«

»Einmal durch das Küchenfenster zum Fahrweg hin, und dann war da noch so etwas wie ein Lichtschein hinter dem Gartenzaun, wie von einer Taschenlampe. Ganz sicher bin ich mir aber nicht, weil die Büsche ja die Sicht einschränken.« Sie sog hörbar die Luft ein. »Was hast du denn jetzt vor?«

»Ich sehe mich unauffällig ein bisschen um.« Er nahm das Handy in die Hand und stieg leise aus dem Auto aus.

Hey, Herrchen, wo willst du hin? Nimmst du mich mit? Sissy wuffte leise in ihrer Box.

»Psst! Ganz leise, Sissy«, raunte Lennart der Hündin zu, bevor er die Fahrertür schloss, und konstatierte erleichtert, dass die Hündin verstanden zu haben schien. Sie gab keinen Mucks mehr von sich. Er verzichtete darauf, seine Taschenlampe aus dem Kofferraum zu nehmen, sondern verließ sich auf seinen Orientierungssinn und darauf, dass sich seine Augen bald an die Dunkelheit gewöhnt haben würden.

Glücklicherweise hatte der Regen inzwischen nachgelassen, der Graupel jedoch nicht. Zumindest wurde er davon nicht nass. Langsam und bemüht, möglichst kein Geräusch zu machen, ging er den breiten geschotterten Fahrweg entlang, der auf Melissas Blockhaus zuführte. Da es hinter einer Biegung lag, war es von hier aus nicht zu erkennen, er meinte jedoch, einen Lichtschein wahrzunehmen. Vermutlich hatte sie die Außenbeleuchtung eingeschaltet, was in ihrer Situation nur allzu verständlich war. Möglicherweise hatte sie etwaige Herumtreiber damit bereits in die Flucht geschlagen.

Besorgt machte ihn, dass sie erwähnt hatte, am früheren Abend schon einmal jemanden bemerkt zu haben. Es war also gut möglich, dass besagte Person später zurückgekehrt war, und das ließ darauf schließen, dass es sich um jemanden handelte, der sie womöglich schon länger beobachtete.

Nach knapp hundert Metern blieb er stehen. Nun war das Licht, das vom Blockhaus ausging, durch die Bäume deutlich zu erkennen. Er lauschte angestrengt, doch es war nur das Rauschen des kräftigen Windes in den kahlen Baumwipfeln zu vernehmen. Rasch schaltete er den Lautsprecher aus und hielt sich das Mobiltelefon ans Ohr. »Auf dem Fahrweg ist nichts zu erkennen«, sagte er leise ins Smartphone. »Hier links geht ein schmaler Pfad ab, weißt du, wohin der führt?«

»Nein, nicht genau.« Melissa klang atemlos. »Ich weiß nur, dass der Weg, der kurz vor dem Haus rechts abgeht, zum Sternbach-Resort führt. Wir hatten noch keine Zeit, die ganzen Waldwege zu erkunden.«

»Okay, dann finde ich es heraus.« Er fluchte innerlich, weil er in seinem Eifer, Melissa zu Hilfe zu eilen, nicht daran gedacht hatte, sich festes Schuhwerk anzuziehen. Die grauen Sneakers, die er trug, waren für die von Matsch und Eis bedeckten Waldwege alles andere als geeignet. Dennoch ging er entschlossen ein Stück den Pfad entlang, bis er auf eine Weggabelung stieß. Nach links führte der Weg offenbar noch tiefer in den Wald hinein, rechts seiner Einschätzung nach in einiger Entfernung am Blockhaus vorbei. Er wählte den rechten Weg und stellte fest, dass er tatsächlich seitlich vom Blockhaus in die Lichtung einmündete, auf der es erbaut worden war. Dort blieb er erneut stehen und sah sich aufmerksam und eingehend um. Bis zum Haus waren es von hier aus noch etwa zwanzig Meter über die Lichtung. Der stürmische Wind rüttelte und raschelte in Büschen und Baumwipfeln und übertönte jegliche anderen Geräusche. Einmal hatte er ganz kurz den Eindruck, an der Baumgrenze auf der gegenüberliegenden Seite der Lichtung ein Licht aufblitzen zu sehen, doch als er genau hinsah, war nichts mehr zu erkennen.

Ärger stieg in ihm auf, denn so etwas ging ihm dermaßen gegen den Strich, dass er diesem Mistkerl von einem Exmann gerne einmal persönlich die Meinung gegeigt hätte. Da der Graupelschauer einfach nicht nachlassen wollte und sich nun immer mehr Schneeflocken mit in den Niederschlag mischten, beschloss er schließlich, den Rückweg anzutreten. Er nahm jedoch nicht denselben Pfad zurück, sondern ging am Rand der Lichtung entlang zum Fahrweg und lief darauf im Laufschritt zu seinem Auto zurück.

Da bist du ja endlich wieder, Herrchen! Warum lässt du mich denn hier so ganz allein im Auto sitzen? Es ist dunkel und kalt und unheimlich! Das finde ich überhaupt nicht nett von dir. Sissy jaulte und brummelte anklagend, als er sich hinters Steuer klemmte.

»Entschuldige bitte, Sissy.« Er warf einen kurzen Blick über die Schulter und ließ den Motor an. »Wir sind gleich da. Bei Melissa gefällt es dir bestimmt besser als in der Box, was?«

Wir besuchen Melissa? Andy auch? Das finde ich jetzt mal ausgesprochen toll. Also los, beeil dich! Das kurze Bellen, das Sissy ausstieß, klang in Lennarts Ohren wie eine begeisterte Antwort.

Er lachte. »Das gefällt dir also? Du hast dich mit Andy angefreundet, nicht wahr?«

Und wie! Andy ist toll. Wau.

»Leider muss ich dich enttäuschen. Der Kleine schläft um diese Zeit bereits tief und fest.«

Egal. Vielleicht ist er doch noch wach und spielt mit mir.
Kaum hatte Lennart seinen Wagen in der Zufahrt zum Blockhaus hinter Melissas Corsa abgestellt, als er auch schon sah, wie sich die Haustür einen Spaltbreit öffnete.

***

Obwohl sie sich für ihren Panikanfall in Grund und Boden schämte, war Melissa schon seit einer Ewigkeit nicht mehr so erleichtert gewesen, einen anderen Menschen – und einen Hund – zu sehen, wie in diesem Moment. Dabei wusste sie genau, dass ihre überbordende Furcht irrational war. Denn selbst wenn irgendein Privatdetektiv sie und Andy rund um die Uhr beschattete, befanden sie sich doch wohl ganz sicher nicht in irgendeiner unmittelbaren Gefahr. Niemand würde sie angreifen, entführen oder ihnen etwas antun. Zumindest war das höchst unwahrscheinlich. Insbesondere, da sie nun wusste, dass Matthias sich erneut verheiratet hatte, war wohl kaum davon auszugehen, er wolle sie gewaltsam zurückholen. Dennoch hatte sie ja aus gutem Grund all die Monate versucht, sich vor ihm zu verstecken. Er war gefährlich, nicht nur wegen der körperlichen Gewalt, die er ihr angetan hatte, sondern auch für ihre Psyche. Es war einfach anmaßend, unverschämt und eine Gemeinheit von ihm, sie überwachen zu lassen. Damit drang er mit voller Absicht in ihre Privatsphäre ein und führte damit die perfiden Psychospielchen fort, die er schon während ihrer Ehe mit ihr getrieben hatte. Immer, wenn etwas nicht so gelaufen war, wie er sich das vorstellte, war sie schuld gewesen, auf die eine oder andere Weise. Und immer hatte er einen Weg gefunden, sie davon zu überzeugen, dass das tatsächlich der Fall war, selbst wenn sie sich zuvor mit vollem Recht gegen seine Anschuldigungen gewehrt hatte. Das war so weit gegangen, dass sie zeitweise sogar geglaubt hatte, seine Schläge verdient zu haben, und sei es auch nur, weil sie nicht klug oder flink genug gewesen war, um seine

Reaktion vorauszuahnen und sie gleich im Keim zu ersticken oder zu vermeiden.

Sich nun ausgerechnet an einen Mann um Hilfe wenden zu müssen, der ihr ebenfalls einen gehörigen Respekt einflößte, war mit das Schwierigste gewesen, was sie seit langer Zeit getan hatte. Vielleicht war auch Respekt nicht der korrekte Ausdruck für die Empfindungen, die Lennart Overbeck ständig in ihr auslöste. Allerdings fürchtete sie sich davor, ihnen einen anderen Namen zu geben, denn dazu müsste sie sich näher mit ihnen befassen, sie identifizieren und einordnen. Das war ihr aber einfach nicht möglich, insbesondere der Teil mit dem Identifizieren. Denn was genau hatte wohl dieses Kribbeln und Flattern in ihrer Magengrube zu bedeuten, das sich zuverlässig einstellte, als er nun, Sissy an der Leine neben sich, auf sie zukam? Wie sollte sie das unangemessen heftige Pochen ihres Herzens einordnen, wenn er sie anlächelte; jetzt gerade in einer Mischung aus Besorgnis und … Ja, was noch? Wiedersehensfreude?

»Hallo, Melissa.« Er schaltete das Handy aus, das er sich bis eben ans Ohr gehalten hatte, und schob es in die Gesäßtasche seiner Jeans. »Geht es dir einigermaßen?«

Hastig schob auch sie ihr Handy in die Hosentasche. »Ja, ich glaube schon. Es tut mir leid, dass ich dich so spät am Abend aufgescheucht habe. Oder vielmehr euch beide.«

»Unsinn. Wozu sind Freunde denn sonst da, wenn nicht, um sie zu jeder Tages- und Nachtzeit um Hilfe bitten zu können?« Er warf einen kurzen Blick auf Sissy, die, je näher sie Melissa kamen, immer aufgeregter mit der Rute wedelte und voranstrebte. »Wie du siehst, macht es mir überhaupt nichts aus, und Sissy war sogar richtig begeistert von dem späten Ausflug.«

Na klar bin ich begeistert! Es kommt schließlich nicht oft vor, dass wir so spät abends noch mehr machen als die übliche Runde ums Haus, damit ich mich erleichtern kann. Das hier ist doch viel spannender und lustiger! Hallo, Melissa! Ich freue mich total, dich wiederzusehen. Streichle mich mal bitte! Als Lennart vor Melissa stehen blieb, versuchte Sissy sofort, an ihr hochzuspringen. Daran konnte auch sein energisches »Stopp!« nicht viel ändern.

Unwillkürlich musste Melissa erst lächeln, dann lachen, als sie die feuchte Hundenase spürte, mit der Sissy immer wieder ihre Hände anstupste. »Na du, was machst du denn? Davon werden doch meine Hände ganz nass.«

Ist doch egal. Du kannst sie doch wieder an meinem Fell abtrocknen.

Melissa schob die aufgeregte Hündin ein klein wenig von sich, bis diese auf allen vier Füßen stand, erst dann ging sie vor ihr in die Hocke und streichelte sie ausgiebig. »Trotzdem habe ich vielleicht ein bisschen überreagiert«, sagte sie, ohne Lennart anzusehen. »Vielleicht bilde ich mir ja auch alles bloß ein und das war nur ein Jäger, der hier auf der Pirsch ist.«

»Das ist natürlich möglich, aber auch dein Verdacht ist nicht ganz von der Hand zu weisen.« Lennart ging ebenfalls in die Hocke und suchte ihren Blick. »In deiner Situation ist es vollkommen natürlich, dass du Angst hast. Das hat mit einer Überreaktion nichts zu tun.«

»Wenn ich wenigstens die Jalousien hätte schließen können.« Sie hielt den Blickkontakt nur für einen kurzen Augenblick aufrecht, dann erhob sie sich hastig und bedeutete ihm mit einer kurzen Geste, ihr ins Haus zu folgen. »Aber die sind anscheinend kaputt, und Vorhänge habe ich noch keine aufgehängt.« Ihr Blick fiel auf seine Schuhe, und sie erschrak. »Ach du lieber Himmel, du bist ja ganz verschlammt und durchnässt! Das wollte ich wirklich nicht.« Schon eilte sie hinüber in die Küche und deutete auf die Spüle. »Wenn du die Schuhe auszieht, kann ich versuchen, sie zu reinigen. Leider haben wir hier nur Fußbodenheizung, keine Heizkörper, auf die wir sie stellen könnten, damit sie trocknen. Aber wenn wir sie unten im Keller neben den Ofen platzieren, werden sie bestimmt auch schnell wieder trocken. Und deine Hose …«

»Melissa!« Lennart war ihr gefolgt und berührte sie leicht an der Schulter, sodass sie erschrocken zu ihm herumfuhr. »Immer mit der Ruhe. Es ist alles okay, und meine Schuhe kann ich auch selbst säubern.«

Verlegen trat sie einen halben Schritt zurück, woraufhin er seine Hand zurückzog. »Ich dachte nur ...«

»Er hat dich ganz schön dressiert, was?«

Irritiert hob sie den Kopf. »Dressiert?«

»Es ist nicht deine Schuld, dass meine Schuhe jetzt nass sind.« Während er sprach, zog er Sissy das Geschirr aus, woraufhin sie sich schüttelte und sich auf einen Rundgang durch das Erdgeschoss machte.

Nun, wollen wir doch mal sehen, ob sich seit meinem letzten Besuch hier etwas verändert hat. Es riecht auf jeden Fall ganz angenehm und interessant hier, aber Andy scheint tatsächlich nicht da zu sein. Vielleicht sollte ich mich auf die Suche nach ihm machen.

Lennart sah Sissy kurz nach, zog seine Lederjacke aus, und Melissa nahm sie ihm ab, um sie auf einen Bügel in den Garderobenschrank zu hängen. »Es war ganz allein meine Entscheidung, den matschigen Waldweg zu nehmen, um nachzusehen, ob sich hier jemand Unbefugtes herumtreibt«, fuhr er in einem Tonfall fort, der sowohl streng als auch sanft klang.

Sofort bekam sie eine Gänsehaut. »Ich wollte nur behilflich sein.«

»Was du auch durchaus darfst«, erwiderte er mit einem Lächeln, das die Wirkung seiner Stimme noch verstärkte. »Aber du musst nicht gleich losstürzen, als ob du irgendeine Strafe zu erwarten hättest, wenn du nicht sofort springst wie ein Butler, der dafür bezahlt wird. Wie gesagt, ich bin vollkommen fähig, meine Schuhe selbst zu reinigen.« Zum Beweis bückte er sich und zog die beiden Verursacher dieses Gesprächs aus, die über und über mit Schlamm bedeckt waren, sodass man die ursprüngliche Farbe nur noch erahnen konnte. »Der Rückschluss, meine nassen Füße wären deine Schuld, weil du mich angerufen und um Hilfe gebeten hast, ist vollkommener Unsinn.« Er zog auch noch seine Socken aus, die ebenfalls nass geworden waren. »Denn immerhin war es meine Dummheit, nicht von vorneherein besseres Schuhwerk zu wählen. Wenn also jemand Schuld an meinen nassen Füßen trägt, dann bin allein ich das.« Bedachtsam stellte er die Schuhe in der Spüle ab. »Das Einzige, was ich gut gebrauchen könnte, wäre eine Bürste, damit ich den Schmutz wieder einigermaßen von den Schuhen herunterbekomme. Sie sind zwar auch für die Waschmaschine geeignet, aber dafür nun extra die Maschine anzustellen, ist wohl doch etwas übertrieben.«

»Nein, gar nicht!« Immer nervöser eilte Melissa nun hinüber zur Kellertür und öffnete sie. »Ich habe sowieso noch einen Berg Wäsche, darum wollte ich mich morgen kümmern. Ich könnte die Schuhe und deine Socken rasch dazupacken und ein kurzes Programm wählen, dann dauert es nicht so lange, bis die Sachen fertig sind. Danach stelle ich sie ganz dicht an den Ofen. Dort ist es warm, und die Schuhe trocknen hoffentlich ganz schnell. Die Socken kann ich ja dann in den Trockner werfen.« Sie bemerkte, wie ihre Worte sich überschlugen. Hastig lief sie zurück zur Spüle und wollte Schuhe und Socken an sich nehmen, doch Lennart hielt sie auf, indem er seine Hand fest auf die Schuhe legte.

»Hey.« Diesmal klang seine Stimme tiefer und ein wenig rau. »Was habe ich gerade gesagt? Immer mit der Ruhe.«

»Entschuldigung.« Ihre Wangen erwärmten sich. »Ich wollte nur ...«

»Du brauchst dich nicht für alles und jedes ständig zu entschuldigen«, unterbrach er sie. »Dazu besteht kein Anlass.«

»Tut mir leid.« Sie schluckte. »Mist.« Verzweifelt schlug sie die Hände vors Gesicht. Lennarts Lachen ließ sie jedoch gleich wieder aufmerken.

»Da haben wir aber eine Menge Arbeit vor uns, was?« Er neigte den Kopf leicht zur Seite. »Melissa?«

»Ja?« Da sie nicht wusste, wohin mit ihren Händen, verschränkte sie sie sicherheitshalber vor dem Bauch.

»Es wäre wirklich nett von dir, wenn du meine Schuhe und Socken mit in die Waschmaschine stecken würdest. Es ist aber nicht nötig. Ich kann sie auch jetzt nur schnell notdürftig reinigen und dann nachher zu Hause selbst waschen. Immerhin ist es auch schon ziemlich spät.« Ehe sie auch nur Luft holen konnte, um etwas zu erwidern, hob er beide Hände in einer abwehrenden Geste. »Und jetzt antwortest du mir bitte erst, nachdem du zweimal ein- und ausgeatmet hast und nachdem du dir überlegt hast, welche der beiden Möglichkeiten dir wirklich am sinnvollsten erscheint.« Er zwinkerte ihr zu. »Du bist dran.«

Melissa holte Luft, hielt inne. Verzweifelt versuchte sie, ihre Gedanken zu ordnen, doch so ganz gelang es ihr nicht, dazu war sie viel zu verwirrt und nervös. Also atmete sie sicherheitshalber tatsächlich noch ein zweites Mal tief durch. »Ich ... Also ... Es macht keine allzu großen Umstände, die Waschmaschine anzustellen. Mit dem Kurzprogramm dauert es nur eine halbe Stunde.«

Auf Lennarts Lippen erschien ein Lächeln. »Na bitte, geht doch.« Er wies in Richtung Kellertür. »Nach dir.«

»Die Schuhe und Socken kann ich aber doch alleine in den Keller tragen«, protestierte sie überrascht.

»Dass du das kannst, ist wohl keine Frage. Du sagtest aber doch, dass ...« Er trat ans Fenster und betätigte den Schalter für die Jalousien. »Aha, sie funktionieren also nirgendwo im Haus?«

»Nein, nirgendwo. Ich hatte es erst nur im Wohnzimmer versucht, aber inzwischen auch an allen anderen Fenstern.«

»Ich nehme doch an, dass dein Hausanschlussraum auch unten im Keller ist, oder? Ich könnte nachsehen, ob irgendwas mit der Stromverteilung nicht stimmt.«

»Ach so, okay, danke.« Melissa schnappte sich seine Schuhe und Socken und eilte in den Keller hinab. Sie kam sich vor wie eine vollkommene Idiotin. Allerdings war es auch schon eine beachtliche Ewigkeit her, dass sie sich ganz allein mit einem Mann in einem Raum aufgehalten hatte. Bisher hatte sie es stets verstanden, solche Situationen zu meiden. Nun aber hatte sie selbst sie herbeigeführt und wusste nicht, wie sie sich verhalten sollte. Es wäre vielleicht einfacher gewesen, wenn ihr Bauch und ihr Puls nicht ständig durcheinandergeraten würden, wenn Lennart ihr auf weniger als Armeslänge nahe kam. Oder wenn er lächelte oder wenn er in diesem sanften und zugleich etwas rauen Ton mit ihr sprach. Oder ... »Hör auf damit!«, schalt sie sich selbst und erschrak, weil sie die Worte laut ausgesprochen hatte.

»Was meinst du?«, erklang prompt Lennarts überraschte Stimme hinter ihr. »Ich mache doch gar nichts.«

»Nicht du.« Sie verzog die Lippen. In der Waschküche angekommen, drehte sie sich wieder zu ihm um. »Ich habe mit mir selbst geredet.«

»Geschimpft wohl eher.« Er schmunzelte. »Darf ich fragen, wofür du dich gerade offenbar am liebsten selbst geohrfeigt hättest?«

»Nein.« Sie erschrak. »Ich ... Also ... Entschuldige ...«

Auf seiner Stirn standen mehrere tiefe Falten. »Wofür? Ich war nur neugierig, aber wenn du mir nicht sagen möchtest, worüber du gerade nachgedacht hast, dann ist das in Ordnung, und das darfst du mir auch gerne sagen.« Sein Blick wurde eindringlich. »Du durftest nie Nein sagen, oder? Und wenn du es getan hast, dann hat er dich dafür bestraft?«

Sie presste die Lippen zusammen und wandte sich ab, um Schuhe und Socken zusammen mit einigen von Andys Kleidungsstücken in die Waschmaschine zu stopfen. Zu ihrem Schrecken und ihrer unsagbaren Verlegenheit hörte sie, wie er noch näher an sie herantrat, sodass er unmittelbar vor ihr stand, als sie sich wieder aufrichtete und zu ihm umdrehte.

»Melissa.« Er berührte sie mit dem Zeigefinger ganz leicht

am Kinn und brachte sie dazu, ihm wieder ins Gesicht zu sehen. Die Berührung erschreckte sie, war aber so schnell wieder vorüber, dass sie fast glaubte, sie sich eingebildet zu haben. »Ich kenne deinen Ex zwar nicht, aber du wirst mir wahrscheinlich zustimmen, wenn ich behaupte, dass er ein Schwein ist. Nein, kein Schwein, damit beleidigen wir diese Tiere. Er ist ein Scheißkerl. Habe ich recht?«

Sie nickte.

»Da sind wir uns also einig«, stellte er fest. »Mich hat man auch schon alles Mögliche genannt, einen Scheißkerl jedoch noch nie. Das liegt wahrscheinlich daran, dass ich es tunlichst vermeide, einer zu sein. Du musst in meiner Gegenwart weder springen, sobald du auch nur glaubst, etwas für mich tun zu müssen, noch brauchst du dir ein Nein zu verkneifen, wenn ich eines verdient habe. Und schon gar nicht solltest du jemals Angst haben, ich könnte dich für irgendetwas, was du tust oder nicht tust oder sagst oder nicht sagst, bestrafen. Weder körperlich noch sonst irgendwie.« Sein Blick wurde noch eindringlicher. »Du hast Angst vor mir, nicht wahr? Sei ehrlich.«

Melissas Pulsschlag überschlug sich beinahe; sie schluckte hektisch. Ihr Blick irrte links und rechts an Lennart vorbei, dann nickte sie. »Es tut …«

»Nein.« Vorsichtig nahm er ihre Hand. »Mir tut es leid, Melissa. Es tut mir leid, dass du an solch einen Scheißkerl geraten bist. Ich kann mir vorstellen, dass ich dir zehnmal sagen könnte, dass du keine Angst vor mir zu haben brauchst, aber es würde nichts ändern, oder?«

Verzagt hob sie die Schultern.

Verständnisvoll neigte er den Kopf. »Was könnte dich denn eher davon überzeugen?«

Verwirrt runzelte sie die Stirn. »Ich weiß nicht.«

Lennart dachte einen Augenblick nach, bevor er das Wort erneut ergriff: »Ich bin kein komplizierter Mensch, Melissa. Du solltest mittlerweile mitbekommen haben, dass du mir gefällst –

ihr beide, Andy und du. Vielleicht sollten wir zunächst einmal grundsätzlich klären, ob dieses Gefallen unabhängig von jeglicher Verpflichtung auf Gegenseitigkeit beruht. Je nachdem, wie das Ergebnis dieser Klärung ausfällt, können wir dann weiter vorgehen.«

»Weiter vorgehen?«

»Dazu kommen wir dann später.« Auf seinen Lippen erschien wieder ein leichtes Lächeln. »Ich bin in solchen Dingen nicht allzu geübt, dazu sind mir bisher zu wenige Frauen begegnet, die mein Interesse auch nur ansatzweise so sehr geweckt haben wie du. Aber trotzdem hatte ich zuletzt den Eindruck, dass du mich nicht gänzlich fürchterlich findest.«

»Nein, natürlich nicht.« Ihre Stimme klang ein wenig kratzig, doch sie traute sich nicht, sich zu räuspern.

»Das erleichtert mich schon einmal sehr.« Als er ihre Hand leicht drückte, bemerkte sie erst, dass er sie immer noch umfasst hielt. »Außerdem hatte ich so ein bisschen das Gefühl, als ob es zwischen uns knistern würde. Stimmt das oder habe ich mir das nur eingebildet?«

Nun versuchte ihr Herz mit Eifer, aus ihrer Brust zu springen. Ihre Hand in seiner zuckte leicht, ohne dass sie etwas dagegen tun konnte. Prompt ließ er sie los, und zu ihrer Überraschung stellte sie fest, dass sie das gar nicht gewollt hatte. »Nein, also ja, also ...« Verlegen wich sie seinem Blick aus. »Das war, glaube ich, keine Einbildung.«

»Glaubst du?« Seine Stimme klang irgendwie erleichtert, was sie dazu veranlasste, ihn doch wieder anzusehen. Prompt startete ihr Herz einen erneuten Versuch, sich aus ihrem Körper zu befreien.

»Ja, also ...« Sie zog den Kopf zwischen die Schultern. »Ich kann so was nicht. Ich weiß auch nicht, ob es gut wäre, wenn wir ... irgendwas ... anfangen.«

»Das kann niemand vorher wissen.« Er streichelte mit dem Zeigefinger über ihren Handrücken, ohne ihre Hand jedoch erneut zu ergreifen. Die Berührung sandte so etwas wie einen winzigen Stromstoß durch ihren Körper. »Diese Frage lässt sich wohl nur durch Ausprobieren beantworten.« Zu ihrer Verblüffung wandte er sich ab und begab sich hinüber in den kleinen Hausanschlussraum.

Für einen Moment sah sie ihm perplex hinterher, dann schaltete sie rasch die Waschmaschine ein und folgte ihm.

Lennart hatte bereits den Stromverteilerkasten geöffnet.

»Und was jetzt?«, rutschte es ihr heraus.

»Aha«, konstatierte er, ohne auf ihre Frage einzugehen. »Da haben wir anscheinend schon den Übeltäter. Hier ist eine Sicherung herausgesprungen. Oder jemand hat sie absichtlich ausgeschaltet, vielleicht, weil an den Jalousien gearbeitet werden musste. Dem Plan nach«, er deutete auf eine Liste, die sich an der Innenseite der Tür des Sicherungskastens befand, »gehört diese Sicherung zur kompletten Jalousieanlage. Interessant. Meistens werden einzelne Räume oder Geschosse mit Sicherungen abgesichert. Wer hier die Installationen eingerichtet hat, wollte offensichtlich auf Nummer doppeltsicher gehen. Weißt du, ob jemand vor deinem Einzug an den Jalousien gearbeitet hat?«

»Nein.« Sie schüttelte den Kopf. »Davon hat Justus nichts gesagt. Es ist aber möglich, dass sie alles noch einmal durchgecheckt haben.« Mit einem Mal kam sie sich noch ein wenig dümmer vor. »Darauf hätte ich wohl auch selbst kommen können«, murmelte sie. »Nach den Sicherungen zu sehen, meine ich.«

»Du warst besorgt und verängstigt. Da denkt man nicht immer klar und an das Naheliegende.« Lennart schaltete die Sicherung wieder ein. »Sieh mal nach, ob die Jalousien jetzt wieder funktionieren.«

»Okay.« Sie eilte ihm voran zurück ins Erdgeschoss und versuchte es zuerst mit den Jalousien in der Küche. Sie hatte kaum den Knopf gedrückt, als diese sich bereits mit einem leisen

Surren schlossen. Ein tiefes Gefühl der Erleichterung durchflutete sie. Gleichzeitig ärgerte sie sich, dass ihr diese einfache Lösung nicht tatsächlich selbst eingefallen war. Am gestrigen Abend hatte sie überhaupt nicht mehr daran gedacht, irgendwo die Jalousien zu schließen, anderenfalls wäre ihr das ja schon viel früher aufgefallen und sie hätte Justus Bescheid geben können. Bestimmt hätte er das Problem sofort behoben, und dann hätte sie wahrscheinlich Lennart gar nicht um Hilfe bitten müssen. Sie hätte einfach alle Jalousien geschlossen, sodass niemand sie mehr beobachten konnte. Aber hätte sie sich dann wirklich sicher gefühlt? Würde sie sich jemals wieder hier sicher fühlen? Vielleicht war es doch keine so gute Idee gewesen, in ein Haus zu ziehen, das so weit ab von jeglichen Nachbarn erbaut worden war.

»Sehr gut.« Lennart ging hinüber ins Wohnzimmer. »Dann probieren wir's doch gleich auch mal mit den ...« Er brach mitten im Satz ab und stieß einen leisen Fluch aus. »Das gibt es doch nicht!« Er hatte auf dem Absatz kehrtgemacht und eilte zur Haustür.

»Was ist denn?« Erschrocken lief Melissa hinter ihm her.

»Bleib hier drinnen. Da ist jemand hinter dem Haus.« Lennart riss die Haustür auf, fluchte dann aber erneut, weil er bemerkte, dass er barfuß war.

Als Melissa die Haustür erreichte, vernahm sie einen aufheulenden Automotor ganz in der Nähe. Reifen knirschten auf dem steinigen Untergrund, der Wagen entfernte sich. Da er nicht am Haus vorbeikam, schien er sich über einen der Waldwege davonzumachen.

»Hoffen wir, dass er sich irgendwo ordentlich festfährt«, knurrte Lennart aufgebracht. »Der Typ hat sich hinter den Büschen am Rand des Gartens versteckt. Ich konnte seinen Kopf erkennen, weil er anscheinend Fotos gemacht hat und dabei das automatische Fotolicht verwendet hat. Idiot«, setzte er grimmig hinzu und blickte verdrießlich auf seine nackten Füße, sodass nicht ganz auszumachen war, ob er den heimlichen Beobachter meinte oder sich selbst. »Aber zumindest scheinen wir ihn jetzt erst einmal vertrieben zu haben.« Sorgsam schloss er die Haustür wieder und warf einen Blick die Treppe hinauf. »Hoffentlich habe ich Andy jetzt nicht aufgeweckt.«

»Das glaube ich kaum.« Melissa versuchte einmal mehr, sich durch tiefes Durchatmen zu beruhigen. »Wenn er einmal schläft, dann wie ein Stein. Es ist manchmal richtig schwierig, ihn aufzuwecken.« Dann fiel ihr noch etwas anderes auf. »Wo steckt eigentlich Sissy?«

»Eine gute Frage.« Suchend sah Lennart sich um. »In den Keller ist sie uns nicht gefolgt, da bin ich mir sicher.« Argwöhnische Falten erschienen auf seiner Stirn. Er deutete zur Treppe. »Darf ich?«

Melissa nickte und folgte ihm leise die Stufen hinauf ins Obergeschoss. Die Tür zu Andys Zimmer gleich auf der linken Seite, die, nachdem sie ihren Sohn zu Bett gebracht hatte, nur angelehnt gewesen war, stand halb offen. Lennart räusperte sich verhalten, als sie zu ihm aufschloss. Schweigend deutete er zum Bett. »Tut mir leid«, raunte er. »Hoffentlich hat sie mit ihren Schmutzpfoten nicht alles eingesaut.«

Melissa warf einen Blick durch die Tür und erblickte die junge Hündin, die sich zu Andys Füßen zusammengerollt hatte und ihnen, den Kopf auf die Pfoten gebettet, fragend entgegenblickte.

Ich habe überhaupt nichts eingesaut. Aber ich habe Andy gefunden. Allerdings hatte Herrchen recht, er schläft tief und fest. Er ist nicht mal aufgewacht, als ich aufs Bett gesprungen bin. Ich finde es hier sehr gemütlich, warm und weich und hoffe, ihr verlangt nicht von mir, dass ich diesen Platz so schnell wieder räume.

»Schon gut.« Melissa konnte sich eines Lächelns nicht erwehren. »So schmutzig sehen ihre Pfoten gar nicht aus.« Vorsichtig zog sie die Tür wieder so weit zu, dass nur noch ein Spalt offen blieb. Dann begab sie sich wieder hinab ins Erdgeschoss und hörte, wie Lennart ihr folgte. »Andy scheint nicht mal gemerkt zu haben, dass sie da ist«, stellte sie fest, als sie wieder in der Küche angekommen waren.

»Sissy scheint es hier sehr gut zu gefallen. Mit Andy hat sie sich schon richtig angefreundet. Oder er sich mit ihr, je nachdem, wie man es betrachtet.«

»Ich weiß.«

»Das klingt nicht ganz so begeistert.« Unaufgefordert setzte Lennart sich auf einen Barhocker am Frühstückstresen, während Melissa nun endlich überall im Erdgeschoss die Jalousien herabließ. »Ist das ein Problem für dich?«

»Eigentlich nicht.« Melissa blieb mitten im Wohnzimmer stehen. »Es könnte allerdings eines werden.«

»Wie das?«

Sie hob die Schultern. »Weil Andy sich einen eigenen Hund wünscht.«

»Unter den gegebenen Umständen wäre ein Hund für euch im Augenblick nicht so günstig, oder?«, zog Lennart sofort die richtigen Schlüsse. »Ihr seid beide den größten Teil des Tages nicht zu Hause. Das ist für ein Haustier nicht gerade ideal. Und wie ich zur Arbeit mitnehmen kannst du Sissy auch nicht, weil das in Janas Laden wohl eher kontraproduktiv wäre.«

»Das habe ich Andy erklärt.« Um ihre Hände zu beschäftigen, strich Melissa über den Stapel Kartons mit Weihnachtsschmuck, der immer noch mitten im Raum stand. »Er hat es, glaube ich, verstanden, nur ...«

»Nur?«

Kläglich verzog sie die Lippen. »Er hat gefragt, ob Sissy unser Haustier sein kann.«

»Sissy?« Lennart grinste.

»Das habe ich ihm natürlich sofort wieder ausgeredet, oder es zumindest versucht«, fügte sie hastig hinzu. »Er weiß ja, dass Sissy nicht unser Hund ist und auch nicht sein kann. Es ist nur so ...«

»Je öfter er mit Sissy zusammen ist, desto mehr wird er sich wünschen, dass sie ganz hier wohnt. Es ist das, was du befürchtest?« Lennart rutschte wieder von dem Hocker herunter und ging auf sie zu.

Melissa richtete ihren Blick auf die Kartons. »Natürlich. Er redet jetzt schon von kaum etwas anderem mehr als von Sissy – und von dir.«

Lennart blieb auf der gegenüberliegenden Seite der Kartons stehen und öffnete zu ihrer Überraschung einen von ihnen. »Was ist da eigentlich drin? Ach du lieber Gott!« Er lachte. »Was wollt ihr denn mit so vielen Lichterketten?«

Unwillkürlich trat Melissa ebenfalls an den geöffneten Karton heran und linste hinein. »Oje, ich hatte es ja geahnt.« Sie fasste sich an die Stirn. »Ich hätte mich nicht auf diesen Vorschlag einlassen sollen. Das sind ja mindestens ...« Sie versuchte, die Schachteln mit Lichterketten zu zählen oder vielmehr deren Anzahl zu schätzen.

»Zwischen fünfzehn und zwanzig Stück würde ich sagen.« Lennart schloss den Karton wieder und stellte ihn zur Seite, um den nächsten zu öffnen, der sich darunter befand. Diesmal stieß er einen wirklich überraschten Laut aus. »Sieh sich einer das an! Das gibt es doch gar nicht.« Er zog eine Pappschachtel daraus hervor, die, dem Aufdruck nach, eine aufwendig bemalte hölzerne Weihnachtspyramide enthielt. »Die sieht ganz genauso aus wie die, die Lena als Kind mal abgefackelt hat.«

»Was?« Verblüfft starrte Melissa ihn an. »Warum hat sie das getan?«

»Aus purem Mutwillen würde ich vermuten.« Wieder grinste Lennart. »Sie war damals neun oder zehn Jahre alt, und die Pyramide war eines der wenigen Stücke, die wir noch von unserer Mutter besaßen.« Sein Grinsen geriet ein wenig schief. »Wir hatten sie bis dahin jedes Jahr aufgestellt, und mein Vater war nicht gerade begeistert, als sie in Flammen aufging. Wahrscheinlich wollte er, dass wir wenigstens ein paar Sachen haben, die uns an unsere Mutter erinnern. Lena war das aber damals vermutlich völlig egal. Eigentlich hätte er wissen sollen, dass man bei ihr immer mit so etwas rechnen musste, und sie nicht mit Feuer hantieren lassen dürfen, auch nicht unter seiner Aufsicht.«

»Aber warum das denn?«, fragte Melissa verwirrt nach. »Lena ist doch so nett und ... na ja, ich würde sie eher als sanftmütig bezeichnen. Ich kann mir nicht vorstellen, dass sie die Pyramide absichtlich abgebrannt hat. Das war doch bestimmt nur ein dummer Unfall, oder nicht?«

»Wenn du das zielgerichtete Pusten gegen die Flammen und Zündeln mit langen Streichhölzern als Unfall bezeichnen willst.« Lennart hüstelte, dann lachte er. »Lass dich von Lena bloß nicht ins Bockshorn jagen und auch nicht von ihrem sanften und unauffälligen Äußeren täuschen. Als Kind war sie ein kleiner Satansbraten, und inzwischen ist sie eine der toughesten Frauen, die ich kenne – allerdings auch eine der streitbarsten. Du merkst es nur meist viel zu spät, wenn sie dich bereits in eine Diskussion verwickelt hat, aus der es kein Entrinnen gibt – und gewinnen kannst du auch kaum jemals gegen sie. Selbstverständlich kannst du es versuchen, wenn du gute Nerven hast, aber es dürfte schwierig werden. Erst wickelt sie dich mit ihrer liebenswürdigen Art ein, und wenn du es am wenigsten erwartest, schlägt sie mit voller Breitseite zu – im übertragenen Sinne wohlgemerkt. Ihre Zunge ist schärfer als eine Klinge aus Damaszener Stahl.«

»Das kann ich wirklich nicht glauben.« Melissa rief sich das Gesicht von Lennarts jüngerer Schwester vor Augen, ihr ruhiges, professionelles Auftreten, ihr freundliches Lächeln. »Du willst mich verkohlen.«

Er lachte auf. »Nicht, wenn es um meine Schwester geht.« Er hielt kurz inne, legte den Kopf ein wenig schräg. »Wenn du uns die Gelegenheit gibst, einander ein bisschen besser kennenzulernen, dann wirst du bestimmt auch öfter mit Lena zusammentreffen und dir selbst ein Bild über sie machen können.

Wie gesagt, lass dich nicht vom ersten Eindruck täuschen.« Er legte die Schachtel mit der Weihnachtspyramide auf dem Wohnzimmertisch ab und warf einen erneuten Blick in den Karton. »Allein diese Sachen hier sind schon mehr, als ich an Weihnachtsschmuck besitze. Und du hast jetzt ganze sieben Kartons voll! Damit kannst du vermutlich nicht nur das Haus, sondern das gesamte Grundstück in ein Weihnachtswunderland verwandeln.«

»Ich hatte mir schon überlegt, ob ich nicht nur das Haus, sondern auch den Vorgarten ein bisschen schmücken soll.« Melissa nahm ihrerseits eine Schachtel aus dem Karton, die ein zauberhaftes Windlicht mit aufgemalten Weihnachtswichteln enthielt. Nachdenklich ließ sie ihren Blick durch das Wohnzimmer schweifen und versuchte, sich vorzustellen, wohin das Windlicht wohl passen könnte. »Leider habe ich nicht allzu viel Talent im Schmücken«, gab sie zu.

»Kein Talent oder keine Übung?« Er deutete auf das Windlicht. »Das würde ich irgendwo in mindestens einem Meter Höhe aufstellen, weil es aus Glas ist. Kinder und Hunde tendieren dazu, solche Sachen im Nu umzuwerfen, wenn sie nicht sicher stehen.«

Melissa stellte das Windlicht neben die Weihnachtspyramide. »Für jemanden, der selbst keine Kinder hat, scheinst du erstaunlich viel über sie zu wissen.«

»Das liegt vielleicht daran, dass ich selbst mal eines war.«

Aufmerksam musterte sie ihn. »Die meisten Menschen erinnern sich wahrscheinlich nicht mehr sehr gut an ihre Kindheit.«

»Glaubst du?« Er schüttelte leicht den Kopf. »Wahrscheinlich tun sie es nur nicht in der Öffentlichkeit. Über mich darfst du jedoch eines wissen, und sowohl Lena als auch mein Vater und auch die meisten meiner Freunde und Bekannten werden es dir bestätigen: Ich bin in Wahrheit noch gar nicht erwachsen.«

Stirnrunzelnd erwiderte sie seinen Blick. »Und was bist du dann?«

»Ein Spielkind. Das hatte ich dir ja schon einmal gesagt.« Er grinste breit. »Eins von der schlimmsten Sorte noch dazu, und ich habe nicht vor, daran etwas zu ändern.« Er hob die Hand und zupfte spielerisch an einer ihrer Haarsträhnen. »Das hier«, er deutete an sich hinab und wieder herauf, »ist nur eine Fassade.«

»Aha.« Skeptisch folgte sie seinen Handbewegungen. »Und was bedeutet das?«

Er legte die Briefchen mit echtem Lametta, die er entdeckt hatte, zurück in den Karton. Ohne Eile umrundete er den Kartonstapel, bis er direkt vor Melissa stand. In seinen Augen funkelte es schalkhaft, zugleich aber auch selten gefährlich. »Nun ja, für die Frau, die sich möglicherweise ein ganz klein wenig zu mir hingezogen fühlt, bedeutet es, dass sie stets mit Überraschungen rechnen muss. Magst du Überraschungen?«

Das Flattern und Kribbeln in ihrer Magengrube meldete sich in seiner unmittelbaren Nähe zuverlässig zurück. »Das kommt wahrscheinlich auf die Art der Überraschung an«, versuchte sie sich an einer diplomatischen Antwort.

»Guter Punkt.« Sein Blick suchte den ihren und hielt ihn gefangen. »Und spielst du auch gerne?«

Wenn er so weitermachte, war ihre Verwirrung bald komplett. »Ich weiß nicht. Ich spiele natürlich manchmal mit Andy. Als Kind ...« Ihre Gedanken wanderten unwillkürlich in die Vergangenheit. »Meine Eltern mochten es nicht sehr, wenn ich Lärm machte oder Unordnung oder wenn ich herumgetobt bin. Deshalb habe ich das wohl auch so gut wie nie getan.« Sie schluckte gegen das heftige Pochen ihres Herzens an. »Aber ich glaube, das meintest du nicht, oder?«

»Ja und nein.« Wieder zupfte er an der Haarsträhne. »Ich sehe schon, das mit uns wird in vielerlei Hinsicht eine Herausforderung.« Er zwinkerte ihr zu. »Und ein Spaß.«

»Du ...« Sie setzte erneut an. »Das ist verrückt.«

»Du wolltest eigentlich etwas anderes sagen.« Das herausfordernde Funkeln in Lennarts Augen verstärkte sich noch.

»Nein, ich ...«
»Du wolltest sagen, dass ich verrückt bin.«
»Also ...«
»Sag es ...«
»Was?« Erschrocken riss sie die Augen auf.
»Sag: *Du bist verrückt.*«
»Nein! Das kann ich nicht.«

Ein drittes Mal zupfte er an der Haarsträhne. »Und wie du das kannst, Melissa. Na los, sag es!«

Das Herz pochte ihr bis in die Kehle hinauf. »Du bist wirklich verrückt!«, brach es unvermittelt aus ihr heraus. Über sich selbst erschrocken schluckte sie mehrmals hintereinander.

»Siehst du, hat doch gar nicht wehgetan.« Lächelnd sah er sie einfach nur weiter an, ohne sich zu bewegen. Dennoch kam es ihr so vor, als ob sich der Abstand zwischen ihnen ganz allmählich verringern würde.

Unwillkürlich verspürte sie den Drang zurückzuweichen, schalt sich jedoch innerlich eine dumme Gans und blieb stehen, wo sie war.

Der Ausdruck auf seiner Miene veränderte sich, wurde ernst und leicht besorgt. »Jetzt habe ich dir Angst gemacht, oder?«

Es brachte offensichtlich nichts, ihm etwas vorzugaukeln, denn er schien in ihr lesen zu können wie in einem offenen Buch. »Ziemlich«, antwortete sie deshalb wahrheitsgemäß.

»Weißt du, was mir immer geholfen hat, wenn ich nervös geworden bin oder Angst hatte?« Das Lächeln kehrte auf Lennarts Lippen zurück, und diesmal wirkte es, als erinnere er sich an eine überaus schöne Begebenheit in der Vergangenheit. Als sie nicht antwortete, sagte er: »Tanzen.«

Verblüfft runzelte sie die Stirn. »Wie das?«

»Klingt das verrückt?« Er lachte leise. »Na ja, vielleicht bin ich wirklich ein bisschen schräg. Das haben wir ja vorhin bereits geklärt. Weißt du, als Kind sollte ich einmal bei einer Schulaufführung mitmachen. Ich hatte meinen Text auswendig gelernt und an allen Proben teilgenommen, und alles lief super, bis dann der Abend der Aufführung kam. Ich kann dir flüstern, das war der schlimmste Abend, den ich bis dahin erlebt hatte. Ich war elf Jahre alt und sollte für mein Gefühl unglaublich viel Zeit auf der Bühne verbringen und jede Menge Text aufsagen. Es war übrigens das Stück *Des Kaisers neue Kleider*. Schon zwei Stunden vor Beginn der Aufführung war ich ein absolutes Nervenbündel, hatte Bauchschmerzen, Kopfschmerzen und hätte mich am liebsten übergeben. Das war Lampenfieber der übelsten Sorte. Mein Vater war schon kurz davor, mich zum Arzt zu bringen und in der Schule Bescheid zu geben, dass ich nicht auftreten könnte. Das wollte ich aber auch nicht, denn ich hatte mir ja so viel Mühe mit den Proben und dem Lernen gegeben. Nur dass mir nicht eine einzige Zeile meines Textes mehr einfallen wollte. Ich habe mich also wie wild gegen einen Arztbesuch gesträubt, und dann hatten Lena und mein Vater plötzlich die beste Idee aller Zeiten. Eigentlich war es Lenas Idee, aber unser Vater hat sie sofort aufgenommen. Wahrscheinlich hätte er nach jedem Strohhalm gegriffen, nur um mich wieder zur Ruhe zu bringen.« Wieder lachte er bei der Erinnerung an diese längst vergangenen Tage. »Lena hat mir einfach eine CD aus dem Regal unseres Vaters gebracht und gesagt, dass wir jetzt tanzen. Tanzen und singen, um genau zu sein. Ich glaube, sie wusste nicht einmal, was für eine CD das war. Es handelte sich um eine selbst gebrannte Mischung der besten Songs von Metallica.«

Melissa gluckste unwillkürlich. »Metallica? Ausgerechnet?«

Lennart nickte. »Das war aber in dem Moment vollkommen egal. Unser Vater hat die CD eingelegt, und Lena hat mich einfach bei der Hand genommen und ist mit mir immer weiter im Kreis herumgelaufen und gehopst. Tanzen kann man das eigentlich nicht nennen, aber was soll man anderes zu *Some Kind of Monster* tun?«

»Und das hat geholfen?«

»Auf jeden Fall war es gut dazu, mich auszupowern.« Lennart

hob die Schultern. »Als Nächstes kam dann *Nothing else matters*, und da hat mein Vater mich einfach bei den Händen genommen, sich mit mir richtig zum Paartanz aufgestellt, und dann haben wir so etwas Ähnliches wie einen langsamen Walzer getanzt. Und das hat dann wirklich geholfen. Ich wurde immer ruhiger und konnte schließlich sogar den Auftritt richtig gut meistern. Allerdings muss ich hinzufügen, dass wir ganz kurz vor der Aufführung noch mal ein Tänzchen gedreht haben.« Er schmunzelte. »Ich glaube, das war das erste Mal, dass auch meine Lehrer und Mitschüler dachten, ich sei verrückt, oder vielmehr, dass unsere ganze Familie es ist. Aber mein Vater hat damals darauf bestanden, weil er bemerkt hat, wie sehr mich das Tanzen wirklich beruhigt.« Sein Schmunzeln wich einer versonnenen Miene. »Von da an war das für uns wie ein Ritual. Wann immer uns eine Aufgabe bevorstand, die uns nervös gemacht hat, haben wir mit unserem Vater getanzt. Ich allerdings deutlich häufiger als Lena. Sie ist nämlich schon immer die Selbstbewusstere von uns beiden gewesen und lässt sich nicht so leicht aus der Ruhe bringen.«

»Ist das wirklich wahr?« Melissa konnte sich beim besten Willen nicht vorstellen, wie Lennarts Vater mit seinem elfjährigen Sohn zu dieser Rockballade einen langsamen Walzer tanzte.

»Weshalb sollte ich mir so etwas ausdenken? Insbesondere, weil es mich in deinen Augen doch vermutlich zu einem noch schrägeren Vogel macht.« Er maß sie mit vielsagenden Blicken. »Willst du es einmal ausprobieren?«

»Was ausprobieren?« Natürlich wusste sie genau, was er meinte, doch das konnte er nicht wirklich ernst meinen, oder?

Zu ihrer grenzenlosen Verblüffung zog er jedoch bereits sein Smartphone aus der Hosentasche, tippte und wischte darauf herum, bis die ersten Töne von Metallicas *Nothing else matters* erklangen. Er legte das Smartphone auf dem Wohnzimmertisch ab und streckte auffordernd beide Hände nach ihr aus. »Kannst du tanzen?«

»Nicht besonders gut.«

»Egal. Für ein bisschen langsames Imkreisdrehen wird es schon reichen.« Da sie ihn nur unschlüssig anblickte, zog er sie schließlich sachte zu sich heran, ergriff mit der einen Hand die ihre und legte seine andere locker auf ihren Rücken. Dadurch kam sie ihm natürlich noch näher – so nah, wie sie schon seit langer Zeit keinem Mann mehr gekommen war. Ihr Puls überschlug sich beinahe, und das bislang nur leichte, wenn auch beständige Flattern in ihrem Inneren verstärkte sich ganz enorm. Sie wollte sich jedoch keine Blöße geben, deshalb gab sie ein wenig nach und versuchte, sich seinen Schritten anzupassen. Das war leichter als gedacht, da er sich nur sehr verhalten mit ihr im Kreis drehte, eigentlich mehr wiegte.

»Atme einfach und hör auf die Musik«, sagte er leise. »Achte gar nicht auf mich.«

Wider Willen musste sie lachen. »Das ist leichter gesagt als getan.«

Sie hörte, wie er ein erheitertes Schnauben ausstieß. »Das ist zwar äußerst schmeichelhaft, aber ich will dich wirklich nicht noch nervöser machen, als du sowieso schon bist. Tu also einfach so, als wäre ich eine Schaufensterpuppe.«

Bei der Vorstellung prustete sie los. »Das macht es überhaupt nicht leichter.«

»Was würde es denn leichter machen?« Überraschend ließ er sie kurz los und brachte sie dazu, sich einmal im Kreis zu drehen. Gleich darauf hatte er sie wieder in seinen Arm gezogen. »Das hier vielleicht?«

Verblüfft blickte sie zu ihm auf und wurde sich jetzt erst bewusst, dass sie dazu den Kopf in den Nacken legen musste, weil er mehr als einen halben Kopf größer war als sie. »Wie hast du das gemacht?«

»Was meinst du? Das hier?« Noch einmal wirbelte er sie elegant im Kreis und zog sie gleich darauf wieder dicht an sich heran. »Das ist meine leichteste Übung. Wir können sie auch gerne noch ein paarmal wiederholen, wenn dir das hilft, dich zu entspannen.« Wie zum Beweis ließ er sie sich ein drittes Mal im Kreis drehen. Als sie sich nun in seinem Arm wiederfand, hatte sie sich allmählich daran gewöhnt. Ihr Puls war zwar immer noch beschleunigt, geriet jedoch nicht mehr vollkommen außer Rand und Band, und auch die leichte Starre, die ihre Glieder ergriffen hatte, weil die Nähe zu ihm ihr Angst gemacht hatte, ließ allmählich nach.

»Und was nun?«

Lennart hob nur lächelnd die Schultern. »Warten wir ab, wie nervös du am Ende des Songs noch bist. Falls es weiterer therapeutischer Maßnahmen bedarf, verrätst du mir einfach deine Lieblingslieder, und wir tanzen so lange, bis der hier sich ganz beruhigt hat.« Für einen kurzen Moment ließ er sie los und berührte mit den Fingerspitzen ihre Halsschlagader, an der man offenbar ihren Pulsschlag erkennen konnte.

Melissa musste gleich zweimal hintereinander heftig schlucken. Diesmal allerdings weniger vor Schreck, sondern weil die Berührung ein unbekanntes Gefühl in ihr auslöste, ein leises Brennen, das sie jedoch nicht zulassen wollte. Dazu war sie nicht bereit, obwohl etwas ihr sagte, dass sich das möglicherweise schneller ändern könnte, als sie vermutet hätte.

»Fast schon schade, dass wir den heimlichen Beobachter verjagt haben«, murmelte Lennart, nachdem er sie wieder an sich gezogen hatte. »Und dass die Jalousien geschlossen sind. Hiermit hätten wir ihm doch ein hübsches Motiv für Fotos geboten, meinst du nicht auch? Dann hätte er wenigstens etwas zu berichten.«

Sie prustete erneut los, wurde aber gleich wieder ernst. Obwohl das Thema alles andere als angenehm war, begann sie sich immer mehr zu entspannen, fühlte sich sicher und geborgen und so, als könne ihr niemand etwas anhaben. Dabei wusste sie doch genau, dass dem nicht so war und was ihr wahrscheinlich in Kürze bevorstehen würde. »Mir ist es lieber so.« Sie räusperte sich. »Versteh mich bitte nicht falsch, aber ich will nicht, dass irgendjemand irgendetwas über mich erfährt, oder über das hier.«

»Über uns?«, hakte er sanft nach.

»Ja, auch ...« Da in diesem Moment der Song endete, blieb sie unschlüssig stehen.

Lennart griff, ohne ihre Hand loszulassen, nach seinem Smartphone. »Dein Lieblingssong?«

Sie überlegte kurz. »Keine Ahnung, ich glaube, ich habe gar keinen.«

»Komm schon, jeder hat wenigstens ein besonderes Lieblingslied.« Erwartungsvoll blickte er sie an. »Lieblingsgruppe? Sänger? Sängerin? Kinderchor?«

Sie gluckste. »Ich weiß es wirklich nicht. Vielleicht ...« Sie runzelte die Stirn und dachte angestrengt nach. »Ich mochte früher die Songs von Katie Melua ganz gerne.«

Lennart schürzte kurz die Lippen und runzelte die Stirn. Mit einer Hand hielt er das Smartphone und tippte darauf herum, bis eine Melodie erklang. »Das hier?«

»*The closest thing to crazy.*« Sie nickte. »Ja, genau. Das und *Nine billion bicycles* habe ich eine Zeit lang sehr gerne gehört. Irgendwo habe ich auch noch die ganze CD in einem der Kartons, die ich noch nicht ausgepackt habe.«

Lennart grinste. »Dank der modernen Technik müssen wir jetzt nicht erst danach suchen.« Er tippte noch einmal auf dem Handydisplay herum und startete schließlich den Song erneut. Gleich darauf zog er sie wieder an sich, und sie passte sich schon fast automatisch seinem langsamen Schritt an.

»Hast du schon mit deiner Anwältin geredet?«, fragte er leise.

»Ja, ich ...« Seufzend lehnte sie ihre Stirn gegen seine Schulter, erschrak, blieb aber dennoch, wo sie war, denn sie brachte einfach nicht die Kraft auf, schon wieder zurückzuweichen. »Wir haben Post vom Gericht bekommen. Matthias will eine Aufhebung des Kontaktverbots erwirken.«

Sie hörte, wie Lennart geräuschvoll atmete. »Also genau das, was ihr schon befürchtet hattet, als wir uns gestern unterhalten haben.«

Sie nickte und presste ihr Gesicht etwas fester gegen seine Schulter. In ihrer Kehle bildete sich ein Kloß, und ihre Augen begannen zu brennen. »Er behauptet, er würde eine Therapie machen.« Ihre Stimme klang dumpf, weil sein weicher brauner Pullover alle Laute halb verschluckte. »Eine Therapie!« Fast hätte sie hysterisch gelacht.

»Glaubst du, er hat sich das nur ausgedacht?«

»Nein.« Nun hob sie den Kopf doch ein klein wenig. »Wenn er damit vor Gericht durchkommen will, muss er wahrscheinlich wirklich so eine Therapie machen oder gemacht haben.«

»Du glaubst aber nicht, dass sie wirklich etwas bewirkt hat?«

»Das weiß ich nicht.« Hilflos zuckte sie mit den Achseln. »Ich kann es mir nicht vorstellen.« Sie spürte eine Gänsehaut über ihren Rücken kriechen und schauderte unwillkürlich. »Ganz egal, was er vor Gericht behauptet, ich will ihn nicht in Andys Nähe haben!« Sie konnte nicht verhindern, dass sich Tränen lösten und über ihre Wangen rannen. »Es ist zu viel passiert. Er hat ... mich ...«

»Er hat dir zu sehr wehgetan. Euch beiden.« Lennart hörte auf zu tanzen, zog sie fest in seine Arme und umfasste mit einer Hand ihren Hinterkopf. »Das kann ich gut verstehen.«

Sie versuchte, nicht zu schluchzen, wehrte sich aber auch nicht gegen die Umarmung, denn sie tat ihr überraschend gut. Deshalb lehnte sie sich sogar noch gegen ihn und genoss für einen Moment das Gefühl, beschützt zu sein, auch wenn sie sich doch eigentlich geschworen hatte, sich zukünftig immer nur noch selbst zu schützen und gegen alles zu wappnen, was das Leben ihr in den Weg warf. »Der Termin für die erste Anhörung ist schon in weniger als zwei Wochen, am siebten Dezember.«

»So bald?« Lennart klang überrascht. »Da hat es aber jemand offenbar sehr eilig.«

»Ich habe Angst davor«, brach es aus ihr heraus, bevor sie überhaupt wusste, welche Worte ihr Mund formen wollte. »Ich habe keine Ahnung, wie ich die nächsten Tage durchstehen soll.« Sie schluckte hart. Plötzlich stieg Zorn in ihr auf. »Und als wäre das nicht schon schlimm genug, lässt dieser ... Arsch«, sie spuckte das Wort regelrecht aus, »mich auch noch beschatten!«

»Großartig!« Zu ihrer Überraschung lachte Lennart und wirbelte sie unvermittelt noch einmal um ihre eigene Achse, fing sie auf und drückte sie erneut an sich. »Nein, wirklich, Melissa. Ein bisschen rechtschaffener Zorn steht dir gut. Er ist allemal besser als Furcht oder Panik – oder Tränen.«

»Gut fühlt er sich aber trotzdem nicht an.«

Er schob sie eine Winzigkeit von sich, um ihr ins Gesicht blicken zu können. »Warte es ab, das kommt noch. Siehst du? Tanzen hilft immer.« Er zwinkerte vergnügt. »Das nächste Mal versuchen wir es mit irgendwas, was man laut aufdrehen kann, und dann legen wir eine richtig flotte Sohle aufs Parkett.«

Sie konnte nicht anders, sie musste lachen. »Du bist wirklich total verrückt, weißt du das?« Diesmal tat es richtig gut, ihm das an den Kopf zu werfen.

Lennart grinste breit. »Stets zu Diensten, schöne Frau.«

***

Er hatte die Worte kaum ausgesprochen, da wurde ihm bewusst, dass er möglicherweise einen Fehler begangen hatte. Oder zumindest hätte er ihr dabei nicht direkt in die Augen sehen dürfen, diese unergründlichen grauen Augen, die, was allzu selten vorkam, offen und lachend auf ihn gerichtet waren. Ein Unheil verkündender Stich durchzuckte ihn, und der Wunsch, sie zu küssen, wurde geradezu übermächtig. Da er sich jedoch geschworen hatte, sie in keiner Weise unter Druck zu setzen, kämpfte er nun schwer mit sich, um diese unwillkürliche Reaktion seines Körpers wieder unter Kontrolle zu bringen. Obwohl es nicht allzu sehr half, räusperte er sich. »Müsste nicht eigentlich die Waschmaschine inzwischen fertig sein? Nicht, dass ich etwa die Flucht ergreifen wollte, dazu sind meine Schuhe wohl auch noch zu nass, aber wenn wir sie heute noch irgendwie halbwegs trocken bekommen wollen, sollten wir sie irgendwohin stellen, wo es schön warm ist.«

15. Kapitel

Für einen Moment fühlte Melissa sich vollkommen unfähig, auch nur einen Muskel zu bewegen. Der Blick, mit dem Lennart sie ansah, versetzte ihr so etwas wie einen leichten Stromstoß und veranlasste ihren Herzschlag einmal mehr dazu, die Geschwindigkeit rapide zu erhöhen. Deshalb reagierte sie erst mit einem Atemzug Verspätung auf seine Worte. »Ja, du hast recht. Die Maschine ist bestimmt längst fertig. Ich gehe am besten mal nachsehen.« Bevor er protestieren konnte, fügte sie rasch hinzu: »Das mache ich wirklich gern. Hast du eigentlich Durst? Ich habe dir noch gar nichts zu trinken angeboten. Wenn du möchtest, bedien dich bitte gerne. Im Kühlschrank stehen immer noch jede Menge Getränke.« Damit ergriff sie, wenn auch möglichst gemessenen Schrittes, die Flucht in den Keller.

Sie warf die Klamotten in den Trockner, schaltete ihn ein und trug die Schuhe hinüber in den Heizungsraum, in dem das Förderband der Pelletanlage leise vor sich hin brummte, während im Inneren des Ofens das Feuer leise knisterte. In seiner unmittelbaren Nähe war es sehr warm, weshalb sie schon überlegte, ob sie möglicherweise nicht zukünftig die Kellertür offen stehen lassen sollte, damit die abgestrahlte Wärme zusätzlich half, das Haus zu beheizen. Justus hatte ihr diesen Tipp gegeben, jedoch hinzugefügt, dass man mit geöffneter Kellertür natürlich auch die Geräusche aus dem Heizungsraum wahrnahm und vielleicht als störend empfinden könnte. Sie glaubte jedoch nicht, dass ihr das Brummen der Förderanlage etwas ausmachen würde. Ob man es bis hinauf ins Obergeschoss hören würde, war sowieso fraglich, und Andy würde sich bestimmt nicht daran stören, da er sich eines so tiefen Schlafes erfreute.

Nachdem sie die Schuhe abgestellt hatte, kehrte sie zur Treppe zurück, blieb jedoch noch einen Augenblick stehen, um sich zu sammeln. Der Abend hatte einen völlig unerwarteten Verlauf genommen, und sie wusste noch nicht so recht, wie sie all die Ereignisse einordnen sollte.

Sie rechnete es Lennart hoch an, dass er sich so viel Mühe gab, sich um sie kümmerte, ihr dabei jedoch stets Raum ließ, damit sie sich nicht bedrängt fühlte. Dem Blick nach zu schließen, den sie vorhin ausgetauscht hatten, musste ihm das zunehmend schwerfallen. Sie war natürlich nicht dumm. Auch wenn sie ihre eigenen Gefühle nicht richtig einschätzen konnte und vielleicht auch insgesamt zu unerfahren war, um aufgrund der Empfindungen, die sie in seiner Gegenwart ständig fluteten, eine vernünftige Entscheidung zu treffen, war sie sich doch allzu bewusst, dass sein Interesse an ihr weder gespielt war noch durch die Umstände, in denen sie sich befand oder ihre Distanziertheit gemindert wurden. Für einen Moment hatte sie sogar geglaubt, er würde sie küssen.

Sie hatte nicht die geringste Ahnung, wie sie darauf reagiert hätte. Was sie wusste, war, dass sie sich für einen winzigen Augenblick danach gesehnt hatte, doch gleich darauf war wieder diese Stimme in ihrem Kopf dazwischengefunkt, die sie ermahnt hatte, sich nicht noch einmal auf einen Mann einzulassen, bei dem sie sich vermeintlich sicher fühlte. Diesen Fehler hatte sie bei Matthias begangen, und sie wollte ihn nicht wiederholen. Gleichzeitig war sie sich bewusst, dass diese Gedanken wahrscheinlich im Hinblick auf Lennart unfair waren, denn er war ganz anders als Matthias und bestimmt auch nicht gewalttätig. Sein ganzes Verhalten ihr und Andy gegenüber war so gänzlich anders als das von Matthias, als sie ihn kennengelernt hatte. Im Nachhinein musste sie zugeben, dass ihr Ex sie wahrscheinlich ausgesucht hatte, weil er instinktiv gespürt hatte, dass sie schwach und wehrlos gewesen war. Der narzisstische Charakterzug, den er auf jeden Fall besaß, hatte ihn vermutlich auf den ersten Blick erkennen lassen, dass sie genau das war, was er brauchte, um sich selbst und sein Dasein zu bestätigen. Deshalb hatte er ihr vorgegaukelt, nein, sie glauben gemacht, dass sie ihn brauchte, um ein besseres Leben zu führen. Um frei zu sein. Dabei war sie nur von einem Gefängnis ins nächste gewandert; vom Käfig ihres Elternhauses in den Zwinger ihrer Ehe.

In der Zeit, die seit ihrer Scheidung vergangen war, hatte sie zum ersten Mal gelernt, für sich selbst einzustehen und nicht nur eigene Entscheidungen zu treffen, sondern auch darauf zu vertrauen, dass sie alles schaffen konnte, was sie wollte. Das würde sie niemals wieder aufgeben, schon gar nicht für einen Mann.

Allerdings konnte sie sich nach allem, was sie bisher erlebt hatte, kaum vorstellen, dass Lennart sie bevormunden oder dominieren wollte, so wie es Matthias getan hatte. Im Gegenteil, bisher hatte er sie stets dazu aufgefordert oder sogar ein wenig gedrängt, selbst zu entscheiden, ihre Meinung zu sagen oder eben auch einfach ein Nein, wo es angebracht war. Das war das Schwierigste, was sie immer noch zu lernen hatte: sich zu behaupten, ganz gleich gegenüber wem. Es war ihr in ihrer Ehe zu sehr zur zweiten Natur geworden, lieber gleich zu gehorchen, als die Konfrontation zu suchen, die nur zu unschönen und nicht selten auch schmerzhaften Auseinandersetzungen geführt hätte. Alte Gewohnheiten ließen sich nicht so leicht ablegen.

Je mehr sie darüber nachdachte, desto verwirrter und unsicherer wurde sie. Ihr Kopf riet ihr beständig, vorsichtig zu sein und abzuwarten, während etwas anderes in ihr zunehmend danach drängte, dass sie vielleicht doch einfach einmal das Risiko eingehen sollte herauszufinden, was passieren würde, wenn sie Lennart nicht beständig auf Abstand hielt. Es hatte sich nämlich, das ließ sich nicht leugnen, ausgesprochen angenehm in seinen Armen angefühlt. Er hatte sie weder für ihre Tränen verurteilt noch ihr irgendwelche Ratschläge gegeben oder versucht, sie in irgendeiner Form zu beeinflussen. Stattdessen hatte er sie einfach nur festgehalten und ihr zugehört, selbst wenn sie gar nichts gesagt hatte. Das war eine völlig neue Erfahrung für sie. Sie hatte sich so geborgen und verstanden gefühlt ...

Und – verdammt! – er roch so unglaublich gut! Sie hatte mal in einer Zeitschrift gelesen, dass manche Männer, sogenannte Alphamännchen, besonders viele Pheromone verströmten und deshalb auf Frauen unterschwellig anziehend wirkten. Tja, von unterschwellig war in diesem Fall wohl eher nicht die Rede. Wenn er tatsächlich solch einen Pheromon-Cocktail um sich herum verbreitete, dann war dieser zusammen mit seinem Deo und dem leichten Duft nach Waschmittel, der in seinen Kleidern hing, eine hochgefährliche Mischung, die sich verheerend auf ihre Hormone auswirkte.

Auch das war völlig neu für sie, denn an Matthias hatte sie damals, als sie ihn kennengelernt hatte, eigentlich weniger der körperliche Aspekt angezogen, der hatte irgendwann einfach dazugehört, sondern mehr seine überlegene und überaus charmante Art, mit der er ihr vermittelt hatte, dass sie etwas Besonderes war und dass er ihr alles bieten konnte, was sie sich wünschte. Dass sie dafür einen hohen Preis zahlen musste, hatte sie natürlich erst wesentlich später begriffen.

Was also sollte sie jetzt tun? Eines war sicher, sie würde es am Fuß der Kellertreppe wahrscheinlich nicht in Erfahrung bringen. Sie musste sich wohl oder übel der Situation stellen, ganz gleich, wie sie sich noch entwickeln würde.

Wenn Lennart sich gewundert hatte, wo sie so lange blieb, dann ließ er es sich in keiner Weise anmerken. Er hatte sich wieder auf den Barhocker rechts außen gesetzt. Vor ihm stand eine geöffnete Flasche alkoholfreies Bier und eine zweite mit ebenfalls alkoholfreiem Radler. Diese hatte er noch nicht geöffnet, hielt sie ihr jedoch mit einem fragenden Blick hin und entfernte den Kronkorken, nachdem sie genickt hatte. »Ich überlege die ganze Zeit, wie wir es nachher am besten anstellen, Sissy wieder aus Andys Bett herauszulocken.« Er schmunzelte. »Es scheint ihr dort ausgesprochen gut zu gefallen. Ich bin eben mal kurz die Treppe bis auf halbe Höhe hinaufgestiegen, um zu hören, ob alles okay ist, und da habe ich sie ganz eindeutig schnarchen gehört.«

Melissa gluckste, und ihre Nervosität verflog seltsamerweise augenblicklich. »Darüber habe ich noch gar nicht nachgedacht.« Skeptisch sah sie sich im Erdgeschoss um. »Theoretisch könntest du auch auf dem Sofa übernachten, aber ...«

»Aber wir wollen ja nichts überstürzen, nicht wahr?«, vervollständigte er ihren Satz lächelnd. »Außerdem möchte ich bei Andy keinen falschen Eindruck hinterlassen. Er würde vielleicht daraus Schlüsse ziehen, die noch viel zu verfrüht sind.« Sein offener Blick verursachte ihr eine Gänsehaut. »Ich denke, es ist besser, wenn ich mich vom Acker mache, sobald meine Schuhe halbwegs getrocknet sind. Es sei denn, du hättest zu viel Angst, heute Nacht hier ohne Bodyguard zu bleiben.«

»Bodyguard?« Sie zog die Augenbrauen hoch und ließ sich gleichzeitig auf den Barhocker neben ihm sinken.

»Ich habe eine Ausbildung dazu.« Er lachte leise. »In deinem Fall glaube ich aber nicht, dass diese nötig ist. Erstens haben wir den Typ vorerst verjagt, und selbst wenn er wieder auftauchen würde, könnte er durch die geschlossenen Jalousien nichts mehr sehen. Du könntest gegebenenfalls noch das Glas in der Haustür zukleben, dann kann er auch dort nicht versuchen hereinzuschauen.« Er neigt den Kopf ein wenig zur Seite. »Im Grunde genommen hast du dir damit auch eine Art Höhle erschaffen, nur etwas größer als die, die wir für Andy gebaut haben. In dieser Höhle seid ihr absolut sicher, denn ich halte es für ausgeschlossen, dass dieser Kerl, der ja vermutlich ein Privatdetektiv ist, es wagen würde, hier einzubrechen. Oder hattest du in der Vergangenheit schon einmal Probleme mit so etwas? Hat jemand bei euch eingebrochen?«

Melissa schüttelte den Kopf. »Nicht, dass ich wüsste.« Sie lenkte ihre Gedanken in die Vergangenheit, dann schüttelte sie den Kopf. »Nein, wirklich nicht. Mir ist nicht einmal aufgefallen, dass jemand mich beobachtet, in all der Zeit nicht, obwohl ich immer sehr darauf geachtet habe. Erst als deine Schwester mich auf diesen Geländewagen aufmerksam gemacht hat, den sie in der Nähe des Ladens entdeckt hat, war klar, dass mich jemand zu verfolgen scheint, und natürlich als Oliver mir erzählt hat, dass Matthias wahrscheinlich die ganze Zeit wusste, wo Andy und ich leben.«

»Du kommst also allein klar.« Lennarts Worte klangen mehr wie eine Feststellung, denn wie eine Frage. »Was das andere angeht ...«

Verwirrt runzelte sie die Stirn. »Das andere?«

»Dass du dir Sorgen machst wegen des Termins bei Gericht, dieser Anhörung zum Kontaktverbot«, präzisierte er. Er nahm einen Schluck Bier, bevor er fortfuhr: »Auch das stehst du durch, das wirst du schon sehen. Vertraust du deiner Anwältin?«

»Ja.« Melissa nickte mit Nachdruck. »Sie hat mir in der Vergangenheit sehr geholfen. Trotzdem mache ich mir Sorgen.« Sie schluckte. »Nein, ich habe richtig Angst davor, ihm nach so langer Zeit wieder gegenüberzustehen.«

Lennart nickte verständnisvoll. »Du bist nicht mehr dieselbe wie damals«, gab er zu ihrer Überraschung zu bedenken. »Du bist stärker.«

»Woher willst du das wissen?« Sie spürte einen Kloß im Hals. »Du weißt doch gar nicht, wie ich damals war.«

»Ich weiß, wie du jetzt bist«, konterte er lächelnd. »Du hast dich geändert, in dem Moment, als du ihn verlassen hast. Seither ist eine Menge Zeit vergangen, und ich bin ganz sicher, dass die Melissa von heute sich von einem Scheißkerl wie ihm nichts, aber auch gar nichts mehr gefallen lassen würde.«

Erstaunt starrte sie ihn an. »Das glaubst du?«

»Das weiß ich.« Er stieß mit seiner Bierflasche sachte gegen ihre Radlerflasche. »Darauf trinken wir.«

»Okay.« Sie nahm ebenfalls einen Schluck. »Dein Wort in Gottes Gehörgang.«

»Dazu brauchst du Gottes Gehörgang nicht.« Er warf einen Blick auf seine Armbanduhr. »Wie lange, glaubst du, wird es dauern, bis die Schuhe getrocknet sind?«

»Keine Ahnung.« Sie hob die Schulter. »Sollen wir vielleicht einen Film einschalten, oder so?«

Lennart nickte zustimmend. »Ein bisschen Geräuschkulisse kann vermutlich nicht schaden. Wir können aber auch noch ein bisschen in den Kisten mit dem Weihnachtsschmuck stöbern. Irgendwie hätte ich jetzt richtig Lust, das Haus damit zu schmücken. Du nicht?«

»Jetzt noch?« Sie lachte. »Eigentlich nicht, obwohl ich, wie ich ja schon sagte, seit einiger Zeit darüber nachdenke, hier alles weihnachtlich zu dekorieren. Schon für Andy wäre das toll, denn er hatte bisher nie so ein richtig altmodisch-kitschig-schönes Weihnachtsfest. Ich habe mir zwar immer Mühe gegeben, es für uns schön zu gestalten, aber in der winzigen Wohnung und mit den begrenzten Mitteln, die ich bisher hatte, war da eher der Wunsch Vater des Gedankens. Jetzt sind wir hier in diesem traumhaften Haus mit Garten und allem Drum und Dran, da möchte ich es einfach«, sie zögerte, suchte nach Worten, »richtig machen, verstehst du? Nur dass ich, ehrlich gesagt, nicht so genau weiß, was richtig ist.«

»Richtig ist das, was euch gefällt.« Lennart nahm noch einen Schluck aus seiner Flasche. »Mach dir nicht so viele Gedanken über richtig und falsch oder ob du irgendetwas so machst, wie man es von dir erwartet. Letztlich musst du doch nur deinen eigenen Erwartungen gerecht werden. Aber wenn du noch einen Experten in puncto Weihnachtsdeko suchst, dann wende dich vertrauensvoll an mich. Ich würde euch gerne helfen, Haus und Garten zu schmücken. Allerdings werde ich es vor dem Wochenende wahrscheinlich nicht schaffen, weil ich in der Firma in den kommenden Tagen sehr viel zu tun haben werde. Was meinst du?«

Melissa dachte eingehend über seinen Vorschlag nach und

nickte schließlich. »Das ist ein nettes Angebot. Vielleicht färbt ja ein bisschen was von deinem Talent auf mich ab, wenn ich dir lange genug zusehe.«

»Von wegen zusehen.« Er grinste breit. »Du wirst mir schön brav zur Hand gehen, ebenso wie Andy. Am besten lernt man, indem man Dinge selbst ausprobiert.«

Seine Worte klangen streng, zugleich aber auch so humorvoll, dass sie tatsächlich lachen musste. »Also gut, auf deine Verantwortung. Ich bin nämlich wirklich alles andere als eine Deko-Queen.«

»Das muss sich erst noch herausstellen«, widersprach Lennart. »Wir könnten auch selbst Weihnachtsschmuck basteln. Papiergirlanden oder Fensterbilder.« Er ließ seinen Blick zu den Küchenfenstern wandern. »Hattest du nicht in deiner alten Wohnung Fensterbilder von Andy?«

Melissa nickte. »Ja, er hat sie in der Schule gebastelt. Ich bin noch nicht dazu gekommen, sie wieder aufzuhängen. Es sind aber auch nicht genug für alle Fenster.«

»Also gut, dann ist das abgemacht. Am Wochenende wird das Haus geschmückt, und wir basteln zusammen noch ein paar neue Fensterbilder und vielleicht auch ein paar andere Sachen.«

»Was denn für andere Sachen?« Misstrauisch musterte sie ihn.

Er zuckte nur unschuldig mit den Achseln. »Das weiß ich doch jetzt noch nicht. Uns wird schon etwas einfallen. Wenn das Wetter sich bessert, so wie sie es im Wetterbericht vorhergesagt haben, dann können wir auch im Wald nach Tannen- und Pinienzapfen suchen. Daraus lässt sich hervorragend etwas basteln.« Mit leicht zusammengekniffenen Augen ließ er seinen Blick ein zweites Mal durch das Wohnzimmer schweifen. »Da vorne in der Ecke vor dem großen Fenster.«

Irritiert folgte sie seinem Blick. »Was meinst du?«

»Da ist der beste Platz für einen Weihnachtsbaum. Stellt ihr ihn gleich am ersten Advent auf oder erst traditionell am Heiligen Abend?«

»An Heiligabend.« Melissa lehrte den Rest ihres Radlers in einem Zug. »Allerdings ist Baum wohl ein bisschen übertrieben. Ich hatte ja nie viel Geld und auch nur ganz wenig Platz, sodass wir uns ein kleines künstliches Bäumchen aufgestellt haben, und auch erst letztes Jahr, davor hatten wir gar nichts.«

»Künstlich?«

»Ja, du weißt schon, so ein Ding, das man aufklappen kann wie einen Schirm.«

»Und wie ... klein?«

Sie lächelte etwas kläglich. »Ungefähr kniehoch.«

Lennart prustete. »Das ist nicht mal ein Bäumchen, sondern bestenfalls ein Setzling. Wusstest du, dass man in der *Gärtnerei und Baumschule Kilian* die besten Weihnachtsbäume kaufen kann?«

»Ja, ich habe davon gehört, aber wahrscheinlich sind die besten auch die teuersten, oder?«

»Du kannst auch mit Andy im Wald einen Baum selbst schlagen. Leon Marbach, unser Förster, bietet jedes Jahr auf einem bestimmten Gebiet, das extra dafür angelegt wurde, einen Weihnachtsbaumverkauf an. Die Bäume dort sind ein bisschen günstiger, aber man hat natürlich nie die Garantie, dass sie so perfekt gewachsen sind wie die Nordmanntannen aus der Baumschule.«

»Mal sehen.« Die Vorstellung, zum ersten Mal überhaupt einen richtig großen echten Tannenbaum zu Weihnachten ins Haus zu holen und zu schmücken, reizte Melissa sehr.

»Du hast ja noch ein bisschen Zeit, es dir zu überlegen.« Lennart erhob sich und ging hinüber ins Wohnzimmer. Dort schaltete er den Fernseher ein und suchte so lange, bis er auf den vierten Teil der *Stirb langsam*-Filmreihe stieß. Zwar lief der Film schon seit über einer halben Stunde, dennoch ließ er ihn mit leise gestelltem Ton laufen. Dann nahm er sich einen Karton mit Weihnachtsschmuck und setzte sich damit auf das Sofa.

Melissa gesellte sich zu ihm, und gemeinsam wühlten sie in der unglaublichen Auswahl an Dekoartikeln, die von stilvoll bis grausam kitschig reichten. Gelegentlich lachten sie über das eine oder andere Stück und versuchten, die Sachen zu sortieren, zumindest nach ihrer Verwendung für den Innen- und Außenbereich. Zwischendurch schauten sie auch immer wieder über längere Strecken einfach nur dem Geschehen auf dem Fernsehbildschirm zu. Als der Film schließlich zu Ende war, erhob Lennart sich und ging hinunter in den Keller, um seine Schuhe zu holen. Auch seine Socken hatte er offenbar im Trockner gefunden. Denn als er zurückkehrte, trug er beides an den Füßen.

Zu ihrer beider Überraschung tappte in diesem Moment Sissy die Treppe herunter. Direkt vor Melissa blieb sie stehen, gähnte und streckte sich ausgiebig. *Sagt mal, was macht ihr hier eigentlich so lange? Ich habe ein richtig schönes, ausgiebiges Nickerchen in Andys Bett gemacht, aber allmählich frage ich mich, ob wir heute Nacht noch mal nach Hause fahren. Es wäre ganz gut, wenn ich wüsste, ob wir hierbleiben oder nicht. Außerdem muss ich mal.*

»Damit hätte sich deine Sorge, wie wir Sissy aus Andys Zimmer bekommen, wohl erledigt.« Melissa streichelte über Sissys Kopf. »Sie scheint einen sechsten Sinn zu haben.«

Natürlich habe ich den. Sissy stupste Melissas Hand freundlich an. *Warte mal, was genau ist eigentlich ein sechster Sinn? Ach egal, es klingt nach etwas Gutem, und gute Sachen will ich auf jeden Fall haben.* Sissy schüttelte sich und schlurfte hinüber zu Lennart. *Was ist nun, gehen wir noch mal raus?*

»Du musst noch mal nach draußen, was?« Lennart holte Sissys Leine und Geschirr, die er auf der Arbeitsinsel in der Küche abgelegt hatte, und legte Sissy beides an. »Ich würde sagen, das ist unser Stichwort.« Er wandte sich Melissa zu. »Wir müssen beide morgen früh raus, also machen Sissy und ich jetzt mal allmählich die Fliege.«

»Natürlich, es ist wirklich schon sehr spät, schon fast ein Uhr!« Rasch trat Melissa an den Wandschrank und reichte Lennart seine Jacke. »Noch mal danke dafür, dass du so spät noch hergekommen bist.«

»Keine Ursache. Ich hatte viel Spaß heute Abend.« Er sucht ihren Blick und hielt ihn gefangen, bis sie nickte.

»Ich auch«, gab sie zu. Das Kribbeln in ihrer Magengrube meldete sich zurück.

»Wegen der Deko-Aktion machen wir noch etwas aus, sobald wir beide wissen, wann wir am Wochenende Zeit haben, okay?« Lennart warf sich die Jacke über. »Darf ich dich anrufen?«

Nun klopfte auch Melissas Herz wieder stärker. »Ja, natürlich.«

»Gut, dann werde ich das tun.« Er hob die Hand und zupfte wieder an einer ihrer Haarsträhnen, dann strich er sie ihr sachte hinters Ohr. »Und dann sehen wir weiter, ja?«

»Ja, äh, ja, klar.« Überrascht konstatiert sie, dass er einfach die Haustür öffnete und mit Sissy nach draußen ging. Erst, als er bereits fast seinen Wagen erreicht hatte, drehte er sich noch einmal zu ihr um.

»Glaub bitte nicht, dass ich dich zum Abschied nicht gerne geküsst hätte, Melissa. Aber du sollst dazu bereit sein. Aufgeschoben ist nicht aufgehoben, bis dahin können wir ja erst einmal davon träumen.« Er betätigte die Fernbedienung an seinem Autoschlüssel, und der Kofferraumdeckel öffnete sich. Sissy, die sich am Wegesrand in einem der Beete erleichtert hatte, sprang mit einem Satz in ihre Box. »Bis dann.« Er schloss die Klappe wieder und klemmte sich hinters Steuer. Nur wenige Augenblicke später setzte er zurück, und der Wagen rollte davon.

Melissa blickte ihm nach, bis sie ihn weder sehen noch hören konnte. Die unterschiedlichsten Gefühle tobten in ihr, und sie wusste instinktiv, dass der Ball nun in ihrer Hälfte des Spielfelds lag.

16. Kapitel

Die Woche verlief arbeitsreich, denn am kommenden Wochenende würde der Weihnachtsmarkt beginnen, und dazu musste einiges vorbereitet werden. Da Jana immer noch jeden Tag die meiste Zeit in ihrer Werkstatt verbrachte, bekam Melissa sie nur selten zu Gesicht. Sie musste auch jeden Tag den Kassenabschluss allein machen, da Jana, Oliver und Janas Familie an den Abenden das große Verkaufszelt auf dem Weihnachtsmarkt aufbauten, einrichteten und dekorierten. Sie freute sich über die Verantwortung, die Jana ihr auf diese Weise übertrug; es machte ihr mittlerweile sehr viel Spaß, den Laden weitgehend selbstständig zu leiten. Da sie sich in den letzten Monaten viel mit dem Handwerk der Glasbläserei beschäftigt hatte, konnte sie der Kundschaft glücklicherweise auch immer besser beratend zur Seite stehen oder ihnen die Verfahren erklären, mit denen verschiedene Skulpturen oder Schmuckstücke hergestellt worden waren.

Sie war froh über die viele Arbeit, die sie von ihren Problemen ablenkte. Auf diese Weise musste sie nicht ständig abwechselnd an den bevorstehenden Gerichtstermin oder an Lennart denken. Nach Feierabend verlangte dann natürlich Andy ihre volle Aufmerksamkeit. Obgleich sie sich nicht sicher war, ob es richtig war, sprach sie mit ihm nicht über die neuesten Entwicklungen und die Anhörung vor Gericht. Auch über ihr Treffen mit ihrer Anwältin am gestrigen Donnerstag hatte sie ihm nichts erzählt. Sie hatte mit Jana vereinbart, den Laden für den Nachmittag geschlossen zu lassen, um sich mit Frau Dr. Bremer beraten zu können. Die Anwältin hatte sie sanft, aber bestimmt, auf die Möglichkeit vorbereitet, dass Matthias mit seiner Forderung nach Aufhebung des Kontaktverbots gute Chancen haben könnte, ihr jedoch gleichzeitig Mut gemacht und versprochen, die mögliche Überwachung durch Privatdetektive als Störung des Kontaktverbots geltend zu machen. Matthias' Anwalt hatte ihr bereitwillig vorab Auskunft über die Therapie gegeben, die sein Mandant absolvierte, doch Melissa glaubte nicht an deren angeblichen Erfolg und fühlte sich von den Veränderungen, die ihr ins Haus standen, geradezu bedroht. Allein der Gedanke, nach so langer Zeit Matthias wieder gegenüberzustehen, löste Herzrasen und Magenschmerzen bei ihr aus. Beides war nicht leicht vor Andy zu verbergen, doch sie wollte ihn nicht in Angst und Schrecken versetzen, jetzt, da er gerade anfing, sich hier im Ort, in seiner Schule und in seinem neuen Zuhause wohlzufühlen und seine Scheu abzulegen. Es fiel ihr bereits schwer genug, selbst mit ihren Ängsten umzugehen, deshalb war sie sich nicht sicher, ob sie mit denen ihres Sohnes zusätzlich zurechtkommen würde.

Ihre Furcht vor den drohenden Entwicklungen war die eine Sache, die andere ihre Unsicherheit, wenn es um Lennart ging. Sosehr sie sich auch bemühte, es zu ignorieren, schlich er sich doch immer wieder unerwartet in ihre Gedanken, wenn sie nicht sehr achtgab. Dazu trug wohl auch bei, dass er sie jeden Abend gegen acht anrief, um mit ihr über den Tag zu reden. Sie wusste natürlich, dass er das tat, damit sie sich sicher fühlte. Zwar hatte sie nicht mehr den Eindruck, dass jemand sie zu Hause beobachtete, dennoch halfen ihr diese Gespräche, ihre Sicherheit wiederzugewinnen, die sie überhaupt dazu veranlasst hatte, in das Blockhaus zu ziehen. Es war einfach schön hier, und eines Tages, das hatte sie für sich beschlossen, würde sie genug Geld gespart haben, um sich an einem hübschen Ort ganz in der Nähe ein eigenes Haus in diesem Stil bauen zu lassen. Sie hatte sogar schon bei der Firma *Wohnen in Holz*, die von Justus' jüngerem Bruder Patrick geführt wurde, Prospekte angefordert, um in etwa einschätzen zu können, wie lange sie wohl brauchen würde, um das Geld zusammenzukratzen. Da sie keinerlei Gegenwert zu bieten hatte, würde es wohl eine ganze Weile dauern, denn keine Bank würde ihr unter den gegebenen Umständen einen so hohen Kredit einräumen, und an ihre Großeltern würde sie sich deswegen nicht wenden. Vermutlich würden die sie sowieso mit dem Argument abkanzeln, sie könne nicht mit Geld umgehen und würde es zum Fenster hinauswerfen. Etwas anderes wäre es wahrscheinlich, wenn sie wieder heiraten würde, denn dann nähme sie erneut den Status ein, den ihre Großeltern von ihr erwarteten. Aber sie würde den Teufel tun und sich auf solch einen Deal einlassen. Wenn sie jemals wieder auf die Idee verfallen sollte zu heiraten, dann ganz sicher nicht wegen des Geldes. Aber sie hatte sich bereits so sehr in das Haus verliebt, dass sie entschlossen war, dieses Ziel eines Tages zu erreichen.

Als sie Lennart davon erzählt hatte, war er begeistert von der Idee gewesen und hatte sie darin bestärkt, an dieser Zukunftsvision festzuhalten. Überhaupt war er ein Mensch, den der Optimismus offenbar niemals verließ. Ganz gleich, um welches Thema es ging, das sie miteinander am Telefon besprachen, er fand stets einen Lichtblick, einen möglichen Ausweg, oder er drehte und wendete selbst unangenehme Dinge so lange hin und her, bis man ihnen etwas Positives abgewinnen konnte. Melissa bewunderte ihn dafür sehr, denn auch, wenn sie sich selbst nicht als Pessimistin sah, erkannte sie doch, dass sie sich an seiner Einstellung zum Leben noch einiges würde abschauen können.

In keinem ihrer Telefonate und auch nicht in den Kurznachrichten, die sie hin und wieder austauschten, ging er jemals auf den Status ihrer Beziehung oder Freundschaft ein. Dieses Thema umschiffte er stets gekonnt. Von sich aus traute Melissa sich nicht, ihn darauf anzusprechen, da sie nach wie vor nicht wusste, wie sie zu ihm stand. Das ahnte er vermutlich, deshalb ließ er sie in dieser Hinsicht gänzlich in Ruhe – oder, wie sie argwöhnte, in ihrem eigenen Saft schmoren.

Einerseits war sie ihm dankbar dafür, dass er sie in keiner Weise bedrängte, andererseits machte sie diese Ungewissheit verrückt. Sie verstanden sich hervorragend, und natürlich freute sie sich jeden Abend auf seinen Anruf; trotzdem schaffte sie es nicht, den metaphorischen Ball aus ihrer Spielfeldhälfte hinauszukatapultieren und den nächsten Schritt zu tun. Sie war bescheuert. Heute war bereits Freitag, und sie war mit ihrer Entscheidung, wie es weitergehen sollte, noch nicht einen Schritt weitergekommen. Verdammt noch mal, sie hatte sogar vorgestern die Symptome gegoogelt, die sie in Lennarts Nähe stets verspürte – das Herzklopfen, das Flattern in ihrer Magengrube, das Kribbeln, die Gänsehaut, wenn er sie kurz berührte oder an ihren Haaren zupfte, all das. Die Suchmaschine hatte behauptet, all diese Empfindungen gehörten entweder zu einer verschleppten Magen-Darm-Grippe mit Schüttelfrost und Herzrhythmusstörungen oder aber wären ein sicheres Anzeichen dafür, dass sie verliebt sei. Aber war sie das wirklich? Verliebt? Sie hatte einfach kein Vergleichsmaterial, denn in Matthias war sie ja nie verliebt gewesen. Die Gefühle, die sie ihm entgegengebracht hatte, zumindest ganz zu Anfang, waren vollkommen anderer Art gewesen; zwar auch in gewisser Weise auf- und anregend, aber nicht so fürchterlich verwirrend und schwindelerregend. Manchmal hatte sie das Gefühl, in einer Achterbahn zu sitzen, in der sie festgeschnallt war und aus der es kein Entrinnen gab. Doch was, wenn das alles nur Auswirkungen ihrer Angst vor Matthias und dem Gerichtstermin waren und sie sich bloß an Lennart klammerte, weil er ihr Schutz und Ablenkung vermittelte? Wäre es nicht ihm gegenüber schrecklich unfair, wenn sie so tat, als wäre sie in ihn verliebt, nur um dann später festzustellen, dass es doch nicht der Fall war und sie ihn nur ausgenutzt hatte?

Wie in drei Teufels Namen sollte sie jemals herausfinden, was sie wirklich empfand und ob ihre Gefühle echt waren oder nur Einbildung? Mittlerweile kannte sie Lennart genug, um zu wissen, was er ihr raten würde. Probieren geht über studieren, würde er grinsend sagen. Wenn du es nicht ausprobierst, wirst du es nicht herausfinden. Doch genau das war der Knackpunkt. Durfte sie so leichtsinnig sein, es einfach zu versuchen und damit Gefahr zu laufen, ihn zu verletzen? Sie saß ganz eindeutig im Schlamassel.

Inzwischen war es kurz vor acht; Andy war glücklicherweise längst eingeschlafen. Sie hatte befürchtet, dass es heute länger dauern könnte, ihn zur Ruhe zu bringen, da sie ihn für den morgigen Nachmittag zu diesem Selbstverteidigungskurs für Kinder angemeldet hatte und er seither von nichts anderem mehr redete. Anscheinend hatte ihn aber das Spiel-Date, das er nach der Schule noch mit seinem Kumpel David und zwei weiteren Jungen aus seiner Klasse gehabt hatte, ordentlich angestrengt. Davids Mutter hatte ihr erzählt, dass die Jungs bis nach Einbruch der Dunkelheit mit ihren Schlitten auf einer großen Wiese am Ortsrand getobt hatten. Am Rand dieser Wiese gab es auch einen künstlich angelegten Rodelberg, Treffpunkt für sämtliche Kinder der Stadt, da es in den letzten beiden Nächten ein wenig geschneit hatte. Zwar war die Schneedecke nicht viel dicker als vielleicht drei bis vier Zentimeter, aber das störte die Kids überhaupt nicht. Inzwischen war von dem Schnee auf der Wiese nur noch eine matschige, braune Brühe geblieben, das hatte Melissa auf dem Heimweg gesehen, nachdem sie Andy von Davids Elternhaus abgeholt hatte.

Am Tag waren die Temperaturen ganz leicht über null gestiegen, doch pünktlich vor dem ersten Advent war eine neue Kaltfront gemeldet worden, die zwar keinen Neuschnee bringen würde, dafür aber nachts Nebel und gleichzeitig Frost, sodass mit Raureif zu rechnen war.

Vermutlich würde es nicht mehr lange dauern, bis Lennart anrief. Heute war Melissa besonders unruhig, in ihrer Magengrube machte sich ein flaues Gefühl breit. Sie hatten noch nicht darüber gesprochen, ob sie tatsächlich am Wochenende

Zeit miteinander verbringen und das Haus schmücken würden. Auch darüber hatte Lennart kein Wort fallen lassen. Ob er es sich anders überlegt hatte? Nein, wahrscheinlich nicht. Er gab ihr nur wieder Zeit, wie immer. Vielleicht sollte sie ihn heute darauf ansprechen und das am besten sofort, wenn er anrief. Allein der Gedanke daran verursachte ihr heftiges Magenflattern, sodass sie schließlich aufsprang, das alte Babyphone aus dem Wandschrank unter der Treppe holte, es leise in Andys Zimmer aufstellte und den Empfänger an ihrer Hosentasche festklipste. Dann warf sie sich den neuen dunkelroten Steppmantel über, den sie rein zufällig am Mittwoch im Schaufenster eines Bekleidungsgeschäfts zwei Häuser von der Sozialstation entfernt als Sonderangebot entdeckt hatte, nachdem sie Andy in der Station für den Selbstverteidigungskurs angemeldet hatte. Erst hatte sie dort anrufen wollen, doch dann war sie lieber persönlich hingegangen, um einen Blick auf die Leute zu werfen, die dort arbeiteten. Sie hatte sogar Glück gehabt und sowohl den Leiter der Station, Arthur Mondoli, angetroffen als auch dessen Sohn Toni, der den Kurs leiten würde. Beide Männer waren ihr auf Anhieb sympathisch gewesen. Arthur Mondoli war halb Senegalese, halb Italiener und von einer unerschütterlichen, väterlichen Ruhe, die er wohl auch brauchte, um sich Tag für Tag mit der Vielzahl an verschiedenen Menschen befassen zu können, die in der Sozialstation eine Anlaufstelle, ein zweites Zuhause, Zuflucht und Unterstützung fanden. Vielleicht fühlte sie sich diesen Menschen auch besonders verbunden, weil sie selbst eine Zeit lang auf ähnliche Hilfe angewiesen gewesen war und nicht viel gefehlt hätte, dass sie mit Andy dauerhaft in die Mühlen der Sozialhilfe geraten wäre. Toni war ebenfalls ein sympathischer und gutaussehender Mann Ende zwanzig, hochgewachsen, sportlich und vom Wesen her seinem Vater sehr ähnlich. Bei ihrem Gespräch hatte Melissa erfahren, dass Toni Mondoli unter anderem Psychologie mit Schwerpunkt Sportpsychologie studiert hatte und jetzt seinen Doktor machen wollte. Er arbeitete bereits regelmäßig in der Sozialstation mit, die sein Vater gegründet hatte, und sie nahm an, dass er eines Tages in seine Fußstapfen treten würde. Die Arbeit mit Kindern und Jugendlichen machte ihm laut seiner Aussage besonders viel Spaß, und Melissa würde sich am Samstag selbst ein Bild davon machen können, da sie bei dem Kurs zusehen durfte.

Sie schlang sich den rot und grau gestreiften Wollschal um den Hals, den sie im vergangenen Winter selbst gestrickt hatte und der hervorragend zur Farbe des Mantels passte, steckte Handy und Schlüssel ein sowie eine Taschenlampe und verließ das Haus. Kurz lauschte sie auf ungewöhnliche Geräusche, doch an diesem Abend war nicht einmal ein leises Rascheln des Windes zu vernehmen. Die Umgebung lag in völliger Stille da; lediglich in weiter Ferne hörte sie ganz kurz ein Auto vorbeifahren. Sie blieb auf der obersten Stufe vor der Haustür stehen und sah sich im Licht der Außenbeleuchtung um. Da alle Jalousien am Haus heruntergelassen waren, drang von dort kaum Licht nach draußen außer durch die Haustür, deren Sichtfenster sie nicht verklebt hatte, wie Lennart es ihr vorgeschlagen hatte. Stattdessen hängte sie manchmal ein Tuch davor und klemmte es oben in der Tür ein, wenn sie wirklich auf Nummer sicher gehen wollte, dass niemand hereinschauen konnte. Vielleicht hatte sie aber den heimlichen Beobachter tatsächlich ganz verscheucht; sie hoffte es zumindest sehr. Der Gedanke, von Matthias überwacht zu werden, gefiel ihr überhaupt nicht, und das würde sie ihm beim Gerichtstermin auf den Kopf zusagen. Bestimmt würde es auch der Richter oder die Richterin nicht gerade positiv aufnehmen.

Ehe der Gedanke an die Anhörung ihr erneutes Unwohlsein verursachen konnte, drängte sie ihn rasch beiseite, was jedoch nur dazu führte, dass sie Lennarts Gesicht vor ihrem inneren Auge aufsteigen sah. Sie hatte sogar schon ein- oder zweimal von ihm geträumt! Was genau, wusste sie nicht, nur, dass sie immer aufgewacht war, kurz bevor er sie küssen konnte. Vermutlich sagte das eine ganze Menge über ihren Gemütszustand aus. Sie hielt ihn sogar im Schlaf davon ab, ihr zu nahe zu kommen.

Verärgert über diese Erkenntnis, stieß sie geräuschvoll die Luft aus, schaltete die Taschenlampe ein und durchquerte die Zufahrt bis zum Fahrweg. Dort entschied sie, den Weg ein Stück entlangzugehen, vielleicht hundert oder hundertfünfzig Meter, mehr nicht. Sie brauchte ja nur ein bisschen frische Luft, um sich auf das Telefonat mit Lennart vorzubereiten. Es war erstaunlich, wie viel Mut sie zusammenkratzen musste, um ihn auf ein Treffen am Wochenende anzusprechen. Das lag sicherlich nicht nur an ihren schlechten Erfahrungen in der Vergangenheit – sie war schlicht und ergreifend ein Angsthase! Schüchtern war wohl der korrekte Ausdruck; allzu selbstbewusst war sie noch nie gewesen. Deshalb hatte Matthias damals ja auch so leichtes Spiel mit ihr gehabt.

Wenn damit ein für alle Mal Schluss sein sollte, dann musste sie heute die Initiative ergreifen und mit Lennart über ihre Pläne für das Wochenende reden. Allein dieser Gedanke veranlasste ihr Herz, schneller zu pochen. Liebe Zeit, das war doch nun wirklich keine große Sache! Leute verabredeten sich jeden Tag miteinander, und es war ja auch nicht so, dass sie ihm gleich ein unmoralisches Angebot unterbreiten wollte. Es ging nur darum, gemeinsam Haus und Garten weihnachtlich zu schmücken. Vielleicht auch, wenn er das wirklich ernst gemeint hatte, ein paar Fensterbilder zu basteln. Dinge, die gute Freunde miteinander taten. Nicht mehr, nicht weniger. Vielleicht war sie auch nur so aufgeregt, weil sie sich insgeheim bereits darauf freute und Angst hatte, er könnte es sich doch anders überlegt haben. Sie war ja nun auch wirklich nicht die interessanteste und spannendste aller Frauen. Ein Mann wie Lennart konnte doch ganz sicher viel aufregendere Exemplare ihrer Gattung finden. Doch er hatte ihr ganz deutlich signalisiert, dass er Interesse an ihr hatte, und, ja, zumindest eines war ihr bewusst: Interesse hatte sie auch an ihm.

Ehe sie sichs versah, war sie bereits weit mehr als hundert Meter gelaufen und erreichte die Baumgrenze, an der der geschotterte Weg vom Feriendorf aus in den Wald abbog. Für einen Moment blieb sie ganz still stehen und betrachtete die in einiger Entfernung vor ihr liegende Ferienhaussiedlung, die sich malerisch rund um einen großen See erstreckte, in dem man im Sommer baden und auf dem man auch etwas Wassersport ausüben und Tretboot fahren konnte. Ein wenig seitlich von der Siedlung in Richtung Resort gab es auch noch einen großen, modernen Campingplatz, auf dem aber natürlich um diese Jahreszeit nicht allzu viel los war, sah man einmal von einigen wenigen Dauercampern ab.

Die meisten Ferienhäuser waren um diese Jahreszeit nicht vermietet. Nur in einigen wenigen brannte Licht, doch irgendein guter Geist – oder vielmehr wahrscheinlich eine ganze Armee von guten Geistern – hatte in den letzten Tagen dafür gesorgt, dass sämtliche Ferienhäuser und auch die Büsche und Bäume, das Gebäude mit dem Restaurant, der Rezeption und dem kleinen Lebensmittelladen samt Kiosk, das Gebäude der Bootsvermietung sowie der Anlegesteg und das Ufer des Sees mit einer großen Anzahl von Lichterketten und weihnachtlichen Figuren geschmückt worden waren. Sie wusste, dass die Beleuchtung um Punkt elf Uhr erlöschen würde, doch bis dahin verwandelte sie die Ferienhaussiedlung in eine märchenhafte Winterlandschaft, und die dünne Schneedecke, die bis vor Kurzem noch alles geziert hatte, hatte den Eindruck noch verstärkt. Inzwischen gab es wegen des Tauwetters bereits einige große Lücken in dem ehemals reinen Weiß. Melissa überkam ein seltsames Gefühl der Vergänglichkeit, das jedoch rasch wieder verflog. Der Winter war noch gar nicht richtig angebrochen, und bestimmt würde es noch mehr Schnee geben. Auch der Raureif, der sich nach einer neblig-frostigen Nacht bildete, würde zauberhaft aussehen, das hatte sie bereits im vergangenen Winter erlebt, wenn sie mit Andy spazieren gegangen war.

Ein Anflug besagten Nebels schien sich bereits zu bilden, denn als sie erneut ihren Blick über die Ferienhäuser wandern ließ, bemerkte sie das leichte Wabern sich senkender Nebelschwaden. Der Himmel war diesig, die Temperaturen hatten bereits den Gefrierpunkt erreicht, dessen war sie sich sicher. Ihre Nase wurde kalt. Unwillkürlich rieb sie darüber. Ob sie es wohl schaffen würden, aus dem Blockhaus und dem umgebenden Grundstück ein ähnlich hübsches Winterwunderland zu zaubern? Konnte das so schwierig sein? Immerhin besaß sie jetzt eine unglaubliche Menge an Lichterketten und Dekoartikeln. Sie wollte dieses Weihnachtsfest für Andy so besonders gestalten wie nur irgend möglich. Es würde das allererste für ihn sein, das er in einem richtigen, echten Zuhause verbringen konnte, ohne größere Sorgen und mit der Aussicht auf viele weitere schöne Weihnachtsfeste. Zumindest hoffte sie, dass es ihr gelingen würde, diesen Plan umzusetzen. Wenn sie jemals einen Weihnachtswunsch gehabt hatte, dann war es dieser. Für einen Moment legte sie den Kopf in den Nacken und blickte zum nächtlich dunklen Himmel hinauf, an dem sie hinter den Nebelschwaden noch Sterne erahnen konnte.

Genau genommen hatte sie bereits im vergangenen Jahr ein wunderschönes Weihnachtsfest mit Andy erlebt, denn Jana hatte sie beide zu ihrem eigenen Familienfest eingeladen. Das war besonders für ihren Sohn ein ganz besonderes Erlebnis gewesen. Aber auch Melissa hatte es genossen, zum ersten Mal im Leben echte Freundschaft erleben zu dürfen. Natürlich würde Jana sie auch in diesem Jahr einladen, vielleicht am ersten Weihnachtsfeiertag. Doch Melissa wollte den Heiligen Abend diesmal selbst gestalten mit allem, was zu einem heimeligen Weihnachtsabend gehörte. Sie hatte sich auch schon Rezepte herausgesucht, konnte sich jedoch nicht entscheiden, ob sie bloß Kartoffelsalat mit Würstchen machen sollte oder einen Festtagsbraten. Ihre Mutter hatte zu Weihnachten stets einen Gänsebraten zubereitet, der, das musste Melissa ihr neidlos zugestehen, unschlagbar gut geschmeckt hatte. Allerdings hatte die Tatsache, dass sowohl die Eltern ihrer Mutter als auch die ihres Vaters alljährlich zu Weihnachten zu Besuch gewesen waren, diesem lukullischen Genuss einen bitteren Beigeschmack verliehen.

Melissa konnte ihre Großeltern nicht ausstehen. Sie waren engstirnig, verknöchert, womöglich sogar rassistisch und auf jeden Fall hinsichtlich ihrer Weltsicht die verschärfte Variante von Melissas Eltern. Ihr Vater hatte, dessen war sie sich mittlerweile bewusst geworden, gar nichts anderes werden können als der gefühllose Despot, der er gewesen war. Auch Melissas Mutter war ganz eindeutig das devote Produkt ihrer Erziehung. Sie hatte sich in den Jahren ihrer Ehe niemals offen gegen ihren Mann gestellt oder sich gegen seine verbalen Übergriffe zur Wehr gesetzt. Nach seinem Tod hatte sie einfach so weitergemacht wie bisher, hatte also praktisch sein Erbe fortgeführt und Melissa mit viel Strenge und wenig Empathie aufgezogen. Melissa wusste natürlich, dass ihre Mutter sie trotz allem liebte. Sie wollte ganz sicher immer das Beste für ihr Kind, allerdings hatte sie nie begriffen oder vielleicht auch nie verstehen wollen, was wirklich das Beste für Melissa gewesen wäre. Dabei hatte sicherlich auch eine Rolle gespielt, dass sie bis zum Tod ihres Mannes immer Hausfrau gewesen war, da sie bereits mit achtzehn Jahren geheiratet hatte und Melissa kurz vor ihrem zwanzigsten Lebensjahr zur Welt gebracht hatte. Weitere Kinder waren dem Ehepaar nicht vergönnt gewesen; Melissa war sich nicht sicher, ob sie darüber glücklich sein oder diesen Umstand bedauern sollte. Einerseits wünschte sie keinem Menschen das schwierige Zuhause, das sie als Kind hatte erdulden müssen, andererseits wäre es vielleicht einfacher gewesen, wenn sie Verbündete gehabt hätte.

Ihre Mutter war also nie selbstständig gewesen, sondern von ihrem Elternhaus gleich bei ihrem Ehemann eingezogen, war Mutter geworden und hatte getan, was von ihr erwartet worden war: Sie hatte sich untergeordnet und nach außen hin die perfekte Ehefrau und Mutter gespielt.

Als in der Ferne erneut ein Auto vorbeifuhr, wurde Melissa aus ihren Gedanken gerissen. Sie richtete ihren Blick wieder geradeaus und erschrak, als ihr auffiel, dass sie schon sehr lange hier gestanden haben musste. Ein Blick auf ihr Handy verriet ihr, dass es bereits Viertel nach acht war. Warum hatte Lennart noch nicht angerufen? Normalerweise tat er das sehr pünktlich um acht Uhr. Oder hatte er gestern etwas davon erwähnt, dass er nicht anrufen würde? Nein, er hatte sie sogar gefragt! »Telefonieren wir morgen?« waren seine Abschiedsworte gewesen, und sie hatte sie bejaht.

Telefonieren wir morgen … Sonst hatte er immer gesagt: »Bis morgen, ich rufe dich an.« Doch diesmal hatte er gefragt … Sie knabberte an ihrer Unterlippe. Erwartete er, dass sie ihn anrief? Nachdem er sich mehrere Tage hintereinander bei ihr gemeldet hatte, war das vermutlich ganz normal und auch keine große Sache. Unschlüssig starrte sie auf ihr Handy und spürte, wie ihr Puls sich rapide beschleunigte.

***

Unruhig ging Lennart neben seinem Couchtisch auf und ab, auf dem er sein Handy abgelegt hatte. Es war bereits Viertel nach acht, doch Melissa hatte sich noch nicht gemeldet. Dabei hatte er ganz sicher angenommen, dass sie seinen Wink mit dem Scheunentor verstanden hatte. Natürlich wäre es ein Leichtes gewesen, einfach das Handy zu nehmen und ihre Nummer zu wählen, doch damit würde er ihr immer und immer wieder die Entscheidung abnehmen. Er wusste, dass sie mit sich kämpfte, jedoch nicht genau, weshalb. Dass sie nach ihren schlimmen Erfahrungen vorsichtig war und Angst hatte, sich auf eine neue Beziehung einzulassen, verstand er sehr wohl, doch inzwischen hatte er den Eindruck gewonnen, dass noch etwas anderes sie zurückhielt. In vielerlei Hinsicht kam sie ihm vor wie ein junges, unerfahrenes Mädchen, dabei war sie bereits sechsundzwanzig.

Sie war verheiratet gewesen, geschieden worden, und was sich zwischen diesen beiden Ereignissen abgespielt hatte, wollte er sich gar nicht so genau vorstellen, weil es ihn in helle Wut versetzte, dass ein Mann seine Frau so scheußlich behandeln konnte.

Er hatte ihr die Chance geben wollen, aktiv zu werden und die Initiative zu ergreifen. Da sie nun schon so oft telefoniert und auch Kurznachrichten ausgetauscht hatten, war er davon ausgegangen, dass ihr dies einigermaßen leichtfallen würde. Doch sein Smartphone blieb stumm. Hatte er sie vielleicht doch zu sehr unter Druck gesetzt? Und falls dem so sein sollte, was würde das bedeuten? Würde sie jemals bereit sein, sich auf mehr als eine Freundschaft einzulassen? Würde er damit zurechtkommen? Er würde es müssen, keine Frage, doch inzwischen drehten sich seine Gedanken beinahe rund um die Uhr um Melissa und Andy. Er konnte sie gar nicht mehr abschalten. Wie das innerhalb weniger Tage hatte passieren können, war ihm unerklärlich. Diese Gefühle waren einfach über ihn hereingebrochen, und jetzt wollte er die beiden nicht mehr aufgeben – auch wenn es im Augenblick so aussah, als ob seine Geduld auf eine mehr als harte Probe gestellt würde.

In der Vergangenheit hatte er sich sicherlich schon hundertmal vorgestellt, wie seine Zukunft aussehen würde. Dass er sich in eine Frau verlieben würde, stand dabei außer Frage, denn er war einfach davon ausgegangen, dass es da draußen irgendwo den passenden Deckel für seinen Topf gab. In seiner Fantasie hätten sie viel Zeit miteinander verbracht, ihre Beziehung vertieft, irgendwann geheiratet und eine Familie gegründet ... Im Leben hatte er nicht damit gerechnet, dass ausgerechnet die einzige Frau auf der Welt, die mehr Dornen besaß als die sprichwörtliche Rose, ihm allein durch ihre Existenz das Herz rauben würde. Ganz zu schweigen von dem kleinen Jungen, den er ebenfalls nahezu auf den ersten Blick ins Herz geschlossen hatte.

Natürlich hatte sein Beschützerinstinkt dabei eine nicht geringe Rolle gespielt, doch selbst, wenn er ihn außer Acht ließ, war ihm doch nur allzu bewusst, was die beständig startenden und landenden Flugzeuge in seinem Bauch – ein paar Hubschrauber mit ärgerlich heftig wirbelnden Rotoren waren offensichtlich auch mit dabei – zu bedeuten hatten.

Noch einmal warf er einen Blick auf sein Smartphone. Konnte etwas Melissa vielleicht vom Telefonieren abgehalten haben? Sofort stellten sich ihm die Nackenhärchen auf. »Wehe!«, knurrte er vor sich hin und hoffte gleichzeitig aus tiefstem Herzen, dass ihr nichts geschehen war.

Wie bitte? Sissy, die sich auf einem Sessel zusammengerollt hatte, hob den Kopf. *Hast du mit mir geredet? Nein, offenbar nicht. Sag mal, Herrchen, was ist denn überhaupt los mit dir? Du machst mich ganz nervös mit deinem Hin-und-her-Gerenne! Warum setzt du dich nicht einfach hin? Wenn ich wie ein aufgescheuchtes Huhn herumsause, verlangst du das doch auch immer von mir. Dabei habe ich selbstverständlich für solch ein Verhalten immer ausgesprochen gute Gründe. Aber das sind Hundegründe; davon verstehst du nichts. Wuff.*

Lennart blieb stehen und blickte irritiert zu Sissy, die einen leisen Laut des Unwillens ausgestoßen hatte. »Nanu, was hast du denn?« Dann lachte er trocken. »Ich gehe dir auf den Wecker, was?«

Wenn du mich so fragst: Ja, ein bisschen schon.

»Tut mir leid, Sissy, aber ich weiß gerade nicht, was ich tun soll. Ich hatte gehofft, mit Melissa schon wenigstens einen oder zwei Schritte weiter zu sein, aber es wird wohl doch noch viel schwieriger werden als gedacht, sie für mich zu gewinnen. Falls das überhaupt möglich ist. Dabei hat sie mich doch schon einmal angerufen, aber das war wohl etwas anderes, da hatte sie große Angst und war ziemlich durch den Wind. Aber auch da ist es ihr sehr schwergefallen, das habe ich gemerkt.«

Oh, Herrchen, warum klingst du denn jetzt auf einmal so traurig? Sissy sprang vom Sessel, tappte auf Lennart zu und stupste ihn sanft mit der Nase an. *Das gefällt mir überhaupt nicht. Und warum hat deine traurige Stimmung etwas mit Melissa zu tun? Sie ist doch gar nicht hier. Versteh einer die Menschen! Ich will nicht, dass du traurig bist, Herrchen. Kann ich irgendetwas tun, um dich aufzuheitern?*

Seufzend ließ Lennart sich auf den Sessel sinken, zog Sissy zu sich heran und kraulte sie ausgiebig hinter den Ohren. »Du bist ein süßes Schmusetier, nicht wahr?«

Aber sicher doch! Hach, das gefällt mir gut, kraule ruhig noch ein bisschen weiter. Da halte ich gerne still.

»Ich wünschte, Menschen wären so einfach zu verstehen wie Hunde«, murmelte Lennart vor sich hin. »Weißt du, ich habe Melissa richtig gern.«

Das ist doch schön. Mir geht es ebenso. Wo ist sie? Besuchen wir sie bald mal wieder?

»Ich bin mir auch ziemlich sicher, dass sie mich ebenfalls mag. Aber sie kann einfach nicht über ihren Schatten springen. Wahrscheinlich ist das, was sie mit ihrem Exmann erlebt hat, noch viel schlimmer, als ich gedacht habe. Wer weiß, was dieser Arsch ihr alles angetan hat.« Kurz vergrub er sein Gesicht im kurzen Fell an Sissys Nacken. »Verdammt, ich könnte die Wände hochgehen! Das ist doch albern, oder? Ich könnte sie einfach anrufen, aber ich weiß nicht, ob das richtig wäre. Soll ich ihr nachlaufen? Fühlt sie sich dann zu sehr bedrängt? Und wie lächerlich mache ich mich damit womöglich?«

Ich habe nicht die geringste Ahnung, wovon du sprichst, Herrchen. Aber ich höre, dass es dir nicht gut geht, das macht mich ebenfalls traurig. Komm, wir kuscheln ein bisschen, dann geht es dir bestimmt gleich wieder gut. Sissy fiepte kurz und kletterte mit den Vorderpfoten auf seinen Schoß, dann vergrub sie ihr Gesicht unter seinem Arm und schnaufte und prustete ein bisschen.

Wider Willen musste Lennart lachen. »Schmusetier ist gar kein Ausdruck, was? Und eine verrückte Nudel obendrein.« Er zog die Hündin ganz auf seinen Schoß, und sie legte ihm wie in einer Umarmung die Vorderpfoten auf die Schultern. Sanft streichelte er ihr über den Rücken und ließ sich gefallen, dass sie ihm über Wangen und Ohr leckte. In diesem Moment gab sein Smartphone auf dem Tisch den Signalton von sich, den er für Melissa eingestellt hatte: *Nothing else matters* von Metallica.

Sein Herz machte einen unanständigen Satz. Hastig und wegen seines übergroßen Schoßhundes reichlich umständlich angelte er nach dem Mobiltelefon und nahm das Gespräch an. »Guten Abend, Melissa«, sagte er etwas atemlos. »Ich war gerade kurz davor, mich zusammen mit Sissy ins Auto zu werfen und zu dir zu fahren, um nachzusehen, ob alles in Ordnung ist.«

»Was?« Melissa klang völlig außer Atem.

Lennart ließ sich wieder zurück in den Sessel sinken und lächelte, als Sissy sich gegen ihn lehnte und ihm den Kopf auf die Schulter legte. »Bist du einen Marathon gelaufen?«

»Ja. Nein.« Melissa hüstelte. »Ich bin tatsächlich gerannt, aber nur den Weg rauf bis zum Haus. Ich war noch ein bisschen spazieren.«

»Um diese Zeit?« Überrascht runzelte Lennart die Stirn.

»Ich brauchte einfach frische Luft.« Er konnte hören, wie Melissa tief durchatmete. »Ich hatte das Babyphon eingeschaltet, aber anscheinend war der Akku im Empfänger leer. Das wusste ich allerdings nicht und auch nicht, dass das Ding, kurz bevor es sich ausschaltet, so einen Radau macht. Es fing plötzlich an wie wild zu piepsen, und ich dachte schon, mit Andy wäre irgendetwas. Deshalb bin ich so gerannt. Als ich zu Hause ankam, hat das Piepsen aufgehört und Andy hat natürlich tief und fest geschlafen und gar nichts davon bemerkt, dass ich draußen war.« Sie lachte kläglich. »Blöd, oder?«

»Ich dachte, du hättest mich versetzt«, gab Lennart unumwunden zu.

»Dito.« Melissa seufzte. »Ich glaube, ich hatte ein ganz schönes Brett vor dem Kopf. Du hast mich in den letzten Tagen mit deinen regelmäßigen Anrufen um acht Uhr zu sehr verwöhnt, schätze ich. Ich bin fest davon ausgegangen, dass du heute ebenfalls anrufen würdest. Erst, als ich draußen in der Gegend herumgestanden habe, ist mir aufgefallen, dass wir gestern wohl etwas anderes ausgemacht haben, oder? Ich bin mir nicht ganz sicher.«

Eines der Flugzeuge in seinem Bauch setzte zum Start an und wäre beinahe mit einem der Helikopter zusammengestoßen. »Ich habe dich also verwöhnt?«, hakte er nach, ohne auf ihre Frage einzugehen.

Es entstand eine winzige Pause, in der er geradezu durch das Telefon spüren konnte, wie sie von Verlegenheit ergriffen wurde. »Gewissermaßen. Ich habe mich einfach total daran gewöhnt, dass du anrufst.«

Er lächelte vor sich hin und spürte der Erleichterung nach, die ihn überfiel. »Dagegen ist ja grundsätzlich gar nichts einzuwenden. Ich würde dich gerne ein bisschen verwöhnen.« Atemlos wartete er auf ihre Reaktion.

Für einen langen Moment sagte sie gar nichts, dann lachte sie nervös. »Ehrlich gesagt weiß ich nicht, was ich darauf jetzt antworten soll.«

Lennarts Lächeln vertiefte sich noch. Sachte streichelte er über Sissys Rücken, woraufhin sie ein unüberhörbares Schnaufen des Wohlgefallens ausstieß.

»Was war das denn?« Melissa kicherte. »Hast du eine Dampflok auf der Schulter sitzen?«

Lennart lachte auf. »Nicht ganz, aber die Geräuschkulisse ist ganz ähnlich. Ich verwöhne gerade das andere wichtige weibliche Wesen in meinem Leben mit Streicheleinheiten. Ich nehme doch an, dass du bei einer solchen Behandlung nicht ganz so undamenhafte Geräusche von dir geben würdest?«

Melissa hustete. »Ich glaube nicht.« Unvermittelt kicherte sie wieder los. »Nein, bestimmt nicht.«

»Bist du sicher?« Lennart richtete sich ein wenig auf, achtete jedoch darauf, dass Sissy, die schwer wie ein Sack auf ihm hing, es weiterhin bequem hatte. »Vielleicht sollte ich das bei Gelegenheit sicherheitshalber ganz genau überprüfen.«

Melissa räusperte sich. »Das klang jetzt irgendwie nicht ganz jugendfrei.«

»Das sollte es auch nicht.« Er grinste breit. »Bei der Gelegenheit könntest du auch gleich testen, ob die Geräuschkulisse, die in solchen Situationen von mir ausgeht, deinen Vorstellungen entspricht.«

»Meinen Vorstellungen?«

»Ich kann zum Beispiel knurren wie ein Wolf.«

Wuff, das kann ich bestätigen. Als ich noch ganz klein war, hat Herrchen mich manchmal genauso angeknurrt wie meine Mutter, wenn ich etwas getan habe, was ihm nicht passte.

Melissa lachte wieder, doch diesmal klang es einmal mehr reichlich nervös. »Ist das so?«

»Wie du gehört hast, hat sogar Sissy mir gerade zugestimmt. Allerdings ist sie noch längst nicht volljährig und kennt deshalb nur mein elterliches Knurren und nicht dasjenige, dass ich eben gemeint habe.«

Melissa schluckte hörbar. »Du knurrst also.«

»Zuweilen.« Mittlerweile hatte sich eine ganze Flugzeugflotte in seinem Bauch zum Formationsflug zusammengefunden; ein Gefühl, das er ausgesprochen genoss. »Lass mich überlegen, was ich sonst noch an Geräuschen in petto habe.«

»Ähm ...«

Er wurde wieder etwas ernster. »Keine Sorge, das war ein Scherz.« Nach einem Atemzug fügte er hinzu: »Ein paar Geheimnisse behalte ich vorläufig für mich. Wenn du möchtest, findest du sie früher oder später heraus.« Wieder wartete er gespannt auf ihre Antwort.

Melissa überraschte ihn mit einem Themenwechsel. »Andy hat morgen Nachmittag gegen drei einen Kurs in Selbstverteidigung. Den bietet die Sozialstation an.«

Lennart kämpfte die Bilder nieder, die sich vor seinem inneren Auge manifestiert hatten. »Ach ja, davon hattest du neulich gesprochen.«

»Ja, also ...« Wieder hörte er sie atmen. »Danach wollte ich gerne mit ihm anfangen, das Haus zu schmücken. Aber bis wir wieder zu Hause sind, ist es bestimmt kurz vor fünf und schon dunkel.«

»Und? Ist das ein Problem?« Sachte spielte Lennart an Sissys Ohren herum, weil er wusste, dass sie das besonders gernhatte. Prompt schnaufte sie wieder genussvoll.

»Ich weiß nicht. Du hattest ja neulich gesagt, dass du uns dabei helfen willst. Aber wenn du etwas anderes vorhast, ist es auch nicht schlimm.«

Die Flugzeuge verwandelten sich allesamt in Helikopter, deren Rotoren sein Innenleben heftig aufwirbelten. »Ich habe nichts anderes vor. Möchtest du denn gerne, dass ich euch helfe?«

»Ich, äh, ja, schon.« Er hörte Melissa seufzen. »Klinge ich so bescheuert, wie ich mich fühle?«

Lennart lächelte. »Nicht bescheuert, nur nervös. Dazu besteht aber kein Anlass, denn du hast mich ja bereits an der Angel.«

Melissa stieß einen erschrockenen Laut aus. »Ich wollte nicht ... Ich habe nicht ...«

»Mich geangelt? Immer mit der Ruhe.« Lennart hätte beinahe gelacht, verkniff es sich aber, weil er das Gefühl hatte, dass ein ruhiger, ernsthafter Ton ihr im Augenblick mehr helfen würde. »Ich sage nur, wie es ist. Wenn ich jetzt bei dir wäre, würde ich dich noch einmal zu einem Tanz auffordern. Vielleicht solltest du das jetzt noch einmal tun. Das hat beim letzten Mal doch sehr gut gegen deine Nervosität geholfen, oder?«

»Ja, schon, aber das war doch etwas anderes. Ich kann ja wohl kaum hier herumstehen und mit mir alleine tanzen.«

»Warum nicht? Abgesehen davon, dass man im Stehen nicht tanzt. Dazu muss man sich schon ein wenig bewegen, außer es wäre ein Steh-Blues.«

»Das wäre doch ganz schön albern, ganz zu schweigen davon, dass es mir im Augenblick ...« Sie stockte. »Was bitte?«

»Du kannst jederzeit mit dir selbst tanzen. Das tue ich auch ab und an, wenn sonst niemand da ist.«

Hey, was ist denn mit mir? Wau? Bin ich etwa niemand?

Lennart lachte. »Schon gut, Sissy, du hast ja recht. Mit dir habe ich auch schon getanzt.«

»Wie tanzt man denn mit einem Hund?« Melissa klang verblüfft.

»Auch das kann ich dir bei Gelegenheit einmal demonstrieren«, versprach Lennart. »Gesetzt den Fall, du lässt mich. Also darf ich euch morgen beim Schmücken des Hauses helfen? Auch wenn es schon dunkel ist? Ich nehme doch an, dass das Licht im Haus funktioniert.«

»Ja, natürlich.« Sie stockte erneut, dann kicherte sie. »Also ja, natürlich würde ich mich freuen, wenn du uns hilfst. Andy bestimmt auch, vor allem, wenn du Sissy mitbringst.«

»Ohne sie gehe ich nirgendwohin.«

Das ist Musik in meinen Ohren. Wuff. Ohne mein Herrchen gehe ich ebenfalls nirgendwohin.

»Und selbstverständlich funktioniert das Licht bei uns«, fuhr Melissa immer noch erheitert fort. »Ich dachte bloß, weil du neulich meintest, dass wir auch draußen alles schmücken könnten. Das hatte ich ja auch vor, aber im Dunkeln wird das wahrscheinlich nicht so sinnvoll sein, oder?«

»Das würde ich so nicht sagen«, widersprach Lennart. »Gerade im Dunkeln sieht man doch besonders gut, wie die Lichterketten wirken. Das kriegen wir schon hin. Was hältst du davon, wenn ich zwischen fünf und halb sechs bei euch bin? Ich bringe auch etwas Gutes zu essen mit.«

»Etwas zu essen?«

»Es sei denn, du willst dich noch mit Kochen abplagen. Das kann gerne ich übernehmen. Sag mir nur, ob du oder Andy irgendetwas überhaupt nicht essen dürft. Irgendwelche Allergien oder Unverträglichkeiten, von denen ich noch nichts weiß?«

»Nein, keine.« Melissa klang immer noch erstaunt. »Willst du wirklich für uns kochen?«

»Glaubst du, das kann ich nicht? Ich lebe seit fast zehn Jahren allein in meiner Wohnung. Ich bin also zu einhundert Prozent imstande, mich selbst zu versorgen, und nicht bloß mit Fast Food. Ich kann kochen, backen, putzen, bügeln, den Müll raustragen und alles, was man sonst noch mehr oder weniger Nerviges im Haushalt zu tun hat. Wobei ich zugeben muss, dass Kochen und Backen nicht zu dem nervigen Teil gehören.«

»Nicht?« Melissa seufzte unterdrückt. »Für mich schon. Wenn ich nicht einen Sohn hätte, der jeden Tag etwas einigermaßen Gesundes auf dem Tisch haben muss, dann würde ich wahrscheinlich kaum jemals für mich alleine kochen. Und was das Backen angeht ...« Ein zweites Seufzen folgte, diesmal aus tiefstem Herzen. »Ganz einfache Kekse oder ein Marmorkuchen aus einer Backmischung gehen noch, aber alles andere übersteigt meine Fähigkeiten leider. Ich versuche schon dauernd, mir ein bisschen mehr beizubringen, und inzwischen kann man sogar meine Waffeln einigermaßen genießen. Früher konnte man damit jemanden erschlagen oder sich eine Acrylamid-Vergiftung zuziehen. Ich würde gerne mit Andy mehr zusammen kochen oder backen, aber erst einmal sollte ich selbst mich in dieser Hinsicht weiterbilden, schätze ich.«

Lennart grinste vor sich hin. »Das ist wieder ein Punkt, in dem wir uns perfekt ergänzen. Du telefonierst gerade mit einem Meisterbäcker. Ich bin nämlich der Sohn einer ganzen Dynastie von Meisterbäckern. Mein Vater trägt diesen Titel ebenfalls, genau wie mein Großvater, und vor ihm trug auch mein Urgroßvater ihn bereits. Wenn du also für Weihnachten eine Ladung

Kekse benötigst, dann sollten wir noch ein Date ausmachen, an dem ich euch ins Backwunderland entführe.«

»Noch ein Date?« Melissa klang ein wenig atemlos.

Lennart zögerte, setzte dann jedoch alles auf eine Karte: »Sollen wir wirklich noch länger um den heißen Brei herumtanzen? Das morgen ist doch ein Date, oder etwa nicht? Vielleicht kein klassisches Date wie im Film, weil Andy mit dabei sein wird, aber genauso möchte ich es gerne haben. Und ich möchte auch weitere Dates mit dir haben, und ob wir dann backen oder spazieren gehen oder rodeln oder tanzen gehen, ist völlig nebensächlich.«

»Nein.« Melissa hüstelte. »So meinte ich das nicht. Ich war mir nur nicht bewusst, dass man bereits das nächste Date ausmacht, noch bevor man das bevorstehende hinter sich gebracht hat.«

Die Helikopter schlugen Loopings. »Also zunächst einmal«, hub er an, »bringt man ein Date nicht einfach hinter sich. Das tut man vielleicht mit einem Zahnarztbesuch, und glaub mir, ein Date mit mir wird wesentlich angenehmer sein. Und abgesehen davon: Meinetwegen können wir auch die nächsten zehn Dates bereits ausmachen. Ich wüsste nicht, dass irgendwo geschrieben steht, in welcher Reihenfolge man so etwas tun muss oder dass man sich an bestimmte Regeln im zeitlichen Ablauf halten muss. Wenn überhaupt, dann legen doch wir beide die Regeln fest, oder etwa nicht?«

»Na ja, schon.« Melissas Stimme war ein Lächeln anzuhören, gleichermaßen aber auch ihre Unsicherheit. »Ich bin nicht einfach nur aus der Übung, Lennart. Ich habe keine Ahnung von so etwas. Wahrscheinlich stelle ich deshalb so dumme Fragen.«

»Niemand hat deine Fragen als dumm bezeichnet.«

»Ich schon.«

»Dann hör bitte sofort auf damit. Wir machen einfach alles so, wie wir es für richtig halten und wie es uns am besten gefällt, okay? Keine Regeln von außen, sondern nur unsere eigenen.«

»Bloß, dass ich auch unsere eigenen Regeln nicht zu kennen scheine«, gab sie zu bedenken.

»Das liegt daran, dass wir noch gar keine Regeln aufgestellt haben«, konterte er. »Lass uns das einfach nach Bedarf erledigen. Ich bin sowieso eher der Improvisationstyp. Ich warte immer erst ab, welche Herausforderungen das Leben mir vor die Füße wirft, und entscheide dann spontan, wie ich darauf reagiere.«

»Und ich plane lieber alles bis ins Detail vorab, weil ich sonst Angst habe, es nicht zu schaffen.« Sie stockte kurz. »Natürlich muss ich im Alltag auch immer wieder improvisieren, aber das tue ich nicht gerne.«

»Weil du Angst hast, dass dir die Kontrolle entgleitet?«

»Ja, wahrscheinlich. Ich habe damals auch unsere Flucht wochenlang geplant und immer wieder in meinem Kopf zurechtgelegt, bin jeden Schritt einzeln wieder und wieder durchgegangen. Ich musste ja auch lange im Voraus beim Frauenhaus anfragen und warten, bis ein Zimmer für uns frei wurde. Später, als wir dann dort wohnten, hat meine Therapeutin mich darin bestärkt, alles kleinschrittig zu planen, um wieder Kontrolle über mein Leben zu erlangen. Natürlich wollte sie nicht, dass ich es übertreibe.« Melissa lachte kläglich. »Aber wahrscheinlich habe ich das getan und tue es immer noch.« Sie hielt kurz inne. »Kontrollfreaks vertragen sich im Allgemeinen nicht gut mit Improvisationshelden.«

Am liebsten hätte er sie auf der Stelle geküsst. »Also, erstens habe ich mich nicht als Helden bezeichnet, aber danke für die Blumen, und zweitens hat dir wohl noch niemand gesagt, dass sich Gegensätze anziehen. Im besten Fall ergänzen sie sich.« Ehe sie etwas darauf antworten konnte, fügte er hinzu: »Wir sehen uns morgen, okay? Ich bin zwischen fünf und halb sechs bei euch und bringe jede Menge gute Laune und Essen mit. Und ... Melissa?«

»Ja?« Nun klang sie beinahe so atemlos wie zu Beginn ihres Gesprächs.

»Schlaf gut.« Lächelnd unterbrach er die Verbindung, legte das Smartphone auf den Couchtisch zurück und schlang seine Arme um Sissy. Mit einem breiten Grinsen verbarg er sein Gesicht in ihrem Fell. »Ist das Leben nicht schön?«

Wuff. Dem kann ich nicht widersprechen. Kuscheln mit Herrchen ist das Beste überhaupt.

17. Kapitel

»Schau mal, hier sind noch mehr.« Elfe-Sieben trug einen ganzen Wäschekorb voller neuer Wunschzettel ins Büro des Weihnachtsmannes. Dessen Frau saß wieder am Computer und prüfte die am heutigen Tage eingegangenen Wunschzettel-E-Mails. Als sie den Blick vom Bildschirm wandte, weiteten sich ihre Augen.

»Ach du liebe Zeit, das gibt es doch nicht! So viele?« Sie deutete auf den freien Platz neben ihrem Schreibtischstuhl. »Stell den Korb einfach hier ab. Ich kümmere mich gleich darum. Erst einmal muss ich die ganzen E-Mails sortieren. Außerdem habe ich da gerade ein seltsames Piepsen gehört, und ich weiß nicht, was es bedeutet.«

»Was denn für ein Piepsen?« Neugierig trat Elfe-Sieben neben den Schreibtisch, stellte den Wäschekorb ab und warf einen Blick auf den Computerbildschirm. Genau in diesem Moment piepst es erneut. Sie lachte. »Das ist doch nur das Weihnachtswunsch-Radar. Anscheinend hat jemand gedanklich einen sehr wichtigen Weihnachtswunsch ausgesendet, jedoch keinen Wunschzettel geschrieben.«

»Das Weihnachtswunsch-Radar?« Die Frau des Weihnachtsmannes runzelte die Stirn. »Kannst du mir zeigen, wie man das aufruft?«

»Aber klar.« Elfe-Sieben tippte ein paar Befehle auf der Tastatur ein, und prompt öffnete sich eine Software, die ganz ähnlich aussah wie das E-Mail-Programm. »Siehst du, hier ist der Wunsch eingegangen.« Elfe-Sieben deutete auf einen Bereich, der wohl so etwas wie der Posteingang war. »Die Techniker-Elfen haben das Radar vor einigen Monaten neu programmiert und kalibriert«, erklärte sie weiter. »Es ist nun viel einfacher zu handhaben als vorher, und man sieht sofort, welche Wünsche hinzugekommen sind, welche bereits bearbeitet wurden und welche entweder archiviert sind oder auf der Warteliste landen, weil sie etwas schwieriger zu erfüllen sind.«

Santas Frau nickte anerkennend. »Das ist ja toll geworden! Ich weiß noch, dass mein lieber Mann sich vorher immer ein bisschen über dieses Radar beschwert hat, weil es unübersichtlich war. Das hier ist wirklich sehr schön zu handhaben.« Sie klickte auf den eingegangenen Wunsch und runzelte gleich darauf erneut die Stirn. »Na so was?« Sie rückte näher an den Schreibtisch heran. »Das ist ja ein Wunsch von Melissa! Den muss ich mir aber sofort näher ansehen.«

»Etwa die Melissa, um die wir uns schon die ganze Zeit kümmern?« Elfe-Sieben krabbelte ihr auf den Schoß und beobachtete genau, wie sich das Interface des Wunsches öffnete, als Santas Frau die Details aufrief. »Ui!«, stieß sie verblüfft aus, als sie den Inhalt überflogen hatte.

»Das kannst du laut sagen«, stimmte die Frau des Weihnachtsmannes ihr zu. »Mir wird ganz warm ums Herz, wenn ich diesen Wunsch lese. Andererseits bereitet er mir auch einige Sorgen, denn wir wissen ja, dass Melissa und Andy schwierige Zeiten bevorstehen. Jetzt müssen wir uns gleich doppelt so sehr anstrengen, nicht nur Andys Wünsche zu erfüllen, sondern auch den ihrer Mutter. Ich sorge mich, weil gleich so viele verschiedene Komplikationen auf einmal auf die beiden zukommen.«

»Was für Komplikationen?«, erklang die Stimme des Weihnachtsmannes von der Tür her. »Gibt es ein Problem bei der Wunscherfüllung?«

»Santa Claus, du sollst doch im Bett liegen!«, rief Elfe-Sieben erstaunt. »Was machst du denn hier unten?«

»Mein Lieber, Elfe-Sieben hat recht. Du sollst dich doch erholen.« Die Frau des Weihnachtsmannes erhob sich und eilte zu ihm, falls er Hilfe benötigte.

Er schüttelte sie jedoch mit einem energischen Kopfschütteln ab. »Kommt gar nicht infrage, mein Schatz. Ich habe jetzt lange genug untätig im Bett herumgelegen. Es wird allmählich Zeit, dass ich mich wieder um meine Pflichten kümmere, immerhin bin ich der Weihnachtsmann! Es sind nur noch wenige Wochen bis Weihnachten, heute ist der erste Dezember! Da kann ich nicht krank sein.«

»Aber fühlst du dich denn wirklich schon kräftig genug, um dich wieder den alltäglichen Pflichten zu widmen?« Skeptisch musterte sie ihn von Kopf bis Fuß.

»Ich habe beschlossen, wieder gesund zu sein«, brummte er lächelnd. »Und wie es sich eben angehört hat, ist meine Anwesenheit hier im Büro dringend erforderlich, oder etwa nicht? Worüber habt ihr euch eben unterhalten? Nicht, dass irgendetwas bei einer Wunscherfüllung dieses Jahr schiefgeht, bloß weil mich diese ärgerliche Erkältung erwischt hat.«

»Hier Santa, schau mal.« Elfe-Sieben eilte zur Videowand und deutete auf den Bildschirm, der das Leben von Melissa und Andy zeigte. »Die beiden sind dieses Jahr ein ganz komplizierter Fall. Wir haben einen wunderschönen Wunschzettel von dem kleinen Jungen erhalten, einen gemalten!«

»Tatsächlich?« Interessiert trat Santa Claus näher und beobachtete eine Weile, was sich auf dem Bildschirm tat. »Kannst du mir den Wunschzettel einmal zeigen?«

»Selbstverständlich.« Elfe-Sieben eilte zu der Ablage, in der sie die noch nicht erfüllten Wünsche alphabetisch geordnet hatte. Sie zog den Brief hervor, den Andy geschickt hatte, und reichte ihn dem Weihnachtsmann.

Santa Claus betrachtete die Zeichnung, und seine Miene wurde dabei ganz weich. »Das ist einer der rührendsten Wunschzettel, die mir seit langer Zeit untergekommen sind«, befand er. »Ihr habt also schon mit der Wuncherfüllung begonnen?«

Seine Frau nickte. »Ja, wir haben einiges in die Wege geleitet, aber leider hat das Gefühlsradar uns vermeldet, dass es einige

Komplikationen geben wird. Ich habe alles in einer separaten Wunscherfüllungsdatei festgehalten.« Sie setzte sich zurück an den Computer und rief die Datei auf, dann winkte sie ihren Mann näher und überließ ihm den Schreibtischstuhl. »Wie du siehst, ist das alles ziemlich kompliziert.«

»Mhm.« Der Weihnachtsmann las sich alles in Ruhe durch. »Sehr gewagt, was du da angestoßen hast«, wandte er sich schmunzelnd an seine Frau. »Wenn ich diesen Vorschlag gemacht hätte, dann hättest du ganz sicher mit mir geschimpft.«

»Kann sein«, gab sie mit einem verlegenen Lächeln zu. »Aber schwierige Situationen erfordern manchmal ungewöhnliche Maßnahmen, nicht wahr? Das sagst du zumindest immer.«

»So ist es.« Der Weihnachtsmann minimierte die Datei und rief die Oberfläche des Weihnachtswunsch-Radars auf. »Und was ist das hier?«

Seine Frau beugte sich dicht neben ihm zum Bildschirm vor. »Dieser Wunsch ist gerade eben erst hereingekommen. Er ist unglaublich rührend, insbesondere im Hinblick auf den Wunsch, den Andy uns geschickt hat. Findest du nicht auch?«

»Allerdings.« Wieder las sich der Weihnachtsmann alles sehr genau durch. »Aber wenn ich das mit den Ergebnissen des Gefühlsradars vergleiche, dann sehe ich schon, dass es tatsächlich eine sehr komplizierte Wunscherfüllung wird. Da kommt ja einiges ...« Er brach abrupt ab, denn in diesem Moment schrillte das Gefühlsradar los. »Du liebe Zeit!« Er drehte sich mit dem Schreibtischstuhl und rollte in die Zimmerecke, wo er mit wenigen Handgriffen die Lautstärke des Gefühlsradars herunterregelte. »Hast du mich aber erschreckt«, sagte er erheitert zu dem Gerät.

»Warum hat es denn schon wieder angeschlagen?«, wollte Elfe-Sieben wissen.

»Ich schaue es mir gerade an.« Der Weihnachtsmann übertrug die Daten des Gefühlsradars auf den Computer und überprüfte sie dort. »Tja, ich schätze, jetzt muss uns wirklich ganz schnell etwas einfallen. Seht her!« Er deutete auf die Fotos, die zusätzlich zu der Meldung von dem Gefühlsradar übertragen worden waren.

Seine Frau stieß einen erschrockenen Laut aus. »Das gibt es doch nicht! So schnell hatten wir damit aber noch nicht gerechnet.« Sie eilte zur Videowand und nahm ein paar Einstellungen vor, um neben dem Feed von Melissa und Andy noch einen weiteren zu empfangen. »Das gefällt mir überhaupt nicht«, murmelte sie dabei vor sich hin. »Hoffentlich bringt das nicht alles endgültig durcheinander. Melissa hat sich solche Mühe gegeben in den letzten Jahren ...« Sie stockte. »Nanu!«, rief sie verblüfft. »Was ist das denn?«

»Was meinst du?« Santa Claus erhob sich und trat neben sie an den Bildschirm. »Noch mehr Probleme?«

»Ich weiß es nicht.« Sie deutete auf den neuen Feed, der als Bild im Bild zu sehen war. »Das ist etwas ganz anderes, als wir erwartet hatten. Elfe-Sieben, sieh dir das an!«

Das musste sie der kleinen Elfe nicht zweimal sagen; sie war bereits ebenfalls zur Videowand gekommen und beobachtete gespannt, was sich auf den Bildschirmen tat. »Ach herrje, was ist denn da los?«, stieß sie verblüfft hervor.

»Sag ich doch!« Santas Frau rieb sich nachdenklich über die Stirn. »Ich glaube, wir müssen die Kundschafterelfen noch mal ausschicken und auch in den Himmelsarchiven recherchieren. Da ist uns offensichtlich etwas sehr Wichtiges entgangen.«

»Elfe-Sieben, weißt du, wo ...«, erklang die Stimme von Elf-Zwei, brach jedoch sofort wieder ab, als der Kundschafter-Elf in der Tür zum Büro erschien. »Santa Claus! Da bist du ja. Bist du wieder gesund?«

»Nicht ganz«, gab der Weihnachtsmann mit einem unterdrückten Husten zu. »Aber gesund genug, um hier wieder meine Pflichten aufzunehmen.«

»Oh, gut!« Elf-Zwei betrat das Büro. »Ich war gerade mit Elfe-Acht noch einmal unterwegs, um ein paar Erkundigungen einzuholen, da ist uns etwas höchst Interessantes aufgefallen. Das wollten wir deiner Frau gerade mitteilen. Aber jetzt, wo du da bist, können wir es auch gleich dir erzählen.« Er rannte zur Tür zurück. »Elfe-Acht! Wo steckst du denn?«

»Hier bin ich doch«, antwortete die zweite Kundschafter-Elfe und betrat ebenfalls das Büro. »Ich musste nur gerade Dasher und Blitzen davon abhalten, sich in die Küche zu schleichen.« Sie kicherte. »Jemand hat vergessen, die Hintertür zu schließen.«

»Oh, oh, das muss mir passiert sein«, gab Santas Frau mit zerknirschter Miene zu. »Ich habe heute Morgen frische Lebkuchen gebacken und ein paar davon hinaus zu den Rentieren gebracht. Als ich zurückgekommen bin, hat gerade der Computer das Signal für ein übervolles Postfach ausgegeben, deshalb bin ich gleich hier hereingeeilt und habe ganz vergessen, die Hintertür wieder richtig zu schließen. Diese verfressenen Rentiere aber auch immer!« Sie lachte. »Man darf sie keinen Augenblick aus den Augen lassen, sonst futtern sie unseren gesamten Lebkuchen- und Keksvorrat weg. Ich bin sowieso schon ganz arg im Rückstand mit dem Backen.«

»Vielleicht kannst du dich ja jetzt wieder etwas mehr aufs Backen und all die anderen Dinge konzentrieren, die du sonst um diese Jahreszeit machst«, befand Elfe-Sieben. »Santa Claus ist ja nun wieder hier, nicht wahr?«

»Das bin ich allerdings«, stimmte Santa Claus zu. »Aber so ganz fit bin ich natürlich noch nicht, also werde ich noch euer aller Hilfe benötigen.« Er wandte sich an Elfe-Acht. »Nun erzählt aber, was ihr so Wichtiges herausgefunden habt.«

Elfe-Acht nickte eifrig. »Natürlich, deshalb sind wir hierhergekommen. Also, hört euch das an.«

18. Kapitel

»Mama?«

»Ja, mein Schatz?« Melissa hatte gerade die Haustür hinter ihnen geschlossen und half nun Andy aus seiner dicken Winterjacke. »Was denn?«

»Und dann hat Toni gesagt, dass wir so schnell laufen sollen, wie wir können.«

Melissa lächelte. »Ich weiß, ich war ja dabei.«

»Und dann hat er gesagt, wir sollen auch nicht immer geradeaus laufen, sondern immer im Zickzack.«

»Zieh bitte deine Stiefel aus.«

»Und daaaann …« Während Andy mit den Stiefeln kämpfte, zog er das Wort in die Länge. »Sind wir alle total schnell gerannt, ganz kreuz und quer. Und dann hat er gesagt, dass wir ganz laut schreien sollen, das haben wir dann auch alle gemacht.«

Da Andy, kaum dass er die Stiefel losgeworden war, zur Unterstreichung seiner Worte im Zickzack quer durch das Wohnzimmer rannte, sammelte Melissa lachend die nassen Stiefel ein und stellte sie auf die Stiefelunterlage im Wandschrank, die aus einem Rost und einer Auffangschale für das abtropfende Wasser bestand. »Ja, ich weiß, mein Schatz. Ihr wart so laut, dass mir fast die Ohren geplatzt sind.«

»Aber Toni hat gesagt, das muss so sein. Weil wenn wir nur leise schreien und nicht laut, dann hört uns ja niemand.«

»Da hat er natürlich recht.« Melissa hängte Andys Jacke auf einen Bügel, zog ihren Mantel aus und verstaute ihn ebenfalls im Wandschrank.

»Und dann hat Toni uns gezeigt, wie man am besten jemandem gegen das Schienbein tritt oder auf den Fuß oder so, und er hat gesagt, dass wir sogar beißen dürfen, damit der böse Mensch, der uns festhalten will, uns wieder loslässt. Dabei darf man normalerweise gar nicht treten oder beißen.«

»Das ist ja auch eine ganz andere Situation«, erklärte Melissa. »Wenn jemand dich festhalten will, und ich hoffe, das wird niemals passieren, dann darfst du alles tun, was dir einfällt, um dich wieder loszureißen. Aber im normalen Leben ist Treten und Beißen tabu.«

»Was ist tabu?« Andy war genug durch das Wohnzimmer gerannt und blieb direkt vor ihr stehen.

»Das bedeutet, dass es nicht erlaubt ist. Wenn man mit jemandem Streit hat, dann muss man sich mit Worten wehren, das ist immer besser, als jemanden zu schlagen oder zu treten.«

Andy nickte heftig. »Aber der Selbstverteidigungskurs ist ja extra, damit wir lernen, was wir machen sollen, wenn jemand uns angreift oder festhält. Das mit dem Laufen war ganz schön anstrengend, aber es hat Spaß gemacht. Und nächste Woche, hat Toni gesagt, üben wir das Ganze dann noch mal und er zeigt uns noch ein paar andere Tricks. Und dann hat er gesagt, dass wir die Telefonnummern vom Notruf auswendig können müssen, und das ist die 110 für die Polizei und die 112 für die Feuerwehr und den Krankenwagen, wenn sich jemand verletzt hat und so. Das hatten wir auch schon mal in der Schule. Es gibt auch noch mehr Nummern für den Krankenwagen, aber Toni hat gesagt, die 112 geht auch, wenn es ganz arg schlimm ist.«

»Sehr gut.« Melissa ging vor ihrem Sohn in die Hocke und nahm ihn in die Arme. »Ich bin stolz auf dich.«

»Mamaaaa!« Andy zappelte ein wenig. »Ich hab doch gar nichts gemacht.«

»Doch, du kannst die Notrufnummern auswendig, und du hast dich heute im Kurs sehr gut geschlagen.«

»Ich hab doch gar niemanden geschlagen.«

Melissa lachte. »Ich meinte, dass du das alles sehr gut gemacht hast.«

»Und Mama?«

»Ja, mein Schatz?«

»Ich hab jetzt total riesigen großen Hunger.«

»Das kann ich mir vorstellen.« Melissa blickte auf die Armbanduhr, und prompt ergriff sie eine leichte Aufregung. »Lennart hat gesagt, dass er zwischen fünf und halb sechs hier ist und etwas zu essen mitbringt.«

»Und Sissy auch?«

»Ich gehe davon aus, dass er sie mitbringt.«

»Und wie lange dauert das noch?« Andy schnappte sich Melissas linkes Handgelenk und versuchte, die Uhrzeit auf dem Ziffernblatt abzulesen. »Es ist erst zehn nach fünf! Wenn er erst um halb sechs kommt, dann bin ich ganz bestimmt schon verhungert.«

»Möchtest du vielleicht erst einmal etwas trinken?«, schlug Melissa vor. »Das hilft mir, wenn mein Magen knurrt. Dann ist nämlich in deinem Bauch schon was drin, wenn es auch nur ein bisschen Saft oder Wasser ist.«

»Na gut. Apfelsaft.«

Melissa ging zum Kühlschrank und holte eine Flasche Apfelsaft heraus, von dem sie Andy ein wenig in ein Glas einschenkte. Während ihr Sohn trank, sah sie sich im Erdgeschoss um, dass sie eigens aufgeräumt hatte. Inzwischen waren alle Umzugskartons ausgepackt und im Keller verstaut. Lediglich die Kisten mit dem Weihnachtsschmuck standen nach wie vor im Wohnzimmer. Sie hatte in den letzten Tagen immer wieder versucht, die Sachen noch ein wenig zu sortieren, es dann jedoch aufgegeben, weil sie gar nicht wusste, nach welchen Kriterien sie sie zusammenstellen sollte. Schließlich hatte sie sie nur nach Dekorationsartikeln für drinnen und draußen getrennt.

Die Nervosität nahm nun von Minute zu Minute zu. Vielleicht sollte sie einfach schon mal den Tisch decken. Teller, Messer und Gabeln würden sie doch bestimmt benötigen, ganz egal, was er mitbrachte. Also suchte sie das Geschirr aus den

Küchenschränken zusammen und stellte es auf dem Frühstückstresen ab. Dann holte sie noch drei Platzsets aus der Küchenschublade und breitete sie auf dem Esstisch aus. Sie hatte sie erst vor zwei Tagen zufällig im Baumarkt entdeckt, als sie auf der Suche nach Übertöpfen für ihre Grünpflanzen gewesen war, und hatte sie spontan mitgenommen, weil sie mit dem aufgestickten Weihnachtsmann auf seinem Schlitten mitsamt den Rentieren so fröhlich auf sie gewirkt hatten. Sie hatte über sich selbst gelacht, dass ausgerechnet Übertöpfe und Platzsets zu den ersten Dingen gehörten, die sie mit ihrem Gutschein bezahlt hatte. Doch sie hatte sich bisher so etwas nie leisten können, und Matthias hätte es als kitschigen Firlefanz verurteilt. Eigentlich waren sie das auch, musste sie bei sich zugeben, doch das war ihr egal. Dies war jetzt ihr Haus, und darin konnte sie so kitschig wohnen, wie sie wollte. Andy zumindest war ganz begeistert gewesen und wollte nun überhaupt nicht mehr ohne diese Platzsets essen.

Warum war sie so nervös? Das wurde ihr allmählich lästig! Sie benahm sich wie eine Verrückte. Da ihr Puls aber einfach nicht wieder zur Ruhe kommen wollte, schnappte sie sich schließlich ihr Handy, öffnete die Musikstreaming-App und suchte sich ihre Playlist mit Weihnachtsmusik heraus. Das erste Lied, das daraufhin erklang, war *O du fröhliche* von den Fischerchören. Für einen Moment verdrehte sie die Augen, doch dann zuckte sie mit den Achseln. »Was soll's?«, murmelte sie und begann einfach, sich im Übergangsbereich zwischen Küche und Wohnzimmer langsam hin und her zu wiegen.

»Was machst du denn da, Mama?« Neugierig kam Andy näher.

»Ich tanze.« Sie kam sich total bescheuert vor.

»Darf ich mittanzen?« Sofort nahm Andy ihre Hände und hopste ein wenig hin und her.

Melissa musste lachen. »Klar kannst du das tun. Aber nicht so schnell. Die Musik ist doch ganz langsam.«

»Gut.« Problemlos passte sich Andy ihren wiegenden Schritten an. »Warum tanzt du denn, Mama?«

»Weil mir jemand gesagt hat, das beruhigt die Nerven.«
»Wer hat das gesagt?«
»Lennart.«
»Das ist aber doch Weihnachtsmusik.«
Melissa nickte. »Stimmt. Aber dazu kann man doch auch tanzen, wenn man will.«
»Klar.« Für Andy schien das vollkommen normal zu sein. »Und warum musst du beruhigt sein?«
Das wüsste sie auch gerne. »Ich bin einfach ein bisschen nervös heute.«
»Weil Lennart uns besuchen kommt?«
»Vielleicht.«
»Hast du Angst vor ihm?« Plötzlich war Andys Blick wachsam auf sie gerichtet.
»Nein.« Hastig schüttelte sie den Kopf. »Nicht deshalb.«
»Weil, er ist total nett.« Andy drückte ihre Hände ein bisschen fester. »Ich hab keine Angst vor ihm.«
»Das brauchst du auch nicht.« Es war verrückt. Das Tanzen half tatsächlich!
»Gut.« Andy neigte den Kopf leicht zur Seite und musterte sie fragend. »Und warum musst du dann tanzen, weil er herkommt?«
»Das …« Sie zuckte zusammen, als es in diesem Moment an der Haustür klopfte. Durch das Sichtfenster in der Haustür erkannte sie Lennart, der grinsend zu ihnen hereinsah. Ihr Herz machte einen gewaltigen Satz, und die Nervosität war sofort wieder da, gepaart mit einem ordentlichen Quantum Verlegenheit. »Da ist er schon.«
Ihre Worte waren vollkommen überflüssig, denn Andy hatte ihre Hände bereits losgelassen und rannte zur Tür, um sie zu öffnen. »Hallo, Lennart!«, rief er und kicherte los, als sich Sissy durch den Türspalt quetschte und wild mit der Rute wedelnd um ihn herumsprang, um ihn zu begrüßen.

Hallo, hallo, hallo! Da ist ja mein kleiner Lieblingsfreund

Andy! Ich habe dich schon vermisst. Lass mich mal schnüffeln, ob du noch genauso gut riechst wie neulich. Und mjam, du schmeckst auch noch genauso.

»Iiih!« Andy kicherte noch mehr und versuchte, die nasse Hundezunge abzuwehren. »Das kitzelt!«

»Sissy, Stopp!« Lennarts strenger, wenn auch leicht amüsierter Tonfall veranlasste die Hündin dazu, von ihrem überschwänglichen Tun abzulassen, jedoch nur so lange, bis sie Melissa entdeckte. Mit einem freudigen Bellen schoss sie auf sie zu und sprang fröhlich an ihr hoch.

Wau ja, da ist ja auch Melissa. Ich freue mich sehr, dich zu sehen. Kraul mich mal ein bisschen hinter den Ohren! Ja, genau dort. Und am Hals und am Rücken. Hach, tut das gut!

»Also, das mit dem Gehorchen üben wir wohl noch mal«, stellte Lennart stirnrunzelnd fest, grinste jedoch gleich wieder. »Was habt ihr denn hier drinnen gerade gemacht? Getanzt?«

»Ja, genau!«, antwortete Andy, noch bevor Melissa überhaupt Luft holen konnte. »Mama hat Weihnachtsmusik angemacht und gesagt, sie muss tanzen, weil sie beruhigt sein muss, weil du uns besuchen kommst.«

Melissa wäre am liebsten im Boden versunken.

»Ach ja?« Lennarts Blick wanderte zu ihr. »War sie ein bisschen nervös?«

»Ja, total.« Andy nickte heftig. »Und dann haben wir getanzt, obwohl das ein Weihnachtslied ist. Man kann nämlich auch zu Weihnachtsliedern tanzen.«

»Klar kann man das.« Lennarts Grinsen wandelte sich in ein warmes Lächeln. »Tanzen kann man doch eigentlich zu so gut wie jeder Musik. Zu dem Lied hier zum Beispiel geht das sogar ganz besonders gut«, fügte er hinzu, weil in diesem Moment *Rocking around the Christmas Tree* aus Melissas Handy ertönte. Er stellte den Plastikkorb, den er mitgebracht hatte, einfach auf der Küchenanrichte ab, zog seinen Wintermantel aus, warf ihn auf einen Sessel und ergriff gleichzeitig Melissas und Andys

Hände. »Na los, tanzen! Und singen, wer den Text kann«, fügte er noch lachend hinzu. Ohne auf Melissas anfängliches Zögern zu achten, begann er reichlich albern im Kreis herumzutanzen und zu hüpfen. Andy machte kichernd und kreischend mit und brachte Melissa schließlich auch zum Lachen.

Was ist denn jetzt los? Was macht ihr denn da? Herumtoben? Da will ich dabei sein! Sissy bellte begeistert und raste immer wieder im Kreis um die drei herum. Auf den Fliesen geriet sie ins Schlittern, fing sich aber wieder und flitzte fröhlich weiter um die drei herum. *Jau wau, das macht Spaß! Ich weiß zwar nicht, warum wir das machen, aber von mir aus gibt es keine Einwände. Herumtollen ist super!*

»Na los, nicht so lahm!« Lennart drückte Melissas Hand. »Wenn es richtig wirken soll, musst du dich schon voll darauf einlassen. *Rocking around the Christmas Tree, have a happy Holiday*«, sang er überraschend melodisch mit. »Komm schon, den Text kennst du bestimmt auch auswendig, oder?«

Natürlich konnte Melissa das, aber sie kam sich dennoch total albern und seltsam vor, als sie vorsichtig mit dem Singen einsetzte. Ihre Verlegenheit wuchs noch, als Lennart vor Überraschung die Augenbrauen hob.

»Du hast ja eine tolle Stimme«, stellte er fest. »Hast du mal Gesangsunterricht gehabt?«

»Kirchenchor.« Sie hob die Schultern.

»Nicht schlecht.« Da inzwischen das Lied zu Ende war, machte Andy sich von ihnen los und begann, mit Sissy auf dem Boden herumzukugeln.

Auch Melissa wollte sich wieder anderen Dingen zuwenden, denn nun erklangen die ersten Töne von *Have Yourself a merry little Christmas* von Judy Garland. Doch Lennart hielt sie zurück und zog sie mit einem leichten Ruck zu sich heran, sodass sie leicht gegen seine Brust prallte. »Wohin so eilig, schöne Frau?« Seine Stimme war etwas dunkler und rauer geworden und so leise, dass gerade noch Melissa ihn verstehen konnte.

»Ich weiß nicht. Ich dachte, wir wollten etwas essen und das Haus schmücken. Andy hat gesagt, dass er großen Hunger hat.«

Lennart schaute über ihre Schulter zu Kind und Hund hinüber, die kichernd und hechelnd miteinander spielten. Dann suchte er wieder ihren Blick. »Ich glaube, ein paar Minuten Zeit haben wir noch.« Erneut umspielte ein Lächeln seine Lippen. »Du warst also nervös? Meinetwegen?«

Verzweifelt versuchte sie, seinem Blick auszuweichen, doch es gelang ihr nicht. »Hör auf damit.«

»Womit?«

Sie biss sich auf die Unterlippe, merkte, dass diese ganz ausgetrocknet war, und benetzte sie vorsichtig mit der Zungenspitze, woraufhin jedoch sein Blick sofort zu ihrem Mund hinabwanderte. Ihr Puls schraubte sich in schwindelerregende Höhen. »Davon werde ich nicht gerade ruhiger.«

Sehr sachte zog er sie noch fester in seine Arme und wiegte sie im Takt der Musik. »Ist das gut oder schlecht?«

Sie schluckte gegen das wilde Pochen an, das mittlerweile bis hinauf in ihre Kehle gestiegen war. »Ich weiß nicht.«

In seinen Augen blitzte es frech. »Wie fühlte es sich denn an?« Mit jedem Wort schien sich der Abstand zwischen ihnen ein winziges bisschen zu verringern.

Das Flattern und Kribbeln in ihrer Magengrube war zurück und steigerte sich rasant zu einem erwartungsvollen Brennen. »Verwirrend«, gab sie etwas atemlos zu.

»Ich habe dich vermisst«, raunte er. »Wie sehr ist mir erst eben klar geworden, als ich dich wiedergesehen habe. Was kann das zu bedeuten haben?«

Melissa schluckte hektisch. Selbstverständlich wusste sie ganz genau, was das zu bedeuten hatte. »Wir sollten ...«

»Ich weiß. Sollten wir.« Lennart hob die rechte Hand und schob ihr ein paar Haarsträhnen hinters Ohr. Dabei streiften seine Fingerspitzen über ihre Haut und hinterließen dort eine heiße prickelnde Spur. Mittlerweile hatten sie nahezu aufgehört, sich zu bewegen. Sie spürte die Wärme, die von seinem Körper ausging, und die harten Muskeln überall an seinem Körper. Sein Gesicht näherte sich dem ihren so weit, dass nur noch wenige Zentimeter dazwischenlagen. »Die Frage ist aber nicht, was wir sollten«, flüsterte er. »Ich würde vielmehr gerne wissen, was du gerne möchtest.«

Ihr wurde heiß, dann kalt, dann noch heißer. »Ich ...«

»Lennart, willst du meine Mama jetzt küssen?« Andys neugierige Stimme ließ sie beide zusammenzucken. Unisono drehten sie ihre Köpfe in die Richtung, aus der die Frage gekommen war. Andy saß mitten auf dem Boden, zwischen seinen Beinen lag Sissy platt auf dem Rücken, streckte alle viere von sich und ließ sich den Bauch kraulen. Dabei blickte sie ebenfalls zu ihnen herauf.

Ich weiß zwar nicht, für was dieses Küssen genau gut sein soll, außer, dass ich natürlich auch gerne geknuddelt und geknutscht werde, aber ich dachte immer, das macht ihr nur bei uns Hunden. Da habe ich mich wohl geirrt. Aber warum erst lange fragen? Nur zu, wenn es euch Spaß macht. Aber hey, Andy, bitte nicht vergessen, mich weiterzustreicheln! Sie strampelte ein wenig mit den Füßen, bis Andy kichernd weiter ihren Bauch kraulte.

Lennart fing sich als Erster. »Das würde ich tatsächlich gerne tun, Andy. Oder hättest du etwas dagegen?«

»Nö. Aber Mama muss erst Ja sagen. Man darf nämlich niemanden einfach so küssen, wenn er damit nicht einverstanden ist.«

»Da hast du vollkommen recht.« Lennarts Blick richtete sich wieder auf Melissa. »Und, was sagst du dazu?«

Nun wurde ihr regelrecht schwindelig vor Herzklopfen. »Ich, äh, ich ...«

»Nanu, hoppla! Was ist denn hier los? Komme ich etwa gerade ungelegen?«

Die weibliche Stimme, die von der Haustür her ertönte, ließ Melissa noch heftiger zusammenzucken als zuvor. Ruckartig drehte sie sich zu der Frau um, die gerade hereingekommen war. »Mama!« Entgeistert starrte sie sie an. »Wie kommst du denn hierher?«

»Die Tür war nur angelehnt.« Mit einigem Nachdruck schob ihre Mutter die Haustür nun ganz ins Schloss. Als sie sich wieder umdrehte, stieß sie einen entsetzten Laut aus, denn Sissy hatte sich mit einem wilden Satz aufgerichtet und preschte nun bellend auf sie zu.

Wer ist das? Wer ist das? Wer ist das? Wo kommt denn jetzt plötzlich diese Frau her? Ich habe gar nicht gehört, wie sie angekommen ist. Dabei bin ich doch eine Wachhündin. So etwas darf mir nicht passieren! Jetzt muss ich unbedingt sehen, ob sie gefährlich ist, obwohl sie nicht so aussieht. Komm, lass mich mal an dir schnüffeln. Ich muss deinen Geruch aufnehmen. Hey, nicht weglaufen! Ich tu dir doch gar nichts. Hast du etwa Angst vor mir?

»Großer Gott, haltet diesen Hund zurück! Der greift mich ja an! Hilfe!« Melissas Mutter wich entgeistert und mit abwehrend erhobenen Händen bis zur Haustür zurück.

»Stopp, Sissy!« Lennart ließ Melissa los und war mit zwei Schritten bei der Hündin, nahm sie am Halsband und führte sie sanft, aber bestimmt von der Besucherin fort. »Sitz jetzt, Sissy.« Seine Worte wurden von einem bestimmten Handzeichen begleitet. »Du machst der netten Frau ja Angst.«

Na gut, wenn es sein muss. Aber ich will sie doch nur begrüßen und herausfinden, wer sie ist. Spielen kann man anscheinend nicht mit ihr, das ist schade. Sissy hatte sich mit einem Plumps auf ihr Hinterteil fallen lassen, doch ihre Rute wischte immer noch wild über den Boden.

»Bleib«, befahl Lennart.

Jaja, schon gut, ich hab es ja kapiert. Das ist aber blöd. Sissy stieß ein ungehaltenes Schnauben aus, blieb aber an Ort und Stelle sitzen.

Melissas Mutter, die immer noch mit dem Rücken zur Haustür stand, entspannte sich ein wenig. »Danke, Herr …?«

»Overbeck. Lennart Overbeck«, stellte er sich vor und hielt ihr seine rechte Hand hin. »Sie dürfen ruhig Lennart zu mir sagen.«

Nach kurzem Zögern ergriff Melissas Mutter seine Hand. »Ich bin Maria Seifert, Melissas Mutter.«

»Was machst du denn hier?«, wiederholte Melissa ihre Frage. »Woher hast du meine Adresse? Und überhaupt ...« Noch immer vollkommen perplex maß sie ihre Mutter von Kopf bis Fuß mit ungläubigen Blicken. Nicht nur hatte sie unter keinen Umständen mit diesem Besuch gerechnet, sie hätte ihre Mutter auch beinahe nicht wiedererkannt. Zeit ihres Lebens hatte sie sie als zwar leidlich hübsche, jedoch blasse und stets nur in unauffällige beigefarbene, braune oder auch weiße Röcke und Blusen gekleidet gesehen, die dunkelblonden Haare schulterlang und so gut wie immer zu einem einfachen Knoten im Nacken geschlungen. Kein Schmuck, abgesehen von ihrem Ehering, kein Make-up.

Die Frau, die ihr nun gegenüberstand, wirkte fast wie eine Fremde auf sie. Sie hatte ihr Haar zu einem Bob schneiden lassen, der dem von Melissa ähnelte, jedoch noch etwas kürzer und vorn mit helleren Strähnchen durchsetzt war und sie locker um zehn Jahre jünger aussehen ließ als ihre knapp sechsundvierzig Jahre. Das bewirkte wohl auch das Make-up, das ihre Wangenknochen höher wirken ließ und ihre grauen Augen hinter der modisch dunkelrot gerahmten Brille stark betonte. Auch ihre Lippen waren dunkelrot angemalt, und sie hatte sogar den passenden Nagellack aufgetragen. Als sie nun ihren dunkelblauen Steppmantel öffnete, kam darunter eine schreiend bunte Tunika mit tiefem V-Ausschnitt zum Vorschein, die ihre Mutter über einer hautengen Jeans und zu wadenhohen dunkelbraunen Stiefeln trug. Bei genauerem Hinsehen erkannte Melissa, dass der Ehering verschwunden war; dafür entdeckte sie nun mehrere schmale silberne Ringe mit bunten Steinen und am Handgelenk passende Armreife. »Was ist ... mit dir passiert?«

»Mit mir?« Maria schälte sich aus ihrem Mantel, sah sich suchend um und legte ihn schließlich über die Lehne des Sessels, auf dem auch Lennarts Jacke lag. Noch etwas, was sie früher niemals – unter gar keinen Umständen! – getan hätte. »Ach so. Das ist eine längere Geschichte. Ich hatte gehofft, dich allein anzutreffen ... dich und Andy.« Sie warf ihrem Enkelsohn einen kurzen Blick zu, der sich inzwischen aufgerappelt hatte und neben Melissa getreten war. Er hatte sich, wie üblich, wenn er auf Fremde traf, halb hinter ihr versteckt. »Aber offenbar komme ich gerade zu einem ungünstigen Zeitpunkt.«

Lennart sah Melissa fragend an, und es entstand eine lang gezogene Pause, in der niemand etwas sagte.

Schließlich räusperte Melissas Mutter sich. »Sie sind Melissas neuer Lebensgefährte, nehme ich an?«

»Mama!« Melissa schnappte nach Luft. »Nein, Lennart ist ...«

»So weit sind wir noch nicht«, unterbrach Lennart sie mit einer beschwichtigenden Geste. »Aber wir arbeiten daran. Heute Abend sind wir hier miteinander verabredet, weil wir Haus und Garten weihnachtlich schmücken wollen. Nicht wahr?« Die letzten Worte waren an Melissa gerichtet, die daraufhin zögernd nickte.

Ihre Schockstarre hielt immer noch an. »Wie hast du meine Adresse herausgefunden, Mama?«

Ihre Mutter ließ sich auf das Sofa sinken. »Matthias hat sie mir gegeben.«

Melissa schnappte nach Luft. »Du stehst mit ihm in Kontakt?«

Ihre Mutter schüttelte den Kopf. »So kann man es nun nicht gerade sagen. Er hat mir einen Brief geschrieben, in dem er mir mitgeteilt hat, dass er vorhat, das Kontaktverbot aufheben zu lassen, um am Leben seines Sohnes teilnehmen zu können. Bei der Gelegenheit hat er mir deine Adresse mitgeteilt. Woher er sie hat, kann ich dir allerdings nicht sagen. Ich nehme an, er hat einen Privatdetektiv auf dich angesetzt?«

Sämtliche Härchen an Melissas Körper richteten sich auf. »Was willst du hier? Ein gutes Wort für ihn einlegen? Ich will ihn nicht in meinem Leben – in unserem Leben. Ich will ihn nicht in Andys Nähe, ganz egal, womit er versucht, das Gericht zu beeindrucken. Ich hatte gute Gründe, mich vor ihm zu verstecken, auch wenn mir das offenbar nicht so gut gelungen ist, wie ich dachte.« Sie ging in die Hocke und nahm Andy in die Arme, denn sie bemerkte, dass er immer unsicherer wurde und ein wenig zitterte. »Es ist alles gut, mein Schatz«, raunte sie ihm ins Ohr. »Möchtest du noch ein bisschen mit Sissy spielen? Du darfst mit ihr rauf in dein Zimmer gehen oder in die Küche, wenn du möchtest.«

Andy klammerte sich kurz an ihr fest, dann flüsterte er ihr ins Ohr. »Ist das Oma?« Als sie nickte, warf er ihrer Mutter über ihre Schulter hinweg einen langen Blick zu. »Sie sieht komisch aus.« Dann machte er sich von ihr los und rief nach Sissy, die ihm zögernd nachsah, ihm jedoch erst folgte, als Lennart ihr die Erlaubnis gab. Die beiden begaben sich hinüber in die Küche hinter die Arbeitsinsel, kurz darauf war leises Hecheln und Flüstern zu vernehmen.

»Wie kommst du darauf, ich könnte für Matthias ein gutes Wort einlegen wollen?« Die Stimme ihrer Mutter klang erschrocken. »Glaubst du, mir ist nicht klar, was er dir angetan hat?«

»Und trotzdem hast du ihn in Schutz genommen«, entgegnete Melissa verärgert.

»Das habe ich nicht getan«, widersprach ihre Mutter vehement. »Ich habe lediglich in meinen Briefen darauf hingewiesen, dass er wahrscheinlich ein ähnliches Opfer seiner Erziehung ist wie du. Damit wollte ich ihn aber ganz sicher nicht verteidigen. Niemals – niemals, hörst du? – habe ich mich auf seine Seite geschlagen. Es tut mir von Herzen leid, dass du diesen Eindruck gewonnen hast. Dass du nichts mehr mit mir zu tun haben wolltest, kann ich mittlerweile voll und ganz verstehen. Ich habe fast zwei Jahre gebraucht, um mithilfe meines Therapeuten an den

Punkt zu gelangen, an dem ich einigermaßen mit mir selbst im Reinen bin.«

Melissas Verblüffung nahm kein Ende. »Du machst eine Therapie?«

»Das hätte ich schon vor vielen Jahren tun sollen.« Ihre Mutter stieß ein abgrundtiefes Seufzen aus. »Ich war schlicht und ergreifend nicht fähig dazu. Eine ungute Mischung aus Selbsthass, Depressionen und Angst vor mir selbst und dem, was die Leute von mir denken könnten, hat mich davon abgehalten. Ich hätte gleich nach dem Tod deines Vaters mit einer Therapie beginnen müssen. Nein, genau genommen hätte ich ihn schon vor vielen Jahren verlassen müssen und dann eine Therapie machen ...« Sie schüttelte den Kopf. »Das führt jetzt zu weit, Melissa. Ich habe in meinem Leben – und in deinem – so viel falsch gemacht, dass es mir schwerfällt, die wenigen Dinge zu erkennen, die wirklich wichtig sind. Deshalb bin ich hergekommen. Ich habe drüben in diesem entzückenden Feriendorf ein Häuschen gemietet und werde dort zusammen mit Lilly-Anne und Karl-Gustav bis zum Dreikönigstag bleiben. Dafür habe ich mir extra meinen ganzen Jahresurlaub aufgespart.«

»Du bleibst bis Januar?« Melissa klappte die Kinnlade herab. »Und wer sind Lilly-Anne und Karl-Gustav?« Für einen kurzen Moment stand ihr eine absurde Vision vor Augen, ihre Mutter könnte in einer Art Kommune mit zwei Hippies zusammenleben.

Die Antwort verblüffte sie erneut und war nicht weniger erstaunlich als besagte Vision. »Das sind meine beiden Katzen. Sie leben jetzt seit sechs Monaten bei mir. Es sind reine Hauskatzen, deshalb hat mir Herr Sternbach ein Ferienhaus vermietet, das vollständig katzensicher eingerichtet ist. Sogar der Garten ist rundherum so hoch eingezäunt, dass die beiden dort problemlos ihren Auslauf haben können, obgleich ich auch Geschirre und Leinen für sie habe, damit wir zusammen spazieren gehen können. Ich finde es ja bewundernswert, an was für Details in diesem Feriendorf gedacht wurde. Hunde, Katzen, Kinder, für alle gibt es besondere Einrichtungen.«

Kraftlos ließ Melissa sich auf den Sessel mit den Jacken fallen, achtete jedoch gar nicht darauf, dass sie sich auf Lennarts Mantel setzte. »Du hältst dir Katzen?« Das war in etwa das Abwegigste, was sie je gehört hatte. Ihre Mutter hatte Haustiere stets vehement abgelehnt.

»Sie sind mir eine ausgezeichnete Gesellschaft«, antwortete ihre Mutter bedächtig. »Besser als die meisten Menschen, die ich bisher kannte, es waren. Vor allem geben sie mir das, was ich von Menschen nie bekommen habe: bedingungslose Liebe.« Sie hielt kurz inne. »Und sie lehren mich, diese auch zu geben. Das ist etwas, was ich sehr früh verlernt habe. Selbst dir gegenüber ...« Wieder stockte sie kurz. »Ich kann nur allzu gut nachvollziehen, warum du mich aus deinem Leben verbannt hast.«

Melissa schluckte. »Ich habe dich nicht völlig daraus verbannt.«

»Aber so gut wie. Ein kurzes Telefonat alle drei oder vier Monate aus Pflichtgefühl.« Ihre Mutter hob sichtlich verzagt die Schultern. »Wie gesagt, ich kann es verstehen und ich nehme es dir auch nicht übel.«

Aufsteigender Ärger mischte sich in Melissa mit der Hilflosigkeit, in der sie ihrer Mutter schon immer gegenübergestanden hatte. Sie griff sich mit beiden Händen an den Kopf. »Mama ... Was soll ich dazu sagen? Ich weiß nicht ... Ich kann nicht ...«

»Hey, ganz ruhig.« Lennart ging zu ihr und zog sie sanft an den Händen auf die Füße.

»Aber ... Aber, ich sollte ... wir sollten ...« Vollkommen verunsichert blickte sie zwischen Lennart und ihrer Mutter hin und her. »Es tut mir leid, dass du da hineingeraten bist. Vielleicht solltest du besser gehen. Das hier geht dich ja alles gar nichts an.«

Lennart zog sie ein paar Schritte beiseite, warf einen kurzen Blick in Richtung Küche, als von dort leises Bellen und Geflüster erklang, richtete seinen Blick jedoch, da nichts Ungewöhnliches vorgefallen zu sein schien, wieder auf ihr Gesicht. »Es geht mich nichts an, da hast du recht. Aber das ist hier, denke ich, nicht die Frage. Was ist mit dir? Möchtest du, dass ich gehe?«

Nervös blickte Melissa zwischen ihm und ihrer Mutter hin und her. Sie fühlte sich in diesem Moment mit der Situation völlig überfordert. »Nein«, gab sie deshalb schließlich zu. »Ich glaube nicht, dass ich das jetzt alleine schaffe. Es ist alles ein bisschen viel.«

»Ich denke, es ist vielleicht besser, wenn ich ein andermal wiederkomme.« Maria trat einen halben Schritt auf Melissa zu. »Ich habe dich – euch – einfach so überfallen, das tut mir leid. Ich wollte nur …« Sie seufzte. »Vielleicht reden wir einfach an einem anderen Tag weiter, wenn es dir besser passt. Ich … bin ja noch ein Weilchen hier, nicht wahr?« Sie lachte etwas gezwungen.

»Ja, also …« Melissa hob zaghaft die Schultern, nickte dann aber entschlossen. »Ein andermal passt besser.«

»Gut, dann …« Maria ging zum Sessel und nahm sich ihren Mantel. »Wir telefonieren?«

Melissa nickte unbehaglich. »Ich rufe dich an.«

Ihre Mutter neigte den Kopf leicht, diesmal ohne zu lächeln. »Ich freue mich darauf. Es war schön, euch nach der langen Zeit wiederzusehen.« Sie suchte mit Blicken nach Andy, der sich aber immer noch mit Sissy hinter der Kücheninsel aufhielt, dann wandte sie sich Lennart zu. »Es hat mich sehr gefreut, Ihre Bekanntschaft zu machen.« Damit warf sie sich den Mantel über und verließ das Haus. Die Tür klappte leise hinter ihr ins Schloss.

Geräuschvoll stieß Melissa die Luft aus. Durch das Sichtfenster in der Haustür konnte sie sehen, wie ihre Mutter sich vom Haus entfernte. Ihre Kehle schnürte sich zu. Hätte sie sie nicht doch besser zum Bleiben auffordern sollen? Aber was sollte sie mit ihr reden? Was war überhaupt in ihre Mutter gefahren, sie hier aufzusuchen, unangekündigt und noch dazu so … anders?

In Melissa kämpfte das schlechte Gewissen mit der Erleichterung, sich heute Abend nicht auch noch mit dieser überraschenden Entwicklung auseinandersetzen zu müssen.

»Hey, alles okay bei dir?« Das warme Leuchten, das in Lennarts Blick lag, verursachte ihr ebenso eine Gänsehaut wie das sanfte Timbre seiner Stimme. Sie erschauerte leicht, als er mit dem Zeigefinger kurz über ihre Wange streichelte.

»Ich weiß es nicht«, gab sie nach kurzem Zögern zu. »War es richtig, sie wegzuschicken?«

»Es war dein gutes Recht. Immerhin ist das hier dein Haus, und nur, weil sie deine Mutter ist, hat sie ja hier kein Bleiberecht. Wenn du dich in ihrer Gegenwart nicht wohlfühlst, darfst du sie selbstverständlich vor die Tür setzen. Wobei du das ja eigentlich gar nicht getan hast. Sie hat selbst angeboten zu gehen. Mach dir deshalb keinen Kopf; sie wird es schon verkraften.«

Zögernd nickte sie. »Schon, aber ... sie ist extra hergekommen und hat sich ein Ferienhaus gemietet.«

»Also ist sie morgen oder übermorgen auch noch hier.« Lennart lächelte leicht. »Wenn du sie zurückholen willst, ist das auch okay. Dann kümmern wir uns gemeinsam um dieses Alien, das behauptet, deine Mutter zu sein.«

Wider Willen stieß Melissa ein Prusten aus. »Alien?«

»Zumindest hast du vorhin so ausgesehen, als hättest du eines gesehen, als sie hier aufgetaucht ist.« Er grinste. »Ich hätte gar nicht gedacht, dass sie so ein bunter Vogel ist.«

»Ich auch nicht.« Melissa räusperte sich unterdrückt. »Ich habe sie noch nie so gesehen. Fast hätte ich sie nicht erkannt. Die Klamotten, die Frisur ... Und sie trägt Nagellack!«

»Ihr seht euch sehr ähnlich. Fast wie Schwestern, und das sage ich nicht nur aus Höflichkeit. Sie ist noch sehr jung, oder?«

»Sie wird im Januar sechsundvierzig.«

Wieder grinste Lennart. »Geradezu blutjung. Und dabei sieht sie aus wie fünfunddreißig. Höchstens. Glaubst du ihr, was sie gerade erzählt hat?«

Melissa hob die Schultern. »Warum sollte ich ihr nicht glauben? Es kommt nur alles so überraschend. Ich weiß nicht, was ich davon halten soll.«

»Dann warten wir einfach mal ab«, befand Lennart, ließ ihre Hände los und machte sich daran, das vorbereitete Essen aus seinem Korb zu nehmen.

***

Mit routinierten Griffen stellte er den Kochtopf mit der Suppe auf den Herd, um ihn zu erwärmen, und die Schüssel mit dem Schokoladenpudding in den Kühlschrank. Dabei musste er darauf aufpassen, nicht auf Sissy und Andy zu treten, die sich hinter der Arbeitsinsel auf dem Boden zusammengerollt hatten. Der Junge schien zu schlafen, die Hündin döste, den Kopf auf den Oberschenkel des Jungen gebettet, und blinzelte nur ein wenig zu ihm auf.

Hallo, Herrchen. Ich hoffe, du schickst uns hier nicht weg. Wir liegen gerade so bequem. Andy ist plötzlich ganz müde geworden, deshalb haben wir aufgehört zu spielen, und jetzt ist er eingeschlafen.

»Andy?« Melissa war Lennart gefolgt und hatte soeben ihren Sohn am Boden erblickt.

Rasch legte Lennart seinen Zeigefinger an die Lippen. »Er hatte anscheinend einen langen, anstrengenden Tag«, flüsterte er ihr zu. »Lass ihn ruhig ein bisschen dort liegen, er ist uns ja nicht im Weg, oder?«

»Ich soll ihn auf dem Boden liegen lassen?« Melissa runzelte die Stirn.

»Schadet ihm das denn?« Lennart winkte ab. »Wenn du wüsstest, wie oft ich nach dem Toben mit meinen Kumpels irgendwo mitten im Zimmer auf dem Fußboden eingepennt bin.« Er lachte leise. »Das Essen ist doch sowieso gleich fertig, dann kannst du ihn wieder aufwecken.«

Melissa richtete den Blick wieder auf ihren Sohn. »Wenn er jetzt zu lange schläft, wird er heute Abend ewig nicht ins Bett wollen.«

»Es ist doch Samstag.« Lennart sah sich nach einem Holzbrett um, auf dem er das Brot schneiden konnte. »Da ist das doch nicht so schlimm, oder?«

»Schlimm vielleicht nicht, aber es bringt uns beide aus dem Trott, wenn wir uns nicht an unsere Routinen halten.« Melissa folgte seinem Blick. »Suchst du etwas?«

»Ein Schneidbrett.« Er deutete auf das Brot, das er ebenfalls aus dem Korb genommen und auf der Anrichte abgelegt hatte. »Du achtest sehr auf eure Routinen, oder?«

»Das muss ich, anders kriege ich das alles nicht hin.« Melissa öffnete eine Schublade an der Küchenzeile und entnahm ihr ein großes, rechteckiges Holzbrett.

Lennart nahm es ihr ab und legte es auf die Anrichte. »Brotmesser?«

Melissa zog das Gewünschte aus der Besteckschublade hervor.

»Danke.« Lennart begann routiniert, den Brotlaib aufzuschneiden. Sie beäugte das Brot. »Schwarzbrot?«

»Das Beste, das ich je gegessen habe.« Er schnitt ein kleines Eckchen von einer der Scheiben ab. »Hier, probier mal. Ich habe das Rezept vor Kurzem in einem Foodblog entdeckt. Er heißt *Isabellas Küchengeheimnisse*, und die junge Frau, die ihn ins Leben gerufen hat, ist gerade erst dabei, ihn mit Inhalten zu füllen. Aber die Rezepte, die sie bereits hochgeladen hat, sind alle richtig gut und fast alle kinderleicht nachzukochen oder zu backen. Alltagstauglich«, fügte er mit einem Zwinkern hinzu. »Die wären ganz sicher auch für dich interessant.«

»Ich weiß nicht.« Melissa schob sich das Stückchen Brot in den Mund, kaute, schluckte. Dann lächelte sie. »Das ist wirklich lecker. Ich glaube aber, dass so ein Brot meine Fähigkeiten übersteigen würde. Ich bin froh, wenn ich Kuchen oder Plätzchen aus einer Backmischung hinbekomme, ohne dass sie außen schwarz werden und innen noch roh sind.«

»Quatsch, das kriegst du hin.« Wieder sah Lennart sich suchend um. »Hast du einen Brotkorb oder so etwas Ähnliches?«

»Ja, sicher.« Melissa öffnete erneut die Schublade, aus der sie das Schneidbrett geholt hatte, und entnahm ihr einen runden, geflochtenen Weidenkorb. »Augenblick.« Sie öffnete eine weitere Schublade und entnahm ihr eine Serviette, die mit Sonne, Mond und Sternen bedruckt war, entfaltete sie und legte sie in den Korb. »Damit die Krümel aufgefangen werden«, erklärte sie.

»Dachte ich mir.« Lennart legte die Brotscheiben in das Körbchen.

»Das habe ich mir von meiner Mutter abgeschaut.« Melissa hob die Schultern. »Niemals durfte auch nur ein Krümelchen aus dem Korb auf dem Tisch landen.« Sie verdrehte die Augen. »Eine von gefühlt einer Million Regeln, mit denen ich aufgewachsen bin.«

Lennart lachte leise. »Mein Vater hatte zwar auch Regeln, allerdings waren viele von ihnen nur da, um gebrochen zu werden. Wie gesagt, er hat viel improvisiert, aber irgendwie hat es funktioniert, denn Lena und ich sind ihm doch durchaus gut gelungen, oder etwa nicht? Wichtiger als die sogenannte Zucht und Ordnung war es ihm, dass wir gute Menschen werden. Auch wenn er keine Gelegenheit hatte, uns ein entsprechendes Beispiel vorzuleben, da er seit dem Weggang unserer Mutter Single ist, hat er uns beiden trotzdem Gleichberechtigung beigebracht, ebenso wie Respekt vor unseren Mitmenschen. Ich käme nie auf die Idee zu erwarten, dass eine Frau für mich springt, wenn ich huste. Wie du und offenbar auch deine Mutter das erleben musstest.«

»Gehorsam und Bescheidenheit kamen bei meinem Vater stets an erster Stelle. Zum Improvisieren wäre er, glaube ich, überhaupt nicht fähig gewesen. Wahrscheinlich, weil er selbst genauso erzogen wurde.« Melissa hob verzagt die Schultern. »Mama hat auch unter ihm gelitten, das weiß ich, aber sie hat sich nie gewehrt – zumindest habe ich nie etwas davon gemerkt. Und jetzt ist sie plötzlich so anders ...« Sie lachte trocken. »Wie ein Alien kommt sie mir tatsächlich vor. Vielleicht hätte ich sie doch bitten sollen, zum Essen zu bleiben. Ach, Mist!« Melissa rieb sich mit beiden Händen übers Gesicht. »Ich bin ein hoffnungsloser Fall, oder?«

Lennart wusste nicht, ob er lachen oder Melissa in den Arm nehmen sollte. »Essen ist fertig«, wechselte er deshalb energisch das Thema.

Diese drei Worte schienen sogar zu Andy durchzudringen, denn er rappelte sich auf und rieb sich die Augen. »Ich bin eingeschlafen«, erklärte er überflüssigerweise und grinste. »Und Sissy auch. Auf meinem Bein. Jetzt habe ich total Hunger, Mama.«

Jetzt, wo du es sagst. Ein bisschen knurrt mir auch der Magen. Sissy sprang ebenfalls auf und schüttelte sich. *Was riecht denn da so verboten gut? Egal, ich hoffe doch, ich kriege von dem leckeren Essen etwas ab. Herrchen? Gibst du mir was? Und vielleicht auch etwas Wasser, denn Durst hätte ich auch.*

Während Andy seiner Mutter half, den Tisch fertig zu decken, trug Lennart den Topf zum Tisch und suchte sich dann aus einem der Hängeschränke zwei Steingutschalen heraus. In die eine füllte er ein bisschen von der Suppe, in die andere frisches Wasser, dann stellte er beide für Sissy auf den Küchenfußboden.

Oh ja, danke, Herrchen! Mjam, das riecht wirklich lecker, da schlage ich gleich mal zu, auch wenn es noch ziemlich warm ist. Und das Wasser ist auch perfekt.

»Nun, kleiner Mann«, wandte Lennart sich an Andy. »Du hast mir noch gar nicht erzählt, wie dein Kurs in Selbstverteidigung heute gewesen ist.«

»Total toll und schön und lustig«, antwortete Andy mit einem fröhlichen Lächeln. »Wir mussten treten und schreien und rennen, immer im Zickzack. Obwohl man ja eigentlich nicht treten soll und beißen auch nicht, aber Toni hat gesagt, dass es etwas anderes ist, wenn uns ein böser Mensch festhalten will.« Mit Feuereifer, wenn auch etwas durcheinander, berichtete der Junge von seinen Erlebnissen am Nachmittag, während sich alle um den Esstisch versammelten und die Suppe mit dem kräftigen Schwarzbrot und Butter verspeisten.

***

»Ein bisschen mehr hier herüber, nicht alles auf eine Seite!« Lachend deutete Lennart auf die linke Hälfte des Holunderbuschs im Garten, an dem Melissa und Andy gerade versuchten, eine Lichterkette zu befestigen. Andy kicherte dabei so heftig, dass er sich immer wieder den Bauch hielt. Melissa hingegen kämpfte verzweifelt mit der langen Kette und den unzähligen LEDs, die sich immer wieder zu verheddern drohten.

»Wäre es zu viel verlangt, wenn du mal mit anfasst? Ich sehe überhaupt nicht, wo ich hinmuss, dazu ist es hier zu dunkel.« Sie stieß einen erschrockenen Laut aus. »Huch! Vorsicht, Sissy, ich trete dir doch auf die Pfoten, wenn du mir zwischen die Füße läufst.«

Nööö, ich passe schon auf. Ich versuche gerade, dieses Lichterdingens zu schnappen. Das sieht lustig aus. Sissy schwänzelte fröhlich weiter zwischen Melissas Beinen hin und her.

»Sissy will die Lichterkette fressen. Dann leuchtet sie von innen.« Andy kicherte noch mehr und wäre beinahe hintenübergekippt und mit dem Hinterteil in der dünnen Schicht Neuschnee gelandet, die im Laufe des Abends gefallen war.

Na, also fressen vielleicht nicht gerade. Ich glaube nicht, dass das Lichterdingens schmeckt. Aber es sieht so lustig aus, wenn es so hin und her baumelt, da muss man doch zuschnappen.

»Du hast doch vorhin gesagt, ich soll die Lichterkette nicht anfassen, sondern dir nur sagen, wie du sie anbringen sollst.«

Lennart bedachte Melissa mit einem breiten Grinsen. »Ich tue nur, wie mir geheißen.«

»Dann habe ich eben meine Meinung geändert. Mist, jetzt habe ich mich verheddert.« Melissa klang gleichermaßen verärgert wie hilflos. »Von wegen die anderen Lichterketten geben genügend Licht, damit wir hier hinten etwas sehen. Ich sehe überhaupt nichts, und jetzt bin ich auch noch ... Aua! Hier ist ein Brombeerstrauch hinter dem Holunder! Mit ganz fiesen Stacheln!«

Lennart konnte sich das Lachen nicht länger verkneifen. »Nicht so wehleidig! Wir haben es doch bald geschafft.«

»Wir?« Nun klang Melissa wirklich empört. »Du meinst wohl *ich*. Jetzt habe ich auch noch einen Knoten in der Lichterkette!«

Wuff, ist das lustig hier! Ich hab die Kette!

»Nicht, Sissy! Das ist kein Hundespielzeug.«

Amüsiert schob Lennart sich ebenfalls auf die Rückseite des Holunders. »Schluss jetzt, Sissy. Andy, geh doch bitte mit Sissy nach drinnen, ja?«

»Aber ich helfe doch Mama mit der Lichterkette«, protestierte der Junge. »Wir haben alle Lichterketten zusammen aufgehängt.«

»Bei der hier helfe ich ihr jetzt. Danach kommen wir auch ins Haus«, versprach Lennart. »Du könntest Sissy schon mal die Pfoten mit dem Handtuch abtrocknen, das ich neben der Terrassentür auf den Boden gelegt habe. Würdest du das machen?«

Der Junge zog die Stirn in Falten, nickte dann aber mit ernster Miene. »Ja, kann ich. Komm, Sissy! Ich mache deine Pfoten trocken.«

Echt jetzt? Gehen wir rein? Wie schade. Hier draußen war es doch gerade so lustig.

»Los, Sissy, ab ins Haus.« Lennart begleitete seine Worte mit einem eindeutigen Handzeichen in Richtung der Terrassentür, woraufhin Sissy zwar etwas ungehalten schnaubte, jedoch gehorchte.

Na gut, wenn du es unbedingt so haben willst. Aber wehe, ihr habt hier draußen jede Menge Spaß, während ich drinnen hocken muss. Wenigstens ist Andy bei mir. Der Junge ist schwer in Ordnung, mit dem kann man wunderbar Quatsch machen.

»Und jetzt zu Ihnen, Frau Motzig.« Mit einem neuerlichen Grinsen nahm Lennart Melissa die verknotete Lichterkette aus den Händen und entwirrte sie flink.

»Wie hast du das so schnell geschafft?« Verblüfft griff sie erneut nach der Lichterkette. »Ich dachte schon, die ist wie der Gordische Knoten.«

Er lachte auf. »Jahrelange Übung. Lichterketten haben es nun einmal an sich, sich zu verheddern. Keine Sorge, mit der Zeit bekommst du ebenfalls Übung darin. Aber du hast recht, hier hinten ist es tatsächlich ziemlich dunkel.«

»Sag ich doch. Wir hätten heute Abend nicht mehr alle Lichterketten hier draußen anbringen sollen. Vor allen Dingen nicht, ohne sie vorher mit Strom zu versorgen.« Melissa versuchte in dem Lichtschein, der vom Wohnzimmer in den Garten fiel, etwas zu erkennen, während sie die Kette weiter um die Zweige des Busches schlang. »Wäre es nicht viel sinnvoller gewesen, die Ketten eingeschaltet hier anzubringen?«

»Theoretisch schon, aber ich konnte ja nicht wissen, dass die Steckdosen hier draußen abgeklemmt sind. Ich kann aber gerne gleich mal nachschauen, wie man sie angeklemmt, damit wir unser Werk bewundern können. Falls das heute Abend nicht mehr geht, kümmere ich mich morgen darum.«

»Das ist wirklich nicht nötig«, wehrte Melissa ab. »Du hast doch heute schon so viel von deiner Zeit hier geopfert.« Sie warf einen Blick auf ihre Armbanduhr, und ihre Augen weiteten sich. »Es ist schon kurz nach zehn!«

»Also, zunächst einmal habe ich meine Zeit nicht geopfert«, korrigierte er sie lächelnd, »sondern sie gerne mit euch verbracht. Und außerdem muss ich natürlich dafür sorgen, dass der Strom hier draußen funktioniert, damit wir unser Weihnachtswunderland gebührend bestaunen können. Wozu hätten wir uns sonst die ganze Arbeit machen sollen?«

»Aber dazu ist doch ein andermal auch noch Gelegenheit, oder etwa nicht?«

»Sei doch nicht immer so pragmatisch.« Er stieß sie sachte mit dem Ellenbogen an. »Ich würde ganz gerne heute schon einen Blick darauf werfen, weil der Anblick bestimmt wunderbar romantisch sein wird.«

»Romantisch?« Melissa hielt inne und richtete ihren Blick auf das Ende der Lichterkette. »Ich glaube, ich habe hier was falsch gemacht. Das Ende müsste doch bis zum Boden reichen, oder nicht?«

»Ja, romantisch. Du wirst schon sehen.« Behutsam nahm Lennart ihr das Ende der Lichterkette aus der Hand, löste den letzten knappen Meter noch einmal von den Zweigen und ordnete ihn erneut an, sodass das Ende tatsächlich bis zum Boden reichte. »Siehst du? Perfekt.« Er warf einen Blick zum Haus, wo Andy immer noch ganz aufgedreht kichernd auf dem Boden saß und versuchte, Sissy die Pfoten abzutrocknen. »Für den kleinen Mann war es ein langer, aufregender Tag. Was hältst du davon, wenn du ihn ins Bett bringst, während ich hier die Verkabelung übernehme und mir ansehe, wie man die Steckdosen anklemmt?«

Melissa blickte ebenfalls hinüber zum Haus und nickte zögernd. »Das wird wohl das Beste sein. Ich hatte ja schon befürchtet, dass Andy heute nicht zur Ruhe kommen wird. Jetzt ist er total übermüdet. Wahrscheinlich wird es eine ganze Weile dauern, bis ich ihn so weit beruhigt habe, dass er einschläft.«

»Das ist doch nicht schlimm.« Er konnte sich nicht zurückhalten und strich ihr wieder einmal eine Haarsträhne hinters Ohr, weil er auf diese Weise ganz kurz durch seine Fingerspitzen Kontakt mit der Haut an ihrem Gesicht aufnehmen konnte. »Sag mir einfach Bescheid, wenn du Hilfe benötigst. Ich kann mir bestimmt die langweiligste und monotonste aller Gutenachtgeschichten ausdenken, wenn es sein muss.«

»Du? Langweilig und monoton?« Melissa schüttelte den Kopf. »Das glaube ich eher nicht.«

»War das ein Kompliment?«

Sie hüstelte. »Ich gehe dann mal mit Andy nach oben. Bist du sicher, dass du hier draußen alleine zurechtkommst?«

Er bückte sich und schnappte sich erneut das Ende der Lichterkette, mit der anderen Hand hob er den Verteiler des Verlängerungskabels an, um beides miteinander zu verbinden. »Das ist nicht meine erste Weihnachtsdekoration. Das kriege ich schon hin.«

»Ich bezweifle aber, dass du sie sonst mitten in der Nacht und ohne Licht anbringst«, gab sie zu bedenken.

»Ich gebe zu, es ist nicht ideal, aber es hat Spaß gemacht, oder etwa nicht?«

Um ihre Mundwinkel zuckte es. »Ja, vor allem der Part, als ich mir an der Brombeerhecke wehgetan habe.«

Er schmunzelte. »Tut es sehr weh? Wenn du möchtest, kann ich mir das nachher mal genauer ansehen und fachkundig verarzten.«

Es entstand eine winzige Pause, wohl weil Melissa überlegte, ob er das ernst gemeint hatte. »Mal sehen«, antwortete sie schließlich, wandte sich ab und ging zum Haus.

**

Melissa atmete erleichtert auf, als sie die Tür zu Andys Kinderzimmer bis auf einen Spalt hinter sich zuzog. Es hatte wie erwartet eine ganze Weile gedauert, bis Andy seinen Schlafanzug angezogen und seine Zähne geputzt hatte, und dann hatte sie ihm auch noch etwas vorlesen müssen, damit er endlich zur Ruhe kam. Sie hatte schon ein ganz schlechtes Gewissen, Lennart so lange allein gelassen zu haben. So behandelte man normalerweise keine Gäste, schon gar nicht bei einem Date. Denn auch wenn es vielleicht kein klassisches Date war, musste man es wohl so nennen, da hatte er recht.

Hey, was soll das? Ich wollte eigentlich da rein und mich zu Andy legen. Sissy stupste sie mit ihrer feuchten Nase an und blickte fragend zu ihr auf. *Darf ich das nicht?*

Melissa blickte leicht irritiert auf die Hündin hinab. »Was ist denn? Willst du etwa wieder bei Andy schlafen?«

Ja, eigentlich schon. Es gefällt mir in seinem Bett. Sissy wedelte eifrig mit der Rute.

»Ich weiß nicht, ob ich es so gut finde, wenn das zur Gewohnheit wird.« Melissa zuckte mit den Achseln und öffnete die Tür wieder etwas, sodass die Hündin hindurchschlüpfen konnte. »Nun gut, es wird hoffentlich nicht schaden.« Diesmal ließ sie die Tür so weit offen, dass die Hündin, wenn sie wollte, das Zimmer von allein wieder verlassen konnte.

Na bitte, geht doch! Schnüff, hier auf dem Bett riecht es sehr angenehm und es ist so schön weich. Ich glaube, der Kleine schläft schon tief und fest. Na gut, dann werde ich mich hier auf dem Fußende zusammenrollen und gut auf ihn aufpassen. Ein Nickerchen werde ich wohl auch halten, denn allmählich werde ich auch ziemlich müde. Das dauernde Hin-und-her-Rennen vorhin erst im Haus, dann draußen im Garten war doch recht anstrengend. Aber es hat sehr viel Spaß gemacht, vor allem weil Herrchen und Melissa und Andy dabei dauernd gelacht haben. Ich mag es, wenn Menschen fröhlich sind und lachen, vor allem meine Menschen. Ja, ich bin jetzt wirklich ziemlich müde. Wenn mich jemand sucht, ich will erst mal nicht gestört werden. Schnaufend ließ Sissy ihren Kopf auf die Pfoten sinken und schloss die Augen.

Melissa konnte sich eines Lächelns nicht erwehren, als sie durch den Türspalt beobachtete, wie Sissy sich am Fußende des Bettes zusammenrollte und offenbar sofort einschlief. Ganz leise entfernte sie sich von der Tür bis zum Treppenabsatz, blieb dort jedoch zögernd stehen. Die Erleichterung, ihren Sohn endlich ins Land der Träume begleitet zu haben, wich einer eigentümlichen Unsicherheit. Irgendwie traute sie sich nicht, ins Erdgeschoss zurückzukehren und sich Lennart zu stellen. Sie hatten unglaublich viel Spaß gehabt an diesem Abend, wenn auch erst, nachdem sie ihr schlechtes Gewissen, was ihre Mutter anging, überwunden hatte. Sie wusste allerdings immer noch nicht, und würde wohl auch noch länger darüber nachdenken müssen, wie sie mit der krassen Veränderung ihrer Mutter umgehen sollte. Im Nachhinein war ihr fast so, als hätte sie das Ganze nur geträumt, denn die Frau, die sie heute Abend hier besucht hatte, war ihr in vielerlei Hinsicht wie eine völlig Fremde vorgekommen. Fühlte sie sich überhaupt imstande, sich in der augenblicklichen Situation auch noch der Vergangenheit mit ihrer Mutter zu stellen? Jedes Mal, wenn sie an den bevorstehenden Anhörungstermin vor dem Familiengericht dachte, beschlich sie ein mulmiges Gefühl. Es war einfach im Augenblick alles zu viel für sie, deshalb wusste sie gerade überhaupt nicht, wie sie sich verhalten sollte. Wenn sie ehrlich zu sich war, dann wünschte sie sich jemanden, der ihr beistand und an den sie sich anlehnen konnte, doch sobald solche Gedanken an die Oberfläche trieben, wurden sie von der Befürchtung attackiert, sie könnte die Kontrolle verlieren und erneut von jemandem abhängig oder manipuliert werden. Dieses Gefühlschaos war kaum auszuhalten, insbesondere, weil sie sich von Minute zu Minute mehr zu Lennart hingezogen fühlte. Er machte es leicht, sich in seiner Gegenwart wohlzufühlen – und sicher. Gleichzeitig spürte sie natürlich das zunehmende Knistern zwischen ihnen, wenn sie einander mehr oder weniger versehentlich nahe kamen.

Auch wenn sie auf diesem Gebiet nun wirklich nicht über einen nennenswerten Erfahrungsschatz verfügte, wusste sie doch instinktiv, dass es immer schwieriger werden würde, ihren Hormonen Paroli zu bieten und sich gegen diese rein körperliche Anziehungskraft zur Wehr zu setzen. Die Frage war ja auch: Wollte sie das überhaupt? War es nicht wirklich an der Zeit, einmal etwas nur für sich selbst zu tun? Einfach mit dem Kopf voran ins kalte Wasser zu springen? Dieser Gedanke war beängstigend und verführerisch zugleich.

Doch was dann? War sie mutig genug, solch ein Risiko einzugehen und dabei zugleich in Kauf zu nehmen, einen wirklich rechtschaffenen und herzensguten Mann womöglich zu verletzen? Durfte sie so selbstsüchtig sein?

»Willst du da oben bleiben und festwachsen oder kommst du zu mir herunter und siehst dir an, was wir geschafft haben?«, ertönte vom unteren Treppenabsatz Lennarts Stimme.

Ertappt, dachte sie, schon wieder. Wie kam es nur, dass er sie so leicht durchschaute? Manchmal war ihr das geradezu unheimlich. Da sie sich nicht lächerlich machen wollte, setzte sie sich nach einem tiefen Atemzug in Bewegung und stieg Stufe für Stufe ins Erdgeschoss hinab.

Lennart hatte nicht, wie sie befürchtet hatte, unten auf sie gewartet, sondern war bereits zurück in den Garten gegangen. Auf dem Weg quer durch das Erdgeschoss fielen Melissas Blicke immer wieder auf die unzähligen Dekorationsartikel, die sie zu dritt auf beinahe jeder verfügbaren freien Fläche verteilt hatten. Auch die Fenster waren samt und sonders mit warm leuchtenden Lichterketten geschmückt. Sogar im Obergeschoss hatten sie an allen Fenstern Lichter angebracht. Was jetzt noch fehlte, waren die Fensterbilder, von denen sie neulich geredet hatten, doch dazu war heute nicht genug Zeit gewesen. Trotzdem kam ihr das neue Domizil, an das sie sich gerade erst zu gewöhnen begann, erneut vollkommen fremd und zugleich heimelig und verwunschen vor. Noch nie in ihrem Leben hatte sie so exzessiv für Weihnachten geschmückt, doch da sie nun einmal über so viele Sachen verfügte, hatte sie zugegebenermaßen ein wenig übertrieben. Vielleicht lag es auch daran, dass Lennart sie in keiner Weise gebremst, sondern sogar noch ermutigt und herausgefordert und zudem hoch und heilig versprochen hatte, ihr nach dem Dreikönigstag auch wieder zu helfen, die ganzen Sachen wegzupacken.

Ein wenig irritiert sah sie sich im Garten um, als sie durch die Schiebetür nach draußen getreten war, denn alles lag wie zuvor in völliger Dunkelheit. »Lennart?«, rief sie leise. »Wo steckst du denn?«

»Hier«, kam seine lapidare Antwort von irgendwoher.

»Wo ist hier?« Vorsichtig wandte sie sich nach rechts.

»Vor dem Haus. Ich habe den Verteilerkasten für den vorderen Stromkreis ebenfalls angeschlossen. Sieh dir das an!«

Seine begeisterte Stimme ließ sie unwillkürlich lächeln. Dieser Mann konnte sich wie ein kleines Kind freuen. Sie nahm den schmalen Weg am Haus vorbei, der zur Zufahrt führte, und entdeckte Lennart neben dem Treppenaufgang zur Haustür, unter dem sich besagter Verteilerkasten befand. Als er sie erblickte, betätigte er dort unten einen Schalter, woraufhin sämtliche Lichterketten und LED-Ornamente, die sie zuvor an der Haustür, an der Dachrinne, dem Treppengeländer und im Vorgarten angebracht hatten, gleichzeitig leuchteten. Rasch richtete er sich auf und gesellte sich zu ihr, noch ehe sie überhaupt in der Lage war, das Gesamtbild in sich aufzunehmen. »Komm mit.« Zielstrebig führte er sie bis auf den Fahrweg. Erst nach fast zwanzig Schritten blieb er stehen, wandte sich dem Haus zu und drehte sie gleichzeitig mit sich um. »Na, was sagst du?«

Sie sagte nicht ein Wort. Sprachlos blickte sie auf das vorweihnachtlich erleuchtete Blockhaus und den märchenhaft erleuchteten Vorgarten. Genauso hatte sie es sich insgeheim gewünscht, stellte sie bei sich fest, obwohl sie nie ein konkretes Bild von einem geschmückten Haus vor ihrem inneren Auge gesehen hatte. Vielleicht, weil sie darin keine Übung hatte, vielleicht auch, weil ihr tatsächlich die Fantasie dazu fehlte. Doch nun, da sie das Ergebnis ihrer stundenlangen Bemühungen vor sich sah, war sie überwältigt.

»Ich sehe schon, es hat dir die Sprache verschlagen.« Lennart grinste jungenhaft. »Dann lass mich an deiner Stelle das Lob aussprechen, das wir auf jeden Fall verdienen: Mit diesem Werk haben wir uns selbst übertroffen.«

»Wir?« Sie schüttelte den Kopf. »Doch wohl eher du. Ich war bestenfalls eine Gehilfin.«

»Aber sehr gelehrig«, befand er. »Ich bin sicher, beim nächsten Mal schaffst du das auch alleine.« Er hielt kurz inne. »Natürlich nur, wenn du das möchtest. Ich stehe dir, wie du weißt, stets gerne mit helfenden Händen zur Seite. Gemeinsam macht es ja auch viel mehr Spaß.« Er rückte fast unmerklich näher an sie heran. »Nur schade, dass Andy schon schläft. Es wird ihm bestimmt auch gefallen, oder?«

»Ja, natürlich wird er das toll finden.« Melissas Stimme klang ein wenig hohl, in ihrer Kehle hatte sich ein Kloß gebildet. »Aber es war einfach schon viel zu spät für ihn. Nachdem ich ihn endlich beruhigt hatte, ist er gleich in Tiefschlaf versunken. Er hat sich nicht einmal bewegt, als Sissy zu ihm aufs Bett gesprungen ist.«

»Du hast ihr wieder erlaubt, auf dem Bett zu liegen?« Obwohl sie ihn nicht direkt ansah, konnte sie Lennarts Stimme die Erheiterung anhören.

»Sag bloß nichts!« Verlegen strich sie sich ein paar Haarsträhnen aus der Stirn. »Ich wusste gleich, dass es keine gute Idee ist, so etwas einreißen zu lassen. Jetzt habe ich den Salat.«

Lennart lachte leise. »Es gibt Schlimmeres als einen Hund auf dem Bett.«

»Damit versuche ich mich auch zu trösten.« Sie seufzte. »Jetzt wird er mir noch mehr wegen eines Hundes in den Ohren liegen.«

»Kann sein.« Lennart ergriff erneut ihre Hand. »Komm mit.«

»Wohin denn jetzt schon wieder?« Hastig stolperte sie hinter ihm her, als er sich erneut in Bewegung setzte.

»Jetzt ist der Garten an der Reihe.« Neben der Terrasse gab

es einen gut getarnten Stromverteilerkasten, mit dem sich Lennart ganz offensichtlich in der Zeit, die sie oben mit Andy verbracht hatte, eingehend befasst hatte, denn es dauerte nur wenige Augenblicke, bis auch hier die komplette Umgebung in ein märchenhaft glitzerndes Weihnachtsmärchenland verwandelt wurde. »Tadaa!«

Ein drittes Mal zog Lennart sie an der Hand mit sich, bis sie mitten im Garten standen und somit auch das erleuchtete und geschmückte Haus durch die Terrassentür und die große Fensterfront im Blick hatten. »Sogar Tim Thaler können wir damit Konkurrenz machen.«

»Du lieber Himmel!« Melissa drehte sich staunend einmal um ihre eigene Achse. »Es ist unglaublich! Aber so viele Lichterketten – davon wird meine Stromrechnung explodieren.«

»Deshalb habe ich überall Zeitschaltuhren angebracht.« Vage deutete Lennart in Richtung des Verteilerkastens. »Die waren ja ebenfalls in einem der Kartons. Sie sind ganz einfach zu programmieren, du kannst also selbst einstellen, zu welchen Zeiten die Lichterketten morgens und abends eingeschaltet sein sollen. Da es sich durchweg um sparsame LED-Beleuchtung handelt, dürften die Kosten sich im Rahmen halten. Du kannst natürlich auch einen oder zwei Tage lang deinen Stromzähler im Auge behalten, aber ich glaube nicht, dass du dir große Sorgen machen musst.« Einen Moment schwieg er, bevor er fortfuhr: »Die Hauptsache ist doch, dass es dir gefällt. Euch beiden. Oder auch uns, denn immerhin war ich ja ebenfalls daran beteiligt.«

»Maßgeblich beteiligt, meinst du wohl«, korrigierte sie ihn und erschauerte leicht, als eine eisige Windbö sie anfuhr. Im nächsten Augenblick ging ein nasskalter Schneeregenschauer nieder. Mit einem erschrockenen »Igitt!« zog sie den Kopf ein und rannte zurück ins Haus. Dort wartete sie, bis Lennart ihr gefolgt war, und schloss rasch die gläserne Schiebetür. »Pfui Teufel!« Sie schüttelte sich wie ein Hund. »Na toll, jetzt ist auch noch meine Frisur im Eimer.«

»Finde ich ganz und gar nicht.« Lennart war dicht bei ihr stehen geblieben und zupfte an einer ihrer Haarsträhnen. »Sind doch nur ein bisschen Schnee und ein bisschen Regen. Ich finde, du siehst auch mit feuchten Haaren immer noch ausgesprochen süß aus.«

»Süß?« Ungläubig hob sie den Kopf und begegnete seinem Blick, woraufhin in ihrem Inneren sofort das komplette Chaos ausbrach. Ihr Puls beschleunigte sich, in ihrer Magengrube kribbelte und flatterte es, und sie hatte plötzlich Schwierigkeiten, gleichmäßig zu atmen.

»Zuckersüß«, bestätigte er lächelnd und gestattete es ihr dabei nicht, seinem Blick auszuweichen. Dabei hatte seine Stimme wieder diesen tiefen rauen Ton angenommen, der sie vollends aus der Fassung brachte. »Weißt du, was ich mich schon eine ganze Weile frage?«

»Nein, was?« Sie brachte die Worte kaum heraus.

»Ich wüsste zu gerne, ob du genauso süß schmeckst, wie du aussiehst. Das würde ich zu gerne heraus…« Er brach ab und stieß einen verblüfften Laut aus, weil sie sich einfach auf die Zehenspitzen gestellt hatte. Ehe der Mut sie verlassen konnte, presste sie, reichlich ungeschickt vermutlich, ihren Mund auf seinen. Er taumelte einen halben Schritt zurück, fing sich jedoch gleich wieder und erwiderte den Kuss, ohne zu zögern.

Ein heißes, nicht enden wollendes Brennen und Ziehen durchschoss sie, ihr wurde heiß, kalt, wieder heiß. Er hob die Hände und legte sie ihr sanft um die Wangen; ihre Haut unter seinen Handflächen begann zu prickeln. Zugleich spürte sie das köstliche, zugleich raue und eigentümlich weiche Kratzen seines Sechstagebarts, während seine Lippen sachte, zärtlich und zugleich forschend über die ihren wanderten. Sein warmer Atem streifte über ihr Gesicht und hinterließ weitere köstliche Schauer auf ihrem gesamten Körper.

»Nennt man so etwas nicht Überfall?«, raunte er so dicht an ihrem Mund, dass sich das Vibrieren seiner Stimme auf ihre

Lippen übertrug und außerordentlich seltsame Dinge mit ihr anstellte.

»Tut mir leid.« Sie versuchte zu schlucken, doch es gelang ihr nicht so richtig.

»Mir ganz und gar nicht.« Er sprach weiter gegen ihre Lippen, sodass sich ihrer beider Atem vermischte. »Ich hatte nur nicht damit gerechnet, dass du mir zuvorkommen würdest.«

Ehe sie auch nur Atem holen konnte, um etwas darauf zu erwidern, hatte er ihre Lippen bereits wieder mit den seinen verschlossen. Augenblicklich tobte der wilde Sturm in ihr wieder los. War das normal? Es war verrückt! Sie fühlte sich, als würde sie unter Strom stehen – oder unter irgendeiner verrückten Droge. Und noch ehe sie überhaupt wusste, wie ihr geschah, hatte sie instinktiv bereits ihren Mund ein klein wenig geöffnet.

※※※

Lennart kam dieser Einladung nur zu bereitwillig nach. Als er wahrnahm, wie sich Melissas Lippen teilten, tastete er sich mit seiner Zunge neugierig bis zur Innenseite ihrer Unterlippe vor, strich vorsichtig, suchend darüber und wurde von einem regelrechten Stromschlag durchzuckt, als sich ihre Zungenspitzen zum ersten Mal berührten. Hitze stieg in ihm und zwischen ihnen empor, sein Herzschlag beschleunigte sich noch mehr als zuvor schon, und als sich die sachte tastenden Berührungen wiederholten und intensivierten, reagierte sein Körper mit erschreckender Brutalität auf die sinnlichen Empfindungen. Für einen Moment war er machtlos gegen die brachiale Gewalt, mit der sein Körper ganze Wagenladungen an Hormonen ausschüttete. Mit der rechten Hand griff er in Melissas weiches Haar, mit der anderen zog er sie so fest an sich, wie es nur möglich war. Irgendwo in der Peripherie seines Bewusstseins schrillte eine Alarmglocke, die ihn wohl warnen wollte, dass dies alles viel zu schnell ging, doch er hatte sich einfach schon zu lange gewünscht, sie zu küssen. Atemlos und begierig plünderte er ihre Lippen und verwickelte ihre Zunge in einen regelrechten Ringkampf mit der seinen. Erst als er den hilflosen Laut vernahm, der aus ihrer Kehle emporstieg, bekam er sich wieder halbwegs in den Griff und löste sich so weit von ihr, dass er ihr, wenn auch schwer außer Atem, in die Augen blicken konnte. »Melissa? Ist alles in Ordnung? Es tut mir leid, wenn ich ...«

»Was?« Ihre Augenlider öffneten sich, und sie erwiderte seinen Blick leicht verwirrt. Auch ihr Atem ging in unregelmäßigen Stößen. »Stimmt etwas nicht? Warum hast du aufgehört?«

Ein Lachen stieg in ihm auf. »Nicht freiwillig, das steht fest. Ich dachte nur ...«

»Was?« Sichtlich konfus runzelte sie die Stirn.

»Dass das hier ziemlich schnell außer Kontrolle geraten könnte, wenn wir nicht aufpassen.«

Ihre Stirn furchte sich für einen Moment noch mehr, dann vertiefte sich das Rot ihrer Wangen. »Ja, also ... kann sein.« Sie schluckte einmal, zweimal, benetzte ihre Lippen mit der Zunge, was dazu führte, dass eine weitere Ladung Hormone in sein System katapultiert wurde. »So etwas ist mir noch nie passiert. Was«, sie blickte unsicher links und rechts an ihm vorbei, »was machen wir denn jetzt?« Erst jetzt schien sie sich so richtig bewusst zu werden, wie ein ganz bestimmter Bereich seines Körpers auf sie reagiert hatte, doch als er seinen Griff bedachtsam lockerte, um ihr die Möglichkeit zum Zurückweichen zu geben, blieb sie an Ort und Stelle.

Ihm wurde womöglich noch heißer. »Jedenfalls nicht ... das.« Er hatte Mühe, die Worte zu formen. »Auch wenn es im Augenblick nur allzu verführerisch erscheint, aber das würden wir ganz bestimmt bereuen.«

Ein fragender Ausdruck trat in ihre Augen. »Würden wir?«

»Davon bin ich überzeugt.« Zärtlich umfasste er ihre Wange mit der rechten Hand. »Dazu ist es definitiv noch zu früh. Außerdem bin ich nicht diese Sorte Mann.«

»Diese Sorte?« Ihr Atem ging nun wieder etwas gleichmäßiger und ruhiger. »Ich dachte, du bist Mister Spontanität und improvisierst gerne.«

»Nicht in dieser Sache.« Er konnte nicht widerstehen und hauchte ihr einen zärtlichen Kuss auf die Lippen. Sogleich gingen seine Hormone wieder in Habachtstellung, deshalb zog er sich rasch wieder so weit zurück, dass er ihr in die Augen blicken konnte. »Dazu bin ich noch nicht bereit.«

Verwunderung und Verblüffung mischten sich nun in ihre Miene. »Kann ein Mann auch«, sie schien nach Worten zu suchen, »nicht bereit sein?«

»Selbstverständlich.« Diesmal entschied er sich für einen Kuss auf ihre Stirn und einen weiteren auf ihre Schläfe. »Ich weiß noch bei Weitem nicht genug über dich, möchte dich gerne erst besser kennenlernen. Und abgesehen davon …«

»Ja?« Erwartungsvoll sah sie ihn an.

»Wie kann ich dazu bereit sein, wenn ich vermute, dass du es nicht bist?« Er neigte den Kopf leicht zur Seite und musterte sie forschend. »Hat er darauf keine Rücksicht genommen?«

Sie wusste natürlich sofort, was er meinte, das sah er ihr an, denn ihr Blick verschleierte sich für einen Moment, so als wandere sie gedanklich in die Vergangenheit. Sie schüttelte den Kopf, nickte aber gleich darauf. »Nein, doch … Also … Ich dachte damals, dafür bereit zu sein. Ich dachte, das gehört einfach dazu.« Sie hob die Schultern, als sie sein Stirnrunzeln bemerkte. »Er hat mich nicht gezwungen oder so etwas. Wenn überhaupt, dann hat er einfach den Zeitpunkt bestimmt, und ich habe mitgemacht, weil ich dachte, das muss jetzt so sein. Natürlich war ich auch ganz scheußlich leichtsinnig.« Ihr Lächeln wirkte kläglich. »Er meinte, ich könne ihm vertrauen, und das wollte ich damals mehr als alles andere. Ich wollte von zu Hause weg, wollte etwas Neues … ein neues Leben.« Wieder zuckte sie mit den Achseln. »Das habe ich ja dann auch erhalten.«

Er wusste nicht, was er darauf erwidern sollte. Mit erschreckender Sicherheit wurde ihm jedoch klar, wie sehr er diese Frau wollte, nicht nur rein körperlich, weil seine Hormone außer Kontrolle geraten waren. Sie hatte sich völlig unerwartet und auf Wegen, die er nicht recht nachvollziehen konnte, in sein Herz geschlichen und kroch nun praktisch mit jedem Atemzug tiefer hinein. Ein seltsames Gefühl, mit dem er erst einmal fertigwerden musste. Das würde ihm jedoch nicht gelingen, wenn sie hier weiterhin so eng aneinandergepresst im Wohnzimmer stehen blieben. Die Gefahr war zu groß, dass sie doch noch beide den Kopf verlieren würden.

Deshalb zwang er sich nun, sie freizugeben und ein ganz klein wenig von sich zu schieben, auch wenn er dafür umgehend die Quittung seiner frustrierten Hormone erhielt. »Was hältst du davon«, durchbrach er das Schweigen, das zwischen ihnen entstanden war, »wenn wir das mit dem gegenseitigen Kennenlernen so bald wie möglich in Angriff nehmen? Ich würde ja am liebsten gleich morgen damit beginnen, aber ich muss morgen noch für ein paar Stunden arbeiten, weil einer meiner Mitarbeiter seinen zweiten Hochzeitstag feiert und ich ihm dafür freigegeben habe. Und du könntest morgen etwas mit Andy und deiner Mutter unternehmen.«

»Mit meiner Mutter?« Melissas Augen weiteten sich ein wenig. »Ich weiß nicht, ob das so eine gute Idee ist.«

»Du kannst es natürlich auch vor dir herschieben.« Er ergriff ihre Hände und drückte sie leicht. »Aber das ist doch nicht deine Art, oder?«

»Was meinst du?« Verwirrt runzelte sie die Stirn.

»Du drückst dich nicht davor, wenn es schwierig oder kompliziert wird, oder?«

»Das ist nicht so einfach«, gab sie zu.

»Das habe ich auch nicht behauptet.« Er hob ihre rechte Hand an die Lippen und hauchte einen Kuss darauf. »Aber ich glaube, du solltest dir zumindest anhören, was sie dir zu sagen hat. Wie du darauf reagierst, kannst du dann immer noch entscheiden. Ich könnte dich morgen Abend anrufen. Um acht.« Er zwinkerte ihr zu. »Dann machen wir ein Date aus. Du, Andy und ich, so wie wir es heute geplant hatten. Immerhin müssen wir noch unsere Bastelstunde nachholen, oder etwa nicht? Und Plätzchen backen.«

»Ist das wirklich dein Ernst? Du willst bei unseren ... Dates immer auch Andy dabeihaben?«

»Das ist mein voller Ernst, Melissa.« Noch immer drückte er ihre Hände, bevor er sie losließ. »Ich weiß sehr genau, dass ich euch beide, wenn überhaupt, dann nur im Doppelpack bekommen werde, und etwas anderes möchte ich auch gar nicht.«

»Du weißt aber schon, wie ungewöhnlich das ist?«

Er zuckte mit den Achseln. »Ist es das wirklich? Das ist mir völlig egal. Unser Leben, unsere Regeln, schon vergessen? Jetzt müssen wir nur schauen, ob wir noch einmal so viel Glück haben, Sissy ohne großes Aufheben aus Andys Zimmer loszueisen.«

19. Kapitel

»Das ist also unser Weihnachtsmarkt.« Melissa deutete auf den großen, mit Tannengirlanden, Weihnachtskugeln und Lichterketten geschmückten Torbogen, durch den man auf das Marktgelände gelangte. »Vergangenes Jahr wurde das hundertjährige Bestehen groß gefeiert. Das war ganz schön stressig, denn anlässlich des Jubiläums hatte die Stadt den Beginn des Weihnachtsmarktes um mehrere Wochen vorverlegt. Jana musste also viel früher mit ihrer Produktion an Kunstwerken für den Markt beginnen und stand dann wochenlang fast täglich in ihrem Verkaufszelt. Ich habe sie natürlich immer mal wieder abgelöst, wenn ich nicht gerade im Laden zu tun hatte.« Während sie sprach, betrachtete Melissa den Torbogen andächtig. Neben ihr stand ihre Mutter und nahm den Anblick ebenfalls aufmerksam in sich auf, sagte jedoch nichts. Melissa konnte sich nicht erinnern, jemals mit ihren Eltern auf einem Weihnachtsmarkt gewesen zu sein. Ihr Vater hatte einfach keinerlei Wert darauf gelegt, wie auch jeglicher Weihnachtsschmuck bis auf den künstlichen Weihnachtsbaum im Haus der Familie Seifert tabu gewesen war. Melissa fragte sich, was im Kopf ihrer Mutter wohl gerade vorgehen mochte, kam jedoch nicht dazu, sie danach zu fragen, denn Andy zog ungeduldig an ihrer Hand. »Können wir mal endlich losgehen? Hier ist es langweilig. Ich möchte so gerne auf dem Karussell fahren. Darf ich?«

»Natürlich darfst du das. Möchtest du es gleich zu Beginn tun oder erst später?«

Andy grinste breit. »Beides.«

Melissa lachte auf. »Die Steilvorlage habe ich mir wohl selbst zuzuschreiben.« Seltsamerweise kam ihr sofort Lennart in den

Sinn, der wahrscheinlich die gleiche Antwort gegeben hätte wie Andy. In ihrer Magengrube begann es angenehm zu kribbeln, doch sie versuchte, nicht darauf zu achten, denn immerhin war sie ja mit ihrer Mutter hier, und da war es wohl nur recht und billig, wenn sie sich auf das Hier und Jetzt konzentrierte und nicht in Gedanken ständig bei den Küssen des vergangenen Abends war. »Also gut, eine Fahrt zu Beginn, und dann drehen wir erst einmal eine Runde über den Platz. Wir können auch gerne Jana in ihrem Zelt besuchen.«

»Au ja, und Eva und André auch und Micha und Linda-Marie.«

Überrascht blickte Melissa auf ihren Sohn hinab. Eine Zeit lang hatte Eva Weißmüller, eine Verwandte von Jana, im vergangenen Jahr als Tagesmutter für Andy fungiert. Obwohl dies wegen der Ganztagsbetreuung in der Schule nun nicht mehr notwendig war, bestand weiterhin Kontakt, doch dass Andy sich noch daran erinnerte, dass Eva und ihr Mann André regelmäßig den Stand der Sozialstation auf dem Weihnachtsmarkt betreuten, hätte sie nicht gedacht. »Ich weiß nicht, ob Eva mit den beiden Kindern da ist. Linda-Marie ist ja erst etwas mehr als ein halbes Jahr alt, da ist der Weihnachtsmarkt doch vielleicht noch ein bisschen zu anstrengend und auch zu kalt. Micha ist ja auch noch keine vier. Vielleicht ist sie doch lieber zu Hause geblieben.«

»Nein, letztes Mal war Eva auch hier, und da war Micha noch viel kleiner und Linda-Marie noch in ihrem Bauch. Sie hat gesagt, sie sind immer hier, wenn sie Zeit haben, das weiß ich ganz genau. Sie bringen auch immer Socke mit, der ist voll süß. Er sieht nämlich aus, als würde er Söckchen tragen, deshalb heißt er so«, erklärte er an Maria gerichtet.

»Tatsächlich?« Seine Großmutter lächelte sichtlich erfreut darüber, dass er sie angesprochen hatte. »Das würde ich gerne mal sehen.«

»Also gut.« Melissa ließ die Schultern kreisen, um ihre Anspannung zu vertreiben. »Wir können ja mal nachsehen, ob sie hier sind.«

»Gut.« Da sie inzwischen den großen Torbogen durchquert hatten, strebte Andy sogleich nach links, wo das große altertümliche Karussell mit den Pferden und kutschenförmigen Gondeln aufgebaut war. Melissa schätzte, dass es schon beinahe genauso alt war wie der Weihnachtsmarkt selbst, doch es wurde von den Besitzern gut gepflegt und in Schuss gehalten und zierte jeden Jahrmarkt und jede Kirmes im Jahresverlauf.

Sogleich waren sie in die einzigartige Atmosphäre des Marktes eingehüllt. Vom Marktplatz her schallten ihnen deutsche, englische und sogar französische Weihnachtslieder entgegen. Verführerische Düfte umwehten ihre Nasen: Reibekuchen, Maroni, Popcorn, Currywurst, Speisen vom Grill, gebrannte Mandeln. Unwillkürlich lief Melissa das Wasser im Mund zusammen, dabei hatten sie doch vor ihrem Aufbruch gerade erst eine Kleinigkeit gegessen. Natürlich war es an diesem Sonntagnachmittag ziemlich voll, die Menschen schoben und drängten sich durch die Gänge zwischen den Buden und Imbissständen und scharten sich im Zentrum des Platzes um die große Bühne, auf der in regelmäßigen Abständen Konzerte des Kirchenchores, der örtlichen Gospel-Sänger und anderer Gesangsvereine stattfanden. Seit dem vergangenen Jahr gab es zudem bis Weihnachten mehrere Theateraufführungen und rechts neben dem Torbogen ein lebendes Krippenspiel mit wechselnder Besetzung.

Stimmengewirr und Gelächter mischten sich in die Geräuschkulisse; das alles machte den ganz besonderen Zauber dieses Weihnachtsmarktes aus, wie Melissa fand. Sie hatte ihn im vergangenen Jahr zum ersten Mal so richtig intensiv miterlebt, und obwohl sie normalerweise solchen Menschenansammlungen nicht viel abgewinnen konnte, fühlte sie sich hier ausgesprochen wohl. Das lag wahrscheinlich an der harmonischen Atmosphäre, in der alle Menschen der Stadt und Umgebung ungeachtet von kulturellen, religiösen oder sozialen Hintergründen miteinander umgingen und Spaß hatten. Es war eine richtige vorweihnachtliche Oase, auf der natürlich auch jede Menge mehr oder weniger kitschiger oder sinnvoller weihnachtlicher Krimskrams angeboten wurde. Doch das gehörte einfach zu einem Weihnachtsmarkt dazu. Besonders schön erschien es Melissa, dass die örtlichen Künstler, Kunsthandwerksbetriebe, aber auch Bäckereien, Restaurantbesitzer und andere mehr mit viel Herzblut ihre Stände betrieben und nicht nur Massenware angeboten wurde.

Das Karussell hatte gerade mit einer Runde begonnen, sodass sie warten mussten. Aus den Lautsprechern beim Kassenhäuschen ertönte ein Kinderchor mit *Ihr Kinderlein kommet*.

»Du meine Güte, was hätte dein Vater gegen diesen Trubel hier gewütet«, bemerkte Melissas Mutter neben ihr leise. »Keine zehn Pferde hätten ihn in hundert Jahren auf einen Weihnachtsmarkt zwingen können.«

Melissa blickte sie unsicher von der Seite an.

Ihre Mutter verzog das Gesicht. »Er hat uns damit vieles vorenthalten, obwohl ich vielleicht hinzufügen muss, dass ich von Hause aus ja auch nicht anders erzogen worden bin. Unsere Familien hätten sich wahrscheinlich beide sehr gut bei den strengen Puritanern in Amerika gemacht. Hier wirken sie doch sehr aus der Zeit gefallen, aber wenn man ein Leben lang diesem Einfluss ausgesetzt ist, verinnerlicht man vieles, ob man will oder nicht. Ich fange gerade erst an, die Welt für mich selbst und durch meine eigenen Augen zu entdecken. Sehr spät, ich weiß, aber immer noch besser spät als nie.«

Melissa hörte zwar, was ihre Mutter sagte, doch es war immer noch viel zu überraschend für sie, diese Wandlung mitanzusehen, als dass sie sie wirklich begreifen konnte. »Ich wollte nie so leben wie ihr.«

»Ich weiß.« Ihre Mutter seufzte. »Wir haben dich zurückgehalten, und selbst, als dein Vater nicht mehr da war, konnte ich

mich lange Zeit nicht aus den alten Strukturen lösen. Ich verlange nicht, dass du das verstehen oder auch nur ansatzweise nachvollziehen kannst, aber ich war nie selbstständig, habe nie auf eigenen Füßen gestanden, sondern wurde von meinem Elternhaus geradewegs in die Ehe mit deinem Vater gedrängt. Dabei ging es immer nur darum, den Namen und das Ansehen der Familie weiterzutragen. Mein Leben war praktisch schon verplant, als ich zur Welt kam. Das deines Vaters im Übrigen auch, muss ich fairerweise hinzufügen. Allerdings war er fünfzehn Jahre älter als ich und hatte die Lebensweise seiner Eltern und Großeltern vollständig verinnerlicht. Mir blieb nicht viel anderes übrig, als mich zu fügen, denn anderenfalls hätte ich gänzlich mit meiner Familie brechen und mit knapp zwanzig Jahren ohne Geld und ohne irgendwelche Unterstützung auf eigenen Füßen stehen müssen. Im Gegensatz zu dir war ich einfach nicht stark genug.«
Sie warf ihrer Tochter einen traurigen Blick zu. »Das klingt wie eine Geschichte aus einem lange vergangenen Jahrhundert, ich weiß. Man sollte kaum glauben, dass es so etwas heutzutage noch gibt. Ich bin in den Achtziger- und Neunzigerjahren aufgewachsen, also zu einer Zeit, wo so etwas eigentlich schon lange aus der Mode gekommen war. Aber du kennst ja deine Großeltern zur Genüge, sie haben ihre konservative Einstellung bis heute bewahrt und weichen keinen Millimeter davon ab. Ich weiß nicht, ob sie das freiwillig getan haben oder ob sie einfach nur wie viele Generationen zuvor in diese Verhaltensmuster gezwungen wurden. Ich habe, nachdem ich eine Weile in Therapie war, versucht, mit meiner Mutter darüber zu reden.«

Neugierig musterte Melissa ihre Mutter. »Und was hat sie gesagt?«

»Nichts. Sie hat mich nur vollkommen verständnislos angestarrt und gefragt, ob ich nun etwa genauso verantwortungslos und vogelfrei leben wolle wie du.« Ihre Mutter lachte trocken. »Sie hat wirklich vogelfrei gesagt. Niemand in der Generation vor mir scheint zu begreifen oder zu hinterfragen, weshalb du

Matthias verlassen hast. Sicherlich heißen sie Gewalt in der Ehe nicht gut, sie dulden nur einfach nicht den Weg der Flucht.«

»Aber was hätte ich denn sonst tun sollen?«, brauste Melissa auf, stoppte sich jedoch gerade noch rechtzeitig, damit sie Andy nicht erschreckte. »Ich wusste mir keinen anderen Ausweg mehr. Seine Ausraster passierten immer öfter, und als er schließlich auch gegen Andy die Hand erhoben hat, konnte ich das nicht mehr länger ertragen. Ich will das nicht für mein Kind – und auch nicht für mich selbst.«

»Womit du ja auch vollkommen recht hast.« Sie hatten das Kassenhäuschen erreicht und sich in der Schlange angestellt. Als sie an die Reihe kamen, zückte Maria ihre Geldbörse. »Lass mich das bitte übernehmen.« Zu Melissas Überraschung kaufte sie gleich mehrere Fahrkarten.

Andy jubelte, als das Karussell anhielt und er sich einen Platz auf einem der Pferdchen sichern konnte. Ganz stolz reichte er seine Fahrkarte dem jungen Mann, der die einzelnen Plätze zuwies und für Sicherheit sorgte, dann winkte er Melissa zu.

Melissa winkte lächelnd zurück.

»Ich hätte ahnen müssen, dass mit Matthias etwas nicht stimmt.«

Verblüfft musterte Melissa ihre Mutter. »Woher hättest du das wissen sollen?«

Die beiden Frauen traten ein paar Schritte zurück, da das Klingeln ertönte, das den Beginn der nächsten Karussellfahrt ankündigte. Nebeneinander stellten sie sich an das Geländer, das das Karussell umgab, und stützten sich locker mit den Unterarmen darauf.

»Du warst jung und unglücklich.« Melissas Mutter sah sie betrübt von der Seite an. »Du wärst wahrscheinlich jedem Mann auf den Leim gegangen, der dir in irgendeiner Form einen Ausweg aus deinem Elternhaus versprochen hätte. Wahrscheinlich muss ich froh sein, dass du nicht sogar irgendwelchen Mädchenhändlern in die Fänge geraten bist.« Sie seufzte. »Nein, wirklich, sieh mich nicht so an. Im Nachhinein ist man natürlich immer klüger, aber ich hätte gleich sehen müssen, dass der Honig, den er dir ganz offensichtlich ums Maul geschmiert hat, ein bisschen zu süß war. Immerhin ist er fast zehn Jahre älter als du, und im Nachhinein betrachtet war er ein bisschen zu eifrig darauf bedacht, dich gleich zu heiraten. Er hat eure Zukunft in den buntesten Farben ausgemalt, das hätte mich stutzig machen sollen.« Sie richtete ihren Blick geradeaus auf das Karussell, das zur Melodie von *Der Christbaum ist der schönste Baum* seine Runden drehte. »Dein Vater war ihm in dieser Hinsicht sehr ähnlich. Er hat anfangs auch so getan, als wäre ich die bestmögliche Frau für ihn. Wahrscheinlich dachte er, dass er das tun muss, weil ich sonst Zweifel bekommen hätte. Der große Unterschied zwischen den beiden Männern ist, dass dein Vater zumindest nie oder nur äußerst selten körperliche Gewalt angewendet hat, um seinen Standpunkt durchzusetzen. Hier und da eine Ohrfeige und, als du kleiner warst, auch manchmal eine Tracht Prügel.« Sie schluckte. »Ich stand daneben und habe es nicht verhindert, dachte manchmal sogar, dass das wohl so richtig ist, weil ich es selbst als Kind nicht anders gelernt habe. Es ist erschreckend, wie sehr sich solche Verhaltensmuster über die Generationen fortsetzen, wenn man sich nicht aktiv dagegen wehrt. Ich habe es versäumt, dich davor zu bewahren, und auch wenn dir das heute nicht mehr viel helfen dürfte, möchte ich dir sagen, dass mir das unendlich leidtut. Meistens, das weißt du ja selbst, hat dein Vater mehr mit unserer Psyche gespielt. Er war ein Meister darin, Schuldgefühle zu erwecken und darüber praktisch alles zu erreichen, was er für richtig hielt. Ich kann nicht mal sagen, ob er das wirklich für richtig hielt oder ob er einfach nur ebenfalls in der ihm von seinen Eltern vorgegebenen Rolle gefangen war. Wir haben nie darüber geredet. Ich habe lange darüber nachgedacht und weiß inzwischen, dass er wahrscheinlich gar nicht fähig war, echte Gefühle überhaupt zu empfinden. Das hatte man ihm bereits von Kindheit an ausgetrieben. Damals war ich zu sehr damit beschäftigt, meine eigene Misere zu verdrängen und mich den Gegebenheiten anzupassen. Stattdessen hätte ich mich wehren müssen, aber dazu war ich einfach zu schwach.« Kurz blickte sie zu Boden, dann wieder geradeaus auf das Karussell. »Bei Matthias habe ich, nachdem er ja durchaus höflich und auf sehr altmodische Weise bei mir um deine Hand angehalten hat, ähnliche Verhaltensmuster entdeckt – man könnte es vielleicht auch Schwingungen nennen. Möglicherweise haben sogar die ersten Alarmglocken in meinem Kopf geläutet, doch ich habe sie verdrängt, wie ich alles verdrängt habe, was dazu geführt hätte, dass ich mich mit all dem auseinandersetzen müsste. Nachdem dein Vater gestorben war, wollte ich eine lange Zeit nur Ruhe und Frieden, keine Abweichung von der Norm, sondern einfach nur essen, trinken, schlafen und atmen und nicht darüber nachdenken, dass ich vollkommen hilflos dastand. Ich war plötzlich die ausrangierte Witwe deines Vaters sowohl für seine Familie als auch für meine. Es hat eine ganze Weile gedauert, bis ich überhaupt begriffen habe, was das bedeutete. Ich war für beide Familien nichts weiter als ein Mittel zum Zweck, kein Individuum, kein Mensch mit eigenen Bedürfnissen, Zielen oder Träumen. Ehrlich gesagt fällt es mir immer noch schwer, für mich zu definieren, was meine Ziele und Träume sein könnten. Ich lerne es allmählich, aber es wird wohl noch lange dauern, bis ich dir auf die Frage, was ich mit meinem Leben anfangen will, eine konkrete Antwort geben kann. Du weißt selbst, dass ich jahrelang die brave Hausfrau gespielt habe, dann die trauernde Witwe, die das Vermächtnis ihres Mannes weiterführt.« Wieder stieß sie ein bitteres Lachen aus. »Wobei das Vermächtnis nur aus dem Befolgen seiner Regeln bestand und daraus, dir weiterhin seine verqueren Ansichten aufzubürden.«

Das bittere Lächeln wurde weicher, als nun für die zweite Hälfte der Karussellfahrt ein Kinderchor mit *Zu Bethlehem geboren* aus den Lautsprechern schallte. »Liebe Zeit, wie hätte er das verabscheut.« In ihre Augen trat ein geradezu schalkhaftes

Funkeln. »Ein Lied, das in den weihnachtlichen Gottesdienst gehört als Beschallung für eine lustige Karussellfahrt. Damit hättest du ihm wahrscheinlich körperliche Schmerzen verursachen können.« Sie schüttelte leicht den Kopf. »Weißt du, was mich schließlich dazu veranlasst hat, mich für eine Therapie zu entscheiden?« Sie sah Melissa immer noch nicht direkt an. Offenbar fiel es ihr auf diese Weise leichter, diese Dinge auszusprechen. »Ich habe eine dieser Quizshows im Fernsehen angeschaut, die immer abends laufen. Ja, wirklich, du glaubst es wahrscheinlich kaum. So etwas war früher auch nicht gerne gesehen in unserem Haus. Aber ich war alleine, ohne wirkliche Freunde. Alle meine Bekannten waren im Grunde nur Freunde deines Vaters gewesen und erwarteten, dass ich den Status quo pflichtschuldig aufrechterhielt. Ich habe mich nach und nach von ihnen zurückgezogen, weil ich einfach nicht mehr die Kraft hatte, mich ihnen oder auch nur dem Leben zu stellen.«

Melissa wusste nicht recht, wie sie mit diesen Geständnissen ihrer Mutter umgehen sollte. Sie versuchte, ihr Unbehagen zu vertreiben, indem sie nach Andy schaute und ihm zuwinkte.

»Es war der Beginn einer Depression, das wusste ich allerdings zu diesem Zeitpunkt noch nicht.« Ihre Mutter sog hörbar die Luft ein. »Ich habe also diese Quizshow gesehen, bei der eine Frau, die etwa in meinem Alter war, Frage um Frage korrekt beantwortete, bis sie schließlich den Hauptgewinn von einer Million Euro gewonnen hat. Sie war wohl Lehrerin oder so etwas, ich weiß es gar nicht mehr so genau, aber sehr selbstbewusst, sehr witzig und weltoffen. Auf die Fragen der Moderatorin nach ihrem Privatleben hat sie erzählt, dass sie alleinstehend sei, jedoch vor langer Zeit einmal in einen Mann verliebt gewesen sei, der davon aber nie etwas gewusst habe, weil sie als junge Frau zu schüchtern gewesen sei, ihm das zu sagen. Als sie dann den Hauptpreis gewonnen hatte, fragte die Moderatorin sie, was sie denn nun mit dem ganzen Geld machen wolle. Und diese Frau hat wie aus der Pistole geschossen ihre Pläne umrissen. Sie wollte mit dem Geld einen Gnadenhof für Hunde, Katzen, Pferde, Schafe und was nicht sonst noch alles ins Leben rufen. Sie hat alles bis ins Detail erzählt, hatte wohl auch schon einen alten Bauernhof mit Land im Auge; man konnte sich das alles richtig bildlich vorstellen. Und wenn sie das geschafft hätte, erzählte sie weiter, dann würde sie sich auf die Suche nach dem Mann von damals begeben, und ihm davon erzählen, wie sie sich damals ihm gegenüber gefühlt hatte und dass sie in ihn verliebt gewesen war. Nicht etwa, um zu versuchen, die damaligen Gefühle wieder aufleben zu lassen, sondern ganz einfach, weil sie diese Sache in der Vergangenheit versäumt hatte und nun nachholen wollte.«

Ihre Mutter hielt einen langen Moment inne.

»Als ich das hörte, versuchte ich mir vorzustellen, was ich mit solch einem Gewinn anfangen würde.« Sie legte Melissa eine Hand auf den Arm. »Ich hätte keine Antwort darauf gewusst. Nun könnte man argumentieren, dass ich dieses Geld gar nicht nötig hätte, denn an Geld hat es uns nie gemangelt. Das, was dein Vater uns hinterlassen hat, reicht für mehrere Leben. Aber das ist nicht der Punkt. Weißt du, dass ich in all den Jahren nicht ein einziges Mal auf den Gedanken gekommen bin, mir zu überlegen, was ich mit dem geerbten Geld vielleicht anstellen könnte? Es war einfach da, aber man hatte mir beigebracht, stets und in jeder Lebenslage sparsam zu wirtschaften. Was mir niemand je erklärt hat, ist, dass man nichts mitnehmen kann, wenn das Leben einmal zu Ende ist. Natürlich kann man das Geld horten, um es weiterzuvererben. Aber welchen Sinn ergibt das, wenn man von Generation zu Generation Geld vererbt, dabei jedoch das eigene Leben in keiner Weise genießt? Ich weiß, dass du es nicht leicht hattest und auch immer noch nicht leicht hast. Du hast dich bewusst gegen uns, gegen mich und auch gegen dein Erbe entschieden, wolltest den Treuhandfonds, der dir zusteht, nicht anrühren. Ich bewundere dich sehr dafür, denn eigentlich hätte dir doch dieses Geld alles viel leichter gemacht, gerade mit

Andy. Aber·ich verstehe natürlich auch, dass du dich völlig von uns lösen wolltest und von allem, was in deiner Kindheit und Jugend schiefgelaufen ist.«

»Schiefgelaufen ist vielleicht nicht der richtige Ausdruck«, fuhr Melissa sie an und zog gleich darauf den Kopf ein. »Ich wusste ja, dass ihr mich liebt«, beeilte sie sich zu versichern.

»Wir haben dich nicht genug geliebt, um dich so zu akzeptieren, wie du bist, und dir das Leben zu ermöglichen, das du selbst dir gewünscht hättest«, vervollständigte ihre Mutter den Satz. »Wie auch immer, ich war – nein, bin! – im Besitz eines nicht geringen Vermögens, aber ich wusste einfach nicht, was ich damit anfangen soll. Erst da ist mir klargeworden, dass ich keine Ziele, keine Träume, nichts hatte. Ich war wie eine leere Hülle, die einfach nur so existiert, wie man es von ihr erwartet. Das hat mich so dermaßen schockiert, dass ich an dem Abend nach dieser Quizshow mindestens zwei Stunden am Stück geweint habe. Dann habe ich jede Menge Porzellan zerschlagen, fast unser gesamtes Familiengeschirr.« Um ihre Mundwinkel zuckte es leicht. »Dann hatte ich wieder einen Weinkrampf. Am nächsten Morgen bin ich zu meinem Hausarzt gegangen und habe nach einer Überweisung in eine Psychotherapie verlangt. Glücklicherweise musste ich nicht allzu lange auf einen Therapieplatz warten.« Das Bimmeln des Glöckchens am Karussell verkündete in diesem Moment das Ende der Fahrt. Andy kletterte von seinem Pferdchen herunter und kam lachend auf Melissa zugerannt.

Sie fing ihn auf und schwang ihn ein klein wenig durch die Luft, setzt ihn aber gleich wieder mit einem übertriebenen Stöhnen auf dem Boden ab. »Puh! Du wirst immer schwerer. War es schön auf dem Karussell?«

»Ja, ganz, ganz schön. Darf ich nachher noch mal?«

Melissa lächelte liebevoll auf ihn hinab. »Ja, das habe ich doch gesagt. Aber wollen wir nicht zuerst eine Runde über den Weihnachtsmarkt drehen und schauen, was es hier alles zu entdecken gibt? Außerdem wolltest du doch auch nachsehen, ob Eva und André da sind.«

»Und Micha und Linda-Marie und Socke«, zählte Andy strahlend auf. Er ergriff ihre Hand. »Wo gehen wir denn zuerst hin?«

※※※

»Ich kann kaum glauben, dass ich all diesen Krempel gekauft habe!« Mit vergnügt funkelnden Augen schüttelte Melissas Mutter den Kopf, während sie nacheinander in die diversen Tüten aus Papier blickte, die sie in Händen trug. »Ich weiß gar nicht, wozu ich all diese Sachen brauche.«

Melissa konnte sich ein Schmunzeln nicht verkneifen. »Zum Dekorieren«, schlug sie vor. Sie war noch um einiges davon entfernt, sich in Gesellschaft ihrer Mutter wirklich wohlzufühlen, aber die angespannte Stimmung, die zu Beginn ihres Besuchs auf dem Weihnachtsmarkt geherrscht hatte, war durch die offenen Worte ihrer Mutter einer gewissen Kameradschaft gewichen, wie sie zwischen guten Bekannten herrschen mochte. Sie merkte ihrer Mutter an, dass sie sich sehr viel Mühe gab, offen und zugänglich zu sein. Dass ihr das nicht leichtfiel, war allerdings sonnenklar, denn man konnte die Verhaltensmuster von Jahrzehnten ganz sicher nicht innerhalb von wenigen Tagen, Wochen oder Monaten so grundlegend ändern. Ihre Mutter wusste dies natürlich selbst ganz genau und brachte es sogar fertig, hin und wieder darüber zu scherzen, doch Melissa traute sich nicht, darüber zu lachen. Es kam ihr vor, als hätte jemand eine ihr weitgehend fremde Person in den Körper ihrer Mutter verpflanzt, die sie nun mühsam, nach und nach, Schrittchen für Schrittchen neu kennenlernen musste.

Andy ging es wohl ganz ähnlich. Allzu viele Erinnerungen dürfte er nicht an seine Großmutter haben, da sie nur selten bei ihnen zu Gast gewesen war. Matthias hatte es stets zu verhindern gewusst, dass Melissa allzu viel Kontakt zur Außenwelt hatte, selbst zu ihrer Mutter nicht. Sie hatte seinen Freundes- und Bekanntenkreis geteilt und meist auch nur in seinem Beisein Besuch empfangen oder außerhalb des Hauses Menschen getroffen. Auf diese Weise hatte er natürlich, und da glich ihre Beziehung der ihrer Eltern offensichtlich sehr, erfolgreich unterbunden, dass sie allzu selbstständig wurde. Diese Hilflosigkeit hatte sie lange Zeit gelähmt, bis sie es schließlich unter keinen Umständen mehr bei ihm ausgehalten hatte. Dass er nun erneut verheiratet war, noch dazu mit einer Frau, die deutlich jünger war als sie, bereitete ihr regelrechte Magenschmerzen.

»Dekorieren, ja.« Amüsiert hob ihre Mutter die Augenbrauen. »Als ob ich dafür ein Talent hätte! Was ist eigentlich aus eurem gestrigen Vorsatz geworden, Haus und Garten zu schmücken? Wart ihr erfolgreich?«

Das Kribbeln in Melissas Magengrube meldete sich wieder. »Ja, sehr.« Sie lachte. »Du wirst das Blockhaus und das Grundstück nicht wiedererkennen. Ich schätze, wir sind gestern noch ziemlich eskaliert, was die Dekoration angeht.«

»Eskaliert?« Ihre Mutter runzelte die Stirn. »Ist das etwas Gutes oder etwas Schlechtes?«

»Das hängt wohl davon ab, wie sehr man Weihnachtsschmuck mag.«

»Mama und Lennart haben ganz doll viel im Haus und im Garten geschmückt«, rief Andy. »Und ich hab mit Sissy gespielt. Aber auch ganz, ganz viel geholfen.«

»Das hast du allerdings.« Melissa zog ihrem Sohn die etwas verrutschte rote Wollmütze vom Kopf, wuschelte ihm kurz durchs Haar und setzte sie ihm wieder auf. »Das hat Spaß gemacht, oder?«

»Ja.« Er nickte heftig. »Ich mag Lennart gern. Er ist nett und lustig und erklärt mir alles immer, wenn ich ihn frage. So wie Mama auch«, sagte er in Richtung seiner Großmutter. Melissa konstatierte es mit Erleichterung, denn bisher hatte Andy sich in Gegenwart ihrer Mutter noch sehr zurückgehalten und war schweigsam geblieben. Auf Ansprache oder Fragen hatte er nur einsilbig reagiert, ebenfalls sein typisches Verhalten Fremden gegenüber.

»Du magst Lennart also«, stellte ihre Mutter mit einem verhaltenen Lächeln fest. »Das ist schön.« Sie wandte sich wieder Melissa zu. »Er scheint ein guter Mann zu sein. Ich gebe zu, auf den ersten Blick habe ich mich ein bisschen vor ihm erschrocken. Er ist ja doch ziemlich groß und muskulös und dann noch diese langen Haare und der Bart ... Er erinnert mich ein bisschen an diese Rocker aus der Fernsehserie ... Du weißt schon ...«

Melissa runzelte überrascht die Stirn. »Nein, ich glaube nicht. Was für eine Serie meinst du denn?«

»Ach, darüber bin ich neulich gestolpert, als ich diesen neuen Streaming-Dienst ausprobiert habe. *Sons of Anarchy* heißt sie. Ganz interessant, wenn auch grässlich brutal. Aber einer der Darsteller, Charlie Hunnam, der den Biker Jax Teller spielt, sieht ihm verblüffend ähnlich, nur dass dein Lennart seine Haare noch länger trägt und sie auch noch ein bisschen dichter und lockiger sind. Aber sonst ... Wie gesagt, ich war regelrecht ein bisschen erschrocken.«

Entgeistert starrte Melissa ihre Mutter an. »Du schaust dir *Sons of Anarchy* an? Das ist doch diese blutrünstige Rocker-Serie.«

»Biker. Es geht um Biker-Gangs.« Ihre Mutter hüstelte. »Ja, ich habe mir einige Folgen angeschaut, weil ich neugierig war. Mein Therapeut hat mir dazu geraten.«

Fast hätte Melissa sich verschluckt. »Dein Therapeut hat gesagt, du sollst dir diese Serie ansehen?«

»Nein, nicht speziell diese Serie, sondern einfach irgendwelche Serien. Wie soll ich herausfinden, was mir gefällt und was ich will, wenn ich es nicht mal ausprobiere?« Sie zuckte mit den Achseln. »Diese Serie war zwar, wie gesagt, nicht uninteressant, hat mir aber unterm Strich überhaupt nicht gefallen. Das zumindest weiß ich jetzt. Genau deshalb habe ich mich ja zuerst so erschrocken, als ich deinen Lennart gesehen habe.«

»Mama, er ist nicht *mein* Lennart!« Noch während Melissa die Worte aussprach, straften ihr erhöhter Herzschlag und das Kribbeln in ihrer Magengrube sie Lügen. Doch darüber wollte sie im Augenblick lieber nicht auch noch nachdenken müssen. Diese neuen Facetten, die sie an ihrer Mutter entdeckte, reichten vollkommen aus, um sie aus der Bahn zu werfen. »Und er sieht zwar vielleicht ein bisschen wie ein Rocker aus oder wie ein Biker, aber gefährlich ist er nicht. Außer ...« Erschrocken hielt sie inne.

»Für dein Herz?« Der wissende Blick ihrer Mutter machte sie höchst verlegen. Das Lächeln, das auf den Blick folgte, sogar noch mehr. »Melissa, ich war vielleicht keine gute Mutter, aber ein bisschen kenne ich dich doch, und blind bin ich auch nicht. Dieser Mann ist ganz vernarrt in dich – in euch beide.«

Melissa zog die Schultern hoch. »Kann sein, aber ...«

»Aber du bist noch nicht bereit für etwas Neues?«

»Ich weiß es nicht«, gab Melissa schließlich zu, was ihr schon so lange durch den Kopf ging und auf der Seele lag. »Ich weiß nicht, ob ich bereit bin, ich weiß nicht, was ich fühle, ich weiß überhaupt nichts.« Sie warf Andy einen Blick zu, der fast schon erschreckend geduldig neben ihnen stand und das Gewusel um sie herum beobachtete. »Was ist, wenn ich mich irre? Oder wenn es von meiner Seite aus nur etwas«, sie senkt ihre Stimme kurz zu einem Flüstern, »Körperliches ist?« Sie sprach wieder normal weiter. »Was soll ich dann machen? Ich kann ihn doch nicht einfach als Versuchskaninchen benutzen, nur weil ich so verkorkst bin, dass ich nicht einmal weiß, wie es sich anfühlt, wenn man ...« Sie vollendete den Satz nicht, sondern richtete ihren Blick auf die Bühne im Zentrum des Marktplatzes, auf der im Augenblick jedoch keine Vorstellung stattfand. »Schade, dass der Gospelchor heute nicht hier singt«, wechselte sie das Thema. »Der ist wirklich toll und hat sogar schon mehrere Wettbewerbe auf Landesebene gewonnen.«

»Das würde ich mir gerne einmal anhören«, ging ihre Mutter, ohne weiter nachzuhaken, darauf ein. »Bisher habe ich Gospelmusik nur in Fernsehkonzerten gehört oder im Radio. Ich glaube, sie gefällt mir.«

»Du glaubst das nur?« Melissa ließ ihren Blick über den Platz schweifen. »Sollen wir vielleicht eine Kleinigkeit essen, bevor wir wieder nach Hause fahren?«

»Ja, ich glaube, dass mir die Musik gefällt. Es ist nicht einfach, so etwas mit Sicherheit zu sagen, wenn man sich sein ganzes Leben lang nie wirklich Gedanken darum gemacht hat, was einem gefällt und was nicht. Ich meine, ich habe ja nicht hinter dem Mond gelebt oder so, sondern lediglich so, dass ich mich in allem aus Hilflosigkeit, vielleicht auch aus Bequemlichkeit, an deinem Vater orientiert habe. Er mochte Gospelmusik ebenfalls. Vielleicht fällt es mir deshalb besonders schwer, ihr wirklich etwas Positives abzugewinnen, ohne zu befürchten, dass ich einfach nur wieder in alte Muster verfalle.« Geräuschvoll stieß ihre Mutter die Luft aus. »Was haltet ihr von einer großen Portion Reibekuchen?«

»Ich hab Hunger.« Andy hüpfte an Melissas Hand auf und ab. »Darf ich auch ganz viele Reibekuchen? Sind die so lecker wie deine?«

»Wahrscheinlich, hoffen wir es zumindest«, erwiderte Melissa mit einem Lächeln. »Das Rezept ist übrigens von deiner Oma.« Sie warf ihrer Mutter ebenfalls ein Lächeln zu. »Und eines der wenigen, die mir wirklich gut gelingen, fast so gut wie dir.«

»Danke für die Blumen.« Maria wirkte erfreut. »Wenigstens etwas Gutes, das ich dir vermitteln konnte.«

Darauf wagte Melissa keine Antwort zu geben, denn sie hatte das Gefühl, dass alles, was sie sagen würde, sich nicht richtig anhören würde. Also übernahm sie einfach die Führung und begab sich zu dem Imbisswagen, von dem aus sich bereits ein intensiver Duft nach den Reibekuchen verbreitete.

Nachdem sie sich zu dritt eine doppelte Portion geteilt und

ihre fettigen Finger und Münder mit einem ganzen Haufen Papierservietten gereinigt hatten, machten sie sich in gemächlichem Tempo auf den Weg zurück zum Parkplatz.

»Mama?« Als sie das Karussell passierten, zupfte Andy heftig an Melissas Hand. »Darf ich noch mal fahren? Du hast gesagt, dass ich noch mal darf. Und wir haben noch Karten übrig, oder?«

»Ja, es sind noch drei Karten übrig«, bestätigte Maria. Sie ging vor Andy in die Hocke. »Wie ist es, würdest du mit mir zusammen fahren?«

Andy zögerte sichtlich, drängte sich näher an Melissa heran, drückte sein Gesicht gegen ihre Hüfte und schob sich ein Stückchen hinter sie. Melissa legte ihm sachte eine Hand auf die Schulter. »Du musst nicht, wenn du nicht möchtest, Andy.«

»Natürlich nicht.« Ihre Mutter erhob sich wieder. Ihr war anzusehen, dass sie enttäuscht war, sich das aber um des Jungen willen nicht anmerken lassen wollte.

Melissa hob fast unmerklich die Schultern. »Es ist noch ein bisschen zu früh«, sagte sie leise.

»Zu früh wofür?«, ertönte hinter ihr Lennarts dunkle Stimme und ließ sie heftig zusammenzucken. Ihr Herz machte einen unanständigen Satz und pochte daraufhin in dreifacher Geschwindigkeit weiter. Sie fuhr zu ihm herum. »Lennart! Wo kommst du denn her?«

Er grinste breit. »Ich arbeite hier. Hatte ich vergessen, das zu erwähnen? Mein Dienst heute ist bei Janas Zelt. Oder vielmehr war er das, denn sie hat gerade Feierabend gemacht.« Er hob seinen Arm ein wenig, um sie einen Blick auf seine Armbanduhr werfen zu lassen. Das wäre allerdings nicht nötig gewesen, da in diesem Moment die Kirchenglocken auf der anderen Seite des Marktplatzes verkündeten, dass es achtzehn Uhr war. »Damit habe auch ich Feierabend, denn meine Kollegin Franziska übernimmt ab jetzt bis Marktende, und danach wird der Platz von den städtischen Sicherheitsleuten überwacht. Ihr seid schon länger hier, nicht wahr? Ich habe euch vorhin schon einmal kurz im Vorbeigehen gesehen, konnte mich aber nicht bemerkbar machen, weil ich zu tun hatte.« Er nickte Melissas Mutter freundlich zu. »Hallo, Maria. Hattet ihr alle einen schönen Nachmittag auf dem Weihnachtsmarkt?«

»Es war sehr nett.« Maria nickte ihm freundlich zu. »Guten Tag oder vielmehr guten Abend, Lennart. Ich kann Ihnen die Reibekuchen dort drüben an dem Imbisswagen empfehlen, die sind hervorragend.«

»So gut wie die von Mama«, bestätigte Andy überraschend. »Fast. Aber die von Mama sind noch besser. Und das Rezept ist von Oma. Ich darf noch mal mit dem Karussell fahren.«

»Mit dem Karussell hier?« Lennart deutete auf das altertümliche Fahrgeschäft. »Da werde ich ja ganz neidisch! Als ich noch ein Kind war, gerade so alt wie du, da habe ich in Düsseldorf gewohnt, aber ich kann mich nicht erinnern, dass es auf einem der Jahrmärkte dort so ein schönes altes Karussell gegeben hat. Nur viele neuere, so wie hier auch auf der Kirmes, weißt du?«

Andy nickte mit ernster Miene. »Ja, ich bin auf der Herbstkirmes ganz viel Karussell gefahren, da waren ganz viele Karussells und auch ein Kettenkarussell. Aber das hier ist das Schönste. Das hat Pferdchen und Kutschen und so. Willst du mitfahren? Wir haben noch drei Karten.«

Lennart ging vor ihm in die Hocke. »Du möchtest, dass ich mit dir auf dem Karussell fahre?«

»Ja.«

Lennart blickte zu Melissa und ihrer Mutter auf. »Darf ich?« In seinen Augen blitzte es so fröhlich, dass Melissa automatisch lächeln musste.

»Ich wüsste nicht, was dagegensprechen sollte.«

»Hier, bitte sehr, zwei Karten.« Maria reichte ihm zwei Chips, doch es war ihr anzusehen, dass sie nun erst recht die Zurückweisung von zuvor verarbeiten musste. Ihr Lächeln wirkte gezwungen, als sie hinzufügte: »Sehen Sie es als große Ehre an, mit mir wollte er nämlich nicht fahren.« Sie räusperte sich unterdrückt. »Viel Spaß.«

Lennart boxte Andy spielerisch gegen den Oberarm. »Na, dann mal los, kleiner Mann! Schnappen wir uns die schickste Kutsche von allen!« Er richtete sich auf, hob dabei den Jungen mit Schwung in die Luft und warf ihn sich spielerisch über die Schulter.

Andy stieß einen überraschten Schrei aus, dann kicherte er wie wild los und zappelte auf Lennarts Schulter, während dieser ihn einfach wie einen Sack Mehl auf der Schulter zum Karussell trug, das just in diesem Moment seine Fahrt beendete. An den Stufen, die zu den Gondeln und Pferdchen hinaufführten, ließ er den Jungen wieder auf die Füße gleiten, und Melissa konnte sehen, wie die beiden sich eingehend darüber berieten, welche der Kutschen sie besteigen wollten. Es hatte sie im ersten Augenblick grässlich erschreckt, als Lennart ihren Sohn hochgehoben hatte, und sie hatte befürchtet, dass Andy daraufhin panisch loskreischen würde oder irgendetwas anderes. Er war nun einmal so extrem schüchtern und sensibel und hatte großen Respekt vor Männern, nicht selten sogar Angst, weil er leider viel zu viel Negatives mit seinem Vater erlebt hatte. Sie hatte immer gehofft, dass er noch zu klein gewesen war, um all das richtig zu verinnerlichen, und daher schneller als sie und unbeschadet daraus hervorgehen würde. Vielleicht hatte sie seine Angst ja auch unbewusst geschürt, weil sie so übervorsichtig gewesen war, sie wusste es nicht genau. Doch nun wallte ein warmes Gefühl der Freude in ihr auf, denn dieses unbeschwerte Lachen ihres Sohnes bewies, dass er wirklich Vertrauen zu Lennart gefasst hatte – und das konnte doch nur etwas Gutes bedeuten, oder?

»Lass uns wieder dort drüben zum Geländer gehen«, schlug ihre Mutter vor und ging voraus. »Von hier aus können wir alles genau beobachten und den beiden zuwinken.« Sie griff sich stöhnend an die Stirn. »Klinge ich gerade wirklich wie eine echte Oma? Wie eine *alte* Oma, meine ich? *Wir können ihnen zuwinken*«, äffte sie sich selbst nach. »Himmel, ich hätte nie gedacht, dass ich einmal eine alte Oma sein würde.«

Melissa lachte. »Du bist keine alte Oma, sondern eine junge. Es gibt Frauen, die werden in deinem Alter noch Mutter.«

»Gott bewahre!« Ihre Mutter schüttelte sich heftig. »Das wäre ja ... Nein, nein, auf gar keinen Fall. Ich habe ein erwachsenes Kind, das ich verkorksen durfte. Mehr Schaden möchte ich lieber nicht anrichten. Dann bleibe ich lieber bei der Oma, natürlich lieber einer jungen als einer alten, und tue das, was Omas gewöhnlich tun.«

»Und das wäre?« Neugierig musterte Melissa sie von der Seite.

»Keine Ahnung.« Maria lachte leise. »Vermutlich meinen Enkelsohn nach Strich und Faden verwöhnen.« Da in diesem Moment das Glöckchen des Karussells verkündete, dass die Fahrt losging, richtete sie ihren Blick auf die Gondeln, bis sie Lennart und Andy in einer davon gefunden hatte, und winkte ihnen tatsächlich zu. Lennart winkte grinsend zurück und stieß Andy sachte mit dem Ellenbogen an, woraufhin auch dieser zaghaft die Hand hob und, als er Melissa ansah, ebenfalls heftig winkte.

Melissa hörte, wie ihre Mutter unterdrückt seufzte, und hatte das Gefühl, sie trösten zu müssen. »Er braucht einfach ein Weilchen, um mit fremden Menschen warm zu werden. Und du bist nun einmal eine Fremde für ihn. Er erinnert sich wahrscheinlich nur noch sehr schemenhaft an dich, wenn überhaupt, und da du jetzt auch noch so anders aussiehst, fällt es ihm wahrscheinlich noch schwerer, dich als seine Großmutter zu erkennen. Und selbst wenn er das tut, ist das immer noch nicht gleichbedeutend damit, dass er in deiner Gegenwart auftaut. Das kann unter Umständen noch Tage oder Wochen dauern, das weiß man nie so genau. Vielleicht geht es aber auch viel schneller.«

»Wahrscheinlich orientiert er sich einfach an dir«, erwiderte ihre Mutter nachdenklich. »Du bist ja auch noch nicht mit mir warm geworden, oder? Und das merkt er natürlich.«

Melissa runzelte die Stirn. »Was erwartest du denn von mir? Dass ich dir um den Hals falle und plötzlich alles gut ist, nur weil du hier auftauchst wie ein Alien von einem anderen Stern? Ich habe keine Ahnung, wer du bist, Mama!«

»Ich weiß, Melissa.« Kurz zog Maria den Kopf ein und blinzelte ein paarmal, anscheinend, um Tränen zurückzudrängen. Als sie weitersprach, schwankte ihre Stimme ein wenig. »Ich will dir damit keinen Vorwurf machen. Wahrscheinlich würde ich an deiner Stelle ganz genauso reagieren. Ich bin ja mit mir selbst noch nicht warm geworden. Da kann ich das wohl kaum von meiner Tochter erwarten.« Um ihre Mundwinkel zuckte es nun doch ganz leicht. »Ist das nicht eine vertrackte Situation?«

Melissa zögerte, nickte und lächelte schließlich verhalten. »Verdammt vertrackt, Mama.«

Aus den Lautsprechern des Karussells schallte nun *Jingle Bells*, was besonders gut zu dieser Fahrt passte, denn vereinzelt fielen Schneeflocken vom Himmel. Eine ganze Weile beobachteten sie schweigend das sich drehende Karussell, und Melissa lächelte jedes Mal, wenn die Gondel mit Lennart und Andy an ihr vorüberkam. Sie schienen sich angeregt zu unterhalten und lachten immer wieder. Je länger sie die beiden zusammen sah, desto wärmer und aufdringlicher wurde das eigentümliche Ziehen in ihrer Herzgegend. Auch das Kribbeln in ihrer Magengrube schien sich weiter auszubreiten, bis in ihre Fingerspitzen und Zehen. Als nach der Hälfte der Fahrt die Musik zu dem alten Weihnachtsklassiker *All I want for Christmas is you for me* von Dave Dudley wechselte, rieselte eine Gänsehaut über ihren Rücken, und für einen Moment bekam sie keine Luft mehr.

Plötzlich spürte sie die Hand ihrer Mutter auf dem Rücken. »Also wenn das nur etwas Körperliches zwischen euch sein soll, dann fresse ich einen Besen«, stellte sie so lapidar fest, dass Melissa verblüfft den Kopf hob und sie anstarrte.

»Wie bitte?«

»Ich meine ja nur.« Ihre Mutter streichelte ihr noch einmal sanft über den Rücken, dann schob sie die Hand in die Tasche ihres Mantels. »Gib dich bloß niemals mit weniger zufrieden, Melissa. Niemals, hörst du? Mach nicht den gleichen Fehler wie ich. Nicht ... schon wieder.« Noch einmal winkte sie Lennart und Andy zu, und diesmal winkte Andy ihr tatsächlich fröhlich zurück. Ein Strahlen trat in ihre Augen, das Melissa einen leisen Stich versetzte. »Er hat zurückgewinkt«, murmelte Maria und schien völlig ergriffen zu sein.

Melissa lächelte leicht. »Ja, das hat er getan.«

***

»Ich soll dich übrigens von Sissy grüßen«, sagte Lennart zu Andy, während sie alle gemeinsam wenig später Richtung Marktparkplatz gingen. »Sie hat mir erzählt, dass sie dich vermisst.«

»Echt?« Andy, der wie immer an Melissas Hand ging, ergriff spontan auch Lennarts Hand. »Aber sie kann doch gar nicht reden.«

»Bist du sicher?« Lennart zwinkerte ihm verschwörerisch zu. »Also ich finde, sie kann sehr wohl mit uns reden. Dazu braucht sie nicht einmal Worte zu benutzen.«

Andy zog nachdenklich die Nase kraus, doch schließlich nickte er. »Ja«, stimmte er zu. »Kannst du ihr sagen, dass ich sie auch vermisse und dass du ihr Grüße sagen sollst?«

»Klar.« Lennart lächelte dem Jungen so unbefangen und ehrlich zu, dass Melissa regelrecht schwindlig wurde von den Empfindungen, die sie dabei überfielen. Wie konnte es nur sein, dass dieser Mann, den sie ja immer noch gar nicht gut kannte und dem sie vor nicht langer Zeit begegnet war, einen so wunderbaren und intensiven Draht zu Andy entwickelt hatte? Nein, korrigierte sie sich insgeheim, begegnet waren sie sich ja schon viel früher, aber sie hatten einander erst vor Kurzem wirklich kennengelernt. Doch das tat nichts zur Sache. Wichtig war nur, dass die offensichtliche Bindung, die in der kurzen Zeit zwischen den beiden entstanden war, ihr auf besorgniserregende Weise den Atem nahm. Wie sollte sie denn nur damit umgehen? Wie sich dagegen wehren?

»Da wären wir also«, sagte sie überflüssigerweise, als sie den grünen Corsa erreicht hatten. Sie schloss die Türen auf und ließ Andy in seinen Kindersitz krabbeln. Nachdem sie ihn angeschnallt hatte, richtete sie sich wieder auf und wandte sich Lennart zu – und prompt war diese verdammte Verlegenheit wieder da! »Also, es war ... sehr nett, dich getroffen zu haben.« Schon während sie die Worte aussprach, hätte sie sich am liebsten geohrfeigt. Es war nett? Nett war die kleine Schwester von Sch... »Scheibenkleister«, murmelte sie verärgert über sich selbst.

»Was?« Lachend trat er auf sie zu, warf aber einen Blick über die Schulter zu ihrer Mutter, weil diese sich soeben auf den Beifahrersitz setzte. »Es hat mich gefreut, Sie wiedergesehen zu haben, Maria.«

»Mich auch«, antwortete sie, ohne ihn jedoch direkt anzusehen. Stattdessen winkte sie nur kurz durch die Beifahrertür und zog sie dann energisch hinter sich zu. Ganz offensichtlich wollte sie Melissa noch ein paar ungestörte Augenblicke mit Lennart verschaffen. Das führte jedoch dazu, dass Melissas Verlegenheit noch um einige Grad anstieg.

»Ja, also, wie gesagt ...« Sie biss sich auf die Unterlippe.

»Scheibenkleister?« Lennart grinste. »Ich habe mich auch sehr gefreut, dich wiederzusehen.« Sanft zog er sie an sich und legte seine Arme locker um ihre Hüfte. Sogleich wurde ihr ziemlich warm, obgleich sich ihre Körper gar nicht direkt berührten, denn sie trugen beide dicke Wintermäntel. »Und?« Er senkte seine Stimme ein wenig und suchte forschend ihren Blick. »Wie war der Tag mit deiner Mutter?«

Sie dachte einen Augenblick über die Frage nach. »Ganz nett«, antwortete sie schließlich zögernd. »Und ziemlich seltsam.«

Wieder lachte er. »Na, das ist doch zumindest besser als schrecklich, oder?«

»Ja, natürlich.« Sie warf einen kurzen Blick in Richtung Auto. »Sie hat versucht, mir einiges zu erklären, aber ehrlich gesagt bin ich immer noch nicht ganz sicher, ob nicht doch irgendein Alien von einem anderen Stern Besitz vom Körper meiner Mutter ergriffen hat.« Sie lachte hilflos. »Nein, wirklich, wenn du sie von früher gekannt hättest, dann wüsstest du, was ich meine. Jetzt habe ich das Gefühl, dass ich mein ganzes Leben lang mit einer mir völlig fremden Frau unter einem Dach gelebt habe. Das ist doch verrückt, oder?«

»Das ist eine nur allzu verständliche Reaktion auf diese Situation, nehme ich an«, erwiderte er ruhig. »Wahrscheinlich hat dein Verschwinden auch etwas mit ihrer Veränderung zu tun. Möglicherweise hat es etwas in ihr getriggert. Und jetzt scheint sie entschlossen zu sein, ihr Leben wieder in den Griff zu bekommen, genau wie du.«

»Ich weiß.« Melissa stockte, schüttelte den Kopf. »Ich wollte ihr nie ähnlich sein.«

»Und jetzt merkst du, dass ihr vielleicht doch mehr gemeinsam habt, als du dachtest. Ist das denn so schlimm?«

Ratlos hob Melissa die Schultern. »Ich habe, ehrlich gesagt, keine Ahnung.«

Lennart hob die Hand, strich ihr in einer inzwischen vertrauten Geste die Haare hinters Ohr und ließ danach seine Fingerspitzen ganz sachte über ihre Wange und ihren Hals hinabgleiten. Prompt rieselte ihr eine Gänsehaut über den Rücken, und ihr Puls schnellte in die Höhe. »Glücklicherweise musst du ja nicht hier und jetzt darüber befinden oder irgendeine Entscheidung treffen. Lass dir einfach die Zeit, die du brauchst.«

Sie nickte zustimmend; was sollte sie auch anderes tun? Ihr blieb ja kaum eine Alternative. »Worüber habt ihr eigentlich auf dem Karussell dauernd gekichert, du und Andy?«, wechselte sie das Thema.

»Männergeheimnisse.« Ein schalkhaftes Lächeln breitete sich auf seinen Lippen aus.

»Ach.« Sie schmunzelte. »Und was sind das für Geheimnisse?«

»Wenn ich dir das verraten würde, wären es ja keine Geheimnisse mehr.«

Gegen diese Feststellung fand sie leider auf die Schnelle kein passendes Gegenargument. Allerdings kam sie auch nicht dazu, etwas zu sagen, denn im nächsten Augenblick hatte Lennart sein Gesicht dem ihren so sehr genähert, dass sie seinen Atem auf ihrer Haut spüren konnte. »Ich habe noch eine Überraschung für dich oder vielmehr für euch.« Seine Stimme vibrierte warm und rau zwischen ihnen.

Es fiel ihr schwer weiterzuatmen. »Eine Überraschung?«

»Ja.« Im nächsten Augenblick lagen seine Lippen fest auf ihren. Ein heftiger Stich durchzuckte sie und verwandelte sich schlagartig in das heiße Brennen, an das sie sich noch allzu gut vom vergangenen Abend erinnern konnte. Ohne auch nur eine Sekunde darüber nachzudenken, erwiderte sie den Kuss und verlor sich in den köstlichen, durcheinanderwirbelnden Empfindungen, die sie ergriffen. Spontan schlang sie ihre Arme um seinen Hals und erwiderte den Kuss leidenschaftlicher, als sie vorgehabt hatte. Schon spürte sie, wie seine Zungenspitze sich über ihre Unterlippe vortastete, die ihre suchte und fand. Heiße und kalte Schauer ergriffen sie, ihr Herz klopfte bis hinauf in ihre Kehle, und das Brennen in ihrem Inneren verstärkte sich zu einem sehnsüchtigen Ziehen. Gleichzeitig stieg jedoch eine leichte Unruhe in ihr auf, sodass sie schließlich den Kuss unterbrach.

»Lennart …« Sie musste sich räuspern, weil ihre Stimme so belegt klang. »Ich will Andy nicht so lange mit Mama im Auto alleine lassen. Er fühlt sich in ihrer Gegenwart noch nicht richtig wohl und ... na ja ... Das mit uns ist auch noch ziemlich neu für ihn. Ich will ihn nicht überfordern.«

Lennarts Blick wanderte kurz zum Auto, richtete sich aber gleich wieder auf ihre Augen. »Okay.« Es war nicht auszumachen, ob er enttäuscht war oder sie verstand. Zu ihrer Überraschung lächelte er aber im nächsten Moment verhalten. »Es gibt also ein uns?«

Ihr Herzschlag wollte sich gar nicht mehr beruhigen, trotzdem versuchte sie sich an einem Lächeln. »Es wäre wohl albern, wenn ich das leugnen würde. Ich weiß einfach nur noch nicht ...«

»... wohin das alles führen wird«, vollendete er ihren Satz mit einem erschreckend verständnisvollen Lächeln. »Das weiß ich auch noch nicht, also sind wir schon zwei Ratlose. Warum finden wir es nicht einfach gemeinsam heraus?« Er küsste sie ganz kurz auf die Lippen.

Sie schluckte, lächelte. »Okay ... Hattest du nicht etwas von einer Überraschung für uns gesagt?«

»Hatte ich«, bestätigte er. »Ich bringe sie bei unserem nächsten Date mit.«

»Bei unserem nächsten Date«, echote sie neugierig. »Und wann ist das?«

Das jungenhafte Grinsen erschien wieder auf seinen Lippen. »Willst du mich gar nicht fragen, was die Überraschung ist?«

»Nein, denn dann wirst du nur darauf antworten, dass es ja keine Überraschung mehr ist, wenn du sie mir verrätst.«

Er hauchte ihr einen Kuss auf die Nasenspitze. »Du lernst schnell.«

»Was nicht bedeutet, dass ich jetzt nicht hundert schlaflose Nächte haben werde, weil ich dauernd versuchen werde, mir vorzustellen, was diese Überraschung ist.«

»Um Himmels willen!« Er tat entsetzt. »Du willst doch nicht etwa so lange warten, bis wir unser nächstes Date haben, oder etwa doch?«

Sie lachte. »So war das nicht gemeint.«

Er legte in einer übertrieben theatralischen Geste eine Hand auf seine Herzgegend. »Noch mal Glück gehabt.« Dann umfasste er sanft mit beiden Händen ihr Gesicht und hauchte ihr noch einmal einen Kuss auf die Lippen. »Ich rufe dich morgen Abend an, okay? Dann machen wir etwas aus.«

20. Kapitel

»Keine Angst, Frau Lange, Sie haben nichts zu befürchten.« Annette Bremer, Melissas Anwältin, drückte sanft ihren Arm, während sie auf das Gerichtsgebäude zusteuerten. »Die Anhörung soll erst einmal beide Standpunkte auf den Tisch bringen. Ich gehe nicht davon aus, dass heute schon eine Entscheidung gefällt wird.«

»Ich kann nichts dafür.« Melissa verschränkte ihre zitternden Hände fest ineinander. »Mir ist ein bisschen übel. Ich weiß nicht, ob ich das kann. Es ist zwar schon zweieinhalb Jahre her, aber ich hatte gehofft, Matthias niemals wieder gegenüberstehen zu müssen.«

»Ich weiß.« Wieder spürte Melissa, wie die Anwältin ihren Arm drückte. »Sie haben viel durchgemacht, aber Sie sind stark, Frau Lange. Viel stärker als damals. Aber vielleicht hätten Sie sich jemanden mitbringen sollen, der oder die Sie moralisch ein bisschen unterstützt. Das wäre vollkommen in Ordnung gewesen.«

»Ja, vielleicht …« Melissa seufzte. »Ich wollte niemanden damit belasten. Meine Freundinnen müssen doch alle arbeiten. Ich kann von niemandem verlangen, sich meinetwegen extra einen halben Tag freizunehmen. Und meine Mutter … Sie ist zwar im Moment in der Nähe, aber wir … stehen uns nicht so richtig nahe. Es ist kompliziert.« Sie hatte die Worte kaum ausgesprochen, als sie jemanden hinter sich ihren Namen rufen hörte. Als sie sich erstaunt umdrehte, sah sie Jana und Ellie sowie ihre Mutter auf sich zukommen.

»Da bist du ja.« Ellie hatte sie als Erste erreicht und umarmte sie. »Wir dachten schon, wir wären vielleicht ein bisschen spät dran.«

»Was macht ihr denn hier?« Perplex blickte sie von einer Frau zur anderen, während sie auch von Jana und ihrer Mutter jeweils eine kurze Umarmung erhielt.

»Das fragst du noch?« Jana streichelte ihr kurz über die Wange. »Wir lassen dich doch heute nicht alleine.«

»Auf gar keinen Fall«, pflichtete Melissas Mutter Jana bei. »Deine Freundinnen und ich hatten den gleichen Gedanken und sind uns vorhin am Bahnhof begegnet. Also haben wir uns zusammengetan, um dich zu unterstützen.« Sie lächelte vorsichtig. »Ich weiß, dass es zwischen uns im Augenblick alles andere als einfach ist – und niemals war. Aber ich lasse meine Tochter an so einem wichtigen und schwierigen Tag nicht alleine. Ich habe es in der Vergangenheit schon zu oft versäumt, auf dich einzugehen und dich zu unterstützen. Diesen Fehler mache ich nicht noch einmal.«

»So ist es.« Ellie nickte enthusiastisch. »Jana und ich haben uns heute Vormittag extra freigenommen, damit wir bei dir sein können. Es kommt gar nicht infrage, dass du das hier alleine durchstehst. Wir haben gesagt, wir sind für dich da. Und das sind wir auch.«

»Aber, aber ...« Melissa biss sich auf die Unterlippe. »Was ist denn mit deinem Zelt auf dem Weihnachtsmarkt, Jana? Dort ist doch jetzt niemand.«

»Na und?« Jana zuckte mit den Achseln. »Dann ist das Zelt eben heute für einen halben Tag geschlossen. Es sind zwei Sicherheitsleute von *Securifant* vor Ort, die auf alles aufpassen.« Sie legte Melissa sanft einen Arm um die Schultern. »Einer Freundin bei einem so wichtigen Ereignis beizustehen, ist doch wohl wichtiger, als meine Skulpturen unter die Menschheit zu bringen. Wer etwas von mir kaufen will, kann das auch später noch tun.« Sie drückte Melissa an sich. »Du bist jetzt viel wichtiger, Melissa.«

Bei diesen Worten stiegen Melissa Tränen in die Augen. Sie musste mehrmals blinzeln, um sie aufzuhalten. »Danke«, war das Einzige, was sie herausbrachte.

»Wir sind recht früh hier«, übernahm ihre Anwältin das Wort, nachdem sie sich mit den drei Frauen bekanntgemacht hatte. »Es gibt im Gericht einen Wartebereich, wo Sie sich aufhalten können, bis die Anhörung beginnt. Ich werde derweil ein paar Erkundigungen einholen, geselle mich dann aber gleich zu Ihnen, in Ordnung?«

Melissa nickte nur vage und ließ sich von ihrer Anwältin zu besagtem Wartebereich geleiten. Dort ließ sie sich auf einen der Stühle nieder, die wie in einem Wartezimmer beim Arzt an den Wänden entlang aufgereiht waren, und wurde sofort von Jana auf der rechten Seite und Ellie sowie ihrer Mutter auf der linken Seite flankiert.

»Und jetzt atmest du erst einmal ganz tief durch«, sagte Jana. »Du bist ganz blass, Schatz. Wir wollen doch nicht, dass du uns umfällst.«

»Ich falle schon nicht um.« Melissas klägliche Stimme strafte ihre Worte Lügen. Ihr war noch nie so schlecht gewesen wie gerade jetzt. Hoffentlich würde sie sich nicht übergeben müssen!

»Natürlich wirst du das nicht«, kam überraschend Unterstützung von ihrer Mutter. »Du hast dich bis jetzt durchgeschlagen, also wirst du auch das hier schaffen.«

»Setz dich erst einmal ganz gerade hin«, schlug Ellie vor. »Dann kannst du gleich besser atmen. Hast du es schon einmal mit Meditieren versucht? Mir hilft das, wenn ich aufgeregt bin.«

»Du meditierst?« Verblüfft blickte Jana ihre jüngere Schwester an. »Ich dachte, dieser Esoterik-Kram wäre nichts für dich?«

»Na ja.« Ellie lächelte schief. »Du hast mir so lange davon vorgeschwärmt, dass ich es einfach mal ausprobiert habe, und siehe da, es hilft tatsächlich. Für Melissa wäre es bestimmt auch gut, damit sie sich ein bisschen entspannt.«

»Meditieren?« Melissa richtete sich ein wenig auf und versuchte, ruhig und gleichmäßig zu atmen. »Das habe ich noch nie gemacht.«

»Wahrscheinlich reicht es schon, wenn du einfach kurz die Augen schließt und an etwas Schönes, Beruhigendes denkst«, schlug Jana vor. »Meinst du, das schaffst du? Wir können auch deine Hände halten, wenn dir das hilft.« Wie um ihre Worte zu unterstreichen, ergriff sie Melissas rechte Hand und Ellie ihre linke.

Sie kam sich ein wenig merkwürdig vor, schloss aber schließlich die Augen und versuchte, sich etwas Schönes vorzustellen. Sie probierte es mit einem Strand, jedoch erfolglos, und auch ihre Bemühungen, sich einen ruhigen Waldsee vorzustellen, scheiterten kläglich. Beim Gedanken an Wald und einen See wanderten ihre Gedanken jedoch automatisch zu ihrem neuen Zuhause. Sie versuchte, sich das Blockhaus in allen Details vorzustellen, und unwillkürlich erinnerte sie sich daran, wie sie es zusammen mit Andy und Lennart weihnachtlich geschmückt hatte. Obwohl der Gedanke an Lennart ein flaues Gefühl und das heftige Flattern in ihrer Magengrube hervorrief, fühlte sie sich gleich besser. Es war ein schöner Abend gewesen, der aufregend geendet hatte. Ihre Gedanken wanderten weiter zu den regelmäßigen Telefonaten, die sie seither geführt hatten, und schließlich zum gestrigen Nikolausmorgen. Ein Lächeln trat auf ihre Lippen. Selbstverständlich hatte sie zusammen mit Andy am Abend vor Nikolaus seine und ihre Winterstiefel ordentlich geschrubbt und dann vor dem Schlafengehen zusammen mit einem Teller Kekse vor der Haustür abgestellt. Die Kekse waren zwar gekauft gewesen, weil sie es immer noch nicht geschafft hatte, selbst welche zu backen, aber sie hatte Andy versichert, dass der Nikolaus sich auch darüber freuen würde. Sie hatte selbstverständlich bereits ein paar Kleinigkeiten für Andy vorbereitet, die sie, nachdem er eingeschlafen war, in seine Stiefel gesteckt hatte. Auch in ihre hatte sie ein paar Süßigkeiten verstaut, weil er so sehr darauf bestanden hatte, dass auch sie ihre Stiefel diesmal zu seinen nach draußen stellen sollte.

Als sie am Nikolausmorgen zusammen mit Andy die Haustür geöffnet hatte, um nachzusehen, ob der Nikolaus da gewesen war, hatte sie nicht nur den leeren Keksteller vorgefunden, den sie natürlich selbst am späten Abend noch abgeräumt hatte, damit es so aussah, als hätte der Nikolaus die Kekse verspeist, sondern auch alle vier Stiefel hoch mit kleinen Geschenken gefüllt. So begeistert hatte sie Andy noch nie erlebt. Er hatte seine Stiefel geschnappt, ins Wohnzimmer getragen und dort auf dem Wohnzimmertisch ausgeleert. Neben einer großen Tüte offensichtlich selbst gebackener Weihnachtsplätzchen hatten sich darin lauter Mal- und Bastelutensilien befunden: Buntstifte, eine Kinderschere, Bleistift, Lineal und eine Tube Klebstoff sowie kleine lustige Tierstempel und ein Stempelkissen, zusammengerollte Bögen Tonpapier in allen Regenbogenfarben und ebenfalls zusammengerolltes Silber- und Goldpapier sowie mehrere kleinen Döschen mit buntem Glitzer.

In ihrem rechten Stiefel hatte ebenfalls eine Tüte mit Plätzchen gesteckt sowie ein Schokonikolaus, im linken eine Schere und ebenfalls Stifte und ein Lineal sowie eine weitere Tube Klebstoff. Ganz zuunterst hatte sie einen Umschlag mit einer Weihnachtskarte entdeckt. Ihr wurde ganz warm ums Herz, als sie sich daran erinnerte, wie sie den Umschlag geöffnet und die Karte hervorgezogen hatte. Darauf hatte gestanden:

Liebe Melissa, lieber Andy,
ich habe dem Nikolaus einen kleinen Tipp gegeben,
damit ihr demnächst jede Menge Fensterbilder basteln
könnt und was auch immer euch sonst noch einfällt.
Vielleicht darf ich ja sogar dabei mitmachen, darüber
würde ich mich sehr freuen.
Alles Liebe, Lennart

Selbst jetzt noch schlug ihr Herz höher bei dem Gedanken daran, dass er sich extra mitten in der Nacht oder am sehr frühen Morgen auf den Weg zu ihnen gemacht hatte, um heimlich ihre Stiefel mit diesen Geschenken zu füllen. Jedes einzelne hatte er in lustiges Weihnachtspapier eingepackt, und das zudem noch so kunstvoll, dass sie sich fast gescheut hatten, alles auszupacken, weil die Päckchen so schön aussahen. In diesem Mann steckten tatsächlich unzählige Überraschungen!

Andy war natürlich vollkommen überwältigt und aufgedreht gewesen, was sie nur zu gut verstand, denn ihr ging es in diesem Moment ganz ähnlich. Zwar hatte sie als Kind ebenfalls traditionell eine Kleinigkeit in ihrem Nikolausstiefel vorgefunden, doch meistens nur irgendetwas Praktisches für die Schule und ein wenig Schokolade. Ihr Vater war strikt dagegen gewesen, sie zu verwöhnen.

Lennart hingegen hatte sich unglaubliche Mühe gemacht und wohl auch jede Menge Zeit investiert, denn immerhin hatte er sogar mehrere Sorten Plätzchen gebacken! Welcher Mann tat so etwas für eine Frau, die er erst vor Kurzem kennengelernt hatte, und deren kleinen Sohn? Als sie ihm, nachdem sie Andy zur Schule gebracht hatte, eine Textnachricht geschickt hatte, in der sie sich für die Geschenke bedankt hatte, hatte er lediglich mit einem roten Herzchen darauf geantwortet.

Auch der Gedanke daran ließ ihr Herz höherschlagen. Er brauchte gar nicht viele Worte zu machen, um ihr zu vermitteln, was ihm wichtig war. Allmählich wurde er auch ihr wichtig, sehr wichtig – vielleicht zu wichtig? Tatsächlich wünschte sie sich in diesem Moment, er wäre ebenfalls hier und würde … Ihr Lächeln vertiefte sich. Sie würde jetzt gerne ein wenig mit ihm tanzen, denn das würde ihre Angst und Nervosität ganz bestimmt vertreiben. Wie er das schaffte, war ihr schleierhaft. Wahrscheinlich hätte sie doch darum bitten sollen, dass er sie begleitete, denn er hatte mehrmals angedeutet, dass er ihr zur Seite stehen würde, wenn sie das wollte. Doch sie hatte sich dagegen gesperrt, weil sie einfach Angst hatte, zu abhängig zu werden. Nun aber, da ihre beiden Freundinnen und sogar ihre Mutter gekommen waren, stellte sie fest, dass es guttat, Menschen an ihrer Seite zu wissen, die sie mochten und unterstützten. Und sie vermisste ihn ein bisschen – nein, sehr sogar.

»Siehst du, es funktioniert«, raunte Jana neben ihr. »Das muss ja etwas ganz besonders Schönes gewesen sein, woran du eben gedacht hast. Du wirkst richtig gelöst und entspannt und hast auch ein bisschen Farbe bekommen. Viel, viel besser als vorher.«

»Frau Lange?«, erklang von der Tür zum Wartebereich her die Stimme der Anwältin. »Es wird Zeit, wir sollen zur Anhörung in das Zimmer der Richterin kommen.«

***

Unruhig ging Lennart in seinem Büro auf und ab, ließ sich auf seinen Schreibtischstuhl fallen, rollte an den PC heran, starrte auf den Bildschirm, stieß sich vom Tisch ab und rollte wieder einen guten Meter rückwärts, sprang auf, ging erneut im Zimmer auf und ab.

Sag mal, Herrchen, was ist denn heute mit dir los? Ich weiß gar nicht, was ich machen soll. Liegen bleiben oder mit dir hin und her laufen? Sissy folgte ihm von ihrem Kissen aus mit aufmerksam aufgestellten Ohren und fragenden Blicken.

Auf und ab, hin und her – er kam sich vor wie der sprichwörtliche Tiger im Käfig, doch ruhig zu sitzen, war ausgeschlossen.

»Also gut, das reicht jetzt.« Sein Vater war in der Tür erschienen, die Hände vor der Brust verschränkt, und lehnte sich mit der Schulter gegen den Türstock. »Mit deiner Rennerei machst du ja sogar den Kaffee in der Kanne nervös.«

Lennart blieb stehen. »Tut mir leid, Papa, ich habe nur gerade einiges im Kopf.«

»Das denke ich mir.« Arndt Overbeck stieß sich vom Türstock ab und betrat das Büro. »Wie wäre es, wenn du dich hinsetzt und mir erzählst, was los ist.« Er deutete auf den Bürostuhl und zog sich selbst einen der beiden blauen gepolsterten Besucherstühle heran. Demonstrativ ließ er sich darauf nieder und wartete, bis auch Lennart sich wieder gesetzt hatte. »Also?«

Lennart faltete die Hände vor der Tastatur auf dem Tisch,

löste sie jedoch gleich wieder und lehnte sich schließlich nach einem tiefen Atemzug auf seinem Stuhl zurück. »Es geht um Melissa.«

Sein Vater nickte bedächtig. »Die junge Frau aus Janas Glasladen. Wie man mir zutrug, hat man euch in den letzten Tagen ab und zu zusammen gesehen.«

Lennart nickte. »Die Buschtrommeln in dieser Stadt funktionieren ausgezeichnet, wie mir scheint.«

»Allerdings.« Sein Vater lächelte leicht. »Ist sie ... Ich meine, wie lange genau geht das denn schon mit euch?«

»Noch nicht sehr lange«, gab Lennart zu. »Allerdings ...«

»Allerdings spielt es im Grunde keine Rolle?«, hakte sein Vater nach. »Es ist etwas Ernstes?«

Lennart hob die Schultern. »Das ist nicht so einfach.«

»Wann wäre so etwas jemals einfach gewesen?«

»Nein.« Kopfschüttelnd verschränkte Lennart die Arme vor der Brust, löste aber auch diese Haltung gleich wieder, weil er viel zu unruhig war. »Es ist nicht einfach nur normal-kompliziert. Melissa hat ...«

»Probleme?«

»Ziemlich schlechte Erfahrungen mit ihrem Exmann gemacht.« Unruhig begann er mit einem Fuß zu wippen. »Ich weiß nicht, ob ich dir überhaupt davon erzählen darf, aber sie ist heute Vormittag in Köln bei einer Anhörung vor Gericht, weil ihr Ex das Kontaktverbot aufheben lassen will, das vor mehr als zwei Jahren gegen ihn verhängt wurde.«

»Ein Kontaktverbot?« Die Augenbrauen seines Vaters wanderten ein gutes Stück in die Höhe.

»Ein vollständiges Kontaktverbot«, bestätigte Lennart. »Er darf sich weder Melissa noch seinem Sohn nähern oder in irgendeiner Form Kontakt mit ihnen aufnehmen.«

»Und das will er jetzt ändern.« Bedächtig nickte sein Vater. »So ein Kontaktverbot wird nicht aus Spaß und Tollerei ausgesprochen. Das scheint also ein ziemlich übler Typ zu sein.«

»Die Anhörung müsste gleich beginnen.« Lennart warf einen kurzen Blick auf seine Armbanduhr, dann auf die digitale Uhr an der Wand neben der Tür.

»Warum bist du dann hier im Büro, wenn diese Frau dir so wichtig ist?« Mit dieser Frage traf sein Vater zielgenau ins Schwarze.

Lennart sprang wieder von seinem Stuhl auf und tigerte erneut durch das Büro. »Ich weiß, dass ich jetzt eigentlich bei ihr sein sollte. Sie hat aber ...« Er seufzte unterdrückt. »Sie hat es abgelehnt. Sie sagt, sie muss das allein tun, aber ...«

»Aber das ist doch Unsinn«, unterbrach sein Vater ihn empört. »In so einer Situation kann man jede Unterstützung brauchen, die man kriegen kann.«

»Das sehe ich auch so, Papa, aber mit Melissa ist es nun einmal schwierig. Ihr Ex hat ihr komplett den Schneid abgekauft. Sie fängt gerade erst wieder an, Selbstbewusstsein zu entwickeln und ihr Leben in den Griff zu bekommen. Ich habe den Eindruck gewonnen, dass sie unter allen Umständen vermeiden will, sich erneut in so eine Abhängigkeit zu begeben.« Mitten in der Bewegung hielt er inne, drehte sich ruckartig zu seinem Vater um. »Ich weiß nicht, was ich machen soll.« Frust klang aus seiner Stimme heraus, doch er tat nichts, um die Wirkung abzumildern. »Ich habe ihr gesagt, dass ich für sie da bin, wenn sie mich braucht. Aber ich kann sie ja nicht dazu zwingen, meine Hilfe anzunehmen. Das will ich auch gar nicht, denn unter Zwang hat sie, denke ich, schon lange genug gelebt. Ich werde mich ihr also ganz sicher nicht aufdrängen. Nur ... hier herumzusitzen, während sie wahrscheinlich voller Angst vor ihrem Ex in diesem Gericht sitzt und darauf wartet, dass irgendein Richter bestimmt, dass der Scheißkerl womöglich bald wieder Zugriff auf ihren Sohn haben wird, macht mich wahnsinnig. Ich sollte dort sein, bei ihr, und versuchen ...«

»Sie zu beschützen?«, half sein Vater sanft aus.

»Ja. Nein!« Lennart nickte, schüttelte jedoch sofort den Kopf. »Sie will nicht beschützt werden, sie muss für sich selbst einstehen, das ist mir völlig klar, aber ich könnte ja wenigstens«, wieder hob er die Schultern, diesmal reichlich verzagt, »ihre Hand halten oder so. Ihr zeigen, dass es mir ernst war, als ich gesagt habe, dass sie sich auf mich verlassen kann und dass ich da bin, wenn sie mich braucht. Sie hätte nur einen Ton zu sagen brauchen, weißt du, dann wäre ich jetzt dort.« Fahrig durchkämmte er mit gespreizten Fingern sein Haar. »Ich habe ihr eine Textnachricht geschickt. Viel Glück oder irgend so einen Quatsch.« Er schnaubte sarkastisch. »Eine verdammte Textnachricht! Das ist doch nicht genug.« Unglücklich blickte er seinem Vater ins Gesicht. »Ich bin ein Idiot, oder?«

»Zuweilen sind wir das alle, besonders, wenn es um eine Frau geht.« Sein Vater erhob sich und trat auf ihn zu, legte ihm eine Hand auf die Schulter und drückte sie leicht. »Sieh zu, dass du nach Köln kommst.«

Lennart runzelte die Stirn. »Heißt das, ich soll mich über ihre Wünsche hinwegsetzen?«

»Weißt du denn, ob es wirklich ihr Wunsch war, dass du hier herumläufst wie Falschgeld und vor Sorge um sie beinahe die Wände raufgehst? Bei allem Respekt vor ihrer Situation und ihren Wünschen, aber in so einer Beziehung gibt es immer zwei Menschen, und beide haben Bedürfnisse. Deines ist jetzt gerade, bei ihr zu sein, um ihr beizustehen. Wenn sie das wirklich nicht aushalten kann, dann musst du dich ehrlicherweise fragen, ob es sinnvoll ist, dich weiter auf sie einzulassen. Ich kenne dich, Lennart, du bist nun einmal der Typ Mann, der die Frau, für die sein Herz schlägt, vor allen Unwägbarkeiten beschützen will. Oder vielmehr alle Menschen, die dir etwas bedeuten. Das hast du wohl von mir geerbt. Es ist gut, dass du ihr helfen willst, ihren eigenen Weg zu gehen und für sich selbst einzustehen, doch würde dir das nicht wesentlich leichter fallen, wenn du nicht zig Kilometer von ihr entfernt wärst? Also beweg deinen Hintern nach Köln und halt ihre Hand, verdammt noch mal. Wir kommen hier auch mal für einen Tag ohne dich aus.«

Lennart fuhr sich noch einmal durchs Haar, diesmal ordnend, zog das Haargummi heraus und wand sich erneut einen Zopf. Prüfend sah er an sich hinab.

»Nun geh schon, schöner wirst du nicht mehr.« Sein Vater gab ihm einen sanften Schubs. »Sissy bleibt so lange bei mir, nicht wahr, mein Mädchen?« Er ging zum Hundekissen und tätschelte der Hündin sanft den Kopf.

Ja, sicher, aber ... Warum denn? Ich möchte doch gerne mit Herrchen gehen, ganz egal, wohin er will. Das ist ja blöd. Ich habe zwar nichts gegen dich, aber ich finde es nicht schön, wenn Herrchen ohne mich wegfährt. Sissy stieß ein leises Winseln aus, erhob sich und trat zu Lennart. Sanft stieß sie ihn mit der Nase an. *Muss ich wirklich hierbleiben, Herrchen?*

Lennart ging vor ihr in die Hocke und kraulte sie sanft hinter den Ohren. »Tut mir leid, Sissy, aber ich glaube nicht, dass in einem Gerichtsgebäude Hunde erlaubt sind. Es wird aber bestimmt nicht so schrecklich lange dauern, okay? Ich hole dich ab, sobald ...« Er brach ab, erhob sich und wandte sich erneut an seinen Vater. »Danke, Papa. Den imaginären Tritt in den Hintern habe ich wohl gebraucht.«

Sein Vater schmunzelte. »Nun mach schon, dass du in die Hufe kommst, oder muss ich erst den imaginären Tritt in einen echten verwandeln?«

»Viel Glück«, fügte er noch hinzu, während Lennart bereits seinen Mantel schnappte und sich auf den Weg zum Ausgang machte. »Nicht nur für heute, sondern überhaupt. Ich hoffe, du stellst sie mir bald einmal vor.«

***

»Und, was hat die Richterin gesagt?« Ellie stürzte sich auf Melissa, kaum dass sie das Richterzimmer verlassen hatte. »Das ist er?«, fragte sie gleich darauf, da hinter Melissa Matthias zusammen mit seinem Anwalt den Raum verließ. Eine junge blonde Frau in hautengen Jeans und himmelhohen Stöckelschuhen rannte auf ihn zu und stellte ihm offensichtlich, wenn auch im Flüsterton, die gleiche Frage.

Melissa fühlte sich wie betäubt. Ihr Blick wanderte unwillkürlich zu Matthias, der leise auf seine junge Ehefrau einredete. Die Übelkeit, die zurückgekehrt war, als er vor einer knappen Stunde mit ihr zusammen das Richterzimmer betreten hatte, hatte sich inzwischen zu einem unangenehmen, dumpfen Pochen in ihrer Magengrube gewandelt. Äußerlich hatte er sich kaum verändert. Lediglich sein vormals kurzes hellbraunes Haar war nun kragenlang, doch er trug immer noch maßgefertigte Anzüge, heute einen in Hellgrau mit weißem Hemd und hell- und dunkelgrau gemusterter Krawatte; sein Gesicht mit den hohen Wangenknochen war gleichmäßig, die Nase leicht gebogen, der Blick aus seinen blauen Augen eindringlich und sein verdammtes Lächeln einnehmend wie eh und je. Die erste Viertelstunde hatte sie sehr an sich halten müssen, um sich nicht tatsächlich zu übergeben.

»Lassen Sie uns nach draußen gehen«, schlug ihre Anwältin leise vor. Auch sie warf abschätzige Blicke in Matthias' Richtung und ein grimmiges Lächeln in Richtung seines Anwalts. »Ein bisschen frische Luft wird Ihnen guttun, Frau Lange.« Fürsorglich hakte sie Melissa unter und führte sie bis hinaus vor das Gerichtsgebäude.

»Nun sag schon.« Melissas Mutter hielt sich an ihrer anderen Seite und ergriff nun sogar ihre Hand. »Was ist dabei herausgekommen? Deinem Gesicht nach nichts Gutes.«

Melissa wollte etwas sagen, schluckte, schluckte noch einmal. »Er hat ...« Ihr wurde schwindelig. »Er hat gewonnen.«

»Nein, hat er nicht«, widersprach ihre Anwältin sofort.

»Die Richterin hat das Kontaktverbot aufgehoben?« Entgeistert starrte Jana sie an. »Ich dachte, es wäre heute nur eine erste Anhörung.«

»Davon bin ich auch ausgegangen«, bestätigte die Anwältin. »Die Richterin hatte aber ganz offensichtlich eine andere Agenda.« Sie seufzte unterdrückt. »Das Kontaktverbot ist unter strengen Auflagen vorläufig aufgehoben, um Matthias Lange einen familiären Neustart mit seinem Sohn zu ermöglichen. In sechs Wochen wird eine zweite Anhörung stattfinden, in der besprochen werden soll, wie sich die Dinge bis dahin entwickelt haben.« Ihrem Blick, ebenso wie ihrer Stimme war anzumerken, dass sie alles andere als glücklich mit dem Ausgang dieses Gesprächs war. »Er konnte die Richterin davon überzeugen, unter anderem auch durch schriftliche Zeugenaussagen seiner Eltern sowie seiner Ehefrau, dass er sich seit anderthalb Jahren erfolgreich einer Therapie unterzieht.« Sie trat auf Melissa zu und legte ihr sanft eine Hand auf den Arm. »Machen Sie sich jetzt bitte nicht verrückt. Immerhin konnte ich dafür sorgen, dass es keine unangemeldeten Besuche seinerseits bei Ihnen geben wird, und er wird auch unter keinen Umständen ohne Ihre Aufsicht oder die einer von Ihnen bestimmten Vertretung allein mit Andy in Kontakt treten können. Das Sorgerecht, da war die Richterin glücklicherweise absolut klar und deutlich, verbleibt bis auf Weiteres alleine bei Ihnen, Frau Lange.« Betrübt schüttelte sie den Kopf. »So wenig ich diesen Beschluss gutheiße, so sehr kann ich leider auch verstehen, dass die Richterin kaum eine andere Wahl hatte, als den Forderungen der Gegenseite entgegenzukommen. Wenn die Therapie tatsächlich so erfolgreich verläuft, wie ihr Exmann und sein Anwalt dies glaubhaft machen konnten, dann hat er das Gesetz auf seiner Seite. Und selbst wenn nicht, muss sich erst erweisen, ob es zu erneuten Übergriffen kommt. Väter haben nun einmal ebenfalls Rechte, auch wenn man diese manchen von ihnen so gar nicht zugestehen möchte.«

»So ein Mist.« Jana nahm Melissa fest in den Arm. »Also muss erst wieder etwas passieren, bevor das Kontaktverbot erneut verhängt wird?«

»So sieht es leider aus«, bestätigte die Anwältin.

Jana drückte Melissa fest an sich. »Wie geht es dir jetzt? Können wir irgendetwas für dich tun?« Über die Schulter blickte sie zu Annette Bremer. »Was ist denn mit diesem Privatdetektiv, den er auf Melissa angesetzt hat? Mein zukünftiger Mann kommt aus diesem Metier und meinte schon, dass so etwas als Störung des Kontaktverbots angesehen werden könnte.«

Die Anwältin nickte vage. »Diesen Punkt habe ich selbstverständlich vorgebracht, und das war wohl auch einer der Gründe, weshalb die Richterin das Verbot nur auf Probe aufgehoben und sehr strenge Auflagen festgelegt hat. Herrn Langes Anwalt hat argumentiert, dass sein Mandant einfach nur wissen wollte, wie es seinem Sohn geht, und dass er ein paar Fotos von ihm haben wollte, um sein Aufwachsen mitzuverfolgen.« Sie verzog die Lippen. »Die Richterin wusste natürlich auch, dass das Bullshit ist. Leider können wir ihnen das nicht beweisen, und ein Schaden ist ja nicht entstanden, sieht man einmal von dem psychischen Druck ab, der dadurch aufgebaut wurde. Den müssen wir aber gegebenenfalls auch erst mithilfe eines Psychologen nachweisen. Die Sache war, das muss ich leider zugeben, ganz sicher schon von langer Hand eingefädelt. Wir müssen also ab sofort höchst wachsam sein und in jedem Fall akribisch darauf achten, dass sämtliche Auflagen vonseiten Ihres Mannes eingehalten werden. Zugute kam ihm wohl auch, dass er inzwischen erneut geheiratet hat und deshalb Ihre Angaben, Frau Lange, die Sie damals bei der Scheidung hinsichtlich seiner Entschlossenheit, Sie zurückzuholen, gemacht haben, dem Gericht als nichtig erschienen sind. Dass er sich eine neue Frau genommen hat, deutet ja ganz darauf hin, dass er an Ihnen kein Interesse mehr hat. Nehmen wir noch hinzu, dass seine Frau in ihrer schriftlichen Aussage ein äußerst detailliertes und positives Bild von ihm gezeichnet hat, dann ergibt sich für mich tatsächlich die Schlussfolgerung, dass Ihr Exmann seit Langem höchst ernsthaft diese Angelegenheit vorangetrieben hat. Inwiefern er sich durch besagte Therapie tatsächlich geändert hat, kann ich zu diesem Zeitpunkt nicht abschätzen.«

»Helfen solche Therapien denn wirklich?« Ellies Miene drückte deutlich ihre Zweifel aus. »Also, nichts gegen eine Therapie, aber kann ein Mann wirklich davon geheilt werden, seine Frau zu verprügeln? Oder sein Kind?«

Die Anwältin hob die Schultern. »Der Erfolg einer solchen Therapie hängt davon ab, wie sehr der Patient selbst mitarbeitet. Wobei es natürlich auch immer fraglich ist, inwieweit eine solche Mitarbeit wirklich ehrlich ist oder nur gespielt. In diesem Falle scheint der Therapeut der Meinung zu sein, dass die Therapiemaßnahmen tatsächlich Früchte tragen. Meiner persönlichen Meinung nach ist so etwas aber höchst selten wirklich der Fall. Die allermeisten Täter verfallen spätestens nach einer Weile wieder in alte Muster.« Sie hüstelte. »Man kann nur hoffen, dass seine jetzige Ehefrau in diesem Fall sofort die Reißleine zieht.«

»Und jetzt darf er also Andy einfach so wiedersehen?« Melissas Mutter schüttelte verständnislos den Kopf. »Wie kann so etwas sein?«

»Es muss ein triftiger Grund für ein vollständiges Kontaktverbot vorliegen«, erklärte die Anwältin. »Unter den gegebenen Umständen konnten Herr Lange und sein Anwalt glaubhaft machen, dass dieser triftige Grund nicht mehr besteht. Einfach so wird er aber, wie gesagt, Andy dennoch nicht sehen können. Maximal zweimal im Monat darf er Andy treffen und nur unter der Aufsicht eines Beamten oder einer Beamtin des Jugendamtes. Auch Frau Lange oder eine von ihr bestimmte Vertrauensperson muss bei einer solchen Begegnung anwesend sein. Selbstverständlich werde ich alles mir Mögliche tun, dass diese Auflagen auch nach der sechswöchigen Frist Bestand haben werden.«

»Ich weiß nicht, ob ich das kann.« Melissa hatte das Gefühl, dass ihr schlimmster Albtraum wahr geworden sei. Wie sollte sie das ihrem kleinen Sohn nur beibringen? Sie wusste, dass er Angst vor seinem Vater hatte. Wie würde er reagieren, wenn er erfuhr, dass Matthias ihn zukünftig zweimal im Monat sehen durfte? Zwar nur auf neutralem Boden wie in einem Restaurant, auf einem Spielplatz oder auch in der städtischen Sozialstation. Die Richterin hatte diesen Treffpunkt sogar selbst ins Spiel gebracht, weil sie offenbar schon in anderen, ähnlich gelagerten Fällen mit den Sozialarbeitern dort zusammengearbeitet hatte. Melissa dachte an den Selbstverteidigungskurs für Kinder, der von Toni Mondoli, dem Sohn des Leiters der Sozialstation, abgehalten wurde. Zumindest würde Andy sich dort sicher und wohlfühlen. Auch konnte sie den Leuten dort vertrauen, dessen war sie gewiss. Trotzdem wollte die Übelkeit einfach nicht von ihr weichen.

»Sie sollten jetzt nach Hause fahren, Frau Lange.« Die sanfte Stimme der Anwältin ließ sie aufmerken. »Ich rufe Sie morgen Nachmittag an, dann machen wir einen weiteren Beratungstermin aus. Es ist jetzt natürlich etwas ungünstig, dass ich so weit weg wohne. Für Sie wäre es sicherlich sinnvoll, wenn Sie hier vor Ort einen Anwalt oder eine Anwältin hätten, der oder die Sie beraten könnte und jederzeit für Sie erreichbar wäre. Ich kann Ihnen, wenn Sie möchten, einige Namen von ausgezeichneten Kolleginnen und Kollegen nennen, die ihre Praxis hier in der Nähe betreiben. Aber das müssen Sie nicht heute und auch nicht morgen entscheiden. Vorerst kümmere ich mich selbstverständlich mit all meiner Kraft weiter um Sie und Andy, da gebe ich Ihnen mein Wort.«

Melissa nickte ein wenig benommen. Sie kam sich vor, als stünde sie neben sich und beobachte sich selbst. Die Angst vor dem, was auf sie zukommen würde, schnürte ihr die Luft ab, und plötzlich wünschte sie sich nichts sehnlicher als jemanden, der sie festhielt, ihr Halt gab, diese grauenhafte Situation mit ihr gemeinsam durchstand. Natürlich hatte sie ihre Freundinnen und ihre Mutter, aber was sie sich wirklich wünschte, war ...

Ein heftiger Stich durchzuckte sie, als ihr bewusst wurde, wen sie sich an ihrer Seite wünschte. Sie war so dumm, doch daran ließ sich im Augenblick nichts ändern, deshalb räusperte sie sich in der Hoffnung, ihrer Stimme einen einigermaßen festen Klang zu geben. »Ja, also ... Ich glaube, ich will jetzt wirklich nach Hause. Wann geht denn der nächste Zug?« Kaum hatte sie die Worte ausgesprochen, als ihr in einigen Metern Entfernung die Gestalt eines hochgewachsenen Mannes ins Auge fiel. Eines Mannes, so groß und breit wie ein Schrank und mit langem blondem Haar, das zu einem Zopf gebunden war. Ihr Herz machte einen so heftigen Satz, dass ihr für einen Moment die Luft wegblieb. »Lennart.« Sie bekam das Wort kaum heraus. »Lennart«, setzte sie erneut an, diesmal etwas lauter, woraufhin alle Frauen sich zu ihm umdrehten. Er war bis auf einige Schritte auf sie zugekommen, nun aber stehen geblieben. Melissa löste sich von ihren Freundinnen und ihrer Mutter, die alle entweder eine ihrer Hände oder ihre Schulter in Beschlag genommen hatten, und ging langsam auf ihn zu. Einen Schritt vor ihm blieb sie stehen. »Du bist hier.«

»Ja.« Er lächelte, doch diesmal erreichte es nicht ganz seine Augen, die besorgt auf sie gerichtet waren. »Ich bin so lange in meinem Büro herumgetigert, bis mein Vater mich rausgeworfen hat. Ich weiß, dass du sagtest, ich brauche dich nicht zu begleiten, aber ...« Vorsichtig ergriff er ihre Hand. »Hör zu, Melissa, du bist mir wichtig. Sehr wichtig. Ich bin nicht der Typ Mann, der die Frau, die ihm wichtig ist, bei so etwas wie heute sich selbst überlässt. Das kann ich einfach nicht, verstehst du? Ich weiß, dass du dich den Dingen selbst stellen willst und auch musst, aber das kann doch nicht bedeuten, dass ich dir nicht beistehen darf, oder? Denn wenn das wirklich der Fall sein sollte, dann ...«

»Nein.« Sie schluckte hart gegen den Kloß an, der sich in ihrer Kehle gebildet hatte.

»Was nein?« Fragend runzelte er die Stirn.

»Entschuldige, Lennart. Ich meinte doch.« Nun schien er völlig verwirrt zu sein, und das reizte sie beinahe zum Lachen. Stattdessen blinzelte sie mehrmals, um die aufsteigenden Tränen zurückzudrängen. »Ich meine: Doch, du darfst mir beistehen. Also ... Ich bin froh, dass du hier bist. Es ist ...« Sie warf einen kurzen Blick über die Schulter zum Gerichtsgebäude zurück. »Es ist nicht gut ausgegangen.« Ehe sie wusste, was sie tat, war sie dicht an ihn herangetreten und hatte ihre Arme um seine Mitte geschlungen. Ihr Gesicht verbarg sie in der leicht rauen Wolle seines Wintermantels.

»Ach, Melissa, das tut mir so leid.« Sogleich schlang er seine Arme um sie und drückte sie fest an sich. Tief atmete sie seinen Geruch ein, spürte die Wärme und Stärke, die sein Körper ausstrahlte, und dann seine Lippen, die er kurz auf ihr Haar presste. Einen Augenblick später streifte sein warmer Atem erst ihre Schläfe, dann ihr Ohr. »Du kriegst das schon hin, Melissa. Okay? Wir kriegen das hin, irgendwie. Wir sorgen dafür, dass er weder dir noch Andy wehtut.«

Vorsichtig hob sie den Kopf und blickte ihm in die Augen. »Wir?«

»Wir«, bestätigte er leise. »Dazu sind Freunde doch da.«

Seltsamerweise wurde ihr bei seinen Worten das Herz ein wenig schwer. »Dann sind wir also Freunde?« Sie schluckte. Die altbekannte Mischung aus Nervosität und Magenflattern stellte sich wieder ein. »Nur Freunde?«

In seinen Augen blitzte etwas auf, das ihren Puls leicht aus dem Takt brachte. »Wir sind Freunde«, bestätigte er so leise, dass nur sie es hören konnte. »Aber wir sind auch alles, was du sonst noch möchtest.«

Das Flattern verstärkte sich. »Nur was *ich* möchte? Und was ist mit dir?«

Nun erreichte das Lächeln endlich seine Augen. »Ich bin ziemlich sicher, dass du bereits weißt, was ich gerne möchte. Es ist also deine Entscheidung. Die Details können wir ja später gemeinsam ausarbeiten.«

Sie hatte sich immer schon gefragt, wie es wohl sein mochte, wenn sich der Atem in der Kehle verfing, so wie es oft in

Romanen geschrieben stand. Nun wusste sie es. Atemlos stellte sie sich auf die Zehenspitzen und berührte seine Lippen mit den ihren. Ein aufregender und zugleich wärmender Stich durchfuhr sie und wiederholte sich, als er den Kuss zärtlich erwiderte.

Hinter sich hörte sie ein begeistertes Seufzen, weshalb sie sich rasch wieder zurückzog, bevor der Kuss zu intensiv wurde. Ein wenig verlegen drehte sie sich in Lennarts Armen zu den beiden Freundinnen und ihrer Mutter um, die allesamt lächelten. Irritiert runzelte sie die Stirn. »Wo ist Frau Dr. Bremer?«

Ellie grinste. »Sie hat sich verabschiedet. Wahrscheinlich dachte sie, dass sie jetzt hier überflüssig ist.« Sie blickte erst zu Jana, dann zu Melissas Mutter. »Ich würde sagen, das gilt auch für uns. Ich schlage vor, wir fahren jetzt zurück nach Hause.« Sie wandte sich an Lennart. »Ich nehme doch an, dass du Melissa begleiten wirst? Bist du mit dem Auto da?«

»Das bin ich«, bestätigte er. »Aber ich kann euch auch gerne alle mitnehmen. In meinem Wagen ist genug Platz, das kriegen wir hin.«

»Ach, nein.« Jana winkte rasch ab. »Wir drei fahren mit dem Zug.« Sie blickte erst Ellie, dann Maria an. »Nicht wahr?«

Die beiden Frauen nickten eifrig.

Zögernd nickte Lennart. »Also gut, wenn ihr meint.«

»Wir meinen«, bestätigte Ellie mit Nachdruck. Sie ergriff Melissas Hände. »Wir sprechen später weiter, okay? Ruf eine von uns an, wann immer du willst. Und wenn du die geballte Ladung Mädels-Beistand brauchst, stehen wir auf deiner Matte, so schnell wir können.«

»Das gilt auch für mich«, bekräftigte ihre Mutter. »Ich bin ...« Sie deutete auf Ellie und Jana. »Wir alle sind für dich da, mein Kind.«

»Nun aber los«, unterbrach Jana sie und tippte mit dem Zeigefinger auf ihre Armbanduhr. »Wenn mich nicht alles täuscht, fährt in zwanzig Minuten der nächste Zug. Wir sollten uns also schnellstens auf den Weg zum Bahnhof machen. Wir sehen uns,

Melissa. Du hast übrigens den Rest des Tages frei.« Damit hakte sie sich bei Ellie unter und bedeutete auch Melissas Mutter, sich ihnen anzuschließen.

Melissa sah ihnen mit gemischten Gefühlen, jedoch vor allem voller Dankbarkeit nach.

»Mein Auto steht hier in der Nähe in einem Parkhaus«, sagte Lennart. »Was hältst du davon, wenn wir auf dem Weg nach Hause noch einen kleinen Abstecher in den Supermarkt machen?«

Verwirrt hob sie den Kopf. »Was willst du denn im Supermarkt?«

Er lächelte leicht. »Einkaufen, was sonst?«

21. Kapitel

»Guck mal, Lennart, Sissy will auch Plätzchen backen.« Andy stand auf einem Stuhl dicht an der Arbeitsinsel und deutete kichernd mit der linken Hand auf die Hündin, während er mit der rechten Hand eifrig immer wieder einen tannenbaumförmigen Plätzchenausstecher in den ausgerollten Teig auf der Arbeitsfläche drückte.

Backen? Nein, das kann ich ja nicht. Aber fressen! Hier riecht es so unglaublich lecker. Das Boxermädchen hatte schon seit einer Weile immer wieder die Arbeitsinsel mit hocherhobener Nase umkreist. Inzwischen war sie stehen geblieben und hüpfte immer wieder mit den Vorderpfoten auf und ab, um einen Blick auf den Plätzchenteig zu erhaschen. *Ihr könntet mir wirklich mal ein bisschen was davon abgeben, finde ich. Ich habe genau gesehen, dass ihr ebenfalls davon nascht. Ein paar fertig gebackene Plätzchen nehme ich aber auch, wenn ihr welche übrig haben solltet. Das sollte doch wohl möglich sein, denn immerhin stehen dort bereits ziemlich viele runde und eckige Dosen, alle hoch voll mit Plätzchen gefüllt. Das habe ich beobachtet.*

Lennart hob mit einem Pfannenwender die ausgestochenen Plätzchen eins nach dem anderen von der Arbeitsfläche und verteilte sie auf einem mit Backpapier ausgelegten Backblech. »Ich glaube eher, dass sie sich allmählich zu einem richtigen Betteltier entwickelt.« Er lachte leise. »Helfen will sie uns ganz bestimmt nicht, außer dabei, die ganzen Plätzchen aufzuessen, die wir heute schon gebacken haben.« Er warf Sissy einen amüsierten Blick zu. »Ist es nicht so, mein Mädchen?«

Du hast es erfasst. Aber Betteltier? Das klingt überhaupt nicht nett. Ich bettle auch nicht, sondern bitte lediglich höflich darum, mir etwas von den guten Sachen abzugeben.

»Darf sie denn Plätzchen essen? Oder von dem Teig? So wie ich?« Andy nahm sich mit Daumen und Zeigefinger ein winziges Eckchen Teig und schob es sich grinsend zwischen die Lippen. »Das schmeckt total lecker.«

»Übertreib mal nicht, kleiner Mann.« Lennart schob die Teigreste zusammen, verknetete sie kurz und rollte sie rasch erneut aus, damit Andy noch weitere Plätzchen ausstechen konnte. »Nicht, dass du am Ende noch Bauchweh bekommst.« Er drehte sich zu Melissa um, die gerade dabei war, eine Ladung Plätzchen, die bereits auf einem Kuchenrost auf der Anrichte ausgekühlt waren, in eine runde Blechdose zu füllen. »Dann kriege ich bestimmt Ärger mit deiner Mama.«

Melissa drehte sich kurz zu ihm um, ein verhaltenes Lächeln auf den Lippen. »Es dürfte mir schwerfallen, dir böse zu sein, nachdem du dir so viel Zeit für uns genommen hast. Schau dir nur mal an, wie viele Plätzchen das geworden sind!« Sie deutete in Richtung der kleinen Pyramide an Plätzchendosen, die sich am Rand der Arbeitsinsel stapelte. »So viele verschiedene Plätzchensorten hatten wir noch nie zu Weihnachten: Vanillekipferl, Schwarz-Weiß-Gebäck, Butterplätzchen, Spritzgebäck, Kokosmakronen, Bethmännchen, Saure-Sahne-Kringel«, zählte sie auf.

»Die Bärentatzen und den Heidesand nicht zu vergessen. Mal sehen, ob bis Weihnachten noch etwas davon übrig ist«, flachste er. »Ich hätte dich nämlich vielleicht warnen sollen. Von meinem Weihnachtsgebäck wird man gnadenlos süchtig.«

Melissa gluckste. »Die schaffen wir auf gar keinen Fall alle bis Weihnachten.«

»Abwarten.« Er zwinkerte ihr zu. Es freute ihn, dass sie inzwischen so gelassen auf seine Scherze einging. Am späten Vormittag nach dem Gerichtstermin, auf dem Weg zum Supermarkt und nach Hause, war sie noch überwiegend schweigsam gewesen. Zunächst hatte er sie in Ruhe gelassen, weil er ahnte, dass sie erst einmal mit der neuen Situation, die auf sie zukam, fertigwerden musste. Er konnte sich vorstellen, wie schwierig das sein musste. Nein, eigentlich konnte er es sich nicht vorstellen, aber er ahnte es zumindest.

Soweit er es einschätzen konnte, hatte sie jahrelang eine höllische Angst vor ihrem Exmann gehabt, und das kam sicherlich nicht von ungefähr. Vielleicht würde sie eines Tages etwas mehr über diese Zeit erzählen, doch dieser Schritt musste von ihr kommen. Er wollte sie zu nichts drängen, wozu sie noch nicht bereit war. Dass sie sich nun allmählich wieder im Hier und Jetzt befand und sogar den einen oder anderen Spaß mitmachte, fand er sehr ermutigend, weil es zeigte, wie stark und resilient sie inzwischen war, mehr noch vielleicht, als sie selbst ahnte oder wahrnahm.

Andy hatte sie bisher noch nichts über die neuen Entwicklungen gesagt, doch Lennart wusste, dass sie das nicht mehr lange würde aufschieben können. Er war fest entschlossen, ihr dabei, so gut es ging, beizustehen, wenn sie ihn ließ. Es würde nicht einfach werden, dem kleinen Jungen klarzumachen, dass der Mann, vor dem sie sich nun seit zweieinhalb Jahren versteckten, plötzlich wieder an seinem Leben teilhaben sollte, wenn auch nur in Form von kurzen Besuchen an neutralen Orten.

Er hoffte nur, dass die Angst, die sich in Melissa aufgestaut hatte, nicht dazu führte, dass sie in ihrem Heilungsprozess gelähmt wurde. Er hatte sie zu einem sehr heiklen Zeitpunkt in ihrem Leben kennengelernt, dessen war er sich bewusst. Allerdings gab es für ihn jetzt kein Zurück mehr. Er hatte sich Hals über Kopf in diese schmale, ängstliche und zugleich starke und überaus liebenswerte Frau verliebt. Er wollte sie – und er wollte auch Andy. Er wollte, dass sie Teil seines Lebens wurden und dass er das auch in ihrem Leben sein konnte. Ein wichtiger Teil.

Die erste Hürde, so hoffte er, hatten sie heute genommen, dennoch spürte er, dass immer noch irgendetwas Melissa zurückhielt. Sie zögerte nach wie vor aus Gründen, die sie ihm hoffentlich irgendwann einmal offenbaren würde. So lange musste er geduldig sein, auch wenn es ihm manchmal schwerfiel, denn er war kein Mann für halbe Sachen. Wenn er sich für etwas entschied, dann ganz und mit allen sich daraus ergebenden Konsequenzen.

Für ihn waren die Würfel also längst gefallen; was Melissa anging, so fürchtete er, rollten sie noch.

***

Nachdem Melissa alle Plätzchen in der Dose verstaut und sie mit dem Deckel sorgsam verschlossen hatte, trat sie an die Arbeitsinsel und sah zu, wie Andy eifrig auch noch den letzten Rest des Plätzchenteigs mit einem herzförmigen Ausstecher bearbeitete. Im Hintergrund lief leise eine bunt gemischte Playlist mit Weihnachtsliedern. Im Augenblick sang Josh Groban *O Holy Night*. Lennart rollte den Teig immer wieder geschickt aus, bis schließlich nur noch ein ganz winziger Rest übrig war. Diesen brach er in zwei Hälften, reichte Andy die eine und schob sich die andere in den Mund. Dabei grinste er verschwörerisch und zwinkerte ihm zu.

»Ganz schnell«, wisperte er dem Jungen zu, »bevor deine Mama es merkt.«

Prompt stopfte Andy sich das Teigstückchen hastig in den Mund und kaute fröhlich darauf herum. »Hab es schon weg«, nuschelte er und schluckte hastig.

»Ich auch.« Lachend gaben die beiden einander ein High five. Im nächsten Augenblick traf Melissa Lennarts Blick. »Du wolltest doch nicht etwa auch etwas abhaben?«

Verblüfft hob sie den Kopf. »Ich?«

»Mir kam es gerade so vor, als würdest du ganz gierig auf diese rohen Plätzchen schauen.« Er deutete auf das dicht gefüllte Backblech, dann wandte er sich an Andy. »Was meinst du, Kumpel, geben wir deiner Mama eins ab?«

»Ja.« Mit vollkommen ernster Miene nickte Andy, doch dann grinste er schelmisch. »Aber nur eins.«

»Nur eins«, bestätigte Lennart wieder mit dieser verschwörerischen Stimme, nahm ein rohes herzförmiges Plätzchen vom Blech, riss es in der Mitte durch und hielt es Melissa lächelnd an die Lippen. »Mal probieren?«

Seine Stimme hatte sich ein klein wenig verdunkelt und vibrierte für einen kurzen Moment rau zwischen ihnen. Unwillkürlich beschleunigte sich ihr Herzschlag ein wenig, doch da nicht nur Lennarts Blick auf sie gerichtet war, sondern auch der von Andy, versuchte sie, sich nichts anmerken zu lassen. Vorsichtig pflückte sie den halben Keks von Lennarts Fingern und verdrehte genießerisch die Augen, als das buttrige Aroma sich auf ihrer Zunge ausbreitete. »Hmmm!«

»Gut, oder?« Lennart lächelte unvermindert sein jungenhaftes Lächeln, doch sein Blick war hinab zu ihren Lippen gewandert. »Mehr?«

Ihr Herzschlag beschleunigte sich noch weiter. »Wenn ich die andere Hälfte auch noch haben darf.«

»Aber sicher doch.«

Irrte sie sich, oder war seine Stimme noch eine Spur rauer geworden? Sie kam nicht dazu, darüber weiter nachzudenken, denn schon hielt er ihr auch die zweite Hälfte des rohen Plätzchens an die Lippen. Als sie es diesmal annehmen wollte, strich er wie zufällig mit seinem Daumen ganz sachte über ihre Unterlippe. Prompt durchzuckte sie ein kleiner, erregender Stich. Hastig kaute sie ein paarmal auf dem Plätzchen herum, diesmal jedoch, ohne das herrliche Aroma wirklich wahrzunehmen.

»Du hast da einen Krümel.« Lennarts Blick war immer noch auf ihren Mund gerichtet.

Sie schluckte heftig. »Wo?«

Ehe sie auch nur dazu kam, ihre Hand zu heben, hatte er sich vorgebeugt, bis seine Lippen nur noch einen Fingerbreit von den ihren entfernt waren. »Hier, an deinem Mundwinkel.« Zu ihrem Schrecken berührte er sie gleich darauf mit dem Mund an genau dieser Stelle, und sie konnte sogar ganz kurz seine Zungenspitze spüren. Im nächsten Augenblick hatte er sich aber schon wieder zurückgezogen und lächelte, als wäre nichts Besonderes geschehen.

»Hast du meine Mama jetzt geküsst?«, durchbrach Andys neugierige Stimme den kurzen Augenblick der Stille, der entstanden war.

Melissas Herz überschlug sich beinahe.

Lennart drehte sich jedoch nur ganz ruhig zu ihrem Sohn um und legte ihr dabei gleichzeitig einen Arm um die Hüfte. »Nein, ich habe ihr nur den Krümel geklaut.«

Andy kicherte. »Das sah aber aus, wie wenn sich zwei Leute küssen.«

Lennart grinste. »Was weißt du kleiner Mann denn vom Küssen? Sollen wir dir mal zeigen, wie das wirklich aussieht?«

»Mhm, ja.« Andy nickte begeistert.

»Also dann.« Lennart wandte sich ihr wieder zu, zog sie in seine Arme und legte ihr zärtlich eine Hand an die Wange. »Erteilen wir deinem Sohn eine kleine Lektion?«

Vollkommen verwirrt und unfähig, etwas zu sagen, blickte sie ihm in die Augen. So zärtlich, dass es anfangs fast nur wie ein Hauch war, berührten seine Lippen ihren Mund. Für einen Moment war sie erschrocken, wie stark sie auf den Kuss reagierte. Sie erwiderte ihn beinahe sofort, war immer noch nicht fähig, einen klaren Gedanken zu fassen. Stattdessen hatte sie das Gefühl, als würden elektrische Ladungen von ihren Lippen aus durch ihren gesamten Körper rieseln, bis sie schließlich glaubte, von Kopf bis Fuß unter Strom zu stehen.

Lennarts Mund wanderte ach so sanft über den ihren, tastend und zugleich lockend und mit einem unterschwelligen Versprechen, das sie gefährlich aus dem Gleichgewicht brachte. Etwas zittrig rang sie nach Atem, doch da löste er sich bereits wieder von ihr, strich ihr in der mittlerweile vollkommen vertrauten Geste das Haar hinters Ohr und wandte sich dann wieder Andy zu. »Siehst du, das war ein Kuss.«

Andy lächelte breit. »Gut«, konstatierte er, so als wäre es überhaupt nichts Besonderes, dass Lennart seine Mutter auf diese Weise küsste. »Ich hab Hunger. Aber nicht mehr auf Plätzchen. Gibt es nicht bald Abendbrot?«

Melissa hustete verblüfft, Lennart lachte auf. »Du hast recht, wenn du um sieben Uhr ins Bett musst, dann sollten wir allmählich anfangen, das Abendessen zuzubereiten.« Abschätzend blickte er auf das Chaos auf der Arbeitsinsel. »Packen wir die letzten Plätzchen in den Ofen, dann kannst du zusammen mit deiner Mama hier aufräumen, während ich koche.«

»Du willst kochen?« Erstaunt sah sie ihn an.

»Ich kann auch stattdessen mit Andy aufräumen und du kochst«, schlug er vor. »Was dir lieber ist.«

»Also …« Fieberhaft überlegte sie, was sie überhaupt auf die Schnelle zubereiten könnte.

»Siehst du, also lass ruhig den Spezialisten im Improvisieren sich der Sache annehmen«, konstatierte er. »Ich habe vorhin gesehen, dass ihr jede Menge Käse im Kühlschrank habt. Sind auch Nudeln da?«

Melissa nickte vage. »Nudeln habe ich immer da. Spaghetti, Bandnudeln und so kleine Hörnchen.«

»Die nehmen wir.« Unternehmungslustig rieb Lennart sich die Hände. »Ich mache uns Makkaroni mit Käse … Und vielleicht einem Salat, falls so etwas da ist.«

Melissa runzelte die Stirn. »Ich habe noch einen Chinakohl im Gemüsefach. Frag mich bitte nicht, wie ich darauf verfallen konnte, den zu kaufen. Ich dachte, ich probiere etwas Neues aus, bin aber noch nicht dazu gekommen, mir ein Rezept dafür zu suchen.«

Lennarts Miene hellte sich auf. »Chinakohl ist perfekt! Da habe ich ein hervorragendes Salatrezept von meinem Vater.

Dazu brauche ich allerdings auch einen Apfel und Mandarinen, entweder frische oder aus der Dose.«

»Ich hab die letzten beiden Mandarinen heute zum Frühstück gegessen«, warf Andy ein. »Jetzt haben wir gar keine mehr. Kannst du dann den chinesischen Kohlsalat nicht machen?«

Lennart lachte. »Chinakohl-Salat«, korrigierte er. »Doch, schon, im Notfall geht es auch ohne Mandarinen.«

»Es sind noch ein paar Dosen Mandarin-Orangen im Keller.« Melissa wandte sich bereits der Kellertür zu. »Ich habe mir unten einen kleinen Vorratsraum angelegt, damit die Küchenschränke nicht zu sehr überquellen.« Sie lachte verlegen. »Jetzt, wo ich so viel Platz habe, fange ich an, ein bisschen zu hamstern. Das war früher überhaupt nicht möglich in der alten Wohnung. Da musste ich jeden zweiten Tag einkaufen, weil wir fast keinen Stauraum in der Küche hatten.«

»Hervorragend«, befand Lennart. »Dann also zurück zum ursprünglichen Plan: Ihr räumt auf und ich bereite das Abendessen zu.«

**

Es war bereits kurz vor halb acht, als Andy endlich in seinem Bett lag und sich bereitwillig von Melissa zudecken ließ. Er kuschelte sich tiefer in sein Kissen und schmiegte seine Wange an seinen geliebten Plüschhasen Otto. »Mama?«, murmelte er mit halb geschlossenen Augen.

»Ja, mein Schatz?« Melissa ließ sich auf der Bettkante nieder und strich ihrem Sohn zärtlich ein paar Haarsträhnen aus der Stirn.

»Ich bin schon ganz müde. Heute war ein schöner Tag.«

»Ja, das war er«, stimmte Melissa ihm lächelnd zu, obgleich der Tag für sie ja nicht besonders gut begonnen hatte. Sie hatte Andy allerdings immer noch nichts von der Entscheidung des Gerichts erzählt – sie wusste einfach nicht, wie sie es anfangen sollte. Natürlich war ihr bewusst, dass sie es nicht lange vor sich herschieben konnte; sie hatte es sich spätestens für das Wochenende ganz fest vorgenommen. »Wenn du so weitermachst, wirst du noch ein richtiger Meisterbäcker«, scherzte sie.

»Jaaa, backen macht Spaß.« Andy drehte sich auf die Seite. »Lennart kann das gut, besser als du.«

Melissa lachte. »Da hast du allerdings recht. Von Lennart kann ich in dieser Hinsicht noch jede Menge lernen.«

»Lennart hat gesagt, dass wir die Plätzchen morgen, wenn wir wollen, noch mit Zuckerguss und bunten Streuseln und so verzieren können. Können wir das machen, Mama?«

»Warum nicht?« Immerhin hatte Lennart die Zutaten dazu bereits mit ihr gemeinsam am Mittag eingekauft. »Wir können es zumindest versuchen. Ich bin ja nicht so künstlerisch begabt, aber du kannst das ganz bestimmt ausgezeichnet. Was hältst du davon, wenn wir das gleich nach der Schule angehen?«

Andy nickte. »Lennart hat uns lieb, oder, Mama?« Die Frage ließ Melissa erschrocken zusammenzucken, doch ehe sie auch nur über eine Antwort nachdenken konnte, sprach ihr Sohn bereits weiter: »Weil er hat dich nämlich geküsst. Und man küsst doch nur Leute, die man lieb hat, oder? Und du hast ihn auch geküsst, also hast du ihn auch lieb. Und er hat zu mir gesagt, dass ich sein bester guter Kumpel bin. Also hat er mich auch lieb.«

Melissas Kehle schnürte sich zu, und sie hatte Mühe, ihre Stimme einigermaßen normal klingen zu lassen. »Hast…« Sie musste einmal schlucken. »Hast du ihn denn auch lieb?«

»Ja.« Die Antwort kam so rasch und geradeheraus, dass es ihr einen Stich versetzte. »Lennart ist mein Freund, und er ist überhaupt nicht böse, so wie Papa immer war. Er hat gesagt, dass er manchmal auch ärgerlich werden kann oder sauer wird, aber wenn, dann immer nur mit Worten. Und du hast auch gesagt, dass man immer seine Worte benutzen muss, wenn man wütend wird. Mama?«

»Hm?« Sie schluckte gegen die Enge in ihrer Kehle an.

»Kann Sissy noch ein bisschen zu mir reinkommen? Ich hab sie nämlich auch ganz arg lieb, und ich kann bestimmt gut einschlafen, wenn sie bei mir ist.«

Erleichtert und alarmiert zugleich atmete Melissa einmal tief durch. »Aber sicher doch, für ein Weilchen darf Sissy hereinkommen, aber später nimmt Lennart sie wieder mit, wenn er nach Hause fährt.«

»Gut.« Andy nickte zufrieden.

Als hätte die Hündin nur darauf gewartet, stieß sie in diesem Moment mit der Nase die Zimmertür auf und kam wedelnd hereingelaufen. *Da seid ihr ja. Ich hab mich schon gefragt, wo ihr euch versteckt habt. Ist schon wieder Zeit, schlafen zu gehen? Na gut, meinetwegen. Auf Andys Bett gefällt es mir super.* Mit einem Satz war die Hündin auf dem Bett und kringelte sich am Fußende zusammen.

Prompt richtete Andy sich wieder auf, beugte sich vor und begann, das kurze, weiche Fell der Hündin zu streicheln. »Ich hab dich lieb, Sissy.«

Oh, wie schön! Und hach, ich mag es so gerne, von dir gestreichelt zu werden. Von allen Menschen eigentlich, aber von dir ganz besonders, kleiner Freund. Ich hab dich nämlich auch lieb. Schnüff. Mit einem vernehmlichen Schnauben stieß Sissy ihre Nase gegen die Hand des Jungen und leckte dann einmal darüber.

»Igitt! Jetzt bin ich ganz nass.« Kichernd schüttelte Andy seine Hand, streichelte Sissy dann aber gleich wieder weiter. »Mama?«

»Ja, Andy?« Auch Melissa begann unbewusst, das Boxermädchen zu streicheln.

»Kannst du Lennart sagen, dass er noch mal raufkommen soll?«

»Jetzt noch?« Überrascht hielt Melissa im Streicheln inne.

»Ja. Ich muss mit ihm reden.«

Verblüfft über den plötzlich vollkommen ernsten Tonfall ihres Sohnes, musterte sie ihn. »So, musst du das? Worüber denn?«

»Über …« Plötzlich grinste Andy auf die gleiche Weise, wie Lennart es manchmal tat. »Männersachen.«

»Huch?« Melissa konnte sich eines kurzen Lachens nicht erwehren, obgleich ihr das Herz plötzlich bis zum Hals hinauf pochte. »Na gut, also wenn es so dringend ist, dann sage ich ihm natürlich Bescheid, dass er heraufkommen soll.«

»Gut.« Andy rutschte wieder zurück unter seine Decke und drückte seinen Stoffhasen an sich. »Gute Nacht, Mama. Ich hab dich lieb.«

Zu ihrem Herzklopfen gesellte sich nun auch noch ein Brennen in den Augen, sodass sie mehrmals blinzeln musste, um die Tränen zurückzuhalten. »Ich habe dich auch sehr lieb, mein Schatz.« Sie beugte sich ein wenig vor und küsste ihren Sohn auf die Stirn. »Schlaf gut und träum etwas Schönes.«

»Mach ich.«

Schmunzelnd erhob sie sich, schaltete dabei die kleine Nachttischlampe ein und das Deckenlicht aus, als sie die Tür erreichte.

»Mama?«

Sie drehte sich noch einmal zu ihm um. »Ja?«

»Lennart.«

»Aber ja, natürlich, ich eile.« Sie lächelte ihm noch mal kurz zu und zog die Tür des Kinderzimmers dann bis auf einen schmalen Spalt zu. Sie musste allerdings mehrmals tief ein- und wieder ausatmen, bevor sie ihr Gleichgewicht wiedergefunden hatte und sich zurück ins Erdgeschoss wagte, wo immer noch leise Weihnachtsmusik spielte.

Als sie den Fuß der Treppe erreichte, sah sie, dass Lennart inzwischen nicht nur den Esstisch abgeräumt hatte, sondern das Geschirr auch bereits in die Spülmaschine gestellt haben musste. Auch Schüsseln, Topf und Pfanne waren nirgendwo zu sehen, also hatte er alles offenbar bereits gespült. Nun saß er ganz entspannt auf dem Sofa, einen Arm auf der Rückenlehne, und blickte ihr über die Schulter entgegen, als sie sich ihm näherte.

»Schläft der kleine Mann schon?« Er bedeutete ihr mit Gesten, sich zu ihm zu setzen, doch sie blieb neben dem Sofa stehen.

»Noch nicht ganz. Er möchte, dass du noch mal zu ihm raufgehst.«

Überrascht sah Lennart auf und erhob sich. »Gibt es dafür einen besonderen Grund?«

Sie hob mit einem unsicheren Lächeln die Schultern. »Männersachen.«

»Was?« Er schmunzelte. »Hat er das gesagt?«

»Wortwörtlich.«

»Also gut.« Er war bereits auf dem Weg zur Treppe. »Dann werde ich mal nachhören, was er mir zu sagen hat.«

An der Treppe blieb er stehen und drehte sich zu ihr um. »Ich habe dir übrigens ein paar Filme auf deine Merkliste bei Netflix gesetzt. Wie wäre es, wenn du dir einen davon aussuchst, den wir uns noch zusammen ansehen können? Natürlich nur, wenn du mich nicht lieber gleich hinauswerfen möchtest.«

Sie warf einen kurzen Blick auf den großen Flachbildschirm an der Wand, auf dem er den Streamingdienst aufgerufen hatte. »Was für Filme?«

»Schöne Filme.« Er zwinkerte ihr zu. »Weihnachtsfilme, um genau zu sein. Immerhin haben wir am Sonntag bereits den zweiten Advent. Da wird es allmählich Zeit für ein bisschen Weihnachtsromantik.«

»Weihnachtsromantik«, echote sie, unsicher, ob er scherzte oder das wirklich ernst meinte.

»Such dir einfach einen Film aus.« Im nächsten Augenblick war er bereits mit federnden Schritten die Stufen ins Obergeschoss hinaufgestiegen.

Skeptisch ließ Melissa sich auf dem Sofa nieder und griff nach der Fernbedienung. Gab es so etwas wirklich? Männer, die gerne romantische Weihnachtsfilme anschauten? Da sie selbst bis vor

Kurzem ausschließlich auf das Fernsehprogramm angewiesen gewesen war, kannte sie die Filme, die er ausgesucht hatte, allesamt nicht. Da sie sich nicht entscheiden konnte, legte sie die Fernbedienung vorerst wieder auf dem Wohnzimmertisch ab. Ihr Blick wanderte zu der großen Fensterfront in den dunklen Garten, und sie sprang überrascht auf, als sie feststellte, dass es offenbar zu schneien begonnen hatte. Mit wenigen Schritten war sie an der Terrassentür. Tatsächlich hatte sich bereits eine fast zwei Zentimeter dicke Schneedecke gebildet, und die Flocken fielen immer noch dicht an dicht vom Himmel. Der Anblick war so heimelig und beruhigend, dass sie kurz überlegte, heute die Jalousien offen zu lassen, um den Anblick zu genießen, doch schließlich ließ sie sie doch herunter, so wie sie es bei allen übrigen Fenstern im Erdgeschoss schon kurz vor dem Abendessen getan hatte. Danach blieb sie mitten im Wohnzimmer stehen und sah sich unentschlossen um.

Aus dem Obergeschoss war nicht das kleinste Geräusch zu vernehmen. Kurz war sie versucht, ebenfalls nach oben zu gehen und kurz ins Kinderzimmer zu schauen, verwarf den Gedanken jedoch wieder und setzte sich aufs Sofa. Sie vertraute Lennart und wusste, dass er mit Andy zurechtkommen würde. Er war ein absolutes Naturtalent im Umgang mit Kindern. Und nicht nur, was Kinder anging, schien er stets genau zu wissen, was er tun oder sagen sollte. Es war beinahe unheimlich, wie gut er sie zu verstehen schien. Sie musste sich energisch vor Augen halten, dass sie, obgleich sie einander ja schon früher hin und wieder begegnet waren, sich doch eigentlich erst seit weniger als zwei Wochen näher kannten. Manchmal schien es ihr, als wären sie schon ein Leben lang Freunde gewesen. *Nur Freunde?* Ihre Frage an ihn hallte in ihrem Kopf wider. Nein, nicht nur Freunde. Sie waren in diesen wenigen Tagen sehr viel mehr geworden. Ging das nicht alles viel zu schnell? Sie wusste, was Lennart darauf antworten würde, nämlich, dass es ihr Leben war, ihre Beziehung und ihre Regeln. Natürlich hatte er damit recht; es kam nicht immer darauf an, wie lange man jemanden kannte, um sich bei ihm sicher und geborgen zu fühlen.

Ihr Leben, ihre Regeln. Wenn sie bloß nicht so eine verflixte Angst vor sich selbst hätte!

Hinter sich hörte sie, wie Lennart die Treppe wieder herabkam. »Es schneit«, sagte er leise. »Ich musste Andy versprechen, am Wochenende einen Schneemann mit ihm zu bauen, wenn der Schnee dann nicht wieder weggetaut ist.«

Melissa drehte sich ein wenig auf dem Sofa und sah ihm entgegen, als er näher kam. »Ging es bei den Männersachen etwa darum?«

»Nein, dabei ging es um etwas anderes.« Er setzte sich neben sie und legte wieder einen Arm auf die Rückenlehne. »Ich musste ihm allerdings versprechen, dass es ein Geheimnis zwischen uns beiden bleibt, zumindest vorerst. Ich hoffe, das ist in Ordnung für dich.«

Melissa lächelte verhalten. »Was sollte ich dagegenhaben?«

»Ich wette, du vergehst jetzt vor Neugier.« In seinen Augen funkelte es schalkhaft.

»Natürlich, aber wenn Andy ein Geheimnis mit dir haben will, muss ich das wohl akzeptieren.«

Beiläufig hob Lennart die Hand und begann, mit einer ihrer Haarsträhnen zu spielen. »Es ist nichts Schlimmes, keine Sorge.« Seine Lippen umspielte ein warmes Lächeln. »Du hast da einen ganz tollen Jungen, weißt du das eigentlich?«

»Ja.« Sie spürte der warmen Welle nach, die ihr Herz durchflutete. »Das weiß ich.«

»Und er hat eine ganz tolle Mutter«, sprach Lennart nun in diesem tiefen rauen Ton weiter, der ihr auf der Stelle wieder eine Gänsehaut und Herzklopfen verursachte. »Ich weiß gar nicht, womit ich es verdient habe, dass ich euch beide kennenlernen durfte.«

»Was?« Verblüfft sah sie ihn an.

»Na, du wirst doch wohl zugeben, dass ich ein richtiger Glückspilz bin.« Er grinste breit, beugte sich vor und hauchte ihr einen Kuss auf den Mundwinkel. Abwartend hielt er danach dicht vor ihrem Gesicht inne und blickte ihr fragend in die Augen.

Einmal mehr verfing sich ihr Atem in der Kehle, ein höchst eigentümliches Gefühl, das von ihrem heftigen Herzklopfen noch verstärkt wurde. »Also, wenn überhaupt, dann hatte ich wohl Glück«, traute sie sich auszusprechen, was ihr solche Angst bescherte.

»Dann sind wir also zwei Glückspilze?« Sein warmer Atem strich über ihr Gesicht.

»Scheint so«, murmelte sie und kam ihm die wenigen Zentimeter entgegen, die noch zwischen ihnen lagen. Ein wohliger Schauer durchrieselte sie, als er sie in seine Arme zog und ihren Kuss zärtlich, aber auch fordernd erwiderte. Seine Zungenspitze tastete über die Innenseite ihrer Unterlippe und begab sich auf die Suche nach der ihren. Ein sehnsüchtiges Ziehen breitete sich tief in ihr aus, als ihre Zungen einen zunächst trägen, bald jedoch immer hungrigeren Tanz vollführten. Seine Finger glitten in ihr Haar, die ihren krallten sich in den glatten Stoff seines dunkelblauen langarmigen Shirts. Sie spürte die harten Muskeln an seinen Oberarmen und Schultern und wurde sich einmal mehr bewusst, um wie viel größer und stärker er war als sie.

Als er mit der freien rechten Hand nach ihrer Linken griff und ihre Finger sich miteinander verflochten, verschwand ihre Hand geradezu in der seinen. Er war äußerlich ein krasser Gegensatz zu ihr, die stets schmal, fast dünn gewesen war und trotz der täglichen halben Stunde Bauch- und Beinmuskeltraining, die sie sich seit einiger Zeit gönnte, nicht gerade mit sonderlich sichtbaren Muskeln aufwarten konnte. Sie war bestimmt nicht hässlich, dessen war sie sich bewusst, aber sie hatte in ihrem Leben erst zweimal das Interesse eines Mannes erregt, und der erste von ihnen war ein so entsetzlicher Fehlgriff gewesen, dass es sie auch noch den letzten Rest ihres weiblichen Selbstbewusstseins gekostet hatte.

Sie erschrak ein wenig, als Lennart sie ohne das geringste Anzeichen von Anstrengung noch näher zu sich heranzog und sogar ein wenig hochhob, sodass sie sich rittlings auf seinen Schoß setzen konnte. Sogleich durchrieselten sie weitere heiße Schauer, denn nun rieb ihr Unterleib an seinem, und sie konnte unmissverständlich spüren, wie er auf sie reagierte. »Lennart!« Schwer atmend löste sie ihre Lippen von seinen.

»Melissa?« Seine Stimme verursachte ihr schon wieder eine Gänsehaut, ebenso wie seine Augen, die sich verdunkelt zu haben schienen. »Alles in Ordnung? Wenn du das nicht möchtest ...«

»Nein.« Sein Körper so nah an ihrem sandte winzige Schockwellen durch sie hindurch. »Ich meine doch. Ach, Mist!« Frustriert schüttelte sie den Kopf. »Ich rede nur Unsinn. Ich glaube, ich kann nicht mehr richtig denken.«

»Ist das gut oder schlecht?«

»Gut, glaube ich.«

»Glaubst du oder weißt du?« Forschend suchte er ihren Blick. »Wir müssen nichts tun, was du nicht möchtest.«

»Aber das ist es ja.« Sie seufzte leicht verzweifelt. »Ich möchte ja, aber ich weiß nicht, ob ich das Richtige tue. Ich bin fürchterlich kompliziert, oder?«

»Nicht fürchterlich.« Er lächelte warm. »Warum einigen wir uns nicht darauf, dass ich das Ruder vollständig dir übergebe.«

»Das Ruder?« Verwirrt runzelte sie die Stirn.

»Du bestimmst die Richtung und die Geschwindigkeit, okay?«

Sie schluckte. »Bist du sicher, dass das funktionieren wird? Ich meine ...« Sie bewegte sich ein ganz klein wenig gegen ihn, um ihm zu zeigen, dass sie sehr wohl seine Erregung spürte.

Auf seinen Lippen erschien ein schiefes Grinsen. »Einer Herausforderung habe ich mich noch immer gestellt.« Er räusperte sich. »Hast du dir schon einen Film ausgesucht?«

Überrascht über den Themenwechsel blickte sie über die Schulter zum Fernseher. »Nein, noch nicht. Ich kenne die Filme, die du ausgesucht hast, alle nicht. Kannst du einen davon empfehlen?«

»Alle.« Er lachte leise. »Was ist denn dein liebster Weihnachtsfilm?«

»Darüber muss ich nachdenken.«

»Okay.« Seine Hände wanderten über ihre Schultern hinab bis zu ihren Hüften und begannen von dort aus ganz sachte bis über ihr Hinterteil zu kreisen. Prompt schnellte ihr Puls erneut in schwindelerregende Höhen.

»Was soll das?«, wollte sie atemlos wissen.

Er lächelte nur. »Dein Lieblingsweihnachtsfilm?«

»Ich weiß nicht.« Das Denken fiel ihr zunehmend schwer. »Vielleicht ... *Tatsächlich Liebe*«, schlug sie vor. »Und *Liebe braucht keine Ferien*.«

»Ausgezeichnete Wahl«, stimmte er ihr lächelnd zu. »Wie oft hast du die beiden Filme schon gesehen?«

Verwundert hob sie die Schultern. »Keine Ahnung. Zehnmal oder so. Warum?«

»Weil wir sie dann bei unserem nächsten Filmabend ansehen werden«, erklärte er, nun wieder mit einem schiefen Grinsen. »Für heute suchen wir uns einen Film aus, den wir beide noch nicht gesehen haben.«

»Warum?«

»Ganz einfach, weil wir dann eher geneigt sind, uns auf den Film zu konzentrieren, und nicht auf das hier.« Seine Hände blieben schwer auf ihrem Po liegen.

»Aha.« Die Berührung löste ein heißes Pulsieren in ihrer Körpermitte aus. »Aber ich dachte, du würdest alle Filme auf der Liste schon kennen. Du hast doch gesagt, du kannst sie alle empfehlen.«

»Das kann ich auch, ohne sie gesehen zu haben. So gut wie alle Weihnachtsfilme sind doch schön und romantisch, oder etwa nicht? Die auf Netflix sowieso, für die schwärmt sogar meine Schwester, und das will schon etwas heißen. Kommst du an die Fernbedienung ran?«

Melissa drehte sich auf seinem Schoß und angelte nach dem kleinen Gerät. »Also gut, warum nehmen wir dann nicht einfach den ersten in der Liste?«

Lennart nickte zustimmend. »Gute Idee.« Als wäre sie federleicht, hob er sie wieder von seinem Schoß herunter, zog sie jedoch gleichzeitig dicht an sich, sodass sie sich an seine Schulter kuscheln konnte. Sie startete den Film, der sich *Die Weihnachtskarte* nannte, legte die Fernbedienung neben sich auf dem Sofa ab und schlang nach kurzem Zögern ihren Arm um seinen Bauch.

Nach einigen Minuten merkte sie, wie er schon wieder begann, mit ihren Haaren zu spielen. Eine Welle an ungekannten und höchst intensiven Empfindungen wallte durch sie hindurch – und noch etwas: Gewissheit. Gleichzeitig hätte sie am liebsten laut geflucht.

»Ich habe gar keine Kondome im Haus.«

Zum ersten Mal sah sie Lennart vollkommen perplex. »Was bitte?«

»Zur Verhütung.« Sie seufzte. »Ich habe keine im Haus.«

»Melissa ...« Skeptisch runzelte er die Stirn. »Wir müssen nicht ... Auf gar keinen Fall. Das hat alles noch Zeit.«

»Hat es das?« Sie spielte mit einer Falte seines Shirts. »Ja, wahrscheinlich schon, weil das alles so plötzlich kommt und ich total unvorbereitet bin.«

»Also ...« Er richtete sich ein wenig auf, sein Arm blieb jedoch weiterhin fest um ihre Schultern gelegt. »Theoretisch muss es daran nicht scheitern, denn wie es der Zufall will, habe ich ein Päckchen Kondome dabei.«

Erschrocken und zugleich ein wenig erheitert, hob sie den Kopf. »Ach.«

»Nicht, weil ich so etwas vorhatte, das musst du mir glauben.«

»Warum dann? Trägst du die etwa immer mit dir herum?«

»Das nun nicht gerade.« Er schmunzelte amüsiert. »Eigentlich auch eher selten, denn mein letztes Mal ist doch schon eine ganze Weile her. Ich hoffe, du bekommst das jetzt nicht in den falschen Hals, aber …« Er seufzte. »Mein Vater hat sie mir mitgegeben.«

»Wie bitte?« Entgeistert starrte sie ihn an.

Er lachte rau. »Denk bitte nicht zu intensiv darüber nach. Er hat sie mir heute Mittag zugesteckt, als wir Sissy abgeholt haben. Das ist so eine Sache zwischen uns, die er macht, seit Lena und ich im Teenageralter waren. Bitte vergiss das gleich wieder, okay?«

»Im Leben nicht.« Ein unbezwingbares Kichern stieg in ihr auf. Hilflos verbarg sie ihr Gesicht an seiner Brust.

»Haha, sehr witzig.« Er klang ein ganz klein wenig angefressen, doch das reizte sie nur noch mehr zum Lachen.

»Und wie.« Sie prustete in sein Shirt.

»Sollen wir jetzt nicht lieber den Film weiterschauen?«, schlug er vor, und sie merkte, dass er nun ebenfalls lachte.

»Ja, das sollten wir wohl.« Als sie den Kopf hob und seinem Blick begegnete, durchfuhr sie ein heftiger Stich, der sich zu einem heißen ziehenden Sehnen auswuchs. Diesmal krabbelte sie von sich aus rittlings auf seinen Schoß, umschlang seinen Hals und presste ihre Lippen auf seine.

»Melissa.« Sie spürte, wie ihm der Atem stockte, gleich darauf wanderten seine Hände wieder zu ihrer Hüfte und ihrem Gesäß. Dort lagen sie einen Augenblick schwer, bevor er sanft zu kneten begann. Seine Erregung mochte zuvor kurz abgeklungen sein, doch nun spürte sie sie wieder so intensiv, dass ihr beinahe schwindlig wurde.

Während sie sich wild und leidenschaftlich küssten, zupfte und zerrte sie an seinem Shirt und half ihm schließlich, es über den Kopf zu ziehen. Seine Haut schien zu glühen, und sie erschauerte, als sie seine breite muskulöse Brust sah, ebenso wie den von harten Muskeln definierten Bauch mit den weichen, blonden Härchen, die sich von seiner Brust bis hinab zu seinem Bauchnabel zogen. Eine unkontrollierbare Hitze stieg in ihr auf – oder übertrug sie sich von ihm auf sie? Das Pulsieren in ihrem Inneren verstärkte sich; instinktiv drängte sie sich fester gegen seinen Unterleib.

Lennarts Kehle entrang sich ein vibrierender rauer Ton, fast wie ein Knurren, und sie erinnerte sich dunkel daran, dass er genau das vor einiger Zeit prophezeit hatte. Ihr wurde womöglich noch heißer, als ihre Hände über seine nackten Schultern glitten und sie gleichzeitig mit ihrer Zunge nach seiner suchte. Seine Hände wanderten von ihrem Gesäß hinauf über ihren Rücken, schoben sich so weit unter ihre taillierte weiße Bluse, wie es nur ging. Sie erschauerte, als sie seine Finger auf ihrer Haut spürte, und knöpfte ihre Bluse hastig auf; gleich darauf streifte er sie ihr bereits über die Schultern und zog ihr das dünne Hemdchen, das sie darunter trug, über den Kopf. Beide Kleidungsstücke landeten achtlos neben dem Sofa auf dem Boden.

»Melissa ...« Seine Stimme klang gepresst, atemlos. Zärtlich glitten seine Hände erneut über ihren Rücken nach oben, dann nach vorne und umfassten ihre Brüste, die in seinen Pranken beinahe winzig erschienen. Dennoch schmiegten sie sich auf wunderbare Weise genau in seine Handflächen. Doch schon wanderten seine Hände wieder zu ihrem Rücken und hantierten an ihrem BH, bis sich der Verschluss öffnete. Augenblicke später landete auch dieses Kleidungsstück auf dem Boden.

Für einen langen Moment betrachtete er sie mit hungrigen Blicken. »Perfekt«, raunte er und strich mit Lippen und Zunge über ihr Dekolleté und hinab bis zu ihrer linken Brustwarze, neckte sie sanft, bis sie sich aufgerichtet hatte.

Tausend feine Schockwellen, Nadelstichen gleich, durchzuckten sie. »Ich bin doch nicht perfekt«, protestierte sie, doch er fuhr einfach fort, sie auf diese Weise zu liebkosen.

»Und wie du das bist«, knurrte er dabei fast schon ungehalten und wandte sich nun ihrer rechten Brust zu, sog die empfindliche Spitze ein wenig ein, bis sie erschrocken nach Atem rang, weil die Empfindungen, die sie durchtosten, ein Brennen bis in ihre Körpermitte sandten. Das zugleich weiche und raue Kratzen seines Bartes verstärkte die Wellen der Erregung noch. So etwas hatte sie noch niemals verspürt, und ihr wurde schwindlig von den köstlichen Flämmchen, die in ihrem Inneren emporzüngelten. Schon tastete sie nach seinem Gürtel, öffnete ihn, dann den obersten Knopf seiner Jeans und den nächsten und den übernächsten.

Lennart keuchte. »Lieber Himmel, das geht nicht lange gut.« Halb lachend, halb stöhnend entledigte er sich seiner Schuhe und, als sie ein wenig zur Seite rutschte, seiner Jeans sowie der Socken.

Ihr stockte für einen Moment der Atem, als sie nun, da er nur noch seine hautengen Shorts trug, das Ausmaß seine Erregung erblickte. Ihr eigener Körper antwortete darauf mit einem hitzigen Pochen, das sie ebenfalls noch nie erlebt hatte.

»Verflucht, Augenblick.« Mit eckigen Bewegungen erhob er sich und eilte hinüber zum Garderobenschrank, in dem er seinen Wintermantel verstaut hatte.

Sie ahnte, was er vorhatte, und öffnete derweil ihre eigenen Jeans, streifte ihre Sneakers von den Füßen und hatte gerade ihre Socken ausgezogen, als er wieder bei ihr war und ihr half, sich der Hose zu entledigen. Mit ihrem Slip ging er allerdings wesentlich sanfter um und versicherte sich zuvor mit einem Blick in ihre Augen, ob sie wirklich damit einverstanden war, diese allerletzte Barriere zwischen ihnen loszuwerden. Sie nickte atemlos, und nur Augenblicke später flog ihr Slip ebenfalls zu Boden.

Lennart schob sich halb auf, halb neben sie, so gut es auf der durchaus breiten Sitzfläche des Sofas ging, und küsste sie hungrig erst auf den Mund, dann fuhr er mit den Lippen an ihrem Kinn hinab und ihren Hals hinunter bis zu der Stelle, an der ihre

Halsschlagader heftig pulsierte. Begierig und zärtlich zugleich saugte er die Haut dort ein, fuhr mit der Zunge darüber, bis sie vor Lust einen unartikulierten Laut ausstieß und ihre Hände in seine Haare krallte. Wagemutige, erregende Bilder stiegen vor ihrem inneren Auge auf und ließen sie nach dem Bund seiner Shorts tasten.

Erneut stieß Lennart dieses tiefe Stöhnen aus, das mehr einem Knurren ähnelte. »Warte. Noch nicht.«

Warum nicht? Alles in ihr schrie inzwischen nach ihm, doch er zog sich ein wenig von ihr zurück, jedoch nur, um mit dem Mund und seinem so unglaublich köstlich kratzenden Bart eine Spur über ihre Brüste und ihren Bauch hinab bis zu ihrem Bauchnabel zu ziehen. Dort hielt er einen Moment inne, hob den Kopf, suchte ihren Blick und tauchte gleichzeitig so sanft und sachte in ihre Mitte vor, dass sich auf ihrem gesamten Körper eine Gänsehaut bildete. Im nächsten Augenblick bäumte sie sich erschrocken auf, als er ihre empfindliche Knospe fand und zu reizen begann. Wieder wurde ihr schwindlig, heiße und kalte Schauer durchrieselten sie so schnell abwechselnd, dass sie schon nach wenigen Augenblicken nicht mehr wusste, wohin mit sich. Das hier war alles vollkommen verrückt, irrsinnig und wahrscheinlich auch scheußlich unvernünftig. Aber es war wundervoll, und sie wollte auf keinen Fall, dass es aufhörte.

Sie sah, spürte und hörte, dass er schwer an sich halten musste, um nicht über sie herzufallen. Die Hitze und Feuchtigkeit, mit der sie ihn empfing, schickte seine Hormone vermutlich in einen absoluten Ausnahmezustand. Entschlossen tastete sie erneut an seinem Körper entlang, richtete sich ein wenig auf, erwischte schließlich den Bund seiner Shorts und half ihm, sie auszuziehen. Sie wusste nicht, woher sie den Mut nahm, vermutlich hatten auch bei ihr irgendwelche Urinstinkte die Kontrolle übernommen. Sie drückte ihn rücklings gegen die Lehne des Sofas und schob sich erneut rittlings auf ihn, rieb ihren pulsierenden Unterleib gegen seine harte Erektion.

Ein lustvolles Stöhnen entrang sich Lennarts Kehle. »Warte!« Blindlings tastete er nach dem Päckchen Kondome, öffnete es und entnahm ihm eines der quadratischen Briefchen. Mit fliegenden Fingern riss er es auf. Melissa suchte indes fahrig nach der Fernbedienung, auf die sie sich eben beinah gekniet hätte, richtete sie, ohne hinzusehen, auf den Bildschirm und schaltete den Film aus, dann warf sie sie einfach achtlos hinter sich auf den Tisch und hob, als sie sicher war, dass er bereit war, das Becken ein wenig an. Seine Hände umschlossen sanft und fest zugleich ihre Hüften, sein Blick tauchte in den ihren ein. »Bereit?«

Anstelle einer Antwort senkte sie sich über ihn und nahm ihn tief, tief in sich auf. Für einen Moment schien die Welt stillzustehen, ebenso wie ihr Atem. Alles in ihr spannte sich an, pulsierte. Er regte sich nicht, wohl weil er ihr die Gelegenheit geben wollte, sich an ihn zu gewöhnen, und ihrer beider Atem ging in schweren, unsteten Stößen.

***

Lennart wurde beinahe schwarz vor Augen, als Melissa sich langsam und energisch zugleich über ihn niedersenkte und ihn in sich aufnahm. Die heiße feuchte Enge brachte ihn beinahe um den Verstand, ebenso wie das Bedürfnis, gänzlich eins mit ihr zu werden, nicht nur in körperlicher Hinsicht. Er wusste nicht, woher es rührte, und ihm war klar, dass dies hier nur der Anfang war. Ein Anfang, der ihn vermutlich innerhalb kürzester Zeit in den Wahnsinn treiben würde.

Sie war einfach perfekt, anders konnte er es nicht beschreiben. Für einige Augenblicke rührte er sich nicht, auch wenn das seinem kurz bevorstehenden Wahnsinn noch Vorschub leistete, denn er wollte ihr unbedingt Gelegenheit geben, sich an ihn zu gewöhnen. Himmel, sie hatte selbst gesagt, dass sie nicht über allzu viel Erfahrung verfügte, und wer wusste schon, was ihr Exmann ihr neben den Schlägen noch angetan haben mochte.

Doch all diese fürsorglichen Gedanken verwirbelten in einem dichten Nebel von Lust, als sie unvermittelt begann, sich auf ihm zu bewegen, erst träge, doch schon bald fordernder, gieriger.

Das Blut schoss ihm wie glühende Lava durch die Adern; er packte ihre Hüften, ihr Gesäß. Ihre schmale Gestalt verschwand beinahe unter seinen großen Händen, und das erregte ihn noch mehr. Er durfte sie besitzen, aber gleichzeitig besaß sie auch ihn, hatte sie bewusst oder unbewusst die Führung übernommen – vielleicht zum ersten Mal in ihrem Leben.

Die Lust stach und pulsierte immer wilder in seinem Unterleib, gleichzeitig brannte in seinem Inneren eine hitzige und zugleich zärtliche Leidenschaft, von der er nicht wusste, wie er sie ausdrücken sollte. Er griff mit einer Hand in ihr Haar, umschloss mit der anderen ihre wunderschöne kleine feste Brust und küsste sie wild, tief, suchte und fand ihre Zunge, raunte immer wieder ihren Namen, so wie sie den seinen flüsterte.

Bald schon ließ er wieder beide Hände zu ihren Hüften hinabwandern, dirigierten sie dort zu einem noch schnelleren, noch heißeren Rhythmus. Er spürte ihre Hände an seinen Schultern, seinen Oberarmen, dann wieder in seinem Haar. Sie zog das Haargummi heraus und warf es zur Seite, ließ alle zehn Finger durch die langen, dichten Strähnen gleiten, während er mit den Lippen wieder ihre Halsbeuge suchte, dann ihre Brüste. »Himmel, Melissa«, knurrte er. »Das ist Wahnsinn.«

»Ich weiß.« Als hätte sie gespürt, welche Bilder sein von Lust vernebeltes Hirn in ihm aufsteigen ließ, ließ sie sich von ihm bereitwillig zur Seite schieben. Für einen Augenblick saß sie neben ihm, sah ihn fragend an. Er packte sie sanft, aber bestimmt an den Hüften, dirigierte sie in die Position, die ihm vor Augen stand. Sie rang gleichermaßen hilflos wie erwartungsvoll nach Atem, als sie schließlich auf allen vieren vor ihm kniete, und stieß einen überraschten Laut aus, als er sie sanft noch weiter vorschob und ihr gleichzeitig ein Sofakissen unter den Bauch schob. Er vernahm ihren unsteten Atem, spürte, wie sie sich anspannte, nicht ängstlich, sondern erwartungsvoll. Sein Herz pumpte das Blut in wilden Stößen durch seinen Körper, als er sich zwischen ihre Schenkel schob, sich weit über sie beugte und schließlich erneut tief in sie eindrang. Sie stöhnte auf, presste ihr Gesicht in die Sitzfläche, krallte ihre Finger ebenfalls hinein, als er erst langsam, genießerisch, träge, bald aber schon hungriger, fordernder in sie stieß. Er stützte sich rechts und links von ihr in den Polstern ab, um sie nicht gänzlich mit seinem Gewicht zu belasten, doch je erregter sie beide wurden, desto schwerer drängte er sich auf und gegen sie, bis er schließlich sogar mit dem Mund ihren Nacken erreichte und zärtlich und begierig zugleich hineinbiss.

***

Melissa erstickte den erschrockenen und gleichermaßen lustvollen Schrei im Sitzpolster des Sofas. Sie spürte nur noch Lennart – tief in sich und zugleich seine Lippen und seine Zähne in ihrem Nacken, sein Gesicht auf ihr, über ihr, bestimmend, dominant und doch nicht beängstigend. Fordernd, jedoch ohne jeglichen Zwang auszuüben. Sie hatte nicht geahnt, dass es mit einem Mann jemals so sein könnte, so wild, so vertraut, obwohl sie einander doch eigentlich noch gar nicht lange kannten – so wundervoll. Sie war ihm in dieser Position gänzlich unterlegen, doch alles an der Art, wie er sie berührte, wie er sie antrieb, sein keuchender Atem und das lustvolle knurrende Stöhnen verrieten ihr, dass sie in diesem Moment ebenso große Macht über ihn besaß wie er über sie – vielleicht sogar mehr. Für einen Moment wünschte sie sich, dass dies hier niemals, niemals enden würde, doch sie spürte, dass er seine Beherrschung bald verlieren würde, ebenso wie sie selbst. Alles in ihr vibrierte, pulsierte, pochte und sehnte sich nach Erlösung.

Plötzlich war sein Mund ganz dicht an ihrem Ohr, sein heißer Atem rief köstliche Schauer in ihr hervor. »Mehr?«

Sie war sich nicht ganz sicher, ob es eine Frage war oder einfach sein Wunsch. Sie tastete neben sich nach seinen Händen, fand sie, und als wisse er genau, was sie wollte, legte er seine Hände über ihre und schob seine Finger zwischen die ihren, hielt sie auf diese Weise fest und gab ihr Halt.

»Mehr«, flüsterte sie und gab sich ganz dem wilden Rausch hin, der sie beide erfasste und der schon bald, ersehnt und doch unerwartet in einem fast schmerzlichen Höhepunkt gipfelte. Wieder erstickte sie den Schrei, der sich aus ihrer Kehle löste, im Polster des Sofas und spürte zugleich, wie er ihr nur wenige kraftvolle Stöße später in den erlösenden Taumel folgte.

Eine geraume Weile lagen sie beide einfach nur da, er schwer auf ihr, und versuchten, zu Atem zu kommen.

»Bin ich dir zu schwer?«, brummte er dicht an ihrem Ohr.

»Nein. Bist du nicht.« Tatsächlich lastete er wie ein Felsblock auf ihr, dennoch umklammerte sie weiterhin fest seine Hände, um zu verhindern, dass er sich auch nur eine Winzigkeit von ihr fortbewegte.

»Was ist das hier für eine Narbe?« Nun bewegte er sich doch ein wenig auf ihr und fuhr mit Lippen und Zungenspitze über die Stelle an ihrer linken Schläfe, die einst äußerst schmerzhaft Bekanntschaft mit einer Faust gemacht hatte.

»Matthias«, murmelte sie und staunte, wie wenig es ihr ausmachte, seinen Namen auszusprechen, solange Lennart so dicht bei ihr war. Seine Nähe gab ihr Sicherheit und Selbstvertrauen und, wie sie gerade festgestellt hatte, Mut zu Dingen, von denen sie nicht geahnt hatte, dass sie sie je wagen würde. Sie hatte ihn praktisch verführt, war über ihn hergefallen. Sie kicherte unterdrückt.

»Was ist daran so lustig?« Er klang leicht irritiert.

»Gar nichts.« Nun ließ sie doch seine Hände los und wand sich so lange, bis sie auf dem Rücken lag und ihm ins Gesicht sehen konnte. Eine Welle heißer tiefer Gefühle wallte in ihr auf und flutete ihr gesamtes System. »Es ist nicht wichtig.« Sie tastete kurz nach der Narbe, vergrub ihre Hand jedoch gleich darauf in seinem Haar. »Nicht mehr.«

In seine Augen trat ein warmes glückliches Leuchten. »Und was gibt es dann so frech zu kichern?«

»Frech?« Sie grinste. »Ich hätte nur einfach nie gedacht, dass mir so etwas einmal passieren würde – oder glücken.«

»Du meinst, einen gestandenen Mann von seinen besten ehrenwerten Vorsätzen abzubringen und zu einem wilden Abenteuer zu verleiten?«

Nun stieg doch ein klein wenig Verlegenheit in ihr auf, dennoch nickte sie. »So etwas in der Art, ja.«

Zärtlich senkte er seine Lippen auf ihre und küsste sie tief und ausgiebig. »Dafür, dass du darin noch keinerlei Übung hattest, ist es dir aber erstaunlich gut gelungen.«

»*Noch* keine Übung?« Sie betonte das erste Wort mit einer gewissen Spannung.

Nun war es an ihm, schalkhaft zu grinsen. »Nun, ich nehme doch wohl an, dass du vorhast, diese neu entdeckte Fähigkeit noch möglichst oft zu üben. Ich stehe gerne als Versuchskaninchen zur Verfügung.«

»Ist das so?« Ihr Herzschlag, der sich gerade erst beruhigt hatte, beschleunigte sich wieder.

»Unbedingt.« Noch einmal küsste er sie zärtlich, dann rollte er sich ein wenig zur Seite, entledigte sich des Kondoms und entsorgt es rasch im Restmülleimer in der Küche. Auf dem Rückweg brachte er eine Flasche Wasser aus dem Kühlschrank mit und warf, als er sich wieder neben ihr niederließ, einen prüfenden Blick zur Treppe. »Bist du sicher, dass Andy einen tiefen Schlaf hat?«

Sie gluckste. »Ganz sicher.«

»Also gut.« Er angelte nach der Wolldecke, die auf einem der Sessel lag und breitete sie über ihnen aus. »Aber sicher ist sicher.« Dann griff er nach der Fernbedienung und startete Netflix.

Verblüfft drehte sie sich in seinen Armen, bis sie ihm ins Gesicht sehen konnte. »Was soll das denn jetzt?«

»Wir wollten uns doch diesen Film ansehen, oder etwa nicht?« Er drehte sein Handgelenk so, dass sie einen Blick auf seine Armbanduhr werfen konnte. »Es ist noch nicht einmal halb neun, mein Schatz. Auch wenn es vielleicht kein allzu glückliches Licht auf meine Fähigkeiten wirft, muss ich leider zugeben, dass dein Überfall mich kalt erwischt hat – oder vielmehr heiß, und die Dinge damit ziemlich beschleunigt hat.« Er streifte mit seinen Lippen ihre Wange. »Beim nächsten Mal lassen wir uns ein bisschen mehr Zeit.« Bevor sie darauf antworten konnte, hatte er bereits den Film aufgerufen und auf *Play* gedrückt.

22. Kapitel

Melissa summte den Song *The Holly and the Ivy* von Loreena McKennitt mit, der leise aus den Lautsprechern im Laden erklang, während sie ein Set Glaselfen in einem gepolsterten Karton verstaute und in goldenes Geschenkpapier verpackte. Die Kundin wollte die Elfen später abholen, deshalb trug Melissa das fertig verpackte Geschenk ins Büro und stellte es dort auf dem Schreibtisch ab, damit es ihr im Laden nicht im Weg war. In Gedanken verweilte sie beim vergangenen Abend und Lennart. Im Nachhinein fragte sie sich immer noch, wie sie nur den Mut aufgebracht hatte, ihn zu verführen. Nun gut, verführen war vielleicht ein zu starkes Wort dafür, aber letztendlich war es darauf hinausgelaufen.

Sie kam sich verrückt vor, und irgendwie hatte sie das Gefühl, immer noch ein paar Zentimeter über dem Boden zu schweben. Nie hätte sie gedacht, dass es so sein könnte, mit einem Mann zusammen zu sein. Der Sex mit Matthias war nie so aufregend, so intensiv gewesen, auch nicht zu Beginn ihrer Beziehung, als er seine gewalttätige Ader noch nicht gezeigt hatte. Sie konnte wohl von Glück sagen, dass er diese Ader nicht auch im Ehebett ausgelebt hatte. Vielmehr hatte er zumindest in der Anfangszeit noch versucht, sich bei ihr zu entschuldigen, indem er besonders rücksichtsvoll gewesen war. Später dann hatte er allmählich das Interesse an ihr verloren und nur noch selten mit ihr geschlafen. Sie hatte gedacht, dass sie ihm wahrscheinlich zu langweilig und einfallslos gewesen war, und war froh gewesen, dass sie ihm wenigstens in dieser Hinsicht nichts hatte vorspielen müssen.

Mit Lennart war es vollkommen anders gewesen, von der ersten Sekunde an. Es hatte sich ja bereits angekündigt, weil sie seit einiger Zeit diese heftige körperliche Anziehung zu ihm verspürt hatte. Auch etwas, was für sie völlig neu gewesen war. Und nun war es also geschehen – und sie fieberte innerlich bereits der nächsten Gelegenheit entgegen, ihren neu gewonnenen Mut an ihm zu erproben.

Sie war etwas zwiegespalten, ob es richtig gewesen war, ihn kurz vor Mitternacht nach Hause zu schicken – oder hatte sie ihn gehen lassen? Sie hatten im Grunde gar nicht offen darüber gesprochen. Stattdessen hatten sie sich, nachdem sie den Film angeschaut hatten, noch eine ganze Weile über dies und das unterhalten, über alles Mögliche und nichts, wie sie schmunzelnd im Nachhinein feststellte. Sie waren einfach vom Hölzchen aufs Stöckchen gekommen und hatten die Nähe und Zweisamkeit genossen. Zwar waren sie durchaus versucht gewesen, den wundervollen Sex von zuvor noch einmal zu wiederholen, doch Lennart hatte sie, obwohl sie gespürt hatte, wie schwer es ihm gefallen war, schließlich davon überzeugt, dass sie sich dafür unbedingt an einem anderen Tag oder Abend deutlich mehr Zeit nehmen sollten. Damit hatte er sie wieder einmal vollkommen verblüfft, ebenso mit seiner Bemerkung, dass dieses erste Mal einfach unvergesslich war und es auch bleiben sollte, was am besten funktionierte, wenn sie sich mit dem zweiten Mal noch ein wenig Zeit ließen. Er war einfach ein Mann, der sie ununterbrochen zu überraschen vermochte, mit allem, was er sagte oder tat.

Kurz vor Mitternacht hatte er sich dann einfach angezogen und hatte sie auf das Date am nächsten Tag verwiesen. Vielleicht hatte er ihr angemerkt, dass sie zuvor schon eine Weile insgeheim überlegt hatte, ob es gut war, zu einem so frühen Zeitpunkt Andy bereits mit dieser neuen Entwicklung in ihrer Beziehung zu konfrontieren. Denn wenn ihr Sohn am Morgen bemerken würde, dass Lennart bei ihnen übernachtet hatte, womöglich gar in ihrem Bett, würde er daraus vielleicht Schlüsse ziehen, für die sie noch nicht bereit waren. Deshalb hatte sie nicht protestiert oder Lennart zurückgehalten, sondern lediglich darauf hingewiesen, dass der Schneefall glücklicherweise inzwischen aufgehört hatte und die Straßen deshalb einigermaßen gefahrlos befahrbar sein würden.

Später, allein in ihrem Bett, hatte sie ihn bereits vermisst. Insbesondere die Wärme und Stärke, die von seinem Körper ausgestrahlt war. Deshalb hatte sie sich noch einmal aufgerappelt, war ins Wohnzimmer gegangen und hatte sich die Decke, mit der er sie beide zugedeckt hatte, mit hinauf in ihr Bett genommen. Die Nase darin zu vergraben, um seinen Geruch wahrzunehmen, hatte ihr schließlich geholfen, sich zu entspannen und einzuschlafen.

Im Laden war es heute erwartungsgemäß ruhig, denn der Großteil ihrer Kundschaft begab sich im Advent lieber zum Verkaufszelt auf dem Weihnachtsmarkt, um sich von der Künstlerin höchstpersönlich bedienen und beraten zu lassen. Das bedeutete für Melissa, dass sie eine ruhige Kugel schieben konnte. Da sie nun schon mal im Büro war, beschloss sie, einen Blick auf die eingegangenen Bestellungen im Onlineshop zu werfen. Zuvor musste sie aber noch das Fenster schließen, das sie gekippt hatte, um frische Luft hereinzulassen. Dabei fiel ihr Blick mehr zufällig auf den Weg, der am hinteren Ende von Janas Grundstück am Waldrand entlangführte.

Für einen Augenblick setzte ihr Herzschlag aus, zumindest fühlte es sich so an, denn sie erblickte dort den Geländewagen, auf den Lena sie neulich aufmerksam gemacht hatte. Prompt verkrampfte sich ihr Magen, und sie musste mehrmals tief durchatmen, um ruhig zu bleiben. Doch anstelle der Angst, die sie erwartet hatte, stieg nur rechtschaffener Ärger in ihr auf. Was bildete sich Matthias eigentlich ein? Nur weil die Richterin seinem Antrag vorläufig stattgegeben hatte, hatte er noch lange nicht das Recht, sie immer noch oder schon wieder beobachten zu lassen! Jetzt erst recht nicht, befand sie bei sich, denn damit machte er sich doch nur angreifbar. Was sollte das also?

Unwillkürlich ballte sie die Hände zu Fäusten, entspannte sich aber sofort bewusst wieder, atmete noch einmal tief durch, schnappte sich ihren Mantel und ihren Schlüsselbund und verließ mit energischen Schritten den Laden und verschloss ihn. Mit ausholenden Schritten umrundete sie das Gebäude und eilte quer über das Grundstück auf den Feldweg zu. Je näher sie dem Wagen kam, desto zorniger wurde sie. Sie konnte genau erkennen, dass jemand hinter dem Steuer saß und in ihre Richtung blickte, mit einem Fernglas sogar, wenn sie sich nicht irrte. Sie hatte den halben Weg bereits zurückgelegt, als sie hörte, wie der Motor ansprang. Im nächsten Moment rollte der Geländewagen zügig davon. Sie blieb stehen, stemmte wütend die Hände in die Seiten. Mit finsterem Blick folgte sie dem Wagen, bis er um eine Wegbiegung verschwunden war. Dann machte sie auf dem Absatz kehrt und ging etwas langsamer zum Laden zurück.

Als sie die Hausecke umrundete, blieb sie wie angewurzelt stehen. Der Geländewagen kam soeben die Straße herauf und hielt auf dem Parkplatz direkt vor dem Ladeneingang. Nun erkannte sie auch, wer hinter dem Steuer saß. Die junge Frau löste lächelnd ihren Sicherheitsgurt und stieg seelenruhig aus. Die Fahrertür drückte sie, ohne hinzusehen, ins Schloss und trat mit ausgestreckter rechter Hand näher. »Guten Tag, Melissa. Wir haben uns ja schon seit einer Ewigkeit nicht mehr getroffen.«

Mehr reflexartig, denn willentlich, ergriff Melissa die Hand ihres Gegenübers und staunte über deren festen Händedruck. »Hallo, Maja-Sophie.« Misstrauisch sah sie sich um. »Was tust du hier? Und weshalb beobachtest du mich?«

»Ach was, beobachten!« Maja-Sophie lachte unbefangen, ein Laut, der Melissa eigenartigerweise die Haare zu Berge stehen ließ. »Ich sehe nur ein wenig nach dem Rechten, das ist alles. Ich bin auch vorhin schon bei Andys Schule vorbeigefahren und habe nachgesehen, ob dort alles in Ordnung ist. Er hat in der Pause sehr schön mit seinen Freunden auf dem Schulhof gespielt.«

Melissas Magen verkrampfte sich. »Du beobachtest Andy?«

»Nun nenn es doch nicht immer so.« Wieder lachte Maja-Sophie und winkte lässig ab. »Ich bin doch schließlich seine Stiefmutter, nicht wahr? Und da du ja tagsüber arbeiten musst, dachte ich, es wäre sinnvoll, wenn ich hin und wieder nachsehe, ob alles in Ordnung ist. Du hast Andy sehr gut erzogen, das muss ich schon sagen. Was ich bisher gesehen habe, ist er ein sehr braver und liebenswerter Junge.«

»Danke.« Melissas Misstrauen gegen Matthias' neue Ehefrau ließ einfach nicht nach. »Korrigiere mich, aber du hast doch im Grunde keinerlei Recht, hinter mir oder Andy herzuschnüffeln, Stiefmutter hin oder her. Ich habe das alleinige Sorgerecht, und ich möchte nicht, dass wir auf Schritt und Tritt verfolgt werden.«

»Doch nicht auf Schritt und Tritt.« Immer noch so überaus freundlich, lächelte Maja-Sophie ihr zu. »Ich habe Matthias nur versprochen, ein Auge auf euch zu halten, damit er sicher sein kann, dass es euch gut geht. Andy ganz besonders, denn natürlich hat er an dir keinerlei romantisches oder sonstiges Interesse mehr.« Ihr Lächeln vertiefte sich und verstärkte damit noch die Gänsehaut, die sich auf Melissas Rücken bildete. »Ich bin ja jetzt seine Frau, und er liebt mich und ich liebe ihn. Aber weißt du, wir sind ja jetzt alle eine Familie, da ist es doch nur natürlich, dass man sich umeinander Gedanken macht. Matthias hat anfangs noch teure Privatdetektive damit beauftragt, dich zu finden – was übrigens gar nicht so einfach war, wie er mir versichert hat. Da hast du wirklich gute Arbeit geleistet.« Sie hob lässig die Schultern. »Jedenfalls habe ich ihm gesagt, nachdem wir verheiratet waren: Matthias, habe ich gesagt, gib doch nicht so viel unnötiges Geld für diese Aasgeier aus. Sobald wir nach Köln ziehen, kann ich das doch übernehmen. Weißt du, anfangs habe ich ja noch mit in seiner Firma gearbeitet, und irgendwann später werde ich das auch wahrscheinlich wieder tun, denn irgendjemand muss ja darauf achten, dass dort nicht alles drunter und drüber geht.« Sie lachte kirrend. »Aber im Augenblick halte ich es für besser, wenn ich ihn voll und ganz unterstütze, indem ich mich auf die Familienplanung und unseren Haushalt konzentriere – und natürlich darauf, ihm bei seiner Therapie beizustehen und alles zu erledigen, was so anfällt. Dazu gehört auch, bei euch nach dem Rechten zu sehen, damit er ganz beruhigt sein kann, dass alles in Ordnung ist. Er liebt Andy sehr, musst du wissen, und es schmerzt ihn, dass er ihn schon so lange nicht mehr sehen durfte.« Sie drehte sich einmal um die eigene Achse. »Schön ist es hier, wirklich schön. Ein bisschen weit vom Schuss für einen Laden, aber vermutlich nehmen Frau Weißmüllers Kunden diesen Weg gerne auf sich, um eins ihrer schönen Kunstwerke zu erwerben, oder? Ich habe schon sehr viel darüber in ihrem Blog gelesen und mir auch fest vorgenommen, am Wochenende einmal einen Blick in ihr Verkaufszelt auf dem Weihnachtsmarkt zu werfen. Überhaupt sollte ich Matthias unbedingt einmal auf diesen Weihnachtsmarkt schleppen, meinst du nicht? Was ich darüber gehört und gelesen habe, ist ja wirklich traumhaft. Natürlich gibt es auch in Köln schöne Weihnachtsmärkte, aber hier in dieser Kleinstadtidylle ist das doch noch etwas ganz anderes, findest du nicht auch?«

Skeptisch runzelte Melissa die Stirn. »Du willst ihn auf den Weihnachtsmarkt *schleppen*?« Sie konnte sich beim besten Willen nicht vorstellen, dass Matthias sich das gefallen lassen würde.

»Aber ja doch, auf jeden Fall!« Maja-Sophie nickte enthusiastisch. »Man muss ihn ein bisschen anstupsen, weil er doch ein rechter Kulturbanause ist, was man gar nicht meinen sollte, wenn man bedenkt, aus welchem Elternhaus er stammt.« Wieder lachte sie dieses kirrende Lachen. »Geld ohne Ende, aber neureich natürlich. Ein Logistikunternehmen hat nichts mit altem Geldadel zu tun, das ist wohl die Erklärung. Aber nun ja, jetzt hat er mich, und ich sorge schon dafür, dass er zukünftig regelmäßig an kulturellen Veranstaltungen teilnimmt und seinen Horizont erweitert.«

Melissa konnte kaum glauben, was sie da hörte. Eingehend musterte sie die junge Frau. »Entschuldige bitte, aber glaubst du wirklich, dass er das so einfach mit sich machen lässt? Überhaupt ...« Sie ließ forschend ihren Blick über Maja-Sophies Körper wandern. »Hast du keine Sorge ... Ich meine, hat er dich nie ...?«

»Warum zeigst du mir nicht mal Frau Weißmüllers Laden?«, unterbrach Maja-Sophie sie überaus vergnügt und ging auf die Ladentür zu. »Abgeschlossen«, stellte sie fest, nachdem sie die Türklinke gedrückt hatte. »Hast du etwa Angst, hier würde jemand etwas stehlen?«

Melissa schloss die Tür rasch auf und ließ Maja-Sophie den Vortritt. »Man kann nie wissen, wer sich in der Gegend herumtreibt. Außerdem ist es schon aus Versicherungsgründen wichtig, dass ich immer abschließe, wenn ich den Laden verlasse, auch wenn es nur kurz ist.«

»Da hast du natürlich auch wieder recht.« Wie zuvor drehte Maja-Sophie sich einmal um die eigene Achse und ließ ihre Blicke bewundernd über die ausgestellten Skulpturen und Schmuckstücke wandern. »Wahnsinn, was man alles aus Glas zaubern kann!« Neugierig wanderte sie von Vitrine zu Vitrine, von Schautisch zu Schautisch. »Ich glaube, da komme ich demnächst noch einmal wieder und werde ausprobieren, was unsere Kreditkarte alles kann.«

»Matthias ist kein großer Freund von Glaskunst oder irgendwelchen Dekoartikeln«, warf Melissa vorsichtig ein, erntete zu ihrer Überraschung jedoch nur einen überaus mitleidigen Blick von Maja-Sophie.

»Jetzt, wo du es erwähnst: Als ich bei ihm eingezogen bin, war das Haus in einem bedauernswerten Zustand. Alles so kahl und unpersönlich. Zwar von allerbester Qualität, das muss ich schon zugeben, aber es fehlte doch ganz eindeutig die Hand einer Frau, die dafür sorgt, dass es auch wohnlich ist und man mit gutem Gewissen Gäste empfangen kann. Er meinte mal, du hättest nicht so viel Talent zum Dekorieren, deshalb hätte er dich gebeten, es lieber bleibenzulassen, und einen Dekorateur wollte er auch nicht engagieren, um dich nicht zu verletzen. Er meinte, du wärst in dieser Hinsicht etwas empfindlich, und das kann man ja verstehen. Man kann nicht alles können, aber unter die Nase reiben muss man einander die Unzulänglichkeiten ja auch nicht, oder?«

Melissa schluckte hart an dieser unverfrorenen Lüge, doch etwas anderes ließ sie noch mehr aufhorchen. »Ihr habt Gäste?« Während ihrer Ehe hatte Matthias es zu verhindern gewusst, dass sie allzu oft Besuch empfingen. Er war fürchterlich eifersüchtig gewesen, und sie hatte sich nach und nach nicht nur von ihm isolieren lassen, sondern selbst dafür gesorgt, dass ihre Kontakte zur Außenwelt auf ein Minimum reduziert wurden. Irgendwann war es ihr ganz recht gewesen, dass sie allmählich vereinsamte, weil es sie davor bewahrte, ständig die Scharade einer glücklichen und zufriedenen Ehefrau aufrechterhalten zu müssen.

»Aber ja, wir laden regelmäßig seine Geschäftspartner zum Essen ein oder auch meine Freunde. Ich habe schon mitbekommen, dass es bei euch nicht so Usus war, aber mal ehrlich, hat dich das nie gestört? Man muss doch seine Sozialkontakte pflegen, sonst versauert man irgendwann. Ich könnte es gar nicht aushalten, ständig nur mit mir allein zu sein. Ich brauche Leben um mich herum und Spaß.« Inzwischen hatte Maja-Sophie ihren Rundgang durch den Laden beendet und stützte sich lässig mit den Unterarmen auf dem Verkaufstresen ab, hinter den sich Melissa instinktiv geflüchtet hatte, um ein wenig Abstand zwischen sich und die junge Frau zu bringen, die ihr zunehmend suspekt wurde.

Schließlich konnte sie ihre Skepsis nicht mehr weiter unterdrücken. »Bist du sicher, dass wir hier von demselben Mann reden? Du weißt, was er mir angetan hat – und Andy? Ich meine, du tust ja gerade so, als wäre er ein völlig neuer Mensch. Hat er nie versucht, dich zu …«

»Zu schlagen?« Maja-Sophie richtete sich wieder auf, knöpfte ihren knallroten Wollkurzmantel auf und lockerte ihren schneeweißen Schal, sodass Melissa einen Blick auf die mit aufwendigen Blütenstickereien verziert Jeans und die ebenfalls blütenbestickte weiße Bluse werfen konnte. Beides waren, wie sie sofort erkannte, Stücke der bekannten Designerin Elena Gante, die seit mehreren Jahren mit ihrer Familie hier im Ort wohnte und ihre wunderschönen, teuren, aber auch alltagstauglichen Modelinien in einem Werk in Köln produzieren und europaweit vertreiben ließ.

Mit einer anmutigen Bewegung beugte Maja-Sophie sich wieder vor, stützte erneut ihre Unterarme auf dem Verkaufstresen ab und drückte dabei den Rücken durch, sodass sie eine regelrecht sexy Pose einnahm. »Ach, weißt du, es tut mir sehr leid, was dir passiert ist, Melissa. Aber lass mich mal ganz ehrlich sein: Du wusstest einfach nur nicht, wie man mit Matthias richtig umgehen muss.«

Perplex starrte Melissa sie an. »Wie bitte?«

»Er braucht eine Frau, die voll und ganz hinter ihm steht und ihm, wenn nötig, den einen oder anderen Schubs gibt.« Ein versonnenes Lächeln erschien auf ihren Lippen. »Natürlich hilft ihm dabei die Therapie sehr. Der Psychologe, mit dem er zusammenarbeitet, und auch die Therapiegruppe sind in der Hinsicht wirklich kompetent. Natürlich ist es nicht immer einfach, aber er arbeitet so hart an sich, Melissa, das musst du mir glauben. Er ist tief im Herzen ein unglaublich liebevoller und zärtlicher Mann, charmant und aufmerksam. Mindestens einmal die Woche bringt er mir Blumen mit und manchmal auch Schokolade oder ein anderes kleines Geschenk.« Sie hielt kurz inne. »Das mit euch hat nicht funktioniert, und es ist schlimm, dass du keinen anderen Ausweg gesehen hast, aber bei mir ist es vollkommen anders, Melissa. Manchmal braucht es einfach nur die richtige Frau, damit ein Mann sich von seiner besten Seite zeigt. Wahrscheinlich weiß ich einfach besser als du, welche Strippen ich bei ihm ziehen muss.«

»Welche Strippen?«, echote Melissa verständnislos.

Maja-Sophie strahlte sie selbstsicher an. »Wie gesagt, ein Mann wie er braucht eine starke Frau an seiner Seite, die dafür sorgt, dass er sich in allen Lebenslagen sicher fühlt, sich keine Sorgen um die alltäglichen Kleinigkeiten machen muss und ganz viel Liebe bekommt, wenn er sie braucht.« Sie zog ein Smartphone aus ihrer Gesäßtasche. »Wo wir gerade davon sprechen, einen Augenblick bitte. Ich muss ihn ganz kurz anrufen, damit er weiß, wo ich bin. Ich hatte ganz vergessen, ihm zu erzählen, dass ich heute herfahren wollte. Nicht, dass er sich noch Sorgen macht, wenn er nach Hause kommt und merkt, dass ich ausgeflogen bin.«

Sie wählte eine Nummer im Kurzwahlspeicher und hielt sich grazil das Smartphone ans Ohr. Es dauerte nicht lange, bis das Gespräch angenommen wurde, und sogleich zeichnete sich ein strahlendes Lächeln auf ihren Lippen ab, das auch ihrer Stimme anzuhören war. »Ja, hallo, mein liebster Schatz.« – »Aber ja, ich weiß, entschuldige bitte. Ich hatte ganz vergessen, dir eine Nachricht auf die Mailbox zu sprechen.« – »Na, na, so schlimm ist es nun auch wieder nicht. Ich bin nur noch einmal zu unserem neuen Haus gefahren, weißt du? Ich kann es kaum erwarten, bis wir dort einziehen, und wollte schauen, wie weit die Renovierungsarbeiten sind.« – »Nein, darum musst du dich wirklich nicht kümmern, ich habe alles im Griff. Außerdem war ich dann noch, weil ich Zeit hatte, kurz bei Andys Schule und habe ein paar neue Fotos für dich gemacht. Und jetzt bin ich gerade in Frau Weißmüllers Laden und plaudere nett mit Melissa.« – »Ja, sie steht direkt vor mir.« Eine geraume Weile lauschte sie in den Hörer, ohne dabei ihr strahlendes Lächeln auch nur für einen Augenblick zu verlieren. »So ein Unsinn, Matthias! Das Kontaktverbot gilt doch nicht für mich. Kein Gericht der Welt wird mich davon abhalten können, mit deiner Exfrau zu reden. Ich finde, das war schon längst mal überfällig. Immerhin sind wir jetzt eine Familie, und da sollten wir uns doch etwas besser kennenlernen, nicht wahr? Vielleicht können wir sogar schon einen ersten Besuchstermin ausmachen.« – »Quatsch, das erledige ich schon. Ich mache etwas mit Melissa aus, und dann kann sie der Aufsichtsperson des Jugendamtes Bescheid geben, wann und wo wir uns treffen. Du brauchst dich überhaupt nicht darum zu kümmern, sondern kannst dich ganz auf deine Arbeit konzentrieren.« Sie hob wieder in einer grazilen Bewegung ihren linken Arm und warf einen kurzen Blick auf ihre offensichtlich teure goldene Armbanduhr. »Und vergiss bitte nicht, dass du in einer Stunde bei Dr. Birnbaum sein musst. Am besten machst du dich jetzt schon allmählich fertig, und denk an deine Atemübungen und an den Fragebogen, den du ausfüllen solltest. Das hast du doch inzwischen gemacht, oder?« – »Sehr schön, dann husch, husch jetzt! Zieh dich um und dann ab zur Therapie. Ich mache mich jetzt auch gleich wieder auf den Heimweg, dann bin ich zu Hause, wenn du zurückkommst. Ich koche etwas Gutes und wir essen schön zusammen, okay?« – »Ja, versprochen, ich bin ganz pünktlich zu Hause und dann nur für dich da. Ich freue mich schon auf dich, mein Lieber.« – »Bitte?« Sie lachte. »Natürlich, wenn es dir so wichtig ist, dann schicke ich dir noch eine Textnachricht, wenn ich losfahre. Bis später, ich liebe dich.« Mit zufriedener Miene schob sie das Smartphone zurück in ihre Gesäßtasche.

Melissa hatte diesem Gespräch mit gemischten Gefühlen gelauscht. Niemals im Leben hätte sie sich getraut, auf diese Art und Weise mit Matthias zu reden! Nein, das wäre ausgeschlossen gewesen, dann hätte er sie vermutlich bis zur Unkenntlichkeit verprügelt. Was ging hier also vor? Konnte es wirklich sein, dass der Mann, vor dem sie vor zweieinhalb Jahren bei Nacht und Nebel in ein Frauenhaus geflüchtet war, inzwischen so mit sich umspringen ließ?

»Was hältst du davon, wenn wir uns am dritten Adventssonntag alle zusammen treffen?«, riss Maja-Sophie sie aus ihren Überlegungen. »Ich habe bereits nachgehört, ob man die

Sozialstation als Örtlichkeit nehmen könnte, aber leider findet dort genau an dem Nachmittag irgendeine Veranstaltung statt. Basteln für benachteiligte Kinder oder so etwas.« Sie zuckte mit den Achseln. »Deshalb habe ich mir erlaubt, auch im Stadthotel und im Resort Sternbach anzufragen, und dort, also im Resort, konnte ich uns einen schönen Tisch reservieren. Wärst du also so nett, dem Jugendamt Bescheid zu geben, damit sie uns einen Aufpasser schicken?« Sie bedachte Melissa mit dem gleichen strahlenden Lächeln, das sie während des Telefonats aufgesetzt hatte. »Sie werden vielleicht ein wenig meckern, weil ja Beamte sonntags nicht arbeiten, aber das sollte doch wohl irgendwie möglich sein, denn immerhin muss Matthias ja an Werktagen immer lange arbeiten, nicht wahr? Er kann seine Firma nicht einfach im Stich lassen. Und du hast ja auch einen Job, auch wenn hier nicht allzu viel los zu sein scheint. Deshalb müssen wir nun einmal das Wochenende für Familientreffen wählen.« Sie beugte sich weit über den Tresen und streichelte Melissa kurz über den Oberarm. »Du kannst mir ja dann Bescheid geben, okay? Ich habe den Tisch für vierzehn Uhr dreißig reserviert.« Aus ihrer Jackentasche zog sie ein Kärtchen hervor und schob es über den Tresen. »Hier ist unsere Karte, darauf ist auch meine Handynummer vermerkt. Vielleicht wäre es gut, wenn du mir auch deine Nummer gibst, nur für den Fall der Fälle.« Erwartungsvoll sah sie Melissa an.

»Ja, also ...« Melissa hatte regelrecht Mühe, mit dieser seltsamen Frau mitzuhalten. »Ich glaube wirklich nicht, dass sie jemanden vom Jugendamt an einem Sonntag ins Resort schicken. Wäre es nicht doch besser, einen Wochentag auszumachen?«

»Nein, nein, auf gar keinen Fall.« Maja-Sophie schüttelte energisch den Kopf. »Da haben wir viel zu viel zu tun. Vor allem jetzt, da wir mitten im Umzugsstress stecken. Wir wollen nämlich schon Anfang Februar umziehen, weißt du, und bis dahin muss noch so viel geregelt und renoviert werden! Du machst das schon mit dem Jugendamt, da bin ich sicher. Wir zählen auf dich.« Sie zwinkerte ihr vertraulich zu. »Deine Handynummer?«

Das ungute Gefühl in Melissas Magengrube verstärkte sich wieder. Sicherheitshalber nannte sie ihr nur die Nummer ihres Prepaid-Handys, das sie bislang ausschließlich für Telefonate mit Ämtern, der Bank und ihrer Mutter benutzt hatte.

»Wunderbar, vielen Dank.« Mit einem breiten Lächeln tippte Maja-Sophie die Nummer in ihre Kontakte und wählte sie sogleich, runzelte jedoch die Stirn, als nirgendwo ein Klingelton erklang. »Nanu, habe ich vielleicht einen Fehler gemacht?« Sie hielt Melissa das Display unter die Nase. »Schau mal bitte.«

Melissa schluckte, warf einen Blick auf das Display, dann schüttelte sie den Kopf. »Nein, die Nummer ist schon richtig. Ich fürchte, mein Handyakku ist leer. Ich muss ihn gleich erst einmal wieder aufladen.«

»Aber unbedingt!« Wieder tätschelte Maja-Sophie ihr vertraulich den Oberarm. »Es ist unglaublich wichtig, dass du immer erreichbar bist. Stell dir nur mal vor, irgendetwas wäre mit Andy, und niemand könnte dich erreichen! Das wäre furchtbar. Das darfst du auf gar keinen Fall zulassen. Also lade dein Handy am besten gleich wieder auf, ja?« Sie lächelte so lieblich, dass es Melissa Übelkeit verursachte. Dennoch nickte sie pflichtschuldig.

»Selbstverständlich, das mache ich sofort.« Sie räusperte sich. »Sagtest du nicht, du wolltest rechtzeitig wieder zu Hause sein, wenn Matthias mit seiner Therapie für heute fertig ist? Dann solltest du dich vielleicht jetzt auf den Weg machen, denn bis Köln ist es ja noch eine gute Dreiviertelstunde Fahrt, und wir haben jetzt schon fast Rushhour, da ist der Verkehr immer besonders schlimm. Außerdem sieht es wieder nach Schneefall aus.« Sie deutete vage in Richtung Himmel.

»Wie recht du hast!« Maja-Sophie richtete sich wieder auf, knöpfte ihren Mantel zu und ordnete sorgsam ihren flauschigen Schal. »Also, man sieht sich dann spätestens am dritten Advent, ja? Und keine Sorge, wir kriegen das mit den regelmäßigen Treffen zweimal im Monat hin, davon bin ich überzeugt. Matthias freut sich schon so sehr darauf, seinen Sohn endlich wieder sehen zu dürfen und ihn nach all der Zeit so richtig kennenzulernen. Das wird ganz wunderbar, glaubst du nicht auch?« Melissa hatte kaum Zeit, auch nur Luft für eine Antwort zu holen, da winkte Maja-Sophie ihr bereits zum Abschied zu und wirbelte zur Ladentür hinaus.

Melissa folgte ihr mit Blicken, als sie in den Geländewagen einstieg, sich anschnallte, ihr noch einmal durch die Windschutzscheibe zuwinkte und gleich darauf mit Schwung davonrollte.

»Großer Gott.« Sie fasste sich an den Kopf und lehnte sich schwer gegen den Verkaufstresen. Was in aller Welt war das gerade gewesen? Fast hatte sie das Gefühl, aus einem surrealen Traum erwacht zu sein. Das konnte doch alles gar nicht wahr sein, oder? Männer wie Matthias änderten sich nicht, und schon gar nicht so krass in so kurzer Zeit. Oder etwa doch?

»Scheiße«, sagte sie laut in die Stille des Ladens hinein. Dann zog sie ihr Handy aus der Tasche, entsperrte es und überlegte, wen sie zuerst anrufen sollte, um über diese Ungeheuerlichkeit zu sprechen.

***

»Bist du dir sicher, dass dieser Anruf bei Matthias kein Fake war?« Ellie hakte sich bei Melissa unter. »Ich meine, sie könnte ja theoretisch mit jeder x-beliebigen Person geredet haben.«

»Ja, genau«, pflichtete Jana ihr bei und reichte ihr einen Becher alkoholfreien Glühwein. »Vielleicht hat sie dir nur etwas vorgespielt.«

Die drei Frauen hatten sich auf Janas Vorschlag hin an einem Glühweinstand in der Nähe des Verkaufszelts getroffen. Sie hatte Melissa gebeten, den Laden für den Rest des Tages zu schließen und auch das Verkaufszelt vorläufig zugemacht, obwohl Melissa zunächst protestiert hatte. Sie wollte auf keinen Fall, dass ihre Freundinnen ihre Arbeit vernachlässigten oder sogar finanzielle Einbußen beklagen mussten, nur weil sie Redebedarf hatte. Doch beide Frauen waren sofort bereit gewesen, sich mit ihr zu treffen.

Lennart hatte sie eine Nachricht hinterlassen, allerdings eine Textnachricht, weil sie wusste, dass er den ganzen Nachmittag über Termine bei auswärtigen Kunden hatte, und da wollte sie ihn nicht stören. Ihn würde sie ja auch später noch sehen, denn immerhin waren sie ja miteinander verabredet.

»Danke.« Melissa nippte vorsichtig an dem heißen Gebräu. »Ich glaube nicht, dass sie mir nur etwas vorgespielt hat. Es war auf jeden Fall ein Mann am anderen Ende der Leitung, auch wenn ich nicht genau verstehen konnte, was er gesagt hat. Er klang zwischendurch sehr aufgebracht, also könnte es durchaus sein, dass es wirklich Matthias war.« Ratlos hob sie die Schultern. »Aber ihr hättet sie mal hören sollen! Ich hätte mich nie und nimmer getraut, so mit ihm zu reden.« Sie trank noch einen weiteren Schluck. »Sie hat behauptet, ich hätte einfach nur nie gewusst, wie man mit ihm umgehen muss.«

»Wie bitte?« Entgeistert starrte Jana sie an. »Das ist wohl nicht dein Ernst! Oder vielmehr ihrer.«

»Das glaube ich schon. Sie war sehr von sich überzeugt.« Melissa berichtete noch einmal detailliert, was Maja-Sophie zu ihr gesagt hatte.

Ungläubig schüttelte Ellie den Kopf. »Das klingt vollkommen unglaubwürdig. Man kann vielleicht mit Therapie eine Menge bewirken, das will ich ja gar nicht abstreiten, aber eine solche Hundertachtziggradwendung? Wie soll sie das denn bewerkstelligt haben? Ich habe mich mal informiert, und deine Anwältin hat recht. Die meisten Männer sind gar nicht therapierbar oder verfallen irgendwann nach einer Weile wieder in alte Verhaltensmuster. Bist du sicher, dass sie nicht einfach nur gute Miene zum bösen Spiel macht und er sie in Wahrheit nicht doch ebenfalls misshandelt?«

Ratlos blickte Melissa in ihren Pappbecher. »Ich weiß es einfach nicht. Ich hoffe nicht, denn was mir passiert ist, wünsche ich keiner anderen Frau. Aber seltsam ist das alles schon, und jetzt weiß ich erst recht nicht, wie ich mich verhalten soll.«

»Verständlich.« Ellie trank mehrere kleine Schlucke von ihrem Weihnachtspunsch. »Was bedeutet das jetzt für dich oder vielmehr für euch? Wenn ich es recht verstanden habe, dann war sie es also, die dich in den letzten Wochen von diesem Feldweg aus gestalkt hat? Und womöglich auch früher schon? Du meintest doch, dass ihr jemanden bei deinem Haus bemerkt habt, und wenn sie zudem behauptet, sie hätte euch im Auge behalten ...« Sie schüttelte sich angewidert. »Einfach unglaublich. Und ich finde, es ist erschreckend, oder geht das nur mir so?«

»Nein, ganz sicher nicht.« Jana schüttelte sich ebenfalls. »Auf so etwas muss man erst mal kommen! Ich kann verstehen, dass du nach diesem Zusammentreffen durch den Wind bist. Das solltest du unbedingt alles deiner Anwältin erzählen, Melissa. Vielleicht kann sie ja daraus etwas machen, um das Gericht wieder umzustimmen. Stalking ist schließlich eine Straftat.« Sanft streichelte sie Melissa über die Schulter. »Vielleicht hättest du gleich jemanden von uns verständigen sollen, als sie bei dir aufgetaucht ist. Und sei es auch nur, damit du einen Zeugen oder eine Zeugin gehabt hättest, denn so etwas glaubt einem ja kein Mensch, wenn man sich das mal vor Augen hält, oder? Und da Ihr beide miteinander allein dort wart, steht jetzt in jedem Fall ihr Wort gegen deines, falls das alles mal vor Gericht oder vor dem Jugendamt zur Sprache kommen sollte.«

»Und dann hat sie dir wirklich einfach so einen Termin aufs Auge gedrückt und verlangt, dass du das mit dem Jugendamt klarmachst?«, warf Ellie ein. »Ich meine, hallo? Die kommen doch bestimmt nicht einfach so an einem Sonntag zu einem Treffen, nur weil er das so will.«

»Zumindest hast du ihr nicht deine richtige Handynummer gegeben.« Jana leerte den Rest ihres Punsches in einem Zug. »Das hätte ich auch nicht gemacht. Wie gut, dass du dieses zweite geheime Handy besitzt. Soll sie dir auf die Mailbox sprechen, wenn sie etwas von dir will.«

Melissa schauderte. »Sie hat sofort überprüft, ob die Nummer auch richtig ist. Das wäre etwas gewesen, was Matthias auch getan hätte. Ich habe dann gesagt, dass mein Akku leer ist, als es nicht geklingelt hat.«

»Vielleicht hat er ihr gesagt, sie soll das so machen«, vermutete Jana.

Melissa nickte mit einem mulmigen Gefühl. »Sie ist auf jeden Fall eine merkwürdige Person. Ich kann mich gar nicht daran erinnern, dass sie früher schon so gewesen ist. Aber ich kannte sie natürlich auch nicht besonders gut. Nur von den Praktika, die sie immer mal wieder in Matthias' Firma gemacht hat.«

»War sie damals schon verknallt in ihn?«, wollte Ellie wissen. Als Melissa sie erstaunt ansah, fügte sie hinzu: »Na ja, die Frage ist doch legitim, oder? Immerhin hat sie sich ihn ziemlich bald nach eurer Scheidung unter den Nagel gerissen. Anders kann man es doch nicht nennen.«

»Oder er sie«, warf Jana ein. »Denn welche Frau, die noch alle Sinne beisammenhat, heiratet sehenden Auges einen Mann, dessen erste Frau vor ihm wegen körperlicher Misshandlung geflohen ist, zusammen mit dem gemeinsamen Kind?«

»War sie vielleicht auf sein Geld scharf?«, schlug Ellie vor.

Jana schüttelte den Kopf. »Das kann ich mir kaum vorstellen. Gut, manche Frauen sind natürlich nur hinter dem Geld her, aber ich glaube nicht, dass jemand dafür die Gefahr eingeht, einem prügelnden Ehemann ausgeliefert zu sein.«

Melissa trank ihren Glühwein aus. »Matthias kann unglaublich charmant und auch liebevoll sein, damit hat er mich ja anfangs auch geblendet.«

»Ja, aber nur, weil du es nicht besser wusstest«, entgegnete

Ellie. »Dieser Maja-Sophie dürfte doch bekannt gewesen sein, worauf sie sich einlässt, oder?«

»Ich nehme es zumindest an«, bestätigte Melissa. »Aber es gibt auch Frauen, die glauben, sie könnten so einen Mann ändern, wenn sie sich nur genug Mühe geben. Ich weiß einfach nicht, was ich von der Sache halten soll.«

»Von welcher Sache?«, erklang unvermittelt hinter ihr Lennarts dunkle Stimme.

Erfreut fuhr sie zu ihm herum. »Lennart!« In ihrer Magengrube flatterte und kribbelte es heftig, als sie ihn so dicht vor sich stehen sah. »Wo kommst du denn her? Ich dachte, du wärst irgendwo bei einem Kunden.«

»Da war ich, bis ich deine Nachricht erhalten habe.« Ohne auf die neugierigen Blicke der beiden anderen Frauen zu achten, zog er sie fest in seine Arme und küsste sie zärtlich.

Sofort verwandelte sich das Flattern in ihrer Magengrube in ein sehnsüchtiges Ziehen. Als sie unwillkürlich nach Atem rang, löste er sich wieder ein klein wenig von ihr und hauchte ihr noch einen kleinen Kuss auf die Nasenspitze. »Ich habe die Besprechung mit dem Kunden so schnell wie möglich beendet, damit ich bei dir sein kann.«

»Aber du hättest dich doch nicht so sehr zu beeilen brauchen«, wandte sie verlegen ein. »Wir hätten uns doch nachher sowieso gesehen.«

»Tatsächlich?«, kam es prompt neugierig von Jana.

»Könnte mich mal bitte jemand auf den neuesten Stand bringen«, fügte Ellie mit einem breiten Grinsen hinzu. »Sehe ich das gerade richtig? Du«, sie deutete auf Melissa, »und du«, ihr Blick wanderte zu Lennart, »ihr seid jetzt was? Ein Paar?«

Melissa räusperte sich, um zu antworten, doch Lennart war schneller. »Wir arbeiten daran.«

»Gemessen an der Häufigkeit der Gelegenheiten, zu denen man euch in aller Öffentlichkeit knutschen sieht«, befand Jana nun ebenfalls mit einem breiten Grinsen, »dürfte die Arbeit an diesem Projekt schon recht weit fortgeschritten sein.« Sie musterte erst Lennart, dann Melissa sehr eingehend, woraufhin ihr Grinsen sich zu einem wissenden Lächeln wandelte. »O ja, äußerst weit fortgeschritten. Ich empfange da so eine Aura...« Sie machte ein geheimnisvolles Gesicht und wedelte ein wenig mit den Händen durch die Luft. »Ja, ganz eindeutig.«

Ellie kicherte. »Was denn für eine Aura?«

Jana ließ die Hände wieder sinken und warf ihrer jüngeren Schwester einen vielsagenden Blick zu.

Ellie stutzte, dann schmunzelte sie. »Oh.« Sie wandte sich Melissa zu. »Diese Art von Aura. Ihr hattet Sex.«

»Was?« Melissa rang nach Atem.

Lennart lachte. »Jetzt weiß ich, wie es Oliver dauernd gehen muss.«

Jana winkte lässig ab. »Daran sollte er sich inzwischen gewöhnt haben, und falls nicht, dann sollte er daran arbeiten, denn immerhin werden wir im kommenden Juni heiraten. Aber er hätte mich wohl nicht um meine Hand gebeten, wenn er sich nicht zutrauen würde, mit einer Frau alt zu werden, die einen sechsten Sinn besitzt und die Aura von Menschen erspüren kann.«

»Insbesondere die Aura von Menschen, die etwas miteinander haben«, fügte Ellie heiter hinzu.

»Eine meiner Spezialitäten.« Jana deutete eine graziöse Verbeugung an.

»So ist das also.« Ellie schenkte Melissa ein warmes Lächeln. »Das finde ich richtig toll.« Sie maß Lennart mit strengen Blicken. »Wehe, du bist nicht gut zu ihr. Dann kriegst du es mit mir zu tun. Nein, mit uns.« Sie deutete erst auf Jana, dann auf sich. »Wir machen dir die Hölle heiß, sollten wir auch nur die winzigste Klage von Melissa hören.«

»Oder von Andy«, fügte Jana hinzu.

Ein amüsiertes Grinsen erschien auf Lennarts Gesicht. »Ich werde mein Bestes geben.« Sein Blick wanderte zu Melissa und verwob sich mit dem ihren. »Versprochen.«

Melissa verspürte ein warmes Ziehen in der Herzgegend, das sich nach und nach in ihrem Körper ausbreitete. Ihre Wangen erhitzten sich, und sie fragte sich, ob sie wohl gerade rot geworden war.

Lennart entließ sie aus seiner Umarmung und legte ihr stattdessen seinen Arm fest um die Schultern. »Aber jetzt mal Spaß beiseite. Was genau ist heute vorgefallen, und was hatte diese Frau überhaupt heute in Janas Laden zu suchen?«

Melissa erzählte die Geschichte noch einmal und erntete damit auch von Lennart Unverständnis und skeptische Blicke.

»Hast du deine Anwältin schon darüber informiert?« Nachdenklich rieb er sich übers Kinn. »Mir scheint, sie sollte unbedingt davon wissen. War es denn überhaupt abgesprochen, dass diese Maja-Sophie mit dir Kontakt aufnimmt?«

Melissa schüttelte den Kopf. »Nein, natürlich nicht, aber für sie besteht und bestand ja kein Kontaktverbot, sondern nur für Matthias.«

»Trotzdem reichlich gewagt, dass sie so schnell nach der Entscheidung der Richterin schon zum Angriff übergeht.« Sanft drückte er sie an sich.

»Also ich will dich ja nicht zusätzlich beunruhigen«, wandte Jana ein, »aber für mein Dafürhalten solltest du dich zukünftig nicht mehr alleine mit dieser Person irgendwo treffen. Wenn sie dich noch einmal anspricht, schick sie weg oder ruf jemanden von uns an, damit wir dir beistehen können. Nach allem, was ich heute gehört habe, ist diese Frau mir nicht ganz geheuer. Allein die Tatsache, dass sie Matthias geheiratet hat, stimmt doch schon bedenklich.«

Melissa nickte beklommen. »Wenn ich gewusst hätte, wen ich auf die Schnelle erreichen kann, dann hätte ich gerne jemanden von euch angerufen.« Sie blickte zu Lennart auf. »Aber ich kann ja auch nicht von euch verlangen, dass ihr einfach alles stehen und liegen lasst. Sie ist ganz plötzlich und unerwartet aufgetaucht. Wenn ich nicht zufällig aus dem Fenster gesehen hätte, dann wäre sie mir gar nicht aufgefallen, und vielleicht wäre sie dann auch nicht hereingekommen.«

»Wenn sie es nicht heute getan hätte, dann an einem anderen Tag«, gab Jana zu bedenken. »So wie ich das sehe, hatte sie ja durchaus eine Agenda. Sie wollte einen Termin für das erste Treffen ausmachen.« Nachdenklich tippte sie sich mit dem Zeigefinger gegen die Lippen. »Natürlich. Sie hätte dich früher oder später besucht, weil sie deine Telefonnummer nicht hatte. Deine Anwältin hätte sie bestimmt nicht herausgerückt, schon gar nicht ohne dein Einverständnis. Bei der Gelegenheit hat sie dir nun auch noch gesteckt, dass sie es war, die dich möglicherweise schon seit Monaten beobachtet.« Melissa konnte sehen, wie ihre Freundin schauderte. »Entschuldige, aber das löst bei mir ein Déjà-vu aus. Ihr wisst ja, dass ich, was Stalker angeht, ein gebranntes Kind bin.«

Ellie trat neben ihre Schwester und rieb ihr tröstend über den Arm. »Vielleicht sollten wir vorerst lieber das Thema wechseln. Im Augenblick können wir ja sowieso nur Mutmaßungen anstellen, und die bringen uns überhaupt nicht weiter. So blöd es auch ist, aber ich fürchte, Melissa muss einfach abwarten, wie sich die Dinge jetzt weiterentwickeln. Wer weiß, vielleicht ist ja wirklich ein Wunder geschehen, und diese Therapie war tatsächlich so erfolgreich, wie diese Maja-Sophie behauptet. Und auch wenn sie uns merkwürdig erscheint, ist sie vielleicht einfach nur ziemlich von sich eingenommen. Solche Leute gibt es ja nun, und nicht mal selten.« Sie hob die Schultern.

Jana seufzte. »Dein Wort in Gottes Gehörgang. Aber ich denke, du hast recht. Vielleicht sollten wir alle nun doch wieder zur Tagesordnung übergehen, und du, Melissa, musst versuchen, dich zu entspannen und einen kühlen Kopf zu bewahren. Es hilft ganz sicher nicht, sich verrückt zu machen.« Sie warf Lennart einen eindringlichen Blick zu. »Ich hoffe, du kümmerst dich gut um sie. Sorge bitte dafür, dass sie auf andere Gedanken kommt, ja?«

»Ich werde mir Mühe geben.« Lennart warf einen Blick auf seine Armbanduhr. »Es ist noch ein bisschen Zeit, bis du Andy vor der Schule abholen musst, oder?«

Melissa nickte. »Ja, die Nachmittagsbetreuung endet erst um vier.«

»Über eine Stunde also noch«, folgerte er.

Ellie kicherte. »Genug Zeit für ein Schäferstündchen.«

»Hey!« Jana stieß sie prustend an. »Ein bisschen subtiler könntest du ja schon sein.«

Melissa räusperte sich verlegen. »Ihr glaubt doch nicht wirklich ...«

»Dass ihr, so schnell es geht, zu einem von euch beiden nach Hause fahrt, um keine Zeit zu verlieren und das Beste aus dieser Stunde zu machen?«, vollendete Ellie kichernd den Satz. »Warum eigentlich nicht? Verstehen könnte ich es. Lennart, wohnst du nicht ganz in der Nähe?«

»Am Stadtrand.« Er grinste. »Zu mir oder zu Melissa ist es von hier aus ungefähr gleich weit. Aber auch, wenn es euch vielleicht enttäuscht, werden wir jetzt nicht in aller Eile von hier abhauen. Ich habe Melissa nämlich versprochen, dass wir uns beim nächsten Mal ausgiebig Zeit nehmen.«

»Lennart!« Entgeistert starrte Melissa ihn an.

»Was denn?« Er erwiderte ihren Blick mit einem unschuldigen Augenaufschlag. »Du glaubst doch nicht im Ernst, dass deine beiden Freundinnen sich nicht sowieso schon alles Mögliche ausmalen. Wozu dann noch mit irgendwelchen lahmen Ausreden kommen?« Er wandte sich wieder an Jana und Ellie. »Das bleibt doch unter uns, nicht wahr?«

Beide Frauen nickten lachend.

»Siehst du?« Er küsste Melissa auf die Schläfe. »Und jetzt würde ich vorschlagen, wir überlegen uns, wie wir die Stunde sinnvoll verbringen können.« Seine Miene hellte sich auf. »Ha, ich weiß schon etwas! Ich habe ja noch eine Überraschung für dich. Die wollte ich eigentlich erst heute Abend mitbringen, wenn Andy auch da ist, aber wenn ich es recht bedenke, wäre eine kleine Planänderung gar nicht schlecht. Dann haben wir nachher mehr Zeit zum Basteln.«

»Zum was bitte?« Ellie starrte ihn verblüfft an.

»Basteln.« Lennart sah sie vollkommen ernst an. »Wir werden heute zusammen mit Andy weihnachtliche Fensterbilder basteln. Und da für morgen Tauwetter angesagt ist, schlage ich außerdem vor, dass wir das mit dem Schneemann vielleicht auch besser heute schon erledigen. Was meinst du?« Er suchte Melissas Blick. »Immerhin habe ich es Andy versprochen.«

Sie nickte und musste sich wieder einmal erst an den raschen Themenwechsel gewöhnen, der für Lennart offensichtlich typisch war. »Sicher, warum nicht?«

»Hach!« Jana seufzte begeistert. »Ich glaube, mit ihm hast du dir den sprichwörtlichen Sechser im Lotto geangelt.« Sie ergriff Melissas Hand und drückte sie. »Den würde ich behalten«, raunte sie so laut, dass alle es hören konnten. »Also dann, ich geh mal wieder zurück an die Arbeit.« Sie winkte noch einmal und begab sich dann hinüber zu ihrem Verkaufszelt.

»Ich mach mich auch mal wieder vom Acker.« Ellie umarmte Melissa und knuffte Lennart freundschaftlich gegen die Schulter. »Pass gut auf sie auf, ja?«

Melissa spürte, wie Lennart zärtlich ihre Schulter drückte. »Ich denke, sie kann schon sehr gut auf sich selbst aufpassen.«

Ellie blickte zwischen ihnen hin und her, dann nickte sie. »Da hast du bestimmt recht, dann passt eben gegenseitig gut aufeinander auf. Wir sehen uns.« Auch sie winkte noch mal und machte sich dann auf den Weg zwischen den Marktständen hindurch in Richtung Torbogen.

Lennart schmunzelte, als sie sich schließlich allein am Glühweinstand befanden. »Ich glaube, bessere Freundinnen als diese beiden gibt es nicht, oder?«

Melissa staunte, dass er aussprach, was sie gerade gedacht hatte. »Ja, wahrscheinlich.«

»Auch wenn sie fürchterlich aufdringlich und neugierig sind.« Er lachte leise. »Aber wahrscheinlich muss das so sein. Was ist, bist du schon gespannt?«

»Worauf?«

»Na, auf die Überraschung. Ich muss sie allerdings erst zu Hause abholen. Bist du mit dem Auto hier?«

»Ja, ich habe ganz hinten auf dem Marktparkplatz geparkt.«

»Gut.« Er küsste sie noch einmal auf die Schläfe und ließ sie dann los, jedoch nur, um ihre Hand zu ergreifen und seine Finger mit ihren zu verschränken. »Dann würde ich sagen, du fährst schon mal voraus, und ich bin in spätestens einer Viertelstunde bei dir.«

**

»Du hast noch nicht gesagt, wie dir meine Überraschung gefällt.« Lennart stieß Melissa sachte mit dem Ellenbogen in die Seite.

»Wirklich nicht?« Sie schmunzelte.

»Andy war begeistert, aber du hast dich noch nicht dazu geäußert.«

»Das liegt vielleicht daran, dass ich immer noch nicht weiß, was ich sagen soll.« Sie legte den Kopf in den Nacken und blickte hinauf zum Dach ihres Blockhauses, auf dem sich nun ein großer mit LEDs beleuchteter Schlitten samt Rentieren und Weihnachtsmann befand. »Du bist wirklich verrückt, weißt du das?«

»Ist mir bewusst.« Lennart grinste breit. »Aber in diesem Winter- und Weihnachtswunderland, das wir hier geschaffen haben, hat einfach noch der Weihnachtsmann gefehlt. Wir haben das Ding vor vielen Jahren zusammen mit meinem Vater gekauft, aber nur einmal in unserem Vorgarten aufgestellt. Danach ist es in Vergessenheit geraten. Als wir hier mit Schmücken fertig waren, fiel es mir wieder ein, und ich wusste, dass es hier perfekt hineinpasst.«

»Die Leute werden sagen, dass wir übergeschnappt sind.«

Lennart schüttelte den Kopf. »Nein, sie werden denken, dass ihr große Weihnachtsfans seid. Was ist schlimm daran?«

»Nichts. Ich wusste nur nicht, dass ich so ein großer Weihnachtsfan bin. Nicht, dass ich Weihnachten nicht sehr mag, aber das hier ...« Sie gluckste. »Dir ist schon klar, dass Andy jetzt jedes Jahr erwarten wird, dass wir Haus und Grundstück so ausufernd schmücken?«

»Dem steht von meiner Seite aus nichts entgegen.« Lennarts Miene wurde wieder etwas ernster. »Du weißt, dass das nicht nur so daher gesagt ist, nicht wahr? Das hier ist für mich nichts ... Vorübergehendes.«

»Ich versuche, mich mit dem Gedanken anzufreunden.« Melissa seufzte. »Entschuldige, das kam jetzt nicht so rüber, wie es gemeint war.«

»Ich habe dich schon verstanden.« Er legte ihr einen Arm um die Schultern. »Eins nach dem anderen, okay? Schritt für Schritt. Wir haben es doch nicht eilig, oder?«

»Nein, wahrscheinlich nicht.« Sie hob die Schultern. »Es passiert nur im Augenblick alles so schrecklich schnell, und ich habe manchmal das Gefühl, nicht mehr hinterherzukommen.« Dass sie immer noch mit den vielen verwirrenden Gefühlen haderte, die sie in Lennarts Gegenwart ständig bestürmten, behielt sie allerdings für sich. Dass es mehr als Dankbarkeit war, was sie ihm gegenüber empfand, dessen war sie sich mittlerweile sicher, und auch, dass es nicht nur etwas damit zu tun hatte, wie gut er sich mit Andy verstand. Einen sehr großen Anteil hingegen hatte das Gefühl der Sicherheit, das er ihr vermittelte. Er war ein Beschützer, verlässlich und im wahrsten Worte ein Fels in der Brandung. Etwas in ihr scheute sich nach wie vor, sich auf diese Sicherheit einzulassen, weil sie einfach die Angst nicht loswurde, sich noch einmal von einem Menschen abhängig zu machen – oder abhängig gemacht zu werden. Irgendetwas in ihr war schrecklich verkorkst, denn sie wollte ja bei Lennart sein, in seiner Nähe. Mit ihm an ihrer Seite kam ihr alles viel leichter vor, weniger bedrohlich.

Aber war sie auch in ihn verliebt? Sie wusste es einfach nicht, weil sie das Gefühl zuvor nie erlebt hatte. Vielleicht konnte sie es auch gar nicht empfinden. Es gab doch Menschen, die sich einfach nicht verlieben konnten.

Vielleicht war sie auch einfach nur bescheuert.

»Ich glaube, wir sollten allmählich wieder ins Haus gehen und nachsehen, ob Andy und Sissy inzwischen irgendwo ein Chaos veranstaltet haben«, schlug Lennart vor. »Es ist ziemlich ruhig drinnen, oder?«

Melissa riss sich von ihren wenig angenehmen Gedanken los und lauschte kurz, dann nickte sie zustimmend. »Du hast recht, diese Stille ist nicht ganz geheuer.« Sie löste sich aus Lennarts Arm, nahm ihn stattdessen an der Hand und zog ihn mit sich ins Haus. Sogleich kam ihnen Sissy entgegen, schwanzwedelnd zwar, jedoch nicht so wild und fröhlich wie sonst.

Herrchen, Melissa, da seid ihr ja. Ich dachte schon, ihr kommt überhaupt nicht mehr herein. Schaut mal, was Andy da macht. Er redet in dieses kleine Kästchen, das Melissa sonst immer bei sich trägt. Aber irgendwie ist er dabei ganz komisch, das gefällt mir nicht ganz. Die Hündin stieß ein leises Wuffen aus, stupste erst Melissa, dann Lennart mit der Nase an und rannte hinüber ins Wohnzimmer, wo Andy auf dem Sofa saß und mit Melissas Handy telefonierte.

»Was macht er denn da?« Lennart warf Melissa einen fragenden Blick zu.

Melissa runzelte die Stirn. »Ich weiß auch nicht. Anscheinend hat jemand angerufen. Er darf rangehen, wenn ich in der Nähe bin, aber ... Warte mal.« Sie trat auf das Sofa zu. »Andy?« Sie berührte ihren Sohn sanft an der Schulter, weil er offenbar gar nicht bemerkt hatte, dass sie hereingekommen waren. Er lauschte mit einem merkwürdigen Gesichtsausdruck der Stimme am anderen Ende der Leitung.

»Muss ich?«, fragte er gerade, ohne recht auf Melissa zu achten. »Echt? Aber Mama hat gesagt, wir wollen das nicht. Ich will da nicht hin, und ich gehe auch nicht hin.« Nun begann seine Stimme verdächtig zu zittern, und Melissa ahnte, dass er gleich zu weinen anfangen würde.

»Andy!« Sie setzte sich neben ihn und rüttelte ihn leicht an der Schulter. »Mit wem telefonierst du da?«

Erst jetzt wurde er sich ihrer Anwesenheit offenbar bewusst. Als er sie ansah, hellte sich seine Miene für den Bruchteil einer Sekunde auf, doch dann stiegen Tränen in seine Augen, und er hielt ihr mit zitternder Hand ihr Handy hin. »Weiß nicht. Eine Frau, die sagt, dass sie jetzt auch meine Mama ist. Und dass ich sie bald besuchen soll und Papa auch.«

Melissa erschrak, im nächsten Augenblick stieg haltloser Zorn in ihr auf. »Gib her!« Sie riss Andy das Mobiltelefon aus der Hand, woraufhin er zu schluchzen begann. »Maja-Sophie? Sag mal, bist du von allen guten Geistern verlassen? Wie kannst du es wagen, hier anzurufen und Andy zu ängstigen? Wer hat dir überhaupt meine Nummer gegeben?«

»Na, du.« Die Stimme der Frau am anderen Ende der Leitung klang aufgeräumt, fast vergnügt. »Weißt du nicht mehr? Ach nein, stimmt ja, das war eine falsche Nummer. Glücklicherweise konnte ich die Sekretärin in Andys Schule überzeugen, mir deine Nummer zu geben, weil wir ja nun Familie sind und es sich um einen wichtigen, nein, wirklich wichtigen Notfall handelt.«

Bittere Galle stieg in Melissas Kehle hoch. »Was für ein Notfall?«

»Ja, stell dir doch mal vor, irgendetwas wäre mit Andy und ich könnte dich nicht erreichen. Ich muss doch immer einen heißen Draht zu dir haben. Zum Glück hatte die gute Frau volles Verständnis für moderne Patchworkfamilien, als ich ihr erklärt habe, dass ich ganz, ganz dringend deine Nummer brauche, weil ich dich sofort erreichen muss. Ich meine, es geht ja um Andy und sein Wohlergehen, oder etwa nicht?« Sie lachte dieses unangenehm kirrende Lachen. »Findest du es übrigens sinnvoll, ihm zu erlauben, an dein Handy zu gehen? Ich meine, okay, er hat gesagt, dass er das nur darf, wenn du anwesend bist, aber trotzdem. Man kann doch nie wissen, was für verrückte Leute einen so anrufen. Außerdem habe ich ihm doch gar keine Angst gemacht. Wie kommst du denn darauf? Ich habe mich sehr nett mit ihm unterhalten und ihm erzählt, dass wir uns ja bald treffen. Das wusste er gar nicht. Warum nicht? Findest du nicht, dass du ihm das schon längst hättest sagen müssen? Da war ich ja fast ein bisschen überfordert, als ich festgestellt habe, dass er gar nicht weiß, wer ich bin. Das musste ich ihm erst erklären. Und dann habe ich ihm natürlich erzählt, dass wir uns am dritten Advent drüben in dem schönen Resort-Hotel treffen und dass sein Papa da sein wird und sich schon sehr auf ihn freut und ihm sogar ein nachträgliches Nikolausgeschenk mitbringen wird. Du musst mir übrigens unbedingt noch sagen, was Andy sich zu Weihnachten wünscht, damit wir ihm ein paar schöne Geschenke kaufen können. Das will ich auf keinen Fall auf den letzten Drücker erledigen.«

Melissa hatte Mühe, an sich zu halten, während Maja-Sophie sprach. »Du hast die Schulsekretärin belogen, um an meine Handynummer zu gelangen?« Am liebsten hätte sie geschrien. Lediglich die Tatsache, dass Andy an ihrem Hals hing und immer noch laut weinte, hielt sie davon ab, durchzudrehen. »Wie kannst du es wagen? Das werde ich umgehend meiner Anwältin erzählen. So etwas ist doch ganz bestimmt nicht erlaubt, schon aus Datenschutzgründen. Du kannst nicht einfach …«

»Ach, Melissa, so ein Quatsch.« Maja-Sophie lachte wieder, diesmal regelrecht schrill. »Das wäre doch alles nicht nötig gewesen, wenn du mir von Anfang an deine richtige Nummer gegeben hättest. So unkooperativ, wie du dich verhältst, zwingst du uns ja dazu, die Regeln ein bisschen zu dehnen. Stell dich doch bitte nicht so an, es ist doch überhaupt nichts passiert. Ich habe nur kurz mit Andy gesprochen und wollte ihm eigentlich gerade sagen, dass er dich ans Telefon holen soll, weil ich mit dir noch einmal über den Besuchstermin sprechen wollte. Hast du bereits beim Jugendamt angerufen?«

Melissa presste die Lippen aufeinander und spürte gleichzeitig, wie Lennart sich neben ihr auf dem Sofa niederließ. Vorsichtig nahm er ihr Andy aus dem Arm. Der Junge ließ es sich nicht nur gefallen, sondern klammerte sich an Lennart fest und weinte dort unüberhörbar weiter. Das Geräusch verursachte ihr geradezu körperliche Schmerzen. »Nein, Maja-Sophie, ich habe noch nicht mit dem Jugendamt telefoniert. Es wird auch nicht viel nützen, denn ich bin überzeugt davon, dass der Sonntag kein guter Termin ist. Ich glaube kaum, dass sie am Wochenende einen Mitarbeiter zu so einem Treffen schicken werden. Da müssen wir uns schon an die regulären Zeiten halten.«

»Deshalb sollst du sie doch überreden«, kam es von Maja-Sophie. Ihre Stimme klang gepresst und ungehalten. »Wenn so eine Bitte von uns kommt, dann sind sie natürlich nicht bereit, darauf einzugehen. Aber wenn du das möchtest, dann drücken sie bestimmt beide Augen zu. Ein bisschen anstrengen musst du dich natürlich schon, aber ich finde, das ist nur selbstverständlich, denn immerhin sollten wir so bald wie möglich anfangen, uns richtig kennenzulernen und miteinander anzufreunden. Außerdem ist es wichtig, dass Andy endlich auch wieder Kontakt zu seinem Vater hat. So etwas ist wesentlich für die Entwicklung eines Kindes.«

Unbewusst ballte Melissa ihre freie Hand zu einer Faust. »Wenn es nach mir ginge, dann würde so ein Treffen niemals stattfinden«, fauchte sie. »Ich will Matthias nicht in Andys Nähe. Kannst du nicht hören, wie er weint? Und das nur, weil du ihm von dem Treffen erzählt hast.«

»Ich konnte doch nicht wissen, dass du ihn noch nicht über die neue Situation aufgeklärt hast«, konterte Maja-Sophie. »Wie lange wolltest du denn damit noch warten?«

Melissa hörte im Hintergrund eine Stimme, und prompt stellten sich ihr die Nackenhärchen auf. Anscheinend raunte Matthias seiner Frau irgendetwas zu. Er saß also offensichtlich direkt neben ihr. Für einen Moment bekam Melissa kaum noch Luft, ihre Kehle schnürte sich zu.

»Melissa?« Lennarts leise Stimme ließ sie regelrecht zusammenzucken. »Alles okay?« Er legte ihr eine Hand auf den Arm und drückte ihn leicht.

Die Berührung wirkte tatsächlich beruhigend auf sie. »Maja-Sophie?« Entschlossen schluckte sie gegen die Enge in ihrer Kehle an. »Ruf uns nicht wieder unter dieser Nummer an, verstanden? Ich werde meiner Anwältin mitteilen, dass du sie unrechtmäßig an dich gebracht hast, und …«

»Und was?«, konterte Maja-Sophie. »Du hast mir deine Handynummer doch selbst gegeben, damit ich dich immer erreichen kann.«

»Aber nicht diese Nummer!«

»Kannst du das beweisen? Dein Wort steht gegen meins, und die Sekretärin wird bestimmt nicht zugeben, dass sie deine Nummer rausgerückt hat, weil sie sonst Ärger bekommt.« Ein weiteres schrilles Lachen erfolgte. »Kümmere dich bitte gleich morgen um diese Aufsichtsperson des Jugendamtes, ja? Und gib mir dann gleich Bescheid, denn immerhin müssen wir uns ja vorbereiten und sicher sein, dass der Termin bestehen bleibt. Du kannst mich jederzeit anrufen, sobald das alles geklärt ist, okay? Es ist wirklich besser, wenn wir solche Termine immer rechtzeitig festmachen.« Nun klang ihre Stimme wieder ein wenig gepresst. »Denn immerhin ist Matthias ein schwer arbeitender Mann und hat viele Verpflichtungen in seiner Firma und seinen Angestellten gegenüber. Das musst du auch mal berücksichtigen. Nicht jeder schiebt so eine schöne ruhige Kugel in einem Glasladen irgendwo am Ende der Welt wie du. Also bring doch bitte auch mal ein bisschen Verständnis für uns auf, ja? Bis morgen dann. Ich freue mich auf deinen

Anruf.« Im nächsten Augenblick war die Verbindung unterbrochen.

Wütend, perplex und mit einem höchst unguten Gefühl in der Magengrube blickte Melissa auf ihr Smartphone. »Sie hat einfach aufgelegt.« Kopfschüttelnd legte sie das Telefon auf den Wohnzimmertisch und wandte sich wieder Andy zu. Auffordernd breitete sie die Arme aus, und Lennart hob den weinenden Jungen erneut auf ihren Schoß. Ihr Herz schmerzte, und dieses Gefühl vertrieb jeglichen Zorn, den sie eben noch gegen Maja-Sophie und Matthias empfunden hatte. »Ist ja schon gut, mein Schatz, schon gut«, murmelte sie dicht an Andys Ohr. Sanft streichelte sie ihm über den Rücken und mit der anderen Hand über seinen Haarschopf. »Alles wird wieder gut, ich bin ja da.«

»Mama, die Frau hat gesagt, sie ist jetzt ab sofort auch meine Mama.« Andy schluchzte auf und weinte erneut lautstark los. Melissa spürte, wie die Haut in ihrer Halsbeuge, in der er sein Gesicht verborgen hatte, nass wurde. »Ich will keine andere Mama! Und ich will auch nicht zu Papa. Sie hat gesagt, ich muss ihn besuchen, weil das die Frau im Gericht gesagt hat.« Seine Worte waren vor lauter Weinen und Schluchzen und nach Atem ringen kaum zu verstehen. »Ich will nicht zu Papa, ich will nicht. Er hat dich gehauen und mich und ist überhaupt nicht lieb und er soll wegbleiben. Ich will nicht in das Reso-Hotel gehen und keine Geschenke zu Nikolaus und, und, und …« Er keuchte.

»Schon gut, kleiner Mann.« Lennart hatte sich ein wenig vorgebeugt und streichelte Andy nun ebenfalls sanft über den Rücken, doch prompt brüllte dieser erneut los.

»Ich will nicht zu Papa, er soll weg. Ich will keinen Papa, der böse ist und uns haut. Ich mag ihn nicht und ich will ihn nicht, und ich will … will … ich will Lennart! Warum kann Lennart nicht mein Papa sein?«

※※※

Lennart erstarrte mitten in der Bewegung, als er die Worte des Jungen vernahm. Für einen Moment verschlug es ihm den Atem, und sein Herz wurde von einem reißenden Schmerz durchzuckt. Im nächsten Moment nahm er Melissas erschrockenen Blick wahr und fluchte innerlich. Ein erneuter schmerzhafter Stich durchfuhr ihn und wühlte geradezu in seinen Eingeweiden. Nur mit Mühe riss er sich so weit zusammen, dass er seiner Stimme einen beruhigenden Ton verleihen konnte. »Hey, Andy.« So sanft er nur konnte, berührte er den Jungen an der Schulter und drückte sie leicht, bis Andy ihm das Gesicht zuwandte. »Alles wird gut, okay? Du musst nirgendwohin gehen, wenn du nicht willst.«

Melissa stieß hörbar die Luft aus und vergrub nun ihrerseits ihr Gesicht in der Halsbeuge ihres Sohnes. Im nächsten Augenblick hob sie den Kopf wieder. »Aber die Richterin hat doch beschlossen ...«

»Nein.« Entschlossen schüttelte Lennart den Kopf. »Das hier kann auch die Richterin nicht wollen. Wir gehen dagegen an, irgendwie.«

»Wir?« Melissas Frage klang so zaghaft, so verwundert, dass ihm für einen Moment der Kragen platzte.

»Ja, verdammt noch mal, Melissa: Wir!« Er konnte nicht verhindern, dass seine Stimme laut wurde und all sein Unmut darin mitschwang. »Wir!«, wiederholte er mit Nachdruck. »Wann kapierst du endlich, dass ich das ernst meine? Habe ich dir das nicht gerade eben noch gesagt? Ihr seid mir, verdammt noch mal, so wichtig! Ich, ich ...« Er brach ab, weil sich Worte über seine Lippen stehlen wollten, die er selbst nicht erwartet hatte, obgleich das dazugehörende Gefühl schon so lange da war – vielleicht sogar schon vom ersten Tag an. »Ihr beide liegt mir am Herzen«, schwächte er das, was er sagen wollte, ab, obwohl es ihm nicht passte. Er wäre lieber vollkommen ehrlich gewesen, doch offenbar war Melissa längst noch nicht bereit dazu. »Ich will für euch da sein, Melissa. Du kannst nicht von mir verlangen, es nicht zu sein, denn andernfalls wird das hier nicht funktionieren.« Aufgebracht sprang er auf und ging mit eckigen Schritten vor dem Sofa auf und ab. Als sie nicht reagierte, blieb er abrupt stehen und fuhr zu ihr herum.

Sie weinte, still, das Gesicht wieder in Andys Halsbeuge verborgen. Ihre Schultern zuckten heftig; Andy schniefte ebenfalls immer noch und hatte einen Schluckauf. Der Anblick riss sein Herz in tausend Teile, zumindest fühlte es sich so an. Hastig setzte er sich wieder neben sie, wollte sie berühren, traute sich jedoch nicht, aus Angst, nun alles zerstört zu haben.

»Melissa ... Andy ... Es ... tut mir leid. Ich wollte nicht ... Bitte ...«

**

»Sei still!« Die Worte kamen nur stockend über Melissas Lippen, denn sie konnte einfach nicht aufhören zu weinen, dennoch schwang ihre Wut darin mit. Wut auf sich selbst. »Sei einfach still, Lennart. Du brauchst nicht ...« Sie schluckte hart. »Ich bin so, so dumm, so blöd, so ... Scheiße!« Endlich schaffte sie es, den Kopf wieder zu heben und ihn anzusehen. »Ich dachte einfach ... Ich dachte ... Andy ...«

Sein vormals zorniger Blick wurde weich. »Du dachtest, das wäre es gewesen, ja? Dass ich Reißaus nehmen würde?« Sehr vorsichtig hob er wieder die Hand und streichelte über Andys Rücken. Dabei streiften seine Finger auch ihre Hand. »Nur weil Andy ausgesprochen hat, was er sich wünscht? Das werde ich nicht tun.«

Zittrig holte sie Luft. »Du hättest dein Gesicht sehen sollen, eben. Andy hätte das nicht sagen sollen. Das ist zu viel.«

»Warum nicht?«

»Wir kennen uns doch erst seit ein paar Wochen und natürlich mag er dich und so und ... Du bist der erste Mann, mit dem er sich richtig angefreundet hat und dem er vertraut und ... Aber ich hätte nicht zulassen sollen, dass er sich so an dich hängt.« Sie stockte, starrte ihn an. »Was?«

Diesmal streifte Lennart nicht nur ihre Hand mit seinen Fingern, sondern umfasste sie sanft und drückte sie. »Du hast recht, wir kennen uns noch nicht allzu lange, aber Andy darf immer sagen, was er denkt, und über das reden, was er fühlt. Ich kann damit umgehen, Melissa. Du hast recht, ich war eben ein bisschen schockiert.« Er lachte trocken in Selbsterkenntnis. »Aber nur, weil ich keine Ahnung hatte, wie heftig solche Worte einschlagen können.« Um seine Mundwinkel zuckte es. »Ein Meteorit könnte keinen größeren Krater hier drin verursachen.« Er klopfte sich leicht auf seine Herzgegend. »Du wusstest das natürlich, weil du dich damit auskennst, und dachtest sofort, dass mich das umhauen würde, oder?«

Schon wieder musste Melissa gegen die aufsteigenden Tränen ankämpfen. »Die meisten Männer wären wahrscheinlich in Panik davongerannt.«

Nun brachte Lennart es tatsächlich fertig zu schmunzeln. »Ich frage mich, wie es sein kann, dass es dir noch nicht aufgefallen ist, aber ich bin nicht andere Männer. Ich bin ich. Verrückt und so, du weißt schon, und ich lebe nach meinen eigenen Regeln und nicht nach irgendwelchen Klischees, die besagen, dass ein Mann angesichts der Aussicht auf einen dicken Packen Liebe und Verantwortung in Panik die Flucht ergreifen muss. Kann es sein, dass du das möglicherweise einmal zu oft in einem dieser Romane gelesen hast?« Vage deutete er in Richtung des Bücherregals. »Dann lass mich dir versichern, dass ich in keines dieser Klischees hineinpasse und auch nicht vorhabe, mich in absehbarer Zeit in so einen merkwürdigen Romanhelden zu verwandeln, den man erst mit der Holzhammermethode darauf aufmerksam machen muss, was er wirklich will. Du weißt sehr genau, was ich mir wünsche. Das hat sich nicht geändert und wird sich nicht ändern.« Er holte kurz Luft. »Ich wiederum weiß, dass du noch nicht so weit bist, aber vielleicht ist Andy es ja, und das solltest du ruhig ihn entscheiden lassen. Ganz gleich, wie es mit uns weitergehen wird, ich bin für euch da – für euch alle beide.«

Heiße schmerzliche Wellen fluteten Melissas Herz; fahrig rieb sie sich mit dem Handrücken über die feuchten Wangen. »Ich sagte doch, ich bin bescheuert und dumm. Ich weiß auch nicht, was mit mir los ist. Andy ...«

»Du willst ihn beschützen«, unterbrach Lennart sie sanft. »Das ist verständlich. Du hast Angst, dass er verletzt werden könnte ... Und du selbst auch.«

»Aber du hast mir – uns – schon so oft gesagt, dass es dir ernst ist, und trotzdem kann ich nicht ...«

»Komm.« Er rückte nah an sie heran. »Kommt her, alle beide.« Energisch zog er sie in eine feste Umarmung. »Genug geredet«, brummte er und küsste sie auf die Schläfe.

Ist jetzt wieder alles in Ordnung? Ich frage nur, weil ... Ich sitze schon ziemlich lange hier neben euch und weiß nicht, was ich tun soll. Erst hat Andy so schrecklich geweint, dann auch noch Melissa. Ich finde es scheußlich, wenn meine Lieblingsmenschen weinen. Ich fühle nämlich, dass ihr dann fürchterlich traurig und verzweifelt seid, das vertrage ich überhaupt nicht. Und dann ist Herrchen auch noch kurz böse geworden! Du meine Güte, hab ich mich vielleicht erschrocken. Ich bin sogar aufgesprungen, aber keiner hat es bemerkt. Auch jetzt scheint ihr überhaupt nicht mitzubekommen, dass ich auch noch da bin. Daran muss ich unbedingt etwas ändern, denn immerhin gehöre ich doch wohl auch dazu, oder etwa nicht? Ja, also, was mache ich denn jetzt? Ach, genau, ich weiß was. Sissy nahm Anlauf, sauste los und sprang in hohem Bogen auf das Sofa. *Yay, da bin ich! Ups, Entschuldigung.*

»Aua!« Erschrocken zuckte Melissa zusammen, als die junge Hündin mit voller Wucht gegen sie prallte und im nächsten Moment auf sie krabbeln wollte. »Um Himmels willen, Sissy, was machst du denn?«

»Sissy, Sissy!« Was weder Worte noch Umarmungen vermocht hatten, schaffte die junge Hündin im Nullkommanichts. Andy zappelte ein wenig und drehte sich in Melissas Armen, bis er das hechelnde, prustende und heftig wedelnde Boxermädchen mit beiden Armen umschlingen konnte. Kichernd begann er, sie zu streicheln und hinter den Ohren zu kraulen. »Willst du mit uns spielen?«

Na klar, immer! Da bin ich sofort dabei. Sissy wedelte und hechelte noch mehr und trampelte rücksichtslos auf Melissa und Lennart herum.

»He, he, immer mit der Ruhe!« Lachend versuchte Lennart, Sissy abzuwehren und zu beruhigen, doch es gelang ihm nicht. »Liebe Güte, trample doch nicht so auf mir herum, das ... Aua!« Er stöhnte. »Das ist nicht besonders rücksichtsvoll von dir.«

Nun musste auch Melissa kichern. »Sie ist ja total aufgedreht.«

Na klar bin ich das. Immerhin lacht ihr endlich wieder, das hat ja nun auch wirklich lange genug gedauert. Ich habe mir schon Sorgen gemacht. Aber jetzt scheint alles wieder gut zu sein, also können wir doch ruhig ein bisschen herumtoben.

»Schluss jetzt, du verrückte Nudel.« Immer noch lachend, jedoch durchaus energisch, schob Lennart Sissy vom Sofa herunter und hielt sie davon ab, sogleich erneut hochzuspringen. »Nichts da, mir sind meine Kronjuwelen zu wertvoll, als dass du sie mir zu Mus zertrampeln dürftest.«

»Lennart!« Melissa prustete.

»Was sind denn Kronjuwelen?«, wollte Andy prompt wissen.

Lennart hüstelte und erhob sich. »Das, kleiner Mann, erkläre ich dir ein andermal. Was hältst du davon, wenn du mit Sissy kurz raus in den Garten gehst, denn bestimmt muss sie noch mal. Und dann ...« Prüfend sah er sich um. »Was haltet ihr davon, wenn wir uns hier unten eine schöne Höhle bauen?«

»Au ja!« Jubelnd sprang Andy im Kreis herum, dann rannte er zur Terrassentür. »Mama, mach mal bitte auf!« Er zerrte am

Türgriff, doch die Schiebetür war noch zu schwer für ihn zu öffnen.

Rasch machte sie für ihren Sohn und die Hündin den Weg frei, die prompt mit einem freudigen Bellen hinaus in den Garten rannte und sich irgendwo hinter dem Gartenhäuschen versteckte, um ihr kleines Geschäft zu verrichten. Andy, der rasch in seine Hausschuhe geschlüpft war, ging ein paar Schritte auf die Terrasse, jedoch nicht weiter, da es unangenehm nieselte.

»Es regnet, Mama! Da wird Sissy ja ganz nass.«

Bäh, ja, es regnet! Pfui, da bleibe ich aber nicht hier draußen, das macht überhaupt keinen Spaß. Schnell, schnell wieder rein ins Wohnzimmer, wo es schön warm und trocken ist! Mit einem ungehaltenen Schnauben und geradezu genervter Miene kam Sissy Augenblicke später wieder herbeigetrabt, schüttelte sich auf der Terrasse heftig und begab sich wieder nach drinnen. Andy folgte ihr mit strahlender Miene. »Bauen wir jetzt wirklich eine Höhle, Mama?«

Melissa blickte unsicher zwischen ihrem Sohn und Lennart hin und her. »Tja, von mir aus. Aber dann musst du zuerst Sissys Pfoten abtrocknen.«

O ja, ich bitte darum!

»Und Lennart muss die Bauleitung übernehmen.« Sie warf ihm ein zaghaftes Lächeln zu.

»Nur mit dir als meiner Assistentin«, bestimmte er lachend, und das war zumindest etwas, womit sie uneingeschränkt einverstanden sein konnte.

***

»Es ist schon spät«, raunte Melissa drei Stunden später mit einem liebevollen Blick auf Andy, der sich in der fachkundig zwischen den beiden Sesseln und dem Sofa erbauten Höhle zwischen ihr und Lennart auf dem weichen Deckenlager zusammengerollt hatte und, seinen Stoffhasen im Arm, friedlich schlief.

Lennart nickte zustimmend. »Ich sollte vielleicht allmählich nach Hause fahren.« Vorsichtig bewegte er seinen linken Fuß, doch das brachte ihm einen ungehaltenen Blick von Sissy ein, die sich genau auf diesem Fuß zusammengerollt hatte.

Du wirst doch wohl nicht aufstehen wollen, oder? Ich liege hier gerade sehr bequem.

»Mhmh«, kam es überraschend von Andy. »Nicht.« Er griff mit geschlossenen Augen nach Lennarts Arm und krallte sich in den Stoff seines Hemdes. »Kannst du nicht hierbleiben?«

»Ich dachte, du schläfst schon längst.« Vorsichtig drehte Lennart sich auf die Seite, sodass er Andy direkt ansehen konnte.

Der Junge blinzelte kurz, schloss aber sofort die Augen wieder und gähnte. »Mache ich auch. Aber du hast gesagt, du bist immer da. Kannst du heute hierbleiben? In der Höhle? Und Mama auch? Und Sissy?«

»Ich weiß nicht.« Fragend blickte Lennart zu Melissa, die sichtlich mit der Entscheidung rang.

»Willst du denn wirklich heute Nacht hier auf dem Boden schlafen?«, fragte sie leise.

»Ja.«

»Ist dir das nicht zu unbequem?«

»Nö.« Noch einmal gähnte Andy. »Aber Lennart soll dableiben und du auch.«

Lennarts Herz machte ein paar dumpfe, schwere, fast schmerzhafte Schläge. Erwartungsvoll blickte er Melissa an. »Ausnahmsweise?« Er machte eine vage Handbewegung, die die Höhlenumgebung einschloss. »Ist fast wie Camping, oder? Nur wärmer und ...«, er senkte seine Stimme ein wenig, »ungefährlich.«

Melissa knabberte an ihrer Unterlippe. »Ich weiß nicht ...«

»Warum ist Camping gefährlich?«, murmelte Andy undeutlich. »Wegen den wilden Tieren?«

»Ja, zum Beispiel.« Lennart schmunzelte und sah, dass auch Melissa kaum gegen ein Lächeln ankam. Schließlich nickte sie. »Also gut, ausnahmsweise, Höhlencamping im Wohnzimmer.«

Heißt das, wir bleiben heute Nacht hier? Sissy stieß ein zufriedenes Schnaufen aus. *Sehr gut. Ich habe nämlich keine Lust, jetzt noch mal aufzustehen.*

Da Andy augenblicklich wieder eingeschlafen zu sein schien, richtete Lennart sich ein klein wenig auf, zog die Bettdecke des Jungen, die sie extra aus seinem Zimmer geholt hatten, über ihm zurecht, legte sich dann selbst wieder bequem hin und streckte über Andy hinweg seine Hand nach Melissa aus. Sie drehte sich ebenfalls auf die Seite, sodass sie ihn ansehen konnte, und ergriff schließlich seine Hand. Vorsichtig verschränkten sie ihre Finger miteinander, darauf bedacht, Andy nicht zu wecken.

Vorsichtig angelte Lennart mit der freien Hand nach der batteriebetriebenen Salzkristall-Lampe, die ihnen als einzige Lichtquelle in der Höhle diente, zwinkerte Melissa noch einmal liebevoll zu und löschte das Licht. »Gute Nacht, Melissa«, flüsterte er.

»Gute Nacht, Lennart«, murmelte Andy. »Gute Nacht, Mama.«

Melissa sagte nichts, drückte jedoch leicht Lennarts Hand, und das war mehr, viel mehr, als er sich erhofft hatte.

23. Kapitel

»Etwas Neues bei Melissa und Andy?« Die Frau des Weihnachtsmannes betrat dessen Büro, einen Teller mit frisch gebackenen Plätzchen und Lebkuchen in der Hand, den sie auf seinem Schreibtisch neben der Tastatur abstellte. »Du hast schon seit einer ganzen Weile nichts mehr von den beiden erzählt. Ist es dir vielleicht schon gelungen, ihre Wünsche zu erfüllen? Das wäre ein Grund zum Feiern.«

Santa Claus, der gerade dabei gewesen war, eine Liste mit Wünschen zusammenzustellen, die er dringend an die Geschenkfabrik übermitteln musste, hob ein wenig abgelenkt den Kopf. »Von Melissa und Andy?« Er schüttelte den Kopf. »Nein, leider habe ich keine Neuigkeiten zu den beiden. Ich glaube aber, dass es unter den gegebenen Umständen nicht ganz einfach sein dürfte, ihre Wünsche zu erfüllen, denn irgendetwas scheint da noch zu haken. Das Gefühlsradar übermittelt mir täglich sehr durchmischte Schwingungen, insbesondere von Melissa. Vielleicht liegt es daran, dass sie sich im Augenblick so sehr vor diesem ersten Besuchstermin mit Matthias fürchtet. Du hast ja selbst gesehen, was neulich bei ihr los war. Glücklicherweise hat der Junge sich inzwischen wieder beruhigt, aber ich weiß nicht, ob das so schnell geschehen wäre, wenn nicht Lennart da gewesen wäre, und da liegt vermutlich der Hase im Pfeffer.«

Verwirrt runzelte Santas Frau die Stirn. »Aber war das nicht ein Glück? Vielleicht wäre Melissa alleine mit Andys Angst nicht so gut fertiggeworden. Da war es doch nur gut, dass Lennart zur Stelle war und ihr helfen konnte.«

»Mhm, ja, da magst du durchaus recht haben«, gab der Weihnachtsmann bedächtig zu und rieb sich dabei nachdenklich über den weißen Rauschebart. »Ich fürchte nur, dass, wie so gut wie alles bei den Menschen, diese Situation zwei Seiten hat. Melissa ist Lennart bestimmt dankbar für seine Unterstützung, aber auf der anderen Seite hat sie ja diese schreckliche Angst davor, sich wieder von jemandem abhängig zu machen.«

»Glaubst du, sie könnte sich vor ihm zurückziehen, weil er sie zu sehr unterstützt?« Besorgt runzelte seine Frau die Stirn. »Aber das ist doch verrückt! Das geht doch nicht, ich meine … Die beiden kommen so gut miteinander aus! Sieh doch nur …« Sie trat an die Wand mit den Video-Bildschirmen und deutete auf denjenigen, der Ausschnitte aus Melissas und Lennarts Leben zeigte. »Die beiden sind einfach … Huch!« Erschrocken schaltete sie den Bildschirm aus und errötete.

»Nanu, was ist denn?« Der Weihnachtsmann erhob sich und trat ebenfalls an die Videowand. »Warum hast du denn das Bild ausgeschaltet?«

»Weil das, was sich dort gerade abspielt, uns überhaupt nichts angeht.« Seine Frau warf ihm einen vielsagenden Blick zu.

Der Weihnachtsmann stutzte, dann schmunzelte er. Nach einem Blick auf die Uhr an der Wand hüstelte er. »Na so was, mir ist gar nicht aufgefallen, dass es schon so spät ist. Dann sind die beiden also gerade dabei …«

»Ja, genau.« Seine Frau lächelte nun ebenfalls leicht. »Aber das zeigt doch nur, dass sie sich jetzt noch viel näher gekommen sind und einander wirklich gernhaben, oder?«

»Ja, davon kann man ausgehen«, stimmte er zu, klang aber immer noch nicht vollends überzeugt. »Ich glaube nicht, dass die Gefühle, die die beiden füreinander hegen, das Problem sind. Die sind, denke ich, recht eindeutig. Es ist Melissas verflixte Angst, etwas falsch zu machen und sich erneut in eine Abhängigkeit zu begeben, die uns im Weg steht. Leider fällt mir gerade nichts ein, was wir tun könnten, um sie davon abzubringen.«

Santas Ehefrau tippte sich nachdenklich mit dem Zeigefinger gegen die Unterlippe. »Sollte das wirklich der Fall sein, dann fürchte ich, wäre es nicht gut, wenn wir sie davon abbringen. Wenn sie sich eingeengt fühlt oder besorgt ist, dass sie sich zu sehr von Lennart abhängig machen könnte, dann müssen wir diese Sorge ernst nehmen. Wenn sie noch nicht bereit dazu ist, sich auf eine feste und stabile Beziehung mit ihm einzulassen, dann dürfen auch wir sie nicht dazu drängen.«

»Aber glaubst du denn«, wandte Santa Claus ein, »dass Lennart sie jemals bevormunden oder von sich abhängig machen würde?«

»Nein, keinesfalls!« Seine Frau schüttelte energisch den Kopf. »Davon ist er weit entfernt. Er will ja alles richtig machen und sie darin unterstützen, ihr Selbstbewusstsein zu stärken. Das Problem liegt ganz allein in ihr begründet und nicht erst seit Matthias. Wenn ich die Informationen, die wir über sie gesammelt haben, richtig interpretiere, dann hat ja schon ihr Vater sie, solange er gelebt hat, in einer strengen Abhängigkeit gehalten, ebenso wie er es bei ihrer Mutter getan hat. Maria hat dann nach seinem Tod kaum etwas dafür getan, dass ihre Tochter in dieser Hinsicht selbstständiger wurde und mehr Mut und Selbstbewusstsein gesammelt hat, weil sie selbst gar nicht dazu fähig gewesen wäre. Deshalb hatte Matthias ja so leichtes Spiel mit Melissa.« Sie seufzte aus tiefstem Herzen. »Ach, das ist wirklich ganz vertrackt!«

»Ich glaube«, mischte Elfe-Sieben sich ein, die bisher still an ihrem Schreibtisch gesessen und Wunschzettel sortiert hatte, »da besteht auch noch ein anderes Problem.«

Santa Claus und seine Frau drehten sich ruckartig zu ihr um. »Noch ein Problem?« Der Weihnachtsmann raufte sich die Haare. »Welches denn?«

Elfe-Sieben stieß sich ein wenig vom Schreibtisch ab, sodass ihr Stuhl ein gutes Stück rückwärtsrollte, dann ließ sie die Beine hin und her baumeln. »Melissa weiß nicht, was sie wirklich fühlt. Matthias hat sie damals mehr oder weniger überrumpelt und glauben gemacht, dass sie in ihn verliebt sei, obwohl sie wahrscheinlich von Anfang an wusste oder gespürt hat, dass dem nicht so ist. Sie hat einfach in ihm eine Art Retter gesehen, der er aber leider nicht war. Außerdem hat sie erst zu spät begriffen, dass sie in Wahrheit gar keinen Retter braucht, sondern selbst auf ihren eigenen Füßen stehen muss, um hoffentlich auch eines Tages eine ebenbürtige Beziehung führen zu können. Eine junge Frau in Melissas Alter, also mit Mitte zwanzig, sollte eigentlich längst wissen und einordnen können, was Herz und Bauchgefühl ihr sagen. Aber sie ist total verunsichert, und ich fürchte, das verstärkt die anderen Probleme noch.«

Wieder fuhr sich Santa Claus bedächtig durch den Bart. »Da könntest du natürlich recht haben, Elfe-Sieben. Das macht es uns aber nicht gerade leichter, ihren Wunsch zu erfüllen.«

»Oder die Wünsche, die Andy uns übermittelt hat«, fügte seine Frau besorgt hinzu. »Alle diese Wünsche ergänzen einander ja und spielen zusammen. Andy wünscht sich eine richtige Familie, also auch einen neuen Papa, und ich bin ziemlich sicher, dass er Lennart für diese Rolle als sehr geeignet ansieht. Melissa weiß das auch mit dem Kopf, doch ihr Bauch und ihr Herz rebellieren noch dagegen. Andererseits möchte sie ihren kleinen Sohn natürlich glücklich sehen und weiß, dass es ihn mehr als glücklich machen würde, wenn sie gemeinsam mit Lennart eine neue Familie bilden würden – Verzeihung, mit Lennart und Sissy. Mit dem süßen Boxermädchen wäre dann ja auch Andys zweiter Weihnachtswunsch erfüllt. Aber wenn ...«

»Aber wenn«, griff Santa Claus den Satz auf, »Melissa weiterhin unsicher bleibt und nicht aus vollem Herzen bereit sein kann für diese Beziehung, dann steht die komplette Wunscherfüllung auf äußerst fragilen tönernen Füßen.«

»Eben.« Elfe-Sieben nickte nachdrücklich. Im nächsten Moment hellte ihre Miene sich ein wenig auf. »Würde es vielleicht etwas helfen, wenn wir Lennart irgendwie dazu bewegen könnten, offen auszusprechen, was er für sie empfindet und wie tief diese Gefühle tatsächlich nach so kurzer Zeit schon worden sind?«

Santa Claus und seine Frau sahen einander schweigend an, doch schließlich schüttelte er den Kopf. »Ich habe jetzt schon so viele Erfahrungen mit den Menschen gesammelt und denke, dass wir in dieser Hinsicht äußerst vorsichtig sein müssen.«

Seine Frau nickte bestätigend. »Genau. Wenn Lennart zu rasch vorprescht, könnte Melissa sich unter Druck gesetzt und gedrängt fühlen, etwas zuzustimmen, wofür sie noch nicht gänzlich bereit ist. Das müssen wir auf jeden Fall verhindern. Sie muss selbst den Punkt erreichen, an dem sie aus vollem Herzen und mit gutem Bauchgefühl Lennart in ihr und Andys Leben lässt.«

»Oje, oje!« Elfe-Sieben legte besorgt die Hände an ihre Wangen. »Das klingt aber entsetzlich kompliziert. Glaubt ihr, das können wir irgendwie bewerkstelligen? Wie sollen wir denn dabei helfen? Ich wüsste nicht einmal, wie wir Sissy in dieser Situation als Helferin einsetzen könnten. In den vergangenen Jahren ist dies unseren vierbeinigen Freunden ja sehr oft geglückt. Aber was soll diese süße Hündin da bloß ausrichten?«

Der Weihnachtsmann kehrte an seinen Schreibtisch zurück und setzte sich wieder. »Stimmt, diesmal kann uns Sissy wahrscheinlich auch nicht helfen. Zumindest fällt auch mir nicht ein, was sie tun könnte, um Melissas Gefühlsdilemma aufzubrechen oder zu lösen. Trotzdem ist sie natürlich sehr wichtig für diese drei Menschen, denn sie zeigt ihnen allen, was bedingungslose Liebe bedeutet. Denn wer anders als ein Hund – oder in diesem Fall eine Hündin – wäre dazu wohl fähig?« Geistesabwesend griff er nach einem der frisch gebackenen Lebkuchen und biss hinein; im nächsten Moment hob er überrascht den Kopf. »Hmmm! Die sind aber besonders lecker. Ist das ein neues Rezept?«

Seine Frau lachte. »Nein, kein neues Rezept, aber ich hatte äußerst eifrige Helferlein, die mir mit ganz viel Liebe und

Motivation beim Backen geholfen haben. Vermutlich haben sie es auch mit den Gewürzen ein wenig übertrieben. Ich bin froh, dass dabei etwas so Gutes herausgekommen ist.«

Verwirrt runzelte Santa Claus die Stirn. »Neue Helferlein? Wie meinst du das? Sonst helfen dir doch immer ein paar der Elfen.«

Seine Frau kicherte. »Das tun sie auch, aber diesmal habe ich noch jemand anderen zum Helfen verpflichtet.« Mit geheimnisvoller Miene ging sie zur Bürotür und winkte ihrem Mann, ihr zu folgen. »Komm und sieh es dir selbst an.«

Von Neugier ergriffen, erhob der Weihnachtsmann sich erneut und folgte ihr bis zur Küchentür, wo sie ihm mit einer knappen Geste bedeutete, stehen zu bleiben und leise zu sein. »Psst, stör sie bitte nicht!«, flüsterte sie mit einem zufriedenen Grinsen.

Neugierig blickte Santa Claus über die Schulter seiner Frau in die Küche, stutzte, dann unterdrückte er ein Prusten. »Wie hast du das denn geschafft?«, raunte er amüsiert.

In der Küche standen die Rentiere Dasher, Blitzen und Rudolf mit der roten Nase an der Arbeitsinsel. Alle drei trugen lange weiße gerüschte Schürzen und waren tatsächlich mit der Zubereitung von Plätzchenteig beschäftigt. Rudolf hatte den Stiel eines langen Holzlöffels im Maul, mit dem er in einer Teigschüssel rührte, Dasher hielt in seinem Maul einen elektrischen Handmixer, mit dem er ebenfalls etwas in einer Teigschüssel vermischte, und Blitzen verteilte Ausstechförmchen auf einem ausgerollten Plätzchenteig und drückte sie vorsichtig mit der Nase hinein.

»Das war gar nicht so schwierig«, flüsterte seine Frau erheitert zurück. »Eigentlich hatte ich das ja als Strafe dafür vorgesehen, dass sie sich ständig heimlich in unsere Vorratskammer schleichen, um Kekse zu naschen. Doch inzwischen haben die drei offensichtlich richtig Spaß am Backen. Tja, und wer bin ich, dass ich ihnen diesen Spaß verderben soll? Außerdem stellen sie sich wirklich geschickt an, dafür, dass sie keine Hände haben.«

Schmunzelnd schüttelte der Weihnachtsmann den Kopf. »Wenn das die Menschen auf der Erde wüssten!«

Seine Frau kicherte. »Dann würden sie es wahrscheinlich nicht glauben.«

»Oder einen Film daraus machen«, schlug Santa Claus vor, was sie beide zum Lachen reizte.

»Am besten gehst du aber jetzt zurück ins Büro«, befand Santas Frau. »Du musst dir unbedingt etwas wegen Melissa und Andy einfallen lassen.«

»Lennarts wegen«, stimmte er seufzend zu. »Du hast recht. Sobald ich die neue Liste mit Geschenkewünschen an die Geschenkfabrik übermittelt habe, werde ich mich voll und ganz dieser Angelegenheit widmen. Hoffen wir, dass bis Weihnachten noch genug Zeit ist, um alle drei Weihnachtswünsche zu erfüllen.«

»Wenn einer das schaffen kann, dann du.« Seine Frau gab ihm einen Kuss auf die Wange, dann begab sie sich mit energischen Schritten zurück in die Küche. »Na, ihr lieben Rentiere«, rief sie mit einem strengen Unterton, der jedoch von ihrem sanften Lächeln Lügen gestraft wurde. »Wie weit seid ihr mit den Plätzchen? Rudolf, hast du da einen Teigrest an der Nase? Und Dasher und Blitzen ebenfalls? Habt ihr etwa schon wieder genascht?«

»Nur ein ganz kleines bisschen«, antwortete Rudolf kleinlaut. »Wir müssen doch ausprobieren, ob die Mischung auch richtig ist, damit sie wirklich gut schmeckt. Ich habe genau gesehen, dass du das auch manchmal machst.«

»Ja, genau«, pflichteten Blitzen und Dasher ihm eifrig bei. »Das haben wir ganz genau gesehen.«

»Erwischt.« Santas Ehefrau lachte. »Also gut, dann lasst mich jetzt ebenfalls mal ein bisschen von dem Teig probieren, aber dann geht es wieder ab an die Arbeit, denn es ist noch viel zu tun!«

***

»Da wären wir.« Lennart hielt mit seinem Wagen auf dem Parkplatz des Sternbach-Resorts und stellte den Motor ab. Besorgt blickte er über die Schulter auf den Rücksitz, auf dem Melissa und Andy saßen und seit ihrer Abfahrt vom Blockhaus kein Wort gesagt hatten. »Alles okay bei euch?«

»Nein.« Melissa verzog kläglich die Lippen. »Nichts ist okay, aber das können wir leider jetzt gerade nicht ändern.« Sie streichelte Andy sanft übers Haar, dann löste sie seinen Sicherheitsgurt. »Komm, mein Schatz. Je eher wir jetzt losgehen, desto schneller haben wir es hinter uns.«

»Müssen wir da echt hin?« Andy rieb sich mit beiden Händen die Augen. »Ich will aber gar nicht. Papa ist böse und gemein. Warum will die Frau im Gericht, dass ich zu ihm gehe?«

Melissa seufzte. »Sie will das wahrscheinlich auch nicht so gerne, das habe ich dir doch schon erklärt, aber leider gibt es Gesetze, und die besagen, dass auch Papas ein Recht haben, ihre Kinder zu sehen, auch wenn sie sich schlecht verhalten haben. Vielleicht hat die Therapie Papa ja wirklich etwas geholfen, netter zu werden.« Sie warf Lennart einen kurzen Blick zu, aus dem er genau herauslesen konnte, dass sie alles andere als überzeugt von ihren eigenen Worten war. »Es ist ja auch nur für eine Stunde, Andy«, fuhr sie fort. »Wir gehen da vorne in das Hotel, essen ein Stück Kuchen und trinken heißen Kakao, reden ein bisschen mit Papa und fahren dann wieder nach Hause.« Ihre Stimme schwankte ganz leicht, wie Lennart besorgt feststellte. Eindeutig hatte sie ebenso viel Angst vor dem Treffen wie ihr Sohn.

»Hör zu, kleiner Mann.« Lennart drehte sich in seinem Sitz so weit um, dass er Andy direkt ins Gesicht sehen konnte. »Ich bin die ganze Zeit mit dabei, und Sissy auch. Ihr braucht also beide überhaupt keine Angst zu haben, dass euch etwas passieren könnte.« Insgeheim verfluchte er die Mitarbeiter beim Jugendamt, die Melissas Einwände, ihr Sohn habe Bauchschmerzen aus Angst vor diesem Treffen, nicht gelten lassen hatten. Sie hielten sich strikt an die Vorgaben des Gerichts, die besagten, dass eine Begegnung stattzufinden hatte. Allerdings würde niemand von ihnen dabei sein. Stattdessen war eine Übereinkunft mit der Sozialstation getroffen worden. Dort arbeitete ein Sozialarbeiter namens Noah Silberberg, der sich bereit erklärt hatte, heute ebenfalls ins Resort zu kommen und dem Jugendamt anschließend ausführlich Bericht zu erstatten.

»Ich hab aber Bauchweh.« Andys Kinn zitterte leicht, und seine Stimme klang weinerlich. »Und mir ist schlecht.«

Obwohl Lennart ihn gut verstehen konnte und an sich halten musste, um seinen Ärger darüber, dass man beim Jugendamt so wenig Verständnis für ein nicht einmal siebenjähriges Kind aufbrachte, nicht zu zeigen, setzte er eine möglichst heitere Miene auf. »Was hältst du davon, wenn wir aussteigen, und dann probieren wir etwas aus, was vielleicht gegen deine Bauchschmerzen hilft.«

»Gehen wir mit Sissy spazieren?«, fragte Andy hoffnungsvoll. »Ohne Papa?«

»Nein.« Lennart schüttelte den Kopf. »Aber vielleicht hilft meine Methode trotzdem.«

»Was machen wir denn?« Als Lennart ausstieg, folgte Andy ihm eilig, und auch Melissa kletterte rasch aus dem Wagen.

»Lässt du bitte Sissy aus ihrer Box?«, bat Lennart sie und wandte sich gleich darauf dem kleinen Jungen zu, der sichtlich furchtsam zum Eingang des Resorts blickte. »Andy?« Er winkte den Jungen zu sich. »Was ist dein Lieblingslied?«

»Weiß nicht.« Andy hob die Schultern.

»Komm schon, soll ich raten?« Inzwischen hatte er so viel Zeit mit den beiden verbracht, dass er den Jungen recht gut einschätzen konnte. »Das Lied der Schlümpfe?«

Kurz hellte sich Andys Gesicht auf. »Aber in der Schule sagen sie, das ist schon alt, und im Radio laufen ganz andere Lieder.«

»Na und?« Lässig winkte Lennart ab. »Ich wette, deine Klassenkameraden und -kameradinnen schauen sich trotzdem alle im Fernsehen die Schlümpfe an, oder? Schlaubi, Schlumpfine und Gargamel und Papa Schlumpf und so weiter, oder?«

»Ja.« Andy nickte. »Aber das Lied ist trotzdem alt.«

»Ganz egal.« Lennart zückte sein Handy, öffnete seine Streaming-App und suchte das Lied heraus, dann schob er das Handy in seine Jackentasche. Nur einen Moment später erklangen die ersten Töne des Liedes, und er streckte beide Hände nach Andy aus. »Jetzt wird getanzt.«

Ungläubig blickte Andy zu ihm auf. »So wie zu Hause mit Mama?«

»Aber sicher doch«, bestätigte Lennart grinsend. »Na los, Tanzen hilft ganz vorzüglich gegen Bauchweh.«

Zögernd ergriff Andy seine Hände, und zunächst wiegten sie sich nur ein wenig hin und her, nach ein paar Atemzügen begann Lennart dann aber, etwas flotter im Kreis zu hüpfen. Prompt musste Andy kichern, und schließlich lachte er laut.

Sissy, die mittlerweile von Melissa an der Leine geführt wurde, bellte fröhlich und hüpfte ebenfalls neben ihnen auf und ab.

Na so was, das ist ja lustig. Ich dachte, wir gehen vielleicht hier irgendwo spazieren, und jetzt benehmen sich meine Menschen plötzlich total albern. Aber mir soll es recht sein, ich bin gerne albern.

Melissa stand daneben und schmunzelte in sich hinein, was Lennart ermutigte. Spontan ließ er eine von Andys Händen los und streckte sie nach ihr aus. »Los, du auch!«

»Aber ich habe doch Sissy an der Leine«, protestierte sie.

»Na und? Sissy kann auch mittanzen.«

Ja, genau, kann ich! Wau ja! Das ist richtig spaßig.

Lennart ergriff einfach Melissas Hand und zog sie näher, sodass sie schließlich zu dritt einen Tanzkreis bildeten, Sissy aufgeregt bellend in der Mitte. Inzwischen hatte das Lied schon geendet, doch in weiser Voraussicht hatte Lennart es auf Dauerschleife gesetzt, sodass es gleich wieder von vorne begann. Diesmal sang Lennart sogar ein bisschen mit und warf Melissa ermutigende Blicke zu, bis schließlich auch sie zu singen begann. Andy kannte den Text ebenfalls auswendig, sodass sie schließlich albern, aber fröhlich singend im Kreis hopsten.

»Hier geht es ja lustig zu«, erklang hinter Lennart eine amüsierte männliche Stimme. Noah Silberberg war unbemerkt ebenfalls mit seinem Wagen eingetroffen und hatte sich zu ihnen gesellt. Er war ein schlanker, sportlich-drahtiger Mann von etwa Mitte vierzig mit kurzem dunkelbraunem Haar und Dreitagebart. Lennart hatte sich schon mehrmals mit ihm unterhalten, weil sie gemeinsame Bekannte hatten, und war froh, dass sie diesen kompetenten Mann für das Treffen mit Matthias Lange an ihrer Seite hatten. Denn Noah war ein besonnener, stets freundlicher Mensch, der seinen Job als Sozialarbeiter und Streetworker nicht nur sehr ernst nahm, sondern auch ausgesprochen erfolgreich meisterte. Natürlich konnte auch Noah nichts an der Verfügung des Gerichts ändern, doch mit Sicherheit würde er einschreiten, sollte Andy wirklich zu große Angst bekommen.

»Wir tanzen uns nur gerade ein bisschen Bauchweh weg«, erklärte Lennart über die Schulter.

»Ausgezeichnete Idee«, befand Noah lächelnd. »Da bekommt man ja richtig Lust, ebenfalls mitzumachen.« Er blickte kurz auf seine Armbanduhr. »Ist Herr Lange schon eingetroffen?«

Melissa löste sich von Andy und Lennart und trat auf ihn zu, Lennart jedoch ergriff sogleich wieder Andys beide Hände und hüpfte mit ihm noch ein wenig weiter im Kreis herum.

※※※

»Guten Tag, Herr Silberberg.« Melissa streckte ihre rechte Hand aus, die der Sozialarbeiter gleich darauf ergriff und sanft, aber bestimmt drückte.

»Guten Tag, Melissa. Sagen Sie ruhig Noah zu mir, und eigentlich können wir uns auch duzen, denn immerhin kennen wir uns ja über Eva und André schon ein bisschen, nicht wahr?«

Überrascht blickte sie auf. »Ja, natürlich, gerne. Wir sind gerade erst hier angekommen.« Sie sah sich um. »Es sieht nicht so aus, als wäre Matthias schon hier. Er wollte zusammen mit seiner Frau, Maja-Sophie, herkommen. Oder vielmehr hat sie mir mitgeteilt, dass sie ebenfalls unbedingt dabei sein wird, denn ich habe ja nur mit ihr telefoniert. Sie war zwar ein bisschen verärgert, weil wir ihren ursprünglichen Terminvorschlag mit Sonntag nicht eingehalten haben, aber natürlich habe ich auch volles Verständnis dafür, dass es nur am heutigen Samstag geht. Die Mitarbeiter des Jugendamtes wollten ja sogar nur einen Wochentag anbieten, und das hat Maja-Sophie strikt abgelehnt.«

»Dann werden die beiden sicher gleich eintreffen«, vermutete Noah und warf noch einmal einen Blick auf Lennart und Andy, die nach wie vor fröhlich zum Lied der Schlümpfe im Kreis tanzten und sangen. »Andy hat also Bauchweh?«, fragte er mit gesenkter Stimme.

Melissa nickte. »Nicht nur er.« Sie atmete tief durch. »Es fällt mir nicht leicht, nach der langen Zeit, die wir uns vor Matthias versteckt haben, jetzt plötzlich so tun zu müssen, als wäre es vollkommen normal, mich mit ihm an einen Tisch zu setzen. Ich weiß nicht, ob ich das kann.«

»Das kann ich gut verstehen.« Noah sprach immer noch mit gesenkter Stimme, damit Andy nichts mitbekam. »So etwas ist nie leicht, und wenn es nach mir ginge, würde ich dich auch gerne gleich wieder mit deinem Sohn nach Hause schicken. Leider müssen wir uns an die Vorschriften halten, und solange nichts vorfällt, was uns einen Grund gibt, von diesem Treffen abzusehen, müssen wir es leider durchziehen. Aber keine Sorge. Wie ich sehe, hast du ja gleich doppelte Verstärkung mitgebracht.« Er beugte sich ein wenig zu Sissy hinab, die inzwischen neben Melissa saß, jedoch immer wieder sehnsüchtige Blicke zu Andy und Lennart warf. »Na du, du bist ja ein ganz besonders hübsches Geschöpf.«

Oh, vielen Dank! Wie nett. Du scheinst ein angenehmer Mensch zu sein. Sissy sprang auf und begann wedelnd an Noah zu schnüffeln. *Du riechst auch sehr gut und auch nach einem anderen Hund, also wohnt bei dir anscheinend auch einer. Das gefällt mir. Ich mag dich.*

»Braves Mädchen.« Noah hielt Sissy seine Hand hin, die sie daraufhin ebenfalls neugierig beschnüffelte, und streichelte sie dann kurz an Kopf und Schulter.

»Lennart hat darauf bestanden, uns zu begleiten.« Melissa warf in einer Mischung aus Dankbarkeit und Besorgnis einen weiteren Blick zu dem Mann, mit dem sie in den vergangenen anderthalb Wochen fast jede freie Minute verbracht hatte. »Ich habe ihm zwar gesagt, dass er das nicht tun muss, aber ...« Sie hob die Schultern. »Wir sind noch nicht lange ... Ich meine ... Wir kennen uns noch nicht allzu lange.«

»Dafür kommt er aber mit Andy sehr gut aus, wie ich sehe«, stellte Noah fest und ließ ein Lächeln folgen. »Wessen Idee war das Tanzen?«

»Seine.« Wieder hob sie die Schultern. »Mir wäre so etwas im Leben nicht eingefallen, aber irgendwie hilft es, auch wenn ich mal nervös bin.«

»Bemerkenswert.« Noah warf einen Blick über die Schulter, weil in diesem Moment das Brummen eines Automotors laut wurde. Im nächsten Moment fuhr eine große Mercedes-Limousine vor und hielt in einer Parklücke ganz in der Nähe. Im nächsten Augenblick stieg Matthias aus und trat auf sie zu.

»Guten Tag.« Seine Miene zeigte eine Mischung aus Verblüffung und Befremden. »Was ist denn hier los? Ist ein Zirkus ausgebrochen?«

Allein der Klang seiner Stimme, ruhig und sonor, jedoch mit einem fast unmerklich spöttisch-aggressiven Unterton, jagte

Melissa kalte Schauder über den Rücken. Ihr Herz pochte unangenehm schneller, und sie schob rasch die Hände in die Taschen ihres Mantels, weil sie zu zittern begonnen hatten.

»Guten Tag, Herr Lange.« Noah und Matthias schüttelten einander kurz die Hand. »Mit Zirkus hat das hier wenig zu tun. Andy ging es nicht gut, deshalb hat Herr Overbeck ihn ein wenig mit Singen und Tanzen abgelenkt.«

»Mit Singen und Tanzen, ja?« Nun war der Spott ganz eindeutig aus Matthias' Stimme herauszuhören. »Ist das nicht ein bisschen sehr albern für einen erwachsenen Mann? Ziemlich würdelos, wenn Sie mich fragen.«

Inzwischen hatten Lennart und Andy Matthias' Ankunft bemerkt und mit dem Tanzen aufgehört. Rasch schaltete Lennart die Musik aus, behielt Andy jedoch weiterhin an einer Hand. Melissa trat ebenfalls neben ihren Sohn und ergriff seine andere Hand, woraufhin er sich halb hinter ihr versteckte und sein Gesicht gegen ihre Hüfte presste.

»Machen Sie sich um meine Würde bitte keine Sorgen. Die wird vom Tanzen ganz sicher nicht angekratzt.« Lennart maß Matthias mit abschätzenden Blicken, machte jedoch keine Anstalten, seine Hand zu ergreifen, als Matthias ihm die seine mit einem jovialen Lächeln anbot. Matthias tat, als bemerke er es gar nicht, und nickte Lennart stattdessen mit einem leutseligen Lächeln zu.

»Sie sind also Herr Overbeck, Melissas neuer ... Freund? Freut mich.« Bewundernswerterweise klang er tatsächlich, als ob er diese neue Bekanntschaft wertschätze. Gleich darauf wandte er sich ihr zu. »Melissa.« Er machte sogar einen halben Schritt auf sie zu, unterließ es jedoch bei ihr, einen Handschlag anzubieten, wohl weil sie instinktiv vor ihm zurückgewichen war. Sein Ton blieb gleichbleibend freundlich, fast schon charmant, so wie sie es noch von früher kannte. »Schön, dich zu sehen. Du siehst gut aus, diese kräftigen Farben stehen dir. Und natürlich bin ich besonders glücklich, Andy endlich wiederzusehen. Seinetwegen sind wir ja schließlich hier, nicht wahr?« Er ging vor seinem Sohn in die Hocke. »Hallo, Junge, wie geht es dir denn? Alles klar? Du bist ja unglaublich groß geworden.« Sichtlich unbekümmert hob er die Hand und berührte Andy damit an der Schulter, doch dieser wich ruckartig vor ihm zurück und versteckte sich ganz hinter Melissa.

»Nicht!« Die Stimme des Jungen klang ein wenig schrill. »Geh weg!«

Matthias stutzte sichtlich, ließ sich jedoch keinerlei Reaktion anmerken, sondern lachte sogar. »Du brauchst keine Angst vor mir zu haben, Andy. Ich bin doch dein Papa. Wir haben uns schrecklich lange nicht mehr gesehen, das tut mir sehr leid. Aber ab sofort sehen wir uns zweimal im Monat, ja? Das wird richtig toll. Ich habe dir auch Geschenke mitgebracht, die sind noch vom Nikolaus. Wir werden bestimmt sehr viel Spaß miteinander haben, du wirst schon sehen.«

»Nein.« Andy klammerte sich noch fester an Melissas Hüfte. »Du bist nicht mein Papa. Papas sind nicht böse und gemein und hauen meine Mama und mich. Und wir wollen dich gar nicht haben.« Melissa erschrak ein wenig über den wütenden Ton, in dem Andy gesprochen hatte. »Und ich hab dich auch gar nicht mehr lieb.« Nun lugte er doch hinter ihr hervor und griff im nächsten Moment nach Lennarts Hand. »Ich will, dass Lennart mein Papa ist, der ist viel lieber und haut uns nicht und macht alles mit mir, und wir bauen Höhlen und basteln und tanzen und alles.«

Die freundliche Miene gefror auf Matthias' Gesicht, doch er blieb immer noch gelassen. Sehr langsam erhob er sich und musterte Melissa eingehend. »Tatsächlich.« Dann blickte er Lennart abschätzend an. »Sie wollen der Stiefvater des Jungen werden? Seid ihr schon so weit?«

Melissa erschrak noch mehr. Ehe sie auch nur einen Ton herausbrachte, hatte Lennart bereits das Wort ergriffen. »Was ich bin oder werden möchte, geht Sie mit Verlaub im Augenblick noch nichts an, Herr Lange. Melissa und ich stehen noch ganz am Anfang unserer Beziehung. Dennoch dürfen Sie gerne davon ausgehen, es in Zukunft immer auch mit mir zu tun zu bekommen, denn ich werde Melissa und Andy nicht von der Seite weichen, wenn sie sich mit Ihnen treffen, es sei denn, sie würde mich wegschicken.«

Matthias stieß ein Schnauben aus, lachte dann aber wieder leutselig. »Du liebe Zeit, meinetwegen. Das ändert aber nichts daran, dass ich Andys leiblicher Vater bin und Rechte habe.«

»Die will Ihnen ja auch niemand streitig machen«, warf Noah ein. »Es ist ziemlich kalt. Was halten Sie davon, wenn wir alle erst einmal ins Hotel gehen und uns aufwärmen?«

»Meinetwegen«, wiederholte Matthias achselzuckend, warf dabei jedoch einen Blick auf Sissy, die still, ohne zu wedeln, neben Melissa stand und ihn wachsam musterte. »Soll der Hund etwa auch mitkommen? Sind im Hotel überhaupt Hunde erlaubt?«

»Ja, sind sie.« Mit Mühe fand Melissa ihre Stimme wieder. »Ich habe extra nachgefragt.«

»Einen Hund könnte ich mir durchaus auch anschaffen«, äußerte Matthias überraschend wieder an Andy gewandt. »Wie fändest du das? Wäre das nicht toll? Ein Hund extra für dich. Hier ist es ja auch viel ländlicher als in Berlin und Köln, und wenn wir im Februar ganz hierherziehen, dann würde sich die Anschaffung eines Haustieres ja geradezu anbieten.«

»Ich will keinen anderen Hund.« Erneut drängte Andy sich gegen Melissas Hüfte. »Ich will Sissy. Sie ist meine Freundin.«

Und wie ich das bin. Als sie ihren Namen hörte, tappte Sissy zu Andy und stupste ihn sanft mit der Nase an. *Hey, kleiner Freund, du wirkst aber sehr ängstlich und auch ein bisschen wütend. Das ist ungewöhnlich und gefällt mir überhaupt nicht.* Mit gesträubtem Fell blickte sie zu Matthias. *Du bist mir nicht ganz geheuer. Ich kann ganz genau spüren, dass Melissa und Andy dich nicht leiden können und sogar vor dir Angst haben. Komm ihnen also besser nicht zu nahe, denn ich bewache sie, dass das klar ist.* Sie stieß ein leises Grummeln aus.

Überrascht runzelte Matthias die Stirn. »Hat der Hund etwa gerade geknurrt? Ist er gefährlich?«

»Normalerweise nicht.« Lennart beugte sich ein wenig vor und tätschelte Sissys Schulter. »Ganz ruhig, mein Mädchen. Es ist alles in Ordnung. Boxer sind sehr friedfertige Tiere«, erklärte er an Matthias gerichtet.

Aber nur, wenn man meine Menschen in Ruhe lässt!

»Und warum knurrt sie mich dann an?« Matthias maß die Hündin mit argwöhnischen Blicken.

»Weil sie dich nicht mag«, kam es überraschend von Andy. »Sie passt nämlich auf mich und Mama auf und auf Lennart.«

»Tatsächlich, tut sie das?« Der spöttische Ton war in Matthias' Stimme zurückgekehrt, wurde jedoch gleich wieder von seinem aalglatten Lächeln übertüncht.

»Ja, tut sie.« Andy nickte energisch, offenkundig von Matthias' Bemühungen, sich nett und liebenswürdig zu geben, vollkommen unbeeindruckt. »Und ich will gar nicht reingehen und Kuchen essen und Kakao trinken. Ich will nach Hause und dass du weggehst. Und ich hab wieder Bauchweh.«

Melissa wurde das Herz schwer. Rasch ging sie neben ihrem Sohn in die Hocke und nahm ihn in den Arm. »Ist es wieder schlimm?«

»Ja, ganz arg.« Andy drückte sich an sie und nickte. »Ich will nach Hause!«

Nun ging auch Noah neben Andy in die Hocke und berührte ihn vorsichtig am Rücken. »Du brauchst keine Angst zu haben. Dir und deiner Mama kann überhaupt nichts passieren, versprochen.« Er blickte Melissa fragend an. »Wir können auch einen neuen Termin ansetzen, obgleich ich natürlich angehalten bin, das heutige Treffen durchzuziehen. Es wird wahrscheinlich auch nicht besser, wenn wir es immer wieder aufschieben. Die ersten zehn Minuten haben wir bereits hinter uns«, wandte er sich wieder an Andy. »Die nächsten fünfzig schaffen wir doch mit links, oder?«

»Das ist doch wohl nicht Ihr Ernst, oder?«, mischte Matthias sich nun doch leicht verärgert ein. »Ich habe jahrelang darauf gewartet, meinen Sohn endlich wiederzusehen und eine Beziehung mit ihm aufzubauen. Und jetzt wollen Sie die Sache abblasen, weil er sich ein bisschen anstellt? Das gibt sich schon wieder. Er ist doch noch ein Kind!« Sein Ton wurde wieder heiter. »Wir müssen uns nur ein bisschen unterhalten und wieder neu kennenlernen, das ist alles. Wir werden schon noch richtig gute Kumpels, Sie werden schon sehen.«

Sehr bedachtsam erhob Noah sich wieder und trat auf Matthias zu. »Sie sehen doch, dass Ihr Sohn ganz offensichtlich Angst vor Ihnen hat. Das hat mit sich ein bisschen anstellen nichts zu tun. Diese Angst wird wohl auch nicht unbegründet sein, und man kann sie nicht einfach mit ein paar netten Worten wegwischen. Ich habe volles Verständnis dafür, dass Sie Ihren Sohn nach zweieinhalb Jahren wiedersehen und Zeit mit ihm verbringen möchten, aber wir müssen es langsam angehen und auf sein Befinden Rücksicht nehmen.«

»Rücksicht.« Matthias schnaubte. »Wer hat denn auf mich Rücksicht genommen, als Melissa einfach so bei Nacht und Nebel mit unserem Sohn verschwunden ist und mich noch dazu angezeigt hat? Ich habe es nur meinen Anwälten zu verdanken, dass ich nicht auch noch ins Gefängnis gewandert bin. Dabei habe ich mich immer ... Ich ... Ich habe eine verdammte Therapie gemacht!« Er spie das Wort geradezu verzweifelt aus. »Mache sie sogar immer noch, nur damit ich endlich mein eigen Fleisch und Blut wiedersehen darf. Zählt das denn überhaupt nichts?« Entschlossen schob er sich an Noah vorbei und ging erneut vor Andy in die Hocke. »Ich bin doch dein Vater, Andy, und habe dich lieb. Du wirst schon sehen, wir werden noch richtig gute Freunde. Das mit dem Hund ist schon mal abgemacht, ja? Ich werde mich gleich demnächst erkundigen, woher wir einen Welpen bekommen, und er kann dann pünktlich im Februar bei uns einziehen. Was sagst du dazu?« Erneut streckte er die Hand nach dem Jungen aus, doch Andy wehrte sie ab, indem er dagegenschlug. Gleichzeitig stieß er einen gepressten Laut aus.

»Nicht! Geh weg.«

»He, he!« Wohl mehr aus Reflex, denn willentlich, fing Matthias Andys Hand auf und hielt sie fest. »Nicht ganz so wild, Junge. Ich will dir doch gar nichts tun.«

»Nein, nein, nicht! Geh weg, geh weg!« Andy kreischte schrill und riss sich von Matthias los.

Was war das denn? Wagst du es etwa, meinen kleinen Freund anzugreifen? Das kannst du gleich wieder vergessen! Er steht unter meinem Schutz, verstanden? Mit einem tiefen, warnenden Knurren drängte Sissy sich zwischen Andy und seinen Vater und fletschte sogar die Zähne.

Melissa erschrak. »Sissy, nicht!«

»Sissy, Stopp!«, kam es gleichzeitig von Lennart.

»Halten Sie die Töle zurück«, blaffte Matthias Lennart entgeistert an. »Das Vieh wollte mich beißen.«

Rasch nahm Lennart Melissa die Leine aus der Hand. »Sie versucht nur, Andy zu beschützen.«

»Wovor denn beschützen?« Matthias hob abwehrend die Hände und setzte schon wieder dieses leutselige Lächeln auf, mit dem er die Menschen schon immer auf seine Seite gebracht hatte. »Ich habe doch gar nichts gemacht. Der Junge war es, der nach mir geschlagen hat. Ich wollte ihn doch nur davon abhalten.«

»Er hat versucht, Sie abzuwehren«, wandte Noah mit ruhiger Stimme ein. »Es ist vielleicht besser, wenn Sie sich ihm vorerst nicht weiter nähern. Wie gesagt, wir müssen es langsam angehen, damit eine Vertrauensbasis geschaffen werden kann. Ich verstehe Ihre Ungeduld, Herr Lange, aber anders wird es nicht funktionieren. Vielleicht sollten wir jetzt einfach mal ins Hotel gehen.«

»Nein, will ich nicht.« Andy riss sich von Melissa los und rannte los, quer über den Parkplatz in Richtung Waldrand.

Erschrocken sah Melissa ihm nach und rannte ebenfalls los. »Andy! Warte doch. Wo willst du denn hin?«

»Warte, bleib hier.« Nach wenigen Schritten war Lennart neben ihr und hielt sie am Arm zurück. »Lass ihn laufen. Ich behalte ihn im Auge und gehe ihm mit Sissy nach.« Er warf Matthias einen beredten Blick zu. »Setzt ihr euch einstweilen ins Hotel. Sobald Andy sich beruhigt hat, kommen wir nach.«

»So ein verdammter Unfug!« Matthias blickte Lennart und Sissy nun doch sichtlich verärgert hinterher und drehte sich ruckartig zu Melissa um. »War das etwa alles geplant? Wollt ihr auf diese Weise das Treffen boykottieren?«

Melissa kämpfte mit ihrem Impuls, doch noch hinter Andy herzulaufen. »Wir haben überhaupt nichts geplant, Matthias. Begreifst du nicht, dass Andy dich nicht sehen will?«

»Ja, weil du ihm eingeredet hast, dass ich das personifizierte Böse bin«, knurrte er zurück. »Was hast du ihm denn alles erzählt? Kein Wunder, dass er jetzt Angst vor mir hat.«

In Melissa stieg nun ebenfalls Zorn auf, der sich wesentlich gesünder anfühlte als die Angst, die sie bisher im Griff gehalten hatte. »Er hat Angst vor dir, weil er miterlebt hat, wie du mich behandelt hast. Geschlagen«, verbesserte sie sich. »Und er weiß auch noch genau, dass du gegen ihn die Hand erhoben hast. Er mag damals gerade erst vier Jahre alt gewesen sein, aber es hat sich ihm eingeprägt. Was hast du denn gedacht? Dass er sich dir jubelnd in die Arme wirft?«

»Ich habe Rechte«, grollte Matthias. »Dazu gehört auch, dass ich regelmäßig meinen Sohn sehe und eine Beziehung mit ihm aufbaue. Das geht aber nicht, wenn du ihm lauter Unsinn einredest, um ihn von mir fernzuhalten.«

»Ich habe zweieinhalb Jahre lang versucht, ihn von dir fernzuhalten, das stimmt.« Melissa hasste sich dafür, dass ihre Stimme schon wieder zu zittern begann, doch sie konnte es nicht ändern.

Tapfer sprach sie weiter: »Wenn es nach mir ginge, dann würde ich ihn für immer aus deiner Reichweite entfernen, aber Unsinn eingeredet habe ich ihm ganz sicher nicht und auch nichts geplant, um dieses Treffen platzen zu lassen. Ich hätte dir aber gleich sagen können, dass es nichts bringen wird.«

»Ja, weil du dir deine neue Familie offenbar schon hübsch zurechtgelegt hast und mir keinen Platz in Andys Leben gestatten willst.« Matthias funkelte sie zornig an. »Aber das wird dir nicht gelingen, Melissa, lass dir das gesagt sein. Niemand hält mich von meinem Sohn fern, dass das klar ist.« Da seine Stimme lauter geworden war und er einen Schritt auf Melissa zu gemacht hatte, trat Noah entschlossen dazwischen. »Immer mit der Ruhe, Herr Lange. Mäßigen Sie sich bitte, alle beide. Ich kann verstehen, dass in einer solchen Situation die Gefühle hochkochen, aber wir müssen im Augenblick einzig Andys Wohl im Auge behalten. So wie ich die Situation einschätze«, er warf einen Blick in die Richtung, in die Andy, Lennart und Sissy verschwunden waren, »werden wir wohl einen neuen Termin ausmachen müssen. Das hier hat heute nicht mehr viel Sinn.«

»Na klar.« Matthias lachte höhnisch. »Und dann erzählen Sie der Richterin, ich hätte irgendetwas angestellt, was dazu geführt hat, dass das Treffen geplatzt ist, und ehe ich michs versehe, setzt sie das verdammte Kontaktverbot wieder in Kraft. Das können Sie vergessen, verstanden? Wir ziehen das jetzt, verdammt noch mal, durch.«

»Nein, tun wir nicht.« Melissa verschränkte die Arme vor der Brust. Sie wusste nicht, woher sie den Mut nahm, auf Matthias zuzugehen und dicht vor ihm stehen zu bleiben, doch sie schaffte es sogar, ihn zu fixieren. »Wir fahren jetzt nach Hause, und du ebenfalls. Wir können gerne noch einmal einen Termin ausmachen, aber ich kann dir versprechen, dass er ganz genauso verlaufen wird wie heute. Andy will dich nicht sehen, das solltest du akzeptieren. Immerhin bist du selbst schuld daran.« Ihr

Herz pochte wild hinauf bis in ihre Kehle, doch sie ignorierte es, so gut es ging. Ihr Blick wanderte zu seinem Wagen. »Wo ist eigentlich Maja-Sophie?« Aus den Augenwinkeln sah sie, dass Lennart und Andy Hand in Hand zurückkehrten, Sissy dicht bei Fuß. Innerlich atmete sie erleichtert auf.

Matthias runzelte die Stirn. »Wo soll sie schon sein? Zu Hause.«

»Sie wollte doch unbedingt bei dem Treffen dabei sein.« Noch einmal blickte sie zum Auto hin. »Das hat sie immer wieder betont. Warum ist sie dann jetzt nicht hier?«

»Es geht ihr nicht gut.«

In Melissas Magen bildete sich ein Knoten. »Was soll das heißen, nicht gut? Was ist denn mit ihr? Ist sie krank?«

Matthias zuckte mit den Achseln. »Sie hat Migräne.«

»Migräne?« Sie trat erst einen Schritt von ihm zurück, dann einen weiteren und musterte ihn aus zusammengekniffenen Augen. Er erwiderte ihren Blick jedoch nur mit gleichmütiger Miene.

»Ja, Migräne. Was ist daran so ungewöhnlich? Ich kann doch nichts dafür, dass sie ausgerechnet heute davon befallen worden ist. Sie wäre gerne dabei gewesen, aber das wird sich wohl auch ein andermal nachholen lassen, oder?«

Zögernd nickte Melissa. »Sicher, wahrscheinlich.« Ihr Blick fiel auf seine rechte Hand, die er abwechselnd zur Faust ballte und gleich darauf wieder streckte, ballte, streckte. Ihr wurde schlecht. Hastig wandte sie sich ab und rannte bis zum Rand des Parkplatzes; dort erbrach sie sich.

»Mama!«, hörte sie Andys erschrockenen Ruf.

»Melissa, was ist los?« Auch Lennart klang besorgt, und beide waren kurz darauf an ihrer Seite. Lennart versuchte, sie zu stützen und ihr gleichzeitig das Haar aus dem Gesicht zu streichen. »Was ist passiert?«

Ja, was ist los? Wau? Sissy bellte erschrocken. Was stimmt denn mit dir nicht?

Sie schüttelte nur schwer atmend den Kopf. »Ich ... kann nicht ...«

»Bleiben Sie zurück, Herr Lange!«, hörte sie hinter sich Noahs entschlossene Stimme. »Ich denke, es ist besser, wenn Sie jetzt nach Hause fahren. Wir setzen uns wegen eines neuen Termins mit Ihnen in Verbindung.«

»Ja, klar, dass ich nicht lache.« Matthias stieß ein bitteres Lachen aus. »Ihr hört von meinen Anwälten, das ist mal sicher.«

Schwer atmend drehte Melissa sich zu ihm um und sah gerade noch, wie er eine große Tüte, die offenbar Geschenke enthielt, vom Rücksitz auf den Parkplatz zerrte und dort achtlos liegen ließ. Im nächsten Moment stieg er in den Mercedes, setzte mit quietschenden Reifen zurück und fuhr davon.

»Hier, nimm ein Taschentuch.« Lennart hatte ein Päckchen Papiertaschentücher aus seiner Manteltasche gezogen und reichte ihr eines davon.

»Danke.« Fahrig wischte Melissa sich damit über den Mund und das Kinn. Ihr Magen rebellierte immer noch heftig. Achtlos ließ sie das Taschentuch fallen. »Maja-Sophie.« Ihr Herz pochte schmerzhaft gegen ihre Rippen. »Ich muss ... Sie ist ...« Erneut hob sich ihr Magen, und sie hätte sich beinahe erneut erbrochen.

»Um Himmels willen, Melissa, was ist denn los?« Noah trat nun ebenfalls besorgt zu ihr. »Benötigst du einen Arzt?«

»Nein.« Angestrengt versuchte Melissa, ihren rebellierenden Magen durch tiefes Ein- und wieder Ausatmen zu beruhigen. »Maja-Sophie.« Sie schluckte gegen den Würgereiz an. »Wir müssen zu ihr.«

»Warum?«, fragte Lennart überrascht.

Noah schaltete schneller. »Bist du sicher?« Er hatte bereits sein Smartphone gezückt.

Melissa nickte, hob die Schultern, nickte dann aber noch einmal. »Etwas stimmt nicht. Sie wollte ganz unbedingt bei diesem Treffen dabei sein. Sie hat mehrmals mit mir telefoniert und es immer wieder betont. Allerdings hat sie auf dem

Sonntag bestanden, wahrscheinlich weil Matthias das so wollte. Jetzt konnten wir diesen Termin nicht einhalten und ...« Wieder schluckte sie. »Seine Hand.«

Da sie leicht schwankte, legte Lennart ihr rasch den Arm um die Hüften. »Was ist mit seiner Hand?«

Mit heftig pochendem Herzen hob Melissa ihre rechte Hand an, ballte sie zur Faust, streckte die Finger wieder, ballte sie wieder zusammen, streckte sie wieder. »Er hat sie ... Immer wenn er mich geschlagen hat, hinterher, hat er das hier gemacht.« Sie wiederholte die Geste: ballen, strecken. »Immer.«

»O Gott.« Lennart starrte sie entgeistert an.

»Ich rufe einen Kollegen in Köln an.« Noah wählte bereits eine Nummer auf seinem Smartphone. »Er soll in der Wohnung der beiden nach dem Rechten sehen. Hast du die Adresse im Kopf?«

Melissa nannte sie ihm zwar, fügte aber hinzu: »Ich glaube nicht, dass sie heute dort ist. Sie hat mir mehrfach erzählt, wie viel sie noch in ihrem neuen Haus zu renovieren haben. Deshalb sollte ich den Termin unbedingt auf Sonntag legen, weil sie am Wochenende hier sind.« Ihr wurde heiß und kalt zugleich. Abrupt schob sie Lennart von sich und rannte zu seinem Auto. »Wir müssen da hin. Wir müssen nachsehen ... Wenn er durchgedreht ist, weil sie es nicht geschafft hat, den Sonntagstermin durchzusetzen ...«

»Warte.« Noah war ihr nachgelaufen und hielt sie an der Schulter fest. »Ich fahre hin und sehe nach.«

»Nein.« Sie strebte erneut zum Auto. »Ich will dahin. Ich muss wissen, wie es ihr geht. Ihr helfen.«

»Ich fahre.« Lennart war ebenfalls mit Andy an der Hand und Sissy an der Leine herbeigeeilt, öffnete rasch die Kofferraumklappe und ließ die Hündin in die Box springen.

Andy öffnete die hintere Autotür und kletterte in seinen Kindersitz. Melissa half ihm, den Gurt anzulegen, und setzte sich auf den Beifahrersitz.

»Ich fahre hinter euch her.« Noah rannte zu seinem Wagen, das Smartphone immer noch am Ohr. »Sicherheitshalber schicke ich aber trotzdem jemanden in Köln zur Wohnung der beiden.«

»Wie ist die Adresse?« Lennart klemmte sich hinters Steuer und ließ den Motor an.

Melissa nannte sie ihm und bemühte sich gleichzeitig, nicht in Panik zu verfallen. »Ich hätte gleich stutzig werden müssen. Sie war so erpicht darauf, dass wir jetzt eine Familie sind und dass sie unbedingt bei dem Treffen dabei sein muss.« Für einen kurzen Moment schloss sie die Augen. »Wenn er durchgedreht ist ...«

»Ganz ruhig, Schatz.« Während Lennart mit einer Hand lenkte, umfasste er mit der anderen ihren Arm. »Wir sind ja schon auf dem Weg zu ihr. Du hast doch unglaublich schnell geschaltet.« Er hielt kurz inne. »Und nur, weil du so gut beobachtet hast und Matthias gut kennst.«

»Wohin fahren wir denn jetzt, Mama?«, kam es leise von der Rückbank.

Melissa drehte sich ruckartig zu Andy um, brachte jedoch keinen Ton heraus.

»Wir müssen jemandem helfen, Andy«, erklärte Lennart und drückte noch einmal kurz Melissas Arm. »Sollten wir vielleicht die Polizei verständigen?«

Eine neue Welle der Übelkeit erfasste Melissa. »Ich weiß nicht.« Sie schlug die Hände vors Gesicht. »Ja, vielleicht, wenn ... Ich weiß es nicht.« Sie wollte sich nicht vorstellen, was Maja-Sophie alles zugestoßen sein könnte.

»Wir sind gleich da.« Lennart setzte den Blinker und bog kurz darauf rechts ab in die Straße, in der sich die alte Villa befand, die Matthias gekauft hatte. »Sein Auto steht nicht vor dem Haus.«

»Halt an!« Melissa hatte bereits ihre Hand am Türgriff und sprang nach draußen, kaum dass der Wagen zum Stehen gekommen war.

»Warte, Melissa!«, hörte sie Lennart erschrocken hinter sich rufen. Abrupt blieb sie stehen und drehte sich um. »Bleib bei Andy! Fahr mit ihm nach Hause. Bitte!« Ohne darauf zu achten, ob er ihrer Anweisung nachkam, rannte sie weiter bis zur Haustür und drückte den Klingelknopf, doch nichts tat sich. Offenbar war die Klingel noch nicht angeschlossen. Also klopfte sie stattdessen mit der Faust gegen die nagelneue, doppelflügelige Eichenholztür und versuchte gleichzeitig, durch die rechteckigen Sichtfenster etwas im Inneren des Hauses zu erkennen. Hinter sich hörte sie, wie Lennarts Wagen langsam davonrollte.

»Melissa.« Noah Silberberg war inzwischen ebenfalls eingetroffen und ihr hinterhergesprintet. Auch er drückte den Klingelknopf, fluchte dann aber. »Ist sie hier?«

»Ich weiß nicht.« Melissa schlug noch einmal mit aller Kraft gegen die Tür. »Matthias ist, glaube ich, noch nicht zurück. Zumindest ist sein Auto nicht zu sehen. Sie macht nicht auf.«

»Vielleicht ist sie doch in der Kölner Wohnung«, vermutete Noah. »Ich geh mal um das Haus herum und versuche, durch die Fenster etwas zu erkennen.«

Da das Klopfen an der Haustür offensichtlich sinnlos war, eilte sie ihm hinterher, rechtsherum über einen gepflasterten Weg zur Rückseite des Anwesens. Dort war ein Gerüst aufgestellt und man konnte sehen, dass jemand bereits große Teile des Putzes vom Gemäuer abgeklopft hatte. Offenbar sollte das Gebäude neu verputzt und gestrichen werden. Alle Fensterscheiben waren zum Schutz mit fester Kunststofffolie zugeklebt. Dort, wo sich einmal eine große Terrassentür befunden hatte, klaffte ein Loch, das ebenfalls mit mehreren Schichten halb durchsichtiger Kunststofffolie verschlossen war.

»Mist!« Offensichtlich vergeblich versuchte Noah, durch die Folie etwas zu erkennen. »Frau Lange? Maja-Sophie? Sind Sie hier?«, rief er so laut, dass Melissa zusammenzuckte. »Machen Sie bitte die Tür auf. Sie brauchen keine Angst zu haben, es geschieht Ihnen nichts. Ihr Mann ist nicht hier.«

Für einen langen Moment lauschten sie beide angestrengt, doch es war immer noch nichts zu hören.

»Vielleicht kann sie gar nicht zur Tür kommen«, vermutete Melissa und versuchte weiterhin angestrengt, nicht in Panik zu verfallen. »Was machen wir denn, wenn ...«

»Da bewegt sich etwas«, unterbrach Noah sie mit erhobener Hand. Er deutete auf das Fenster, neben dem er stand. »Los, schnell, geh zurück zur Haustür.«

»Maja-Sophie!«, rief er kurz darauf erneut. »Bitte öffnen Sie die Tür. Mein Name ist Noah Silberberg, ich arbeite in der Sozialstation. Melissa ist bei mir, sonst niemand.«

Melissa rannte, so schnell sie konnte, zurück zur Haustür und schlug erneut, so fest sie konnte, mit der Faust gegen das Holz. »Maja-Sophie! Bitte mach auf. Ist alles in Ordnung?« Ihre Stimme kippte über, doch nun nahm sie durch die Scheiben in der Haustür eine Bewegung wahr. Eine gebeugte Gestalt näherte sich zögerlich der Haustür. Melissas Herz begann zu rasen, gleichzeitig wollte sich ihr Magen regelrecht absenken, sowohl vor Erleichterung als auch vor Schreck. »Maja-Sophie! Bitte, mach auf! Wir wollen dir helfen.«

Die Gestalt kam näher, sehr langsam, und Melissa erschrak noch mehr, als sie sie nun deutlicher erkennen konnte. Maja-Sophie trug einen dicken rosafarbenen Bademantel und schien sich kaum rühren zu können. Sie öffnete die Tür, trat ein paar Schritte zurück und taumelte rücklings gegen die Treppe, die linker Hand ins Obergeschoss führte.

»Scheiße!« Melissa stieß die Tür weiter auf und eilte auf die junge Frau zu, konnte jedoch nicht verhindern, dass diese hart auf die Stufen fiel. »Noah!«, schrie Melissa über die Schulter und beugte sich über Maja-Sophie, fasste sie am Arm und half ihr, sich aufzusetzen.

»Nicht!« Maja-Sophie stieß einen schrillen Schmerzenslaut aus und riss sich von ihr los, dann umschlang sie ihre Knie mit den Armen und rollte sich regelrecht auf der Treppe zusammen.

Beinahe lautlos schluchzte sie auf. »Verschwindet von hier. Er wird bald wieder hier sein. Er hat ... Er war ...«

»Ich weiß.« Melissa saß hilflos neben der vollkommen verstörten Frau und berührte sie diesmal ganz vorsichtig an der Schulter. »Ich weiß.«

»Nein!« Ohne aufzublicken, schüttelte Maja-Sophie den Kopf. »Du verstehst das nicht. Es tut ihm doch leid. Er hat sich schon dafür entschuldigt. Er war nur so wütend, weil das mit Sonntag nicht geklappt hat. Ich hätte mich mehr anstrengen müssen, dich zu überzeugen, das ist alles. Normalerweise habe ich alles im Griff, und dann ist er auch nicht so. Aber ihr müsst jetzt gehen, damit er nicht wieder wütend wird. Ich kann schon damit umgehen.«

»Nein, kannst du nicht.« Melissa hob kurz den Kopf, weil Noah eingetreten war und sichtlich erschrocken auf Maja-Sophie hinabblickte. »Du kannst nicht damit umgehen, und du hast es auch nicht im Griff. Weißt du, wie oft er sich bei mir entschuldigt hat und geschworen, dass es nie wieder vorkommen wird? Jedes«, sie schluckte hart, »jedes verdammte Mal. Sieh mich an, Maja-Sophie!« Sie versuchte, ihrer Stimme einen strengen Tonfall zu verleihen.

Maja-Sophie hob vorsichtig den Kopf, und prompt stieß Noah einen unterdrückten Fluch aus.

»Nein, es ist anders«, beharrte sie mit immer noch schriller, von Schluchzen durchsetzter Stimme. »Ich weiß genau, was ich tun muss, damit das nicht passiert. Ich habe einfach nicht achtgegeben und mich nicht genug angestrengt. Ich weiß, wie man mit ihm umgehen muss. Du wusstest es nie, und deshalb ...«

»Hör auf damit!« Diesmal verlieh echter Ärger Melissas Stimme so viel Autorität, dass Maja-Sophie sie entsetzt anstarrte. Melissa umfasste nicht gerade sanft das Kinn der jungen Frau und hob es leicht an. Beinahe hätte sie sich erneut übergeben. Maja-Sophies linkes Auge war rot, braun und violett verfärbt, ebenso ihre Wange und ihr Kinn, und etwas verkrustetes Blut an ihrem Mundwinkel verriet, dass ihre Lippe aufgeplatzt gewesen war. Sie trug offenbar nur einen Schlafanzug unter dem Bademantel. Da sich der Gürtel gelockert hatte, klaffte er ein wenig auf und Melissa konnte erkennen, dass es weitere Blutergüsse an Maja-Sophies Hals und Schulter gab. Ihre Reaktion und den hölzernen Bewegungen nach zu schließen musste ihr gesamter Körper davon übersät sein.

Tränen des Zorns stiegen ihr in die Augen. »Du wirst ihn niemals davon abhalten können, versteh das doch«, herrschte sie Maja-Sophie an. »Glaubst du allen Ernstes, ich wäre mit meinem Kind bei Nacht und Nebel abgehauen, wenn ich geglaubt hätte, dass so etwas möglich ist?«

»Aber er macht doch die Therapie.« Maja-Sophie senkte den Kopf wieder. »Sogar der Therapeut hat gesagt, dass er ganz tolle Fortschritte macht. Deshalb haben wir doch das Kontaktverbot aufheben lassen. Er ist wirklich auf dem Weg der Besserung, Melissa. Das hier ...« Sie stockte. »Rückschläge gibt es doch immer mal ein paar kleine, oder nicht? Und er hat gesagt ...«

»Der Therapeut muss ein Idiot sein. Verdammt noch mal, Maja-Sophie, Matthias wird dir jedes Mal aufs Neue das Blaue vom Himmel versprechen. Es wird sich nichts ändern. Du musst ihn anzeigen.«

»Nein!« Ruckartig hob Maja-Sophie den Kopf und starrte sie entsetzt an.

»Und noch etwas: Du musst unbedingt von ihm weg.«

»Nein.« Maja-Sophie brach in Tränen aus. »Ich liebe ihn doch, und er liebt mich. Ganz bestimmt! Das sagt er mir jeden Tag. Und ich kann doch auch nirgendwohin.«

»Was ist denn mit deinen Eltern?«, hakte Melissa vorsichtig nach, doch Maja-Sophie rollte sich nur erneut zusammen und stieß einen weiteren schrillen Laut aus.

»Nein, nein, nicht zu meinen Eltern! Nicht zu meinen Eltern.«

»Maja-Sophie.« Noah ging vor ihnen in die Hocke. »Selbstverständlich müssen Sie nicht zu Ihren Eltern, wenn Sie das nicht wollen. Aber ich rate Ihnen ebenfalls dringend, sofort mit uns dieses Haus zu verlassen und Anzeige gegen Ihren Mann zu erstatten. Das, was er Ihnen angetan hat, ist schwere Körperverletzung, und ich muss Melissa vollständig zustimmen. Ihr Mann wird sich nicht ändern, schon gar nicht, nur weil Sie sich auf eine bestimmte Weise verhalten. Es liegt weder in Ihrer Macht noch in Ihrer Verantwortung, ihn zu ändern – und es ist auch nicht Ihre Schuld, dass er Sie geschlagen hat.«

»Sie verstehen das nicht.« Diesmal sprach Maja-Sophie wieder, ohne den Kopf zu heben. »Ich hatte doch alles im Griff. Ich weiß genau, was ich tun muss, damit er ...«

»Nein.« Melissa ertrug die Worte der jungen Frau fast nicht mehr. »Du wirst es nie im Griff haben. Er wird dich immer und immer und immer wieder schlagen, und es wird immer schlimmer werden.«

»Aber warum?« Vor Schluchzen war Maja-Sophie mittlerweile kaum noch zu verstehen. »Er kann so lieb und zuvorkommend und zärtlich sein, und er hat versprochen, dass er an sich arbeitet und dass er bald keine Rückfälle mehr haben wird.«

Noah erhob sich wieder. »Ich rufe jetzt die Polizei.« Als Maja-Sophies Kopf erneut hochruckte, nickte er mit Nachdruck. »Es ist meine Pflicht. Ich bin Sozialarbeiter und kann einen solchen Vorfall nicht einfach auf sich beruhen lassen.«

»Aber ... Aber ...« Maja-Sophie begann zu zittern. »Kommt er dann ins Gefängnis?«

»Das ist gut möglich.« Noah ging erneut vor ihr in die Hocke und berührte sie sehr vorsichtig am Arm. »Ganz ehrlich, das wäre für Sie das Beste. Er ist ein Wiederholungstäter. In Melissas Fall konnte er sich noch irgendwie mithilfe seines Anwalts aus der Sache herauswinden, und ich will, ehrlich gesagt, nicht wissen, wie ihm das geglückt ist, aber das hier ...« Betrübt schüttelte er den Kopf. »Glauben Sie bitte, was Melissa gesagt hat. Er wird sich nicht ändern, ganz gleich, was Sie sich erhoffen oder versuchen. Ich ...« Er zögerte kurz. »Ich habe selbst Erfahrungen mit häuslicher Gewalt. Mein Vater ...« Seufzend schüttelte er den Kopf. »Er lebt mittlerweile in einer betreuten Wohnanlage für alkoholkranke Menschen bei Köln. Er hat meine Mutter und mich wieder und wieder geschlagen, und ähnlich wie Sie hat sie bis an ihr Lebensende geglaubt, dass er sich doch noch ändern würde und dass sie ihm dabei irgendwie helfen könnte. Irgendwann hat sie es nicht mehr ausgehalten und ist an einer Überdosis Drogen gestorben. Ich war damals noch ein Junge. Glauben Sie mir, er hat sich nicht geändert, nicht einmal nach ihrem Tod, und Ihr Mann wird es mit großer Wahrscheinlichkeit ebenfalls nicht tun. Das, was er mit Ihnen gemacht hat, tut man keinem Menschen an, den man liebt. Dabei ist es vollkommen egal, ob er wütend auf Sie war oder Sie in seinen Augen irgendetwas getan haben, was ihn provoziert hat. Solche Gewaltausbrüche sind krankhaft und auch mit einer Therapie oft nicht dauerhaft in den Griff zu bekommen. Ich fürchte viel eher, dass er immer wieder versuchen wird, sich eine Frau zu suchen, die er auf diese Weise dominieren und missbrauchen kann.«

Maja-Sophie weinte mittlerweile so heftig, dass ihr gesamter Körper zuckte. Melissa rückte näher an sie heran und legte ihr sanft einen Arm um die Schultern. An Noah gewandt sagte sie: »Ruf die Polizei.« Ganz leicht drückte sie Maja-Sophies Arm, woraufhin diese erneut einen Schmerzenslaut ausstieß. »Komm, wir suchen dir ein paar Sachen zum Anziehen. Du hast doch bestimmt etwas mitgebracht, oder?« Vorsichtig half sie der jungen Frau, sich zu erheben.

»Fast alle meine Sachen sind in Köln.« Maja-Sophie deutete vage Richtung Obergeschoss. »Ich habe ein paar Sachen im Schlafzimmer und im Bad.«

»Wir können Ihre Sachen aus der Wohnung in Köln holen lassen«, schlug Noah vor, während er die Nummer der Polizei wählte. »Fürs Erste kann ich Sie in einem Zimmer bei uns in der Sozialstation unterbringen. Und keine Sorge, dort kommt Ihr Mann nicht rein. Ich gebe allen Mitarbeitern entsprechende Anweisungen.«

Es dauerte nur wenige Minuten, bis er einen ihm offenbar bekannten Polizeibeamten verständigt hatte. Während er sprach, half Melissa Maja-Sophie, die Treppenstufen ins Obergeschoss zu nehmen.

Es dauerte nicht lange, bis sie alle Sachen in einer Reisetasche zusammengepackt hatten. Gerade, als sie zusammen mit Noah das Haus verlassen wollten, fuhr Matthias' Mercedes vor. Mit quietschenden Reifen blieb er mitten in der Auffahrt stehen, sprang aus dem Auto und rannte mit erboster Miene auf sie zu. »Was, verdammt noch mal, soll das denn werden?«, herrschte er Melissa an, die Maja-Sophie untergehakt hatte.

Maja-Sophie wich entsetzt zurück und stieß wieder diesen schrillen Laut aus, der Melissa durch Mark und Bein ging, vielleicht, weil sie ihn von sich selbst noch so genau kannte.

Doch da hatte sich Noah bereits vor Matthias aufgebaut und hielt ihn mit erhobener Hand auf. »Herr Lange, in wenigen Minuten wird die Polizei hier sein, da Ihre Frau Anzeige wegen Körperverletzung gegen Sie erheben will. Danach wird sie uns an einen sicheren Ort begleiten.«

»Einen sicheren Ort?« Auf Matthias' Stirn erschien eine steile Falte, und um seine Mundwinkel grub sich ein harter Zug ein. »So ein Unsinn!« Er versuchte, sich Maja-Sophie zu greifen, doch sie wich instinktiv weiter zurück, und Noah drängte ihn ein Stückchen weiter fort.

»Bleiben Sie zurück, Herr Lange!« Seine Stimme war kaum lauter geworden, doch sie enthielt nun eine deutlich hörbare Drohung. »Sie haben Ihre Frau schwer misshandelt, und das wird sie sich nicht länger gefallen lassen.«

»Das ist hanebüchener Unfug«, herrschte Matthias ihn an. »Sie ist ein bisschen verwirrt, wahrscheinlich von den Schmerzen, weil sie wegen ihrer Migräne die Treppe heruntergefallen ist. Natürlich ausgerechnet am Wochenende, wenn man ganz schlecht einen Arzt findet. Ich hatte ihr bereits angeboten, sie ins Krankenhaus zu fahren, aber sie wollte nicht.« Er hob zwei Tüten an, die er in der linken Hand hielt. »Ich habe uns auf dem Rückweg von«, er warf Melissa einen wütenden Blick zu, »unserem Treffen rasch etwas zu essen und ein paar Schmerzmittel aus der Apotheke besorgt. Sie können also ganz beruhigt wieder verschwinden; ich kümmere mich schon um meine Frau.«

»Die Treppe heruntergefallen soll sie sein?« Melissa funkelte ihn mit allem Zorn an, der sich über die Jahre in ihr angestaut hatte und jetzt an die Oberfläche stieg. Endlich, endlich war es Zorn und keine Angst mehr. »Das glaubst du doch wohl selbst nicht. Oder ist sie dabei rein zufällig ein paarmal in deine Faust gefallen? Maja-Sophie kommt mit uns, und sie wird dich anzeigen, und diesmal wird dich dein verdammter Anwalt nicht herausboxen können, dafür werden wir sorgen.«

Matthias erstarrte für eine Sekunde, dann wollte er sich auf sie stürzen. »Halt du dich da heraus, du dreckige ...« Er stieß ein ersticktes Keuchen aus und fand sich im nächsten Augenblick auf dem Boden wieder. Noah hatte ihn mit einem geschickten und offensichtlich lange geübten Judogriff gepackt und zu Fall gebracht. Nun drehte er ihm einen Arm auf den Rücken und fixierte ihn, sodass er hilflos auf dem Bauch am Boden liegen blieb.

»Loslassen!«, brüllte Matthias. »Sofort loslassen. Meine Frau geht Sie überhaupt nichts an. Sie bleibt hier!«

Noah blickte überraschend gelassen zu Maja-Sophie und Melissa auf. Im nächsten Moment erhob er sich und zerrte Matthias zurück auf die Füße, sorgte jedoch dafür, dass dessen Arm weiterhin auf dem Rücken fixiert blieb. »Was sagen Sie dazu, Frau Lange?« Er suchte Maja-Sophies Blick. »Wollen Sie wirklich hierbleiben?«

Maja-Sophie war aschfahl geworden und starrte Matthias

eine geraume Weile schweigend an. Schließlich fasste sie nach Melissas Arm. »Nein. Ich will weg.«

In diesem Moment fuhr die Polizei vor.

24. Kapitel

»Nun renn doch nicht so aufgeregt hin und her.« Lachend fing Lennart Melissa mit einem Arm auf, als sie einmal mehr an ihm vorbei in die Küche eilen wollte, und zog sie mit einem Ruck an sich. »Du machst ja die Schnitzel in der Pfanne verrückt. Oder vielmehr die Würstchen im Topf.« Obwohl sie ein wenig in seinen Armen zappelte, küsste er sie auf die Lippen. »Es ist doch alles perfekt, obwohl es das gar nicht sein muss. So schrecklich anspruchsvoll sind weder mein Vater noch meine Schwester und deine Mutter auch nicht, zumindest, soweit ich sie bisher kennengelernt habe.«

Melissa seufzte aus tiefstem Herzen. »Ich weiß nicht, wie ich mich dazu überreden lassen konnte, den Heiligen Abend mit deiner gesamten Familie zu feiern. Und mit meiner Mutter! Warum bin ich nicht einfach Janas Einladung gefolgt und mit Andy zu ihr gefahren? Aber nein, ich fand die Idee auch noch spannend und interessant und nett! Was, wenn ihnen mein Kartoffelsalat nicht schmeckt? Oder wenn sich meine Mutter nicht mit deinem Vater verträgt? Außerdem ist der Tisch noch nicht fertig gedeckt und die Geschenke …«

»Lalalalalala!«, unterbrach Lennart sie mit einem vielsagenden Blick in Richtung Andy, der wieder einmal mit Sissy im Wohnzimmer auf dem Boden herumkugelte. »Der Weihnachtsmann wird sich schon noch um die Geschenke kümmern«, sagte er so laut, dass Andy es auf jeden Fall ebenfalls hören konnte. »Ich bin sicher, dass er dieses Jahr ziemlich früh auf seiner Reise um die Welt bei uns vorbeikommen wird. Laut der Route auf seiner Website wird er gegen achtzehn Uhr hier sein.«

Prompt rappelte Andy sich auf und rannte in die Küche. »Echt, kommt dann der Weihnachtsmann? Zeigst du mir noch mal die Seite im Internet? Dann müssen wir doch schon ganz bald einen Teller mit Keksen vorbereiten und ihm hinstellen. Obwohl die in meiner Klasse gesagt haben, dass das sowieso nur ein Märchen ist und dass ihre Mamas und Papas immer die Geschenke kaufen und unter den Weihnachtsbaum legen.«

»Was?« Lennart riss empört die Augen auf. »Wer behauptet denn so etwas? Natürlich ist der Weihnachtsmann ein Märchen«, schränkte er ein, zwinkerte Andy jedoch gleichzeitig zu. »Aber eines, dass jedes Jahr am Weihnachtsabend wahr wird. Hör also nicht auf diese armen Zweifler. Wenn du ganz fest an den Weihnachtsmann glaubst, dann kommt er auch zu uns und bringt uns die Geschenke.«

»Wirklich?« Andy legte einen Finger an die Nase und dachte eingehend über Lennarts Worte nach, dann lächelte er. »Gut. Liegen die dann auch alle unter dem Weihnachtsbaum?« Er trat an die übermannshohe Nordmanntanne heran, die sie gemeinsam in der Baumschule ausgesucht hatten. Den gesamten Vormittag hatten sie damit zugebracht, den Baum zu schmücken. Dazu hatte nicht nur der Weihnachtsschmuck gedient, den Melissa von den Sternbachs bekommen hatte – Lennart hatte ebenfalls einen ganzen Kasten voll Weihnachtskugeln mitgebracht. »Gefällt der Baum dem Weihnachtsmann?«

Lennart ging neben Andy in die Hocke und blickte aus seiner Perspektive an dem Baum hoch. »Gefällt er dir denn?«

»Ja, der ist voll schön. Wir hatten noch nie einen Weihnachtsbaum, der so groß ist. Hast du jetzt gar nicht mehr genug Kugeln für den Baum bei dir zu Hause?«

Lennart lachte. »Doch, keine Sorge, den habe ich schon vorgestern geschmückt. Wir haben bei uns jede Menge Weihnachtsschmuck angesammelt, der reicht für drei Bäume. Aber mein Baum ist auch nicht so groß wie der hier.« Er hielt kurz inne. »Ob alle Geschenke unter den Baum passen, weiß ich nicht.

Vielleicht sind manche so groß, dass der Weihnachtsmann sie danebenstellen muss.«

»Eeeecht?« Andy bekam große Augen.

»So was soll vorkommen«, bestätigte Lennart grinsend.

Melissa trat zu den beiden. »Hast du wirklich in deiner Wohnung auch einen Weihnachtsbaum aufgestellt? Du bist doch ...« Sie räusperte sich verlegen. »Na ja, du bist doch kaum noch dort, sondern meistens hier. Dann sieht ihn doch niemand.«

»Da hast du auffallend recht.« Lennart erhob sich wieder und zog sie erneut in seine Arme. »Der Baum ist auch nicht in meiner Wohnung, sondern bei meinem Vater im Wohnzimmer. Lena und ich haben in unseren Wohnungen zwar auch weihnachtlich geschmückt, aber der Baum steht schon immer traditionell bei Papa.« Er beugte sich ein wenig vor und knabberte an Melissas Ohrläppchen. »Mir gefällt es hier bei euch wahnsinnig gut«, raunte er. Als Andy zu kichern begann, warf er dem Jungen einen schalkhaft-strengen Blick zu. »Was gibt es denn da zu giggeln?«

»Was machst du denn mit Mamas Ohr?«

»Na, probieren.« Auf Lennarts Lippen breitete sich ein Grinsen aus. »Sie schmeckt ausgesprochen gut.« Er ließ Melissa los und wandte sich ganz dem Jungen zu. »Jetzt, wo du mich darauf bringst, könnte ich doch eigentlich auch mal versuchen, ob du genauso gut schmeckst.« Er stellte sich in Pose, so als ob er Andy angreifen wollte. Der Junge kicherte, dann kreischte er begeistert los und rannte in Richtung Küche. Lennart setzte ihm nach. »Na warte, ich kriege dich! Gegen mich hast du nicht die geringste Chance.« Schon hatte er Andy geschnappt, einmal durch die Luft gewirbelt und sich im nächsten Moment unter den Arm geklemmt. »Siehst du, habe ich dich schon. Und jetzt wird probiert.« Er setzte Andy mit Schwung auf dem Sofa ab und tat, als wolle er in ihn hineinbeißen.

»Nein, nein, nein! Nicht probieren! Mama! Lennart will mich auffressen!«, kreischte Andy und lachte so heftig, dass er sich krümmte und den Bauch hielt. Lennart kitzelte ihn noch ein wenig, was das begeisterte Kreischen noch verstärkte. Sissy bellte vergnügt und sprang heftig wedelnd am Sofa hoch und wollte ebenfalls mitspielen.

Jau, wau! So lass ich mir das Leben gefallen. Das ist ja ein Riesenspaß! Ich liebe es, mit Herrchen und Andy herumzutoben.

Melissa trat kopfschüttelnd auf das Sofa zu. Diese drei waren ganz eindeutig die albernsten Geschöpfe, die ihr je begegnet waren. Eine warme Welle von Glücksgefühlen flutete sie und nahm ihr für einen Moment den Atem. Ehe sie etwas sagen konnte, klopfte es vernehmlich an der Haustür. Rasch wandte sie sich ab und öffnete Lennarts Vater und Lena, die mit Tüten und Taschen bepackt das Haus betraten.

»Na, hier geht es ja wild zu«, stellte Arndt Overbeck schmunzelnd fest, als er seinen Sohn und Andy auf dem Sofa herumtoben sah. »Von außen hörte es sich fast so an, als würde jemand lebendig am Spieß gebraten.« In seinen Augen, die denen von Lennart in Farbe und Schalkhaftigkeit sehr glichen, funkelte es amüsiert hinter den dezent silbern gerahmten Brillengläsern. Auch ansonsten ähnelte er Lennart sehr. Er war beinahe ebenso groß und breitschultrig, dabei jedoch weniger muskulös, sondern sportlich-schlank. Seine Haare waren kurz geschnitten und ehemals dunkelblond, nun jedoch von vielen grauen Haaren durchsetzt, ebenso wie sein Dreitagebart.

»Quatsch, es hört sich genauso an wie früher bei uns, wenn du mit uns so herumgekaspert hast«, stellte Lena nüchtern fest, grinste gleich darauf aber ebenfalls. »Die Geräusche habe ich richtig vermisst, wie ich gerade feststelle.« Aufmerksam blickte sie sich um. »Wow, so ein Blockhaus würde ich mir auch gefallen lassen. Das ist ja urgemütlich! Allein diese Küche – und der Baum! Und diese Fensterfront zum Garten! Darf ich hier einziehen?«

Melissa lachte. »Ich fürchte, dann wird es ein bisschen eng bei uns.«

»Ganz egal.« Lachend winkte Lena ab. »Schon allein der ganze Weihnachtsschmuck draußen! Ich bin schockverliebt. Lass mich wetten, das war Lennarts Werk.«

»Das werde ich nicht leugnen«, gab Melissa zu. »Allein hätte ich das ganz bestimmt nicht so hinbekommen.«

»Deshalb heißt es ja auch Teamwork.« Lennart hatte sich inzwischen wieder aufgerichtet und kam, Andy an der Hand, ebenfalls zur Tür. »Und wenn ich das so sagen darf: Wir sind ein richtig tolles Team.« Er deutete mit dem Daumen hinter sich. »Der Baum war auch so ein Gemeinschaftswerk. Andy ist übrigens ein Naturtalent im Schmücken von Weihnachtsbäumen. Es wird nicht mehr lange dauern, dann kann er das ganz allein, und wir schmeißen uns derweil gemütlich aufs Sofa und legen die Füße hoch.«

Andy kicherte zwar, blieb jedoch angesichts der beiden Neuankömmlinge ein wenig zurückhaltender. Zwar hatte er sowohl Lennarts Vater als auch Lena bereits am vergangenen Sonntag während eines gemeinsamen Adventskaffees in Arndts Wohnung kennengelernt, doch wie immer bei neuen Bekanntschaften brauchte er eine Weile, um wirklich mit ihnen warm zu werden. Als nun aber sein Blick auf die Tüten fiel, die die beiden mitgebracht hatten, wurden seine Augen groß und rund. »Was ist das denn alles?« Schon wollte er sich alles näher ansehen, doch Lennart hielt ihn weiter an der Hand fest.

»Nichts da, das ist bestimmt geheim, oder?« Er warf seinem Vater einen fragenden Blick zu, woraufhin dieser mit ernster Miene nickte.

»Ganz geheim«, bestätigte er mit gesenkter Stimme. »Stellt euch nämlich nur mal vor: Auf dem Weg hierher sind wir doch tatsächlich dem Weihnachtsmann mit seinem Schlitten und den Rentieren über den Weg gelaufen. Dem echten Weihnachtsmann wohlgemerkt, nicht dem auf eurem Dach.«

Wieder kicherte Andy.

»Bei der Gelegenheit hat er uns schon mal ein paar Geschenke mitgegeben, aber wir mussten ihm hoch und heilig versprechen, mit dem Auspacken bis zur Bescherung zu warten.«

»Echt?« Andys Augen wurden womöglich noch größer. »Aber Lennart hat gesagt, dass der Weihnachtsmann erst nachher zu uns kommt. Um achtzehn Uhr, das ist nämlich sechs Uhr abends, weil das steht nämlich auf der Internetseite vom Weihnachtsmann.«

Arndt lächelte und ging, ebenfalls sehr ähnlich wie sein Sohn, vor Andy in die Hocke. »Das hat er auch fest vor. Aber weißt du, er musste vorhin einen Zwischenstopp machen, weil sich nämlich die Säcke mit den Geschenken gelockert hatten und beinahe vom Schlitten gefallen wären! Stell dir das nur vor! Dann wären all die schönen Geschenke irgendwo auf die Erde gepurzelt, und er hätte sie alle einzeln einsammeln müssen, um sie wieder aufzuladen und auszuliefern. War es da nicht ein Glück, dass er das rechtzeitig bemerkt hat? Ich habe ihn gefragt, ob wir ihm helfen sollen, aber da meinte er, das kann er ganz alleine, und außerdem sind ja all die schönen Geschenke ganz geheim, nicht wahr?«

»Ja.« Andy nickte.

»Tja, und weil er gerade dabei war, alles auf dem Schlitten neu zu ordnen, fand er, dass ich ein paar der Geschenke, die für uns und euch bestimmt sind, einfach schon mal mitnehmen könnte, damit er etwas mehr Platz auf der Ladefläche hat. Das war doch ganz vernünftig, oder?«

Wieder nickte Andy vollkommen ernsthaft. »Ja.«

»Alle Geschenke hat er aber natürlich nicht in die Tüten hier gepackt.« Arndt deutete auf die Papiertüten und -taschen bei der Haustür. »Deshalb kommt er später auf jeden Fall noch mal hierher. Aber nur, wenn er dafür auch einen schönen großen Teller voller Plätzchen bekommt.« Er beugte sich mit verschwörerischer Miene vor. »Den Teller habt ihr doch bestimmt schon vorbereitet, oder?«

»Weiß nicht.« Andy blickte zu Melissa auf. »Mama, haben wir für den Weihnachtsmann schon den Plätzchenteller fertig gemacht?«

Melissa schüttelte lächelnd den Kopf. »Nein, dazu sind wir noch gar nicht gekommen. Aber wie wäre es, wenn ihr das jetzt übernehmt? Ich muss unbedingt noch den Tisch decken und nachsehen, ob auch wirklich alles ordentlich und aufgeräumt ist und ...«

»Und gar nichts.« Ohne auf ihren halb lachenden Protest zu achten, zog Lennart sie erneut in seine Arme und küsste sie. »Es ist doch alles super, so wie es ist. Das Einzige, was uns im Moment noch fehlt, ist ein bisschen Weihnachtsmusik.«

»Ja, natürlich!« Melissa versuchte, sich aus seinen Armen zu winden. »Ich schalte sofort welche ein. Was soll es denn sein? Chöre oder amerikanische Weihnachtslieder oder ...«

»Melissa, immer mit der Ruhe.« Obwohl es ihr entsetzlich peinlich war, begann Lennart erneut, an ihrem Ohrläppchen zu knabbern. »Atme einfach tief durch und entspanne dich. Die Musik läuft uns nicht weg.«

»Ich kann die Musik einschalten.« Andy wirbelte um die eigene Achse und sauste in Richtung der kleinen Stereoanlage, die mit einem Streamingdienst verbunden war. »Ich weiß genau, wie das geht.« Er betätigte ein paar Knöpfe und tatsächlich schallte im nächsten Moment *Frosty the Snowman* in gedämpfter Lautstärke aus den Lautsprechern.

»Danke, kleiner Mann.« Lennart drückte Melissa kurz an sich. »Siehst du. Kein Grund, sich zu überschlagen.« Schon ließ er sie wieder los und sah sich unternehmungslustig um. »Was haltet ihr davon, wenn wir die Geschenke erst einmal aus dem Weg räumen?« Er senkte seine Stimme ein wenig. »Lena, kannst du das übernehmen? Die anderen Geschenke sind alle unten im Keller.« Er öffnete die Kellertür.

»Aber klar doch.« Lena schnappte sich einen Teil der Tüten und trug sie nach unten.

»Papa, kümmere dich um den Tisch. Ich zeige dir, wo Gläser und Besteck sind«, wandte er sich an seinen Vater. »Und Andy und ich bereiten den Plätzchenteller für den Weihnachtsmann vor.«

Verunsichert sah Melissa sich um, als die beiden Männer ganz selbstverständlich die jeweiligen Aufgaben in Angriff nahmen. »Und was soll ich jetzt machen?«

Lennart grinste ihr über die Schulter zu. »Du darfst dich auf dem Sofa ausstrecken und nett aussehen. Genieß einfach den Anblick des Weihnachtsbaumes.«

»Das ist doch wohl nicht dein Ernst.« Sie warf einen Blick zum Sofa. »Ich kann mich doch nicht einfach faul hinsetzen und euch zusehen.«

»Warum denn nicht?«, konterte Lennart ungerührt. »Immerhin hast du heute Morgen bestimmt schon das gesamte Haus geputzt. Nein, leugne es nicht, ich kenne dich inzwischen. Außerdem sieht man doch, dass alles blitzt und blinkt. Dann hast du noch den Kartoffelsalat und die Würstchen vorbereitet und mit uns zusammen den Baum geschmückt. Von meiner Warte aus gesehen sind das ausreichend Gründe dafür, dass du dich jetzt ein bisschen ausruhen darfst.«

»Für uns hättest du wirklich nicht extra zu putzen brauchen.« Lena schloss die Kellertür hinter sich, hakte sich bei Melissa unter und schob sie energisch zum Sofa. »Also hingesetzt und den Faulenzer-Modus eingeschaltet!« Energisch brachte sie Melissa dazu, sich zu setzen, und ließ sich neben ihr nieder.

Überrascht blickte Melissa Lena an. »Ich wusste gar nicht, dass du so bossy werden kannst.«

»Ich hatte dich ja gewarnt«, kam es von Lennart. »Mit Lena ist nicht zu spaßen. Sie ist auf den ersten Blick diese süße, zarte, liebenswürdige Person, aber wenn du sie näher kennst, entwickelt sie sich zum gefährlichen …«

»Ich warne dich!« Lena griff grinsend nach einem Sofakissen.

»… Hausdrachen«, beendete Lennart feixend den Satz. Im

nächsten Augenblick flog das Kissen in seine Richtung und traf ihn erstaunlich gezielt an seiner Schulter. Lachend fing er es auf.

»Habe ich es nicht gesagt? Sie ist gefährlich.«

»Aber so was von.« Lena grinste wölfisch. »Also nehmt euch gut vor mir in Acht.«

Was war das denn? Warum wirfst du denn mit dem Kissen? Machst du das noch mal? Dann renne ich hinterher und fange es. Sissy sprang auf Lena zu, stieß sie freudig wedelnd mit der Nase an und krabbelte ihr schließlich auf den Schoß. Eifrig versuchte sie, ihr übers Gesicht zu lecken.

»Igitt, Sissy!« Lena stieß einen spitzen Schrei aus, dann kicherte sie haltlos. »Das kitzelt!«

Ich weiß, deshalb mache ich es ja. Sissy wedelte noch heftiger, sodass sie beinahe die Schale mit den Erdnüssen vom Tisch gefegt hätte. Melissa schafft es gerade noch, sie geistesgegenwärtig aufzufangen und ein wenig weiter in die Mitte des Tisches zu schieben.

»Siehst du, schon fertig.« Lennart deutete grinsend auf den Plätzchenteller. »Andy, den stellst du am besten draußen neben der Haustür ab.«

»Ja, mach ich.« Vorsichtig trug Andy den vollen Teller zur Tür, die Lennart für ihn öffnete.

»Hier ist auch schon alles, wie es sein soll«, kam es von Arndt. Er wies auf den festlich gedeckten Esstisch. »Es fehlen nur noch die Servietten.«

»Ich hole rasch welche.« Melissa erhob sich und ging zu der Schublade, in der sie die Servietten verstaut hatte. Hinter sich hörte sie Lennart verzweifelt seufzen.

»Diese Frau hat Hummeln im Hintern. Sie kann keine zwei Minuten stillsitzen.«

Melissa zog die Packung mit den hübschen dunkelblauen, mit goldenen Sternen und Ornamenten bedruckten Servietten aus der Schublade. »Verzeihung.« Sie lächelte schief. »Aber ich hatte für heute Abend diese ganz besonderen Servietten vorgesehen. Nicht einfach irgendwelche.« Vorsichtig öffnete sie die noch nagelneue Packung und zog einen kleinen Stapel Servietten daraus hervor, um sie auf die Teller zu verteilen. In diesem Moment klopfte es vernehmlich an der Haustür, sodass sie innehielt. »Das wird meine Mutter sein.«

»Ich mach das schon.« Lennart stand noch neben der Haustür und öffnete sie schwungvoll. »Hallo, Maria. Lass mich raten, du bist ebenfalls auf dem Weg hierher dem Weihnachtsmann begegnet?« Mit einem breiten Lächeln deutete er auf die beiden schweren Papiertüten, die Melissas Mutter in der Hand hielt, als sie das Haus betrat.

»Wie bitte?« Verwirrt blickte Maria zu ihm auf, schaltete dann aber erstaunlich schnell. »Oh, das hier? Nein, das hat mir alles das Christkind mitgegeben. Es war nämlich gerade drüben im Feriendorf unterwegs, als ich das Haus verlassen habe.« Suchend sah sie sich um. »Wo kann ich die Sachen denn bis zur Bescherung abstellen?«

»Ich übernehme das.« Lennart nahm ihr die Tüten ab und brachte sie in den Keller.

»Hallo, Oma!« Andy rannte, dicht gefolgt von Sissy, auf Maria zu. Dicht vor ihr blieb er stehen. »Warum kriege ich denn auch was vom Christkind? Ich dachte, bei uns kommt der Weihnachtsmann.«

Hallo, Maria, schön, dich zu sehen. Inzwischen hast du ja glücklicherweise keine Angst mehr vor mir, das finde ich sehr gut, dann kann ich dich nämlich mal so richtig begrüßen und abschlabbern.

»Iiiiih, Sissy, was machst du denn mit mir?« Maria stieß einen erschrockenen Laut aus, als die Hündin an ihr hochsprang und sie überall abzuschlecken versuchte. Lachend wehrte sie sie ab. »Nicht doch, ich bin schon gewaschen. Los, geh zurück zu deinem Herrchen.«

Wirklich? Soll ich nicht noch ein bisschen weitermachen? Na gut, dann eben nicht.

»Sissy, hierher«, rief Lennart.
Komme schon! Sissy trollte sich zu ihrem Herrchen.
Maria lächelte ihr hinterher. »Was für ein verrückter Hund, aber sehr menschenfreundlich und gut erzogen, das muss ich schon sagen.« Sie wandte sich Andy zu. »Hallo, Andy, wie schön, dich zu sehen. Weißt du, bei uns ist früher immer das Christkind gekommen. Es hat sich wohl einfach meinen Namen gemerkt, und als es erfahren hat, dass ich einen Enkelsohn habe, hat es beschlossen, dass du ebenfalls von ihm Geschenke bekommen sollst.«

Melissa trat nun ebenfalls auf ihre Mutter zu und ließ sich kurz von ihr umarmen. Sie staunte noch immer über die Veränderung, die diese Frau durchgemacht hatte. »Hallo, Mama, schön, dass du da bist. Dann können wir eigentlich mit dem Abendessen anfangen, oder?« Sie blickte über die Schulter. »Ach nein, entschuldigt, ich muss euch ja erst miteinander bekannt machen! Mama, das ist Lena, Lennarts jüngere Schwester. Ich habe dir ja schon von ihr erzählt.« Sie deutete in Richtung Sofa.

Lena erhob sich rasch und kam näher. »Guten Abend, Maria. Ich darf doch Maria sagen? Irgendwie sind wir ja jetzt so etwas wie ... nun ja, Familie, oder? Zumindest, wenn es nach Lennart geht und, wie ich hoffe, auch nach Melissa und Andy. Was hat sie denn über mich erzählt? Ich hoffe doch, es war nur Gutes.«

Maria lachte. »Ausnahmslos. Freut mich sehr.« Sie schüttelte Lenas Hand, dann hob sie den Kopf, um Arndt ebenfalls zu begrüßen. »Und sie müssen Lennarts ...« Sie stockte, rang nach Atem, ihre Augen weiteten sich, und sie wich zwei Schritte zurück. »Das ... oh ... ich ... Großer Gott!«

»Guten Tag, Maria.« Auch Arndts Augen hatten sich vor Überraschung geweitet. Fahrig fuhr er sich mit gespreizten Fingern durch sein kurzes Haar. »Ich gebe zu, damit hatte ich nicht gerechnet.«

Sie wurde blass, machte noch zwei weitere Schritte rückwärts, im nächsten Moment wirbelte sie herum und rannte zur Haustür, riss sie auf und war im nächsten Augenblick verschwunden.

»Mama?« Verwirrt blickte Melissa ihrer Mutter nach, gleich darauf zu Arndt. »Was war das denn?«

»So, vorläufig ist alles verstaut«, befand Lennart, der in diesem Augenblick aus dem Keller zurückkehrte. Irritiert blickte er von einem zum anderen. »Was ist los? Wo ist Maria? Hat sie noch etwas im Auto vergessen?«

»Ich glaube, sie ist gar nicht mit dem Auto hier, sondern zu Fuß gekommen.« Melissa schüttelte befremdet den Kopf. »Arndt?« Sie fühlte sich immer noch ein wenig befangen, wenn sie ihn beim Vornamen nannte, doch sie hatten sich beim Adventskaffee darauf geeinigt, dass es sich mit dem persönlichen Du leichter redete.

Lennarts Vater rieb sich sichtlich perplex übers Kinn. »Damit hatte ich wirklich nicht gerechnet«, wiederholte er. »Das gibt es doch gar nicht.«

Melissa wurde ein wenig mulmig zumute. »Was soll das bedeuten? Kennt ihr euch etwa?«

»So kann man sagen.« Arndt schüttelte immer noch ungläubig den Kopf. »Sie hat sich ja kaum verändert.«

Lennart räusperte sich vernehmlich. »Dass ich das richtig verstehe: Du und Melissas Mutter, ihr seid miteinander bekannt? Seit wann denn? Und woher?«

Wieder rieb Arndt sich übers Kinn. »Das ist eine lange Geschichte. Oder nein, eigentlich nicht, aber sie ist schon sehr, sehr lange her.« Er wandte sich an Melissa. »Vielleicht gehst du ihr besser nach.«

Ahnungsvoll nickte Melissa, holte ihren Mantel aus dem Wandschrank und warf ihn sich über, während sie das Haus verließ. Suchend sah sie sich um und sah ihre Mutter schließlich in etwa hundert Metern Entfernung auf dem geschotterten Weg stehen, der vom Haus wegführte. Ein leiser eiskalter Wind raschelte in den Büschen und kahlen Ästen der Bäume. Melissa schauderte und schlug den Kragen ihres Mantels hoch. Entschlossen ging sie auf ihre Mutter zu, die mit dem Rücken zum Haus auf dem Weg stand, die Schultern hochgezogen, die Arme fest verschränkt.

»Mama?« Vorsichtig trat Melissa an sie heran. »Was ist denn los? Arndt hat gesagt, Ihr kennt euch? Von früher?«

Ihre Mutter stieß geräuschvoll die Luft aus. »Großer Gott, das ist so peinlich! Entschuldige bitte, dass ich einfach so weggerannt bin, aber ... Nie im Leben hätte ich gedacht, dass ich ihm noch einmal begegnen würde. Hat er noch etwas gesagt?«

»Nein, nur, dass ihr euch kennt.« Diese seltsame Ahnung in Melissa verstärkte sich noch. »Was ... war denn damals?«

Sehr langsam drehte ihre Mutter sich zu ihr um. Sie blinzelte mehrmals, so als versuche sie, Tränen zurückzudrängen. Melissa erschrak und wollte schon etwas sagen, doch ihre Mutter hob abwehrend die Hände. »Nein, nein, schon gut. Ich kriege mich schon wieder ein. Es ist nur wirklich, wirklich peinlich. Und unglaublich.« Leicht ungehalten rieb sie sich über die Wangen. »Ich kann unmöglich wieder mit dir zurück ins Haus gehen. Ich weiß gar nicht, was ich sagen oder wie ich mich verhalten soll.«

Zögernd, weil ihre Mutter ihr so fremd geworden war, ihr jedoch zugleich am Herzen lag, berührte Melissa sie am Arm. »Warum erzählst du mir nicht, was passiert ist.«

Maria nickte, hielt inne, dann schüttelte sie den Kopf. »Nein. Nein, das ist doch Unfug! Es ist ewig her, und da ist doch längst Gras drüber gewachsen.« Sie atmete hörbar ein und wieder aus. »Entschuldige, dass ich so ausgeflippt bin. Ich war nur so überrascht. Er hat sich in all den Jahren kaum verändert.« Sie lachte ein wenig gezwungen. »Sonst hätte ich ihn wohl auch kaum sofort wiedererkannt, nicht wahr?« Sie straffte die Schultern. »Lass uns zurückgehen, sonst denken deine Gäste noch, ich hätte den Verstand verloren.« Schon setzte sie sich in Bewegung und strebte entschlossen dem Blockhaus zu.

Melissa beeilte sich, ihr zu folgen. »Ist wirklich alles in Ordnung, Mama?«

»Aber ja doch.« Maria nickte mit Nachdruck, dann lächelte sie plötzlich richtig. »Sieh nur, es fängt an zu schneien.« Sie streckte die rechte Hand aus, die Handfläche nach oben, und fing ein paar Schneeflocken ein, die sachte vom Himmel herabsegelten. »*I'm dreamin of a white Christmas*«, sang sie zu Melissas grenzenloser Überraschung mit melodischer Singstimme. »Ist das nicht schön?«

»Ja, sehr.« Melissa blieb nichts anderes übrig, als zu nicken, da ihre Mutter offenbar beschlossen hatte, dass sie über die Umstände, unter denen sie Lennarts Vater kennengelernt hatte, nichts preisgeben wollte.

Vor der Haustür angekommen, umarmte ihre Mutter sie kurz, aber liebevoll. »Bist du glücklich, Melissa?«

Verblüfft sah Melissa ihr ins Gesicht. »Ja«, antwortete sie. »Ja, das bin ich.«

»Dann bin ich es auch.« Energisch zog ihre Mutter sie mit ins Haus. »Und jetzt wird gefeiert. Immerhin ist heute Heiligabend. Hattest du nicht eben etwas von Abendessen gesagt? Ich verhungere!«

***

»Du bist ja verrückt!« Mit Tränen in den Augen blickte Melissa auf das grüne Kinderfahrrad, das Lennart Andy unter oder vielmehr neben den Weihnachtsbaum gestellt hatte und das dieser nun mit strahlenden Augen quer durchs Wohnzimmer schob, dicht gefolgt von Sissy, die ihm wie immer nicht von den Fersen wich. »Das ist doch ein viel zu teures Geschenk.«

»Nein, gar nicht.« Lennart, der neben ihr auf dem Sofa saß, zog sie näher zu sich heran und legte ihr einen Arm um die Schultern. »Es hat mich lediglich zwei neue Reifen gekostet. Das ist mein altes Kinderfahrrad, das seit einer Ewigkeit in unserer Garage eingestaubt ist. Ich habe es nur gereinigt, die Kette gefettet und die neuen Reifen aufgezogen. Sobald die Wege wieder einigermaßen frei von Schnee und Eis sind, üben wir mit ihm fahren.« Er blickte durch die großen Fenster hinaus in den Garten, in dem sich mittlerweile eine mindestens sechs oder sieben Zentimeter dicke Schneeschicht gebildet hatte. Es schneite immer noch, allerdings nur noch leicht.

»Trotzdem. Du hättest dich nicht in solche Unkosten stürzen sollen. Dann auch noch dieser elektronische Bilderrahmen.« Sie blickte zu dem Rahmen, der auf dem Wohnzimmertisch lag und auf dem bereits in Dauerschleife mehrere Bilder von Melissa, Andy, Sissy und Lennart abgespielt wurden, die sie in den vergangenen Wochen geschossen hatten.

»Unsinn.« Er küsste sie auf die Schläfe. »Eigentlich ist dieser Bilderrahmen ja nicht nur ein Geschenk für dich oder euch, sondern auch für mich, denn immerhin habe ich vor, ihn mit noch mindestens zehntausend weiteren Fotos von uns zu füllen und sie mir immer und immer wieder anzusehen.«

»Zehntausend Fotos?« Sie schluckte. »Wie lange soll das denn dauern?«

Er lachte. »Du wirst sehen, das schaffen wir in Rekordzeit. Dabei fällt mir ein, dass ich dein Geschenk ja noch gar nicht aufgemacht habe.« Er erhob sich und nahm eines der unausgepackten Geschenke, die noch unter dem Baum lagen, an sich. Aufmerksam betrachtete er die rechteckige Schachtel von allen Seiten und schüttelte sie leicht. »Was da wohl drin sein mag?«

»Pack es aus, dann weißt du es.« Lena, die es sich auf einem Sessel bequem gemacht hatte, die Füße unter den Po gezogen, grinste ihn an. »Vielleicht ist es eine Box voller Socken, das klassische Weihnachtsgeschenk.«

»Für Socken ist es zu schwer«, konstatierte Lennart.

»Es sind keine Socken«, rief Melissa gleichzeitig. »Wer verschenkt denn Socken zu Weihnachten?«

»Wenn du wüsstest.« Lena kicherte. »Ich könnte dir da Sachen erzählen.«

»Ja, von dir.« Lennart feixte. »Als Teenager hatte sie mal so eine Phase, da hat sie mir zu jedem Anlass Socken geschenkt. Zu Weihnachten, zum Geburtstag, zu Ostern und zum Namenstag. Dabei feiern wir nicht einmal unsere Namenstage.«

»Na und? Das waren richtig stylische Socken. Du hattest bloß keinen Sinn für die neueste Mode.«

»Ja, wahrscheinlich.« Mit einem amüsierten Schnauben begann Lennart, das Geschenkpapier zu öffnen, dann zog er eine Pappschachtel daraus hervor. »Ach.« Auf seinen Lippen erschien ein Lächeln. »Das ist ja die Weihnachtspyramide! Ich hatte mich schon gewundert, wo die abgeblieben ist.«

»Lass mal sehen.« Wieselflink war Lena aufgesprungen und hatte ihm die Schachtel aus der Hand gerissen. Ihre Augen weiteten sich. »Die sieht ja ganz genauso aus wie die, die ich damals über den Jordan geschickt habe.«

»Du meinst, die du abgefackelt hast.« Arndt streckte auffordernd die Hand aus. »Zeig mal her.« Lena reichte ihm die Schachtel, und er betrachtete sie ebenfalls eingehend, dann zeigte er sie auch Maria, die auf dem anderen Sessel saß. »Die sieht wirklich ganz genauso aus wie unsere alte Weihnachtspyramide. Eigentlich gehörte sie meiner Exfrau, aber nachdem sie uns verlassen hatte, haben wie die Pyramide trotzdem jedes Jahr aufgestellt. Nun ja, zumindest, bis Lena sie mit acht oder neun Jahren angezündet hat.«

Melissas Mutter hustete. »Angezündet? Etwa mit Absicht?«

»Darauf kannst du wetten.« Lena prustete los. »Ich hatte damals so eine Art pyromanische Phase. Kein Streichholz war vor mir sicher.«

»Ja, und die Weihnachtspyramide leider auch nicht.« Als Maria ihm die Schachtel reichte, nahm Lennart sie an sich und betrachtete sie erneut von allen Seiten.

»Ich dachte, sie gefällt dir vielleicht, weil sie schöne Erinnerungen an deine Kindheit hervorruft«, erklärte Melissa. »Du könntest sie bei euch in der Firma aufstellen – irgendwo, wo du sie immer sehen kannst, oder ihr alle. Also zumindest während der Weihnachtszeit.«

Lennart legte die Schachtel auf den Tisch und zog sie in seine Arme. »Das werde ich ganz bestimmt tun.« Er brachte seinen Mund ganz dicht an ihr Ohr und raunte. »Danke, Melissa, das ist ein tolles Geschenk.«

Sein warmer Atem kitzelte sie leicht und verursachte ihr einen wohligen Schauer. Im nächsten Augenblick ächzte sie jedoch auf, weil Andy unbemerkt näher gekommen war und einfach auf sie kletterte, um auf ihrem Schoß zu sitzen. »Lieber Gott, bist du aber schwer!«

Andy kicherte. »Ich habe auch ganz viele Plätzchen gegessen. Und Sissy auch.«

»Hoffentlich bekommt sie davon kein Bauchweh.« Melissa ächzte erneut, weil nun auch Sissy auf das Sofa sprang und unbarmherzig über sie hinwegtrampelte, um Lennart zu erreichen.

Hallo, hallo! Hach, was ist das heute ein schöner Abend. Lauter fröhliche Menschen und Leckerchen und jede Menge Papier, in dem ich wühlen und das ich zerfetzen kann. Das ist das reinste Hundeparadies! Aber jetzt muss ich unbedingt mit Herrchen kuscheln.

»Hey, du verrückte Nudel.« Lennart versuchte vergeblich, das vergnügte Boxermädchen abzuwehren, und hob sie schließlich neben sich, damit sie nicht weiter auf Melissa und Andy herumkrabbelte. »Jetzt aber Platz!«

Meinetwegen, aber nur auf deinem Schoß. Genau dorthin kroch Sissy und drehte sich dort zur allgemeinen Erheiterung genüsslich auf den Rücken und streckte alle viere von sich. *Jetzt kraul mir bitte mal schön ausgiebig den Bauch.*

In diesem Moment zuckte ein Blitz auf. Alle Blicke richteten sich auf Lena, die ihr Smartphone gezückt hatte.

Sie grinste breit. »Ein Bild für die Götter. Das sende ich

gleich an diesen elektronischen Bilderrahmen. Wie ging das noch mal?« Sie tippte auf ihrem Handy herum. »Die App aufrufen und dann ... Aha! Schon übertragen.«

»Siehst du.« Lennart zwinkerte Melissa zu. »Die Speicherkarte ist garantiert im Nu voll mit Fotos und Videos.« Während er sprach, kraulte er Sissy den Bauch, die daraufhin genüssliche und geradezu unanständige Laute von sich gab.

Oooh, jaaaa, tut das guuut! Bitte weeeeeiiiitermachen! Jiff!

»So gut hätte ich es auch gern mal«, merkte Arndt lächelnd an. »Hund müsste man sein.«

Wo du recht hast, hast du recht. Sissy stieß ein Schnaufen aus, das wie eine Zustimmung klang und alle zum Lachen reizte. *So ein Hundeleben kann unglaublich toll sein. Vor allem, wenn alle meine Menschen glücklich und zufrieden sind.*

»Mama, sind das alles noch Geschenke für mich?« Andy war wieder von Melissa heruntergeklettert und hatte sich zum Weihnachtsbaum begeben. Neugierig beäugte er die verbliebenen Päckchen.

Melissa beugte sich ein wenig vor, um das Durcheinander aus Geschenken und Geschenkpapier zu mustern. »Ja, die sind alle für dich. Warum packst du sie nicht aus?«

Das ließ Andy sich nicht zweimal sagen. Mit einem Jubelschrei tauchte er erneut in die Berge von Geschenkpapier ein, und prompt zappelte auch Sissy auf Lennarts Schoß, sprang zu Boden und begann, in den Papierbergen zu wühlen.

Spielen wir weiter? Das ist so suuuper! Mal sehen, ob ich vielleicht noch irgendwo zwischen dem ganzen Papier hier ein paar Plätzchen finde, die ich vorhin ganz versehentlich mit meiner Rute zu Boden gefegt habe.

»Gibt es eigentlich etwas Neues von Maja-Sophie?«, wandte Lena sich mit leiser Stimme an Melissa. »Du hast noch gar nichts erzählt.«

Melissa, die gerade das Papier, in dem die Weihnachtspyramide verpackt gewesen war, zusammenfalten wollte, hielt mitten in der Bewegung inne. »Noah hat ihr einen Platz in einem Frauenhaus in Bonn besorgt. Irgendwie hat er seine Beziehungen spielen lassen, denn normalerweise dauert es ziemlich lange, bis irgendwo ein Zimmer frei wird. Viel mehr weiß ich auch nicht, nur dass sie sich nach wie vor strikt weigert, mit ihren Eltern Kontakt aufzunehmen. Anscheinend haben die beiden sie mehrfach vor Matthias gewarnt, aber sie wollte nicht hören. Sie war wohl tatsächlich schon sehr lange in ihn verschossen, schon als ich mit ihm verheiratet war.« Sie schluckte hart. »Ich bin mir nicht ganz sicher, aber aus dem, was Noah noch erzählt hat, schließe ich, dass sie wohl irgendwie die Idee hatte, Matthias bekehren zu können, so wie das manchmal in Büchern oder Filmen der Fall ist, wo irgendein richtig übler Typ auf eine nette Frau trifft, die plötzlich alles ändert, und dann wird er zu einem völlig neuen Menschen.« Sie schüttelte leicht den Kopf. »Sie war wohl zu naiv, um zu verstehen, dass es so etwas nur in Büchern oder im Fernsehen gibt und dass die Realität ganz anders aussieht.«

»Schrecklich.« Ihre Mutter schauderte. »Hoffentlich war ihr das eine Lehre. Nicht, dass sie irgendwann wieder an so einen Kerl gerät. Viele Frauen machen ja den gleichen Fehler wieder und wieder, oft, weil sie gar nicht anders können.« Sie warf Melissa einen warmen Blick zu. »Anwesende selbstverständlich ausgeschlossen.« Ihr Lächeln schloss auch Lennart mit ein. »Es gibt auch Frauen, die die Kurve kriegen und ihr Glück finden.«

»Darauf sollten wir trinken.« Arndt beugte sich vor und griff nach seinem Glas, das noch halb mit Rotwein gefüllt war.

Auch alle anderen griffen nach ihren Gläsern, die teilweise mit Wein, teilweise mit Apfelsaft gefüllt waren, und prosteten sich zu.

»Und was passiert nun mit Matthias?«, hakte Lena vorsichtig nach.

Melissa hob die Schultern. »Er wurde auf Maja-Sophies Anzeige hin verhaftet, aber wie es nun mit ihm weitergeht, weiß ich auch nicht genau. Ich habe seither nichts von ihm gehört, aber meine Anwältin meinte, dass ich wahrscheinlich irgendwann im neuen Jahr Post vom Gericht bekommen werde, weil ich eine Zeugenaussage machen muss.« Sie atmete tief durch. »Das Kontaktverbot wurde von der Richterin aber gleich wieder eingesetzt und bleibt bis auf Weiteres bestehen.«

»Das ist sehr gut«, befand Arndt. »Hoffentlich dauerhaft. Aber falls nicht oder falls sich irgendwann später einmal etwas ändern sollte, dann weißt du ja, dass du auf uns zählen kannst, nicht wahr?«

Melissa lächelte und lehnte sich, als Lennart sie wieder an sich zog, wohlig gegen seine Schulter. »Ja, ich weiß.« Sie drehte den Kopf ein wenig, bis sie Lennart ins Gesicht sehen konnte. Sein Blick war warm und liebevoll auf sie gerichtet. »Ich weiß«, murmelte sie.

»Ja?« Sein Blick schien sich zu verdunkeln, und die Luft zwischen ihnen begann zu knistern.

Ihr Herzschlag beschleunigte sich, und reines Glück durchflutete sie. »Ja.«

***

»Unsinn, so hoch liegt der Schnee doch gar nicht«, widersprach Arndt, als Melissa ihn kurz vor Mitternacht davon abhalten wollte, nach Hause zu fahren. »Gerade mal zehn Zentimeter, und auf einer Schneedecke fährt es sich alle Mal besser als auf Glatteis. Wir haben es ja auch gar nicht weit, Lena und ich. Aber wenn es dich beruhigt, rufen wir an, sobald wir zu Hause angekommen sind. Maria, dich können wir gerne bei deinem Ferienhaus absetzen, wenn du möchtest. Dann brauchst du nicht den ganzen Weg zu Fuß zu gehen.«

»Ach, so weit ist es nun auch wieder nicht.« Maria winkte ab, zuckte dann aber ergeben mit den Achseln. »Aber schneller geht es natürlich mit dem Auto. Also warum nicht?«

Alle drei suchten ihre Sachen und Geschenke zusammen,

schlüpften in ihre Mäntel und verabschiedeten sich mit herzlichen Umarmungen von Melissa und Lennart.

»Nicht vergessen, morgen Mittag sehen wir uns zum Weihnachtsessen alle wieder hier.« Melissas Mutter lächelte in die Runde, und Melissa war sehr froh, dass sich die anfangs etwas merkwürdige und gezwungene Stimmung zwischen ihrer Mutter und Lennarts Vater rasch verflüchtigt hatte. Irgendwie schienen die beiden schweigend übereingekommen zu sein, die Umstände ihrer Bekanntschaft für sich behalten zu wollen. Das regte zwar Melissas Neugier erst recht an, doch wahrscheinlich musste sie sich in Geduld üben. Vielleicht würde ihre Mutter ihr eines Tages davon erzählen. »Melissa, ich bringe dir die fertig vorbereitete Gans rechtzeitig herüber«, fuhr Maria indes fort. »Dann schieben wir sie zusammen in deinen Backofen, und alles andere erledige dann ich.«

»In Ordnung.« Melissa nickte ihr zu. »Zum Kaffeetrinken kommen Jana, Oliver, Ellie und Janas Eltern dazu.« In einem Anflug von Panik sah sie sich um. »Liebe Zeit, ich weiß gar nicht, wo wir all die Gäste unterbringen sollen.«

»Das klappt schon«, befand Lennart mit der für ihn typischen stoischen Zuversicht. »Platz ist in der kleinsten Hütte, und so klein ist diese Hütte überhaupt nicht. Was nicht passt, wird einfach passend gemacht, du wirst schon sehen.«

»Na, da bin ich mal gespannt.« Lena kicherte. »Zur Not stapeln wir uns einfach übereinander. Jetzt aber los, ich habe noch ein Date mit Bruce Willis.«

»Wie bitte?« Ihr Vater hustete. »Jetzt noch?«

»Na, aber sicher.« Lena grinste breit. »Für mich muss jeder Heilige Abend mit *Stirb langsam* ausklingen, ganz egal, wie spät es schon ist.«

»Alte Familientradition«, ergänzte Lennart lachend. »Obwohl ich glaube, dass wir sie hier bei uns diesmal lieber am zweiten Feiertag begehen werden. Da haben wir nämlich noch nichts vor und können alle Filme am Stück schauen.«

»Was, alle auf einmal?« Verblüfft starrte Melissa ihn an.

»Aber klar doch.« Er verzog keine Miene. »Und dabei stopfen wir uns dann mit den Resten der Gans und den übrig gebliebenen Plätzchen voll. Das nenne ich einen perfekten zweiten Weihnachtsfeiertag.«

Gänsebraten und Plätzchen? Wuff, das hört sich genial an. Da bin ich auf jeden Fall mit dabei. Auf Sissys zustimmendes Bellen hin brachen alle in Gelächter aus.

***

Wenig später stand Melissa auf der obersten Stufe vor der Haustür und blickte den Lichtern von Arndts Wagen nach, die in der Ferne verschwanden. Ein ganz eigentümliches Gefühl tiefen Friedens hatte sie im Laufe des Heiligen Abends erfasst. Sie hatte es geschafft! Sie hatte ihrem Sohn das schönste Weihnachtsfest seines – zumindest bisherigen – Lebens bereiten können. Inzwischen lag er in seinem Bett und schlief tief und fest. Nachdem er alle Geschenke ausgepackt hatte, war er irgendwann mitten in dem Wust von Plüschtieren, Spielzeugautos, Hörspiel-CDs und Geschenkpapier eingeschlafen. Lennart hatte ihn in sein Zimmer getragen und Melissa hatte ihn ausgezogen und ins Bett gesteckt, ohne dass er auch nur einmal aufgewacht wäre.

»Wir sollten vielleicht noch ein bisschen im Wohnzimmer aufräumen«, murmelte sie.

Lennart trat neben sie, legte ihr einen Arm um die Schultern und zog sie nahe zu sich heran. »Wir können den ganzen Kram auch einfach bis morgen liegen lassen. Stört doch niemanden.«

»Aber morgen früh kommt schon meine Mutter mit der Gans«, protestierte sie halbherzig. »Vielleicht trifft sie der Schlag, wenn es dann hier noch so chaotisch aussieht.«

»Der Schlag hat sie doch bis jetzt auch nicht getroffen.« Lennart lachte leise und zog sie ganz in seine Arme. »Ehrlich gesagt hätte ich ein paar viel bessere und schönere Ideen, wie wir uns die Zeit vertreiben könnten, bis ich ebenfalls nach Hause fahre.« Seine Stimme hatte sich leicht gesenkt und diesen dunklen, rauen Ton angenommen, der Melissa zuverlässig eine Gänsehaut verursachte und ihren Puls zur Raserei brachte. »Wie sieht es aus, könnte ich dich vielleicht dazu überreden?«

Melissa schlang ihre Arme um seine Mitte, spürte seine Wärme und, als sie ihn küsste, wie er auf sie zu reagieren begann. »Vielleicht könntest du das«, antwortete sie ebenso leise.

»Ja?« Seine Miene hellte sich auf. »Worauf warten wir dann noch?«

Als er sie mit sich ins Haus ziehen wollte, hielt sie ihn energisch zurück und schlang erneut ihre Arme um seine Mitte. »Ich hätte da vielleicht noch einen weit besseren Vorschlag.«

»Tatsächlich?« Ein neugieriger Ausdruck trat in seine Augen. Gleichzeitig wanderten seine Hände über ihren Rücken, zogen ihre Bluse aus dem Bund ihrer Hose und lagen im nächsten Moment schon auf ihrer nackten Haut. »Besser als das hier?«

Das zärtliche Streicheln seiner Finger auf ihrer Haut erregte sie und machte sie ganz kribbelig. Begehrlich schob sie ihre Hände ebenfalls unter seinen Pullover und zog das T-Shirt, das er darunter trug, aus seinem Hosenbund. Sie konnte spüren, wie er sich anspannte und erschauerte, als sie ihrerseits mit den Händen über die Haut an seinem Rücken streichelte.

Und plötzlich fragte sie sich, warum sie nur so lange gezögert hatte. Was war mit ihr los gewesen? Es war doch alles so sonnenklar! Sie hatte es einfach nicht glauben wollen, doch nun durchrieselte sie erneut dieses Gefühl tiefen Friedens. »Ja, ich glaube, mein Vorschlag ist viel, viel besser.« Kurz lauschte sie in sich hinein, doch zum ersten Mal gab es kein Durcheinander und keine Meinungsverschiedenheiten oder Missverständnisse zwischen ihrem Kopf, ihrem Bauch und ihrem Herzen. »Wie wäre es«, setzte sie an, musste dann aber doch noch einmal Luft holen und schlucken, bevor sie fortfuhr: »Was würdest du dazu sagen, wenn ich dich fragen würde, also, ob du … Mist!« Verärgert, verzweifelt und wider Willen erheitert brach sie ab und verdrehte die Augen. »Ich fange noch mal von vorne an.« Kaum, dass sie die Worte ausgesprochen hatte, wurde ihr deren Bedeutung in mehr als einer Hinsicht bewusst und wie sehr sie der Wahrheit entsprachen. Sie reckte sich Lennart ein wenig entgegen, bis ihre Lippen nur noch wenige Zentimeter voneinander entfernt waren. »Bleib heute Nacht hier. Dann können wir morgen früh alle zusammen gemütlich frühstücken.«

»Frühstücken?« In seinen Augen leuchtete es auf, doch seine Miene blieb wachsam. »Wirklich? Ich meine, klar, ich könnte auf dem Sofa schlafen – oder mir wieder eine Höhle bauen«, flachste er.

»Nein.« Energisch schüttelte sie den Kopf. »Ich möchte, dass du die Nacht mit mir verbringst, bei mir, in meinem Bett.«

»Bist du sicher?« Seine Stimme schwankte ein klein wenig; sachte strich er ihr ein paar Haarsträhnen hinters Ohr – eine Geste, die ihr mittlerweile so vertraut war und auf die sie nie, nie mehr verzichten wollte.

»Ja, bin ich. Ich bin ganz sicher.«

»Was ist mit Andy? Was wird er denken, wenn er mitbekommt, dass ich bei dir übernachtet habe? In deinem Bett?«, hakte er vorsichtig nach.

Sie lächelte. »Was glaubst du denn, was er denken wird?«

»Ich kann mir so einiges vorstellen«, formulierte er vorsichtig. »Aber ist es auch das, was du willst?«

Sie lachte. »Wie oft soll ich denn noch Ja sagen? Ja, ja und noch mal ja. Allerdings sollte ich dich vielleicht vorab darauf aufmerksam machen, dass Andy zwar einen tiefen Nachtschlaf hat, aber wenn er morgens aufwacht, kommt er sehr oft zum Kuscheln in mein Bett. Nicht, dass du dich wunderst oder erschreckst.« Sie zögerte. »Ich hoffe, du hast dagegen nichts einzuwenden. Für mich ist es sehr wichtig, Andy all die Liebe und Nähe zu geben, die er braucht.«

Lennart schlang seine Arme fest um ihren Körper und küsste sie zärtlich. Dann blickte er ihr tief in die Augen. »Dagegen werde ich ganz bestimmt nie, niemals etwas einzuwenden haben.«

**

»Puh, das ist ja gerade noch einmal gut gegangen.« Elfe-Sieben stieß ein tiefes, seliges Seufzen aus und schaltete nun auch den letzten verbliebenen Bildschirm an der Videowand aus. »Dieses Mal hatte ich wirklich Angst, dass es uns nicht gelingen könnte, wirklich alle Weihnachtswünsche zu erfüllen. Melissa war aber auch eine verdammt harte Nuss.«

Die Frau des Weihnachtsmannes lachte. »Das kannst du laut sagen. Glücklicherweise erfüllen sich manchmal solche Wünsche auch fast ganz von selbst, oder die Dinge wenden sich so, dass alles gut wird. Denn ich muss leider zugeben, dass wir diesmal kaum etwas zur Wunscherfüllung beitragen konnten.«

»Stimmt.« Elfe-Sieben tippte sich gedankenvoll mit dem Zeigefinger gegen die Unterlippe. »Nicht einmal Sissy konnten wir einen Auftrag erteilen, der uns weitergeholfen hätte.« Ihre Miene hellte sich auf. »Aber ein bisschen was haben wir schon geschafft, vor allem du. Denn du warst es doch, die ganz am Anfang die wichtigen Fäden gezogen hat, damit Lennart und Melissa aufeinander aufmerksam werden. Wer weiß, ob sich sonst alles so wunderbar gefügt hätte?«

Santas Ehefrau errötete über das Lob und lächelte. »Es ist lieb, dass du das sagst, Elfe-Sieben. Ich muss zugeben, dass ich anfangs skeptisch war, ob mein Plan wirklich aufgehen würde. Normalerweise schimpfe ich ja immer mit meinem Mann, wenn er solche gewagten Pläne aushecht. Aber nun bin ich wirklich stolz und glücklich, dass alles doch noch und sogar rechtzeitig zu Weihnachten gut ausgegangen ist. Am besten schreibe ich Santa gleich mal eine Textnachricht, in der ich ihm von diesem wunderbaren Erfolg berichte. Das gibt ihm bestimmt noch einmal besonderen Aufwind auf seiner Reise um die Welt.« Schon zückte sie ihr Smartphone und begann, darauf herumzutippen. »So, das wäre erledigt.« Sie schob das Mobiltelefon wieder in ihre Hosentasche. »Und nun wird es auch für uns Zeit, endlich Weihnachten zu feiern, Elfe-Sieben. Na los, ruf alle Elfen zusammen, ich habe ein schönes Festessen für uns alle zubereitet.«

25. Kapitel –
Erster Weihnachtsfeiertag

Es war noch stockfinster, als Melissa erwachte. Auf dem Dachfenster über dem Bett lag eine dicke Schicht Schnee, sodass nicht einmal von dort Licht ins Zimmer fiel. Sie spürte Lennarts Arme, die er fest um ihre Mitte geschlungen hatte. Er atmete tief und gleichmäßig, schlief also offenbar noch, was kaum verwunderlich war, da sie sich zuvor ausgiebig und fast bis zur Erschöpfung geliebt hatten. Sie hob ein wenig den Kopf und verrenkte sich fast den Hals, um auf dem Display des Weckers die Uhrzeit abzulesen. Es war bereits kurz vor sechs, also später, als sie zunächst vermutet hatte. Wahrscheinlich war es besser, wenn sie nicht mehr allzu lange im Bett blieb, denn immerhin sah das Wohnzimmer noch aus wie ein Schlachtfeld, und sie erwarteten zum Mittagessen und zum Kaffee jede Menge Gäste. Wenigstens ein bisschen würde sie noch aufräumen müssen, das stand fest. Aber zusammen mit Lennart würde es bestimmt recht schnell gehen. Zufrieden kuschelte sie sich an ihn. Vielleicht blieb sie doch noch ein Weilchen liegen und genoss einfach nur den neuen inneren Frieden, den sie endlich gefunden hatte.

Sie war gerade kurz davor, wieder einzuschlafen, als sich die Schlafzimmertür öffnete. Im nächsten Augenblick kam Andy mit Schwung auf das Bett gesprungen. »Mama! Ich bin wach! Können wir kuscheln? Weißt du was? Sissy hat die ganze Nacht in meinem Bett geschlafen! Warum ist sie denn noch hier? Uii!« Erst jetzt bemerkte er, dass Melissa nicht alleine in ihrem Bett lag. Ohne Rücksicht auf Verluste drängelte er sich zwischen

Melissa und Lennart. »Was machst du denn hier? Hast du hier geschlafen? Bei meiner Mama?«

»Uff!« Lennart stöhnte auf, weil Andy ihn wahrscheinlich mit Ellenbogen und Füßen an ungünstigen Stellen getroffen hatte. »Was ist das denn? Ein Erdbeben? Und das auch noch mitten in der Nacht?«

Melissa lachte. »Ich hatte dich ja gewarnt. An diese Art von Erdbeben oder Überfall wirst du dich wohl oder übel gewöhnen müssen.«

Lennart öffnete die Augen und grinste sie an. »Nichts lieber als das.«

Wo seid ihr denn alle? Ach, hier! Na warte, hier kuschelt niemand ohne mich. Mit einem fröhlichen Bellen kam Sissy hereingerast und sprang mit einem Satz aufs Bett. Im nächsten Moment trampelte sie hechelnd, prustend und schnaufend quer über sie alle drei hinweg.

»Hey, au!« Lennart keuchte und krümmte sich erneut, um wichtige Körperteile vor ihren Pfoten in Sicherheit zu bringen. »Heilige Sch…inkengöttin«, beendete er das Wort auf Melissas strengen Blick hin lachend. »Sissy, du Untier, was machst du denn?«

Das fragst du noch? Ihr liegt hier alle so bequem und gemütlich zusammen im Bett, und das ohne mich? Das geht mal überhaupt nicht. Sissy krabbelte weiter unbekümmert auf ihnen herum. Schließlich ließ sie sich wie Andy zwischen ihnen nieder, streckte sich der Länge nach auf dem Rücken aus und hielt alle viere in die Luft. *Na los, krault mir den Bauch! Ja, genauso. Vielen Dank, Andy. Wenigstens einer von euch gehorcht mir aufs Wort.*

Kopfschüttelnd blickte Melissa auf die Hündin, die den Kopf ein wenig gedreht hatte und mit einem frechen Blick zu ihr aufsah. »Ich denke, damit hat sich auch die Frage erledigt, ob wir Sissy erlauben, auch in unser Bett zu kommen.«

»Schlimm?« Lennart musterte sie aufmerksam.

Sie schüttelte den Kopf. »Nein, überhaupt nicht. Sie gehört dazu, nicht wahr? Zur Familie, meine ich.«

In Lennarts Augen leuchtete es warm auf. »Stimmt, das tut sie.«

Andy strampelte ein bisschen und setzte sich halb auf. »Sind wir denn jetzt auf einmal alle eine Familie?«

Kurz wurde Melissa noch einmal von der altbekannten Nervosität erfasst, und sie wusste nicht, was sie darauf antworten sollte, doch da drehte Lennart sich bereits auf die Seite, um Andy direkt ins Gesicht sehen zu können.

»Na, *auf einmal* vielleicht nicht. So etwas braucht Zeit«, erklärte er. »Aber der Anfang ist schon mal gemacht.« Sein Blick wanderte zu Melissa. »Nicht wahr?«

Obwohl ihr Puls sich in ungesunde Höhen schraubte, nickte sie tapfer. »Ja, das haben wir. Weißt du, Andy, es ist nämlich so: Ich liebe Lennart.« Während sie die Worte aussprach, sah sie dem Mann, dem diese Worte galten, in die Augen und konnte deshalb erkennen, wie daraufhin in ihnen die Sonne aufging. Tief in ihrer Magengrube begann es angenehm zu kribbeln und zu flattern.

»Echt? Liebst du ihn ganz richtig doll?« Auch Andys Augen leuchteten auf.

»Ja.« Endlich konnte auch Melissa wieder lachen. »Ganz richtig doll. Ich wusste es erst nur nicht, weil ich noch nie richtig verliebt war und immer auf die richtigen Anzeichen dafür gewartet habe. Dann war ich mir nicht sicher, ob das wirklich alles echt ist oder ob ich es mir nur einbilde. Aber jetzt ist es mir plötzlich klar geworden.«

Lennart rückte ein wenig näher und ergriff ihre Hand. »Was ist dir klar geworden?«

Sie verflocht ihre Finger mit seinen. »Ich dachte die ganze Zeit, ich müsste mich auf eine ganz bestimmte Art und Weise verlieben, praktisch wie im Lehrbuch, in einzelnen, gut voneinander unterscheidbaren Schritten, die aufeinander aufbauen, aber in Wahrheit habe ich wahrscheinlich einfach die ersten paar Stufen komplett übersprungen. Ich bin einfach bei Null gestartet und sofort bei Liebe gelandet. Das hat mein komplettes System verwirrt.«

Auf Lennarts Lippen erschien ein zärtliches, verständnisvolles Lächeln. »Dann ist es dir also ganz genauso ergangen wie mir. Ich habe mich in letzter Zeit auch oft gefragt, wie es sein kann, dass ich in so kurzer Zeit so tiefe Gefühle für dich, nein, für euch beide entwickeln konnte. Aber jetzt, wo du das so beschreibst, ist es natürlich vollkommen klar. Ich habe ebenfalls einfach ein paar Stufen übersprungen.« Er zog sie an der Hand noch näher zu sich heran. »Ich liebe dich auch, Melissa.« Er beugte sich vor und küsste sie, bis Andy, der immer noch zwischen ihnen lag, haltlos zu kichern begann.

»Wir kriegen keine Luft mehr, Sissy und ich!«

Stimmt auffallend. Wollt ihr uns erdrücken? Wau?

»Verzeihung.« Schmunzelnd ließ Lennart sich zurück in sein Kissen sinken.

»Mama?« Andy fasste nach Melissas Hand und ergriff mit der anderen die von Lennart. »Weißt du was?«

»Nein, was denn, mein Schatz?«

»Der Weihnachtsmann hat mir alle meine Weihnachtswünsche erfüllt, die ich ihm in meinem Wunschzettel gemalt habe.«

Melissa lächelte glücklich. »Das ist wunderbar. Meinen hat er auch erfüllt. Dabei habe ich nicht einmal einen Wunschzettel geschrieben.«

Tja, und ich bin sowieso wunschlos glücklich, weil meine Menschen es jetzt auch sind. Ist das nicht toll? Also macht es doch einfach so wie ich, und vertraut darauf, dass am Ende immer alles gut wird. Ich weiß nämlich, dass das so ist. Und wenn es noch nicht gut ist, dann ist es einfach noch nicht zu Ende. Ganz einfach, oder? In diesem Sinne wünsche ich euch ein fröhliches Weihnachtsfest mit ganz viel Liebe und ... Ach ja, nicht zu vergessen: Wuff!